长篇小说

首席智囊

②

任振华 / 著

二十一世纪出版社
21st Century Publishing House
全国百佳出版社

图书在版编目（CIP）数据

首席智囊.2/任振华著.-- 南昌：二十一世纪出版社，2015.1

ISBN 978-7-5568-0452-8

Ⅰ.①首… Ⅱ.①任… Ⅲ.①长篇小说－中国－当代 Ⅳ.① I247.5

中国版本图书馆 CIP 数据核字 (2014) 第 285216 号

首席智囊.2 任振华 著

责任编辑 张秋林
出版发行 二十一世纪出版社
（江西省南昌市子安路75号 330009）
www.21cccc.com cc21@163.net
出 版 人 张秋林
经　　销 新华书店
印　　刷 北京建泰印刷有限公司
版　　次 2015年3月第1版 2015年3月第1次印刷
开　　本 710mm×1000mm 1/16
印　　张 24
字　　数 330千
书　　号 ISBN 978-7-5568-0452-8
定　　价 39.80元

赣版权字—04—2014—485

目　录

第一章　天外天烂摊子积重难返，赵长风趟地雷临危受命

天外天股份公司连续两年巨额亏损，即将面临退市，甚至会影响到今年的政府换届，这是一个烂摊子，是一个地雷阵，虽然有人警告过他，但赵长风已经无路可退，赵强把拯救天外天集团的任务交给他，这不但是对他的信任，也是对他的考验。

民主推荐会过后两天，正好是元旦，赵长风提了礼物，去拜访未来的岳父大人方振华。虽然方振华不怎么喜欢他，但是逢年过节，赵长风都按着礼数去拜访，一次也没落下。

以往赵长风去了方家，都是方振华收下礼物后，冷淡地和他聊几句，然后就让佳怡送客，从来不留赵长风在家吃饭，可是这次方振华却破例说："待会儿一起吃饭吧。"

勤务员做好了饭菜，就退了出去，餐桌上除了赵长风，全是方家的人。方天雷笑呵呵地和方佳怡斗着嘴，方天雷的爱人不断地为方振华和赵长风夹菜。

赵长风小心地往嘴里扒拉着饭，他虽然没有看方振华，心里却有一个感觉：方振华有话要跟他说。可是直到饭吃完了，方振华却什么都没说。

吃过饭，方天雷夫妇说还有事，先走了。赵长风又坐了一会儿，见方振华还没有说什么，就打算起身告辞。

这时方振华忽然问了一句："长风，听说你马上要提副处长了？"

赵长风连忙点头道："方伯伯，我已经通过局里的民主推荐了，因为要交流到别的厅局，所以还不知道最后能不能批下来。"

“如果可能，还是放弃这个机会吧!”方振华撂下了一句话，也不做解释，转身上楼去了。方佳怡在后面连问了几声，方振华都没有回答。方佳怡无奈地说：“长风，要不我们先出去玩吧。等晚上回来，我再去问爸爸，看他说这话究竟是什么意思。”

赵长风明白，也只能如此了。可是无论方佳怡提议玩什么，赵长风总是提不起兴趣，他的所有心思都被方振华那句没头没脑的话占据了。

赵长风本来以为方振华对他的事不会关心，但是从今天说的这句话来看，方振华还是在默默地关注着他的一举一动，要不然不会这么快就得到了消息，而且绝对不是从方佳怡那里获知的。因为赵长风已经告诉过方佳怡，不要把他工作上的任何事跟方振华说，免得方振华以为他是想通过方佳怡暗示什么。那么很可能是李恩华告诉方振华的，并顺便向方振华表功，这也不奇怪。赵长风奇怪的是，为什么方振华要让他放弃这个机会？是这个机会有什么问题吗？如果是这样，方振华为什么不直接让李恩华在一开始就不给他这个机会，而非要等他获得了副处长推荐名额之后才让他主动放弃呢？

赵长风觉得这里面的玄机太深了，深得他一点方向都把握不住。方佳怡当然也察觉了他的心绪不宁，所以放弃了和灵儿约好的一起出来蹦迪的计划，她要回去好好问问她爸爸，究竟是怎么回事。

方佳怡晚上七点多回去，晚上十点多才气咻咻地给赵长风打电话：“长风，真是气死人了！我爸今天不知道拧了哪根筋，无论我怎么缠着他，他都不肯给我透一点口风。他只是让你看着办。”

赵长风听着就冒火了，这个犟老头，要不就什么都别说，要不就把知道的都说出来，现在只冒出一句没头没尾的话，就让他放弃这个好不容易才得到的副处长机会，究竟是为了什么啊？赵长风的倔劲也上来了，他非要试试看，就是要去当这个副处长，看能把他怎么着？虽然赵长风知道以方振华的身份和阅历，绝对不会无的放矢，必有所指，但是赵长风已经顾不了那么多了，大不了到副处长任上万事小心，他就不信还能出什么事！

第二天晚上，赵长风去了一趟李恩华家。在赵长风看来，方振华是从李恩华这里得到了他通过副处长民主推荐的消息，那么李恩华一定知道这背后的隐情，否则方振华不会一听到消息就对他暗示出那一番话。

李恩华倒是很爽快，少了很多顾忌。他告诉赵长风，如果没有意外，任命会顺利通过，而且将要去任职的单位是省商业厅企业处，也归赵强管辖。

商业厅企业处。赵长风觉得他好像在什么地方听到过，猛然想起来，他上次到人事厅参加副处长选拔面试时碰到的校友郭鲁明，好像就是在这个商业厅企业处上班的。

赵长风立刻回到宿舍，拿出名片簿，翻到了郭鲁明的名片，果然没错，郭鲁明就是商业厅企业处二科的副科长。赵长风顿时兴奋起来，上次能看得出来，郭鲁明对赵长风是有意结交的，赵长风如果找他了解一些商业厅企业处的内幕，自然是再合适不过了。

第二天是周末。郭鲁明乍一接到赵长风的电话，还有点不敢相信。上次面试到现在已经五个多月了，虽然分手之后互相留了名片，但是赵长风从来没有主动联系过他，现在这个电话让郭鲁明又惊又喜。

中午，赵长风提前五分钟到了约好的凯越酒店门口，可是他没有想到，郭鲁明比他到得还早，并且一直等候在外面，没进订好的小包间。按理郭鲁明是他的学长，应该他先来等候才是。

郭鲁明倒是豪爽，没有再推让，也不看菜谱，直接把服务员叫过来点了四菜一汤，又要了一瓶五十二度的宋河粮液。

赵长风先和郭鲁明聊起了母校，虽然两个人不是一个系，相差了四届，但是还是有几个共同认识的老师，比如教西方经济学的钱教授，教公共英语的那个美国外教唐纳德。更重要的是，郭鲁明和财大的朱历宏校长还是远亲，朱历宏对赵长风也不错，这样话就越说越近，酒也越喝越爽。

越说越兴奋，赵长风觉得火候差不多了，就把话题往郭鲁明的单位上引。

“郭哥，还是你们商业厅舒服，整天和外界接触，三教九流，各行各业的朋友都有。”赵长风半是羡慕半是牢骚，“不像我们机关事务管理局，整天都是跟省直机关的官老爷们打交道，想结识一些圈子以外的人都没有机会。”

“长风，你别不知足！”郭鲁明摇头说道，“和外界的人有什么好接触的？他们也不能帮你调动，也不管你的升迁，无非是能给点蝇头小利。哪里像你们机关事务管理局，都是为领导服务，天天围着领导转，无论你做什么事，领导都看在眼里，所以如果有什么机会，就会立刻想起你们。”

赵长风笑道：“郭哥，我怎么没有觉得机关事务管理局有什么好机会？”

郭鲁明道："长风，你知道现在什么人最容易获得领导的赏识，最容易升官吗？"

"郭哥，愿闻高见。"赵长风说。

郭鲁明道："第一是领导身边的秘书，第二就是领导的司机。别看这两个位子级别不高，尤其是领导的司机，不过是职工编制，还不是干部，可就是极易获得领导的赏识，经常有提拔重用的机会。比如咱们省保险公司的总经理秦某，原来不就是某位省领导的司机吗？现在却成了省保险公司的总经理。"

"你们机关事务管理局其实就像是领导的秘书，也像是领导的司机，领导有什么好事，都是第一时间想着你们。"郭鲁明笑着说，"长风，你真是身在福中不知福啊！"

赵长风笑道："郭哥，你说的是特例，像省保险公司秦总那样的人能有几个？"

郭鲁明说道："什么特例，多着呢！别的不说，就说我们企业处的崔处长吧，原来是我们商业厅老厅长的司机，就这么一路提拔，最后成了处长。"

"什么？你们的处长竟然是司机出身？"赵长风终于把话题引到企业处上了。

"可不是吗！"郭鲁明愤愤地说，"他把企业处搞得鸡飞狗跳的，折腾得一团糟，除了捞钱还是捞钱，奶奶的，要不是他在企业处当了五年处长，我早就升到科长的位置了。"

赵长风问道："那崔处长现在还在你们企业处吗？"

郭鲁明点头道："还在，不过眼见下面的企业都被他折腾得奄奄一息了，上面领导看不过眼，终于把他支到省党校去脱产学习了。现在处里的工作由姚处长主持，可惜姚处长虽然是老实人，却没有什么能力，收拾不了这个残局。听说要从别的局交流过来一位副处长呢！"

看赵长风听得津津有味，郭鲁明笑道："长风，来，我们喝酒！"

碰了一杯之后，赵长风又问道："郭哥，你们企业处都管些什么企业啊？怎么会被崔处长搞得奄奄一息呢？"

郭鲁明道："长风，我们企业处下面管理着很多企业呢。大到中州贸易公司、天外天集团等大型商业企业，小到黄河路服装批发市场、中原家电贸易公司等等，都归我们企业处管辖。”

“天外天集团不是上市公司吗？也归你们企业处管？”赵长风吃了一惊。

“当然，天外天非流通股中有百分之八十在商业厅手里呢！”郭鲁明说着又倒了一杯酒，开玩笑地说，“长风，你怎么忽然对我们企业处这么感兴趣？该不会是你要交流到我们企业处当处长吧？”

赵长风吓了一跳，连忙笑道：“郭哥，有点高了吧？”

郭鲁明笑了起来，又往酒杯里加满了酒，说道：“我清醒着呢！说真的，我觉得你还是有机会到我们企业处来的。听说赵省长和你……”

赵长风连忙打断了郭鲁明的话：“郭哥，咱们不谈这个，喝酒。”

又连碰了几杯，郭鲁明的醉意渐浓，说话更没有什么顾忌了，在赵长风的有意引导下，把企业处的情况基本上都告诉赵长风了。

其实郭鲁明平时是个非常谨慎的人，和单位里的人出来喝酒时，从来都是控制着自己，加上他酒量本来就大，很少有喝多的时候，即使喝多了也就是找个地方睡一觉，不会像今天这样说个不停。今天一是因为和赵长风是校友，朱历宏整天在郭鲁明面前提起赵长风如何如何，郭鲁明没有把赵长风当外人；二是因为郭鲁明虽然酒量大，但比起赵长风还是差很多。

现在赵长风才知道，企业处果然是个烂摊子，怪不得方振华不希望他过去！

赵长风对商业厅企业处虽然不了解，但是他对中原天外天集团的情况却很清楚。天外天集团是中原省的商业航母，是大名鼎鼎的天外天股份公司的母公司，中原省省委、省政府把天外天集团树立为全省国有企业改革的旗帜和榜样。

可是衰败在一夜之间就发生了，两年前，天外天股份有限公司以每股净亏两块六毛七的财务数据刷新了沪深两地股市每股净亏的最高纪录，虽然现在刚进入新的一年，中原天外天去年的财务报告还没有出来，但是所有关注天外天股票的人都清楚，如果没有意外，天外天公司又会公布出惊人的亏损数据。

赵长风知道中原天外天集团是天外天股份公司的母公司，也知道中原天外天集团是省属国企，只是不知道，中原天外天集团竟然归省商业厅企业处管理。如果他这个时候过去，不可避免地要接到天外天集团这个烫手山芋。

赵长风现在有点明白了，为什么赵强会想把他调到商业厅企业处去任副处长，赵强一定是考虑到他的金融专业背景和银泰典当行的成功运行经验，希望他到企业处后，能和天外天集团的领导一起扭转天外天股份有限公司的颓势。就赵长风目前所了解的情况来看，要扭转天外天股份公司的状况，单单靠商业运作已经无法完成了，必须和资金运作结合起来，才有可能完成这个任务。

有天外天集团这个巨额亏损的上市企业，企业处确实是一个烂摊子。但如果仅因为这个，方振华就反对他就任副处长，有点说不过去。也许方振华是担心下边企业出问题，对赵长风的名声和政绩影响不好？赵长风还是琢磨不透方振华的心思。

在郭鲁明这里了解清楚情况后，赵长风对即将要面对的工作心里有了数，他决定再到赵强家拜访一趟，一是对赵强表示感谢，二是请教一下赵强，他到企业处之后应该注意些什么问题。

赵长风打电话到赵强家，是刘晓燕接的电话，说赵强晚上有活动，九点多才能结束。

赵长风就先在家里把晚上见赵强要说的话整理出来，他反复推敲，一直到九点，赵长风把这些提纲都记在脑子里了，所有细节自己也觉得满意了，这才换上衣服出门。

到了纬四路大院，赵长风看了一下梅花表，才九点一刻，他又在外面等了十分钟，这才来到大院门口，让守卫的武警给赵强家打电话。

接电话的是灵儿，听说赵长风来了就埋怨妈妈为什么不早点告诉她这事，好让她出来接他。赵长风说是他不让刘阿姨告诉灵儿的，天这么冷，灵儿没有必要出来接他。

灵儿开了门，赵长风进了客厅，刘晓燕正边打毛衣边看电视，见了赵长风就笑道："长风，你还得等一等，你赵叔叔还没有回来呢！"

一等就是几个小时。快十二点的时候，赵强满身酒气地回来了，脚步倒还沉稳，他一进门就问："长风还在吧？"

刘晓燕上前扶着赵强，低声说："在客厅陪灵儿说话呢。"她又埋怨道，"这么晚回来，还喝成这样！"

“别扶我，没事。”赵强说道，“上面来的考察团，不招待好不行啊。”

见赵强进了客厅，赵长风连忙站起来说：“赵叔叔——”

赵强笑道：“没有等急了吧？”

赵长风忙道：“没有，我知道赵叔叔忙。”

刘晓燕烫了条热毛巾，递给了赵强，赵强擦了一下脸，头脑清醒了许多。刘晓燕拍了一下灵儿，说道：“回房间睡觉吧，让你长风哥陪你爸爸说一会儿话。”

灵儿知道妈妈是心疼爸爸喝酒了，不想让爸爸到楼上书房说话，就乖乖站了起来，对赵强说：“爸，那我回房间了。”她又对赵长风摆了摆手：“长风哥哥，再见。”

刘晓燕收拾了一下，也离开了，客厅里就剩下赵强和赵长风。

赵长风有点不好意思，说道：“赵叔叔，耽误您休息了。”

赵强靠在沙发上，说道：“长风，客气啥？我可没有把你当外人。说吧，啥事？”

赵长风看了赵强一眼，说道：“局里这次民主推荐副处长，我被推荐上了。所以想过来感谢一下赵叔叔。”

赵强笑吟吟地说：“长风，谢我干什么？你要感谢党和组织，感谢你自己的努力。”

赵长风感激道：“赵叔叔，您对我真好。”

赵强摆了摆手：“不说这个了。你还有什么问题？”

赵长风说：“听说我这次是要到商业厅企业处当副处长？”

赵强道：“是有这么一个说法。”

赵长风斟酌着词句问道：“赵叔叔，那我要不要提前去拜访一下商业厅的领导？”

赵强道：“不要着急，人事厅的调令不是还没有下来？等你接到了调令再做这些工作不迟。”

“嗯，赵叔叔，我知道了。”赵长风点了点头。

赵强又问道：“长风，那么企业处的情况你了解得怎么样了？”

赵长风答道：“了解一些了。”

赵强笑道：“说说，都了解了些什么？”

赵长风挠了挠头，却不知该从何说起。

赵强道："怎么？有顾虑？说说看嘛。"

赵长风道："赵叔叔，我听说商业厅下面的直属企业效益都不是太好。"

"还有呢?"

"其他就没有什么了。"

赵强慢慢地揉着鼻子，过了一会儿，他说："长风，我本来想等你到商业厅之后再向你交代，今天你既然过来了，那我就提前和你说吧。"

赵长风连忙坐直了身子。

赵强问道："长风，你是学金融的，对股市应该比较关注吧?"

"赵叔叔，我平时是挺注意股市方面的新闻的。"

"那天外天股份你关注过吗?"赵强问道。

赵长风老老实实地回答："天外天股份是我省第一家上市的商业类企业，我是比较关注的。但是我只关心它的经济运行数据，直到前两天我才知道，天外天股份的母公司天外天集团是商业厅的直属企业。"

赵强点了点头道："长风，今天我给你交一个实底，让你到企业处是我的主意，主要就是为了这个天外天股份。"

赵长风身子微微前倾，全神贯注地听着。

赵强继续说："你应该知道，天外天已经连续两年出现大幅亏损了。"

赵长风点头道："对，赵叔叔，这个情况我了解。我觉得有点不可思议，上市头两年的财务状况那么好，怎么说亏损就亏损了呢?除非是数据造假……"

赵强摆了摆手："不说这个。这个都是范争强经手的事情。但现在我是商业厅的分管领导，就要负起责任。"

赵长风说道："赵叔叔，您说吧。让我到企业处怎么开展工作?"

赵强轻轻揉了一下鼻子，说道："长风，你到商业厅之后，一定要指导好天外天股份的工作，必须让天外天股份公司在今年上半年扭亏为盈。"

"我也知道，我这个要求难度很大。"赵强叹了一口气，"即使今年上半年不能扭亏为盈，到今年年底也必须扭亏为盈，不然麻烦就大了。"赵强的面容严峻起来，"有消息说，今年证监会的政策会有变化，估计过了春节不久就会出台。如果这个消息属实，对天外天股份的打击将会是致命的。"

“因为时间紧迫，所以我今天就提前向你透露了。当然，如果证监会不施行新政策更好，如果施行了，那我们提前有所准备，也不至于到时候束手无策。”赵强在沙发上换了一个姿势，这才说：“春节过后，证监会可能将会实行一个特别处理的政策。对财务状况或者其他状况出现异常的上市公司股票交易进行特别处理，这个政策简称‘ST’。”

“ST？”赵长风这才醒悟过来，特别处理的英文缩写就是“ST”。

“对，ST。”赵强说，“据说透露出来的消息，如果一个上市公司经过审计，连续两个会计年度的净利润均为负值，或者是上市公司最近一个会计年度，经审计每股净资产低于股票面值，那么这个上市公司的股票就要被特别处理，在此期间将会按照特殊的交易规则限制，并且在这支股票前面加上‘ST’。”

“根据这个新规定，天外天股份已经连续两年亏损，所以 ST 的名号是挂定了。关于 ST 股票还有一条最厉害的规定，那就是如果第三年依旧亏损，那么这支股票就要被退市，暂时停止在二级市场交易。”

赵长风大吃一惊：“按照这个规定，如果天外天股份今年不能实现扭亏为盈，就要面临退市？”

“是啊！”赵强又揉了一下鼻子，“这个后果非常严重，所以我才希望你能过去，帮天外天集团扭亏为盈。否则，天外天股份过了这个年度，就要成为中原省首支退市的股票了。”

赵长风顿觉压力很大，凭他这样单枪匹马，能在一年之内扭转天外天的亏损吗？天外天股份仅仅是去年上半年就亏了五个多亿啊！

赵强又说：“长风，天外天股份如果退市，不仅影响到中原省的形象，倒下一面中原省商业领域的大旗，更重要的是，可能会影响到中原省、尤其是中州市安定团结的大好局面。你应该知道，三年前天外天股份是中原省所有上市企业中的明星企业，又是本土企业，中州市很多中小股民都在天外天股份上砸进去不少钱，可是转眼之间，股票价格一路下跌，这些在高位接货的中小股民还来不及反应，就被套牢了。”

“两年前狂跌，去年又继续狂跌，这些中小投资者被深度套牢，只是他们心中还有些期待，指望天外天股价能止跌回升，那么他们就有解套出货的机会。可是如果今年天外天财务报告继续亏损，一旦面临退市的处罚，那么中州市这么多中小投资者甚至连割肉解套的机会都失去了。在这种情况下，肯定会出现群体性事件。”

赵长风望着赵强，心里越发打鼓。

赵强摇了摇头，有些无奈地说：“天外天股份为什么会出现这种情况，个中原因值得深思。但是现在说这些已经晚了，我既然是商业厅的分管领导，天外天股份如果出了什么问题，必定是由我来担这个责任。说起来，我还真有点羡慕在里面的范争强呢！他进去后是一了百了，不用再为天外天这个烂摊子烦心了。”

“赵叔叔，我觉得这很不公平。”赵长风说道，“这明明是范省长主持的事，怎么能让您现在来为他负责呢？”

赵强说道：“我不是对范争强负责，我是对省政府负责、对中原省的老百姓负责。所以必须要让天外天股份在今年上半年中期报告时扭亏为盈，最迟也要到年底扭亏为盈！”

赵长风此时已经知道赵强的担心是什么了。今年七月份中原省要进行换届选举，而七月份也正是上市公司出中期报告的时候。如果那个时候天外天股份的报告还是亏损，再结合证监会将要在春节之后推出的监管新政策，中州市那些在高位买进了天外天股份的中小股民一定会闹起来，因为如果他们那时不闹，等到年底财务报告出来之后，天外天就将被退市，再想闹也已经晚了。

如果在换届选举的时候，出现股民集体上访、闹事的局面，对赵强的打击无疑是巨大的，商业厅是他的分管范围，天外天又是商业厅的下属企业，这件事起因虽然不在他，但他既然在这个位置上，就只能背这个黑锅了。最起码也要背上一个领导能力有限、处理事故不力的名声吧？在换届选举的关键时刻，一件小事都可能影响各方势力的平衡，更何况爆发出大规模的群体性事件呢？所以赵强现在提前布局，也算是未雨绸缪，尽早把将来可能对他产生不利影响的因素扼杀在萌芽状态。

“赵叔叔，商业厅的领导怎么说？”赵长风问道，“他们有什么好的建议吗？”

赵强揉了一下鼻子，说道：“他们倒是有不少建议，但是都华而不实，没有一个像你当初提议资金管理中心投资典当行业那样，大胆打破常规而又切实有效的办法。”

“当然，他们现在仍然在商讨具体方案。”顿了一顿，赵强又说，“长风，你知道，商业厅的干部我基本上没有动过，都是范争强时期的老人，但现在是关键时期，我需要一个信得过的、懂得资金运作的内行人过去监督他们，并随时向我汇报情况的进展。要踏踏实实地搞一个方案出来，尽一切可能在今年上半年让天外天股份扭亏为盈。”

说到这里，赵强殷切地望着赵长风：“长风，你现在明白我让你过去的良苦用心了吧？”

“赵叔叔，我明白。”赵长风说，“只是，我担心我能力有限，完不成您交代的任务。”

赵强笑了起来：“长风，你的能力我是信任的。不然我怎么会把你从资金管理中心调出来？”

赵长风还是觉得心里没底，赵强也太相信他了，一下子给他压了这么重的担子。赵强甚至有点把自己的政治前途也押到赵长风身上了，这让赵长风如何承担得起？怪不得方振华不让他过去呢，方振华一定知道其中的玄机，觉得赵长风过去可能力有未逮，又或者会捅出一个天大的娄子。与其这样，还不如老老实实待在资金管理中心，踏踏实实、按部就班地升职。

赵长风患得患失地还想推辞，赵强却不给他说话的机会：“好了，长风，你放心去吧。这个商业厅企业处的副处长我也只让你干一年，不会让你久坐在火山口上的。只要你今年能让天外天股份顺利完成扭亏为盈的任务，明年我就派你到下边当一任县长干干。”

“县长？”赵长风的眼睛一下子亮了起来。

他当然明白，一个人如果一直在机关里，终究成不了大气候。如果想在仕途上有所进步，还是要到下面基层去锻炼，只要镀金归来，铁定能够提拔重用。比如赵强以前的秘书刘光辉，现在就到邙北市担任副市长了。赵长风相信，刘光辉在下面干不了多长时间，也许两三年，就会被赵强调回来，予以重用。

赵强让赵长风到商业厅任企业处副处长，赵长风还可以不稀罕，但是他无法拒绝到下面担任县长的诱惑。虽然县长是正处级干部，只比副处级高上半级，但是意义却大不一样。

县长在县里是位高权重的领导，副处长在厅里不过是排位靠后的中层干部，是领着处里十来号人为上面领导服务的。县长在县里除了县委书记之外，就是第二把手，如果强势一点，甚至可以和县委书记平起平坐，可以实施自己的想法计划。而即使是当上机关处室的一把手，还要看上面七八位厅局长的眼色，而且处室就在厅局长们的眼皮子底下，所以处长们大多都老老实实的，丝毫不敢有自己的想法，什么事情都要跑上去向厅局长们请示汇报，然后按照厅局长们画下的道走。更重要的是，县长的施展空间很大，一个县里的事务太多了，只要选好一个切入点，很容易能搞出一些政绩来；而一个厅局机关的处室，最多能挖空心思在本职工作上搞一点新名堂，一不小心还会被上级领导批为哗众取宠……

总之，赵长风知道，他如果想大展宏图，到基层锻炼是必需的。没有当过独当一面的一方大员，履历表上总是有所欠缺，领导在考虑安排工作的时候也会不放心。

看着赵长风变幻的表情，赵强就知道赵长风心动了，他也不着急，靠在沙发上，等着赵长风的最后答复。

“赵叔叔，既然您这么信任我，我就听您的安排。”赵长风终于下定了决心。

赵强笑了起来：“这才是敢打敢闯的赵长风嘛！我就说我不会看错人的！”他看了看手表，“哟，都快两点了。这样吧，一会儿我叫司机过来，送你回去。”

赵长风忙道：“赵叔叔，不用了。外面出租车还多着呢。再说从这里到我的宿舍才两公里路，我走路很快就到了。”

“也好！”赵强站了起来，“长风，你回去好好休息。这两天有空多收集一些天外天股份的资料，先琢磨一下如何着手开展工作。等人事厅的调令正式下来之后，我再安排你去见商业厅的几个领导，你们沟通一下。”

过了十几天，人事任命正式下来了，赵长风被任命为商业厅企业处副处长，过了春节就到商业厅去履新。

接到调令之后，赵长风开始交接业务部的工作。在赵长风的推荐下，业务部副经理蒋丽君顺利接任了赵长风的空缺，郑晓键依旧在副经理的位置上踏步。赵长风还推荐了原来审计科的老张过来接任蒋丽君的副经理职位。“三二七”专案组时老张对自己的教诲和帮助，赵长风记忆犹新，他一直希望有个机会能提携老张一把。毕竟老张快四十岁的人了，再继续担任科员实在是太不公平了。

蒋丽君和老张对赵长风大为感激，尤其是老张。赵长风毕竟只在审计科呆了几个月，老张本以为他和赵长风那点淡淡的交情，会随着赵长风的不断升迁而烟消云散，而且赵长风到了业务部担任经理之后，也从来没有去看过老张。可是就在赵长风升任了副处长，要调离省机关事务管理局的时候，竟然在三位局长面前极力推荐老张担任业务部副经理，这怎能不让老张感激涕零?

老张甚至破天荒地第一次去送礼，用一个信封装了一张五千块的贵宾卡送到赵长风宿舍。赵长风笑了，说他推荐老张不是出于个人感情，而是出于对业务部工作的负责。业务部现在资金流动这么大，如果让别人监管，很难不出现像前业务部经理方大海那样的贪腐分子。老张在审计科干了十几年，人品和政治素质绝对没得说，又精通审计，他担任业务部副经理可以帮蒋丽君把关，让下边的人根本动不了手脚。赵长风把卡塞还到老张手里，老张其实心里都明白，他拍了拍赵长风的肩膀，只说了一句：“余情后报!”就离开了。

老张刚走，赵长风就接到一个电话，电话里传来一个兴奋的声音：“长风老弟，听说你又升官了?”

赵长风一笑，程路同书记终于舍得离开白元县，到省城来了。

程路同今年就要满五十八岁了，按照干部任职年龄的规定，县处级干部满五十八岁之后就要调离领导岗位，担任调研员或者副调研员的虚职。今年是中原省各级政府的换届年，程路同的县委书记是铁定保不住了。所以程路同就想提前到省城活动一下，看能不能活动个副巡视员干干。虽然副巡视员也是虚职，但是行政级别相当于副厅级，也满足了程路同退休之前升到副厅级的愿望。

按照中原省换届工作的部署，七月份是省级领导班子换届，到十二月份，就轮到地市级领导班子换届了，所以程路同就打算争取早日把他的事情搞定。当然，程路同的政治资源远非当初担任副书记时那么贫乏了，他在白元县的县委书记位置上稳坐了几年，加上又有伏牛山风景区的滚滚财源做后盾，他已经在宁浩市上层领导之间编就了一张牢不可破的关系网。不过为了谨慎起见，程路同还是决定到省里活动一下，至于活动的对象，当然是好兄弟兼生意伙伴赵长风的叔叔赵强省长了。程路同刚到中州，就听到赵长风升任副处长的消息，所以就约赵长风出来，要为赵长风摆宴庆贺。

“长风老弟，我还通知了历书记和朱校长，”程路同在电话里说，“就咱们两个人，不够热闹。”

赵长风知道，程路同这是为他做宣传呢。历程生和朱历宏，一个是他的系书记，一个是他的大学校长，赵长风升任副处长的消息让历程生和朱历宏知道，就等于让华北财大所有的老师知道。毕业三年半就成为省政府直属机关的副处长，这样的升迁速度也算是华北财大所有毕业生中的第一名吧？富贵不还乡，如锦衣夜行。程路同主动替赵长风把历程生和朱历宏约过来，很有点让赵长风衣锦还乡的意思。

程路同本来说下班之后，开车到机关事务管理局大院来接赵长风，赵长风觉得太扎眼。这边人事任命刚下来，那边就开始有专车来接？这会给机关事务管理局的人留下什么印象？这不符合赵长风一贯谦虚谨慎的低调作风。

“程哥，我还是自己打车过去吧。”赵长风笑道，“黄河锦江饭店是吧？我到了给你电话。”

黄河锦江饭店离省机关事务管理局不远，是中原报业集团投资兴建的一家五星级酒店，无论餐饮还是住宿都极为豪华。

赵长风下班赶到黄河锦江饭店的时候，朱历宏、历程生都已经提前到了，他们和程路同一起都在等候赵长风，赵长风就有点过意不去。从职务上来说，朱历宏是地厅级干部，历程生是正处级，赵长风现在不过是刚接到人事任命的副处级；朱历宏和历程生都比他年纪大，而且还是他的师长，他们提前到了，赵长风却姗姗来迟，实在是有点失礼。

“朱校长、历书记，你们来得好早啊。”赵长风抱歉地说，“这些天是特殊时期，我不太方便提前下班。”

“长风啊，才多长时间没见，就学会和我们客气了？”朱历宏和历程生笑着说，“咱们之间还需要拘于那些俗礼吗？”

庆功宴由程路同一手安排，很奢华，就差一条龙服务了——程路同知道赵长风不好这个，而且朱历宏和历程生也是赵长风的师长，一起去不太合适。

在酒宴之上，朱历宏和历程生毫不吝啬对赵长风的赞美之词，仿佛赵长风是华北财大建校以来最杰出的毕业生。这让赵长风非常不好意思，他自知毕业以来没有回报过母校什么，现在既然朱历宏和历程生都说到这个份儿上了，他就提出赞助母校一百万元的教学设备，其中五十万元属财金系专用。在经济危机的影响下，教育经费也很不宽裕，赵长风一出手就赞助一百万，这下朱历宏和历程生心里都乐开了花。

酒宴之后，他们又到锦江饭店的包厢吼了几首歌，朱历宏和历程生这才心满意足地离去。程路同拉着赵长风到了楼上的豪华套房。

“长风老弟，你真是大手笔啊!”程路同摇头赞叹，“我一顿饭只花了几千元，却让你破费了一百万，实在有点过意不去。”

程路同不由得又是一番赞叹，然后才说：“长风老弟，我的事怎么样了?”

赵长风笑了起来，知道他是想让自己引见赵省长：“程哥，着什么急? 离省里换届还有六个月，离地市换届就更早了，省里的领导班子没有定下来之前，地市的领导班子谁也不好保证啊。”

“行了!”程路同狡黠地一笑，“长风老弟，省里领导班子即使换届，赵省长的位置只会进一步高升，在地市一级的人员配置上更有发言权。又何况我又不争什么领导职务，只是想行政级别升一升，弄个副巡视员干干。”

“哎，程哥你既然这么说，我再推辞就不够意思了。”赵长风苦笑两声。

这话要是以前，赵长风绝对不敢说，但现在他敢对程路同做出承诺了。为什么? 因为就在前几天他想出了一个绝妙的主意，至少可以解决天外天股份公司的大半亏损。这个主意让赵强非常兴奋，即使赵长风当时的调令还没有下来，赵强还是让商业厅的金雨渊厅长过来，和赵长风提前见面了。

金雨渊其实也早就得到消息，知道机关事务管理局的年轻干部赵长风要到商业厅企业处当副处长，而且金雨渊早在上次公开选拔副处级干部的时候就知道，赵长风是赵强副省长的侄子。所以当他在赵强办公室见到赵长风时，并不感到意外。

“金厅长，赵长风同志以后就归你领导了，你要严格管理，大胆使用。”赵强交代道。

金雨渊立刻就听出来了，虽然赵强把“严格管理”四个字放在前面，其实重点却是后面“大胆使用”四个字。

“赵省长，你放心，我一定照你的指示做。”金雨渊答道。

赵强又说：“金厅长，你先领着长风去见一下企业处的同志，让他提前熟悉情况，以便尽早进入角色。”

金雨渊又听出来了，虽然人事厅的调令还没有正式下来，赵长风已经可以过问企业处的工作了。

“赵省长，待会儿我就给企业处打个电话，让他们下午都在办公室等着，我带长风同志提前去走一走。”金雨渊说道。

“具体怎么做，金厅长看着安排吧。”赵强笑了笑，端起了桌上的茶杯。

金雨渊就知道他该带着赵长风离开了：“赵省长，那你忙吧。我先带着长风同志去厅里。”

赵长风不是神仙，他当然不可能在短短四五天时间内就想出办法去真正解决天外天股份的问题。但赵长风是一个财务运作高手，他可以通过财务的手段来调整天外天股份的亏损。

在这个世界上，不乏这样一些高手，琢磨规则的漏洞，然后想办法利用这些漏洞来实现自己的某种利益或者谋求利益的最大化。赵长风相信，世界上没有不存在漏洞的规则，关键是会不会去找。赵长风从赵强那里回去后，只琢磨了两天，就找到了证监会新规定中可以利用的漏洞。

按照规定，不管企业前两年亏损多少，只要第三年能够实现盈利，哪怕只赚一块钱，也叫扭亏为盈，就不用退市了。所谓盈利亏损，只是核算企业当年的经营状况，和企业以前年度的经营状况没有关系。赵长风就是想在会计年度上做做文章。现在刚过元旦不久，天外天股份公司的财务报表还没有出来。上市企业的财务报表提交时间很宽松，可以在第二年的一月到五月之间交，这样就留出了很大的操作空间。

赵长风可以通过会计技术上的操作，把天外天股份公司将要在今年发生的亏损挪到去年，这样去年的亏损数额虽然会加大，但是今年扭亏为盈的难度就会小很多，反正前年和去年两年连续亏损已经成为定局，不如在财务报表上加大去年的亏损，为今年扭亏为盈打下良好的基础。

赵强听到赵长风的汇报后非常高兴，虽然这并不是真正意义上的扭亏为盈，但是可以避免天外天股份公司被退市，在政府换届之前维持稳定的局面，这对赵强来说意义重大。

金雨渊带着赵长风和企业处的同志都见过面之后，赵长风又要求和天外天集团的领导们见面，并要求他们在一天之内拿一份天外天股份的简易财务报表出来，以供他对情况进行分析。他还要求，会计报表未经他审核，一律不许上报。

天外天集团的徐董事长听了赵长风如此霸气的话，就用眼神询问金雨渊。金雨渊说："赵处长过几天就到企业处上班了，你们就照赵处长的指示办。"

赵长风拿到天外天股份的简易财务报表之后，经过分析，很快就找到了处理的手法，于是他立刻去向赵强做了汇报。

"赵叔叔，我觉得照这样去处理，不但能让天外天股份在账面上实现扭亏为盈，而且还可以筹集到一笔巨额资金，为下一步发展奠定良好的基础。"

赵强听了赵长风的汇报后连连点头："这个方法的确不错，但是要注意保密。"

赵长风想了一下，说道："赵叔叔，我觉得我在企业处期间只要抓好天外天股份的工作就行了，其他事情就交给别人处理，天外天股份的事我也不希望别人插手。所以我到企业处之后，希望成立一个工作督察组，我任组长，就扎在天外天集团，指导天外天股份的经营。"

赵强明白，赵长风所谓的工作督察组，就相当于钦差大臣，所有一切企业的经营活动都必须得到赵长风的同意。而且他还是商业厅企业处的副处长，虽然领导着天外天集团，一旦天外天发生什么问题，赵长风只是负责督察，当然不用负什么具体责任。

"我看可以！"赵强说，"我回头就跟金厅长打招呼。"顿了一下，赵强又道，"长风，你好好干，过了今年这个坎，明年就让你到下面锻炼！"

赵强虽然没有多说什么，但是赵长风能够感觉得出赵强的高兴和轻松。所以，这时程路同提出想见一下赵强，赵长风觉得可以去尝试一下，如果赵强有空，抽几分钟见一下程路同还是可以的。赵长风知道，如果他向赵强提出这个要求，赵强绝对不会生气的，最多只是拒绝而已。

"长风老弟，那真是太感谢了！"程路同激动得不知说什么好。

赵长风又问道："程哥，咱们风景区账上有多少资金？"

程路同说："一亿五千多万吧。长风，你有什么计划？"

其实伏牛山风景区每月的财务报表阳江超都会发给赵长风一份，赵长风自然知道账上还有多少钱，他问的意思就是打算用这笔钱。

赵长风道："程哥，春节过后，风景区的开发建设先停一停，把钱挤出来，我有用。"

赵长风既然没有告诉程路同资金做什么用，程路同也不问，他知道跟着赵长风干是不会吃亏的，伏牛山风景区让他赚了个盆满钵满，而且他们从来没有为经济利益发生过什么争执。

"好，那我回去跟阳总交代一声，除了景区必要维护和运营资金外，尽量筹集更多的资金过来。长风，我开了两个套房，你留下休息吧。天这么晚了，没必要回去。"

果然如赵长风所料，赵强听了赵长风的要求后沉吟了一下，就同意了见程路同，但他说了四个字："下不为例！"

赵长风自然明白。如果不是和程路同太铁了，赵长风绝对不会贸然向赵强开这个口。赵长风立即打电话给程路同，并且说赵强只能见他十分钟，不要扯杂七杂八的事。

"我明白，我明白。"程路同连声应道。

赵长风领着程路同来到赵强的办公室，轻轻敲了一下门，里面传来赵强的声音："进来。"

赵长风领着程路同进去，程路同脸涨红着喊了一声："赵省长。"声音还有些颤抖。

赵强笑着说："是路同同志吧？听长风说起过。坐吧。"

程路同就只用小半个屁股坐在沙发上，双手规规矩矩地放在膝盖上，激动地望着赵强，就好像小学生被叫到校长办公室接受表扬一样。

赵强态度和蔼可亲，问了一些县里的情况，程路同规规矩矩地回答了，赵强不问，程路同就不知该说什么好。赵强觉得程路同还算老实本分，不像那些来跑官的干部，说起话来口若悬河，头头是道。

"路同同志，我知道基层的同志们也不容易，很是辛苦。"赵强说道，"你的情况我都了解了，这样吧，你先回去。回头我见了南丰同志，会和他说一声的。"

程路同知道，赵强口里的"南丰同志"就是省委组织部部长胡南丰，副巡视员属于副厅级干部，任命权在省里，必须经过省委组织部的同意。

“谢谢赵省长!”程路同感激地说，“赵省长您忙，我就不打扰您了。”

出了省政府之后，程路同脸色依旧涨红，显然心情还不能平静下来。

“长风老弟，程哥欠你太多了啊!”程路同紧紧握住赵长风的手，“真不知道该怎么感谢你!”

赵长风笑道：“程哥，你又来了，又来了！还把不把我当兄弟？说这么见外的话。”他拍了拍程路同的手，“程哥，我还要回去交接，处理一大堆事，这次就没办法好好陪你尽兴了。下次等我工作稳定下来，一定好好陪程哥玩个痛快，如何?”

资金管理中心业务部的交接工作很快就处理完了，尤其是蒋丽君本来就是资金业务部的副经理，对业务很熟，赵长风稍微一点拨，蒋丽君马上就明白了，所以只用了三天时间，业务部的交接就大致完成了。赵长风已经开始把主要精力放在天外天股份有限公司上了，一月中旬，赵长风就常驻天外天集团办公。根据商业厅金雨渊厅长的指示，天外天集团在总部办公楼里腾出一间大办公室，当做赵长风的临时办公室。因为赵长风还没有正式到商业厅企业处报到，所以这个办公室暂时没有挂牌子。等春节后，赵长风到企业处报了到，这个办公室就会挂出商业厅临时工作督察小组的牌子。

此时，天外天股份公司的财务总监正在这个临时办公室接受赵长风的指示：“王总监，这笔应收账款准备金你必须计提。”赵长风指着天外天集团欠天外天股份公司的十二亿三千万欠款说。

上市企业的母公司普遍占用上市企业的资金，而且数额一般非常大，天外天集团也不例外，从子公司天外天股份公司动用了十二亿三千万。

“赵处长，我们已经按照千分之五的坏账准备金计提了。”王总监小声地争辩道。

赵长风笑起来，说道：“王总监，你认为千分之五的坏账准备金合适吗?你认为天外天集团还会归还天外天股份公司这笔欠款吗?”

王总监支吾着不知怎么回答。这个商业厅新派过来的钦差大臣太咄咄逼人了，年龄不过二十四五岁，但是说话的口气似乎连商业厅的金雨渊厅长都不放在眼里。

“王总监，我个人认为，必须按照百分之二十的比例计提应收账款坏账准备金。”

赵长风的语气不容置疑，虽然说是个人认为，实际上就是王总监必须这样去做。

“赵处长，这样一来，去年就会多增加两亿四千六百万元的亏损啊。本来天外天股份已经亏损得很厉害，这样的财务数据一出来，会把投资者都吓跑的。要不这十二亿三千万元欠款分几个年度按照百分之二十的比例计提，这样也给公司和投资者一个缓冲。”

赵长风此时当然不能告诉王总监，他这样做是为了应对证监会即将出台的证券管理新规则，一旦风声泄露出去，他精心准备的计划就全完了。

“不行！”赵长风不为所动，“这坏账准备金必须从稳健性原则出发，最大限度地计提，只有这样才是对投资者真正的负责！”

“那，赵处长，我还要跟徐董事长汇报一下才能答复你。”王总监说。

徐董事长既是天外天集团公司的董事长，也是天外天股份公司的董事长。这么大的事，没有徐董事长的首肯，王总监可不敢听这个年轻处长的一句话就去修改财务报表。

赵长风冷冷地说：“没问题，你尽管去找徐董事长汇报。不过，你先别忙，去年年报还有需要修改的地方。”

王总监一愣，小心翼翼地问：“赵处长，还有什么地方需要修改？”

赵长风指着预提费用一栏道：“这个预提费用的比例太低，不足以应付今年全年的业务费和广告促销费。”

“赵处长，那你觉得这些费用提多少合适？”王总监不是小心翼翼地问。

“提两个亿吧。”赵长风说，“其中一半必须分摊在去年。”

王总监倒吸了一口凉气：“赵处长，这样一来，去年的费用就会增加三个多亿。”

赵长风点了点头，说：“没错。你现在就去请示徐董事长，告诉他今天下午下班之前必须做出答复。”

第二章　杀鸡儆猴树立威严，紧锣密鼓从容布局

要解决天外天公司濒临退市的问题，首先要取得内部的主导权，赵长风上任之初强势压服徐董事长，就是为了警告其他有心人，别在这个时候撞上他的枪口。同时他也在积极地调配资源，事关万千股民的切身利益，赵长风不能看着这个庞然大物轰然倒塌，他严阵以待，成败在此一举。

“什么？去年要增加三个多亿的费用?”徐董事长大吃一惊。天外天股份公司去年上半年亏了五个多亿，他和公司的领导班子使出浑身解数，想尽各种办法才把下半年的亏损额维持到一亿三千万元，这样全年下来中原天外天公司还是巨亏了六亿五千多万元。现在赵长风又这样搞，要往去年增加三个多亿的费用，这样算下来，天外天股份公司去年的亏损额度岂不是要将近十个亿？这岂不是又要创下一个股市的纪录吗？天外天股份公司前年就创下了全国股市最大的单股亏损额度，去年要是再刷新了全国股市最大的亏损总额，那他这个天外天集团的董事长还要不要再干下去?

“王总监，你等着，我去找赵处长商量一下。”徐董事长只好亲自出马来找赵长风。可他完全没有想到，即使他赔着笑脸，说尽好话，赵长风依旧是冷冷地说：“徐董事长，我们必须本着实事求是的原则，把天外天股份公司的真实情况如实反映给广大投资者，以帮助他们做出一个正确的判断。这样才能减轻天外天股份公司股价变动造成的动荡。”

徐董事长铁青着脸出来，心中大骂赵长风，不就是一个小小的副处级干部吗？我一个堂堂的副厅级干部，这样跟你说软话你都不给面子？徐董事长怒气冲冲地打电话给金雨渊：“金厅长，这董事长我没法当了!”

“老徐啊，你怎么政治上还不成熟啊？就是闹情绪、尥蹶子，也要选个时候吧？”金厅长轻描淡写地说了一句，就挂断了电话。

徐董事长听着话筒里传来的忙音，心里不知是什么滋味。

偏偏王总监不识趣，凑过来问道：“徐董，金厅长怎么说？”

徐董事长一肚子邪火全都发到王总监身上了：“以后少给我没事找事，赵处长怎么吩咐你的，照做就行了！”

王总监只好乖乖地回到工作督察组办公室，继续接受赵长风的工作指导。

搞定王总监之后，赵长风从天外天集团出来，准备回资金管理中心，这时候他接到了郭鲁明的电话：“赵处长，现在有时间吗？我想和你谈一谈。”

自从人事厅的调令下来后，这已经是郭鲁明第四次打电话给赵长风了，前三次赵长风是真的顾不上，他有很多事情要处理，不过现在他终于可以抽出一点时间了。

他们找了一个茶楼，要了一壶信阳毛尖，赵长风笑呵呵地对郭鲁明说：“喝茶，喝茶。”然后就悠闲地靠在藤椅上，端起茶杯小口地品着。

“郭哥，有事？”赵长风明知故问。

“有点事，只是不好开口。”郭鲁明忽然像喝醉酒一般脸色通红。

赵长风笑笑，说道：“有什么不好开口的？你是我的老大哥，有什么话就说吧。”

“赵处长，你知道，我参加工作已经八年了，还是一个副科长，可是身边那些工作才五六年的人大多都是科长了。我再不想办法动一动，以后怕是没有机会了。”郭鲁明说。

赵长风喝着茶杯，沉吟着没有说话。

郭鲁明又说：“赵处长，我其实就是想动一动，哪怕是一个闲差也行……”他殷切地望着赵长风，眼里充满了希冀。

赵长风过了一会儿才放下茶杯，对郭鲁明说：“郭哥，调令刚下来，我还没有正式到企业处去报到，具体情况我都不了解。你的事我会放在心上的，有机会就到上面帮你说一说。”

郭鲁明大喜过望，赶紧说道：“那我就拜托赵处长了。”他从包里掏出一张小卡片，递给赵长风：“赵处长，上次咱俩见面的时候，我没有来得及把这个东西给你。这次我带过来了。”

赵长风一边接过来一边问道："这是什么?"

郭鲁明说："这是咱们财大历年来分配到省直机关的校友通讯录，不包括你共有九人，其中职务最高的是建设厅的科长。"

赵长风接过来翻开，只见小巧的卡片上详细地记录着每个人的姓名、职务、工作单位和联系电话。

郭鲁明又道："省委省政府是中原大学和中州大学毕业生的天下，很多省直机关领导都是这两个学校毕业的。我们财大成立时间晚，进省委省政府的人又少，几乎没有什么影响力，中原大学和中州大学出身的官员也从来不把我们财大的人放在眼里。不过赵处长既然来了，这个局面应该慢慢地改变了。"

赵长风笑了起来："郭哥，你这话说得太重了吧?我只不过是一个小小的副处长，就能改变这个局面?不过以后我们财大出来的干部应该团结一致，虽然在省委省政府我们力量还小，但是在金融机构我们的力量不弱吧?"

听到这话，郭鲁明就懊恼起来："赵处长，说起这个来，我还懊悔呢!当初大学毕业，省政府的指标比金融机构的指标抢手多了，我费了好大的力气才抢到手。可现在呢，和我同时毕业的同学有两个都已经是银行省级分行的副处长了，我却还是商业厅一个小小的副科。"

赵长风拍了拍郭鲁明的肩膀说："郭哥，你后发先至，到时候该那些金融机构的同学羡慕你才是。"

郭鲁明连忙说道："那就借赵处长的吉言了!"

一月底，天外天股份公司的年度报表出炉，王总监先送给赵长风审阅，赵长风看到完全按照他的意思计提了坏账准备金，各种费用也加大了计提比例，最后数据是去年天外天股份公司一共亏损了九亿三千七百万元。

"王总监，报表先放在我这里吧。我看完后通知你。"赵长风淡淡地说。

"那好，我不打扰赵处长了!"王总监赔着笑退了出去。

赵长风拿出计算器，经过仔细核算，觉得这个报表基本上没有什么漏洞，就打电话给王总监。

现在就等着春节后，会计师事务所对天外天去年的年报进行审计、出具报告了，其他的运作必须等赵长风正式到企业处报到后再开展，他之所以提前插手天外天股份的事，就是因为年报的时间太紧，必须搞定，所以才事急从权。

因为年后才到商业厅报到，所以现在赵长风还算是省机关事务管理局的人。虽然工作交接已经完成，赵长风还是习惯每天到资金管理中心坐坐，不过这个时候他一般不去业务部，以免影响蒋丽君的工作。赵长风更多的时候都是在刘茂才的主任办公室闲聊，刘茂才其实很舍不得赵长风离开，毕竟有赵长风在，资金管理中心的业绩就能涨上去。现在赵长风走了，还不知道以后会是什么样子。刘茂才现在就想和赵长风多聊聊，看赵长风对资金管理中心今后的发展有什么新想法，毕竟赵长风到了商业厅之后再过去请教就不合适了。

赵长风觉得很奇怪，刘茂才怎么会忽然勤学好问起来，不过赵长风只是简单地谈了谈，并不愿意深谈，毕竟以后业务部是蒋丽君主持工作，他不想用自己的思路影响了蒋丽君。

这时李恩华打电话过来，让赵长风到他办公室去一趟。刘茂才笑吟吟地说："赵处长，你即使要离开咱们局了，还是局长大人眼中的红人啊。"

"刘主任，你别总寒碜我了！"赵长风站了起来，"有你这老领导在，我再红也得排在你后面啊。"

见赵长风进来，李恩华笑着问："长风，工作都交接完了吧？"

赵长风道："李局长，基本上交完了。"

李恩华笑着点头道："效率挺高嘛！来，坐下说话。"

赵长风在李恩华对面坐下。李恩华端起茶杯轻轻抿了一口，笑眯眯地问道："长风，什么时候打算请我喝你的喜酒啊？"

赵长风摇了摇头，说道："还说不准呢。"

其实不用李恩华提起，赵长风也在考虑结婚的事。一是他马上二十五岁了，该结婚了；还有一个原因是出于仕途的考虑。如果他今年能够按照赵强的交代，把天外天股份公司的事情搞定，那么明年就会到下面出任县长。在出任县长前，他必须结婚。

判断一个男人是否成熟的很重要的标准，就是看这个男人有没有成家立业。所谓成家，当然是指有没有结婚组建家庭。假如一个男人还没有结婚，别人就会认为他还没有成熟，至少还没有准备好负起对家庭的责任。县长可是管理一方水土和民众的地方大员，给外界的印象必须是成熟可靠的，赵长风年龄小一点倒无所谓，但是如果他没有结婚，到下面去担任县长，谁会信任他呢？还没有负担起家庭的责任，又如何能担负起对全县人民的责任？

所以赵长风就想抓紧时间，过了春节之后和方佳怡把婚事办了，而李恩华此时忽然问起他这件事，可能也有委婉提醒的意思。

“呵呵，这事是需要征求双方父母的同意。”李恩华说，“不过，除了方司令和你父母的同意，你还需要一点东西吧？”

赵长风挠着头问：“李叔叔，我的确是想不起缺什么东西。”

李恩华说：“房子，你和佳怡结婚不需要房子吗？”

赵长风这才恍然大悟：“原来是房子啊。等我到商业厅之后就立即写报告申请。”

李恩华摆了摆手，说道：“长风，何必费那么大的周折呢？咱们局就是管省直机关干部房子分配的，你从局里出来没有房子，却要到商业厅再申请，岂不是让人家笑话咱们局吗？”

李恩华打开抽屉，递给赵长风一张表格：“长风，你现在把这张住房申请表填了，我交给房产管理处的周处长，争取在春节之前让他把房钥匙交到你手里。”

“李叔叔，太谢谢你了！”赵长风激动地说。他倒不是在乎这一套房子，而是在乎李恩华对他的这一片心意。赵长风旋即又想起了一个问题，问道：“李叔叔，我已经是商业厅的人了，这时候分给我房子，局里其他领导干部会不会有什么看法和意见？”

李恩华摆手道：“谁说你现在是商业厅的人了？只不过是人事厅的调令下来了而已，只要你一天没去商业厅报到，你就还算是咱们机关事务管理局的人！”

“只要不给李叔叔添麻烦，我就放心了。”

李恩华笑了，说道：“长风，我知道你根本不在乎这一套房子。要不当初银泰典当行有好几次四折处理房产，你早就买下来了。这套房子其实是关乎一个面子。你到商业厅去，大家都知道你已经弄好了房子，他们会羡慕你、佩服你；如果你到商业厅还需要打报告申请房子，他们嘴上不说什么，心里肯定有些鄙夷，说你在省机关事务管理局混得一定不咋样，否则你竟然连套房子都没分到?”

“还是李叔叔想得周到。”赵长风笑着说，“以后我在商业厅遇到什么问题，就回来向李叔叔请教，到时候李叔叔可不要嫌我麻烦啊!”

“欢迎之至!”李恩华大笑，“长风，你先把这个表填好吧，抓紧时间去房产处，周处长那边我已经打过招呼了。”

赵长风来到房产管理处，周处长果然在办公室里等着，看见赵长风过来，热情地迎过来，亲手关上房门，把赵长风让到沙发上。

把赵长风的申请表仔细地看了一遍，周处长说：“没有问题。这样写就行。”然后他又问赵长风，“赵处长，你打算要多大面积的房子?”

赵长风就问：“周处长，现在有多大面积的呢?”

周处长说：“有一百二十平方米和一百六十平方米两种。其中一百六十平方米的，原则上只分配给厅级干部，但也有一些富余，所以表现优异的处级干部也能享受。只是……”

“只是什么呢?”赵长风见周处长欲言又止，就问道。

周处长说：“只是厅级干部分到一百六十平方米的房子只需要交三万元，处级干部如果要住一百六十平方米的房子，需要补交一万元的差价。”

赵长风道：“也就是说，我选一百六十平方米的房子，就要交四万元?”

周处长点头道：“是有这么一个规定。本来李局长有交代，我不应该提这个规定，但是……”

赵长风点了点头，道：“周处长，如果不违反原则的话，我就选一套一百六十平方米的房子吧。钱什么时候交?”

周处长说道：“钱先不忙，我先让人带你去看房子，满意了再交到财务科。”他又说，“赵处长，虽然钱没办法减免，但是位置朝向你可以优先挑选，保证比有些副厅级干部的还好。”说到这里周处长下意识地看了看周围，低声说，“当然，这个情况你知道就行，千万不要说出去。”

“怎么会呢?”赵长风笑了起来，“周处长，真是麻烦你了!”

周处长说：“赵处长，你别和我客气了。到商业厅之后，有什么好项目，关照一下老哥就好。听说企业处下边有很多企业，机会很多呢!”

赵长风点头道：“一定一定。”

“赵处长，你等一下，我这就叫人过来。”周处长打了个电话，把房管科的陈科长叫过来，让他带着赵长风去看房。

陈科长开着房管科的面包车载着赵长风出了机关事务局大院，赵长风和陈科长商量："陈科长，能不能帮我去接一个人？有个人在旁边参谋，我心里才有数。"

陈科长自然不敢得罪炙手可热的红人，他说："没问题，赵处长说怎么办就怎么办。反正今天一天时间就交给你了。"

赵长风就打电话给方佳怡。方佳怡在大学当老师，这时学校已经放了寒假，听赵长风说要看房子，她满心欢喜。

接上方佳怡，陈科长一上午载着他们跑了三处地方，看了七套房子，最后方佳怡相中了一套离省军区大院比较近的房子，说以后回家看爸爸方便。赵长风也觉得这套房子挺好，楼层不高，三楼，无论是爸爸妈妈还是方司令来看他们都不用爬得太累。

房子是有了，现在的问题是，该如何做通双方家长的工作。赵长风这边，父母天天巴望着赵长风赶快结婚，可是方振华的态度就值得琢磨了，他虽然没有反对方佳怡和赵长风交往，但是对赵长风自始至终都是不冷不热，总感觉有一层隔阂，赵长风不知道该如何去对方振华说这件事。

方佳怡不管赵长风的顾虑："长风，我不管，反正你必须做通我爸爸的工作，你总不能让我去对我爸爸说，'爸爸，我要嫁给赵长风了，你赶快同意吧'？"

赵长风耸耸肩道："好吧，我去，我今天晚上就去，伸头是一刀，缩头也是一刀，这一关我早晚要过。"

方佳怡眉开眼笑，亲了赵长风一下："我就知道你对我好。对，今天晚上就去我家，赶快让我爸爸同意，只要我们俩领了证，办了喜事，以后就可以天天在一起了。"

赵长风嗅着方佳怡身上诱人的体香，嬉皮笑脸地说："佳怡，我们可以天天在一起吗？"

方佳怡狠狠地拧了一下赵长风的胳膊，嗔怒道："臭流氓，整天都想着那事。"旋即又咯咯笑道，"长风，今天晚上就看你的本事了，能过了我爸爸这一关，你才能想其他事。"

晚上，赵长风和方佳怡一起来到方家，方振华对赵长风依旧态度冷淡，招呼赵长风吃饭，但是并没有多说什么。吃过饭后，方振华说："佳怡，你陪长风在下边聊吧。"转身就要上楼。

方佳怡偷偷地掐了一下赵长风的胳膊，赵长风连忙叫道："方伯伯，我想和你商量一点事情。"

方振华扭身站住，说道："哦？什么事？"

赵长风迟疑了一下，说道："方伯伯，我爸爸妈妈过年的时候想来中州看看你。"赵长风说得比较含蓄，在中原地区，男女双方父母正式见面，多半就是商量儿女的婚事。如果方振华同意赵长风的父母过来，那么表示方振华已经首肯了赵长风和方佳怡的婚事。

方振华沉吟了一会儿，说道："长风，先不忙，等过了今年再说吧。"

赵长风没有想到方振华会拒绝得这么直截了当，一下愣住了。方佳怡在一旁跺脚道："爸！"

"丫头，你急什么？"方振华眼神复杂地看了方佳怡一眼，"我这也是为你好！"然后就转身上楼去了。

"爸！"方佳怡要追上去，赵长风一把拉住了她："佳怡，别去了。方伯伯既然这样说，一定有他的用意。"

"他，他蛮不讲理！"方佳怡气咻咻地说，"他能有什么用意？整天就是装深沉！"

赵长风拍了拍方佳怡的肩膀道："佳怡，不要这样说，方伯伯既然说过了今年再说，说明他已经在考虑这个问题了，也许今年就是他对我的最后一年考验呢。"

"考验？还需要考验什么？"方佳怡撅着嘴说。

赵长风把方佳怡拉到沙发上："佳怡，你还记得上次方伯伯说不想让我去当商业厅的副处长吗？"

方佳怡点头道："我记得，怎么了？"

赵长风说："估计方伯伯就是因为这件事，才不同意我今年和你结婚的。"

"为什么？"方佳怡瞪大了眼睛，"难道说我爸爸不想你升官？害怕你升官之后当陈世美？"

赵长风捏着方佳怡的鼻子说："你想象力还真丰富！方伯伯是担心我到企业处后出事啊。"接着赵长风就把企业处下属的天外天集团的情况说了，"佳怡，赵叔叔也是给我一年时间，说如果我完成了，就让我到下边当县长；方伯伯也说过了今年再说我们的事。看来他们担心的都是天外天股份公司的事，担心我在上面栽跟头。”

方佳怡听了天外天股份有限公司的情况后也紧张起来，她拉着赵长风的手说：“长风，要不你别去企业处当副处长了。反正以后机会有的是，干吗要冒这么大的风险呢？”

赵长风笑了，抚摸着方佳怡的手说：“你放心，我有分寸。这件事对别人来说有风险，在我眼里还不算什么。不经过这次考验，如何让赵叔叔相信我是能独当一面的人呢？对我来说，企业处的副处长干不干无所谓，但是县长我必须干。没有基层工作的经历，就根本锻炼不出独挑大梁的本领。”

方佳怡扭过身，背对着赵长风说：“我不管，总之，我要你平平安安，我不希望你出任何事！”

正月初八是省直机关年节后上班的第一天，赵长风在业务部又待了一天，到了下午，赵长风在资金管理中心交接手续上正式签字，算是为省直机关事务管理局的生涯画上了句号。

下班的时候，刘茂才说要为资金管理中心的功臣赵长风处长摆送行酒。赵长风本来不想参加，但是又怕冷了大家的心，加上刘茂才说局里几位头头脑脑他都邀请了，晚上会一并出席，赵长风就更没有办法推辞。

送行酒设在华风宾馆的餐厅，整个华风餐厅的二楼都被刘茂才包下来了。刘茂才担任过华风宾馆的老总，这叫肥水不流外人田。除了资金管理中心中心二十多个副科级以上干部外，机关事务管理局的李恩华局长、白长钢局长和徐克猛局长，还有纪委常务副书记王书记、办公室陶主任、人事处王处长、财务处和房管处两位周处长都出席了，审计科的左科长因为曾经是赵长风的同事兼领导，也被刘茂才邀请过来了。

第二天赵长风起床后，感觉喉咙很疼，知道是昨天喝酒太多的缘故，他翻找出喉片，含了一片在嘴里，才感觉喉咙滋润了一点。

到了商业厅，金雨渊厅长和人事处的林煌处长亲自陪着赵长风到了企业处。企业处的干部们都已经接到了通知，知道今天新任副处长要过来，都早早地过来等候。林煌处长亲自宣读了商业厅关于赵长风同志出任企业处副处长的任命文件，金雨渊大讲了一番赵长风同志以前的光辉成绩，不吝赞美之词，这都意在向企业处的干部们传递出信号：赵长风绝对非同一般。

和企业处的同志们见过面之后，金雨渊又把企业处目前主持工作的姚处长叫到办公室，当场传达了厅里对赵长风和姚处长的分工。其实之前金雨渊已经和姚处长通过气了，但是他现在当着赵长风的面再说一遍，是要表明郑重其事的态度。

按照金雨渊的说法，其实也是赵长风的要求，就是姚处长继续全面主持企业处的工作，赵长风专门负责中原天外天集团的整改工作。至于赵长风所需要的人手，可以从企业处各科室抽调。

出了厅长办公室，赵长风和姚处长又客气了一番。姚处长其实心里明白，名义上虽然他的级别比赵长风高一级，其实是因为赵长风没有想和他争这个权力，实际上在企业处赵长风是老大，他只是辅佐赵长风的。姚处长是老实人，但并不代表他不是聪明人，以前崔处长在的时候，别的副处长和崔处长相处不来，没多长时间都会被挤走，偏偏姚处长就能安然无恙地在企业处留下来，为什么？无他，唯老实耳！姚处长就是一门心思地老实，不和别人争权夺利，牢记老实是福，才安安稳稳地在企业处副处长的位置上干了这么久。

赵长风的办公室就在崔处长的办公室对面，崔处长只是到党校去学习，并没有明确下文调离企业处，所以他的办公室还保留着。

姚处长陪着赵长风到了办公室，然后把企业处三个科的九个正副科长都召集过来，一一为赵长风做了介绍。赵长风也不客气，直截了当地对科长们说，他的主要任务就是对天外天集团进行整改，所以要挑选几个干部充实到企业处工作督察小组里，常驻天外天集团。

那些科长们都紧皱着眉，生怕赵长风选中他们。中原天外天现在已经成了烂摊子。崔处长就是因为这件事被弄到党校学习去了，他们又怎么敢轻易蹚天外天股份这趟浑水呢？虽然上面把赵长风派过来，一定是有所考虑，认为赵长风能够解决天外天股份的难题，但是实际上效果如何谁敢保证？看赵长风的年龄，不过二十四五岁，估计也就是靠着家里的后台关系才走到副处长这个位置上的，怎么可能有真本事？企业处这些科级干部们早就听说了春节前赵长风那一通胡搞，强令天外天股份公司的胡总监计提了三个多亿的费用，一下子让天外天股份公司去年的亏损额度达九个多亿，这不是胡闹吗？

见大家目光躲闪，赵长风心里就有数了，他笑着说："那好吧，大家既然都不愿意表态，那么我就先随便点一个将出来，暂时跟在我身边，替我协调一些事情。至于其他人选，等我熟悉了大家的情况之后，再做打算。"

赵长风的目光从九个正副科级干部的脸上扫过，当他的目光停留在某个干部的脸上时，那个干部心里就一直打鼓，祈祷赵长风千万不要选中他，赵长风想玩，最好选别人陪着玩。

最后赵长风的目光落在郭鲁明的脸上，笑着问道："你叫什么名字?"

郭鲁明答道："我叫郭鲁明，是二科的副科长。"

赵长风点了点头道："姚处长，要不就让郭科长暂时和我一起工作吧。其他人员等我熟悉了再配备。"

姚处长道："赵处长，二科本来就是负责大企业的，郭科长对天外天股份的情况也很熟悉，你选中他正好。"

其他八个正副科长暗暗舒了一口气，幸灾乐祸地看着郭鲁明。

"郭科长，你看呢?"赵长风笑眯眯地问郭鲁明。

郭鲁明犹豫了一下，才说："赵处长信任我，我很高兴，但就怕我能力有限，辜负了赵处长的信任。"

赵长风说："你先跟着看看吧。如果真的像你说的能力有限，我再换人也不迟。"

于是姚处长就让郭鲁明留下，单独和赵长风交流。郭鲁明看大家都出去后，他把办公室门关上，立刻兴奋地来到赵长风跟前："赵处长，谢谢你把我选过来，跟着你干，我就放心了!"

赵长风微微一笑，说道："放心什么？没有见他们人人都担心，害怕跟着我跳到火坑里去呢！郭科长，这两天你抓紧时间再给我物色两到三个精干的人，首先人品要正，能够信得过，还要嘴巴严。其次要精通财务运作，能够独当一面。如果企业处有这样的人最好，要是没有，你看看其他处室有没有。你在商业厅八年了，应该对这里面的人都知根知底了。"

郭鲁明笑道："赵处长，你放心，只要你说出条件，我就能给你找出符合条件的人。什么时候把名单给你?"

赵长风说道："不着急，你斟酌清楚，明后两天给我就行。"

下午商业厅召开处级干部会议，这是一次例会，金雨渊正好借着这个机会，在会上正式向大家介绍了赵长风。

会议结束后，赵长风回到办公室，姚处长跟了进来："赵处长，处里的同志们商量了一下，决定为赵处长摆一个接风酒，你看今天有时间吗？"

见赵长风沉吟着，姚处长就说："要不明天？或者时间你定？"

赵长风不想把精力放在这些酒宴应酬上，但是这接风酒的关是非过不可的，否则就显得不近人情了。既然如此，不如提前过了，好腾出精力来考虑工作的事。

"就今天吧。"赵长风笑道，"费用算我的，我请大家。"

姚处长连忙说："那怎么行？是我们大家为你接风。"然后他又试探地问道，"你看要不要叫上金厅长？"

赵长风就说："姚处长，厅里的领导我都不熟悉，你看该邀请谁，帮我邀请就好了。"

在企业处乱糟糟地忙了一个星期，赵长风才把琐碎的事应付完，可以腾出心思来考虑天外天股份公司的事了。

这时候，赵长风的手下除了郭鲁明外，还有一科的副科长钱荣生和商业厅财务处资金核算科的副科长黄健中。这些人都是郭鲁明推荐过来的业务能力强、人也老实可靠、完全能够信任的干部。赵长风任督察组组长，黄健中任常务副组长，钱荣生和郭鲁明都是副组长，此外还有从企业处各个科室挑选的四名科员。

工作组正式组建后，赵长风就带着工作组成员到天外天集团临时办公室办公，企业处倒成了他们的临时办公地点了。

到了天外天集团之后，赵长风给干部们都分了工，主要是对天外天的财务报表进行分析，供赵长风参考。至于赵长风要这些分析数据干什么，他并没有透露。

这时候会计师事务所已经进驻到天外天股份公司，开始对去年的年报进行审计，他们在审计过程中发现了天外天股份公司的巨额亏损，不由得大吃一惊。再一看其中都尽可能地保留了报表的真实性，这不由得让事务所非常奇怪，他们从来都是看到企业年报伪造利润作假的，像天外天这么老老实实地计提各种准备金，生怕遗漏了一点的做法却从来没有见过。

会计事务所审计通过去年的年报之后，王总监又过来请示赵长风，问年报什么时候披露。

“不要着急，等我的通知，总之，在规定的最晚时限前披露就行。”赵长风指示道。

赵长风这边按兵不动，在等候赵强的消息。时间一天一天地过去，赵强那边还没有消息，一直到了三月底，赵强忽然打电话告诉赵长风，证监会的新规则很可能会在四月中下旬公布。

赵长风得到这个消息，立即布置起来，他知道，行动的时间到了！成败在此一举！

伏牛山风景区那边，阳江超已经把风景区所有能够动用的资金集中在了一起，有一亿四千多万元。程路同又通过各种手段，让白元县各家商业银行为伏牛山风景区共提供了三千万信贷资金，这在金融危机、经济萧条的背景下，已经是能够得到的最大限度的信贷额度了。

赵长风父母经营干货批发，手里也积累了八百多万资金，赵长风交代父母把零头留下，八百万元给他准备好，到时候他需要用。

赵长风让林东风这边也尽最大可能地抽调资金，经过计算，他和赵长风在典当行里的资产再加上林东风自有的积蓄，能够筹集到五千多万。

这样算下来，赵长风一共筹备了两亿三千万的资金，这个时候，所有人都不知道赵长风紧锣密鼓地准备这么多资金究竟是要做什么。

三月底，张雨菁刚上班就接到赵长风的电话，他约张雨菁下班后一起喝咖啡。张雨菁满心欢喜地答应下来，自从白元县实习回来，长风还没有主动邀请她出去过。整整一天，张雨菁都沉浸在喜悦中，银泰典当行的所有员工都能够看得出，张总今天一定是遇到什么好事了，她的脸上洋溢着幸福甜美的笑容。

距离下班还有半个小时，张雨菁就有点按捺不住了，她开始对着化妆镜精心补妆，把自己本来就标致的脸妆收拾得更加完美。

下午五点半，张雨菁的手机准时响起，赵长风在电话里说：“雨菁，我马上就到了。”

张雨菁又拿出镜子照了照，看了看身上的衣装，轻轻抚平了一个极微小的褶皱，然后才拿着小巧的坤包，迈着优雅的步伐出了典当行的大门。

张雨菁刚来到典当行的门外，一辆黑色的皇冠轿车就缓缓驶来，停在张雨菁的身边。一个中年司机殷勤地从前面绕过来替张雨菁拉开后车门，说道：“张总，请上车。”

张雨菁淡淡一笑道：“老李，今天不用开车了，我待会儿想自己开车办点事，你打个车回家吧。”

“张总，行驶证还放在老地方。”老李殷勤地说，“那我就不耽误你时间了，我先回去了。”

老李这边刚走，一辆出租车就在皇冠车前停下，赵长风迈步下车。张雨菁说：“长风，走吧，今天我当你的司机。说吧，去哪？”

银泰典当行一共有两辆小车，董事长林东风一辆、总经理张雨菁一辆，平时都是司机接送张雨菁，要是有什么特殊的事，张雨菁就亲自开车。

赵长风拉开车门，坐在副驾驶座上，笑呵呵地说：“不好意思，又来蹭张总的车了。”

张雨菁白了他一眼：“长风，你再叫我张总，我可跟你急。到什么地方去？”

赵长风道：“随便吧，找一个安静的地方，你对附近比较熟悉，你做主。”

二十多分钟后，张雨菁把车停在一间小小的咖啡馆前，不大一会儿，服务生端来两杯咖啡。

张雨菁的手摩挲着咖啡杯，问道：“长风，你把我约出来，有什么事吗？”

赵长风看了看周围，还好，这个咖啡厅人不是很多，他们附近没有什么客人，于是他低声说：“雨菁，我想和你商量一件事。”

“嗯？”张雨菁细细的眉毛好看地挑了起来。

赵长风犹豫了一下，仿佛下了很大决心才说：“雨菁，这件事可能会让你有点为难，如果你不想答应的话，就直截了当地拒绝我好了，不要有什么顾虑，这事之后，我们依旧是好朋友。”

张雨菁的心不争气地急速跳动起来，她忸怩地低着头：“你，你想说什么，就说吧。”

赵长风说：“雨菁，这件事可能需要你暂时从银泰典当行请假一段时间，典当行的业务暂时交给林叔叔打理。”赵长风的身子从台面上向张雨菁探了过去，低声说，“雨菁，我想让你帮我在股市上进行秘密操作。”

张雨菁的笑容凝固在脸上，过了好半天，才淡淡地说：“股市操作？你们财大多的是金融专业毕业生，操作股票比我这中专毕业生要熟练得多吧？”

赵长风摇了摇头，说道：“这件事我交给其他人不放心，事关重大，我能信得过的只有你了。”

张雨菁的心顿时软了下来，能成为长风最信任的人，何尝不是一种幸福呢？她说：“长风，你说吧，怎么回事，需要怎么操作？”

赵长风沉吟了一下，说：“今年有一支股票会逆市狂涨，如果我们操作得当，至少能赚两三倍的利润，我现在已经筹集到了资金，但是碍于我的身份，我不能亲自出马操作。让别人操作，我又担心消息会泄露出去，那样就抓不住这个赚大钱的机会了。”

赵长风说到这里，看着她：“雨菁，我不光是担心失去这个赚钱的机会，我更怕这个消息一旦泄露出去，将会有很严重的后果。所以对任何人我都不放心，只有你例外。”

张雨菁咬了一下嘴唇，说道：“长风，既然有那么严重的后果，放弃了不是更好？你现在钱已经够多了，没有必要再冒风险去赚钱了。”

赵长风摇了摇头说：“雨菁，道理虽然是这样，但我不可能眼睁睁看着一个能赚几个亿的机会从我眼前溜走。”

张雨菁吓了一跳：“几个亿？长风，哪一支股票能赚那么多？你没看错吧？”

赵长风压低声音道：“雨菁，我什么时候看错过？”顿了一顿，他又说，“只是这样一来，你也要冒一定风险，这件事如果不小心暴露出来，可能会连累到你，所以我让你认真考虑，没有必要为我冒这么大的风险。”

张雨菁觉得几个亿的利润固然很有吸引力，但是赵长风的平安却更为重要，她本来还想劝赵长风放弃这个想法，但是听到后面赵长风劝她认真考虑时，张雨菁的心顿时热了起来：长风啊，为了你，我冒一点风险算什么？

“不用考虑了。长风，我们都小心一点，不让这件事暴露出来就好了。”张雨菁果断地说，“你只要告诉我，该怎么做就行了。”

“好，雨菁，那我就不和你客套了。”赵长风说，“你回去之后找五六个比较信得过的同学，最好是比较落魄的、在单位受冷落的，请他们过来做你的帮手。至于报酬，只要他们跟着我们做完这一波行情，每人至少分二十万。其次就是去找同学、朋友和亲戚借身份证，至少五十个以上，然后到证券公司大户室开户，你就率领你的小团队到大户室去。整个股票操作周期大约一年结束，但是需要请假过去专门操作的大约就集中在一两个月。你现在的首要任务，就是找到可靠的人以及把身份证借到。我给你十天时间，办好了过来找我，我再具体和你商量下一步该怎么做。”

赵长风又说：“雨菁，至于你的分红，就是这次操作周期中的纯利润的百分之五，你看可以吗？”

按照赵长风的估计，这一波行情中至少要赚三四个亿，那么以百分之五的比例，张雨菁分上个一千五百万到两千万没什么问题。

张雨菁的脸色立刻就变了：“长风，如果不是看你找不到可靠的人来帮你，怕你出事，就冲你刚才这句话，我就不会再帮你。记着，下次不要跟我提什么钱什么分红，不然休想我再帮你。”

赵长风连忙闭上了嘴，他知道张雨菁绝对不是假清高、为了撇清自己，在银泰典当行，张雨菁也有很多机会出手买下那些死当物品转手牟取暴利，但是张雨菁一次都没有做过，把机会都让给了别人。赵长风知道张雨菁这样做也是为了他，是他聘请张雨菁过来的，她做任何事都要考虑会不会给赵长风带来不良影响。正因为这样，张雨菁在典当行的员工心目中地位很高，林东风和资金管理中心业务处的领导也都很欣赏张雨菁这种清爽利落的做事风格。

张雨菁的好心情被赵长风最后一句话全部破坏了，她对赵长风说：“还有其他要交代的吗？如果没有，我先回去办你刚才交代的两件事。”

“其他没有什么了。”赵长风说道。

张雨菁招了招手，服务生走了过来。“埋单。”张雨菁冷冷地说。

到了四月初，中原天外天股份公司终于发布了去年的年报。年报显示，天外天股份公司非但没有能扭转前年的经营颓势，亏损反而进一步加剧，去年亏损总额竟然达到了九亿三千七百万元，这又创了股市上的一个纪录。前年中原天外天股份报出创纪录的亏损之后，天外天的股价开始持续下跌，但是即使这样，天外天的股价还维持在每股十三四元左右的水平，现在天外天爆出巨亏后，价格一探到底，竟然跌破了每股九元的发行价。

与此同时，张雨菁借到了七十多个身份证，也找到了六个比较老实可靠的同学，赵长风就让他们到证券公司开户，把二亿三千万资金平均分摊到这七十多个账户中。由于每个账户都有两三百万资金，所以证券公司就专门辟出了一个特别的大户室，专供张雨菁等七个大户使用。

四月下旬，上交所和深交所同时宣布，从即日起，将要实行新的股票上市规则，将对财务状况或其他状况出现异常的上市公司的股票交易进行特别处理，这些股票简称 ST 股。

其中最为引人注目的就是 ST 股票退市制度，上市公司经过审计连续两个会计年度净利润为负值，如果第三个会计年度净利润依然为负值的话，该公司的股票将会被停止在二级市场交易。

于是一夜之间，天外天股份的股价又开始新一轮暴跌，几天之内，就从原来的八块多一路跌到每股四块多。天外天股份公司也热闹起来，每天有许多财经记者要求进行采访，想了解在 ST 新制度下，天外天公司将会如何应对。这可把徐董事长等一众领导搞得狼狈不堪，他们每天从后门偷偷进公司，又从后门悄悄溜走。而这时，商业厅企业处工作督察组的组长赵长风竟然消失不见了，只有副组长黄健中、钱荣生、郭鲁明等人在支应。徐董事长天天过来找赵长风，可是没有人知道赵长风到哪里去了。

赵长风此时正躲在家里，遥控指挥张雨菁等人在证券公司大户室内的操作，此时正是吃进天外天股票的最佳时机，但是也必须掌握好火候，不能吃进得太猛，以免造成股价反弹，赵长风要以最小的代价吃进尽可能多的股票。

在赵长风的指挥下，这个操作小组不声不响地吃进了天外天三千万股，每股四块一的成本价，一共是一亿两千多万元。赵长风又让阳江超从风景管理区把员工们的身份证收上来，让张雨菁在大户室又开了一百多个账户，继续分散操作，以免引起有心人的注意。

又跟了两天，赵长风看张雨菁操作已经熟练，就放下心来，让张雨菁继续不引起市场警觉地慢慢吃进股票。赵长风则回到了天外天集团。

一见听说赵长风在督察组办公室出现，徐董事长立刻赶了过来："赵处长，你看现在怎么办？股票一路狂跌，外界压力很大，我快支持不住了。"

赵长风淡淡地笑道："徐董事长，太沉不住气了吧？天还没有塌下来！"

"赵处长，你就不要开玩笑了，现在都什么时候了？"徐董事长急得团团转，“如果没有什么解决办法，恐怕那些中州市的中小股民要把我们天外天的大楼都围起来了！”

赵长风笑呵呵地说：“徐董事长，坐下说话。”

徐董事长阴着脸坐在沙发上，哆嗦着手掏出一根烟，点着了猛吸几口，心情才稍微平静一点。

赵长风道：“徐董事长，现在先不要说其他的，我们首要任务是稳定股价，把天外天股份公司的股价托起来，那些中小投资者才会有信心。”

“怎么托？”徐董事长面色阴郁地问。

“很简单嘛！我们只要投入资金收购天外天的股票，股价自然会稳定。”赵长风说。

徐董事长又想骂人了！投入资金去买自己的股票？天外天都成这个样子了，还能投入资金吗？他张了张嘴，没有敢说出来。

赵长风道：“徐董事长，你认为我担任这个督察组组长，目的是什么？难道是过来为天外天股份公司送葬不成？”

赵长风这一句话，一下子让徐董事长彻底放心了。赵强既然派赵长风过来，肯定是寄望赵长风能让天外天股份扭亏为盈的，这么说来，赵强肯定会给赵长风一两个杀手锏，以便赵长风能施展手脚，挽救天外天的颓势。

“好，赵处长，我就听你的，赌上一把！”徐董事长说，“天外天集团账上还有三亿八千万，我可以调拨三个亿出来，不知能在多大程度上稳定股价？”

赵长风道：“徐董事长，你放心，这三个亿绝对能稳定住股价，不过进入股市操作的必须是我们工作督察组的人员，天外天股份的人不得插手。”

徐董事长疑惑地望着他，赵长风解释道：“我信不过他们。好好的一个中原天外天集团被他们搞成这个样子，现在这三个亿交给他们，谁知道又会怎么样！”

徐董事长的脸涨得通红，知道赵长风这话也有一部分针对他，可是此刻他已经完全顾不上面子了，他的小算盘完全被赵长风勒令修改的财务年报和证监会忽然公布的ST新规彻底打破了。一年，哪怕ST新规再晚一年出来，徐董事长就可以从容地从天外天全身而退，而且能大捞一笔。可是现在，他已经没有任何主动权了，眼前不是想着如何捞钱，而是要考虑如何保命。天外天股份一旦垮了，所有内幕曝光出来，不知道有多少人会进去吃公家饭。

第三章　矿难爆发人命关天，卑鄙小人借刀杀人

后河乡矿难爆发，人命关天，赵长风指挥人员全力抢救矿工。对于矿难，分管副市长何泉声负有重大责任，难逃干系，可他却盘算着一旦情况不对，就撕破脸皮，把屎盆子往新上任的赵长风头上扣，说正是因为赵长风在现场指挥不力，才延误了最佳救援时机，造成了矿工的大量死亡！

五月中旬，中原天外天集团高调宣布进入股市进行托市，大量吃进子公司中原天外天股份有限公司的股票。短短三天时间，天外天集团就吃进了四千万股，天外天股份由每股四块一涨到每股四块九。

一时间，持有天外天股份公司股票的中小投资者心神大定，认为既然天外天集团都出手托市了，说明天外天股份公司还是有希望的。否则哪一个大股东也不会拿着真金白银往水里砸啊！

到了五月下旬，中原天外天股份公司的股价已经稳定在六块二，这个时候赵长风领导的工作督察组手中的三个亿资金已经告罄，但是却吃进了六千万股股票，每股成本在五块钱上下。

这个时候，徐董事长终于长长地松了一口气，他把赵长风请到董事长办公室，称赞赵长风指挥有方，在股市打了一个漂亮的托市仗。

赵长风倒没有彻底放心，这件事还没有完结。

徐董事长问道："赵处长，下一步咱们如何走？"

赵长风探身从老板桌的笔筒上拿出一支签字笔，又拿过来一本便笺，说："徐董事长，你来这边，我给你简单演示一下工作督察组对中原天外天股份下一步运作的方案。"

徐董事长就站了起来，来到赵长风身边，俯身趴在老板桌上。

“徐董事长，我们下一步要做的事情，就是解决中原天外天集团占用子公司中原天外天股份的十二亿三千万元欠款。如果能把这个欠款抹平，那么我们在上一年度计提的两亿四千六百万元的坏账准备金就可以重新冲回来，这样一来，等于今年中原天外天股份的利润凭空增加了二点四六亿元，首先就能把年可能发生的亏损弥补一大块。”

徐董事长点头道：“赵处长，当初我看到你坚持要求计提百分之二十的坏账准备金的时候，就考虑到这种可能性。不过……”他眼中的亮光黯淡了下来，“天外天集团占用这些资金早就被用到了别的地方。你也知道，天外天集团账面上只有三个多亿资金了，其中三个亿还被调到工作督察组，投入到股市中进行托市了。这十二亿三千万元的欠款恐怕短时间内是偿还不上的。所以，我考虑到最后，觉得你的用意应该不是在这个方面。可是没有想到，赵处长还是往这方面想了。现在问题的关键是，天外天集团从哪里弄来十几个亿的资金来偿还子公司中原天外天股份的债务？”

赵长风笑了起来，说道：“徐董事长，方案很多，办法也很多。”

徐董事长眼睛重新亮了起来：“哦，还请赵处长指点迷津。”

赵长风说：“徐董事长，中原天外天的商标是不是还掌握在天外天集团手里？”

“对，一直在天外天集团手里。”徐董事长点了点头，“赵处长，你不是打商标的主意吧？”

赵长风说道：“为什么不能打？中原天外天注册商标是无形资产，我查看了一下当初的评估报告，中原天外天商标的品牌价值为九亿三千万，对吧？”

徐董事长笑道：“其实赵处长比我更明白，所谓的无形资产评估是怎么一回事。”

赵长风摆了摆手说：“这个我不管，只要评估出来，就有法律依据。”

赵长风继续说：“我们可以考虑把中原天外天商标所有权转让给上市子公司天外天股份公司，这样一来，就可以冲抵天外天集团占用子公司中原天外天股份的九亿三千万元债务。”

“可是……”徐董事长犹豫着，想着该怎么说。

赵长风说：“徐董事长，舍不得每年三千万的商标使用费对不对？你首先要考虑中原天外天股份能不能在股市上生存下去。”

赵长风拿着笔在十二亿三千万元的数字上重重画了一个圈，说：“徐董事长，如果中原天外天股份被勒令退市，那么肯定要资产重组。到时候中原天外天股份如果换了新的大股东，新的大股东会不索要天外天集团占用中原天外天股份的十二亿三千万元欠款？到时候天外天集团又有什么理由不偿还呢？还有最重要的一点，假如中原天外天股份从股市上退市，那么中原天外天这个商标品牌价值还有吗？还能值九亿三千万吗？即使有权威的评估报告，但是又有哪一家企业会购买呢？还不如趁着现在，转让给中原天外天股份，正好可以冲销九亿三千万的债务，这样即使中原天外天股份将来被勒令退市或者发生资产重组，天外天集团都不用考虑压在身上的十几个亿的沉重债务包袱了！除此之外，上市子公司中原天外天股份每年又可以省却三千万的商标使用费，也就是说，通过这个交易，中原天外天股份每年又可以增加三千万的利润。所以中原天外天机关把商标所有权转让给上市子公司中原天外天股份，实在是一笔双赢的买卖。”

徐董事长长长地出了一口气：“这个问题容我再考虑一下。”

赵长风笑道：“董事长可以好好考虑，不过要尽快答复，时不我待。”

徐董事长点头道：“我会尽快给赵处长一个答复的。”他又说，“即使转让中原天外天的商标使用权，才九亿三千万，另外还有三个多亿呢？”

赵长风用笔在便签上重重地写下几个大字：天外天商厦。

徐董事长的眉头一下子皱了起来：“赵处长，天外天商厦如果给了天外天股份，天外天集团岂不是只剩下一个空壳子？”

“留得青山在，不怕没柴烧！”赵长风把笔扔在便笺纸上，转身看着徐董事长，“徐董事长，皮之不存，毛将焉附？其实董事长应该比我还清楚，天外天集团的核心就是天外天股份公司，如果上市子公司天外天股份公司垮掉，那天外天集团还剩下什么？和刚才的中原天外天商标的无形资产一样，天外天集团能保得住天外天商厦吗？有的时候，舍弃，是为了更有效地索取！”

徐董事长定定地看着便笺纸上“天外天商厦”五个大字，天外天集团就是依靠着天外天商厦发展起来的。当初正是徐董事长力排众议，斥巨资把天外天百货公司位于中州市二七广场边上的一座两层楼的老式建筑推平，兴建起一座现代化的六层高的天外天商厦，从此开启了中州市二七商业圈的传奇，引起了其他大商厦的连锁入驻。而天外天百货公司也因为天外天商厦逐渐发展成为天外天集团，最终子公司天外天股份公司成为中原省在上交所第一家上市的商业类公司。现在，赵长风却提议把天外天商厦整体转让给子公司中原天外天股份，这让徐董事长怎么能舍得？

赵长风在一旁继续做工作：“徐董事长，天外天商厦目前市场价值大约在一亿七千万到两个亿之间，我们经过评估，把价值弄到三个亿不成问题，这样，用不到两个亿的资产冲销天外天集团占用上市子公司中原天外天股份的三个亿资金，还是非常划算的。”

“另外，由于天外天商厦所有权转移到天外天股份公司之后，天外天股份每年就不用向天外天集团交付一千五百万的租金了。这样下来，中原天外天股份等于每年又节省了一千五百万费用。”

赵长风说：“总的算下来，通过中原天外天商标的所有权和天外天商厦的所有权以及土地使用权的转让，中原天外天股份将会在今年减少两亿九千六百万支出，那么今年中原天外天股份实现扭亏为盈的难度不会太大吧？”

徐董事长缓缓地直起腰来，用拳头轻轻捶着酸痛的后背，轻轻说道：“赵处长，容我想一想，容我想一想。”

赵长风点头道：“徐董事长，你这两天内一定要做出决定，然后写出报告，交给商业厅金雨渊厅长批准。金雨渊厅长批准后，天外天股份公司董事会会议也不过就是做一个样子，以天外天集团的优势控股地位，应该能够顺利通过这个交易方案。之后我们就可以发布公告，总之，一定要在中期报告之前把这笔交易完成！”

赵长风这个时候虽然说是让徐董事长考虑两天，实际上是明白无误地告诉徐董事长，大势已去，所谓让他考虑两天不过是给他一个面子而已。

赵长风把签字笔插入笔筒，把写满字的便笺挪到徐董事长宽大的办公桌正中：“好了，我回去等候徐董事长的消息。”

两天后，在巨大的压力下，徐董事长终于做出决定，同意赵长风的方案，当然，这个方案还要拿到天外天集团高层会议上研究。高层会议研究通过之后，徐董事长立刻命令把经过细化的交易方案交给赵长风，赵长风审阅之后就交给商业厅厅长金雨渊。

金雨渊这边早就得到赵长风的提前知会，拿到方案之后，召开了商业厅办公会议。金雨渊是商业厅一把手，又分管着企业处，所以这个交易方案也顺利地在厅办公会议上通过。

接着天外天股份公司召开董事会临时会议，会议审议通过了大股东中原天外天集团提交的交易方案。

六月中旬，上市公司中原天外天股份发表临时决议公告，对外披露了这桩影响重大的交易。一时间各种分析报告满天飞，天外天股份公司的股价应声上涨。

与此同时，很多关注着中原天外天股份的人都松了一口气，大家把注意力都转移到即将在七月底召开的中原省换届会议上来。

六月末的一天，赵长风和张雨菁讨论完关于天外天股份公司股价的走势情况，他刚回到家里，就接到了方佳怡的电话。

“长风，不好了，赵强叔叔来我家了。”电话里传来方佳怡偷偷摸摸的声音：“正和我爸爸在书房呢，不知道在说什么。”

“好，那你先在家里待着，看看后面还有什么情况。”

赵长风挂断了电话，躺在床上琢磨，赵强这个时候去找方振华究竟是为了什么？按理说，方振华曾经是省委常委、省军区司令员，现在虽然退下来了，也算是省里的老领导了。赵强现在是省委常委、常务副省长，逢年过节走访老干部、拜访老领导是例行公务。可是现在这个时候去，事情就不简单了。也许与七月份就要开始的换届选举有关。省里的头头脑脑们在这个时候估计都在相互角力，尤其是那些有希望更进一步的领导，肯定不会放过这个机会。方振华虽然退下来了，但是他作为省里的老常委，肯定有自己的势力，这个时候如果能够明确支持某个候选人，那么这个候选人在这次换届中应该会占很大先机。赵强在这个特殊时期登门拜访方振华，要么是想获得方振华的支持，要么是想取得方振华的谅解，让方振华至少不要反对他。

赵长风正胡乱琢磨着，手机又响了起来，一看，还是方佳怡打来的。

“长风，我爸爸说了，让你明天到我家来一趟。”方佳怡说。

“方伯伯让我去一趟？”赵长风奇怪了，方振华平时那么不待见他，怎么会主动让方佳怡通知他过去呢？

“我爸爸说，明天中午就行。如果你没有时间，晚上也可以。”

赵长风想了一下，说："那你告诉方伯伯，我明天中午吃过饭就过去吧。"

方佳怡在大学教书，午饭一般是在学校解决，或者是和赵长风一起，很少回去军区大院陪方振华吃饭。

赵长风心想，明天方振华叫他过去，肯定不是一次一般的谈话，也可能过程会非常冗长，方佳怡下午还要监考，来回跑不方便，那只有他一个人去见方振华了。可是如果方佳怡不回去，赵长风单独陪方振华吃饭，又没有这个勇气。方振华不待见他，如果餐桌上没有方佳怡调节气氛，赵长风几乎不知道该和方振华说什么。与其这样，还不如吃过饭再去，和方振华直奔主题，省得在餐桌上不尴不尬。

勤务员把赵长风带到二楼书房，轻轻敲了一下门，说道："首长，赵同志来了。"

"让他进来吧。"书房里传来方振华威严而洪亮的声音。

赵长风走了进去，方振华正戴着老花镜，在看一份内参。赵长风毕恭毕敬地站到方振华面前，问道："方伯伯，你找我？"

方振华放下内参，摘下老花镜，对赵长风说："哦，来了，坐下吧。"方振华指着书桌前面的椅子。

赵长风连忙端端正正地坐在椅子上，上身笔挺，双手规规矩矩地放在膝盖上。

方振华端详了赵长风半天，这才开口说："知道我为什么反对你到商业厅任职吗？"

赵长风大方地说："方伯伯，是不是和天外天股份公司有关？"

方振华没有回答，用手指轻轻敲着桌面，赵长风就觉得气氛有点压抑，不知道面前这个威严的老头究竟在想什么。沉默了一会儿，方振华才又说："你知道我为什么不想让你涉足中原天外天股份吗？"

赵长风稍微松了一口气，看来他的推测还是靠谱的。对于方振华的第二个问题，赵长风就按照自己的思路回答道："方伯伯，是因为天外天股份有巨额亏损，谁沾上去都讨不了好，所以你才不想让我过去吧？"

方振华微微摇了摇头，表情严肃地说："长风，你猜对了我第一个问题的答案，却没有猜对第二个问题的答案。"

赵长风脑子里盘算着方振华的话，揣测着方振华的意思究竟是什么。他这个时候不敢再贸然去接方振华的话，在没有彻底琢磨清楚方振华的用意之前，还是不开口为妙。不知道对方的底牌，自己的底牌亮得越多，就输得越惨。

方振华沉默了一会儿，见赵长风不开口，就用手指叩了两下桌面，忽然问出另外一个问题："长风，你知道你最大的缺点是什么吗?"

赵长风一下子愣住了，这个问题更难回答。想了一会儿，赵长风老老实实地答道："方伯伯，我知道我身上有很多小缺点，但是老实说，我还从来没有考虑过我身上最大的缺点是什么。"

方振华的眼睛眯了起来，看了赵长风半天，轻轻说道："贪婪！长风，你最大的缺点就是贪婪。"

方振华这话听到赵长风耳中，如晴天霹雳一般。他猛然惊觉，方振华这两个字用得非常恰当和贴切。他的确有着非常贪婪的一面，这可能与他家庭环境有关，自小生活在普通工人家庭，穷怕了，所以他在内心深处对财富的渴望格外强烈。

方振华看了赵长风的反应，才继续说："长风，你要弄清楚你的人生目标，弄清楚你究竟是想在政坛发展，还是想到商海畅游。如果是想在政坛上有一番作为，要那么多钱干什么？记住，那些钱只会是你的累赘，尤其是那些不干净的钱，更会是你今后前进道路上的炸弹，一旦不小心引爆，就会把你炸个粉身碎骨。"

赵长风越听越心惊，虽然表面上还能勉强装出若无其事，可是衬衣的后背却湿了一块。

"长风，你现在知道我为什么不让你到商业厅企业处去了吗?"方振华目光深邃而又睿智，"因为以你的性格，一旦接触到中原天外天股份，就会不由自主地动贪念……"

赵长风越听越觉得方振华的话似有所指。在方振华面前，他好像成了一个透明人，根本无处藏匿，他的所有心思都被方振华放在阳光下摊开来，一丝一毫都看得清清楚楚。

"以你的智商，以你的能力，只要戒除贪念，在仕途上一定会有很好的发展。"方振华叹了一口气，继续说，"你其实是一个相当聪明的人，却吃亏在太年轻，没有经验，不懂仕途的险恶。虽然佳怡喜欢上了你，我却没有插手你的事，就是希望你能在基层踏踏实实地历练一番，把你的社会经验和眼界都提上去，把你性格中贪婪的一面磨去，这样虽然在基层时间长些，但是为你将来的发展打下了很好的基础，可以让你踏踏实实一步一个脚印地往上走，这就是厚积薄发。”

“可是你的运气却总是好得出奇，职位不断地上升，”方振华微微摇着头说，“这其实对你不是什么好事，前面太顺了，后面就会吃大亏。我之所以不同意丫头过早和你确定关系，一是想多观察你一段时间，再看看你的本性；另一个原因也是不想让你太早暴露在省城的各种社会关系面前，让他们知道你是我的女婿，那样你的仕途之路会更加顺畅，你就来不及纠正你的毛病。如果我还在的话，可以一直在旁边督促你不要犯错误，或者你犯了什么错误，我或许还能帮你顶一顶，可是如果我将来不在了，你出了问题怎么办？那不是害了丫头吗？”

“方伯伯，”赵长风脸色通红，如喝醉了酒一般，“我现在才知道你是真心为我好、为佳怡好，我对不起你。”

方振华摆了摆手：“你别急着插话，让我把话说完。”

赵长风“嗯”了一声，又规规矩矩地坐好。

“本来我还想再观察你一段时间，但是昨天赵强来过，我才知道，原来丫头和你去过赵强家。赵强一定知道你是我方振华的未来女婿，肯定会对你更加重用。所以我不得不提前让丫头把你叫过来，和你谈话。对于你，别的地方我都满意，却担心你的贪婪之心会毁了你。”

说到这里，方振华严肃地看着赵长风，说道：“长风，我再一次提醒你，有些东西，你是绝对不能碰的。人在仕途，要果断放弃一些东西。不然你就下海去做商人吧。”

“方伯伯，我知道，我会改的，一定改！”赵长风连忙保证道。

“好！我相信你会说到做到的。”方振华点了点头，沉吟了一下，又补充一句，“另外，长风，你以后在赵强身边的时候，多留一个心眼。有些事，远非你表面看到的这么简单。”

赵长风还想多问，方振华却抬头看了一眼书桌旁的大型座钟，说：“长风，你该上班了，我也该休息了。以后碰到什么拿不定主意的事，可以来问问我。这样会比你自己瞎琢磨强得多。”

从方家出来之后，赵长风立即打电话给张雨菁，让她从今天开始有计划地抛售天外天的股票。

“雨菁，记住，关键是不要引起别人的注意，至于股票的价格，根本不用考虑。”赵长风说。

“长风，是不是天外天出什么问题了?”张雨菁紧张地问道，“你不是说，要到明年三四月份才是最佳抛售的时机吗?”

“雨菁，天外天没有任何问题。你不要问那么多了，总之把股票抛出就行。”

赵长风挂断了电话，长长地出了一口气。从今天起，除了伏牛山风景区外，他再也不会关注别的“商机”了，方振华说得对，他是太贪婪了，以至于有点忘乎所以了。

回到督察组办公室，赵长风给徐董事长打了个电话，问他在哪里。徐董事长说刚到办公室，赵处长如果有事的话他现在就过来。赵长风说不用，我过去吧。

徐董事长心情不错，这几天中原天外天股票涨了不少，外界给天外天集团的压力也小了很多，领导们见到他也有了笑脸，供应商也重新找上门来洽谈合作，他好像又回到了两年前最风光的时候。

赵长风打开档案袋，取出一份材料，递到徐董事长手中。

“徐董事长，这是督察组的同志做的财务测算，如果年底要扭亏为盈，必须把每月运营费用在目前的基础上再降低一千万。”

徐董事长看着材料，脸色凝重起来。过了一会儿，他叹了一口气，把材料放下来，说道：“赵处长，我承认，工作督察组的同志们测算得非常精确。我这里也有一份天外天股份财务部的测算报告。”

徐董事长打开抽屉，拿出一份报告递给赵长风：“王总监也认为，中原天外天要想扭亏为盈，在年底之前必须再降低五千到六千万运营成本，算起来一个月也就是九百万到一千万。这和工作督察组的同志计算的大致相同。”

“徐董事长，每月运营开支能否再压缩一千万?”赵长风问道。

徐董事长摇了摇头，说道：“不行，最多能压缩一百至两百万，再多，恐怕整个中原天外天股份的正常运作都要受到影响。”

“那么这样说来，即使尽最大的努力，年底很可能还会有四千多万的亏损？”赵长风沉吟道。他这话像是在询问徐董事长，又像是说给自己听的。

徐董事长叹了一口气，说道：“赵处长，我本来以为，你还有其他的办法解决这个问题呢。”

“徐董事长，天外天股份的运营费用太高，必须降下来，否则即使今年扭亏为盈，也不过是在股市上多争取了两三年苟延残喘的时间，这种非常规的财务运作模式只能用一次啊。如果不在运营成本上下功夫，那么三年后，等待中原天外天股份的依然是退市的命运。”

徐董事长说：“赵处长，只要能让中原天外天股份缓上一口气，我明年绝对会打个翻身仗，重振天外天的雄风。运营费用我只能缓慢地降下来，如果现在骤然降低，等同于自杀。有一两年的时间，天外天股份内部的事理顺了，无谓的消耗慢慢减少，运营费用会降到一个比较理想的水平，问题是，现在能不能争取到这个机会。”

徐董事长充满希冀地望着赵长风。他知道赵长风一定会有杀手锏的，绝对不会就这样被卡在四五千万的运营费用上。前面的运作已经解决了几个亿的亏损额，如果现在被几千万给挡住，那么赵长风前面那么精彩的工作不是白做了？

“徐董事长，你有没有什么运作办法，消化掉这几千万的成本？”赵长风想，也得让这狡猾的老狐狸出出力，不能什么事都是自己一个人考虑。

徐董事长眼中的狡黠一闪而过，心想你这是和我卖关子啊，那好，咱们就推磨吧。他故意吞吞吐吐地说：“赵处长，要不在财务报表再花点心思？毕竟四五千万的数额，做一下工作，会计事务所会通过审计吧？”

赵长风敲了敲桌子，说道：“徐董事长，这个地方绝对花不得心思。一旦出了问题，后果非常严重。你我都承担不起。”

沉吟了一下，赵长风也不想继续和他兜圈子了：“徐董事长，我倒是有一个办法，只是过程比较复杂，需要一系列的配合。”

徐董事长心中暗自得意，年轻人，你还是忍不住吧？嘴上却说：“赵处长，什么办法，快说来让我也长一长见识！”

赵长风就压低声音，把他的方案详细地说出来，徐董事长听后哈哈大笑，伸出大拇指赞道：“赵处长，你搞企业运作真是行家啊！金厅长把你调过来，真是慧眼识英雄!”

接下来几天赵长风就开始了紧密的布局，又联系了其他一些人，万事俱备。

七月初，中原省各大新闻媒体都争相报道了昨日在东方国际广场举半的中原豫发拍卖行今年度夏季拍卖会，在拍卖会上有多件物品成交，其中最引人注目的是一只清乾隆御制珐琅碗。外界之所以关注这只碗，除了因为它拍出了七百万的高价外，还有一个原因是这只梅花报春图碗的最后得主是天外天股份公司。由于中原天外天股份前两年曝出巨额亏损，现在却忽然在拍卖会上出手以巨资拍下梅花报春图碗，这是不是预示着中原天外天股份经营状况开始好转？否则董事会绝对没有在艺术品市场上投资的冲动。

对于外界的疑问，天外天股份公司以徐董事长为首的管理层都以一句“无可奉告”来搪塞。

七月下旬，天外天股份公司发布中期报告，显示经过上半年的努力，亏损额已经逐步减少，前六个月的亏损额只有不到一千万元。而去年同期，天外天股份公司的亏损额已经达到四亿多元。从四亿元降低到不足一千万，这绝对是一个不小的飞跃，于是中原天外天股份的股价再次抬升。

这次股价抬升让张雨菁感到非常遗憾，因为在此之前，赵长风坚持让她抛售手中的股票，还造成了天外天的股价下挫，最后张雨菁把所有股票都抛出去后，只赚了七千多万。而如果把股票捏到现在，至少能赚两个多亿。

七月底，中原省政府换届工作正式展开，虽然经济形势受到了亚洲金融危机的影响，但是换届工作却波澜不惊，没有发生任何意外，谭森当选省委书记、张文利当选省长、黄永耀担任政协主席，赵强也还留在了常务副省长的位置上……

消息传出来后，赵长风本来想第一时间到赵强家祝贺，可是又想到肯定有很多人在这个时间争相往赵强家去，就把心思暂且放下来，一直到九月中旬，赵长风才找了个时间，到赵强家去。

赵强对赵长风非常热情，夸赵长风处理天外天股份公司的手段非常及时有效，尤其是在换届前披露的中期报告，稳定住了天外天中小投资者的情绪，没有发生什么群体性事件，有力地保障了换届工作的顺利开展。

“长风，好好干，只要年底顺利实现目标，过了年我马上让你到县里去。”赵强笑呵呵地鼓励赵长风。

在半个多小时的谈话中，赵强自始至终没有问赵长风和方振华的关系，赵长风也乐得装糊涂——有些事情，不说破比说破更有效果。

从九月中旬开始，赵长风整天在外面出差，成了空中飞人，在上海、深圳、广州、北京几个大城市来回穿梭，谁也不知道赵长风在忙些什么。

十一月初，徐董事长又和赵长风聚集到了一起，摆在他们面前的，是天外天股份公司前十个月的财务报表。

徐董事长叹了一口气，说道：“赵处长，果然被你说中了，前十个月，我们一共亏了两千五百万，如果十一月十二月没有什么奇迹发生的话，那么今年的亏损额度应该在三千万左右。”

赵长风也摇了摇头，对徐董事长说：“前面已经做了那么多的工作，后面还是一直亏损，看来天外天的管理团队确实有问题。”

徐董事长不说话。

赵长风把财务报表一推，说道：“徐董事长，看来我们的备用计划必须上了!”

徐董事长看着赵长风，问道：“都联系好了吗?”

赵长风点头道：“所有的工作都已经准备就绪。本来我想能够不走到这一步最好，但是现在看来，不走不行了。”

徐董事长又叹了一口气，拍了拍赵长风的肩膀，说道：“赵处长，如果没有你的这些手段，恐怕天外天是垮定了。不管怎么说，我老徐欠你一个人情。以后有用得着老徐的地方，你只管说就是……”

十一月初，收藏界众多名家云集北京，和这些收藏界的名家相伴的还有无数收藏爱好者。因为今天是拍卖行业的龙头上海嘉实比拍卖行冬季拍卖会的拍卖品巡展第一站北京巡展的开幕日。电视台、报纸杂志的记者自然不会放过这个机会，都提前赶至巡展会场，焦急地等待着巡展的开幕。

众多收藏界的名家都收到了从上海嘉实比拍卖行传来的消息，说这次冬季拍卖会上会有一只珍贵的清乾隆御制珐琅彩梅花报春图碗参加拍卖，很有潜力创造出全国收藏品拍卖的最高纪录。

经过一番隆重的仪式，嘉实比拍卖行洪总裁终于宣布北京站巡展正式开幕。展馆的大门徐徐打开，嘉实比拍卖行洪总裁陪着收藏界的众多名家大腕和一众媒体记者进入了会展中心。其他赶过来开眼的收藏界狂热爱好者还需要在外面等候一下，等这些名家大腕过足了眼瘾，离开之后，他们才能进入。

洪总裁把收藏界名家大腕引领到一号展柜前，向他们介绍，这就是那只珍贵的清乾隆御制珐琅彩梅花报春图碗，今年六月曾经拍出七百万元的价格，创造了中原省收藏品拍卖成交价的纪录。

“从个人观点来说，我认为卖家捡了一个大便宜。”洪总裁微笑着说，“据我们嘉实比拍卖行调查，这种清乾隆御制珐琅彩梅花报春图碗在世界范围内也不会超过五只。之所以能以七百万的价格成交，一个原因是因为中原地区经济实力一般，收藏界投资艺术品的欲望还不强烈；另一个原因与上次举办拍卖会的豫发拍卖行也有关系，他们并没有在全国范围内举行巡展的习惯，上海、北京、广州、深圳等一些有实力的收藏名家并不知道这个消息，所以成交价就维持到了七百万元。”

洪总裁这边刚介绍完，那边众多收藏名家就围了上去，对展柜中的清乾隆御制梅花报春图碗都赞不绝口。媒体记者见收藏名家们都这么说，自然一时间咔嚓声不断、闪光灯不停。上海嘉实比拍卖行的操作非常成功，一时间全国收藏界所有人的目光都集中在这只清乾隆御制珐琅彩梅花报春图碗上了。

到十二月中旬，所有展品回到了上海，在上海举行了为期七天的冬季拍卖会拍前预展。这时对于这只清乾隆御制珐琅彩梅花报春图碗的炒作已经到达了巅峰。

上海嘉实比拍卖行冬季拍卖会在南京西路一千三百七十六号波特曼酒店四楼陨石堂正式召开，本次冬季拍卖会一共有一百多件收藏品拍卖，吸引了全国各地近五百位买家。

拍卖会开始后，各路买家在拍卖主持人极富煽动力的鼓动下，纷纷举牌应价，到中午休会，拍卖主持人一共推出了七十五件收藏品，其中六十八件成交，最高成交金额在三百万元。

这时候很多买家并没有出手，他们都在静静地等候本次嘉实比冬季拍卖会的压轴拍卖品清乾隆御制珐琅彩梅花报春图碗。

清乾隆御制珐琅彩梅花报春图碗开拍如期开始，现场开始激烈角逐，最后来自广州的著名古董商人叶健民以六千万的价格拿下了清乾隆御制珐琅彩梅花报春图碗！

第二天几乎全国所有有影响力的报纸都刊发了这个消息。

借助电视台广泛的报道，又加上全国各地主要报纸的影响力，所有人都知道，一只清朝的碗竟然卖到了六千万。

在上海郊区某个偏僻的别墅，上海嘉实比拍卖行的洪总裁正和一个躲在阴影里沙发上的年轻人讨价还价。

“按照拍卖行的规矩，要收取买家百分之五的手续费，还有收取卖家百分之五的手续费。六千万成交额，我们应该收取六百万元。现在我给你打个五折，一共收你三百万元，你还嫌高吗？”

“呵呵，洪总裁，账可不能这样算啊！”赵长风说，“有了这笔创了纪录的拍卖交易，等于给你们上海嘉实比拍卖行做了一次免费的广告。你想一想看，上一次全国电视台节目，要多少广告费啊？以后会有大批的卖家把收藏品送到你们嘉实比拍卖行进行拍卖，也会有全世界的收藏家来参加你们嘉实比的拍卖会，想从中拍到价值连城的收藏品。以后嘉实比拍卖行的业务量将会爆炸式的增长，你们从中赚到的佣金不知道是多少个六百万了。”

赵长风慢条斯理地说：“这是其一。其二呢，我们有言在先，这次拍卖行运作我们只支付一百五十万，洪总裁临时变卦，怕是不好吧？”

洪总裁的声音变得阴森起来：“赵处长，如果是这样，那么这次拍卖会有什么内幕消息泄露出去，可与我们嘉实比拍卖行无关了！”

“呵呵，有话好说，洪总裁何必动气？”赵长风依旧是不愠不恼，躲在阴影里平静地说，“这样吧，我给上海警备司令部的军务处杜处长打个电话，你和他说几句？”

洪总裁浑身一激灵打个冷战。不要说他只是认识道上混的人，并不是真的黑社会，即使他是真的黑社会大哥，又怎么敢惹警备司令部？洪总裁知道赵长风搬出警备司令部并不是吓唬他，因为赵长风来嘉实比拍卖行谈生意，都是警备司令部的军车接送，洪总裁在拍卖行混了这么多年，自然晓得其中厉害。他本来以为，赵长风虽然认识警备司令部的人，但是赵长风本人只是一个内地省会城市的普通小官员，在上海人的眼里就是个乡巴佬，他吓唬几句，赵长风一定会慌，根本不会想到去动用警备司令部的关系，没想到赵长风虽然年轻，但是却见过大世面，把他的话硬邦邦地顶了回来。

就在洪总裁尴尬着不知说什么是好的时候，赵长风又说：“洪总裁，如果真有内幕消息泄露出去，对我们虽然不利，但是对你们上海嘉实比拍卖行更是不利啊。首先前面取得的那么轰动的广告效应消失了，嘉实比拍卖行陡然之间提高的品牌价值又被归零，恐怕还成了负数。出了这样的丑闻，恐怕没有买家和卖家会再来嘉实比拍卖行参加拍卖会了吧？这对洪总裁来讲，是不是有点得不偿失？”

“洪总裁，嘉实比拍卖行和我们天外天股份公司是一条绳子上的蚂蚱，谁也离不开谁，合则两利，分则两害。究竟何去何从，你可要考虑清楚！还有，叶健民代表的买家的六千万拍卖款会如实打到我们中原天外天股份的账户上，所以即使你泄露出去所谓的内幕消息，也影响不了中原天外天股份，只会影响到你们上海嘉实比拍卖行的形象。你手头上所谓的证据，不过是你请了一个人冒充买家来抬高拍卖品的价格，就冲这一点，叶健民就能和你打官司，告得你倾家荡产。一两千万的东西被你弄来一个假买家抬到六千万元，这个后果你很清楚吧？”

洪总裁不愧是在生意场打滚的老人，脸皮极厚，他心念转动之下，立刻笑道：“哈哈，赵处长，我只是跟你开个玩笑，你怎么还当真了呢？”

“洪总裁，我也是和你开玩笑呢！”赵长风笑着站了起来，“好了，既然都谈妥了，我就不打扰洪总裁了。”

洪总裁立刻殷勤地伸出手：“赵处长，合作愉快。”

赵长风的手轻轻碰了洪总裁的手就滑了开来：“合作愉快！”

中州，天外天集团，徐董事长办公室。

“赵处长，多亏你运筹帷幄啊！”徐董事长大笑，“有了拍卖清乾隆御制珐琅彩碗的五千多万元利润，弥补了中原天外天股份的三千万亏空之后，今年还能盈利两千多万元。”

赵长风说道：“也只能采用这个办法渡过难关了，不过明年该怎么做，徐董事长可要拿好主意。”

徐董事长连连点头道：“金厅长已经就这个问题和我探讨过了，如果是以前，我没有把握，但是前面我们投入了三亿元购买了中原天外天股份的股票，这次年报出来后股票一定会大涨。到时候我们抛售出去，至少能赚上个六七个亿，这些钱可以投入天外天股份公司一部分，缓解一下天外天股份的压力。”

赵长风说道：“不是一部分，而是全部！”他看徐董事长有点不舍，继续说，“徐董事长，你必须这样做，而且还要对外宣布，出售天外天股票所有获得的资金都会无偿给天外天股份长期使用，帮助中原天外天股份顺利实现整合目标。只有这样，外界才会继续保持对天外天股份的信心！”

徐董事长咬了咬牙，道：“好，舍不得孩子套不着狼，这钱反正也是从股市上赚回来的。”

督察小组办公室里，赵长风靠在真皮转椅上长长地舒了一口气，不管怎么说，天外天股份这一关终于过去了，能做的事情他都做了，今年中原天外天股份终于可以交上一份漂亮的财务报表了。

想到这里，赵长风不由小小地自得了一下，他这一手为中原天外天股份洗澡的手法还算漂亮。九月到十月，赵长风就是一直在考察国内几家著名的拍卖行，最后选中了上海嘉实比拍卖行，就是看中了洪总裁的勃勃野心。洪总裁一直想把嘉实比拍卖行做成亚洲地区最大的拍卖行，才会和赵长风一拍即合。

至于叶健民，不用说，也是赵长风寻找的代理人。只不过叶健民代表的是深圳昊天进出口有限公司，这个公司其实是中原省外经贸厅在深圳投资兴办的企业，不过因为不是上市公司，一般人很少知道昊天进出口有限公司的背景。

第二年一月底，天外天股份公司率先公布了经过会计师事务所审计通过的去年年报，年报中显示，经过天外天股份公司一年的努力，终于甩掉了巨额亏损的帽子，顺利实现扭亏为盈，税后净利润达到三千多万元。

对于一个年营业收入几十个亿的大型商业企业来说，净利润三千万元是显得有点可怜，但是问题的实质在于天外天股份公司终于摆脱了亏损的帽子，不用担心悬挂在头顶上那把锋利的退市之剑了。

市场对天外天股份公司的年报反应果然非常热烈，天外天股份公司的股票价格再度一路走高，最后最高点竟然达到每股十九块钱，这比起赵长风当初来到天外天集团时每股四块一的股价已经翻了两番还多。

对于天外天股份发生这么戏剧性的变化，商业厅里的人知道都是赵长风的功劳，虽然他们未必了解其中的内情。本来赵长风当初来到商业厅企业处的时候，有很多人等着看赵长风的笑话，一个嘴上没毛的纨绔子弟，竟然不知死活地去接手中原天外天的烂摊子。可是任谁都没有想到，赵长风竟然真的让天外天股份起死回生了。一时间赵长风在商业厅干部中间，尤其是中下层干部中间，获得了很高的评价和赞誉。

当然，也有一部分人对赵长风的所作所为感到非常失望，因为他们巴不得天外天股份赶快倒下，那样就会在商业厅内引起强烈地震。地震过后，会有很多位置空出来，那么他们这些人就有机会趁机上位了，而现在赵长风的出现，让他们的希望都变成了泡影。

此刻赵长风已经顾不得商业厅的人了，他正满怀期待地等着赵强兑现承诺，要到下面县里出任县长呢!

这一年的春天似乎来得特别早，刚过完春节，气温就显著升高起来，省城里那些时髦的姑娘们迫不及待地甩掉了身上厚厚的冬装，换上薄薄的休闲装、套装，把在臃肿的羽绒服中藏了一冬天的动人曲线骄傲地向路人展示；更勇敢的姑娘干脆穿上美丽的裙子，一双双被丝袜裹着的玉腿在大街小巷中穿行着。

赵长风的心情也非常不错，因为他刚刚接到商业厅人事处的通知，让他下周到省委党校报到，参加为期三个月的青年干部培训班学习。人事处张处长亲自过来送的通知书，他把党校入学通知书递过来的时候，重重地握了一下赵长风的手，说道：“赵处长，祝贺你。”

赵长风矜持地笑了一下，道：“谢谢张处长的关心。”

张处长走后，赵长风靠在皮转椅上看着手中这份薄薄的通知书，心中充满了喜悦。对于去省委党校中青班学习，赵长风是早就做了准备的，大年初四他去给赵强拜年，虽然没有等到赵强，但是刘晓燕的电话打过去之后，赵强特意让赵长风接了电话，赵强在电话里说道：“长风，你在商业厅干得很不错，很让我放心。”

赵强的话语虽然寥寥，但是赵长风却已经能够领会到后面的意思了。赵长风发觉，随着他和赵强接触的次数增多，一个威严的省领导的形象却逐渐树立。

接了赵强的电话之后，赵长风就起身向刘晓燕告辞，他已经得到了他所需要的东西。

果然，春节刚过，赵长风就接到了到省委党校中青班学习的机会。这张省委党校中青班的入学通知书是一个明确无误的信号，表明赵长风很快就会下到下面地市区。按照惯例，一个没有基层工作经验的省直机关的干部要下基层任职的话，必须要到省委党校进行培训，这是一个必不可少的程序。

到了晚上，赵长风和方佳怡一起回了方家，把这个消息告诉方振华。方振华曾经是省委常委，自然熟知这其中的规则。他语重心长地告诉赵长风，能够进入省党校中青班学习的中青年干部都是来自各地市、包括省直机关的中青年干部的精英，都已经列入了省委组织部的考察对象的范围，也就是已经属于或者即将属于省委组织部管理的干部。在历次党校中青班的学员中，不乏一些进入重要领导高位的例子，比如现在的省委书记谭森，也曾经参加过省委党校的培训班，而且和现在退居二线的省政协主席黄永耀是同期同学。从这个意义上来说，省委党校中青班学员的发展都不可限量。

“一起下过乡，一起扛过枪，一起同过窗。”方振华说道，“当然，对你们年轻人来说，现在下乡的知青是没有了，但是战友关系和同学关系还是非常重要的，其中同学关系又远远比战友关系更牢不可破，因为在部队里，战友之间可能还会有利益之争，或多或少会有一些隔阂，而同学之间的关系就简单多了，没有利益的地方，就不会有冲突的产生，所以同学时期结下的关系也更为牢固。”

赵长风连连点头称是。

“长风，”方振华说道，“既然进入了党校，就要利用好中青班这个平台，相互结识，培养人脉，初步形成自己的人际关系网。等将来你们这些人都走向领导岗位了，互相提携、互相帮助，比一个人独自发展要顺利得多。一个好汉三个帮，一个篱笆三个桩。你的个人能力再高再强，也需要有人从旁协助。”

“方伯伯，我一定会好好珍惜这个机会的。”

方振华点了点头，说道：“另外还有一个问题，到了党校之后要韬光养晦，不要锋芒太露。你今年还不到二十六岁，另外还有职务级别，在官场讲究的是官大一级压死人，虽然大家聚集在中青班学习，互相之间并没有隶属的上下级关系，但是对于级别比你高的、年龄比你大的学员，一定要学会尊重服从。你要调整好自己的心态，在省委党校中青班里，你很可能会是一个受支使的对象，这个时候你要乐于为大家服务，千万不能总想着你身后有赵强的关系，有我的关系。我可以告诉你，省委党校的中青班看似简单，但里面的水深不可测，你根本不知道哪个学员背后连着某个重要的省委领导甚至是更高级别的领导。所以韬光养晦对你只有好处，没有坏处。”

赵长风听得连连点头，他发现一向对他非常严厉的方振华开始对他淳淳善诱。

教导了赵长风一番后，方振华端起茶杯喝了一口浓茶。赵长风以为谈话就要结束，连忙站起来说：“方伯伯，我会牢记你的教导的。”

方振华放下茶杯，目光忽然犀利起来，盯着赵长风看了一阵子，看得赵长风心里一阵发毛。

“呵呵，好好！”方振华见赵长风没有躲闪他的目光，忽然笑了起来，似乎非常满意。方振华这一笑，赵长风才长长地舒了一口气，赵长风发觉，论起身上的威仪，连赵强也差方振华少许。

“长风啊，”方振华的笑容收了起来，“回头请你爸爸妈妈过来一趟吧。这么长时间只听你说起他们，却从来没有见过面。”

赵长风心中一喜，知道方振华这是正式表态，他终于吐口同意方佳怡和自己的婚事了。

方振华翻了翻书桌上的台历，对赵长风说：“这周三到周五都可以。你问问你爸爸妈妈，看他们这段时间什么时候有空，就去把他们接过来。如果他们忙，我们也可以再约时间。”

赵长风知道，方振华这样说是委婉地表达对他父母的尊重。

赵长风下去对方佳怡一说方振华的话，方佳怡也非常高兴，她的老顽固爸爸总算点头了。

晚上，赵长风打电话回家，告诉父母这个消息。赵父赵母也很惊喜。当然，他们惊喜并不是因为儿子终于可以攀上方振华这门高亲了，而是因为赵长风的确老大不小了，现在只要赵长风能往家里领回一个媳妇，能给赵家生一个大胖小子，赵父赵母就开心了，至于女方家庭是贵是贱、是富是贫，赵父赵母绝对不会介意。

赵长风估计得没错，方振华果然是和他父母商量他和佳怡的婚事的。按照方振华的意思，等赵长风从省委党校培训出来后就要抓紧时间办婚礼了。因为依照惯例，赵长风从省委党校出来后不会立即到下面去，还需要在商业厅再挂上两到三个月，这期间在商业厅也不会负责什么过于具体的工作，正好趁这个机会把婚事办了。

赵父赵母听了方振华的话，自然是喜出望外，他们对方振华说："我们是小地方人，也不懂得大地方的规矩，我们就按照我们山阳地区的订婚规矩给佳怡准备了点东西，方大哥不要见怪。"

方振华笑道："我是送丫头出门，自然要依据男方的规矩了。至于现在年轻人流行的洋规矩，我也不懂。按照你们的规矩办就行了。"

赵父赵母提前做了准备，此时赵父就立刻拿出一个红包，里面包了一万零一元钱，寓意方佳怡是万里挑一，塞到方佳怡手里。方佳怡本想推辞，赵长风使了一个眼色，方佳怡就收了下来。

赵母则拿出一对金镯子、一副金耳环、一条金项链，亲自给方佳怡戴上，嘴里说道："佳怡，这是阿姨的一点心意，你暂时委屈一下，收下来。回头再按照你们青年人的规矩，举行一个正式的订婚仪式，让赵长风给你准备好钻戒，当众向你求婚。"

方佳怡羞涩地笑着，任赵母的摆布，一句话都不说。方振华则摆了摆手，说道："老妹子，没必要那么复杂，兴师动众地搞什么订婚仪式，我看中午我们去吃顿饭，就算是订婚宴了。"

中午方振华打电话把方天雷夫妇也喊了过来，一起到国际饭店吃了一顿饭，就算是方佳怡的订婚宴了。

赵长风实在没有想到，订婚宴和订婚仪式会这么简单匆忙，这让他感觉很对不起方佳怡。方佳怡趁方振华和赵父赵母不注意的时候也冲赵长风瞪着眼睛，嘴唇一张一合向赵长风抗议，赵长风能够读出来，方佳怡是叫他赵老抠呢！因为他答应方佳怡的钻戒到现在还没有买呢！这怎么能叫订婚呢？这其实也不怪赵长风，赵长风没想到方振华一旦答应他们的婚事，会如此干脆利落，把繁缛的仪式都省略了。很多大领导都是趁着儿女订婚的机会，收一笔不菲的贺礼，而方振华根本就没有往这方面用心思。赵长风本来打算，如果方振华同意了婚事，他就陪方佳怡去挑钻戒，现在这钻戒就留在婚礼上用了。

方佳怡和赵长风陪着赵父赵母在中州玩了两天，赵父赵母觉得留在这里太影响方佳怡和赵长风的工作，就嚷嚷着要回去。赵长风清楚，父母是放心不下家里的干货生意，也就不再强留，把父母送了回去。

赵长风在党校的学习要到五月下旬才结束，方振华和赵父赵母选定的日子是在六月十八日，也就是说赵长风党校学习结束后，就必须立刻准备婚礼，赵长风觉得时间太赶了，方振华却执意坚持要定在这个时候，他告诉赵长风，在党校学习三个月期间也可以准备婚礼。

党校开学后，赵长风按照方振华的交代，住在了党校安排的宿舍。虽然说按照副处长的行政级别，他可以住两个人一间的宿舍，并配备有空调，比起下面的科级干部待遇高出一大截，但是毕竟没有住在家里舒服。可赵长风知道，这个是难得的融入中青班这个集体的机会，如果回家住了，就等于在相当程度上损失了这个平台带来的好处。所以赵长风就踏踏实实地住在宿舍，和中青班其他学员打成一片。当然，中青班中也有几个学员，家是中州的，或者有亲戚在中州，为了体现和其他学员不同的优越感，每天下课之后，就离开党校。这让赵长风嗟叹不已，要不是有方振华的指点，他恐怕也会这样，不会选择留在党校宿舍吧。

在党校的三个月，赵长风按照方振华的指点，和中青班的学员互相交流、频繁联系，把关系夯得非常扎实，这对赵长风来说，就等于是一笔无形的政治资本，现在存入银行，等将来某一天需要用的时候，就可以随时从银行取出来支用，而这个时候他当初存入的政治投资不知道增值了多少倍。三个月党校中青班培训结束后，赵长风觉得他成熟了很多。

从党校回来后，赵长风就开始和方佳怡忙着操办结婚的事了。其实新房早就装修好了，在方佳怡的设计下，装修得很完美，连方天雷看了之后都大呼小叫地说不知道妹妹还有这样的天赋。婚纱钻戒都也都准备好了，这些东西是赵长风专门托人从国外带回来的，虽然方振华对赵长风这个举动非常不满意，但赵长风还是做了，一辈子就结这么一次婚，不能让方佳怡受委屈。拍婚纱照的事也非常好办，方佳怡一个同学家里就是开影楼的，找了两个最好的摄影师，连续出了两天外景，就帮赵长风和方佳怡把婚纱照拍好了。

剩下的问题就是订酒店和下请帖了，毕竟方振华曾经是省军区的司令，女儿结婚了，这个请帖下得一定要有讲究。方天雷替赵长风订好了酒店，但是下请帖的事，方天雷让赵长风去请示方振华。

赵长风敲了敲书房门，里面传来方振华威严的声音："进来!"

赵长风推开书房门，走了进去："爸，天雷哥这边要安排酒店，订桌子，他让我过来问你，咱们这边需要请什么人?"

方振华取下老花镜，说道："长风，越简单越好，不需要请那么多人。你知道我为什么去年不同意你和丫头的事吗?"

赵长风脸一热，说道："爸，你说过，我太贪婪了，担心我控制不住自己，会害了佳怡，所以希望我多磨炼一下。"

方振华点了点头，说道："这个只是原因之一。还有一个原因，当时不好跟你说，现在可以告诉你了。就是如果去年你和丫头结婚的话，肯定会有很多人想尽办法过来参加。因为去年是换届年，有很多人还要借助我这把老骨头。今年则不同，换届已经过去，我这老骨头的余热也发挥完了，那些人也想不起我老头子是谁了。这个时候你和丫头再举办婚礼，就会清净很多。你和丫头的婚礼，一定要低调，我不希望大张旗鼓地闹得满城皆知。我的这个用意，你明白吗?"

赵长风想了一下，点头道："爸，我明白。这个时候，低调对我来说有好处。"

方振华呵呵一笑，说道："你明白了就好。"

赵长风思忖了一下，说道："爸，要不这样，我这边也尽量从简，只请几个要好的同学，另外就是赵强叔叔，还有机关事务管理局的李恩华叔叔以及商业厅的金雨渊厅长，其他人就不通知了。"

"我看可以。"方振华戴上了老花镜，"至于我这边什么人都不通知了，到时候没有什么外人，不过佳怡的姨妈是一定会从北京赶过来的。"

邙北市位于中原省西北部，是天阳市下属的一个县级市。八月份，虽然已经进入了秋天，但是在中原地区有秋后一伏之说，此时中原小城邙北市就笼罩在秋老虎的肆虐之下，天气闷热得有点可怕。

赵长风坐在办公室里，空调虽然开到最大，温度调到最低，但还是觉得浑身燥热。说实话，赵长风真的没想到，他会被派到邙北市担任常务副市长，也没有想到，他到常务副市长任上还不到一个月，就要面对如此棘手的局面。

赵长风是六月十八日举办的婚礼。七月二日，省委组织部地市干部处就到商业厅考察，赵长风当然顺利地通过了考察。然后是商业厅领导召开会议，研究调整处室的干部，自然是讨论赵长风离开之后，谁人来接替赵长风的职务。不过赵长风已经向金雨渊打了招呼，无论谁来接替企业处副处长的职务，郭鲁明的位子都会动一动，从副科提到正科，这也是当初赵长风对郭鲁明的承诺。

这个时候，赵长风已经知道他要到天阳市下属的邙北市去担任常务副市长。天阳市下辖五县一市三区，是中原省的经济欠发达地区，下属大多数县市经济都非常落后。可邙北市却是一个例外，它的经济实力在中原省一百二十个县中能排进前二十强，可见其经济实力很强。赵长风看过天阳市去年的统计数据，邙北市一个地区的经济规模就占到全天阳市经济总规模的百分之三十五，可见邙北市对天阳市来说，地位举足轻重。赵长风能到这么重要的一个县级市去担任常务副市长，心里自然很高兴。

赵长风知道，虽然说邙北市常务副市长其实也是个副县级干部，级别等同于别的县的常务副县长，但实际上中间却有很多差别。比如邙北市综合实力强，那么天阳市的领导到邙北市来的机会就多，而省里的领导来天阳市视察工作，天阳市一定会把邙北市排在领导行程的第一位。这样，在邙北市工作的干部出头露面的机会就多，接触领导的机会也多，说不定哪一天某一个报告或者某一个工程又或者某一个举措入了领导的法眼，那么晋升就指日可待。也就是说，相比别的区县，邙北市是一个容易出政绩、也容易出干部的地方，近十几年的事实也证明了这一点，只要在邙北市担任过市委书记或者市长等一二把手的干部，都得到了重用。就拿天阳市来说，市委书记魏新强就曾担任过邙北市的市委书记，组织部长王大奎，也曾经担任过邙北市的党群书记。

还有一点就是，邙北市的现任市长是刘光辉。刘光辉是赵强原来的秘书，两年前，赵强把刘光辉推荐到邙北市担任市长，按照赵强替刘光辉做的规划，再有半年或者一年，刘光辉就要调到更重要的位置上去，到时候赵长风作为常务副市长，有很大可能接替刘光辉的职务。当然，能不能争得上这个位置，就看赵长风自己的造化了，毕竟，在邙北市，还有几个人排名在赵长风之前。

当然，到邙北市来并不是一切因素都对赵长风有利，这中间也有一个对赵长风非常不利的因素，那就是邙北市的市委书记蔡国洪。听说赵长风要到邙北去之后，方天雷已经并把邙北市的情况替赵长风详细地调查了一遍，方天雷告诉赵长风，邙北市委书记蔡国洪就是蔡国富的亲弟弟，蔡达明的亲叔叔。

蔡国富此时的地位和以前相比也不可同日而语，他已经是中原省省委常委、中州市市委书记，在省委常委的排名中仅次于赵强。换而言之，如果不考虑身后的背景因素，蔡国富完全可以和赵强平起平坐了。

对于这一点，赵长风显然是心存顾虑的，但是他却不能去告诉赵强。再说，蔡国洪虽然是邙北市的一把手，但是赵长风过去也是担任常务副市长，仅仅比蔡国洪的地位低了半级，并不见得蔡国洪就吃定他了。更何况还有刘光辉担任着邙北市的市长呢！而且蔡国洪身为邙北市委书记，也不见得就那么小家子气，为侄子的一点破事就为难一起搭班子的成员。

商业厅领导开会研究通过了处室干部调整意见之后，过了两天，到了七月二十日，赵长风接到了省委组织部干部调配局一纸调令，上面简单地写着："天阳市组织部，兹有赵长风同志调入你市邙北市工作，请妥善安排好相应事宜。省委组织部干部调配局。"

赵长风不是很懂组织程序，心想我到下边不是要担任邙北市市委常委吗？怎么省委组织部干部调配局在调令上没有明确这个？按照惯例，邙北市常务副市长必然是邙北市市委常委，这一点是毋庸置疑的，但是组织部干部调配局上面什么也没有写，这就让赵长风有点忐忑不安，不知道是不是赵强当初答应的事情又起了变化，也许只是到下面担任副市长？但是这话赵长风又不好问干部调配局的同志，他只好按捺住心中的疑问，回去请教方振华。

方振华听了赵长风的疑问，笑了起来，他告诉赵长风，这些细节组织部干部调配局的调令上是不会明确写的，但是组织部干部调配局除了下调令之外，还有一些别的沟通方式。就拿这种情况来说，干部调配局的局长还会亲自打电话给天阳市市委组织部部长。调令只是个形式，主要内容都在电话里呢！

赵长风听了讪讪笑道："真没有想到，有这么多规矩呢。"

方振华语重心长地说："长风啊，这次机会对你很重要。你一直待在省直机关，最缺乏的就是基层的工作经验。眼下很多干部都认为下基层名义上是锻炼，实际上是镀金。但是你千万不能有这样的想法，你要踏踏实实、安安心心地在邙北市干上几年，一定要把这次经历当成一次难得的学习和锻炼机会。并不是任何人都能有这样的机会的，你一定要抓牢，要抓牢啊！"

赵长风收起了笑脸，认真地说："爸，你放心，我不会给你丢人的！"

方振华点了点头，挥手说道："我相信你！好了，长风，你去陪丫头多说说话吧，马上要到下边去了……"

对于赵长风这么快就到下边去，方佳怡是有意见的。哪里有刚结婚才一个月，就要分开的？可是方佳怡也知道，她阻拦不了赵长风，因为这对赵长风来说，实在是一个难得的机会。方佳怡只能整天撅着小嘴，闷闷不乐。

赵长风柔声细语地劝解方佳怡，并向她保证："邙北市离中州市也不远，又有高速公路，我开车三个多小时就能从邙北赶到中州。以后每个周末，只要下边没有什么重大活动让我脱不开身，我都会开车回来和你团聚，如何？"说着赵长风一张大嘴已经盖在方佳怡娇艳的樱唇上。方佳怡猝不及防之下，被赵长风偷袭得手，她小声笑骂着流氓，紧紧地咬着银牙，不让赵长风得逞，可是赵长风的舌头灵活地动了几下，就叩开了方佳怡的牙关，缠上了方佳怡的小舌。方佳怡还想抗议，可是只来得及发出一声嘤咛，就迷醉在赵长风熟悉的气息里……

七月二十六日，赵长风拿着省组织部干部调配局的调令，到天阳市市委组织部报到。当天，组织部就召开了部务会议研究，推荐赵长风为邙北市市委委员、常委，并上报天阳市市委常委会。

七月二十七日，天阳市市委常委会讨论通过了市委组织部的提议。随后，市委组织部就下了任命文件，正式任命赵长风同志为邙北市市委委员、常委。

七月二十八日，市委组织部古部长亲自陪同赵长风到邙北市上任。

在接下来的一周时间里，邙北市人大常委召开会议，任命赵长风为邙北市副市长，然后在接下来的市政府召开常务会议，一致通过决定，任命赵长风为邙北市常务副市长，到了这个时候，赵长风任常务副市长的流程才正式走完。

接下来赵长风的任务就是熟悉工作、熟悉上级、熟悉同僚、熟悉下级，当然也包括熟悉那些已经退居二线、但是依然对邙北市政治生活产生着巨大影响的老同志老干部。

经过一个月的迎来送往、接来拜去的生活，赵长风才基本上熟悉了邙北市的情况，也基本上熟悉了常务副市长的工作。

赵长风和邙北市市长刘光辉虽然都属于赵强一系的人马，但是在来邙北市之前，赵长风并没有和刘光辉直接打过交道，唯一的一次见面还是在九年前赵长风在赵强办公室见过的那一次。包括这次赵长风要到邙北市担任常务副市长，赵长风以为赵强会把刘光辉叫到省城来，给他们两人互相引荐一番，但是赵强没有这么做。也许越是在这个时候，越是要避嫌吧。

到邙北市后，第一次见面时刘光辉伸出有力的大手："长风同志是个好干部，我代表邙北市政府欢迎你。"虽然话很平常，但是刘光辉的握手已经暗示了很多。相比之下，市委书记蔡国洪的握手就轻描淡写多了。

赵长风作为空降干部来到天阳重镇邙北市，明眼人都能够看出他身后有很深的背景。至于赵长风身后的背景是什么，这就不是邙北市一般干部所能知道的了。

对于刘光辉对他的回避，赵长风也非常理解。关系其实就像武器一样，越是重要的关系，越要隐藏得深，这就好比核武器一般都隐藏在地下很深的发射井里，平常是看不到的，但是其中的威慑意味，却又是每个国家都不可能忽略的。而那些动不动就挂在嘴边的关系，就有点像是打狗棒，虽然摆在明处，但是真正要动用的时候，却不见得有人会买账。

刘光辉的履历，赵长风当然很清楚，刘光辉毕业于中原大学中文系，毕业之后就被分到中州市政府，偶然的机会下得到了赵强的赏识，就跟着当了秘书。后来赵强到省政府任职，也把刘光辉带在身边。

刘光辉一直在赵强身边干了七年，赵强非常赏识他。一般的秘书，在领导身边干上两三年，都会被领导推荐到重要的岗位上去任职，可是赵强一直舍不得放他走，可见赵强对他的器重。当然，这七年时间里，刘光辉的行政级别从科员一直升到副处，按照中原省的惯例，这已经是非常务副省长的秘书所能享受到的最高级别待遇了。这个时候，赵强就不得不把刘光辉放下去了，因为他再把刘光辉留在身边，就是耽误刘光辉发展了。

在邙北市，刘光辉一直韬光养晦，他只是下来挂职锻炼，只要平平安安地过两三年的时间，镀上一层金，就该走了，又何必为了争权夺利和市委书记闹得不愉快呢？

他正寻思着，一个瘦瘦的年轻人轻轻推开门，走了进来：“领导，车已经准备好了。”

这个年轻人叫刘俊康，是政府办秘书科副科长，是专门为赵长风一个人服务的，可是不挂秘书的名义，因为按照规定，只有副部级以上干部才能配专职秘书。可是现实中，很多厅级副厅级干部，甚至县处级干部都配有专职秘书。在邙北市也是这样，不光是市长，每个副市长都配有专职秘书，不过为了遮人耳目，这些人职务或者是秘书科正副科长、或者是秘书科科员。

赵长风这才想起来，按照安排好的行程，下午他要到后河乡去检查工作。

下了楼，一辆黑色的普桑已经在楼前等候，这是赵长风的专车。刘俊康早已经抢步上前，打开车门，用手护着上面，殷勤地请赵长风上车。

赵长风微笑一下，坐了进去。虽然他觉得刘俊康的动作有点夸张，但是心里还是感觉比较舒服。邙北市副市长和商业厅企业处副处长都是县处级干部，但是邙北市副市长享受的待遇要远远高于企业处副处长，怪不得省直机关那些中层干部们都巴望着能有个机会到下面锻炼呢。

出了城区，往西南方向去，渐渐地就进入了小秦岭山脉，大约走了十几公里，路边竖着一个大牌子：欢迎来到黄金之乡。车拐了进去，赵长风这才发觉，去后河乡的路和当初他在白元县去往卧虎乡的路很像。同样是山高、弯多、路陡，普桑要开足马力，一次接一次地冲刺。

弯弯曲曲地走了十几公里，还没有到后河乡，车子热得发烫。司机老邢早就有准备，把车停在路旁，打开后备箱，提出一个塑料壶往水箱里加了大半壶水，水箱的温度才降低了下来。

又开了七八公里，终于前面的山路变得有些平直，在远处的山坳中出现了密集的房屋建筑，刘俊康扭头殷勤地告诉赵长风，那就是后河乡了。

靠着路边，有一个小广场，在广场的边上，有一个大院，上面挂着后河乡党委、后河政府的牌子。

院子里有一群人恭敬地站着，见普桑进来，就抢步走了过来。普桑停稳后，刘俊康先下车，打开车门，护着上方把赵长风请了出来。

一个三十多岁的肥头大耳的矮胖男子身体前倾，伸出双手来说："欢迎赵市长来指导工作！"他就是后河乡党委书记马会来。

赵长风早就学会了官场的派头，他伸出手来软绵绵地让马会来握了一下，说道："会来同志好。"

另一个肥胖程度不输于马会来，但是个子却要高上半头的方脸男子也热情地伸出双手："我代表乡政府全体干部欢迎赵市长前来视察。"

这个方脸男子叫霍乙路，是后河乡的乡长。

赵长风一视同仁，也软绵绵地让霍乙路握了一下手："乙路同志好。"

后河乡是邙北市的经济重镇，原以出产苹果著称，后来发现了黄金矿床，后河乡的经济就转而倚靠黄金矿产，原来的苹果之乡也改成了黄金之乡。赵长风这次前来，是例行的视察工作。

"赵市长，乡主要班子成员都来齐了，你看是先听取汇报，还是……"马会来殷勤地笑着，双眼紧盯着赵长风。

有些领导下来喜欢先听班子成员汇报，然后再下去考察；有些领导下来则喜欢直接去考察，然后才听取班子成员汇报。对于别的市领导，马会来自然知道他们的习惯，但是对于新任常务副市长赵长风，马会来一点都摸不着脾气，而他提前向刘俊康打听，也没有打听出所以然来。

赵长风沉吟了一下，说道："既然大家都到齐了，那么先听听汇报吧。"

后河乡礼堂是一栋两层楼的建筑，但是高度却几乎要追平乡政府大院里左边那栋四层高的办公楼，十分气派。据马会来介绍，后河乡礼堂一楼是开会用的大礼堂，二楼则一分为二，左边是一个小会议室，右边大一大部分隔离开来，作为乡干部的活动室，这让赵长风非常诧异，乡镇一级政府有独立的礼堂，还有如此气派的干部活动室，这在那些经济强镇也很罕见。赵长风推断，后河乡虽然位置偏僻，在中原地区的媒体上也难得见到这个乡镇的名字，但是经济实力绝对不逊于那些中州市周围的经济强镇。

上了二楼，到了小会议室，赵长风含笑落座，其他人才依次坐下。马会来正要请赵市长发表指示，霍乙路就抢着说："首先我代表后河乡政府欢迎赵市长到后河乡视察工作。下面，我就后河乡全年各项工作开展情况作简要汇报，不妥之处，恳请赵市长批评指导。"

马会来脸色非常难看。虽然说这次赵长风市长过来是检查乡政府工作的，但是赵长风是常务副市长，同时还兼任市委常委，那么按照惯例，应该是他这个党委书记负责接待，并首先做汇报，然后才能轮到乡长，霍乙路这么插一杠子，实在是太混账了。如果不是顾忌着赵长风在场，马会来当场就会拍桌子。

赵长风垂下眼帘，不动声色地喝了一口茶。这个开局太有趣了，没有想到后河乡书记和乡长之间的矛盾已经公开到桌面上来了。

“乙路同志。”马会来直接打断了霍乙路的话，虽然他脸上挂着笑，可脸色却是铁青，语气也十分严厉。

霍乙路虽然会用一些小花招，但是公开和一把手马会来翻脸，倒也不敢，见马会来发了话，只好停住了话头。

马会来也不看霍乙路，望着赵长风笑道：“赵市长是第一次到我们后河乡来，下面我们先请赵市长为我们做指示，大家欢迎！”说着马会来率先鼓起掌来。

大家跟着鼓掌，霍乙路也不得不鼓起掌来，他如果不鼓掌，难道是反对赵市长讲话么？

赵长风笑了一下，把手往下一压，掌声立刻停止，他说道：“今天到后河乡……”

就在这个时候，小会议室的门一下子被冲开了，一个年轻人跌跌撞撞地进来：“马书记、霍乡长，不好了，凤凰山金矿出事了！”

这个青年人叫小李，是后河乡政府刚招过来的临时工，在乡政府帮忙还不满十天，这次赵长风过来视察，马会来为了表示重视，把乡党委、乡政府的所有干部都召集过来了，小李因为是临时工，自然没有资格参加这样的会议，就留在办公室里接听电话。没想到，偏偏在这个时候凤凰山金矿出了事故。

“小李，你没有看到赵市长正在讲话吗？出去！”马会来声色俱厉地说。马会来没有想到，凤凰山金矿竟然在这个时候出了矿难，半个多月前，凤凰山金矿就出了一次事故，死了五个人，马会来费了好大周章才把这起矿难压了下去，没有想到这凤凰山金矿半个月后就又来了一起事故，而且还是市委常委、常务副市长到后河乡视察工作的节骨眼上。

这时马会来非常懊悔，他不应该让所有的干部都集中过来，如果有几个老成持重的同志在外面接电话，一定会知道如何处理这件事，绝对不会冒冒失失地冲进会场。这下让赵市长知道了，想掩饰也没有办法掩饰了。

小李突然间接到凤凰山金矿出事的消息，吓了一跳，觉得事态非常严重，不知道该如何处理，这才慌慌张张地跑到会议室报告这个消息，却没想到劈头盖脸地挨了马书记一顿训斥，他脸色涨红，正要退出去，坐在中间的赵长风却说话了。

“小同志，你别走，你说说是怎么回事。”赵长风虽然也才二十六岁，但是他的气度放在这里，大家都觉得这样说似乎没有什么不妥。

小李偷看了马会来一眼。

“不要怕，你只管说。”赵长风和颜悦色地说，“说错了也没有人会责怪你的。对不对，马书记？”赵长风最后半句话却转到马会来身上。

马会来吓了一跳，他当然知道赵长风这半句话是什么意思，连忙表态道：“小李，这是咱们赵市长，有什么情况你还不快向赵市长汇报？”

“赵，赵市长，我刚才接到电话，说凤凰山金矿二号矿洞发生了塌方，有十二个工人被埋进去了！”小李看到赵长风鼓励的眼神，胆气一壮，就全说出来了。

“谁打电话过来的？”马会来在旁边问道。一般来说，矿上发生矿难，矿主一定会拼命遮掩，怎么会主动打电话报告到乡政府呢？

“打电话的人说他是梨树口村的村民。”小李畏缩地看着马会来答道。

马会来这下明白是怎么回事了。梨树口村就位于凤凰山金矿旁边，和凤凰山金矿矛盾很深，巴不得凤凰山金矿马上倒闭。因为距离很近，凤凰山金矿有什么动静都瞒不过梨树口村村民。上次凤凰山金矿出事，也是从梨树口村传出来的。这个罗大牙呀，也真是的，连村民都搞不定，还开什么金矿啊！

赵长风一听说有十二个工人被埋进去了，吓了一跳，按照职工伤亡事故标准，一次事故死亡一到两个人为死亡事故，一次事故死亡三到九人为重大死亡事故，死亡十人以上就为特大死亡事故，现在有十二个工人被埋进坑道里了，他怎么能不震惊！

“马书记，凤凰山距离这里有多远？立即组织人赶往现场救援！”赵长风立刻下了指示。

“是，我马上组织人！”马会来站了起来，喊道，“振兴同志，你立刻召集派出所干警。胡明同志，你把武装部的民兵召集过来……”

刘俊康也没有想到陪领导下来考察工作竟然会赶上矿难，这对领导来说可不是什么好事。刘俊康直恨情况太突然，他没有办法上去提醒领导。如果领导有点心计，见马会来呵斥小李出去，就装作什么都没有听见就算了，继续开他的会，后面的事无论怎么处理，都是后河乡的问题，绝对牵扯不到领导。可是刘俊康没有想到，领导竟然会主动揽事上身，把小李留了下来，询问起矿难的具体情况。他难道不知道，这矿难，谁惹上就要弄一身臊吗？本来不是他分管的事，但是如果他到了现场，这个黑锅就背定了。负责工业经济的何市长正好趁机推脱责任，不管死几个人，都是赵长风在现场指挥的，他远在邙北市，虽然也有责任，但是指挥不力的名声，肯定会让赵长风背上啊！

刘俊康心里想着，却苦于没有办法上前说明，这个时候趁马会来在分配人手，他就悄悄地来到赵长风身边，拉一拉赵长风的衣襟，附身在赵长风耳边说道：“赵市长，你立刻让马书记打电话向市委蔡书记和市政府刘市长汇报。这件事你就别参与了……”

赵长风当然知道刘俊康说这话是什么意思，但是人命关天，他完全顾不上了，不管怎么说，先赶到凤凰山金矿，指挥现场救援再说，能早到一分钟，就多一分救人的希望。

赵长风拍了一下刘俊康的手，站起来走到马会来的身边：“会来同志，你安排一个人向市委蔡书记和市政府刘市长汇报，请求市里派消防官兵前来支持。你和乙路同志马上带人和我一起赶到凤凰山金矿事故现场，展开救援工作！”

应该说马会来的指挥还是很有效率的，才二十分钟时间，武装部已经集合了二十多个民兵，乡派出所三名干警也已经到齐，乡政府这边也抽调了七八个青壮年干部。乡政府还准备了一辆蓝色普桑、一辆吉普和两辆卡车。

见赵长风扫了蓝色普桑一眼，马会来连忙解释，这不是后河乡的车，是从后河乡一个企业的老板那里借过来。

赵长风只是随便扫了一眼，并没有追究小车超标的问题，没有想到马会来还有心情解释。

“准备好了吗？出发！”赵长风眉头皱了一下。

“好好，这就出发！”马会来连忙说道。

刘俊康知道阻拦不住赵长风，不由得心中暗自叹气，本以为跟了一个年轻有为的领导，他可以翻身了，谁知道领导到底是年轻人，沉不住气，不晓得官场的利害，全凭着一腔热血的冲动做事，在形势如此复杂的邙北市，如何能是蔡国洪书记以及其他那些副书记副市长的对手呢？

虽然心里有些闷闷不乐，但是刘俊康还记得自己的职责，上前打开车门，赵长风坐好后，刘俊康轻轻关上车门，然后拉开副驾驶座位的车门，坐了进去。

马会来见赵长风上了车，连忙抢步也上了那辆蓝色普桑，乡党政办主任彭修成上了前面副驾驶的座位。两个乡党委副书记本想跟着上去，马会来隔着车窗横了一眼，他们连忙停下脚步，犹豫了一下，转身向吉普走去。霍乙路冷笑一下，转身拱进吉普车后座。乡派出所所长和两名干警则上了偏斗三轮警用摩托，民兵们和全体不够级别的乡干部们则分别挤上了两辆卡车。

蓝色普桑启动起来，率先在前面引路。司机老邢一踩油门，黑色普桑就平稳启动，不疾不徐地跟在蓝色普桑后面。然后载着霍乙路的北京吉普紧紧跟在赵长风的车后面，接着是派出所的偏三轮警用摩托，最后就是两辆满载民兵的大卡车。

马会来从倒车镜里望着后面赵长风的黑色普桑，嘴里说着：“老彭，你给罗大牙打个电话。”

彭修成立刻拿出电话，拨通之后，说：“罗老板，马书记找你！”

“罗大牙，矿上今天是怎么回事？”

罗大牙连忙说道：“马书记啊，怪不得人家都说整个后河乡都姓马呢！我这边稍微有点动静，你老人家那边就知道了。”

“罗大牙，你还装？都有十多个人拍在矿洞里面了，还叫稍微有点动静？”马会来嘴里还是骂着。

“哎呀，马书记，你不知道，我手下养的那些矿工有多么王八蛋，不好好采矿，隔三差五地都给我整这么一出，我就是挖出一座金山来，也搁不住这些王八蛋折腾啊！早上下矿洞的时候还是好好的，到了下午，矿洞就塌方了，他们被拍里面了。”

“罗大牙，你少把责任推到别人身上，先想想自身的问题！”马会来义正词严地说，“关键是出了矿难后怎么办？你非要每次都闹出这么大的动静来？梨树口村的那两千多村民你都搞不定？”

罗大牙在电话里又大声叫起屈来了：“马书记，你也知道，这梨树口村是一个大村，全村人都姓王，是一族同宗的本家，和那些小村小户或者多姓杂居的村不一样。我上次派了一百多个护矿队的人去，都被他们打了出来。他们心太齐了啊！”

“罗大牙，你就知道打打杀杀，如果做黑社会有前途，你在我后河乡挖金子干吗？”马会来一副恨铁不成钢的样子，“有很多事，不是只有武力才能摆平的，你可以用别的手段啊。”

“马书记，我也想用别的手段。可是梨树口村有两千多人，我即使花二十多万，每个人不过才分到一百元，他们胃口大着呢，动辄就要每人一年五六百块。马书记，你也知道，凤凰山金矿是个什么样的情形，如果让我每年拿出一两百万来，还不如把矿洞封了了事。”

马会来冷笑道：“罗大牙，你不干可以，现在就可以关门，等着承包凤凰山金矿的人多了去了，我明天就派别人接手！”

“哎呀，马书记，我只是开个玩笑，你怎么认真起来了。”罗大牙觍着脸笑道。

马会来心里冷笑一声，语气又柔和下来，“老罗，斗争也要讲个策略方式。虽然梨树口一村人都姓王，我就不信，他们两千多人都是一个爹妈生出来养出来的。一个爹妈生出来的亲兄弟还有矛盾呢，更何况是同宗同姓的族人呢？老罗，你要记住，凡是有两个人以上的地方，就会有矛盾。你只要抓住这些矛盾善加利用，就会把事情处理得非常漂亮。你只要挑选几个主要的头面人物收买下来，其余的事，这些人会帮你搞定，哪里还用你出动护矿队？”

“高，马书记，你真是太高了！”罗大牙立刻领会了马会来给他出的主意，“这次事过去了，我就按照马书记交代的办。”

“这就对了，以后不要再闹出这么大动静来了。”马会来严肃说，“罗大牙，你知道吗？今天正好是赵市长下来视察工作，这矿难的事正好被他碰上，你知道会有什么后果吗?”

罗大牙立刻慌乱起来:“马书记，这可怎么办呢?”

“你慌什么?”马会来吼了一声，“只要市委还是蔡书记主持工作，邙北市的天塌不下来!”

罗大牙这才镇静下来，说道:“马书记，那，那就拜托你了。”

“不忙，先看看今天最后究竟是一个什么情况。”马会来淡淡地说，“你那边准备好迎接赵市长，态度一定要卑躬谦逊，要先检讨自己，不能把责任推到别人身上，给赵市长留下不好的印象，懂吗?”

“我懂，我懂!”罗大牙连连点头。

“对了，”马会来说，“老罗，你很久没去彭主任家坐了吧?有空去坐坐嘛!”

“知道了，马书记，我会的。”

“那你做好准备，车队一会儿就到!”

马会来挂断电话，把手机递给彭修成。彭修成听了最后一句话眉开眼笑，嘴里说道:“马书记，谢谢您在这个时候还想着我!我就知道，跟着您干是有前途的。”

马会来摆了摆手，头靠在靠枕上，淡淡地说:“修成，无论什么时候，和乡党委保持一致是没有错的。”

彭修成连忙说道:“马书记放心，我一定与您保持一致。”彭修成把马会来话中的乡党委替换成“您”字，其中意思可就大不一样了。

得到了彭修成的明确表态，马会来笑道:“修成同志放心，在后河乡这一亩三分地，我说话还是算数的!”然后他就闭上眼睛不再说话。

车队到了凤凰山金矿，赵长风一下车，对面一群人就迎了上来，为首一个黑瘦的中年人首先和前面的马会来打招呼:“马书记!”

这个人是凤凰山金矿的矿长李大用，其实也就是矿主罗大牙的代言人。平时李大用替罗大牙管理着金矿，出了事后能摆平则摆平，实在摆不平，李大用就会出头为罗大牙顶缸。这是私营采矿业主的通用做法。当然，李大用获得的报酬也非常诱人，所以他才会甘冒巨大的风险。

“李矿长好!”马会来和李大用握了一下手，又扫了一眼躲在李大用身后人群中的罗大牙。他知道罗大牙一定是在观察情况，如果情况不妙，肯定会先跑出去，躲在外面托关系、找路子，疏通局面，否则罗大牙被抓进去，那么还有谁来疏通关系呢？

“李矿长，这位就是市政府新来的赵市长。”马会来替李大用引荐道。

李大用立刻弯腰伸出双手殷勤地招呼：“赵市长好！”

赵长风没有理会李大用伸到他面前的手，目光冷冷地在李大用脸上一扫，问道：“井下的矿工现在怎么样了？”

李大用连忙说：“矿上抢险队正在挖掘。”

赵长风面容严峻，说：“马上带我们到现场去！”

“好，好，赵市长跟我来！”李大用连连点头，转身向矿上走去。马会来和人群中的罗大牙交换了一下眼神，然后挥手冲着乡干部和民兵做了个手势，大家就紧紧跟在赵长风后面。

凤凰山是小秦岭山脉的一个余脉，因其山势形状如展翅的凤凰而得名。

凤凰山金矿一共有三个矿洞，都分布在凤凰山后面，按照山势来说，正在凤凰山的尾部，人们都说，凤凰山金矿就是凤凰下的三个金蛋。出事的二号矿洞位于凤凰山尾部左边，是凤凰山三个矿洞中海拔最高的一个矿洞。

赵长风跟着李大用来到二号矿洞，只见外面有很多人在用矿车往外运着石头，就问道：“谁在现场指挥，具体情况怎么样了？”

一个浑身灰尘、戴着红色安全帽的脏兮兮的中年人就过来了：“报告市长，是我在指挥。二号矿洞五十米深处发生塌方，把矿洞完全堵死了。一共有十二个矿工被堵在里面，因为联系不到里面的矿工，不知道伤亡情况，也不知道塌方面积究竟有多大。”这个人是凤凰山金矿的生产副矿长巴天明，凤凰山金矿的生产和技术全由他来主抓，对于罗大牙来说，巴天明的重要性要远远大于矿长李大用，可是两个人各有各的用处，谁也不能代替谁。

赵长风问道：“目前掘进了多深？”

“报告市长，从开始救援到现在已经掘进了六米多。”

赵长风点了点头，说：“继续抓紧时间挖掘，同时注意安全！”想了一下，又问道，“目前还缺少什么设备？缺少多少人力？”

巴天明就说：“设备足够了，因为矿洞面积狭小，作业面狭窄，再多的设备也施展不开。就是人手不太够用。救援的作业强度很大，没有足够的人手替换，救援队很容易疲劳！”

“你们现在投入救援有多少人?”赵长风问。

巴天明说:“六十多个。”

赵长风点了点头，对身后的马会来和霍乙路说:“立刻把民兵投入进去。”然后又招手把李大用叫过来:“凤凰山金矿一共有多少矿工?”

李大用迟疑了一下，说道:“三百多名。”

“为什么只调过来六十多个人进行抢险?”赵长风冷冷地问道。

“赵市长，你也看到了，作业面有限，人多了施展不开。”李大用连忙解释。

凤凰山金矿有三百多人不假，其中三个矿洞的作业工人一共是两百名，平均每个矿洞六十多名。另外一百多名都是护矿队的成员，这些人其实就是打手，一是为了监视采金的矿工，防止矿工在井下采掘矿石时私藏发现的天然金块金粒;再有就是保护金矿，时刻准备着和附近越界开采的金矿进行械斗;三是用来对付附近的村民，金矿和附近村民矛盾很大，如果没有护矿队保护，那么村民冲上来，就了不得了。当然，一百多人护矿队要想对付上千的村民还是有些难度的，但是这些护矿队都有两手准备，藏匿枪支的现象非常普遍，如果在械斗中处于劣势，就需要动用枪支了。所以无论是别的金矿的护矿队，还是附近的村民，进行械斗时都有个分寸，不敢太过分，否则会死人的。

“立即给我调过来，六十人为一班，一个小时为一个班次，轮换休息!”赵长风吼道。

“是!”李大用立刻答道，然后看了人群中的罗大牙一眼，才对身边人叫道:“立刻把一号矿洞和三号矿洞的矿工叫过来，在旁边准备!”

一个小头目拿着对讲机，飞快地通知着一号和三号矿洞。

有了生力军加入，掘进速度明显加快。一个小时后，里面传来消息，说已经打通了一个小洞，联系到了困在里面的矿工。

赵长风大喜，立刻戴上安全帽，不顾刘俊康和马会来的阻拦，进入了矿洞。刘俊康立刻也抢了一顶安全帽戴上。马会来虽然对进入矿洞心里没底，害怕再遇到塌方，但是看到赵长风都进去了，他自然不能再留在外面了，连忙从旁边人手里拿了一戴安全帽，戴了上去，他抬眼望去，看到霍乙路不知道什么时候已经戴上安全帽，跟在赵长风身后，嘴里不停地跟赵长风说些什么。

赵长风和霍乙路并肩在昏暗的坑道里走着，一边避让着往外运石头的矿车，两个人不停地交谈着，马会来紧紧地跟在后面，却插不上话。无论他想怎么抢前，霍乙路都会不动声色地或横或斜地跨出小半步，挡住马会来挤上来的身躯。因为坑道很小，还要避让抢险的矿车，马会来根本没有机会抢前。

到了抢险作业面，只见乱石封堵着前面，乱石上面有一个冬瓜大的黑黝黝的洞口，曲曲折折地伸向里面。

巴天明对着洞口喊道："市政府的赵市长来了，你们不要慌，赵市长要和你们讲话。"

里面就传来一阵空荡荡的叫声，还带着回音。

赵长风靠近了那个洞口，冲里面喊道："我是邙北市政府赵长风，你们能听见我说话吗？"

里面传来焦急的声音："能听见，能听见，赵市长，你一定要救我们出去啊！"声音中还夹杂着哭音。

赵长风喊道："你们放心，不要急，我们正在组织救援，一定会救你们出来的。你们现在在里面是什么情况？"

里面就响起乱糟糟的声音，空空荡荡地从洞口中传来，听不清楚。

赵长风就知道他这句话问得不合适，遂又喊道："你们伤亡情况怎么样？"

里面这才安静了下来，一个声音回答道："我们只有一个人伤了胳膊，其他人情况都好。"

赵长风听了这句话，就放心了。身后刘俊康也松了一口气，马会来、霍乙路等乡领导也放下心来，李大用脸上也露出了一丝微笑。不管怎么样，目前还没有死人，绝对是一个值得庆幸的消息。

赵长风又冲里面喊道："里面塌方还有多少米？"

洞里回答道："在八十七米处开始塌方！"

赵长风扭头看了一眼巴天明，巴天明连忙说："我们这里是八十米，还有七米就掘到了！"

赵长风问道："还需要多长时间？"

巴天明说："如果没有意外，一个半小时左右！"

赵长风点了点头，说道："我给你一个小时，必须打通坑道！"然后又冲里面喊道，“矿工同志们，你们往后退让一下，躲在安全的地方，一个小时左右，我们就能挖通坑道，把你们接出去！”

赵长风退出坑道，这时候负责工业经济的何市长率领邙北市消防队的武警战士赶到了。邙北市还没有专门设置负责安全生产的分管副市长，所以安全生产任务就落在分管工业经济的副市长何泉声身上。

这次矿难让赵长风遇上了，何泉声就不知道会是什么样的结果了。因为赵长风当初空降到邙北市时，蔡国洪书记明里暗里都交代过，赵长风和邙北的领导干部可都不一样，他初来乍到，你们都注意一点，不要有什么把柄落在他手里了。

何泉声知道，这话一方面是蔡国洪为了孤立赵长风，防止有些干部与新来的常务副市长走得太近；但是从另外一方面来说，蔡国洪这样交代未必是空穴来风，那些空降干部自持后台强硬，根本不把本地干部放在眼里，也许什么事他们看不惯，就直接捅到上边去，到时候再想去擦屁股，怕是不太容易。

刚才蔡国洪的电话，让何泉声去把赵长风替换下来，做好善后工作。但是这话中却有多重含义，在何泉声听来，蔡国洪当然是指何泉声要去控制好现场，把赵长风和现场隔离开，最后矿难死多少人，或者死没死人，都要瞒住赵长风。虽然说这样做等于把何泉声直接推到了第一线，以后如果出了什么问题，何泉声脱不了干系。但是如果他不这样做，可能会立即出问题。

不过何泉声也不是非常害怕，毕竟赵长风也在第一线指挥，一旦赵长风不给他面子，何泉声就打算撕破脸皮，把屎盆硬往赵长风头上扣。正是你赵长风在现场指挥不力，才延误了最佳救援时机，造成了矿工死亡！

何泉声已经想好了对策，他正要给消防队打电话，这边又接到刘光辉的电话：“泉声，凤凰山金矿出事了，你知道吗？”

“市长，我也刚听蔡书记说起，正打算和消防队联系呢！”

“救人要紧，其他事情等把人救出来再说！”刘光辉淡淡地说，“凤凰山金矿归你分管，长风同志是在替你分忧解愁。”

何泉声还想说什么，刘光辉又道：“人命关天，你立即开始行动。”就挂了电话。

何泉声脊背上就凉了起来。刘光辉也是空降干部，在邙北市，虽然人人都认为刘光辉是个空头市长，手里并没有什么实际权力，但是却没有任何人敢真的得罪他，一旦刘光辉认真起来，连蔡国洪都要给面子。大家都知道，刘光辉不争，是因为他不打算在邙北市干多久，所以就配合着书记蔡国洪顺利地度过在邙北市这两三年的镀金生涯。反正邙北市经济发展强劲，有什么功劳，自然少不了担任市长的刘光辉的一份。但是如果真的有人去得罪刘光辉，那么后果就会非常严重。比如前任常务副市长唐田铭，就因为觉得刘光辉抢了他的位子，一直和刘光辉过不去，最后被弄到政协副主席的位子上去养老了。可唐田铭才多大？四十二岁，正年富力强呢！但刘光辉一发狠，连蔡国洪都不敢替唐田铭说话。

在邙北市，刘光辉是典型的无帮无派，从来没有见他主动替谁说过话。现在刘光辉竟然为了赵长风特意对何泉声交代，这说明什么？何泉声也不敢细细去推测刘光辉和赵长风之间的关系，但是他知道，既然刘光辉发了话，他如果还给赵长风扣屎盆的话，那么他的下场一定会更凄惨。

何泉声立刻收了拉赵长风垫背的心思，马上联系消防队，出动两辆消防抢险车，迅速赶往凤凰山金矿。当何泉声赶到现场的时候，正好看到赵长风从里面出来。

“长风，辛苦了！”何泉声伸出手来，恳切地说。

“泉声市长，过来了啊！”赵长风微笑着握住了何泉声的手，“还好，没有什么大问题，已经联系到里面的矿工，只有一个受轻伤的，其他人都安全。坑道再有一个小时、至多一个半小时就能打通。”

何泉声大喜，另一只手也加了上去，握住赵长风的手不停地摇晃：“长风，你在现场指挥立了大功，我一定向蔡书记和刘市长向你请功！”

何泉声这句话可是发自肺腑的真心话，只要金矿不死人，那么他什么麻烦都没有，何不顺水推舟，送赵长风一个人情呢？反正说好话也不用什么本钱。

赵长风见何泉声这么激动，还以为何泉声是为矿工们都能获救感到开心呢，也开心道：“泉声，请什么功啊！只要矿工们都没事，就是对我们最大的奖赏啊！我只不过适逢其会，赶上了这摊事情，就斗胆替你指挥了一下。”

这时等候在一旁的邙北市消防中队副中队长上来说：“赵市长、何市长，我们消防战士都准备好了。”

何泉声看了赵长风一眼，赵长风微笑着不说话，何泉声就说："现在救援进行得非常顺利，你们加入不太合适。先让消防队员们在一旁待命，如果有什么意外情况，你再领着他们上。"从这一刻起，何泉声正式从赵长风手中接过了现场指挥的权力。

一个小时很快过去了，里面传来欢呼声："打通了，打通了，坑道打通了。"

赵长风就激动起来，对何泉声说："泉声，我们到现场看看吧。"

何泉声其实很不想进坑道，但既然赵长风说了，他也只好戴上安全帽，跟着赵长风进去。

到了现场，只见打通了一个八十多厘米的洞，第一个矿工从里面爬了出来，他左臂上用毛巾扎着，显然他就是那个唯一受伤的矿工。

人们欢呼起来，在一旁抢险的民兵和矿工们都拼命地鼓起掌来。

"立即送到外面让医生处理!"赵长风不由自主地又夺回了现场的指挥权。

第二个矿工也出来了，大家又一阵鼓掌和欢呼，连何泉声也忍不住加入进去。

一直到第十一个矿工都爬上来了，大家的欢呼声都嘶哑了，巴掌都拍得通红，隐隐作痛起来。现在，只要最后一个矿工安全出来，这次救援就算胜利完成了。

在所有人的期待中，最后一个矿工终于爬出来了。于是欢呼声就更加热烈了，这次救援任务终于胜利完成了。

"祝贺你!"赵长风也非常激动，跨上前一步，主动伸出手来要和这个矿工握手。可是这个矿工迟疑了一下，竟然没有和赵长风握手。

赵长风一愣，再仔细打量这个矿工，发现他和前面矿工的表现有些不一样。这个矿工表情激动，眼里含着泪水，显然对死里逃生感到非常庆幸，但是他怀里却紧紧抱着安全帽，竟然不肯伸出手和赵长风握手。

他的安全帽里有什么?

第四章　环境污染触目惊心，利益链条扑朔迷离

大龙溪的环境污染令人触目惊心，已经严重影响到当地人民的生活，甚至威胁到生命安全。可赵长风来邛北市后，却从没听人提起过这个问题，就连副市长何泉声也是三缄其口。赵长风决定从这里下手，尽快解决污染问题，就是马蜂窝，他也得要捅一捅。

李大用侧身悄悄地招了招手，二号矿洞的带班组长苏铁桩马上来到李大用的身边，小声说道："矿长……"

李大用用下巴指了指抱着安全帽的矿工，低声问道："这个人叫什么名字?"

"孟国军。"

"嗯，知道了。"李大用手轻挥一下，跨了两步，来到赵长风身边，抱歉地说道，"赵市长，乡下人没见过世面，你不要生气啊!"然后李大用转过身来严肃地对孟国军说："孟国军，你这是什么态度啊？没看到赵市长和你握手呢!"

孟国军迟疑了一下，兀自抱着安全帽不肯松手。

李大用就笑了起来，拍着孟国军的肩膀，开玩笑地说："孟国军，是不是在里面发现金块了呢?"

这话在外人听来，是一句玩笑话，可是在金矿的矿工听来，心底就泛起一股寒意。李大用对付私藏金子的矿工的手段他们都见识过，真的是让人求生不得求死不能。孟国军的安全帽里如果真的私藏了金子，虽然当着赵市长和何市长的面，李大用不会对孟国军怎么样，但是赵市长和何市长走了之后，

孟国军的下场可就不妙了。

果然，孟国军听到李大用的话不由得浑身一僵，李大用笑呵呵地顺势就把孟国军怀里紧紧护着的安全帽拽了过来。

周围的人，包括赵长风、何泉声两位市长都对孟国军的安全帽里藏有什么东西感到好奇，他们的目光不由自主地聚焦在李大用手里那顶安全帽上。

一时间，大家都呆住了，只见安全帽上密密麻麻地写满了小字：欠老张一千元，欠老李七百元，欠小王八百元，欠小曹九百元……

喧闹的现场顿时鸦雀无声，所有人都看着这顶安全帽，还有这顶安全帽的主人孟国军。

巴天明是生产副矿长，对手下矿工的情况比较了解，他小声地在一旁为赵长风和何泉声解释道："赵市长、何市长，孟国军二老都瘫痪在床，两个孩子都在读书，日子过得很紧……"

赵长风心中也是感慨万千，他实在是没有想到，一个看似没有什么文化的矿工，在生命危机关头，还不忘记自己的债务，以遗书的方式记录下来。这是为了让家里人知晓，即使他死了，但是欠的债务一定要还啊！这就是朴实的劳动人民！谁说农民工不讲诚信？眼前这孟国军不就是讲诚信的农民兄弟活生生的例子吗？

赵长风激动之下，也顾不得刚才被孟国军拒绝的尴尬，伸出双手紧紧地握住孟国军粗糙的大手不停地摇晃着："孟国军同志，你真是我们农民工兄弟讲诚信的楷模，你用实际行动给我们上了深刻的一课啊！"

孟国军脸色通红，摇着头，笨拙地说道："市长，俺，俺当不起……"

"你为什么当不起？"赵长风激动地说，"在生命危急时刻，首先能想起自己所欠债务的人能有几个？"他扭头对周围的人大声说道，"大家说说，孟国军这样的行为是不是我们学习的楷模？"

"是啊！"

"没错！"

"老孟好样的！"

"给咱们矿工长脸了！"

……

周围叫好声此起彼伏。孟国军脸色通红，忽然捂着脸一下痛哭起来。

赵长风以为孟国军太受感动了，就弯下腰拍着孟国军的肩膀说：“孟国军，哭什么？男子汉大丈夫，你当得起这个赞誉！”

孟国军捂着脸哭泣道：“赵市长，俺，俺真的当不起啊。俺当时记下这些账，也是迫不得已啊！半个多月前，这里发生矿难，死了五个工友，其中老肖就是跟俺一个村的，俺明明知道，老肖只欠了三千多块钱账，可是老肖出事后，到老肖家要账的人加起来的账竟然有一万五千多。当坑道塌方时，俺也是怕万一俺不行了，多出来的账让老婆孩子不安生啊！”

现场又一次寂静下来，所有人都鸦雀无声，有些人脸暗自发红，老肖死后登门要账的人中就有他们。矿上赔给老肖家属的两万五千块赔偿金，被他们这些人拿走了一多半。

赵长风也愣了，他没有想到，真相竟然是这样。

李大用的脸色有些难看，他倒不是因为孟国军说出了那些到老肖家抢死人钱的羞人事，他是没有想到，孟国军竟然会把半个多月前矿难中死了五个人的事抖出来。当时这件事是由马会来书记摆平的，只说就此过去了，没想到今天会忽然被孟国军在这个情况下捅了出来。

马会来的脸色也非常难看，他恶狠狠地盯着蹲在地上哭泣的孟国军，心中盘算着如何处理这件事。

霍乙路在马会来身后，上次矿难的事他是知道的，但是他也没有胆量说出去。马会来是蔡书记跟前的红人，除非霍乙路决定离开邙北市，否则他绝对不敢冒着得罪蔡国洪的风险把这件事捅出去。现在则不同了，由凤凰山金矿的矿工说出来，与他毫无关系，那么这件事能怎么捂下来，就看马会来的本事了。尤其是新来的常务副市长赵长风，一看就是个亲民的官员，不像邙北市其他市长，都跟着蔡国洪的指挥棒走。

何泉声微微侧一下身，狠狠地瞪了混在围观人群中的罗大牙一眼。原来凤凰山金矿前一段时间发生矿难了，还死了五个人，这狗日的竟然狗胆包天，把这件事压下来了！

赵长风此时念头也转过来了，他扭头问何泉声：“泉声，凤凰山金矿前段时间发生矿难了吗？怎么没有在会议上听过通报啊？”

何泉声连忙说道：“长风，我也第一次听说。既然我过来了，就要把这件事调查清楚，到时候向蔡书记和刘市长汇报。”安全生产是何泉声分管的工作，由他来调查这件事情自然是名正言顺。

“我相信泉声同志一定能把这件事情弄个水落石出的！”赵长风点头说道，然后又拍了一下孟国军的肩膀，“老孟，别哭了。泉声市长在这里，老肖的情况也跟泉声市长说说清楚，泉声市长会为你们做主的。”

何泉声也柔声对孟国军说：“老孟，放心吧。只要真相调查出来，我一定会还你们一个公道的。”然后何泉声对赵长风说：“长风同志，这里的善后工作就交给我吧。是我的工作没有做到家，耽误了你在后河乡视察工作的行程。等我这边处理好了，向赵市长赔罪。”

赵长风笑了，说道：“我们的工作都是为人民服务，还分什么你我？那我就不干扰泉声同志的正常工作了。”

“长风，你这是揶揄我呢！”何泉声哈哈大笑，对赵长风说，“我还得从你那里借用会来同志一下。”

赵长风点了点头，说：“好，我来后河乡也是听听日常工作汇报。矿难是大事，会来同志留在这里比较合适。”

马会来连忙表态道：“赵市长，工作汇报就先由乙路负责吧。我这边帮何市长处理完，就回去听您的指示。”

于是后河乡党委书记马会来和一个分管副乡长留下来协助何泉声处理善后事宜，赵长风在霍乙路的陪同下，率领后河乡其余干部离开凤凰山金矿。这次换由霍乙路的北京吉普在前面开道。

汽车缓缓地驶出凤凰山金矿，赵长风坐在后座，忽然问道：“俊康，你怎么看这件事？”

赵长风的话虽然没头没尾，刘俊康却知道赵长风是在问什么，他迟疑了一下，才说道：“这水似乎很深。”他不敢把话说透。

赵长风摸了摸鼻子，点头道：“是啊，的确很深……”

就在此时，司机老邢忽然一个急刹车，扭头急声对赵长风说：“赵市长，前面有人堵路！”

刘俊康的手机急促地响了起来，他按下接听键，里面传来霍乙路焦急的声音：“梨树口村的村民堵了路，快让赵市长躲回凤凰山金矿！”

赵长风在后面听得清清楚楚，他劈手夺过刘俊康的手机，严肃地问道：“乙路同志，究竟是怎么回事？为什么要让我躲回去？”

他却听不到霍乙路的回答，赵长风探头向前望去，只见黑压压的一片人已经把霍乙路的吉普车包围了，还有一群人向他们这边冲来。

赵长风推开车门就要下车，刘俊康连忙说："去不得，梨树口村的村民出了名的难惹。可惜消防队的武警走了，要不然还可以起点作用。咱们先回到矿上再说吧。"

赵长风心里的火腾地一下就上来了："这里还是不是邙北市的地盘？我还是不是邙北市的市长？"他不顾刘俊康的阻拦下了车。

派出所武所长和两个干警见赵长风下了车，连忙从后面跑了过来，武所长紧张地对赵长风说："赵市长，前面去不得，还是先回矿上吧。"

赵长风冷冷扫了武所长一眼，说："为什么去不得？乙路同志被围了起来，你身为派出所所长，不到前面解决问题，躲在后面干什么？"

武所长连忙说道："赵市长，我首先要保护你的安全！"

"胡闹！"赵长风甩了一下手，向前面走去。刘俊康早已经下车，他抢在赵长风的侧前方，既有领路的意思，也有关键时刻替赵长风挡上去的意思。司机老邢发动着普桑，缓缓地跟了上去。

武所长虽然吃瘪，却不敢怠慢，挥了一下手，和两个民警小跑起来，赶到在赵长风的前头，和刘俊康并肩走着。

前面一群村民已经冲过来了，有两三百号人。

武所长跨步站在大路中间，虎着脸冲过来的人群吼道："你们都翻了天了！市政府的赵市长在这里，冲撞了赵市长，你们谁担得起这个责任？"

有些村民犹豫了，脚步就放慢下来，更多的村民却加快了脚步，口中喊道："市长在这里更好！我们今天找的就是市长！再不给我们解决问题，我们梨树口村的两千多人都活不下去了！"

两三百号人呼啦啦地把赵长风几个人围在了正中间。武所长和两个民警头上的汗就下来了，刘俊康虽然脸色发白，身子却牢牢地挡在了赵长风的前面。

"俊康，你让开！"赵长风拍了拍刘俊康的后背。

"赵市长！"刘俊康哀求着，不愿意让开。赵长风不由分说地把刘俊康拨开，和梨树口村村民直接面对面。村民们就开始推搡着要往赵长风跟前挤，赵长风大声说道："我是市政府的赵长风，你们有什么问题可以对我反映，没有解决不了的问题。如果你们愿意和我谈，就安静下来，不要起哄。我想你们过来见我，目的也是解决问题，闹事和起哄是解决不了问题的。有什么意见，我们还是要通过谈话来沟通解决。如果你们继续起哄，那么今天我就不和你们谈了！”

赵长风这话说得不温不火，听着柔和，却很有力度，又很讲道理，一下子就把梨树口村的村民镇住了。有几个年轻的愣头青还想往前挤，要继续起哄，却被身旁年纪大的村民用目光严厉地制止了。

赵长风目光扫视了一圈村民，继续说道：“在我们正式开始谈之前，我先提一个要求。你们把霍乡长等几个人放回来。不管他工作有什么错，毕竟还是你们的乡长，有很多事，他比我清楚，有他在场，也便于我了解你们的要求，是不是？”

一个四十多岁的中年人摆了一下手，就有人冲后面喊道：“三发哥让你们把霍乡长他们带过来。”

后面又赶过来两百多号人，推推搡搡地把霍乙路还有乡党委副书记、副乡长几个人推了过来。几个乡干部头发凌乱，衣服皱巴巴的，霍乙路的腋窝处裂开了一个大口子，黑乎乎的腋毛露了出来。

梨树口村的村民就闪开一条通道，霍乙路几个人狼狈不堪地被推到了圈内。

“赵市长，我……”霍乙路满面通红，狼狈地想向赵长风解释。

赵长风一摆手：“以后再说。先解决村民的问题。”然后赵长风对村民说：“我要先谢谢大家把霍乡长几个乡干部放回来。”

村民们本来在唧唧喳喳地说话，可是赵长风这一句话一出口，现场一下子安静下来。在村民们的印象中，干部们一直是高高在上的，别说是市长，什么时候见过乡干部们向他们说过一声谢谢啊？看来新来的赵市长果然与其他干部不一样，也许赵市长真的能解决他们的问题！

“我再自我介绍一下，我叫赵长风，是邙北市政府的常务副市长。”赵长风目光缓缓地扫视着村民，语调平稳而又诚恳，“老实说，大家今天把我堵在这路上，我不知道是什么事。但是我知道，我肯定有责任。我到邙北市才一个多月，很多情况都不熟悉，但是我却不能拿这个理由当借口。我相信，如果不是实在过不下去了，谁会愿意来堵市长的路？谁会愿意来给政府、给国家添麻烦？我身为邙北市常务副市长，到任一个多月了，竟然不知道辖下还有一个村的村民日子都过不下去了，这说明我的工作没有做到位，我在这里郑重地向大家道歉。”

赵长风深深地鞠了一躬。

现场鸦雀无声，有些眼窝子浅的村民们眼圈就开始发红，亮晶晶的泪水就要滚出来，他们连忙用袖子或者衣襟擦拭着眼眶。

赵长风鞠了躬之后，又站直了身子，大声对村民们说：“乡亲们既然找上了我，说明乡亲们相信我，我保证不辜负乡亲们对我的信任。这样吧，你们选几个代表过来，和我好好谈一谈，说说你们的情况，好不好？”

刚才示意放人的那个叫三发的中年村民看了看人群，说道：“柱子叔、天才哥，你们过来和我一起跟赵市长谈吧。”

一个六十多岁的干瘦老汉和一个中年男子站了出来。

赵长风看了看周围，发现前面大路旁边有一块空地，于是指了指空地说：“我们到那里谈吧。”顿了一顿，他又说，“还有，乡亲们都站在路边等行不行？不要站在大路上，挡了来往的车辆。”

“好！”王三发冲村民们喊道，“大家都靠在路边等吧。把路让开。”村民们都听话地退到了大路两边。

赵长风率先向空地走去，刘俊康紧紧跟在后面，霍乙路和其他乡干部也跟了上去。

王三发和王柱子、王天才聚在一块儿小声商量了几句，才起步向空地走去。

趁这个机会，刘俊康快速小声地向赵长风介绍了一下梨树口村的情况。梨树口村有两千多人，全部都是王姓。以前这里是高山苹果种植基地，生产的苹果是邙北市的特产，在天阳市很有名。可是自从这里发现了金矿，一切都改变了。梨树口村周围大大小小开了五六个金矿，其中又数凤凰山金矿最大。这些大小金矿在冶炼黄金的时候，要用到剧毒化学物氰化钠和水银，而废液就随意排放，废液流到梨树口附近的大龙溪中，曾经清澈鲜活的大龙溪变成了恐怖的死水，流经之地寸草不生，鱼虾绝迹。接触到水的家禽家畜会中毒，人碰到水皮肤就会痒痛，红肿。由于氰化钠毒性非常强，只需要非常少的量就可以让人立即死亡，所以大龙溪受了污染后，既不能饮用，也不能灌溉，凡是大龙溪的水浇灌过的庄稼或者苹果林，会枯萎死亡。少数不死的果树结出的苹果也没有人敢吃。而更令梨树口村村民忧心的是，地下水也受到了污染，他们打的井水全部有异味，人只要碰一点就浑身瘙痒不止。这样他们不但没有水浇灌庄稼，甚至连吃的水也没有了。

除了氰化物污染外，还有水银污染，也就是汞污染。废弃的水银渗入当地的土壤和植被，最后进入到食物当中去。

刘俊康说："其实不光是梨树口一个村，在我市黄金产区的村镇都存在着这样的情况。只不过梨树口村的情况更严重一些。"

赵长风本来还想向刘俊康多了解一点情况，但是听到后面脚步声赶来，就没再继续说下去。

赵长风站在空地中央，转身看去，梨树口村三个村民代表跟了过来，其中一个人手里还拿着一沓材料。

王三发来到赵长风面前停下，先做了自我介绍："赵市长，我叫王三发。这是柱子叔，这是我天才哥。"

赵长风微笑着招呼："三位好。"顿了一下，又问道，"你们村的支书和村长呢?"

王三发嘴角露出一抹讥笑，说道："赵市长，我们村已经三年没有支书和村长了。"

赵长风一怔，脸上却不动声色："原来是这样。不知道你们这次过来要反映什么问题?"

王三发说："金矿污染的问题！赵市长，我们村周围有大小七家金矿，这七家金矿已经让我们梨树口村的人活不下去了。"

"有这回事?"赵长风扭头问霍乙路，霍乙路点头不是，摇头也不是，正寻思该怎么回答呢，赵长风已经把头又扭了回去，对王三发说："说说具体情况吧。"

王三发显然早有准备，他说道："八年前，我们这里还没有开采金矿的时候，我们梨树口村有四百亩高产苹果园，平均每亩生产五千斤优质高山苹果。一年下来，仅仅是销售苹果的收入就突破两百多万，我们村人均能获得一千多块的收入。除了果园，我们村还有一千两百亩耕地，一年下来每亩地种植两季能收获近千斤粮食，这些粮食除了上交公粮和提留之外，完全可以养活我们村的人。可是自从凤凰山金矿在我们村后山投产以来，我们村的苹果树全部枯死，粮食也大幅度减产，由于不敢用水浇地，一亩地收获两三百斤粮食都很吃力，这一点粮食别说交公粮和村里的提留了，连自己吃都不够。”

“苹果树死了，没有经济收入，我们可以忍着不花钱。粮食不够吃，我们挨一挨也勉强可以度日。可是我们村两三千口人不能不吃水吧？金矿随意排泄废水废渣，大龙溪被污染了，我们根本就没有水吃。没有办法，我们只好打井吃地下水，可是谁知道连地下水都被污染了！”

说到这里，王三发从王柱子手里拿出那一沓资料，递给赵长风：“赵市长，你看看。”

赵长风实在没有想到，梨树口村的情况竟然严重到这个地步，怪不得村民会这么不管不顾地冲上大路拦截他的车队呢。只是梨树口村的情况成了这个样子，必然不是一朝一夕形成的。赵长风相信，在这个过程中，梨树口村的村民一定向后河乡政府、甚至邙北市市委市政府都反映过，怎么他来到邙北市之后，从来没有听人提起过这个情况呢？难道说在邙北市领导干部眼里，梨树口村的情况不值得一提吗？还是梨树口村这种情况对邙北市的一些领导干部来说已经是司空见惯了，所以变得麻木不仁起来？听刘俊康说，这种环境污染的情况在邙北市采金区是非常普遍的，那么很有可能，邙北市的领导对这种环境污染带来的恶果已经麻木了，所以也就没有向他做过这些说明。不行，他回去之后必须和蔡国洪书记、刘光辉市长沟通一下，这个问题如果不解决，还会产生更为严重的后果。

“王三发同志，你们有什么要求？”赵长风沉吟了一下，问道。

王三发和王柱子、王天才交换了一下眼神，见二人都点了点头，于是就说：“赵市长，我们也没有什么特别过分的要求。我们只提出几点，第一，金矿必须停止继续污染我们梨树口村的土地河流，并投入资金为我们治理已经被污染的大龙溪和我村的土地，恢复到原来的水平；第二，金矿必须赔偿我们梨树口村这几年来非正常死亡人员的死亡赔偿金，并支付因为环境污染而患病的村民的医药费；第三，金矿要投入资金为我们打深层水井，解决我们眼下的吃水问题；第四……”

刘俊康飞快地在笔记本上记录着王三发的要求，心中却暗自为赵长风着急，他怎么揽下了这么一个大麻烦？

赵长风听完王三发的要求，说道：“王三发同志，我理解你们的心情，你们提的要求也合情合理，我已经让秘书都记录下来了，等我回到市里之后，会向蔡书记和刘市长把你们的要求转达上去，尽量满足大家的要求！”

王三发说道：“赵市长，上次何市长也是这么对我们说的，但是他离开之后，就再也没有消息了。我们这次本来是想来堵他的，没想到堵到了你。你会不会和何市长一样，离开之后就再也没有消息了？”

赵长风看着王三发等人诚恳地说：“你们放心，我说话是算话的。我不但会向蔡书记和刘市长反应你们的要求，还会积极为你们争取。无论事情办到哪一地步，我都会给你们一个消息，不会就此渺无音讯的！”

王三发和王天才、王柱子三个人交流一下眼神，还在犹豫着。霍乙路连忙说：“王三发，你们带着村民回去吧。赵市长既然答应了，一定会算数的。”

王三发几个人小声嘀咕了几句，王三发就说：“赵市长，我们代表梨树口村两千多名男女老少谢谢你了！请你一定帮我们解决这些问题。”

赵长风点头道：“我相信市委了解这些情况后，会帮你们解决这些问题的。你们要相信党，相信政府。”

王三发三个人齐齐地向赵长风深深地鞠了一躬，说道：“赵市长，今天我们也是迫不得已，如果我们还有一点办法，绝对不会到马路上拦你的车，请赵市长多包涵。我们现在就劝村民们回去等候赵市长的好消息。”

三个人回到马路上，对村民们说了些什么，村民们就陆陆续续地散了。

赵长风这个时候才觉得背上有些发凉，手心里也全是汗。他还是第一次遇到这种群体性事件，想想就觉得后怕，刚才一个不谨慎，处理不好，就不好收场了。

霍乙路在旁边说道：“赵市长的水平就是高，今天如果不是你在现场指挥若定，恐怕要出大乱子了！”

赵长风严肃地说：“会出什么大乱子？人民群众是最讲道理的，也是最淳朴的，只要把道理讲清楚，他们自然会理解的。”

重新上了车，赵长风先打电话给刘光辉，刘光辉听后第一句话就是：“国洪同志知道了吗？”

赵长风说：“我还没有来得及向蔡书记汇报。”

刘光辉满意地笑了，然后说道：“那先向他汇报一下，其他事等你回来再说。”

赵长风又打通了蔡国洪的电话，把方才发生的事讲了一遍。蔡国洪听完后张嘴就问：“光辉同志怎么说?”

同样是一句话，蔡国洪问的就比刘光辉要老辣得多。好在赵长风刚才听了刘光辉的问话后，心中已有所准备，就答道，“我想先请示一下您的意见。”

蔡国洪沉吟了一下，说：“这个事影响面比较大，还是需要慎重一些。你那边先和光辉同志通一下气，看看光辉同志的意见。”

赵长风等蔡国洪挂了电话，就把手机交给刘俊康，身子往后一靠，想着该如何处理梨树口村的问题。他忽然想起，他还没有到现场去看过。虽然王三发他们说得那么凄惨，他也相信王三发他们说的是事实，但是真实情况究竟如何，他毕竟没有亲眼看到。

“俊康，大龙溪在什么地方?”

刘俊康立刻知道赵市长想干什么，连忙说：“前面的岔道往下拐两三公里，就能看到了。”

赵长风点了点头，没有说话。

刘俊康立即打了前面霍乙路的电话：“霍乡长，赵市长要到大龙溪看一下。”

“刘秘书，我明白。”霍乙路讨好地说。马会来在上面陪何市长，终于给他了一个机会单独陪赵市长，他一定要抓住这个机会，好好表现。

赵长风从车里出来，立即嗅到一股刺鼻的气味，眼睛也感觉辣辣的，非常不舒服。刘俊康低声对赵长风说：“我没有想到你要到大龙溪看，就没有准备口罩。”

赵长风摆了摆手，示意无妨。

霍乙路和几个乡干部已经提前下车等候在路边，见赵长风下车，都围了过来。赵长风扭头看了看四周，只见四周的山头光秃秃的，小秦岭山脉中郁郁葱葱的森林不见了踪影。光秃秃的山体上到处都是触目惊心的裂缝裂痕，仿佛随时都会发生滑坡。在山与山之间平缓一点的地带乱七八糟地散布着用石棉瓦、彩色编织布、牛毛毡等搭建的简易棚户，绵延成一片。

“赵市长，这就是大龙溪了!”霍乙路殷勤地指着前面。

前面与其说是一条小溪，不如说是一条污水沟，甚至连城市里的污水沟都不如，城市的污水沟旁边还能长出茂密的杂草，可是这大龙溪两边却寸草不生，到处都是氰化池和堆成小山的废矿渣。

“到下边看看吧。”赵长风说。虽然气味非常难闻，眼睛也有点受不了，但是既然到了现场，就不差这两步。

霍乙路殷勤地在前面带路，一边走着一边提醒赵市长注意脚下。

绕过一个巨大的矿渣堆，只见一条小沟弯弯曲曲地在巨大的矿渣堆成的小山之间穿行，小沟中的水呈现出一种诡异的黄绿色。到了这里，赵长风才弄明白刺鼻气味的来源。

“这就是大龙溪？”赵长风严肃地问道。

“是大龙溪。”霍乙路叹了一口气，“以前这里水势很大，清澈见底，我刚参加工作时还和同事们来这里钓过鱼、捉过螃蟹。”

“乙路同志来后河乡多久了？”赵长风问了一句。

“我在这里待了十二年了。”霍乙路有些感慨。

司机老邢平时爱收集一些造型奇异的石头，他看小溪旁有一块巴掌大的石头模样非常别致，就弯腰想捡起来。

霍乙路看到了连忙阻止：“别动！这里的石头碰不得。”

可是已经晚了，老邢的手已经抓住了那块石头，一个手指就碰触到石头旁边的黄绿色的水。

“哎哟！”老邢大叫一声，把石头扔了出去，他不停地甩着手，感觉手上奇痒无比。

霍乙路跑过去看了两眼，说道：“还好，不碍事。老邢，这里的水是有毒的，沾到身上就会痛痒难忍。你忍一下，别挠，过一会儿就好了。”

赵长风对老邢的鲁莽举动有些不悦，说道：“我们回去吧。”

老邢知道闯了祸，在人前给赵市长丢了脸，就低下头，悄悄地跟在后面。

到了车旁边，赵长风说：“乙路同志，你坐我的车吧。”

要是以前，常务副市长对霍乙路说这样的话，其他后河乡那两个党委副书记、副乡长不得羡慕死，可是现在，他们都用同情的目光看着霍乙路，心里都是幸灾乐祸。谁都知道，赵市长是要对霍乙路兴师问罪了。

“乙路同志，大龙溪为什么会污染成这个样子？后河乡政府采取过什么措施？”赵长风缓缓地问道，语气听着十分平和，但是给霍乙路造成的压力却比声色俱厉要大得多。

霍乙路迟疑了一下，说道："赵市长，山上的金矿开采权都是市里批下来的，环境治理的执法权也在市环保局，我们后河乡政府没有执法权。"

赵长风哼了一声道："没有执法权，也可以向上级部门反映，请上级部门协调嘛！我到邙北市已经一个多月了，怎么从来没有接到过后河乡政府关于大龙溪情况的汇报？"

霍乙路咬了咬牙，说："这个问题我在乡党委会也提出过，但是我只有一票的权力。"说着，霍乙路的眼睛扫了一眼前面的司机老邢和秘书刘俊康。

赵长风淡淡地说："乙路同志，不要有什么顾虑。"

老邢和刘俊康心中都是一凛，知道赵长风这句话是什么含义。

霍乙路得到了赵长风的保证，这才说道："赵市长，会来同志认为金矿是后河乡的主要经济支柱，要支持，不要阻挠。"

"胡闹！"赵长风说，"乙路同志，你回去后立刻组织人写一个报告，尽快交给我。"

"赵市长，我今天就安排人写，争取明天送到市里。"霍乙路精神一振。

到了后河乡政府，已经是下午三点钟了，马会来本来已经安排好了，今天要在金实宾馆为赵市长接风，现在出了这么一档事，霍乙路不知道这个时候再邀请赵长风到金实宾馆合不合适，于是就拿眼看刘俊康。

刘俊康会意，就问道："赵市长，早上到现在，你奔波了快一整天了，一会儿是不是先吃点东西？"

赵长风本没有心情吃饭，但是又担心司机老邢和秘书刘俊康饿着肚子，就说道："我们抓紧时间，简单地吃点工作餐吧。"

霍乙路就问："赵市长，那乡里的工作汇报呢？"

赵长风说："这次就不听取汇报了，你们不是已经有书面材料了吗？交给我带回去看。"

赵长风来到刘光辉办公室，刘光辉正靠在椅子上闭着眼睛，他眉头微微皱着，这个样子与其说是闭目养神，不如说是在想心事。

赵长风轻轻地喊他："刘市长。"

刘光辉睁开了眼睛，说："回来了？"

赵长风说："刚回来，就马上赶过来了。"

刘光辉问道："长风，金矿污染的事你打算怎么办？"

赵长风摸了一下鼻子，说道："市长，我刚刚走上副市长的岗位，还没有什么工作经验，遇到这种情况，还真不知道该如何处理，还请市长多指点。"

"长风，这金矿污染，其实根子还在北边。"

邙北市市政府大院和市委大院隔着一条马路，相对相望，市政府位于马路的南边，市委大院位于马路的北边，所以市政府这边说起市委来，多数都会用"北边"两个字来代替。

"现在是经济建设大于一切，在国洪同志眼里，全市大小金矿都是他的心肝宝贝，什么人都惹不得。"刘光辉说，"没有国洪同志的支持，环保局的工作也不好开展啊。"

赵长风说："经济建设再重要，也不能以牺牲人民群众的身体健康、牺牲人民群众的生存环境为代价。"

见赵长风态度如此明确，刘光辉心里就有了谱，他说："长风，这话说得对，任谁也不能漠视人民群众的生命健康。你大胆去抓吧，我支持你。"顿了一下，刘光辉又说："不过，什么事都要讲究个方式方法。"

赵长风还要再问，刘光辉就端起了茶杯："长风，我相信你一定能把这件事处理好的。"

赵长风知道刘光辉不愿意再深谈下去，就站了起来："市长，那我就放手去做了，有什么情况，我及时向你汇报。"

第二天上午，赵长风在梨树口村村民交上来的材料上批复：请转志林同志处理，要采取有效措施，解决好大龙溪的污染问题。

赵长风批示中的"志林同志"，指的是邙北市副市长张志林，他分管环境保护，这件事自然要转到他的头上。

张志林今年四十四岁，邙北市政府的几位副市长中，他的年龄最大。可惜在邙北市，副市长手中的权力和自身年龄似乎成反比。常务副市长赵长风年龄最小，却已经是市委常委、常务副市长；张志林却是市政府中排位最末的副市长。

此时此刻，张志林正愁眉苦脸地看着赵长风批示。说实话，根本不用赵长风的批示，在邙北市，谁人都知道采矿区的环境污染很严重，可是谁也不敢去管。因为邙北市百分之八十的财政收入都靠这些大大小小的金矿提供，邙北市能以一市之力占整个天阳市的经济规模的百分之三十五，这些金矿功不可没。虽然采金业的蓬勃发展给邙北市山区带来了严重的环境污染问题，可是谁又顾得上呢？无论谁在邙北市当领导，首先要考虑的就是自己的政绩，只有出了政绩，才好升官。至于说邙北市的城市环境，则不在领导的考虑之列。毕竟领导在邙北市干上一两届就走了，如何能考虑得那么长远？邙北市的百姓受不受苦，又不会影响到领导头上的官帽！

市委书记蔡国洪目前就是这样的态度。为了招商引资，为了刺激采金业的迅速发展，蔡国洪主持出台了很多优惠政策。蔡国洪对采金业如此看重，自然对那些他认为“干扰”企业运营的行为深恶痛绝。如果张志林这次让环保局到山里去查处金矿污染，蔡国洪知道了一定会雷霆震怒的。

可是张志林这次如果不去检查，赵长风那边却又交代不过去。虽然名义上，他和赵长风都是副市长，但是实际上两个人之间的地位等同于上下级。赵长风是市委常委、常务副市长，在市政府里，除了刘光辉，赵长风就是老大了，其他几个副市长都需要看赵长风的脸色行事，张志林自然也不敢轻慢赵长风的批示。如果张志林顾忌到蔡国洪的态度不执行赵长风的批示，赵长风虽然不能拿蔡国洪怎么样，但是却正好拿他张志林做出气筒。

秘书小王看见张志林满脸难色，就试探着说：“要不过去和赵市长说说，把情况给赵市长讲明白，请赵市长体谅一下你的苦衷？”

张志林摇了摇头，说道：“我怎么去说？说去查处金矿，国洪同志不高兴？不同意？赵市长问一句，蔡书记的批示呢？我们能拿得出来吗？”

秘书小王心里叹了一口气。

张志林说：“你打电话给李局长，让他过来一下。”

张志林闭上眼睛，缓缓地靠在皮转椅上，这件事无论如何他都要查一查，做一个样子。如果蔡国洪问起，就说是赵长风的批示。蔡国洪有火，就冲赵长风发去吧。

让环保局去查处金矿污染，中间又隔了一个张志林，赵长风也不指望很快能出成效，再说，即使把后河乡那些大小金矿都查处了，治理污染也是一个艰巨而漫长的过程，当务之急，是先解决梨树口村的饮水问题。村民吃的粮食可以从外面买，唯独水没有办法从山外拉进来。只要把梨树口村村民饮水问题先解决了，梨树口村的人心就稳定了大半。

赵长风想了一想，摸出机密电话本，找到了王石光副市长的号码，拨了过去。等接通后，赵长风轻声问道："王市长你好，我是长风，你现在有空吗?"

王石光是分管农业的副市长，正在听农业局李局长诉苦。接到赵长风的电话，怎么会不明白赵长风的意思，他立刻打着哈哈说："有空，有空……我马上过去。"他挥手示意农业局长赶快出去。

赵长风爽快地说："还是我过去吧。"两人互相推让了一番，王石光拗不过他，只得同意了。

赵长风端着茶杯走到了王石光的办公室门前，老远就发现他站在门口笑脸相迎，快走几步过去，两只大手热情地握在了一处，用力摇了摇，王石光有些不好意思地说："怎么好意思呢，应该我去向你汇报工作才是!"

赵长风笑道："你这是见外了，我还年轻，凡事都需要你多多指点……"两人寒暄着进了办公室，王石光表面上没说什么，其实心里很感激赵长风，这个年轻的常务副市长很会做人，完全没有年少轻狂的样子!

来到宽大的真皮沙发跟前，王石光首先让道："赵市长，请坐。"

赵长风笑着谦让道："王市长，你先请。"

王石光如何敢在常务副市长面前先坐下？赵长风虽然地位比王石光略高，但是王石光是老同志，这次来又是有求于人，自然要保持谦虚谨慎，给足老同志面子，也不肯先坐。两个人又谦让一番，最后相视一笑，携手一起坐下。

王石光掏出一包紫色硬盒金芒果，弹出一支："赵市长，来!"

在邙北市，市委书记蔡国洪只抽两种中原省本地的烟，一种是帝豪国风，要上千块一条；一种就是王石光现在拿的这种包装的金芒果，一条也要五百元以上。所以邙北市市委市政府的多数领导干部跟着蔡国洪的爱好走，只有市长刘光辉等少数干部依然我行我素，按自己的习惯，抽着软中华。

赵长风不抽烟，却接过了王石光敬过来的烟。刘光辉和他是自己人，他可以不必假客套，但是王石光这里却不行，毕竟是老同志，在邙北市当副市长的年份也长，赵长风如果不接烟，就显得对老同志不够尊重。有些领导可以不在乎实际上的利益得失，却很在乎面子。

王石光自然听说过年轻的副市长不抽烟，见赵长风左手食指中指没有烟熏的暗黄色，就知道这个传言果然不虚。但是赵长风没有半分推让，直接就接过了他递过来的香烟，这让王石光又觉得很有面子。

王石光拿出打火机，手伸了过来，看样子是要为赵长风点烟，但是并没有打着火。赵长风微微一笑，伸手从王石光手中拿过打火机，“啪”的一声打着了火，王石光慌忙让开，说道：“我自己来，我自己来……”

赵长风就把自己的香烟点上，把打火机还给王石光，他只是把香烟浅浅地吸进口里，并不往里面咽，在口腔里转个圈，就吐出去了。

王石光给自己点上香烟，抽上一口，正要说话，却见赵长风端着茶杯喝了一口水。王石光连忙把烟小心地放在烟灰缸边缘，站起身就去端赵长风的茶杯，说：“赵市长，我给你加水。”

赵长风推让道：“王市长，我自己来。”

“赵市长，你来我这里，就是客人，哪里有客人亲自去倒水的道理?”王石光双手就握住了茶杯。

“怎么敢当，怎么敢当。”赵长风嘴里谦让着，手却已经松开了茶杯。

王石光站起来，走到饮水机旁，把茶杯接到七分满的时候就停了下来。

王石光把茶杯端过来，赵长风又道：“王市长，怎么敢当啊。”

王石光笑着坐下。赵长风又假抽了两口烟，笑着问道：“王市长，孩子走了吗?”赵长风和王石光曾经闲聊过，知道王石光的儿子在中州市一中读书。

“还没呢，还有几天才开学。这孩子自制力差，太早让他去中州，没有人管他，这孩子不知道要疯成什么样呢!”王石光说道。

“活泼好动是孩子的天性，”赵长风笑着说，“不像我们那时候，被老师和家长压得死死的，只知道学习，失去了很多童年的乐趣。”

王石光说：“我觉得还是以前的教育方法让家长安心。赵市长虽然牺牲了童年的乐趣，却换来学成后的年轻有为啊，年纪这么轻就走上领导岗位的能有几个?”

王石光看似是表示自己对教育孩子的态度，却话锋一转，不轻不重地捧了赵长风一下。花花轿子人抬人嘛。赵长风过来给足了他的面子，他也要还赵长风的面子。

赵长风笑道：“将门虎子嘛。王市长现在对孩子教育抓这么紧，将来孩子肯定是大有出息，到时候我恐怕也要相形见绌了。”

王石光听得呵呵直乐，赵长风又把话还回来了，一时间气氛非常融洽。

又闲聊了几句话，赵长风忽然叹了口气说：“我这次下去的时候听到了一句顺口溜，说什么：抽烟，一闻知伪劣；喝酒，一抿知高低；麻将，一摸明花点；工作，一问三不知。唉……”

王石光一听就明白了，赵长风要谈正事了。这几句话看似玩笑，但是却暗藏着一点批评的意思。

于是王石光也跟着叹了口气道：“咱们当副职的，手里既没权也没钱，事难办啊!”

“是啊，现在要办点事还真难呢!”赵长风附和了一句，“这不，我昨天到后河乡，就遇到这么一档子事……”

赵长风把梨树口村村民拦住他的事说了一遍，其实这件事早就在市委市政府里传开了，王石光也听说过，此时听赵长风说起，又知道了一些和传言中不太一样的细节。

“王市长，我想着过来和你商量一下，看看农业局能不能出面，为梨树口村两千多名村民打一口深水井？他们过得太不容易了。”

王石光沉吟了一下，为难地说：“赵市长，农业局每年的经费有限，在山上打深水井造价又特别高……”

赵长风说道：“王市长，这个问题我考虑过了。只要农业局打一个报告，我可以特批一笔经费出来。”

财政局归赵长风分管，他是常务副市长，每年手里都有一定指标的活钱，当然可以拍板做这个决定。

干部到了一定的级别，看重的就是一个面子。虽然农业口归王石光管辖，赵长风这样这样做有点越界插手之嫌，但是赵长风主动过来拜访王石光，在言语中又给足了王石光面子，王石光作为老同志的虚荣心得到极大的满足，一时间也不去计较了。况且打口深水井，只是一件小事，又不用耗用农业口的经费，王石光这样做既有面子，又卖给赵长风一个人情。将来王石光有什么事去找到赵长风跟前，赵长风好意思拒绝吗？听说赵长风背景强硬，颇有来头，这样说来，王石光等于在市政府内多了一个强有力的盟友呢!

“赵市长，我马上就让农业局去办这件事。让他们到梨树口村实地考察勘测，做出一个打深水井的预算报告，送到你办公室，行吗？”王石光爽快地表态。

“王市长，你真是急百姓之所急，想人民之所想啊！”赵长风和王石光手握在一起，两个人哈哈大笑。

先着手打一口深水井，也算是暂时完成了一部分对梨树口村村民的承诺。剩下的事却急不得，也不是一时半会儿就能做成的。

赵长风正在苦思冥想，就接到了阳江超的电话，阳江超在电话里告诉赵长风，他搞出了一份伏牛山风景区经营的新方案，文稿发到赵长风邮箱里了，请赵长风到邮箱里查看。这个时候赵长风已经是常务副市长了，虽然对伏牛山风景区的大部分事务都不再管了，但是风景区如果有什么重要决策，还是要报告赵长风，请他最后定夺。当然，这时候用传真来回传递方案也不合适。此时互联网已经开始普及，电子邮件传最为隐蔽合适。

赵长风打开邮件，看到了阳江超提出的新方案。阳江超在新方案中说，风景区要想发展，除了靠现在的山水资源品牌外，还要从中原地区沉淀下来厚重的历史文化中寻找新卖点、新看点。在宁浩市，有一个闻名天下的特产——独山玉，从殷周时期就开始开采，到现在有五千多年历史了。巧合的时，独山玉的产地只和伏牛山风景区有一山之隔。所以阳江超就打算在伏牛山风景区里开辟一个独山玉博物馆，除了介绍独山玉独特的玉石文化外，还出售独山玉加工成的工艺品作为伏牛山风景区的特色旅游纪念品，从而摆脱伏牛山风景区收入过于依赖门票收入的单一经济模式。阳江超还计划在博物馆里加入和田玉、新疆青玉、缅甸翡翠等玉石工艺品。

为了让这个方案一炮打响，阳江超计划采用云南腾冲盛行的翡翠交易模式，每月分两次在独山玉博物馆展厅内举办赌石。请来腾冲的翡翠原石商人，让中原省的玉石翡翠玩家都来到伏牛山风景区，进行赌石交易。这样只要形成固定的规模，伏牛山风景区的玉石博物馆的名气就上去了，玉石纪念品的档次也上去了，价格就可以涨上几倍几十倍，从而让所有到伏牛山风景区来游玩的游客心中都形成一个概念，到伏牛山游玩，一定要购买玉石纪念品，货真价实啊！

赵长风看到这里，心念为之一动，不由得哈哈大笑。

刘光辉坐在真皮转椅上，忽然听到办公室门轻响了两下，赵长风推门进来。

“长风，今天怎么有空过来？”刘光辉的眉头就舒展开一些，半是玩笑半是埋怨。

“刘市长，前两天有些事没有安排好，我可不敢过来见你啊。”赵长风微笑着说。

刘光辉眉宇之间的忧愁一扫而空，他问道：“长风，有办法了？”

赵长风没有回答，他笑了笑，却问道：“刘市长，明天是周末，你有什么安排没有？”

刘光辉道：“没有什么安排。”

赵长风就说：“宁浩市有个风景区还不错，我明天想去看看，刘市长如果没有什么安排，可以一起去散散心。”

刘光辉就问道：“是说伏牛山风景区吗？”

赵长风笑道：“对，就是伏牛山风景区。”

“名气不小啊！”刘光辉笑道，“我一直没有机会过去，正好明天可以去开开眼界。”

第五章　火力侦察虚虚实实，势力格局冰山一角

这次临时常委会是一次火力侦察，表面看起来，似乎是蔡国洪迫于压力，不得不同意给各位常委半个月的时间进行调研，但实际上，优惠政策修订稿的出台大有讲究，是专门冲着赵长风来的，摆明了是警告他不要对后河乡矿难背后的问题揪住不放。

第二天早上八点，司机开车载着赵长风出去，到了天阳市，赵长风下了车，对司机老邢说："你回去吧，明天我打电话给你，你再过来接我就好。"

司机老邢常在市政府小车班混，自然知道领导很多规矩。赵市长这个时候来天阳市，说不定是要见市里的某个大领导。于是他什么都没有说，开着车回去了。

赵长风来到天阳市人民广场西南角的巨大广告牌下，抬手看了一下梅花表，两分钟后，一辆不起眼的面包车在赵长风面前停下，刘光辉的专职秘书古蔺从副驾驶位置上跳下，替赵长风拉开后车门。

刘光辉就在里面笑道："长风，上来吧。"

这种面包车是邙北市的专门接待用车，看起来虽然其貌不扬，里面却是经过精心改装的，很上档次，坐在里面极为舒适。据说这还是刘光辉来到邙北市之后想出的点子，用这样的面包车充当接待专用车，出门看起来一点都不打眼，不容易引起老百姓的反感。

坐好之后，车就往宁浩市方向开去。此时高速公路已经开通，车速飞快，到了中午十二点，就到了高速公路白元县出口。赵长风拨通阳江超的电话，阳江超说他在收费站出口等着呢。刚出了收费站口，一辆红旗轿车就开了过

来，挂的是山阳市的车牌，阳江超从车上跳了下来。

赵长风也连忙下车，为阳江超和刘光辉介绍。阳江超伸出手说："欢迎刘市长到我们伏牛山风景区来指导工作。"

刘光辉握住阳江超的手用力摇了两摇，说："地方的经济发展需要阳总这样有实力有魄力的企业家的支持，希望阳总在合适的时候能到邙北去看一看，相信邙北市的投资环境会让阳总满意的。"

阳江超也曾经是官场中人，他会意地一笑，说："希望能有机会为邙北市的经济建设添砖加瓦。"然后阳江超又问赵长风："赵市长，中午你看怎么安排?"

赵长风就看向刘光辉。刘光辉正矜持地笑着，见赵长风看过来，就说道："长风看着安排吧。"语气极为亲和。

赵长风就说："到伏牛山风景区还需要两个小时的时间，已经是中午十二点了，不如先在白元县找个地方吃饭，然后再去风景区吧。"

阳江超说："那好，这附近正好有一家饭店，味道还不错。我在前面给两位市长带路吧。"

于是他们重新上了车。为了避嫌，赵长风依旧是和刘光辉坐在一辆面包车上，跟着阳江超的黑色红旗轿车。

阳江超在白元县已经是个名人了，平时开一辆奥迪，白元县很多人都认识他的车。今天为了不引人注目，他特意借了一辆山阳市牌照的红旗轿车。

他们下了高速，拐了几个弯，来到一条偏僻的小路，沿着小路开了四五分钟，在路左边有一个青砖碧瓦的四合小院，从外面看，这座小院毫不起眼，甚至略显陈旧。阳江超车一拐，开进了院子里。

进了包房，赵长风这才发觉，这间饭店外表看着普通，内部装修却不一般，看得出很上档次。

阳江超说："刘市长、赵市长，这个饭店一共只有四个包厢，但是在白元县很有名气，一般人根本没有机会来这里吃饭。不过今天中午只有我们一桌客人。昨天我已经给老板打过电话，把四个包厢全部包下来了。"

刘光辉脸上笑意更浓，却没有说话。赵长风知道刘光辉很满意阳江超的安排。阳江超选这样的饭店，既符合刘光辉此行低调的意思，又不失刘光辉市长的身份，而且阳江超还把整个饭店包下，进一步减少刘光辉此行曝光的风险。

饭菜上来之后，味道果然不错。阳江超是官员出身，又是搞风景区推广的老手，在酒席宴间把气氛调节得非常热烈，让刘光辉更是满意得连连感叹，为什么邙北市就出不了像阳总这样优秀的企业家呢？

吃过饭后，一行人分两辆车上路，向伏牛山风景区进发。到了伏牛山风景区之后，秘书古蔺就说海拔太高，身体有点不适应，看是不是一会儿让大冯把他送到白元县城找个宾馆歇息，等明天领导要走的时候，提前打个电话，他和大冯再过来迎接两位市长？

大冯载着古蔺调头下去，刘光辉带着赵长风一起上了阳江超的车，沿着风景区的绿色通道径直开到景区里面的伏牛山庄。安顿下来之后，阳江超说道今天就先请两位市长欣赏一下伏牛山迷人的风光，明天上午还有更精彩的节目，到时候他亲自过来相邀。

随后阳江超又告了个罪，说下午还有事，不能亲自陪两位领导参观了，不过他会安排伏牛山风景区最好的导游陪两位领导欣赏伏牛山的景区精华部分。

刘光辉心知阳江超怕陪着他们引人注目，借故走开，就笑着说："阳总该忙就忙，不用照顾我们。"

导游姓黄，外表虽然不出众，口才却很好，一路上讲解得妙趣横生，看来阳江超说她是伏牛山最好的导游，也是不虚。

晚上吃饭的时候，阳江超又过来作陪，气氛很是热闹。晚宴快结束的时候，阳江超不经意地说："伏牛山玉文化博物馆明天要举办一场别开生面的赌石节，有几个从云南腾冲过来的老板运来了不少翡翠原石，不知道两位市长可否愿意赏光去捧个场啊？"

刘光辉闻言微微一笑，端着茶杯喝着茶，也不说话。

赵长风知道刘光辉这个时候还在拿架子，就说："刘市长，要不去看看？我一直听说神仙难断寸玉，心里很好奇，想看看这翡翠究竟是如何一个难断。"

刘光辉放下茶杯，笑道："我是一个最讲民主的人，一贯主张少数服从多数。既然你们两个都要去看，我这个少数只有选择服从了。"

第二天一早，阳江超早早地在伏牛山庄大厅内等候，陪刘光辉、赵长风在贵宾厅用过早餐之后，阳江超拿出一个信封，放在刘光辉面前："刘市长，这里是一张 VIP 钻石贵宾卡，信用额度在两万块之内。待会儿到赌石现场之后，刘市长如果看中哪块石头，只要是在信用额度之内的，都可以买下来。不过这用掉的信用额度，需要在三日内补上来。"

刘光辉笑着摇了摇头，说："两万块的额度，我还真没有这个气魄呢。"

阳江超又说道："刘市长、赵市长，今天是赌石节开幕第一天，有很多媒体记者过来，我就不陪你们了。"

赵长风问道："开幕式几点开始？"

"八点半。"阳江超说。

赵长风点了点头，说："那我们九点半过去吧，不凑那个热闹。"

伏牛山玉文化博物馆的一楼展厅已经是人山人海，伏牛山风景区第一届赌石大会正在举行，很多游客甚至放弃了欣赏伏牛山美丽的自然风光的机会，挤到博物馆展厅来观看传说中刺激无比的翡翠赌石。看来，自然风光固然很有魅力，但是与翡翠比，魅力还是差很远。人们对珠宝和财富的崇拜，从来都是要远远高于对大自然的崇拜。

一楼展厅分为两个区域，一个区域是内区，也叫核心区域，这个区域只有那些手持伏牛山风景区 VIP 贵宾卡的人或者由伏牛山风景区发放了采访证的记者才能进去。那些持有贵宾卡的大多数都是要在赌石大会上赌一把的宝石商人，也有极少部分是风景区邀请过来的特殊客人，可以近距离观看翡翠原石，感受赌石大会的特殊魅力。在内区之外，有一圈一米半高的不锈钢围栏隔出来、并有数十个手持警械的保安镇守的区域就是外区，在外区里，普通游客只要花五元钱购买一张门票，就可以自由进入这个区域，隔着不锈钢围栏亲眼目睹核心区域里正在进行的精彩刺激的赌石大会。当然，如果普通游客想进入核心区亲自参与赌石大会，只要交上两万块钱保证金，就可以领到一张伏牛山风景区发的 VIP 贵宾卡，进去过上一把惊险刺激的赌石瘾了。

九点三十五分，赵长风陪着刘光辉来到核心区入口处，入口处的工作人员连忙躬身施礼，请二人进去。

核心区中间是数十个展位，每个展位上都摆放着一块翡翠原石，最小的只有一两公斤，最大的有两三吨。每块翡翠原石上面都贴有标签，标签上除了填写编号外，颜色也分为三种。其中绿色的标签为明码标价，上面写着翡翠原石的价格，只要有买家愿意出到标签上的价格，那么这块翡翠原石就归他了；蓝色的标签为有底价竞标，即标签上写的价格为这块原石的底价，然后由买家来相互竞价，谁出的价格最高，那么这块翡翠原石就属于他了；红色的标签则是无底价竞标，标签上并没有写出这块翡翠原石的底价，买家可以根据自己的估价进行竞拍。其中无底价竞拍又分为明标和暗标竞价。赌石竞价非常激烈，其中以无底价明标竞标最为激烈。

赵长风进入核心展区的时候，赌石大会已经开始一个多小时了，很多买家都拿着聚光手电筒在展示区里自己相中的翡翠原石前反复探照，判断这块翡翠原石的价值——其实也是白忙活，如果能凭眼力判断出翡翠原石的价值，也不叫赌石了。俗话说“神仙难断寸玉”，如果连神仙都判断不出来，更别说是肉眼凡胎的凡人了。

赵长风在一块拳头大的看着毫不起眼的鹅卵石模样的原石前停下，上面贴着一张蓝色的标签，标明这块原石的编号为10025，价格为三万块。赵长风吓了一跳，脱口说道：“这块鹅卵石就值三万块?”

一位瘦小的男子正在拿着聚光手电筒对着这块“鹅卵石”照来照去，听到赵长风的话就很不高兴：“鹅卵石？你见过这样的鹅卵石吗？值三万块？告诉你，这三万块只是竞拍的底价，能三万块拿走那是你的幸运！待会儿拍起来你就知道了。”

赵长风耸了耸肩，也不争辩，微笑着离开了。

这时前面一阵骚动，一个戴眼镜的中年男子兴奋地叫了起来。赵长风等人围了过去，原来是这个中年男子拍下来的一块翡翠原石已经被解出来了，几个翡翠行家看了一下解出来的翡翠原石，估价为三万元。中年男子脸色涨得通红，眼里写满了兴奋和得意。旁边有人小声嘀咕，说这个中年人运气真好，这块一公斤重的翡翠原石花了他三千五百块，这一解开，转眼就变成三万块了。

可是更多买家还是处于观望之中，并没有急于出手，他们虽然羡慕那个戴眼镜的中年男子的运气，但是却并不为所动，心里还在推测估算，对自己相中的翡翠原石进行探究。

二人沿着展厅慢慢地走着，目光不停地逡巡着，想要发现自己感兴趣的原石。忽然，赵长风的目光落在展厅边角处一块黑皲皲的大石头上。

大石头高近一米，半米多宽，放在一个粗大的实木支架上。

走近一看，大石头上贴着绿色的标签，上面写着编号为10038，重七百六十公斤，价格为四万五千块。

刘光辉和赵长风上来用手抚摸着这块大石，入手冰凉，和普通的鹅卵石一样的感觉。

这时候又过来几个买家，他们拿着聚光手电筒对着这块10038的翡翠原石照了几下，趴在上面用眼睛望着光束照入的地方。看了半天，都摇了摇头，脸上都露出不屑的神情。其中一个南方口音的四方脸男子嘟囔道："四万五千块？连砖头料都不如。"

赵长风喃喃自语道，"不是说神仙难断寸玉吗？神仙连一块小石头都断不出来，更何况这么大块的石头呢？刚才那几个人，也不见得比神仙还高明。"

说话间已经有人拍下这块普通的石头，随后石头就被送到解机房。

四五十分钟后，解机工匠就传出消息，说刚才的翡翠原石被解开了，然后大家簇拥着进来一看，就看到被解开的石头里是翠绿色的两面，自然会大声惊呼了。那些行家精通翡翠的价格，所以只要看几眼，就会明白，这块被解开的翡翠原石价值至少在四百万元以上。

花了四万五千块钱买下一块石头，转眼之前就变成了四百多万，这样的事情传开之后，该是如何轰动的一个奇迹啊？当时有那么多媒体记者在场，一定会大力宣传这件事情。不出意外的话，当天晚上，最晚第二天，全省甚至全国有影响的媒体都会报道这条消息：中原省伏牛山风景区第一届赌石大会爆出最大赢家，一买家四万五千块赌出四百多万的翡翠原石。这样，第二届赌石大会开幕时，一定会有很多买家慕名而来。与此同时，很多省内游客没有机会到云南腾冲去亲眼目睹精彩刺激的赌石大会，现在他们只要花上几个小时，就可以到省内的伏牛山风景区来，既看到了传说中的赌石大会，看到一夜暴富的奇迹，也顺便游览了美丽的自然风光，一举两得，何乐而不为呢？

赵长风正在看一份文件，刘俊康推门进来，态度稍微有些迟疑："领导，有人要见你。"

跟随赵长风这么多天，刘俊康基本上已经摸熟了赵长风的脾气，什么人该请进来，什么人该挡驾，刘俊康已经掌握得灵活自如，很少看见他这么犹豫不决进来请示的。

赵长风把文件放下，问道："什么人？"

"王三发。"刘俊康一边说着，一边偷眼看着赵市长的脸色。本来像王三发这种人，刘俊康是绝对替赵市长挡驾了。但是刘俊康又知道，赵市长曾经从财政局批了专款给梨树口村修建一口深水井，这是赵市长的政绩，梨树口村的村民对赵市长绝对是心存感激的，他们到市政府来找赵市长是为了表达对赵市长的感激之情。作为领导，谁不喜欢自己干了好事之后，被人民群众惦记着，天天挂在嘴边？如果刘俊康这个时候挡驾，不给人民群众向赵市长表达感激心情的机会，是不是有点不识趣？

"让他进来吧。"王三发来得正好，赵长风也正想了解一下梨树口村目前的情况。

"赵市长，你真是救苦救难的大菩萨啊！"王三发一进门，就眼圈红红地给赵长风鞠躬。

赵长风连忙站起来扶着他，说："王三发，你这是干什么？我不过是办了一件人民公仆应该为人民群众办的事情而已。来，坐坐坐。"

赵长风把王三发让到沙发上，他也在王三发对面亲切地坐下。

"赵市长，来，抽支烟。"王三发从怀里拿出一包皱巴巴的八五三，递给赵长风一根。

"呵呵，不会。"赵长风笑着摆手。

王三发讪讪地把烟收了起来，说道："赵市长，俺知道俺的烟不上档次，您看不上。"

赵长风大笑道："对于一个不会抽烟的人来说，烟还有什么好坏之分吗？我真的不会。"

王三发眼珠往外偷瞄了两眼，忽然站起来把门给关上，身手从怀里掏出一个东西，这个动作把赵长风吓了一跳。只见王三发从怀里掏出一个口子扎得紧紧的黑色布袋，布袋打开，露出一小团锡纸裹着的东西，再剥开两层锡纸，露出一大一小两砣土黄色干粪似的硬物，他小心翼翼地拨弄着纸团中的硬物说："赵市长，你为我们梨树口村办了那么大的好事，我们也没有什么可以谢你的，这是从黄金尾矿中提炼出来的金子，有十多克，这是我们全体梨树口村村民的一点心意，赵市长不要嫌少，你，你一定要收下……”

赵长风的脸色严肃起来：“王三发同志，你在乱搞什么？”

王三发的脸顿时变得通红，双手哆嗦着捧着锡纸，不知道该如何是好。

赵长风看到王三发的样子，知道他刚才的语气太重了，于是就缓和下来说：“三发，我很感谢乡亲们的心意，但是这个东西我不能要啊。你回去告诉乡亲们，我只是做了一个共产党员干部应该做的事而已。你们村条件那么艰苦，需要钱的地方很多，这些金子还是留着用在紧要的地方吧。”

王三发的脸因为激动变得像茄子一般紫红，他的眼泪在眼圈里打转。赵长风就把锡纸包好塞到王三发手里：“三发，收起来吧。对了，跟我说说，深水井现在打得怎样？消防队几天去一次？”

打深水井还需要一个过程，为了解决梨树口村眼下的吃水问题，赵长风就指示消防队派消防车专门从山下往山上梨树口村运水。

王三发说：“农业局请的打井队已经在勘测了。消防车每两天上山一趟，送的水村里紧着用，也差不多够用了。”

赵长风点了点头，站起来说：“乡亲们能吃上安全的水，我就放心了。”他看了看手表，“回去替我问乡亲们好！我这里还有事，你先回去，好吧？”

王三发站了起来，走了两步，却回头望着赵长风小声说：“赵市长，我还有情况要反映。”

赵长风一愣，问道：“什么情况？”

王三发返回来走了两步，低声说：“凤凰山金矿的废水废渣依旧不停地往大龙溪里排放，而且还派出护矿队去吓唬我们，说谁要是再不长眼，他们就不客气了！”

赵长风心中的怒火就起来了，一个小小的金矿竟然敢如此嚣张，谁给他们的胆子？不过当着王三发，他还是压制住了自己的怒火，平静地点了点头，说：“嗯，王三发，你反映的情况很重要。回去还是要安抚一下村民们，不要和矿上起冲突。这些事会由政府来解决的，要相信党，相信政府。”

王三发红着脸激动地说：“我相信赵市长。”

王三发走后，赵长风坐在真皮转椅上想了一下，正要喊秘书刘俊康，刘俊康就推门进来了：“北边临时通知，下午三点钟召开常委会。”

“知道了。”赵长风点了点头，心里却想，下午究竟要为什么要开临时常委会呢？这么一想，赵长风倒不急于交代刘俊康去办那件事了。

“市委办公室有没有说是什么事？”

刘俊康说：“我问了，他们说也不清楚，是蔡书记忽然下的通知。”

“嗯。”赵长风点了头，刘俊康就退了出去。

赵长风就靠在真皮转椅上，等着电话响起。果然，不大一会儿，电话响了起来，赵长风接起电话，果然传来刘光辉的声音：“长风，你过来一下。”

赵长风起身就往刘光辉办公室走，刚走到，刘光辉的秘书古蔺从里面走出来：“赵市长，领导正在等你。”

赵长风笑着点了点头，推门进去。

“市长。”

“长风，来了啊。我给你泡茶。”刘光辉亲热地说。

“我自己来，我自己来。”赵长风连忙阻拦住，自己泡了一杯茶，坐在刘光辉面前。

“长风，接到通知了吗？”刘光辉没头没尾地问。

“我刚知道。”赵长风摸了一下鼻子，“就是不知道要讨论什么事，为什么这么急。”

刘光辉冷笑了一下，拿出一份文稿，递给赵长风：“你看看。”

赵长风一看，原来是一份《邙北市招商引资优惠政策（修订版初稿）》。

“不是已经有过优惠政策了吗？怎么又出现一个修订版？”赵长风一边问，一边打开翻看。他仔细地一条一条看下去，越看心中越是冷笑。这里面有几条明显是针对他对凤凰山金矿情况的批示的。其中他批转给张志林，让环保局去调查凤凰山金矿，今天王三发来了之后，赵长风本来就想让刘俊康去和张志林的秘书联系一下，看一下环保局那边究竟有没有行动，为什么凤凰山金矿依旧我行我素地在排泄废水废渣。可是正好遇到刘俊康来说市委办通知下午开临时常委会议，他就暂时把这个想法压下了，现在看来，他没有让刘俊康去赵张志林的秘书联系还是对的，因为临时常委会就要讨论审议这个招商引资的优惠政策了。

在这份《邙北市招商引资优惠政策（修订版初稿）》里，除了规定在邙北市投资超过两千万的投资者，看病享受半价、子女随便选择学校、车辆可以享受警车执行任务的待遇、出入娱乐场所不受公安机关检查之外，竟然又加了一条，规定每月一日到二十五日为企业的“安静日”，包括司法机关在内的全市任何部门不得进入企业，违反者立即开除公职。怪不得刘光辉要发怒呢！这个投资优惠政策竟然给企业这么大的权利，连司法机关都不能进入，更别说是环保局、质监局等部门了，这不是等于给了企业治外法权，企业在每月的一到二十五日，成了一个独立小王国了吗？真是岂有此理！

不过现在刘光辉既然已经表现出了明确的反对态度，赵长风觉得他倒是可以不必表现出这么激烈的态度了。毕竟过早地走上和蔡国洪直接对抗的第一线是不明智的。他不是刘光辉，在邙北市还没有资历和蔡国洪直接对抗。

“谁起草的这份文件？政研室？”赵长风明知故问。

“当然是政研室！”刘光辉气咻咻地说，“今天下午临时常委会，就是要讨论这份优惠政策，简直是乱弹琴！”

赵长风端起茶杯喝茶，也不说话。

刘光辉道：“长风，我是坚决反对这样乱来的政策的。你呢？”

赵长风说：“市长的想法就是我的想法。”

刘光辉满意地点了点头：“我知道长风同志是一个有原则的人。”

赵长风道：“市长，下午的常委会，还有多少人跟您的看法一致？”赵长风到邙北市还不到两个月，对市委市政府的政治力量对比还不是很清楚，正好趁这个机会摸一下底。

刘光辉却把这个话题绕开，说：“我相信有相当一部分同志会坚持党的原则的。”

赵长风笑了笑，看样子只有下午到常委会上察言观色了。刘光辉既然不愿意说破，说明他对下午常委会还没有必胜的信心。又闲聊了两句，赵长风知道刘光辉一定还要和别的常委沟通，就起身告辞。刘光辉也没有挽留。

蔡国洪今年三十七岁，个子不高，总穿着一件浅灰色的夹克衫，似乎从来没有变过。他板起长方脸时给人的感觉十分威严，可是他很少板脸，所以面相安祥平和，接近他之后，就能感觉到他微笑中夹着严肃，柔和中蕴含锋锐。他的话尽管听起来非常温和，但是仔细品味起来，就如糖衣炮弹，藏在下面的永远是冷峻、不容置疑、要求无条件服从并执行。

此刻赵长风坐常委会议室里，看着蔡国洪讲话。

常委会议室在市政府办公楼二楼，正面贴着常委会议事规则和中纪委有关反腐倡廉的文件。邙北市市委常委一共有十三人，今天虽然是临时通知开会，但是全部到齐了。除了十三个常委之外，邙北市政协主席张毅、邙北市市人大常委会副主任田晓山也列席了会议。

蔡国洪说，今天下午因为是临时召开常委会议，所以会议议程没有来得及打印，不过今天只讨论一项议程，所以各位常委直接研究就好。今天的议程就是研究《邙北市招商引资优惠政策（修订版初稿)》，请大家踊跃发言，谈谈自己的看法。

副书记钱兆均首先发言，说这个政策出台得很及时，邙北市作为内陆城市，能够在经济上取得如此快速的发展，就胜在思想解放，敢想敢干，在中原省其他县市还在观望的时候，邙北市在蔡书记的领导下，果断出台了《邙北市招商引资优惠政策》，为邙北市的经济发展打下了良好的基础。现在距离《邙北市招商引资优惠政策》出台已经有三年了，这三年来社会环境发生了很大变化，所以很有必要出台新的优惠政策，以继续保持邙北市的发展优势。

“我不同意钱书记的看法！”宣传部长任文生语出惊人。

蔡国洪身子动了一下，稍微调整了一下姿势，他向钱兆均要了一根金芒果，拿在手里捻着，并不点燃，目光却紧紧盯着任文生。别人说出反对意见，蔡国洪并不奇怪，可如果是任文生的话，蔡国洪就不能接受了。

去年换届的时候，党群副书记付罡庭提名了白庄乡乡长李根茂出任宣传部长，并且得到了市长刘光辉的支持，蔡国洪却力排众议，坚持要把时任宣传部副部长的任文生扶正，正是在他的一力坚持下，任文生才最终战胜了李根茂，被天阳市组织部任命为邙北市市委常委、宣传部长。所以不仅是蔡国洪自己，其他邙北市的领导都把任文生视为蔡国洪的嫡系。如果这个时候任文生出言反对蔡国洪一力推行的政策，就等于是对蔡国洪的背叛，让蔡国洪如何能够无动于衷？

况且这个临时常委会看似召开得非常突然，连市委副书记、市长刘光辉也是在上午才得到通知，可是蔡国洪的嫡系人马早在几天前就已经通过气了。通气的时候，任文生明确表示坚决拥护蔡书记，怎么这个时候会忽然出言反对呢？

刘光辉不动声色地喝了一口水，目光从任文生身上扫过最后落在蔡国洪手中的那支金芒果上，那支金芒果在蔡国洪手中捻来捻去，已经有点软趴趴了。刘光辉收回了目光，心中暗笑蔡国洪失态，刘光辉压根就不会相信，任文生这个马屁精敢提出什么反对蔡国洪的意见，虽然他语出惊人。

赵长风微微有些吃惊，不是有传闻说任文生是蔡国洪的人吗？今天看来，好像不是那么回事，看来传闻未必可靠。

任文生见把所有人的目光都吸引到自己身上了，得意地一笑，这才继续说道："钱书记刚才说《邙北市招商引资优惠政策》修改得非常及时，我不同意他的这个看法。我认为《邙北市招商引资优惠政策》修改得不是非常及时，而是太晚了，太迟了。在沿海地区，很多年前都已经出台了这样的政策，而且在政策上更加灵活，更加宽容。相比之下，我们邙北市虽然和省内其他县市相比，占了一些先手，可是与沿海经济发达地区相比，思想还是有些落后，跟不上当前国内的最新形势。因此我建议，这个修改稿步子可以迈得更大一些，在思想上再开放一些，在政策上可以再宽容一点，而且要抓紧时间定稿出台。同志们，时不我待啊！"

蔡国洪脸上的神情就柔和了下来，他把烟塞进嘴里，钱兆均立刻凑过来打着了火。蔡国洪就着火点燃了香烟，长吸一口，然后从鼻子里喷出来两股袅绕的烟柱，于是他的长方脸就在烟雾缭绕中模糊起来。

刘光辉依旧不动声色，任文生这种表现在他意料之中。任文生和蔡国洪是互为表里关系，失去了蔡国洪这个核心的"里"，任文生这个依附在上面的"表"如何生存？所以，任文生根本不可能真正反对蔡国洪的。即使有什么反对意见，也是皮里阳秋，曲线救国。

赵长风则大跌眼镜，任文生是市委常委、宣传部长，怎么看起来跟一个小丑似的？这样的表演只在相声里听到过，赵长风没有想到今天在常委会上竟然看到活生生的例子，简直是一出闹剧！

组织部长路大为清了清嗓子，开口说："为企业创造良好的生产经营环境是必要的，但是，这个《邙北市招商引资优惠政策（修订版初稿）》是不是放得太宽了？这样做究竟是优化投资环境，还是破坏社会风气？我持怀疑态度。"

党群书记付罡庭把手中茶杯往桌上一放，接着组织部长路大为的话说："对，规定什么'每月一到二十五日为企业的安静日，包括司法机关在内的全市任何部门不得进入企业’，这么说来，企业岂不是一个无法无天的独立王国了？”

赵长风心中暗笑，原来邙北市常委会也不是铁板一块，党群书记付罡庭和组织部长路大为和蔡国洪就不是一条心，事情越来越有趣了。

刘光辉喝了一口茶，把手中的笔记本合了起来，开始说话：“我赞同罡庭同志和大为同志的意见。企业再要发展，也不能搞独立王国，脱离党的领导。每月一到二十五日为安静日，全市任何部门都不能进入企业，难道说企业在这二十五天内就不属于党的领导了吗？这种做法肯定是不妥当的。”

会议就出现了冷场，大家表情僵僵的，低头抽烟或喝茶，会场上一片烟雾缭绕。会议往往是这种局面，市长一开口，除了书记外，再也不会有别的常委开口。于是就会出现一段沉默，除了喝茶抽烟外，会议室的气氛好像凝固起来了，除了蔡国洪，没有人能打破这沉默。

蔡国洪脸色有些难看，他没有想到，刘光辉竟然不按常理出牌。按照往常的规矩，应该是各个常委依次发言，等常委们把意见发表完了，接下来才是市长和书记两位党政一把手分别发表意见。按照蔡国洪的小算盘，他在常委会的势力要大于市长刘光辉和党群书记付罡庭两个人合起来的势力。所以只要各个常委依次发言，力量对比一目了然，表决的时候那些中立派常委肯定会跟着势力大的一方走，现在刘光辉中间插了一杠子，其他常委就没有办法发言，这样力量对比没有放在桌面上，表决的时候或许就会出现变数。

说起来，是蔡国洪太过于轻视刘光辉了，对于刘光辉背后的势力，蔡国洪一向是比较忌惮的，但是刘光辉到了邙北市之后，却袖起手来，做了个好好先生，除了涉及他的根本利益之外，对邙北市大多数事务都采取了袖手旁观、绝不插手的态度。这样时间一长，蔡国洪渐渐忽略了刘光辉，甚至忽略了刘光辉背后的势力。所以蔡国洪认为他这次突然袭击一定会成功，却没有想到一向是好好先生的刘光辉竟然会忽然发飙。难道说，这是因为常务副市长赵长风和他同是常务副省长赵强一系的缘故吗？

蔡国洪又向钱兆均要了一根金芒果点上，吸了两口，拿过烟灰缸来，把香烟摁灭，端起茶杯想要喝水，却没有喝，把茶杯放了下来。他环视了一下会场，想要观察一番与会者的表情，可是烟雾却阻挡了他的视线。

“都把香烟给灭掉，”蔡国洪冷不丁地说，“今天请大家过来是开会的，不是请大家来过烟瘾的！”

所有的香烟都灭了，可是会场上的空气还是很闷，雾气腾腾的，让人感觉呼吸都不顺畅。

“把窗户打开，透透气！”蔡国洪又说。

市委办主任林同兆连忙站起身来，指挥工作人员把窗户打开，已经快到中秋了，一股凉风袭来，吹散了会议室内腾腾的烟雾，每个人的脸都重新清晰了起来。

“刘市长刚刚发表了对招商引资优惠政策的看法，可是还有很多常委同志没有发言，大家不要有什么顾虑，畅所欲言，谈一谈看法。”蔡国洪清了清嗓子说。

与会者面面相觑，即使是蔡国洪的嫡系，此时也不敢出头谈什么意见。很少看到刘光辉发表意见，但是刘光辉一旦发表意见，必然坚持。在邙北市，谁人不知道刘光辉曾经是省委常委、常务副省长赵强的秘书啊？

见没有人发言，蔡国洪脸上就有些挂不住了。他本想点名发言，可是想了一想，又忍住了，与其让他们在刘光辉的压力下说出一些模棱两可的话，还不如他现在发言定一个调子。

蔡国洪在下巴上轻轻摸了两下，又清了清嗓子，说道：“刚才光辉同志，还有兆均、罡庭等四位同志都做了发言，说明大家对这个文件高度重视。这非常好，说明了我们邙北市在招商引资这件事上的思想是高度统一的。”

蔡国洪顿了一下，拿起茶杯喝水，借机把目光从与会者的脸上扫过。

蔡国洪这边茶杯刚放下，市委办主任林同兆就连忙站了起来，为蔡国洪的茶杯里续满水。

蔡国洪继续说道：“对于这个文件，我原则上是同意的。”蔡国洪亮明了自己的态度，“对于这个新的政策，我们要提高高度来认识，这个举措实际上代表着邙北市改革开放的思想理念，代表着邙北市海纳百川的雍容气度，代表着邙北市与时俱进的光荣形象。邙北市要发展，就必须大力招商，大力开放。在这个问题上想不通，就是对党的政策不理解，对邙北市的未来不负责任。我个人认为，这个文件是很有必要通过的，而且时间必须要快，要向那些手握巨额资金、掌握先进的生产技术的企业家和投资者表明我们邙北市招商引资的诚意和态度！”

蔡国洪说到这里，视线扫过会场上的每一个人，他发现，刘光辉把玩着手中的派克金笔，付罡庭则低头喝水，其余的常委们也纷纷躲避着他的目光。

暗暗冷笑一声，蔡国洪有意识地问道："谁还有不同的意见?"大家都闷着头，没人再吱声。

蔡国洪瞥了一眼负责记录的市委办主任林同兆，故意轻描淡写地说："党内也要讲民主嘛，你要如实地把会场的发言情况记录在案。"

刘光辉突然插话道："其实呢，大家是不太了解情况，我看啊，不如先下去调研走访一下，回头再来定这个事，赵市长，你看呢?"

赵长风本来参加这次常委会主要是带着耳朵和眼睛过来的，是想通过这次常委会初步弄明白邙北市的政治形势，搞清楚几方政治力量的对比，总之，在没有摸清楚形势之前，赵长风绝对不会轻易表态，没有想到刘光辉忽然把球踢给他了，这下不接就不行了。不过赵长风也知道，刘光辉这么急于跳出来打断蔡国洪的话，肯定是双方力量对比悬殊，假如蔡国洪提议常委举手表决的话，刘光辉这边的力量无法阻挡这个优惠政策强行通过。

"蔡书记刚才的话说得很对。"赵长风笑着说，"招商引资的优惠政策确实代表一个城市的改革开放的思想理念、气度和与时俱进的形象。"

这些都是蔡国洪的话，赵长风这样转述出来，蔡国洪听起来打心眼里感到舒服。对方现在还不明白赵长风的态度，但是最起码赵长风认真听他讲话了。

"刘市长的意见也很中肯，无论什么时候，都不能放弃坚持党的领导，这个是我们党的一贯方针，我想蔡书记也是这样认为的。"赵长风含笑看着蔡国洪。

蔡国洪心中一凛，刚才刘光辉就把每月一到二十五日为企业的"安静日"扯到了企业不是独立王国、不能脱离党的领导上面。刘光辉在这里有意偷换概念，把政府部门不能进入企业等同于企业脱离了党的领导。蔡国洪刚才讲述自己的意见时，有意把这一条忽略，没有想到赵长风再一次提出来。对于这一条，蔡国洪感到很棘手。假如刘光辉和赵长风硬把这个政策扯到是否坚持党的领导上去，他即使再强势，也不敢贸然通过这个修订政策。

"对，我们在任何时候，都必须旗帜鲜明地坚持党的领导!"蔡国洪微笑着表态。

赵长风低头看了一下笔记本，整理了一下思路，继续说："我坚决服从蔡书记、刘市长两位领导的意见。只是因为时间太过于仓促，政研室刚拿出政策修订初稿，我是在会议要召开时才第一次看到这份初稿，不知道在座的其他领导有没有我这个情况？"

有几个常委听到这句话，就低下头喝茶，显然，赵长风这个说法引起了他们的共鸣，作为市委常委，这样重要的文件在起草的时候不征求他们的意见不说，而且拿出初稿后，也不让他们提前看一下，而是在会上搞突然袭击。在蔡国洪眼里，也许他们这些常委只是举举手、鼓鼓掌的橡皮图章？

赵长风的目光在会场转了一圈，看到他的话收到预期的效果了，这才继续说道："我想，作为一个对我们邙北市影响巨大的招商引资优惠政策，是否应该多给我们一点时间去了解认识呢？我想之所以大家会对这个政策有不同的意见，也许就是缺乏足够的调研，才产生认识上的分歧吧？"

说到这里，赵长风故意停顿下来，喝了一口水，润了润喉咙，继续说："因此，我赞同多给在座的常委们一点时间，以便大家能够深入细致地做好调研工作，到时候再来讨论这个文件的时候，大家心中都有了数，可以做到有的放矢，谈起来也言之有物。以上就是我的意见。"赵长风微笑着结束了他这一番话。虽然他的话云山雾罩，绕来绕去，既捧了蔡国洪，又夸了刘光辉，但是实际上所有人都能听得出来，赵长风的话还是带有倾向性的，那就是赞同刘光辉的意见，暂不表决，要多争取一点时间进行调研。

蔡国洪看了看赵长风，忽然觉得他今天这个举动有点失策。首先他没有想到，一向低调的刘光辉不知道为什么强硬起来，坚持和他唱反调。现在他要面对的反对力量从党群书记付罡庭扩大到刘光辉一系。其次，他没有想到赵长风年龄虽小，但是斗争经验竟然极为丰富，一上来就抓住了要不要坚持党的领导这一要害问题。加上明里暗里地指出他是在会上才第一次看到文件，勾起了部分常委同仇敌忾的心理，这会产生很大的破坏力。假如蔡国洪硬要通过这个文件，说不定会有某个常委就把这个消息到处乱捅。最后一个原因，蔡国洪仔细斟酌了一下，这个政研室提出的企业安静日的表述确实有些问题，容易给别有用心的人抓到把柄，与其这样，不如退让一步，顾全常委们的面子，给他们一些时间，顺便让政策调研室的那帮笔杆子把这份招商引资的文件拿回去再修改一下。

蔡国洪摸着下巴——这是他的习惯动作，每逢要做出决定的时候，就不由自主地要用手摸着下巴——沉吟了一下，说道："那好，我尊重光辉同志和长风同志的意见，暂时不表决，给各位常委半个月的时间来做充分调研，之后我们再讨论。"

常委们互相交换着眼神，彼此都能看出内心的惊讶，自从蔡国洪当了邙北市市委书记后，常委会上还是第一次出现议题没有顺利通过的情况。

对赵长风来说，这次临时常委会是一次火力侦察大会，虽然由于刘光辉忽然跳出来扰乱了蔡国洪试图强行表决的企图，没有完全弄清楚几大势力的分布，但是赵长风还是初步达到了自己的目的，知道党群书记付罡庭和组织部长路大为和蔡国洪不是一条心，而蔡国洪的嫡系也暴露出来两个，主管政法的副书记钱兆均和宣传部长任文生。让赵长风稍感奇怪的是，宣传部长在几大常委中间排名最末，一贯是当受气包的材料，怎么任文生在常委会上会表现得那么抢眼甚至有些嚣张？

常委会一共有十三名常委，蔡国洪、刘光辉、赵长风三人再加上已经表态的四个人，这一共是七个人。剩下的六名常委没有表态，赵长风一时间也推测不出他们的立场，但是赵长风估计，这六个人中间应该有蔡国洪、刘光辉和党群书记付罡庭三个人的嫡系，另外再加上一两个中立派。

这次临时常委会，表面上看起来，刘光辉和付罡庭似乎赢得了一阵，但是实际上，刘光辉和付罡庭却是输家。如果刘光辉和付罡庭两家的实力加起来能够和蔡国洪抗衡，刘光辉又何必急急忙忙地跳出来阻止蔡国洪把议题付诸表决呢？这次蔡国洪迫于压力，不得不同意给各位常委半个月的时间进行调研，那么半个月后呢？如果再召开常委会，依旧要面临今天的情况，所以赵长风现在必须要想办法改变常委们中的力量对比，以便在下次表决的时候否决政策调研室拿出的这个优惠政策修订稿。

对赵长风来说，是必须想办法否决这个政策的，因为他能感觉得出来，蔡国洪这个时候拿出这份文件，至少在一定程度上是针对他的。因为他这边刚批示何泉声副市长去调查矿难，张志林副市长去检查环保，市委这边就拿出这个政策。就这个政策而言，如果通过了，凤凰山金矿就有正当的理由堂而皇之地拒绝环保部门、安全生产部门去调查矿难。

赵长风决定再去找一下刘光辉，这个时候，刘光辉必须要向他交底了，否则下一步究竟该采取什么对策，他心里一点把握都没有。

刘光辉从真皮转椅上迎了出来，亲切地说："长风，政府工作就需要你这样立场鲜明、观点清晰的好干部啊！"

赵长风说："革命工作也需要市长这样敢于坚持原则的好领导。"

两个人都笑了起来。

沉吟了一下，刘光辉问道："长风，你这次过来，是不是想问我为什么会要求延期表决吧？"

赵长风点了点头："市长，我刚到邙北市不久，还有点看不清形势。"

刘光辉经过今天常委会上的交锋，已经对赵长风的能力有所了解，觉得也是该向赵长风交底的时候了，就说："形势其实很简单，三分天下。今天的常委会上，你应该看得出来，除了我和蔡书记外，党群书记付罡庭也是一个非常有想法的领导。"

"能感觉得到。"赵长风微笑着说。

刘光辉说："钱兆均和蔡国洪关系很铁，任文生又是蔡国洪一手提拔上来的，市委常委、政法委书记、公安局长柴刚川又是钱兆均的嫡系，加上市委常委、市委办主任林同兆整日围在蔡国洪身边，也算是蔡国洪的人了，再加上人武部部长郝大明，一共是六个人，在三派之中，蔡国洪势力最大。"

赵长风点了点头，蔡国洪身为市委书记，人又非常强势，直接控制五名常委也不奇怪。

刘光辉又说道："付罡庭原来是邙北市组织部长，当时路大为是组织部副部长，两个人搭帮非常默契，后来付罡庭升任党群副书记后，就一力推荐路大为出任组织部长，所以路大为视付罡庭为恩人，一直跟着付罡庭走。主管农业的副书记包太龙的妻子与付罡庭的妻子是同学，算起来也是付罡庭的人，他这一派一共有三个人，势力也不容小觑。"

赵长风点了点头，问道："市长，那你呢？"

刘光辉说："几个常委中，我和谁的关系都不远不近，要不是你来到邙北市，我可以算是孤家寡人。"

赵长风心头微微一惊，他本来知道刘光辉低调，但是没有想到刘光辉竟然低调至此，一个市长，在常委会里竟然是孤家寡人一个，也不知道他在邙北市这两年是如何度过的。

刘光辉似乎知道赵长风在想什么，淡淡地说："虽然我是孤家寡人，但要是我坚持什么事，常委会那帮人也不敢轻易把我的话放在一边。我这个邙北市政府一把手虽然徒具虚名，但是有领导站在我身后，他们谁又敢轻易忽视我？"

其实刘光辉还有一层意思没有说出来，他在邙北市本来就是挂职镀金来的，并不打算干多久，所以对插手邙北市的事并不热衷。他做一个逍遥派，看着蔡国洪和付罡庭之间互相争斗，很多时候他的意图更容易实现。

可是现在，刘光辉的逍遥派做不成了，因为刘光辉隐约听说，赵强对他在邙北市的低调很不满意。赵强认为把他派到邙北市来，就是让他来干一番大事，这样才好风风光光地把他提到更重要的领导岗位上去。可是刘光辉却选择了韬光养晦，绝大多数事情都交由市委书记蔡国洪决定，这让赵强对刘光辉非常失望，在这种情况下，赵强把赵长风派到邙北市来，既是对刘光辉的一个警告提醒，也是对刘光辉能力的一个考验。

赵强把赵长风安排到邙北市的意图很明显，就是过来接刘光辉市长的位置。这是赵强派下来的政治任务，能不能完成，关乎着刘光辉在赵强心目中的形象。如果刘光辉连这点事都无法做到，那么赵强以后虽然不会就此对刘光辉放手不管，但是也不会重用刘光辉。一个无法独当一面的人，如何敢把他放到更重要的领导岗位上去呢？

所以刘光辉能不能顺利把邙北市市长的位置交到赵长风手上，其实是一个关乎他个人前途的大问题，他如果完成不好，根本没有办法向赵强交代。在这种情况下，刘光辉才强势反弹，准备控制邙北市一部分局面，以保证他离开后，赵长风能顺利上位。

刘光辉又说道："我们和付罡庭联合，在常委中只占五票，蔡国洪一个人就控制了六票。不过还好，还有分管工业交通城建的副书记白国庆和纪委书记秦晓明两个人不是蔡国洪那边的人，否则这一仗不用打，我们直接认输就是了。"

赵长风问道："市长，白国庆和秦晓明两个是什么样人？要征得他们的支持，我们有多大把握？"

刘光辉嘴角露出一抹鄙夷，说道：“这两个人都是中立派，看哪方势力大，就投靠哪一方。这次常委会如果要表态，毫无疑问，白国庆和秦晓明会附和蔡国洪的动议，所以我才提议暂停表决，先进行调研再说。”

说到这里，刘光辉停下来，望着赵长风说：“长风，听说你思维活跃，机智多变，从常委会上你用来堵蔡国洪嘴的精彩发言就能够看出来。对于眼下的局面，你有没有什么好的办法?”

赵长风想了一下，说：“市长，要不您和付罡庭联系一下？看他们有没有办法能说服白国庆和秦晓明。比起你来，他们在邙北市工作的时间要长得多，也许他们知道白国庆和秦晓明有什么弱点，更容易展开有针对性的说服工作。”

刘光辉沉吟了一下，说：“也好，正好我还要找付罡庭谈一点别的事。”

其实赵长风对刘光辉撒了谎，对付白国庆和秦晓明这种墙头草，他已经想出一个更好的办法。只是这个办法，赵长风无法对刘光辉直言。

第六章　敲山震虎瓦解山头，借势而为凝聚力量

在邛北市，蔡国洪的势力非常强大，非赵长风所能撼动，他只能避其锋芒，利用《中原日报》将大龙溪污染问题捅出来，也算是一次敲山震虎，借力打力，压迫蔡国洪，从而达到分化瓦解对方阵营的效果，为解决大龙溪污染问题凝聚力量。

“马书记，我敬你一杯。”罗大牙双手捧起一杯酒，站在马会来面前，马会来并不起身，单手拿着杯子一举，罗大牙连忙把双手一低，用手中的酒杯上沿碰了一下马会来的杯底，然后仰脖把杯中酒一饮而尽。

马会来这才把杯子移到嘴边，用酒湿了湿嘴唇，马上把杯子放下，感叹道：“五粮液就是五粮液，好酒就是味正！”

罗大牙马上不失时机地对一旁的李大用吩咐道：“李矿长，我车上还有一箱五粮液，晚上送给马书记鉴定一下，看看是不是真货。”

李大用立刻谄笑道：“老板，晚上我一定送到。”

马会来却毫不领情，乜斜着眼睛骂道：“罗大牙，你从我手里包了个金矿就可以吃香的喝辣的，而我连喝个好酒都要向别人讨要！”

罗大牙心里骂了一句，脸上却毫不生气，他一伸手，李大用立刻递过来一个手包，罗大牙打开手包，从里面拿出一个用报纸包着的长方形纸包，推到马会来面前。

“这是矿上的一点心意，马书记你收下吧。”

马会来打眼一扫，就知道这报纸里包的是两万块，他这才换上一副笑脸：“大牙，我就喜欢你这样的痛快人。”说着也不避李大用在场，把两万块塞到

自己的手包里。

罗大牙赔笑道："没有马书记的栽培，哪里有我的今天啊？"说着又倒了一杯酒，双手捧到马会来面前："马书记，好事成双，我再敬你一杯。"

"坐下，坐下。"马会来摆手道，"都是自己人，这么客套干吗？来，干了！"这才与罗大牙碰了碰杯，把杯中酒喝完。

用筷子往嘴里塞了一块野猪肉，马会来这才放下筷子说："大牙，你的好日子来了。"

罗大牙连忙挪了挪椅子，凑近马会来身边问："马书记，有什么好消息？"

马会来抽了一张纸巾擦拭了一下油腻腻的嘴，对罗大牙说："市里按照蔡书记的意思正在搞一个文件，这个文件通过之后，以后每个月有二十五天，政府部门都不会到你的金矿上去了，你说这个是不是好消息？"

罗大牙心中冷笑，这个消息他昨天就知道了，嘴里却惊叫道："哎呀？真的吗？这对我们民营企业来说可真是好消息啊。要不然每天都要应付政府部门的三公六舅，哪里有什么精力去抓企业发展啊？"

"对你们来说是好消息啊！"马会来感叹了一句，摸了摸头顶，"以后我去找你，也得在每月二十五日之后的日子啊。"

罗大牙立刻笑道："马书记，您老太客气了！您老哪里用得着亲自去找我啊？有什么事情，您老打一个电话，我还不是立刻乖乖地滚到您身边？"

"哈哈，大牙，你越来越会说话了。"马会来哈哈大笑。

"这还不是马书记你栽培的功劳？"罗大牙抽出一根金芒果，递给马会来。马会来接过来刚塞到嘴里，那边李大用就立刻递过来打着了的火机。

"李大用！"罗大牙喝了一声，"你也不看看你的身份？配给马书记点烟吗？"

李大用红着脸退了下去，他知道，罗大牙最害怕他接近马会来，罗大牙就是靠马会来开眼，拿到凤凰山的金矿开采权，才发了财。以他李大用管理金矿的经验，如果他能从马会来手中也拿到一个金矿开采权，一定赚得比罗大牙这个草包多多了。

罗大牙"啪"的一声打着了火机，对马会来说："马书记，其实我也不配替您老点烟，不过您老就当是给我一个面子吧。"

马会来就着罗大牙的火机点燃了香烟，感叹道："古人常说大将治军有方，今日才知道大牙你是治矿有方啊，怪不得你能发财呢。”

罗大牙赔笑道：“马书记客气，发什么财啊？这些钱还不是马书记从手指头缝里漏给我们的？”

马会来抽了两口烟，忽然问道：“对了，大牙，你矿上那个叫什么国军的矿工，你处理好了吗？”

罗大牙立刻规规矩矩地回答：“马书记，都处理好了。我已经给了他一笔钱，警告他不许乱说，然后派人把他送回老家了。市里的调查组如果问起，我就说孟国军辞工回家了。如果问他的家庭地址，我就胡乱给他们一个地址，到时候他们查不到，我就说当时矿上疏忽，没有想到孟国军会用假身份证。只要给他们一个死无对证，他们就没有办法了。”

马会来点了点头，说：“处理好了就行。新来的赵市长办事风格我们都摸不准，眼下还是小心为妙。”

罗大牙说道：“放心，马书记，你的吩咐我都牢记在心呢！”

马会来又道：“大牙，这段时间你可要谨慎点，给我看紧矿上，千万不要再出什么事情。还有啊，最近矿上的废渣废水尽量不要往大龙溪里倒。等这阵风头过了，市里能顺利发下那个招商引资的优惠政策，以后你的好日子就来了。”

罗大牙拍着胸脯说：“是是是，马书记，你放心，我这边多加小心，一定不会出什么事的。”说着他扭头对李大用说：“李矿长，刚才马书记的吩咐你记牢了吗？”

李大用立刻点头哈腰地说：“老板，马书记和你的吩咐我都牢牢地记下了。这段时间我会加倍小心，让三个矿洞的组长都提着精神！”

罗大牙挥了挥手，李大用立刻退了下去。罗大牙望着马会来说：“马书记，今天一条龙服务，待会儿我请您蒸桑拿去。”

赵长风靠在真皮转椅上，拿出私人手机，拨了一个电话号码。

阳江超那边正在跟秘书布置任务，看到赵长风的电话号码，立即挥了挥手，让秘书退了出去，他这边坐直了身子，恭恭敬敬地对电话说：“老板，我是阳江超，有什么吩咐？”

赵长风无奈地说：“阳哥，说了多少次，你叫我长风就可以了。”

阳江超正色道："老板，这规矩可不能乱来。"

"哎，你呀。"赵长风真是拿阳江超的倔脾气没有办法，"对了，阳哥，你和省城的媒体比较熟悉，看看能不能帮我找一位比较有正义感的记者。"

阳江超沉吟了一下，说道："这个好办，我们每年掏那么多广告费，找一两个记者没啥问题。"

赵长风把后河乡大龙溪严重污染的事跟阳江超简单地介绍了一遍，然后说，"现在市里阻力很大，地方保护主义非常严重，我不能坐看严重污染的事态继续发展，所以我想找一位比较有正义感和社会责任感的记者，让他在省城媒体曝光，通过外部压力来促使本地领导重视这件事。"

顿了一下，赵长风又说："这件事我作为邙北市的常务副市长，肯定不方便出面直接操作，只有委托你了。还有，这件事情事关重大，你一定要谨慎。"

阳江超笑道："老板，你放心，这件事我知道轻重。你交给我安排就行了。正好明天我要去中州一趟，正好顺道把这件事办了。"

"好，那我就交给你了！"赵长风笑着挂断了电话。

窗外淅淅沥沥下起了小雨，赵长风推开办公室的窗户，一股淡淡甜甜的香味穿过湿润的空气飘过来——市政府大院里的桂花树开了。

赵长风深深地呼吸了一口空气，心情就舒畅起来。赵长风非常喜欢闻阴雨天的桂花香气，淡淡的，飘飘缈缈，似乎就围绕在你身边，偏偏又抓不住，空灵之极。不像干冽天里的桂花香，香气浓郁而霸道，似乎要把整个人都包裹起来，让身体每个细胞都浸在浓郁的花香里。

门外传来敲门声，赵长风扭头过去，刘俊康就推门进来了："公安局的韩加森副局长要见你。"

赵长风是常务副市长，分管着公安司法系统，所以对公安局做了一些了解。邙北市公安局局长柴刚川是市委常委、政法委书记，下面还有五个副局长，韩加森虽然名义上也是五个副局长之一，可是在局里郁郁不得志，身为副局长，却只分管了老干科一个部门，每日里闲得都要发霉了。赵长风来了邙北市之后，虽然在公开场合见过韩加森几次，但是韩加森单独来找他，却还是第一次。

沉吟了一下，赵长风说："让他进来吧。"

刘俊康把韩加森领进来，就退了出去，他现在和赵市长关系虽然融洽，但是还没有亲密到可以分享赵市长秘密的地步。看韩加森的神情，一定有什么要紧的事向赵市长汇报，刘俊康觉得，还是回避一下比较好。要是赵市长觉得他可以知道，自然会把他叫进来交代的。

韩加森今年三十七岁了，他二十二岁从天阳警校毕业，分到邙北市公安局，干了十五年，现在只是一个副局长，还是闲职，而他的同学，有好几个已经是县里的政法委书记了。

韩加森满腹心事地进来："赵市长……"

"加森同志好！"赵长风心情不错，"有什么事吗？"

"赵市长，我……"韩加森站在赵长风办公桌前，目光和赵长风碰了一下，连忙垂了下来。

"呵呵，加森同志，有什么事就说嘛。"赵长风见韩加森有些犹豫，鼓励道。韩加森是公安局副局长，又从来没有单独来过，赵长风知道他这次过来必然是有什么重要的事。

韩加森迟疑了一下，终于下决心说："赵市长，我有件事要向你汇报一下。"

赵长风端起茶杯喝了一口，说："好，你坐下，坐下说吧。"

韩加森就小心拉开办公桌前的椅子，在上面坐了半个屁股，双手扶在膝盖上，对赵长风汇报起来："昨天晚上，后河乡凤凰山金矿矿主罗大牙、矿长李大用和几个下属喝过酒之后，到大浪淘沙泡桑拿，然后又叫了几个外国小姐到邙北市黄金宾馆同宿。市局治安大队接到举报后，在黄金宾馆当场抓了现行。可是罗大牙和李大用非常嚣张，竟然对前去查房的治安大队民警进行围攻殴打。治安大队的两个民警不冷静，当时也还了手，并把罗大牙和李大用几个人铐回了治安大队。可是今天早上柴刚川局长不知怎么知道了，他要求治安大队立即放了罗大牙和李大用几个人，并向罗大牙和李大用等人赔礼道歉。这还不算，柴局长还宣布要开除昨天去查夜的三位治安大队的民警。"

赵长风心中吃惊，脸上却不动声色："柴局长有没有说开除的理由？"

韩加森说道："柴局长说，根据市委正在研究制定的招商引资的文件，投资额两千万以上的投资者出入娱乐场所免受公安机关限制，违反这个条例的就要被开除公职。"

赵长风说道："这三位民警是有点不冷静。"

韩加森轻声说："赵市长，他们都是年轻人，进入公安系统不到一年。"

赵长风沉吟了一下，问道："你向钱兆均书记反映了吗？"

赵长风是常务副市长，在分工上虽然分管公安司法系统，但是他这个分管更多地体现在协调上面，真正分管的权力还是集中在分管公安政法系统的市委副书记钱兆均手里。

按照现行的管理体制，很多部门既有分管副市长，也有分管副书记，在很多时候，需要分管副市长和分管副书记之间的协调，如果双方意见不一致的话，按照组织角度出发，部门只能服从分管副书记的。所以赵长风虽然是分管公安系统的常务副市长，但是涉及公安系统的事，必须和分管公安系统的副书记钱兆均沟通，和钱兆均商量着拿出处理意见，否则就是违反了规定。当然，作为市委常委，赵长风也可以单独在市委常委会上提出对公安系统的某些建议，但是只要没有和钱兆均沟通，就会被认为是不懂事。

韩加森看了赵长风一眼，犹豫着该不该说下面的话。

赵长风也不着急，既然韩加森来找他了，他就有耐心，也等得起。赵长风端起茶杯，悠闲地喝了起来。

韩加森咬了咬牙，鼓足勇气说："赵市长，找钱书记也没有用。柴局长的意见就代表着钱书记的意见。"

事情有点麻烦了！赵长风轻轻摸着鼻子，心中盘算着该如何处理这件事。说实话，他是从心底赞同治安大队三位民警的处理方式。罗大牙和李大用也太嚣张了，嫖娼不说，还敢公然围攻执法民警，如果不处理，国家法律的尊严何在？公安部门的威信何在？可是赵长风也知道韩加森说的是实情，他前两天也从刘光辉那里听说过，钱兆均副书记和公安局局长柴刚川是穿一条裤子的。既然柴刚川拿出了处理意见，肯定已经取得了钱兆均的支持。

韩加森见赵长风不说话，就有点急了，连忙说道："赵市长，我也知道你很为难。这件事我本来想找刘市长处理的，可是刘市长去了中州开会，我又不好联系他。"

"呵呵，加森同志，你是不是还有什么情况没有说？"赵长风微笑着，可是目光却犀利起来，紧紧盯着韩加森的双眼。

韩加森看到赵长风犀利的眼神，心中就有些发虚，后背竟然有些汗珠渗出。韩加森听说赵市长很年轻，可是他的眼神气度竟然如此老辣犀利，让韩加森有点顶不住。他还从来没有在一个二十多岁的年轻人面前表现得如此没有底气过。

“赵市长，我……”韩加森还在犹豫。

赵长风的脸色就严肃起来，他摸了一下鼻子，轻轻说：“韩局长，那就这样了，我还有事需要处理。”

“赵市长，我，我说。”韩加森慌忙说道，“那，那三个民警里有一个是我外甥，他刚从警校毕业不久，我让他进到公安系统就花了很大力气。如果他因为违法乱纪被开除，我也不敢过来向领导开口，可是，可是他这次是去扫黄抓嫖，是去执行正常的任务，就这样被开除了，我实在是不忍心……”

赵长风微微点了点头，这样才合情合理，韩加森作为一个公安局的闲职副局长，忽然跑过来向他汇报一件与他工作毫不相干的事，其中必然有他的利益，否则就无法解释韩加森这种不合逻辑的行为。

“他叫什么名字？”赵长风不动声色地问。

韩加森心中一喜，赵市长既然问到具体名字了，说明赵市长必然是要插手这件事。虽然说柴刚川是市委常委、政法委书记，背后又有市委副书记钱兆均撑腰，但是常务副市长赵长风如果开了口，柴刚川也不会不给面子吧？尤其是赵市长是空降干部，凡是空降干部，背后都有很深的背景，即使是市委副书记钱兆均，也要对赵市长忌惮几分吧？

“赵市长，他叫陈钢。”韩加森慌忙说道。

赵长风拿过笔来，在便笺上记录下陈钢的名字，然后又问道：“另外两个民警呢？”

“张国强、李卫东。”

“好，”赵长风记下来，对韩加森说，“你去让他们三个人写一份材料，分别送到钱书记和我这里，然后我和钱书记沟通一下。”

韩加森大喜过望，连声对赵长风说：“谢谢赵市长，谢谢赵市长。”

毫无疑问，赵长风是一个有正义感的人。但是，他的正义感并不是建立在感情冲动之上，而是有他自己的考虑。一个有正义感的人并不是凭着一腔热血和浑身冲劲就可以实现自己理想的。有很多时候，这样蛮干非但实现不了理想，反而会把自己也搭进去。

就拿眼前这件事来说，如果仅仅是三位普通民警被牵扯进去了，赵长风虽然也会很气愤，但是可能不会插手。因为按照组织纪律，如果副书记钱兆均要一意孤行的话，赵长风作为负责协调的副市长，虽然有意见，但是却无可奈何，这样的小事总不能闹到常委会上去吧？省得让别人笑话。

可是现在却又不同，其中一位民警陈钢是韩加森的外甥，这对赵长风来说，就有了值得插手的理由。

算到今天，赵长风到邙北市已经两个半月了，这两个半月时间里，他在还没有建立一支属于自己的嫡系干部队伍。他身边值得信任人只有秘书刘俊康和司机老邢。这两个人是刘光辉亲自为他甄选的，在忠诚上绝对没有问题，至少可以保证这两个人不会是市委书记蔡国洪的人。

身为邙北市常务副市长，赵长风不可能只依靠秘书和司机两个人工作，他必须在手中掌握一支他能够放心的嫡系干部队伍，而这些嫡系干部队伍，才是他能否在邙北市实现自己的施政理念、做出一番宏伟政绩的有力保障。

但是嫡系干部队伍不是说建立就能建立起来的，这需要时间，更需要机会。不是任何人都会过来向你卖命的。也并不是任何人过来向你卖命，就都可以收揽到手下的。这次大浪淘沙的抓嫖风波，正好给了赵长风一个机会。

韩加森看起来只不过是公安局五个副局长中最窝囊最没有出息的闲职副局长，但是赵长风对公安系统做过调查，知道韩加森背后的潜在能量。

韩加森十几年前从天阳市警校毕业，被分到邙北市公安局，从一位普通的民警做起，历任派出所副所长、所长、治安大队副队长、刑侦大队副队长、刑侦大队队长，前两年晋升为主管刑侦的副局长。韩加森业务能力极强、为人刚正不阿，对下属又非常关心照顾，无论是在邙北市普通百姓中还是在公安局干警中口碑都极好。

曾经有一次，时任林业局局长柴刚川的一个本家侄子强奸了一个初中女学生，案发时，这个女学生差一个月不到十四周岁，这件案子犯到了韩加森手里。当时柴刚川出面威胁被害者的家长，迫使被害者的家长接受五千块钱的赔款，说这闺女和柴刚川本家侄子是在谈恋爱。然后柴刚川又买通了派出所的户籍民警，修改了被害人的年龄。在做这些手脚的同时，柴刚川又亲自上门去找韩加森，并送上一万块钱现金，希望韩加森能高抬贵手，放他本家侄子一马，可是韩加森就是坚持原则，秉公办案，硬是查出了案发当时初中女学生的真实年龄，按照强奸幼女罪把柴刚川的本家侄子绳之以法。自从这件事之后，韩加森就和柴刚川结下了梁子。

后来蔡国洪从外地调来邙北市担任市委书记，柴刚川就大肆活动，重金打点，最后顺利地从林业局局长的位子上调动到公安局局长的位子上，并且还担任了政法委书记，成为邙北市市委常委。

柴刚川成了韩加森的顶头上司之后，就开始整治韩加森。由于韩加森清清白白，柴刚川抓不到任何把柄，所以柴刚川最后只能把韩加森的分管工作进行调整，从一个分管刑侦工作的实权副局长调到分管老干部科的闲职副局长，挂了起来。

韩加森虽然没有了实权，担任的也是闲职，可是由于威望很高，在市公安局中还是得到相当多有正义感的干警的支持。比如这次他的外甥陈钢进入市公安局，就是某个副局长暗中出了力，隐瞒了陈钢和韩加森之间的关系，否则，按照柴刚川的脾气，如何能让陈钢进入市公安局呢！

赵长风知道，市公安局几位局长，甚至下面的大队长、派出所所长等各自都有自己的后台，他想插手拉拢也拉拢不过来。只有韩加森是一个姥姥不疼舅舅不爱的主，如果赵长风这个时候能出手帮韩加森一把，那么韩加森自然会感恩戴德，投向他的怀抱。虽然说韩加森目前还是一个闲职的副局长，但是这个岗位又不是一成不变的，赵长风既然在常务副市长的位子上，当然可以慢慢地帮韩加森调整。即使韩加森目前还是闲职，但是如果赵长风交代他办什么事，以韩加森的威望和人缘，在公安局中一定有很多干警会偷偷帮助韩加森的，对目前没有任何嫡系的赵长风来说，在公安局有这么一个耳目和帮手，无疑是一个强大的助力。

主意打定之后，赵长风就找到副书记钱兆均的电话，拨了过去。

钱兆均正在去天阳市的路上，他的秘书接通了电话，手握着话筒对钱兆均说："赵市长的电话。"秘书探过身来，把电话递到钱兆均的手里。

"赵市长，我是兆均。"钱兆均把电话放在耳边。

"钱书记，你方便吗？我想和你商量一件事。"赵长风轻声说。

"我要去天阳参加一个会议，正在路上。"钱兆均说，"什么事，赵市长请说。"

"钱书记，是这样的，我刚刚接到市公安局治安大队几位民警的一个材料，他们在材料中说……”赵长风把情况说了一遍，然后问道：“他们说也把材料送到你的办公室了，不知道你有没有看到？”

这件事钱兆均当然早就知道，因为当时临时常委会结束之后，柴刚川就向他表态，要在公安政法系统中以实际行动来支持蔡书记和钱书记，率先在公安政法系统中推广试行招商引资优惠政策中的一些提法。钱兆均知道，柴刚川是典型的马屁精，尤其擅长拍蔡国洪的马屁，不过柴刚川推行的蔡国洪的这个政策正好也符合钱兆均的利益，所以钱兆均也就首肯了。

在大浪淘沙发生的抓嫖风波，柴刚川第一时间向他做了汇报，说决定拿那三个倒霉的民警开刀，以维护市委的权威，钱兆均当时也同意了。他也知道，柴刚川并没有就此事向分管副市长赵长风汇报，对钱兆均来说，这是一种好现象，说明在柴刚川眼里，他这个分管副书记的地位还是远远高于赵长风这个分管副市长的。这让柴刚川非常高兴，他也故意没有问柴刚川是否就此事对赵长风做了汇报——有的时候，装作不知道比什么都知道强。

在钱兆均眼里，是不怎么看得起赵长风的，虽然赵长风是空降干部，据说在省里有后台，可是钱兆均依旧看不起赵长风。不说别的，光是赵长风的年龄，就让钱兆均有理由看不起他。当好领导干部是需要经验、需要资历的，不是光凭一个后台就可是成为一个称职的领导干部。有很多事，后台背景再强大，也不一定能搞定，在关键时候，靠的还是手腕和经验。钱兆均就不相信，赵长风一个二十几岁的年轻人，即使打娘胎里开始学习，也未必就能管好邙北市这么一个工业大市。这是政治，不是玩笑！其次，让钱兆均感到不怎么痛快的就是前几天市委举行的临时常委会上，赵长风公然和他唱反调。赵长风反不反对蔡国洪，这对钱兆均来说不是问题，问题是赵长风反不反对他。那个投资优惠政策修订版的初稿虽然是在蔡国洪授意下搞出来的，但是既然他钱兆均投票赞同了，那么其他人谁出面反对，就是他钱兆均的敌人，他在心中是会牢牢地记上这一笔的。

不过，钱兆均虽然看不起赵长风，却也没有傻到和赵长风发生正面冲突。现在这个抓嫖风波有公安局局长柴刚川顶着，那么就让赵长风去柴刚川那里碰硬钉子吧。

“呵呵，赵市长，是这么一个情况啊？我还真不知道呢！”钱兆均打着哈哈，“我现在正动身去天阳开会，一时半会儿也顾不上这件事。要不这样，赵市长你先和刚川同志联系一下，统一一下意见，行不行？”

赵长风心里冷笑一声，骂了一声老滑头，嘴上却说：“那好，钱书记先忙，我先和刚川同志联系一下，到时候再向钱书记汇报。”

放下电话，赵长风摸着鼻子，沉吟了起来，既然钱兆均选择了回避，对他来说也是一件好事，他现在只要面对柴刚川，无论如何，对付一个人总比对付两个人要容易一些。

主意打定，赵长风拨通了柴刚川的电话：“刚川同志，我是赵长风……”

柴刚川这边已经提前接到钱兆均的电话，自然知道赵长风找他要干什么，可是他却装糊涂：“赵市长，你好，有事？”

赵长风对柴刚川这一套把戏自然也是心知肚明，赵长风就不相信，钱兆均接到他的电话后，会不跟柴刚川打招呼。

“是有点事，你看你什么时候方便？”既然装糊涂，大家都装吧，赵长风也故意不在电话里点破。

“赵市长，我手头上还有点事，可能还要耽误一小会儿。这样吧，我半个小时后去见你。”柴刚川明明闲得很，但却要故意拿着架子。

“好，半个小时后见。”

赵长风挂了电话，他看了一下手表，现在是九点半，还有三十分钟时间让他来考虑如何和柴刚川交涉。虽然名义上他分管着公安系统，但是柴刚川是市委常委、政法委书记，在常委会也是重量级人物。虽比赵长风这个常务副市长排名知略低少许，但如果柴刚川要硬起来，甚至连市长刘光辉都无可奈何，更别说赵长风这个常务副市长了。所以如何应对柴刚川，还是需要一点策略的。

赵长风看了看手表，已经十点了，可是柴刚川却还没有到，他不由得有点恼火。邙北市是个县级市，城市并不大，邙北市公安局虽然不在市政府大院里，但是距离市政府并不远，即使走路，也要不了十分钟。柴刚川约好了时间，却又故意失约，明显是把他这个常务副市长不放在眼里。

赵长风心中叫好，他虽然年轻，但是最讨厌别人看不起他，柴刚川既然公然对他表示轻慢，那么咱们就骑驴看唱本，走着瞧吧。

到了十点十分，柴刚川的身影才出现在赵长风的常务副市长办公室门口。这个时间是柴刚川故意拿捏的，约好半个小时，柴刚川故意不多不少拖了十分钟，这样既彰显了他市委常委的身份，也不会因为拖的时间过长，引起赵长风的强烈反弹。可是柴刚川却忽略了，赵长风才二十六岁，是一个年轻的常务副市长，一般来说，越是年轻人，自尊心越强，在别人是否尊重他这方面越敏感，倒是那些经过大风大浪的老家伙，心态已经修炼到宠辱不惊，只要大原则上不冒犯他们的利益，这些小细节上看得很淡。

“赵市长，实在是不好意思，约好了十点，可是我却被那边的事拖住了……”柴刚川一进门就先笑着道歉。

赵长风微笑着站起身来迎道：“刚川同志太客气了，你也是为了工作，来来，请坐。”

赵长风把柴刚川让到大沙发上，他则坐在单人沙发上。

打了个哈哈，柴刚川问道：“赵市长，不知道你找我有什么事?”

“嗯，是这样的。”赵长风说着起身去把陈钢、张国强、李卫东三个人联名写的材料拿过来递给柴刚川，“我这里接到一份材料，你先看一下。”

柴刚川知道材料内容，却还是接过来装模作样地认真翻阅着材料。这件事是柴刚川一手经办的，他自然对这件事的来龙去脉知道得一清二楚，而且远比手中这份材料详细得多。即使是副书记钱兆均，也只是以为柴刚川是为了拍市委书记蔡国洪和他这个分管政法的副书记的马屁，才对三位民警痛下狠手的，却不知道柴刚川这样做的背后还有其他内幕。

本来以凤凰山金矿矿主罗大牙和李大用的身份，遇到民警查房，没有必要动手殴打民警的，即使民警把他们带回去，他们只要打一个电话，治安大队的民警就得乖乖地把他们放出去。但是罗大牙和李大用不得不打，因为后河乡党委书记马会来就在黄金宾馆的另外一个房间，假如罗大牙和李大用不趁机制造事端，那么治安大队的民警就会继续查房，把马会来也揪出来。

以马会来的身份，一旦被抓个现行，虽然他可以花力气摆平，但是嫖娼事件毕竟是一个政治炸弹，落到政治对手手里，不知道什么时候就会砰然爆炸，把马会来的政治前途炸个粉碎。所以罗大牙和李大用必须制造事端，趁乱让马会来脱身，因此他们才动手打了治安大队的民警。

可是罗大牙和李大用动手之后，民警们肯定要还手，所以罗大牙和李大用伤得还不轻。但是他们保护了后河乡党委书记马会来，这个牺牲还是值得的。而且罗大牙和李大用也不担心会有什么袭警的罪名，一切自有马会来帮他们两个摆平，否则他们在治安大队咬上马会来一口，马会来如何能受得了？

果然，马会来趁乱溜走之后，立即去找了柴刚川。作为黄金大乡，后河乡在邙北市的地位仅次于邙北市中心城关镇和另一个黄金重要产地周庄镇，作为公安局局长，柴刚川没少到后河乡打秋风，收了马会来不少好处，这个时候马会来找上门来，柴刚川自然不会推辞。更何况被抓的两个人是后河乡最大的采金企业凤凰山金矿的矿主罗大牙和矿长李大用，柴刚川每年从罗大牙手里接到的红包非常可观，这个时候自然要为罗大牙和李大用出气了。

有了这个上不了台面的原因，再加上前面市委常委会上，市委书记蔡国洪刚刚提出优化邙北市招商引资环境的新议题，柴刚川自然要搞出一些动作来响应市委的号召，于是就来个乱世用重典，拿治安大队三名无辜的民警做牺牲品，镇一镇公安局那些不听他柴刚川指挥的异己分子。

柴刚川一边想着，一边把手中的材料放下，笑道："赵市长，不好意思，这样的小事也惊动了你。"

赵长风微笑着不接话，等着柴刚川继续说下去。

"是这样的，凤凰山金矿是我们邙北市一个非常重要的采金企业，不但是后河乡第一大金矿，在我们邙北市里也能排到前十名。据后河乡的同志们讲，后河乡的财政收入有百分之三十都来源于凤凰山金矿。"柴刚川按照事先拟好的思路讲下去，"矿主罗大牙和矿长李大用被打之后，对凤凰山金矿的影响很大，由于群龙无首，企业陷入半停顿状态，矿工都无心生产。与此同时，邙北市很多采金企业也受到了很大震动，那些企业主心中都感到害怕。纷纷反映邙北市的民警执法这么粗暴，他们的人身安全都得不到保障，在这种情况下，让他们如何能够安心地继续在邙北市办企业？"

"赵市长，你是了解情况的，我们邙北市是黄金大市，采金这一块占我们邙北市工业产值的百分之七十以上，更是占到财政收入的百分之八十以上，假如这些金矿投资者撤回资金，放弃在邙北市继续兴办企业，那么对邙北市的影响将会是非常巨大的。"

说到这里，柴刚川看了一眼赵长风，说："赵市长，这可不是我危言耸听，我这里已经接到几个金矿矿主的联合反映。"

赵长风微微一笑，说道："刚川同志，没有想到你身为公安局长，还这么关心邙北市的经济发展。"

柴刚川听出赵长风的话外之音，就软中带硬地说：“赵市长，我同时还是市委常委，不能光从公安系统的角度看问题，要从全局的高度去看问题啊。况且蔡书记和钱书记也常常交代我们公安局要为邙北市的经济发展保驾护航，为邙北市广大投资者提供一个安定发展的社会环境，也是我们公安局义不容辞的责任啊！”

赵长风感受着柴刚川话里暗藏的刺芒，心中冷笑，嘴上却说：“为投资者提供一个安定发展的社会环境当然是非常必要的，但是与此同时，投资者必须遵守国家法律法规，不管什么时候，我们都必须记着，我们是党的干部。”

“赵市长，在这里我要代表公安局向你作检讨。”柴刚川痛心疾首道，“罗大牙和李大用两个人公然嫖娼嫖宿，违反了治安管理处罚条例，当然要予以处理。但是也要文明执法不是？治安大队三位民警陈钢、张国强和李卫东在执法的时候简单粗暴，还动手殴打执法对象，在社会上造成了极坏影响，抹黑了邙北市公安系统的形象，作为邙北市公安局局长，我是负有领导责任的。说明我们公安系统队伍管理建设上方面还有不到位的地方，公安队伍纪律松懈，才会有陈钢、张国强和李卫东这样的害群之马。”

柴刚川看似在自我检讨，可是言语中已经对陈钢、张国强和李卫东三个人定了性。

“这个情况发生之后，我一边组织公安系统开展教育整风运动，一边召开局党委会，迅速地拿出了对三人的处理意见。局党委一致讨论通过了立即把三人开除出公安队伍的决定。这件事我还没有来得及向你汇报，没有想到这三个害群之马倒把材料写到你这里来了。”

柴刚川的神情既有点痛心，也有点委屈，表演得十分到位。他用无辜的眼神望着赵长风，看着这个年轻的常务副市长如何接他踢过去的皮球。

“动手打人肯定是不对的。”赵长风说，“但是单单就这一个事件，就把三个年轻的民警定为害群之马，是不是不够慎重？据我所知，这三个年轻人平时表现还是不错的，这次如果不是罗大牙和李大用两个人先动手，他们是不会动手的。”

柴刚川连忙说：“赵市长，这件事上你肯定是受了他们三个人的蒙蔽，根据局警务督察室调查的结果，是陈钢、张国强、李卫东三个人先动手，罗大牙和李大用只是在受到殴打时做了一些防卫。”

赵长风微微一笑道："刚川同志，你倒是一点都不护短啊。"

柴刚川正色道："我是一个共产党员，当然要保持党员实事求是的优良作风。陈钢、张国强和李卫东虽然是我的部下，但是我也不能因此就替他们打掩护、护短，这样社会上广大人民群众以及来邙北市的投资客商才不会对公安系统有意见。"

"说的很对啊！"赵长风意味深长地对柴刚川说，"刚川同志，我们党员一定要保持实事求是的优良作风，切忌颠倒黑白，混淆是非。"

赵长风这些话如同芒刺一般，一个字一个字都刺在柴刚川心上，让他感到极为刺痛，但是脸上还要带着微笑。

不过赵长风也不打算逼柴刚川过甚，毕竟柴刚川还是市委常委，级别只比赵长风低了少许，所以赵长风必须要给他留下足够的面子。现在柴刚川已经把话说死在那里了，赵长风不可能替陈钢、张国忠和李卫东三个人翻案。赵长风相信，柴刚川既然敢说是陈钢、张国强和李卫东三个人先动的手，必定已经做好了万全准备，市政府即使派出调查组去调查，结论保准和柴刚川方才说的一模一样。所以赵长风只是想尽最大努力，先替陈钢、张国强和李卫东三个人保留公职再说，至于其他问题，以后有机会再慢慢解决。

"刚川同志，我这里提一个建议。陈钢、张国强和李卫东三位同志都是年轻人，平时又表现不错，公安局党委能否再研究一下呢？不要把三个同志一棒子打死，要给年轻人一个改过自新的机会嘛！我看能不能在保留公职的前提下，给他们三个年轻人以纪律处分，然后再让他们三个人出面去向罗大牙和李大用赔礼道歉，这样既教育了年轻人，让公安系统其他人引以为戒，也给了罗大牙和李大用一个交代。"

赵长风提出这个方案可以说是让了又让，毕竟他对公安系统没有实权，又刚到邙北市两个半月，立足未稳，所以才给足了柴刚川的面子，提出这么一个不撕破脸皮的处理办法。在这个时候，赵长风想起岳父方振华的话："政治本身就是妥协的产物，不懂得妥协的领导绝对不会是一个成功的领导。"

"赵市长，你的建议的确不错。"柴刚川慢条斯理地说，"只是前面对陈钢、张国强和李卫东三个人的处理意见是局党委集体做出的，并不是我一个人说推翻就推翻的。毕竟公安系统讲的是集体领导，不是我柴刚川的一言堂。我回去后会抓紧时间召开局党委会议，把赵市长的建议提交到局党委会上讨论。另外这件事还请赵市长和钱书记沟通一下，看一下钱书记的意思，因为局党委对陈钢、张国强和李卫东三人的处理决定，已经报到钱书记那里了。”

赵长风见柴刚川最后又拿出钱兆均做挡箭牌，就说：“钱书记那边我已经通过气了，他正在天阳开会，让我酌情处理。”

赵长风已经给足了柴刚川面子，也懒得继续和他说什么了，他站起身来：“那就请柴局长回去抓紧时间召开党委会议，尽快落实下去！”

柴刚川也跟着站起来，伸手与赵长风告别：“赵市长放心，我会抓紧时间的。”

“邙北市两个文明建设先进集体”、“天阳市失业保险基金审计工作第一名”、“邙北市‘我为经济架金桥’活动先进集体”、“中原省工程建设专项治理审计工作先进单位”……

赵长风微仰着头，目光从审计局荣誉展示室墙壁上一面面锦旗和匾额上扫过。

看着赵市长专注的神情，高胜强心中不免有点微微得意。在审计局专门设立一个荣誉展示室是他担任审计局局长之后提出的第一个建议。按照高胜强当时在审计局党组会议上的说法就是酒香也怕巷子深，审计局的工作再出色，也需要宣传出去，才能让领导知道。这个宣传工作，除了加强和天阳市和邙北市媒体之间的互动之外，就需要在审计局内部做文章了，像以前审计局把获得的锦旗和匾额挂在会议室内的做法，高胜强就觉得是不合适的。会议室主要是为召开会议设计的，虽然墙壁四周可以挂满锦旗和匾额，但是领导进会议室就是要开会的，总不能让领导环绕会议室走上一周，然后再入席开会吧？

如果单独建立一个荣誉展示室，就可以请领导先到荣誉展示室内参观一下，对审计局历年来获得的荣誉有一个直观的认识，然后再到会议室开会。而且设立专门的荣誉展示室，还可以设立展示柜，把那些获得的奖杯、金牌之类不适宜挂在墙壁上的奖品展示出来。当然，也可以在汇报材料中列明审计局获得的荣誉，但是这样的做法只能列举近一段时间内审计局获得的荣誉，并不能把历年来审计局的荣誉全部列举上，否则就有王婆卖瓜之嫌。而且在材料里干巴巴地列举，总不如亲眼目睹的视觉冲击来得强烈。现在，看着常务副市长赵长风的模样，就是被荣誉展示室所展示出来的锦旗牌匾所吸引了。

高胜强今年三十六岁，是华北财经大学会计系的毕业生。毕业后就被分配到邙北市审计局，在审计局一干就是十二年，终于在邙北市政府换届的时候熬成了审计局局长。但是高胜强知道，他这个局长的位子并不稳固，当初他是得到了刘光辉的赏识，才被提到审计局局长的位置上，可是他最近听说，刘光辉在邙北市最多再干一半年就要调走了，所以高胜强就急于找到一个新靠山，以保证他能在审计局的位置上顺利干下去，甚至可以再前进一步。

平心而论，高胜强是一个非常有能力的审计干部，而且还基本上保持了审计干部的本色，对贪腐有着很强的警惕性，这也是刘光辉会提拔重用他的原因。因为刘光辉知道自己在邙北市不会待太长的时间，希望保持邙北市的稳定，不希望出大事，以便他能顺利升迁。所以刘光辉就需要在审计局局长这个重要岗位上放一个有能力、不贪腐的好局长来替他把关，顺便震慑一下那些贪官，让他们不敢把手伸得太长。所以刘光辉才会力排众议，在市委常委会议上提名高胜强出任审计局局长。

刘光辉很少在常委会上使用提名的权力，所以偶然用一下，市委书记蔡国洪和党群副书记付罡庭都不好意思拒绝，这姑且不说刘光辉背后的后台老板有多强硬，光是刘光辉身为邙北市市委副书记、市长这个身份，就必须从邙北市的权力格局中分一杯羹，这是官场的潜规则。这个权力刘光辉不用，那是刘光辉自己的事，但是刘光辉一旦决定要用，蔡国洪和付罡庭都要尊重，否则惹怒了刘光辉，对蔡国洪和付罡庭都没有好处。

再说，蔡国洪和付罡庭都明白刘光辉的心思，他提名高胜强并非是要把高胜强看成他的嫡系，而是请高胜强来做一尊门神，替他把一下关，所以蔡国洪和付罡庭都乐见其成。

当然，刘光辉如此看重高胜强，并不是说高胜强就是一个完美无缺、不食人间烟火的好干部。比如高胜强好大喜功，喜欢搞一些花点子，让领导知道他的能力；又比如，高胜强虽然不贪腐，但是却并不是那种食古不化的干部，只要不涉及具体钱物，高胜强对于一些职务上带来的特权和便利，还是乐于享受的。高胜强搞审计出身，他自然能分得清楚其中的轻重。高胜强虽然吃穿用不发愁，但是除此之外可谓两袖清风，没有钱财去打点关系，所以在邙北市的官场圈子里就吃不开，除了刘光辉，无论他去抱哪位市领导的大腿，市领导也不会稀罕的——除非他以审计原则来做交换——对高胜强来说，用审计原则来交换就意味着被拉下水，意味着同流合污，虽然眼前可以换得一时的荣华富贵，但是这荣华富贵来得并不安稳，随时都可能东窗事发，身陷囹圄。每逢想起这些，高胜强就常常自嘲胆小，可是却又没有办法。谁让他是搞审计出身的呢？

正因为是搞审计出身，所以高胜强知道，假的就是假的，无论做得再完美，都会有漏洞，终究是会被发现的，“你可以在某些时间欺骗所有的人，也可以在所有的时间欺骗某些人，但是你不可能在所有的时间欺骗所有的人。”高胜强不是不想贪腐，而是不敢贪腐。他好容易遇到一个不用他贪腐、不用他拿审计原则来交换就赏识他的市长，可是这个市长又干不了多长时间就可能调走，这对高胜强来说不知道是幸运还是不幸。

今天，常务副市长赵长风在市政府办公室副主任王建军的陪同下来视察工作，高胜强就打起全副精神来接待。因为高胜强知道，常务副市长赵长风也是空降干部。而赵长风又在市长刘光辉干不了多长时间就要离任的这个关键时刻空降到邙北市来，这意味着什么？高胜强推测常务副市长赵长风有很大的可能会在市长刘光辉离任后出任邙北市市长，而且作为常务副市长，赵长风又分管着审计局，所以高胜强至少要伺候好赵长风。

赵长风笑呵呵地围绕着荣誉展示室兜了一圈，问道：“胜强同志，这个荣誉展示室是谁想出的主意？”

高胜强连忙说：“赵市长，这是我们局党组的集体智慧。”跟在高胜强身后的几位副局长见高胜强不居功，脸上都露出了微笑。

赵长风扭头对市政府办公室副主任王建军说：“建军同志，审计局这个办法不错，建立这个荣誉室，既可以让外界了解审计局的成绩，也可以增强审计局内部干部职工的集体荣誉感，进而激发他们的责任心，尽力维护审计局这得来不易的荣誉的强烈意识，这个办法可以推广，作为机关文化建设的一个亮点和经验，好好总结。”

王建军连忙说：“赵市长，回去我就组织人来审计局取经，好好总结审计局这行之有效的建立机关优秀荣誉文化的做法。”

赵长风满意地点了点头，目光又落在一块匾额上，上面写着：“邙北市审计局获得中原省审计系统先进单位。”他说道：“胜强同志，审计局能获得全省审计系统先进单位，很不简单啊。”

高胜强笑逐颜开：“还是赵市长专业啊，知道要在全省审计系统取得先进单位有多困难。”

刘俊康在后面接口道：“高局长，赵市长是华北财经大学金融专业的高材生，对审计当然内行。”

高胜强浑身一颤：华北财经大学？

赵长风心里有些不悦，看来刘俊康还需要多锤炼啊，虽然这话是在夸他内行，可是却也透露了他的信息。赵长风决定回去后点一下刘俊康，下次不能再出现这样的情况了。

高胜强这边却像是吃了兴奋剂一般，心中狂喜。他正发愁如何觅得靠山，这靠山就送上门来了。赵市长竟然也是华北财经大学毕业的，有了这一层校友关系，还怕赵市长以后不关照他吗？

此时人多，高胜强倒也不着急和赵市长攀近乎，心中转着念头，嘴上却笑道：“有了赵市长这样的内行领导，我们审计局今后的工作成绩一定会百尺竿头更进一步。”

参观过荣誉展示室，高胜强和王建军就陪着赵长风来到审计局会议室，在会议室内，赵长风和审计局的班子成员进行了座谈，听取了审计工作汇报，并就如何做好新时期的审计工作提出了一些看法。

时间就到了中午，审计局已经安排了欢迎宴，欢迎赵市长和王建军秘书长一行。赵长风第一次到审计局来调研工作，自然要给审计局的同志一个面子，留下来吃饭，加深和审计局班子成员的感情，和下面的同志打成一片。

到了酒店，高胜强终于找到一个机会，单独跟在赵长风身边，连忙小声说道：“赵市长，你是华北财大哪一年毕业生？”

赵长风知道高胜强绝对不会平白无故问这么一句话的，就微笑了一下，问道：“怎么，胜强同志对华北财大熟悉吗？”

高胜强连忙说：“赵市长，我也是华北财大的毕业生。”

“哦？”赵长风就来了兴趣，笑着问道，“这么巧啊？没想到在这里还能遇到学长呢。胜强同志是哪一个系的？”

“赵市长，我是会计系的。我毕业那一年，我们系党总支副书记历程生调到你们财金系了呢。”高胜强听刘俊康说赵长风是金融专业毕业，就拼命联想着和财政金融系有关的信息，以便能和赵长风拉近关系。

“你认识历书记啊？真是太巧了呢！”赵长风也很高兴，毕竟他在邙北市人地两生，忽然发现手下一个要害部门的局长和他是校友，自然会感到亲切。

“是啊，真巧呢！”高胜强见赵长风态度亲切，心中很是兴奋。他正要继续说下去，却瞥见王建军和审计局两个副局长走了过来，就连忙说：“赵市长，等你什么时候有空了，我去拜访您，好好聊聊母校的情况。”

赵长风见高胜强懂事，心中也很喜欢，点头说道：“好，回头有机会再聊。”

酒宴开始后，赵长风倒是不拿常务副市长的架子，和几个审计局里几个主要领导一一碰杯，态度甚是亲切，只是他和其他领导碰杯的时候，都是浅尝而止，唯独和高胜强碰杯的时候，把杯中酒一饮而尽。在别人看来，或许赵长风是因为高胜强是审计局的一把手特别给了点面子，但是高胜强却知道赵长风这个特别的举动中还包含有其他意思。

赵长风一来到市政府办公楼，就觉得有点不对劲，在往常这个时候，这里早已经是人来人往，可是今天这里却出奇地安静。他正在奇怪，却看见政府办副主任王建军从楼上下来了。

“赵市长，”王建军跟赵长风打了个招呼，跨前两步，来到赵长风身边，低声说，“市长发脾气了！”

赵长风点了点头，表示知道了，却没有接王建军的话茬往下问。王建军见赵长风没有往下问，心中就感到有点失望，不过他还是忍不住继续说下去：“大龙溪的污染被《中原日报》曝光了，市长正在那里训斥张市长呢！”按照市政府的习惯，对一把手称呼为市长，而对副市长则要在市长前面冠上姓，称呼为某市长，而不会称呼为某副市长。

听到大龙溪污染被曝光的消息，赵长风心中一阵喜悦，看来阳江超的办事效率果然挺高，他什么时候联系的记者、记者什么时候到的邙北市，赵长风这边都还不知道，那边《中原日报》就已经曝光了。不过表面上赵长风还是装作非常诧异，他眉头微微一皱，问道：“什么时候的事？我怎么不知道？”

“就是今天的《中原日报》，第三版。”王建军见引起了赵长风的诧异，心中就有了些许满足，他又对赵长风说，“市长正在气头上，赵市长你……”

王建军故意收住了话头。

赵长风知道，王建军是提醒他尽量不要这个时候去刘光辉的办公室，以免触到霉头，就说道：“我明白。”

王建军见讨好赵长风的目的已经达到，就又笑了两下，匆匆离去。

到了办公室，刘俊康已经在里面，见到赵长风过来，连忙过来小声说：“大龙溪上了《中原日报》了。”

赵长风点了点头，坐在真皮转椅上，今天的报纸整整齐齐地摆放在办公桌上，《中原日报》就放在最上面。赵长风拿起《中原日报》，翻到第三版，只见上面用醒目的标题写着“邙北市采金业污染触目惊心，大龙溪成为死亡谷”，记者用详细的篇幅描写了大龙溪的污染境况，并配发了大幅照片。赵长风仔细读了一遍，发现记者这篇新闻报道比他上次去大龙溪了解的情况还详细，很多他不知道的情况在这篇报道中都曝光出来，赵长风虽然亲自去了解过大龙溪的污染情况，但这一次重新读来，仍不由得也感到触目惊心。赵长风看了一眼记者的名字，薛英杰，名如其人，很有正义感。

刘俊康为赵长风泡上一杯信阳毛尖，就轻手轻脚地退了出去。名茶虽然很多，赵长风却唯独只喜欢信阳毛尖。

赵长风端起茶杯，一边品味着信阳毛尖独特的香味，一边在心中盘算着大龙溪污染被曝光会带来什么样的连锁反应。

《中原日报》是省级党报，薛英杰既然能在省级党报上把邙北市大龙溪污染的事情捅出来，说明他不仅是一个有正义感的人，而且还是一个有着巨大活动能量的人，否则中原日报的总编也不会放这样敏感的稿子上报纸。

这件事一旦见了报纸，那么过程就不可逆转，省里的分管领导肯定会做出批示，甚至省环保局很可能会派调查组下来调查这个情况，如此一来，即使蔡国洪能量再大，也遮掩不了这件事，大龙溪附近的金矿必须予以整治。

当然，按照党政分工的原则，一定是市政府出面对大龙溪周围的金矿污染进行治理，分管副市长张志林这次肯定是责无旁贷。他虽然迫于蔡国洪的压力，不把赵长风的批示当回事，但是这次有省里副省长的批示，蔡国洪也抵挡不住，张志林这次是推无可推。

赵长风心中冷笑，这次看张志林如何化解压力吧。只要副省长的批示一下来，邙北市除了对大龙溪附近金矿污染进行治理外，还必须对前面的污染进行调查，得出一个结论上报给省里，也就是由谁来承担这个造成严重污染的责任，从目前来看，张铁林和环保局李局长这次是背定黑锅了。

赵长风长长地嘘了一口气，这次在和蔡国洪在大龙溪污染问题上的交锋，他借势而为，利用外部压力取得了开局的胜利，至于后面局势会如何发展，赵长风还要密切跟踪，以防张志林和环保局李局长阳奉阴违，这场关乎大龙溪两岸居民的生存权的斗争能不能最后获胜，赵长风能不能笑到最后，现在都还是一个未知数！

在邙北市，蔡国洪的势力过于强大，以至于刘光辉和付罡庭两个人的势力加起来也不是蔡国洪的对手。可是赵长风相信，这不过只是表面现象，任何事物都不可能是铁板一块。邙北市如此，邙北市中蔡国洪的势力也同样如此。赵长风坚信，在蔡国洪势力内部，必然也有纷争，也有矛盾，只是当没有外部压力时，这些纷争和矛盾就像是水泥桥上非常细微的裂纹，是看不见的。可是一旦面临着外部压力，水泥桥的上这些细微裂纹就会显示出来，并且随着压力的增加而逐步扩大，当压力大到一定程度时，这些裂纹就会对桥本身造成不可弥补的损害。

现在，随着大龙溪污染被捅上《中原日报》，第一道压力就会马上降临邙北市，蔡国洪的势力在这道压力下会出现怎样的变数，在赵长风看来是非常有意思的事。但是单单想借助这一道外部压力就想一举突破蔡国洪的势力，赵长风知道是不可能的。他所希望的就是，可以针对这道裂纹下手，从内部分化蔡国洪的势力，从而最终彻底瓦解蔡国洪在邙北市苦心经营的政治格局，至少要改变目前这种格局。

赵长风作为一个空降的外来户，他不能重蹈刘光辉的覆辙，在邙北市当孤家寡人。要想在邙北市站稳脚跟，乃至做出一番事业，赵长风没有自己的嫡系和班底是不行的。但是嫡系却不是说来就来的，需要发掘，需要培养，更需要拉拢。

让赵长风高兴的是，审计局局长高胜强竟然也是华北财大毕业，而且历程生曾经当过他们系的党总支副书记，这就意味着，高胜强是赵长风的天然盟友，同学和校友的关系无疑是官场中最牢固的纽带之一。

想到高胜强，赵长风忽然又想起昨天秘书刘俊康的表现。在当时，刘俊康的多嘴给赵长风心底带来一丝不快，可是最后却没有想到会出现一个皆大欢喜的结局，说起来刘俊康的莽撞还是误打误撞立下了大功呢。

此时想起这个细节，赵长风不由得又深想了一层。按照刘俊康平日里的表现，并不是多嘴多舌的人，基本上是“领导前面走，后面紧紧跟。领导不发问，他不先开口”，可是昨天刘俊康怎么忽然冒冒失失来了一句呢？难道说刘俊康已经知道审计局局长高胜强也是华北财大毕业的，所以故意暴露出赵长风的身份，给高胜强一个梯子，让高胜强快速向赵长风靠拢吗？如果真的是这样，刘俊康的处理就真的可圈可点了。秘书是领导的跟班，是领导的助手，是领导的保姆，凡是领导想到的，秘书一定要想到，凡是领导暂时没有想到的，秘书也要替领导想到，为领导弥补漏洞，为领导拾遗补缺，只有这样，才是一位称职的、乃至优秀的秘书。

邙北市是一个小地方，小地方的干部眼界通常有限。赵长风从省城下来，并没有期望能遇到一位非常优秀的秘书，只要能遇到一个基本上称职的秘书，赵长风就非常满意了。

第七章　柴刚川八面威风呼风唤雨，赵长风磨刀霍霍刺刀见红

赵市长要拿柴刚川开刀！柴刚川可是市委常委、政法委书记、公安局长，他背后还有蔡国洪和钱兆均两位正副书记撑腰，在邙北市属于呼风唤雨的人物。赵长风难道疯了，居然选了这么一块硬骨头来啃？别不小心把牙啃崩了。

刘俊康今年二十七岁，毕业于天阳市经济高等专科学校，到邙北市政府办已经六年了，在这六年内刘俊康一直在政府办下属经济研究室负责一份叫《邙北快讯》内部刊物的组稿编发工作。

赵长风到了邙北市之后，刘光辉特意把刘俊康从经济研究室调到秘书科，担任赵长风的专职秘书。对于刘光辉这样安排，赵长风还是满意的。因为秘书科其他秘书都跟过其他领导，再到赵长风身边当秘书不合适，这其中最紧要的就是秘书的忠诚问题。像刘俊康这样一直在经济研究室搞内刊组稿编发的闲职，至少可以保证在忠诚上没有什么问题。赵长风本身对刘俊康的期望值也不是很高，只是希望刘俊康能够尽到秘书的本职工作就满意了，可是看到刘俊康昨天在审计局那一句看似冒失的话，赵长风就不得不重新在心里掂量刘俊康。

要是刘俊康昨天那句冒失的话是无意间说出来的，为的就是单纯讨好赵长风，拍赵长风的马屁，那么刘俊康最多就是一个基本合格、甚至不怎么合格的秘书；如果昨天那句冒失的话是刘俊康有意说出来的，那么刘俊康这个举动就很值得玩味了。

作为赵长风的秘书，刘俊康自然知道，赵长风也毕业于华北财经大学。审计局在邙北市各个局当中，也属于一个要害部门，其他市直机关和直属部

门，哪一个部门不或多或少存在一些经济问题？这就意味着，其他部门在面对审计部门的时候，总会心虚气短。如果审计局一把手高胜强能投到赵长风门下，对赵长风来说，在邙北市的政局角逐中，无疑获得了一项非常有力的武器。所以，刘俊康也许出于替赵长风考虑，选了一个机会趁机点出赵长风是华北财大毕业的高材生。高胜强骤然间获得这个信息，岂能不喜出望外？如果他有意向赵长风靠拢，这个校友的关系岂不是最好的敲门砖吗？

而且从昨天的表现来看，赵长风可以判断出，高胜强确实是有意向他靠拢，否则他不会一直跟在身边，找了个没人的机会才向赵长风透露出他也是华北财大毕业的，还有一个非常关键的细节，就是高胜强提到了财金系的党总支书记历程生。假如高胜强无心向赵长风靠拢，最多说一句他也是华北财大毕业的，绝对不会去找一个可以同时引起他和赵长风之间共鸣的话题。

赵长风决定，尽快展开对刘俊康的考验，一旦刘俊康通过了考验，那么自己就要表明态度，让刘俊康知道，赵长风真正把他当成了自己人！

赵长风又把思绪收回，想到了公安局副局长韩加森，这个人在公安局虽然是闲职，但是却有蛮大的影响力，如果能收到身边，以后也将是得力的助手。想到这里，赵长风就想起了韩加森外甥陈钢的事，好几天过去了，事情究竟怎么样，也没有见柴刚川回一个话。

“刚川同志，我是赵长风。”

“赵市长啊，我正想找您汇报呢。”柴刚川当然知道赵长风找他是为了什么事，“您上次做出的指示，我拿到局党委会上进行了讨论，委员们争论很大，意见分歧非常严重，作为党委书记，我尽力和其他委员做了协调沟通，可是仍然不能取得一致意见，毕竟我虽然是一把手，但是只有投一票的权力，总不能搞一言堂吧？”

柴刚川作为邙北市市委常委、政法委书记、公安局长，位高权重，在邙北市来说，只有市委书记蔡国洪和分管政法的副书记钱兆均的指示柴刚川才不折不扣地去执行。除了蔡国洪和钱兆均之外，市长刘光辉和党群书记付罡庭的指示，柴刚川也多少买点账，除此之外，邙北市其他领导的指示对柴刚川来说都是放屁，理不理会全看他高兴不高兴。

对于常务副市长赵长风的指示，柴刚川根本不打算理会。这倒不是说柴刚川和赵长风之间有什么过节，而是柴刚川知道，赵长风和蔡国洪根本不是一路人，看趋势甚至有成为对头的意思。对柴刚川来说，反对市委书记蔡国洪，就等于反对他。

当然，赵长风毕竟是市委常委、常务副市长，手中抓有人事权和财权，公安局的经费还需要赵长风签批，柴刚川必须给他留一两分面子，不至于彻底撕破脸皮。所以柴刚川才没有当面拒绝赵长风的要求，而是说要把赵长风的建议拿到局党委会上讨论。局党委会基本上被柴刚川控制了，是柴刚川的一言堂。柴刚川给几个委员进行了暗示，在局党委会上，这几个委员就跳出来当柴刚川的马前卒，反对取消开除陈钢、张国强和李卫东三个民警的决议。这样柴刚川就可以堂而皇之地告诉赵长风，这件事局党委意见分歧严重，无法取得统一的意见。如此一来，赵长风的建议就被拖延下去，这样拖上一段时间，就不了了之了，陈钢三人被开除公职就成了定局。

赵长风听到柴刚川的话，心中非常愤怒。他怎么会看不透柴刚川这种阳奉阴违的小把戏？

赵长风知道柴刚川是蔡国洪和钱兆均的人，但是开始时心里对他并没有太大排斥。毕竟只要身在官场，就必须站队，摇摆不定的中立派是最要不得的。柴刚川作为邙北市官场中的一分子，跟在蔡国洪后面无可厚非。

可官场是什么？是妥协，是各方各派政治利益妥协的产物。赵长风作为常务副市长，还分管着公安系统，柴刚川总要给几分面子吧？况且他这次提出的要求并不过分，不过是让三个被开除的小民警恢复公职。这三个小民警地位无足轻重，而且又是执行正当的工作任务中背上了黑锅。赵长风这边已经做了让步，可以让这三位民警去向凤凰山金矿的矿主罗大牙和矿长李大用道歉，并且还同意公安局可以对三位民警处以开除公职之外的任何处分，这个姿态已经够低了，可是柴刚川还是不买账，硬是要在这种鸡毛蒜皮的小问题上和赵长风作对，赵长风就一定要做出一些反击，给他一些颜色看看！

赵长风淡淡地说：“柴局长，你是公安局班子的班长，就要负起责任来。如果班子成员不听你的指挥，你这个班长的作用如何体现啊？”

柴刚川打着哈哈：“赵市长，我现在正在打黑专案组督办一个扰乱企业生产秩序的案子，等这个案子结束了，我马上再次召开局党委会议，对赵市长的建议重新进行讨论。”

赵长风说：“你看着办吧。”就挂断了电话。

柴刚川听到电话里的忙音，心中冷笑，看着办？就是拖着不办，你赵长风能怎么着？

赵长风站起身来端着茶杯到饮水机跟前接水，却喊了一声："俊康！"

刘俊康在隔壁听见，连忙推门进来，他看见赵长风亲自在接水，连忙上前道："我来吧。"

赵长风摆了摆手，看茶杯已经七八分满了，就关了开关，转身向办公桌后走去，漫不经心地问道："最近信访材料有什么新动向？"

刘俊康微微一想，就明白了赵长风的意图，小心翼翼地说："公安局的几个老同志觉得待遇方面有些不公平，所以屡次来上访，我那里做了个简单的情况说明，我去拿过来。"

赵长风满脸微笑，刘俊康就知道他揣摩对了，连忙回到小办公室，拿出那份准备好的材料，来到赵长风身旁双手递了过去："领导，请你过目。"

赵长风接过材料翻看了几页，正是他想要的东西，不由得看了刘俊康一眼，亲切地说："不错，材料很翔实。"

刘俊康谦恭地笑了，他很高兴这一番心血没有白费。自从领导把公安局局长柴刚川召过来之后，刘俊康就一直留意着公安局方面的动静，看看柴刚川有没有执行老板的指示。作为赵长风的秘书，刘俊康还可以亲自督办赵长风的批示，可以和柴刚川的秘书联系，看赵长风的指示办到什么地步了。但是刘俊康没有轻举妄动，他如果去和柴刚川的秘书联系，就等于给柴刚川拖延的借口。当然，对于柴刚川可能会用什么态度对待领导，刘俊康并不乐观，他在邙北市政府办待了六年多，对柴刚川的脾气非常了解，那是一个唯蔡国洪命令是从的家伙，对其他领导基本上不买账。赵长风前不久又在常委会上站在了刘光辉和付罡庭这一边，和蔡国洪、钱兆均唱起了对台戏，柴刚川多半是不会买账的。所以刘俊康在外面接待上访人员的时候就特意留心了一些与公安系统有关的举报信和举报材料，刘俊康知道，一旦领导的面子掉在了地上，必然会用到这些举报材料。

赵长风很满意，从准备的这些材料来看，说明刘俊康还是了解他的心思的，知道他在想些什么。这样乖巧的秘书正是赵长风需要的好助手。有很多话，即使是贴身秘书，赵长风也不能全部说透，剩下的就看秘书的悟性了，如果秘书能领悟到他的意图，那么赵长风干起事来就轻松多了。

正在这个时候，刘俊康身上的手机响了，他掏出来一看，是审计局局长高胜强，就对赵长风说："是高胜强。"

赵长风做了个手势，示意刘俊康先接。于是刘俊康就按下免提键，对着话筒说："你好，我是刘俊康。"

"刘秘书，"电话里传来高胜强的声音，"我是高胜强啊。赵市长在吗？"

刘俊康就拿眼神看赵长风，赵长风又做了个手势，刘俊康就对着话筒说："高局长，你有什么事吗？"

高胜强说道："刘秘书，明天是星期六，我想看看赵市长有空没有，想约赵市长一起去钓鱼。"

刘俊康看着赵长风，赵长风微笑着点了点头，刘俊康就说："高局长，领导打完电话了，我这就把电话给他，你亲自跟他说吧。"

赵长风伸手从刘俊康手中接过电话，轻声说："是胜强同志吧？我是赵长风。"

"赵市长，你好，你好！"高胜强的声音显得非常激动，"我明天想约你一起去钓鱼，不知道你方便吗？"

赵长风心里一笑，高胜强是他的人了！

在官场上，钓鱼是一种关系，更是一门学问。在官场上，能够一起去KTV唱歌找小姐的不一定是自己人，但是如果能够相约一起去钓鱼的，多半都是自己人了。

赵长风并没有钓鱼的爱好，高胜强约他出去钓鱼并不是投其所好。但是赵长风知道，这是高胜强的一种姿态，说明高胜强是在向他递投名状，收还是不收，就看赵长风的了。

高胜强难道就不能通过邀请赵长风吃饭、唱卡拉OK、桑拿一条龙服务来表示效忠吗？那么做还真不合适。首先，高胜强还没有摸准赵长风的脾气，不知道赵长风好不好那一口，如果他冒冒失失地请赵长风去来个桑拿一条龙，赵长风拒绝了他，他该怎么办呢？这并不是说赵长风拒绝他是不打算接纳他，而是他就是不喜欢这一套。其次，即使赵长风答应高胜强去唱歌蒸桑拿，那里也是闹哄哄的，不是交心的地方。高胜强要向赵长风靠拢，自然要剖白心迹。钓鱼就不同了，这种场合非常适合谈心，几个人一边在池塘边坐等鱼儿上钩，一边随口闲聊，很多话都在不经意间说了出来，即使说错了，也没有人会去较真。

而且即使领导不喜欢钓鱼，却有着某种特殊的需要，也不要紧，钓鱼不过是个前奏。钓过鱼之后，大家肯定要一起吃饭喝酒，还有唱歌蒸桑拿，假如领导真的好这一口，这个时候不就解决了？

赵长风本来也有心接纳高胜强，这时候见他主动靠拢过来，哪里有不收之理？他笑着说：“胜强同志是我的老学长，别人约我不给面子，老学长来约，我能不给面子吗?”

高胜强听得浑身发热，他连声说：“赵市长，太谢谢你了！感谢你把我这个老校友看得这么重!”

“胜强同志，就别客气了。”赵长风微笑道，“那我明天的行程就交给你安排了。俊康正好在这里，明天该怎么走，你跟他说吧。”

“好好好!”高胜强竟然想不出其他词语。

赵长风把手机递给刘俊康，示意他出去说。刘俊康拿着手机退了两步，转身往隔壁他的小办公室走去。

赵长风心中也有一些激动，他没想到，高胜强这么快就开始向他靠拢了。当然，高胜强真正成为他的人，成为他得力的助手还需要一段时间来考验，但是目前，高胜强这种表示对他来说非常关键，因为他正需要高胜强去办一件事。

赵长风一边想着，一边继续看着刘俊康这边整理出的公安局退休老干部的举报材料。这些老干部在举报材料中说，公安局局长柴刚川在公安局内搞一言堂，飞扬跋扈，根本不顾及他们这些退休老干部的利益。他们原来看病是在邙北市人民医院，但是柴刚川担任公安局长之后，把他们这些老干部看病的对口医院转到条件差了很多的邙北市中医院。而且柴刚川还一直压着老干部报销医疗费用，很多老干部去年、前年的医疗费用还没报销。

赵长风看到这里，心里冷笑，柴刚川竟然连公安局里这些老干部们都不放在眼里。不安抚好这些老干部，还能搞好公安工作？不过赵长风也明白，并不是柴刚川一定要和这些老干部们过不去，柴刚川应该是和副局长韩加森过不去。韩加森身为副局长，只管了一个老干部科，正好是负责这些老干部们医药费报销等事。按照柴刚川的本意，应该是让韩加森受夹板气，上面他不给老干科批经费，下面这些老干部群情汹涌地去找韩加森抗议，这样韩加森就里外不是人了。可是柴刚川没有想到，这些老干部了解韩加森的为人，知道这一切都是柴刚川搞的鬼，自然把矛头直接对准柴刚川了。

不过柴刚川也无所谓，他是市委常委、政法委书记、公安局局长，还怕几个已经退休的老家伙？连市委书记蔡国洪都说，领导干部要想做点实事，哪里能不得罪人的？只要干了实事，得罪人、被人举报也不怕！可以这样说，没有被人举报的领导干部，绝对不是一个优秀的领导干部！

蔡国洪这话说得掷地有声，柴刚川当然有了底气。你们这些老家伙愿意折腾，就折腾去吧。

赵长风看着公安局退休老干部的举报信，想着正好可以让高胜强去公安局审计一下，看一看公安局的费用是不是有问题。通过这个审计，也可以判断出来，高胜强究竟有没有能力、有没有真心和他站在一起。

高胜强这边和刘俊康安排着明天的行程，按照高胜强的安排，他们明天要到邙北市和天阳市交界的一处垂钓胜地。

高胜强说："刘秘书，你放心，为了让赵市长玩得开心，我已经打电话给鱼塘老板，让他们给我们安排一个领导的鱼塘，弄一些讲政治的鱼来等我们。"

刘俊康虽然也算心思灵动，但是毕竟以前是经济研究室的闲职，并没有跟领导出去钓过鱼，还真不懂得什么叫"讲政治的鱼"。刘俊康和高胜强也不客气，直接问道："高局长，你得跟我说一说，什么叫领导的鱼塘，什么叫讲政治的鱼。"

要是其他人，刘俊康顾念着自己的身份，绝对不会问这样的话。但是对高胜强，刘俊康就不会有这么多顾忌了。这是因为刘俊康的未婚妻是高胜强的表妹。当初刘俊康看似毫无心计、冒冒失失地揭出赵长风是华北财大毕业的事，就是刘俊康设计好的。

高胜强的表妹叫李雅帆，是邙北市一中的英语老师，非常漂亮，和刘俊康谈恋爱两年多了，已经到了谈婚论嫁的地步。刘俊康通过李雅帆，知道了高胜强的情况，知道高胜强也毕业于华北财经大学，郁郁不得志，看似是市长刘光辉的人，可实际上又不是，加上市长刘光辉是个随时都可能拍拍屁股走人的镀金干部，高胜强吊在半空中不上不下的，非常难受。

刘俊康以前对高胜强这种处境只能表示同情，却爱莫能助，他本人虽然在邙北市政府办，但是却是政府办下属经济研究室的一个内部刊物编辑，一个闲得发霉的闲职，根本在领导跟前递不上话。再说，即使刘俊康能够帮高胜强递上话，又能怎么样？高胜强能力虽然强，但是却是那种不会贪腐的两袖清风的干部。现在这社会，跑什么关系不需要钱？高胜强这样两袖清风，哪个领导会待见啊？

可是自从常务副市长赵长风来了之后，情况就不同了。首先不知道刘光辉怎么开了眼，把刘俊康推荐给赵长风当了秘书。说起来刘俊康和高胜强两个人都和市长刘光辉有缘分，都是市长刘光辉为他们提供了进步的台阶，偏偏市长刘光辉又不把他们当成自己人。其次，刘俊康经过两个来月对赵长风的观察，发现他不贪不腐，而且身上有着一种时下领导干部身上不多见的强烈的责任心和正义感。大龙溪梨树口村村民污染的情况就是例证。在这种情况下，刘俊康觉得把未婚妻的表哥高胜强引荐给赵长风还是有可能的。

可是刘俊康毕竟跟随赵长风时间不长，和赵长风之间并没有建立起那种上下属之间的默契，所以不敢贸然提出这件事。但是刘俊康经过观察，发现一个对高胜强非常有利的情况，那就是赵长风和高胜强都是毕业于华北财经大学，这就为高胜强提供了一个靠拢赵长风的机会。

对于这个情况，刘俊康只是记在心里，并没有向高胜强透露。一直到赵长风去审计局做调研时，刘俊康才冒着惹领导生气的危险把这个消息捅了出去。刘俊康这样做倒不是完全因为高胜强是未婚妻李雅帆的表哥，而是刘俊康觉得自己的领导在邙北市的势力太过于单薄，也需要拉拢一些嫡系，而高胜强在各方面都符合领导的需要，而且绝对不会给他带来麻烦。

从这些细节可以看出，刘俊康是一个心思非常缜密的人，在邙北市政府办，他虽然坐了六年冷板凳，但是这六年多里，他无时无刻不在用心观察、用心学习，看着秘书组的同事们如何工作，在日常闲聊时听来的一鳞半爪的经验都会记在脑子里，回去后用心揣摩。每逢政府办举办招待酒宴的时候，刘俊康都会想方设法获得参加的资格，不是他喜欢混吃混喝，而是在这种招待酒会上，他可以好好观察和揣摩那些秘书是如何照顾领导、为领导挡酒挡驾，这些免费学习的机会，他可不舍得错过。虽然刘俊康当时的职位是内部刊物《邙北信息》的采编和组稿人员，但是刘俊康知道，他既然在政府办的编制里，总会有那么一天，他可能会被调到秘书组，成为领导身边的秘书。

命运总会垂青那些有准备的人。刘俊康非常信奉这句格言，对他来说，必须时刻准备好，等待着机会的降临。如果没有准备，机会降临时却抓不住，眼睁睁看着机会与自己失之交臂，那就追悔莫及了！

现在，刘俊康就认为他抓住了机会，从他第一次见到赵长风，他已经做好了尽心尽力为领导服务的准备。而且经过这段时间的相处，刘俊康自认为，他很好地完成了任务。当然也不是没有缺憾，领导似乎还不太信任他，一些关键的事还没有交给他办过。不过刘俊康并不担心，他只是时刻准备着，总有一天领导会相信他的。比如今天领导忽然问起上访新动向的问题，刘俊康就很好地抓住了机会，把他提前准备好的公安系统老干部的上访材料递了上去。

刘俊康这边想着，那边高胜强就笑呵呵地给他解释什么叫讲政治的鱼了："刘秘书，领导的鱼塘，这个应该很容易理解……"高胜强和刘俊康之间一直以职务相称，他们之间的亲属关系能不暴露就尽量不暴露，不然对两个人来说都是有害无益的。

"领导的鱼塘，无非就是在鱼塘里多放些鱼，说得夸张一些，鱼塘里鱼要比水都多!"

听了高胜强形象的比喻，刘俊康会心一笑，继续问道："那讲政治的鱼呢?"

高胜强大笑道："讲政治的鱼，就是政治性非常强，立场非常强的鱼，就是领导把鱼钩一放下去就自动上钩的那种鱼……"

"呵呵，高局长不愧姓高，果然是满腹高见!"刘俊康笑道，"那明天就让我们领导见识一下领导的鱼塘、讲政治的鱼吧。"

第二天早上，司机老邢先接了刘俊康，然后到邙北市湖月山庄接了赵长风，往天阳市方向开去。

湖月山庄名字听着挺大气，其实就是邙北市政府招待所。邙北市政府招待所分为两部分，前面一部分为一栋五层楼的建筑，有一百来间客房，对外营业。邙北市政府招待所后面有一道围墙，穿过围墙上的小月亮门，后面是一个两三亩大的池塘，在池塘四周建了十几栋独立的小别墅，就称为湖月山庄，专门让家在外地的邙北市领导居住。湖月山庄后面还有个大门，一般车辆都从后面这个大门出入，并不走前面的招待所正门。赵长风家在中州，很自然地就入住了一套两层楼的小别墅，虽然赵长风一个人住两层楼的小别墅觉得奢侈，但是邙北市其他领导都住，他不住，不就显得和其他领导格格不入，成为另类了吗？

出了邙北市，一辆黑色的拉达正停在路边，高胜强正站在车旁往城里的方向眺望，当他看到赵长风黑色的普桑之后，就连忙一路小跑迎了过来。司机老邢一踩油门，小车就稳稳地停在高胜强的身旁。

“赵市长，您好！”高胜强弯着身子，跟车里的赵长风殷勤地打着招呼。

茶色玻璃缓缓地降下来，赵长风在车里微笑着伸出手来：“胜强同志好。”

高胜强连忙双手紧紧握住赵长风微微伸出车窗的手，口中连声说道：“赵市长好，感谢你肯赏光和我一起钓鱼。”

赵长风说：“胜强同志太客气了，你是我的老学长嘛！好了，我们出发吧。”

“好好，我在前面带路。”高胜强一路小跑回到黑色的拉达车旁，钻进车里，对司机小程挥手道：“走！”

四十多分钟后，他们来到了此行的目的地。这个鱼塘有二十多亩大小，周围有粗大的柳树围绕着，此时虽然已经过了中秋，但是气温还高，柳叶依旧碧绿。

高胜强下了车之后，提着一个袋子，殷勤地为赵长风引路。进了鱼塘，赵长风这才发觉，这个鱼塘面积虽然很大，但是偌大的鱼塘周围只稀稀落落地有二三十个钓位，而且钓位的档次还有所区别。其中位置最好是两间精致的小屋，里面设施一应俱全。除了这两间小屋之外，还有七八个稍微简陋的塑料小棚，剩下的那十几个钓位只插着一把遮阳伞。

一个四十多岁的中年人满面堆笑地迎了过来，这个人就是鱼塘的老板王蛤蟆。高胜强正想和王蛤蟆招呼，又偷瞟一眼赵长风，发现赵市长看也没看王蛤蟆，垂着目光只管往前走，就连忙悄悄做一个手势，让王蛤蟆退下。

王蛤蟆看到高胜强的手势，心领神会，笑着：“高局长，您陪贵客玩得开心，我去准备点东西。”说着就退了下去。

高胜强抢前半步，把赵长风让进左边那间精致的小屋，一张带着软垫的高档藤椅已经摆好，藤椅旁是一张精致的小桌。高胜强这边刚请赵长风坐下，那边王蛤蟆领着两个模样标致的小姑娘端着几个盘子过来了。盘子里放有刚泡上的热茶、两盒软中华、奶油瓜子、各色水果等。

王蛤蟆招呼着两个小姑娘把这些东西在小桌上摆好，然后恭声说道："领导慢用。"就谄笑着退了下去，却把两个标致的小姑娘留下来了。

刘俊康从后面跟了过来，他手里拿着一个旅行包，里面装着他准备的墨镜、遮阳帽和旅行水壶，但是看到高胜强的安排，刘俊康就知道他带的东西多余了。

高胜强这边蹲在地上打开手里的包，里面装着两副高档鱼竿，一副是海竿、一副是手竿。他就抬头征询赵长风的意见："赵市长，是用海竿，还是用手竿？"

赵长风是第一次出来钓鱼，并不知道海竿与手竿的区别，他淡淡地说："用手竿吧。"

高胜强就把手竿拿出来挂上鱼饵递给赵长风，称赞道："海竿凭运气，手竿看技术，赵市长果然是钓鱼老手啊。"

赵长风微笑着不说话，他还真不知道这么多讲究。但是赵长风知道，他假如选海竿的话，高胜强也会有一套得体的说辞。这些做下属的，也真不容易。

司机小程本来要去另外那间小屋为高胜强搬出一张高档藤椅，高胜强摆了摆手，跑到远处一顶遮阳伞下拿了一个小马扎过来，摆在赵长风座位的旁边，然后坐在小马扎上。司机小程递过来高胜强最喜欢用的海竿，高胜强摆了摆手，让小程过去换一副手竿。作为下属，一定要和领导有同样的爱好和习惯，这叫做与上级保持高度一致。

赵长风把鱼钩下好，端起茶杯轻抿一口，满口清香，正是他最喜欢的信阳毛尖，不由得抬头看了刘俊康一眼。刘俊康连忙微微点头，示意说是他告诉高胜强的。赵长风满意地把目光移开，落在手中的浮漂上，等着鱼儿上钩。

高胜强一甩鱼竿，钓线远远地飞出去，落在鱼塘里，他见赵长风不说话，知道这是在等他表态，于是他就把鱼竿在支架上放好，笑着问道："赵市长，历程生后来是不是调到你们财金系了？"

赵长风见浮漂动了两下，知道鱼儿开始咬钩了，他呵呵一笑，慢条斯理地说道："是啊，我上学的时候，历程生就是我们财金系的党总支书了。怎么？胜强同志毕业后没有和历书记联系过？”

高胜强惭愧地一笑，说：“我毕业十几年一直碌碌无为，去年才当上了审计局的局长，实在是愧对母校栽培，怎么好意思回去见历书记呢？”

水中的浮漂剧烈地动了两下，猛然往下一沉，赵长风知道时机到了，他手握住鱼竿往上一提，感觉手上沉甸甸的，再看池塘里，一条鱼挣扎拍打着水面——好大的一条鱼啊！

刘俊康在一旁喊道：“大鱼，是一条大鱼。我过来帮你溜鱼。”

“好好溜，别让它跑了。”赵长风微笑着把鱼竿递给刘俊康，让他到一旁溜鱼去了。

“赵市长钓鱼的技术果然厉害。”高胜强在一旁喝彩道，“我这边还没有动静呢，你那边鱼已经上钩了。”

赵长风微微一笑，接着高胜强方才的话题说：“胜强同志也太谦虚了，审计局可是我市的要害部门。胜强同志担任审计局长，将来前途未可限量呢！我想历书记知道你目前的情况，一定也会感到骄傲的。”

高胜强听到“前途未可限量”，就从这话里琢磨出一点意思，忙说道：“还需要赵市长多关心支持审计局的工作。”

赵长风端起茶杯轻轻吹去上面的一片浮茶，抿了一口，这才说：“审计工作是规范经济秩序，健全领导干部监督，防止和预防经济犯罪的重要保障，胜强同志肩上的担子可不轻啊。”

高胜强立刻表态道：“赵市长放心，我一定会为你把好这一关的。”

赵长风见高胜强听懂了，就亲切地说：“老学长，哪天有时间了，我和你一起回华北财经大学，一起去看看历书记。”

一股暖流从高胜强心中流过，他知道，赵长风已经接纳他了。他站起来双手捧起茶壶为赵长风的茶杯里加水，说道：“赵市长，胜强随时听候你的召唤。”

赵长风的手在茶桌上叩了一下，说道：“老学长，今天我们钓鱼，不谈工作。工作等上班了再谈。”

高胜强心里明白，这是告诉他星期一上班后让他去见赵长风，于是轻声说：“赵市长，那我星期一去办公室见你。”

赵长风扭头看向那边，刘俊康手里提着一条一尺多的大鲤鱼对赵长风高兴地喊道："是一条大鱼，大鱼！"

星期一，赵长风前脚刚进办公室，王建军后脚就跟进来了。

"赵市长，"王建军压低声音说，"张市长住院了。"

张志林住院了？赵长风一怔，却不露声色地用淡淡的口气问道："什么时候？"

王建军说："昨天上午吧，在天阳市人民医院。听说是神经衰弱。"

"老滑头！"赵长风心中骂道，张志林此时住院，原因不问可知，一定是为了逃避责任。《中原日报》把大龙溪的污染曝光之后，张志林的日子就不好过了。这时候装病住院无疑是最好的办法。病因是神经衰弱尤其妙，患者只要说上几样符合神经衰弱的症状，至于究竟是不是神经衰弱，只有老天爷才知道。

赵长风微微一笑，问道："有动向了？"

王建军说道："还没有。武卫平省长去北京开会了，今天就该回来了。估计他一回来，就该有动向了。"

武卫平是分管环保的副省长，虽然在几位副省长里排行最末，但是却很有魄力，对环保抓得非常严。这次大龙溪污染这么严重，武卫平回来看到报道，肯定会兴师问罪的。又闲聊了两句，王建军就出去了。赵长风知道王建军是专门过来向他通报这个情况，让他先有个准备的。赵长风明白，一旦武卫平省长的批示下来，而分管副市长张志林请了病假，那么这个督办环保的任务只能落在他这个常务副市长身上了。

这样也好，赵长风冷笑，他正好借着抓环保，煞一煞凤凰山金矿矿主罗大牙的威风。出去嫖娼，还敢殴打民警，最后还把三个民警都开除了，连公安局局长都要围着罗大牙的指挥棒转，看来这个罗大牙真不简单啊。

正想着，高胜强就过来了："赵市长……"

"胜强同志过来了，请坐。"赵长风让高胜强坐在大班桌对面，"我这里有一份举报材料，你先看一看。"

赵长风拿出公安局老干部们的举报材料，递给了高胜强。高胜强双手捧过举报材料，翻开一看，竟然是举报公安局局长柴刚川的，不由得吃了一惊。

赵长风紧紧盯着高胜强脸上的表情，心里说你高胜强能不能成为我的心腹嫡系，就看你有没有胆子接下这份材料了。

等了几分钟，赵长风见高胜强还在看着材料，没有开口，就端起茶杯抿了一口茶，淡淡地问："高局长，你对这个材料有什么看法？"

高胜强听出了赵长风的不悦，他一下子清醒了过来。赵长风既然让他看这些东西，说白了就是打算要拿柴刚川开刀。柴刚川是什么人？是市委常委、政法委书记、公安局局长，背后还有蔡国洪和钱兆均两位正副书记撑腰，在邙北市可是呼风唤雨的人物，赵长风怎么一到邙北，就选了这么一块硬骨头？能啃得动吗？别啃不动骨头再把牙崩了。想到这里，高胜强心里就有点发毛，想打退堂鼓，可是他转念一想，无论如何都不能打退堂鼓。

赵长风才二十六岁就从省里空降到邙北市当常务副市长，说明他身后一定有非常强大的靠山，赵长风和柴刚川来对抗，并非没有可能扳倒柴刚川。如果他再能为赵长风提供柴刚川经济上的把柄，那么赵长风扳倒柴刚川的可能性就更大了。而且高胜强以前没有向赵长风表态倒还罢了，他既然向赵长风表态要成为赵长风的人了，那么赵长风让他怎么办，他就怎么办，不然就是对赵长风的背叛，绝对不会有什么好下场。先不说赵长风的后台，就说赵长风现在是市委常委、常务副市长的身份，纵然赵长风扳不倒柴刚川，但是收拾他这个审计局局长却是没有问题的。所以从他向赵长风表态时起，他就已经上了赵长风的船，开弓没有回头箭，是不可能退缩的。而且正因为柴刚川势力大、后台硬，这个时候如果高胜强敢于对柴刚川下手，才显出高胜强对赵长风的忠诚，如果高胜强只会帮赵长风捏软柿子，那么他又如何在赵长风面前体现他的价值呢？站队，说白了就是利益同盟。如果他不能给赵长风带来利益，只有赵长风给他带来利益，那么赵长风为什么要收下他呢？所以赵长风这个时候交给他的任务越是艰苦，越是意味着赵长风把他当成自己人，也就越意味着，一旦高胜强完成任务，赵长风给他的回报将会是非常丰厚的。

高胜强脑子里权衡好了利害关系，他不能再犹豫了。赵长风现在已经表现出不悦了，如果他再迟疑，那么说不定赵长风就把他放弃了。

"赵市长，从这份材料上来看，公安局的经费使用肯定有问题。无风不起浪。"高胜强连忙表明了自己的态度。

赵长风脸上的神情就缓和下来："是啊。老干部反应的问题值得我们深思。在当前的形势下，有些领导干部以为自己位置高了，就开始忘乎所以了，把党风廉政建设放在一边，这个现象一定要引起我们警惕。胜强同志，你身为审计局局长，可一定要为市政府把好这一关啊！”

“赵市长，你放心，我坚决为你把好关。”

“呵呵，”赵长风笑道：“老学长，这件事我就交给你了，我相信你不会辜负肩上的重担，让党和人民失望的。”

“是！我保证完成任务。”高胜强毫不犹豫地说。

赵长风满意地点了点头，忽然问了一句：“老学长，嫂子在粮食局上班？”

高胜强心里一喜，粮食局也属于赵长风的分管范围，赵长风既然这么问，莫非是……想到这里，高胜强就说道：“她在粮食局是后勤上的一个副科长。”

“嗯，好好干！”赵长风意味深长地结束了这场谈话。

高胜强云里雾里地离开了赵长风的办公室，他全副心思都在考虑如何展开对公安局办公费用的审计，他知道，只要他能弄出一个眉目，他的位子暂时可能还动不了，但是他爱人的位置绝对是要动一动了。

韩加森躲在一边，看见高胜强走远了，这才闪身来到赵长风办公室门口，推开右边的小办公室门，对刘俊康说：“刘秘书，赵市长还忙吗？”

刘俊康见是韩加森，就说：“你等一下，我去问问看。”他推开和赵长风大办公室的隔门，来到赵长风身边：“赵市长，公安局的韩加森副局长在外面等，你看？”

“哦，韩加森？”赵长风放下手中的文件，沉吟了一下，说道，“让他进来吧。”

韩加森轻手轻脚来到赵长风面前：“赵市长，谢谢你的批示。”

赵长风微微一笑道：“我的批示也没有起什么作用，谢什么谢？你们局党委会不是没有讨论通过吗？”

韩加森说道：“赵市长，都是柴刚川背后搞的鬼，局里其他党委委员都要看他的脸色行事。”

赵长风微笑不语。

韩加森又说：“赵市长，我这里有一份材料，你看看。”说着韩加森从怀里掏出一份材料递给了赵长风。

“什么材料？”赵长风并不急着去接。

“一个粤东商人的举报信。”韩加森明白，赵长风这是让他先简单地说明一下情况，“这个粤东商人来我们邙北市采购苹果，蒸桑拿的时候叫了个小姐，被周庄镇公安分局抓了现行，当时经办民警说罚款五千块就可以了，可是不知为什么，这个商人交了五千块罚款之后，却被送去劳教了半年。出来后，这个商人就到市局来举报，正好被我碰上了。”

赵长风听到这里心里暗笑，知道韩加森没有跟他说实话，韩加森是分管老干部科的副局长，粤东商人到市公安局举报，又怎么会碰到他呢？完全是风马牛不相及的事，这背后一定有故事。不过赵长风关心的不是这封举报信背后的故事，他关心的是韩加森为什么要把这封举报信送到他这里。

“加森同志，你完全可以让他走正常的信访程序啊。”赵长风说，“我相信组织上会给他一个公正的答复的。”

“赵市长，”韩加森压低了声音，“没办法走正常的信访程序，因为这件事我清楚，里面牵扯到了柴刚川。”

果然是这样！看来他的预感是正确的。赵长风不动声色地问道：“柴刚川？这不是周庄镇公安分局的事吗？”

韩加森苦笑两声：“赵市长，我也是被柴刚川逼得没有办法。今天我就把这里面的情况详细地向你汇报一下。你如果不相信，可以派人去调查一下。”

“你先把你知道的情况说一说。”赵长风道。

“赵市长，我向你揭发，周庄镇公安分局有小金库。”韩加森神情严肃地说，“周庄镇公安分局利用抓赌、抓嫖的机会把收缴的赌资和对嫖客的罚款都私自截留下来，却不开任何收据和发票，他们把这些资金瓜分了，其中参与瓜分的人员除了周庄分局一部分干警之外，还有相当的比例被送到了上面。”

赵长风神色一动，问道：“上面？柴刚川有参与？”

韩加森迟疑了一下，说道：“听说是有，但是我手里没有证据。因为我没有调查的权力。”

赵长风这下明白了韩加森的意思。周庄镇公安分局私设小金库，柴刚川一定知情，作为邙北市公安局的一把手，周庄镇公安分局在分配小金库里的资金时不可能不给柴刚川留一份。现在，赵长风只要派人到周庄镇公安分局对小金库的情况进行审查，就可以顺藤摸瓜地把柴刚川扯出来。比起公安局老干部们那些举报待遇不公的材料，韩加森递上来的这份材料无疑更有杀伤力。而且赵长风派人去审计周庄镇公安分局的小金库，比直接到邙北市公安局审计招待费要好得多，因为到周庄镇公安分局去审计，不需要直接面对柴刚川，就多了一个缓冲。赵长风此时感觉手里牌还不够，除非万不得已，他还不能够彻底和柴刚川闹翻。赵长风倒不是惧怕柴刚川，但是不能不顾忌柴刚川背后的蔡国洪和钱兆均。

本来按照赵长风的本意，把老干部的举报材料转给高胜强，让审计局到公安局去审计招待费，只是一个幌子。因为招待费违规根本不算什么大事，时下有几个单位不存在招待费违规的情况？即使当真能查出招待费违规的情况，也伤不了柴刚川的皮毛。那么赵长风为什么还要让高胜强过去呢？

第一，赵长风这个举动是做一个姿态，这个姿态既是做给柴刚川看，也是做给公安局的广大干警看。赵长风就是要让柴刚川知道，他这个常务副市长很不满意柴刚川的某些表现，第一步审计招待费不过是一个初步动作而已，后面还有没有后续动作，很难说；同时赵长风也是要让公安局里广大干警、尤其是公安局里那些对柴刚川飞扬跋扈敢怒不敢言的干警明白，并不是市里所有领导都护着柴刚川。

第二，让审计局去审计招待费不仅仅是一个姿态，赵长风希望通过审计招待费能挖出背后更多的东西。赵长风坚信，既然招待费上有违规情况，那么其他地方肯定也有违规情况，这些违规情况必然随着审计局的进驻、随着审计过程的深入而暴露出来。公安局里正义的干警还是很多，以前慑于柴刚川的淫威，不敢有所动作，现在审计局既然过来了，这些干警很可能就会找机会把他们所掌握的情况透露给审计局。醉翁之意不在酒，这就是赵长风借着老干部举报材料，让审计局过去审计的最终目的。

但是现在，有了韩加森手上这一份材料，赵长风就可以免去那么多周折，直奔主题了。只要让审计进驻周庄镇公安分局，不信柴刚川这老鬼不心惊肉跳。

想到这里，赵长风就把举报材料放进抽屉里，端起茶杯喝茶。韩加森明白，这是赵市长送客的信号，可是他既然冒这么大的风险，把这份材料交到赵长风手里，当然为的是扳倒柴刚川，或者至少要保住外甥陈钢的公安干警身份，但是赵市长收下了材料，却没有表示出一个明确的态度，这怎么能不让韩加森心急呢？

“赵市长，您打算怎么处理这件事？”韩加森知道他这句话问得非常失礼，赵长风是市委常委、常务副市长，根本不是他这个级别的干部能够这样问的。

赵长风微微一笑，他就是要故意晾一下韩加森，看看韩加森的反应。虽然说韩加森是一个闲职副局长，外甥陈钢又被柴刚川开除了公职，但是韩加森扳倒柴刚川的心情迫切不迫切，赵长风还真不好说，可别赵长风这边把一切准备都做好了，韩加森却忽然后撤了，到时候岂不白白便宜柴刚川了？这时赵长风一看韩加森的反应，就知道韩加森已经是孤注一掷了，他不扳倒柴刚川绝不罢休。

“加森同志，我党的一贯政策就是从来不冤枉任何一个好人，但是也绝对不会放过任何一个坏人。”赵长风严肃地说。

韩加森明白了，他激动地站起来地说：“赵市长，谢谢你！”

赵长风走了出来，伸手握住韩加森的手亲切地说：“有很多事，还需要你们下边的同志多做工作啊！”

韩加森感受着赵长风大手中传来的温暖，自从蔡国洪把柴刚川调到公安局担任局长之后，韩加森在领导眼里成了避之不及的瘟神，连一句话都不愿意多和他说，什么时候感受过赵市长这样的温暖啊？

“赵市长，我在公安局虽然是个闲差，但是还有几个肯卖命的好兄弟。”韩加森双手紧紧握住赵长风的手，眼圈红红地说。

赵长风一手握着韩加森的手，另一只手拍着韩加森的肩膀，说：“加森是个好同志啊！”然后松开了手，微笑道，“以后有什么情况，记得及时向市政府汇报。”

韩加森立刻正色道：“赵市长，您放心，我一定及时向您汇报！”韩加森这句话意思很明白，在他心目中，赵长风就代表市政府了。

赵长风对着外间小办公室喊了一声：“俊康！”

刘俊康立刻推门进来：“赵市长，什么事？”

赵长风说：“把我的电话给加森同志留一个。”刘俊康心领神会，对韩加森道：“韩局长，请跟我来。”

赵长风一共有三个手机，其中秘书刘俊康拿一个、司机老邢拿一个、另外一个则装在赵长风的手包里。赵长风这个吩咐，是让刘俊康把赵长风手包里的手机留给韩加森。因为赵长风嘱咐韩加森继续调查柴刚川的情况，如果有什么消息，赵长风希望第一个知道，而不是经过秘书刘俊康或者司机老邢。

赵长风走进刘光辉的办公室，感到气氛有些压抑。刘光辉正低着头在看一份文件，政府办主任李长根坐在办公桌对面，满脸通红地看着刘光辉。看见赵长风进来，李长根就站了起来，和赵长风握了握手，赵长风感觉到李长根手上使的暗劲，知道李长根是在告诉他，刘市长很不高兴，让他从中调和一下。

赵长风就笑着说："李主任也在，今天天气不错啊！"这两句话既算是问候，也算是感叹，前言不搭后语，目的是为了缓和一下气氛。刘光辉就抬起了头，赵长风笑着问道："市长，有事吗？"

刘光辉扶了一下金丝眼镜，拿着手里的文件说："长风同志，你过来得正好，这份文件你先看一下。"

赵长风这边接过文件，那边李长根乖巧地去为赵长风泡茶。

赵长风打开文件一看，是副省长武卫平在《中原日报》关于大龙溪严重污染报道上的批示：请省环保局和天阳市领导迅速查处邙北市大龙溪严重污染问题……

在武卫平省长的批示下边，分别是天阳市委书记魏新强、天阳市长张培伦、天阳市分管环保的副市长宋黎明的批示，要求邙北市政府立即采取有力措施，依法对大龙溪造成严重污染的企业进行严肃查处，并研究出治理大龙溪污染的措施，限期上报。

赵长风看完之后，说道："市长，看来情况不容乐观啊。"

刘光辉扔了一支软中华烟给赵长风，自己也往嘴里塞了一根，愤愤然地说："每次都是由市政府来擦屁股！"

李长根连忙掏出打火机过去为刘光辉点烟，然后又凑到赵长风跟前。赵长风让了一下，最后李长根还是坚持把烟点着了。

刘光辉鼻孔里喷出两条烟雾，站起来把赵长风往沙发上让："长风同志，这边坐。"

刘光辉和赵长风并排坐在沙发上，李长根也跟过来，半个屁股坐在左边单人沙发上，毕恭毕敬地对着刘光辉和赵长风。

刘光辉拍了一下赵长风的肩膀，说："长风同志，张市长住院了，这件事恐怕要交给你去督办了。"

赵长风为难地说："市长，我来邙北市还不到三个月，很多情况不太熟悉。这查处环境污染的问题是一个系统工程，需要很多部门来配合，我恐怕做不来。你看是不是委托其他同志……”

刘光辉哼了一声，说：“其他同志？那些人都是属兔子的，一听见枪响，跑得比谁都快，谁愿意接这个出力不讨好的苦差事？”

刘光辉说得不错，查处大龙溪污染的任务的确是一个苦差事。如果不认真查处，上面是武卫平副省长的压力，省环保厅时候还要派督察组前来验收；如果认真查处，必然要涉及大龙溪沿岸的大小采金企业，这些企业不但是后河乡的经济支柱，对整个邙北市的经济影响也举足轻重。而蔡国洪书记又特别重视邙北市的经济指标，如果因为查处大龙溪沿岸的金矿影响到邙北市的经济指标，蔡国洪书记那边也不好交代啊。正是因为这样，分管环境保护的张志林副市长才会有先见之明，一见大龙溪污染情况上了《中原日报》，立刻装病住进了天阳市人民医院。其他几个副市长也不是傻瓜，各自找出了一大堆借口，反正环境保护不属于他们分管的工作，刘光辉也不好强压给他们。

赵长风就苦笑，不停地假抽着中华烟，又苦又辣的烟雾在嘴里打个转，旋即就喷了出去。

“长风，你是常务副市长，协助我主持政府的日常工作。虽然环境保护不在你的分管范围，但是张市长住了院，这个担子你必须帮我挑起来啊。”刘光辉殷切地望着赵长风。

赵长风知道，这件事必须由他担起来了。讲私人感情，他和刘光辉都是出自赵强一系；讲工作职责，刘光辉说得不错，他是常务副市长，协助市长主持政府的日常工作，在分管副市长张志林请假的情况下，赵长风肯定要出面了。这件事情总不能让刘光辉亲自出面去领导督办吧？按照常理，这种事没有一号首长亲自挂帅的。副市长在前面冲锋，如果出了什么问题，还有市长留在后面可以站出来解释。如果市长亲自挂帅，处理结果不能让上边满意，或者不能让下边满意，闹了起来，又该谁来出面替市长调解呢？总不能指望市委一号首长蔡国洪出面吧？

“市长，如果实在没有合适人选，我就挑起这个担子吧。”赵长风苦笑着说，“不过我可事先声明啊，我这是勉为其难，因为很多情况都不熟悉，到时候如果工作做得不好，你可别批评我啊。”

刘光辉笑了起来：“长风，我就知道，这个担子最后还得靠你来挑。至于工作方面，你放心，只要你尽心尽力了，无论最后结果是什么，我都替你负责。”

李长根却暗自替赵长风担心，这个棘手问题，那么多副市长都躲开了，赵市长却接了过来。唉，到底是年轻人，不知道天高地厚啊，这大龙溪的环境污染问题，是那么容易查处解决的吗？

在市长办公会上正式决定由常务副市长赵长风牵头对大龙溪的污染问题展开综合整治，随后市政府下文，成立了大龙溪环境污染综合治理领导小组，赵长风任组长，环保局李局长为副组长，成员包括工商局副局长、公安局副局长、电力局副局长、国土资源局副局长，还有市政府办副主任王建军等。在领导小组下面还设有办公室，负责日常协调知道和督察工作，办公室就设在市环保局，由政府办副主任兼任办公室主任，然后从环保局抽调包括一名副局长在内的五名工作人员，其他各局各抽调一名工作人员，负责组织协调，联合办公。

成立这个大龙溪环境污染综合治理领导小组是赵长风的主意，因为对大龙溪两岸企业污染，尤其是采金业企业污染的治理需要很多部门联合执法，其中环保部门只是一个牵头作用，还需要工商、公安、电力、国土资源等部门的配合，才能从根源上解决大龙溪的环境污染问题。

综合治理领导小组成立之后，赵长风首先召开了领导小组成员会议，对大龙溪环境污染综合治理进行了动员和部署，会上决定，明天上午领导小组全体成员赶赴后河乡大龙溪现场，对污染情况进行调查。

散会后，赵长风刚回到办公室，国土资源局的包副局长就跟了过来。

“赵市长，抽烟。”包副局长双手递过来一支金芒果。

赵长风靠在真皮转椅上摆了摆手，微笑着说：“包局长，有事？”

包局长把烟收回来，讪讪地笑道：“赵市长，我请你处分我。”

赵长风一愣道：“处分你？老包，你犯了什么错？渎职了？违规了？行贿受贿了？再说，国土资源归王市长管，即使你犯了错误，也要去向王市长请求处分啊。”

包局长赔着笑说：“赵市长，这次大龙溪污染问题，与我们国土局有很大关系……”

“哦?”赵长风剑眉一挑，“还有这回事？你说说看。”

包局长说：“大龙溪的污染主要是两岸采金企业乱排废水废渣造成的，而采金企业的采矿权是我们国土资源局审批的。如果我们从严执法，严格审批，这些企业能够顺利投产吗？如果这些企业不顺利投产，能造成大龙溪的污染吗？从这个意义上来说，大龙溪的污染情况与环保局关系不大，而是与我们国土资源局关系最大。事实也证明，是我们国土资源局违规，是我们国土资源局渎职了，我作为分管副局长，难辞其咎。赵市长，你至少要给我一个警告处分，我今年都五十九了，再不给就没有机会了。”

赵长风一愣，他见过主动过来要钱要物要表扬，甚至是要官的，但是还从来没有见过主动过来申请要处分的。而且包局长还说他五十九岁了，再不给处分就没有机会了。什么意思？

赵长风正在琢磨，却听到门外有敲门声。

秘书刘俊康不在，赵长风只好亲自招待了。“进来。”赵长风喊了一声。

门被推开，一个光秃秃的脑袋伸了进来，是林业局的方局长，他看到包局长也在，似乎是吃了一惊，连忙对赵长风说：“赵市长，你们先聊，我一会儿再过来。”光秃秃的脑袋便缩了回去。

包局长脸色就变了，立刻急声对赵长风说：“赵市长，林业局的老方肯定也是来申请处分的，你一定要处分我，不要把处分给他啊！”

这简直是莫名其妙！赵长风有点想发火，却又忍住了，包局长既然这么说，里面一定有什么内情。于是赵长风严肃地说：“包局长，你先回去。关于你自请处分的事，让我调查调查再做结论吧。”

包局长还要说话，赵长风却端起了茶杯。

“赵市长，请你一定要处分我。”包局长又讪讪地说了一句，这才退了出去。

包局长刚刚离开办公室，那边林业局的方局长就急匆匆地跑了进来。

“赵市长，你一定要处分我啊！”方局长一进来就开宗明义，“千万不能处分国土资源局的老包。”

赵长风冷着脸靠在转椅上：“老方，处分你什么？”

“赵市长，大龙溪污染的问题啊。现在你是大龙溪污染综合治理领导小组组长，关于大龙溪污染问题的责任追究权在你手上。”虽然是深秋了，方局长光秃秃的脑袋上还急出了一头汗，他掏出纸巾，不停地擦拭着脑门上的汗珠。

果然被包局长料中了，林业局的方局长就是过来申请处分的，赵长风都有点被气乐了。这是怎么回事？还真有主动要处分的？

“老方，这大龙溪污染调查尚未开展，事情的真相究竟如何还没有得出结论，让我如何处分？再说，大龙溪污染和你们林业局有什么关系？””赵长风耐着性子说道。虽然他很想发火，但是理智告诉他，在没有弄清楚情况之前，发火是最愚蠢的办法。作为邙北市新任常务副市长，赵长风一定要注意维护自己在邙北市老干部中间的威信。老方所在的林业局虽然无足轻重，但是老方毕竟已经是快六十岁的人了，赵长风总不能冲这么一个年龄大的下属局长发火吧？

方局长着急地辩解道：“赵市长，怎么和我们林业局没有关系？首先大龙溪两岸金矿的工业用地很多就是林地，我们不批准采伐，他们如何能投入生产？还有如果我们林业局在大龙溪两岸加强林业建设，大龙溪的水土流失也不会这么严重，污染也不会造成这么触目惊心的后果，所以，赵市长，我请求你务必要处分我！”

“老方，即使你们林业局有责任，要处分你，也得等综合治理小组的调查结论出来之后啊。现在连调查都没有开展呢，你这么快过来申请处分干吗？”赵长风端起茶杯喝了一口水，压了压心头的火气。

“赵市长，如果我不提前打招呼，等综合治理小组调查结论出来后不就晚了吗？都有结论了，还怎么申请处分啊？再说，方才国土资源局的包局长不是行动比我更迅速吗？他本人又是综合治理领导小组的成员，有申请处分的先天优势啊！”方局长摇晃着光秃秃的大脑袋，可怜巴巴地看着赵长风。

“好，我知道了，我会考虑你的要求的。”赵长风放下了茶杯。

“赵市长，你一定要处分我啊！”方局长依旧喋喋不休。

赵长风有点愠怒，怪不得这个老方年龄都快六十了还是一个无足轻重的林业局局长，在领导面前如此不知进退，能有进步吗？也不知道他这个林业局局长是怎么当上的。

“方局长，你先回去吧。我这里还有点事！”

既然方局长不理会赵长风发出的信号，赵长风只好明着说了。

方局长期期艾艾地望了赵长风一眼，准备离开，却又心有不甘地补上了一句："赵市长，千万要处分我啊！"赵长风冷着脸不看他。

方局长这边刚一出门，赵长风立刻给刘俊康打了一个电话，让刘俊康马上回来。

工夫不大，刘俊康推门进来了："领导我回来了。"

赵长风"嗯"了一声，问道："怎么样了？"

这种没头没尾的话刘俊康已经习惯了，他忙说道："高局长那边已经布置好了，明天就到周庄镇公安分局去。"

赵长风点了点头，他这个是双管齐下，也可以说是声东击西。大龙溪污染治理虽然非常重要，但是清查周庄镇公安分局小金库的工作却更重要。赵长风想在邙北市打开工作局面，没有公安局这样强力部门的领导配合是不行的，现在柴刚川明摆着不买他的账，他必须在公安局这块铁板上打开一个缺口，给柴刚川一点颜色看看。

按照赵长风的安排，明天去大龙溪两岸检查企业污染情况的活动也大张旗鼓，除了几个部门联合行动之外，赵长风还特意邀请了省城和天阳市的媒体记者现场采访。虽然刘光辉有点不同意赵长风这样在媒体前高调曝光的做法，但是赵长风说，既然省城党报上对大龙溪污染情况进行了曝光，那么治理大龙溪污染的行动一定也要在省城党报上进行报道，这样才能抵消前一篇报道给邙北市带来的负面影响，要让省里的领导、天阳市的有关领导知道，邙北市这次治理污染是动真格的。听了赵长风的解释，刘光辉这才作罢。至于市委书记蔡国洪，赵长风还真不知道他对这次高调行动的反映，不过治理污染毕竟属于政府方面的具体事务，市委是不好插手的。再说，既然这个屁股已经决定由市政府来擦了，市委再说什么，就不符合官场的惯例了吧？

当然，之所以邀请几家媒体过来高调跟踪采访，赵长风还有他内心深处的考虑，这个考虑他没有告诉刘光辉。在赵长风看来，以牺牲环境为代价，以牺牲矿产资源为代价，换取地方经济的发展是得不偿失的，赵长风本人并不赞同这样的发展模式。所以这次到治理大龙溪的污染，赵长风是决定动真格的。但是赵长风也知道，一旦动了真格，必然会关停一批不合格的金矿，这就会影响到邙北市的财政收入和经济指标。这对蔡国洪甚至是刘光辉，都可能是无法接受的。

刘光辉因为在一半年之内就要离开邙北市，当然希望维护邙北市的经济稳定发展，不然在他离去的前夕，邙北市经济指标忽然下滑，也给了别人指责刘光辉的借口，让刘光辉的高升之路不那么顺利。

蔡国洪当然更不希望邙北市经济指标滑坡。他作为邙北市领导班子的班长，对邙北市经济发展自然尤为看重。邙北市是天阳市的一面旗帜，如果在蔡国洪手里垮掉，他的仕途当然也会大受影响。

赵长风知道如果要真正实施他的想法，在邙北市一定阻力重重，所以他要继续加大外部的压力，借外部的势来完成他的目标。发展经济虽然重要，但是为后代子孙留下一块干干净净、能够让他们生存下去的土地更为重要。金矿虽然目前是邙北市的经济支柱，但是总有一天地下的金子会挖完的，等地下的金子挖完之后，邙北市该怎么办？如果此时所有土地和河流都被污染了，人们都无法生存了，那邙北市岂不是要变成一座死寂之城吗？

这是赵长风对明天到大龙溪整治污染的行动保持高调的原因之一。原因之二是，赵长风打算用明天的高调行动把邙北市所有人的注意力吸引到大龙溪去，那边高胜强则领着他的心腹人马迅速进驻周庄镇公安分局进行审计。赵长风在省机关事务管理局审计科干过副科长，也参加过“三二七”专案小组的审计工作。他当然知道，审计工作如果要想取得好的效果，一定要保持审计目的的隐蔽性和审计行动的突击性。只有这样，才能打对方一个措手不及，让对方来不及转移违规、违法的证据。刚才赵长风在这边召开大龙溪环境污染整治领导小组的动员大会，那边却悄悄地让刘俊康到审计局，去和高胜强商量明天到周庄镇公安分局审计的安排。可是会议结束后，国土资源局包副局长和林业局方局长连番过来向赵长风请求处分，让赵长风不得不把刘俊康召回来，按照时间推算，刘俊康在审计局那边的事基本上也处理得差不多了。

“好，你记着再叮嘱一下胜强同志，行动一定要突然而迅速，一步到位，千万不能给周庄镇公安分局那帮人以侥幸逃脱之机。”赵长风交代道。

“请你放心，我待会儿就去和高局长联系。”刘俊康笑着保证道，然后又问，“你把我叫回来，是不是还有别的事？”

赵长风沉吟了一下，说：“俊康，刚才林业局的方局长和国土资源局的包局长都过来了。”说了半句话，赵长风就停下了。

刘俊康想了一会儿，摇了摇头说：“我想不出来，他们干什么来了。”

赵长风微微一笑，看来这个情况刘俊康也没有预料到，他说：“他们两个过来请求处分，而且还是为了大龙溪的污染，这和他们两个的工作完全是风马牛不相及。”

刘俊康眼睛一亮，说：“我想起来了，他们一定是因为前几年市委出台的一个不成文的‘规定’。”

赵长风靠在转椅上，等着刘俊康继续说下去。

刘俊康上前两步，来到赵长风的身旁，小声说：“这个规矩是蔡国洪书记来到邙北市之后制定的。按照这个规定，凡是为邙北市全市利益受到上级批评、被责令查处的干部，风头过去后，就可以得到职务等方面的补偿。”

赵长风摸了一下鼻子，问道：“还有这样的事?”

刘俊康点头道：“按照这个规定，补偿的内容还非常诱人呢。第一，可以上调两级工资；退休后享受比原职务高一级的待遇，第二，子女报考市重点中小学，可以降低三十分录取；子女报考公务员达到分数线后，可以直接录取。”

“原来如此!”赵长风点了点头，心中不由得佩服蔡国洪的手腕。有了这么丰厚的补偿，还怕没有为了地方利益而前仆后继的“替罪羊”?一旦邙北市有什么违规的事被上级查处，必定有很多干部争着要承担处分，在这种情况下，邙北市的干部队伍基本上成为铁板一块，因为即使当上替罪羊，也有丰厚的回报，谁还会因为受了处分、当了替罪羊而揭发元凶呢?

蔡国洪这样的做法，既维护了上级和有关部门的权威，又让舍身“顶缸”的替罪羊无怨无悔心甘情愿，甚至出现抢着顶缸的情况，如果不是在官场浸淫很久的老手，如何能想出这样神奇的手法呢?

赵长风以前倒是听过类似的潜规则，比如某个干部为了某个小团体的利益，在组织面前毅然承担了责任，事后这个小团体会心照不宣地给这个承担责任的成员予以某些补偿。但是像蔡国洪这样在邙北市以不成文的“规定”把潜规则公开化的，赵长风还是第一次看到。看来，在官场真是活到老学到老，新鲜事物层出不穷，稍一不留神，就会落后于时代啊。

刘俊康又说：“按照惯例，一般都是由一些快退休的干部出来承担处分。林业局的方局长和国土资源局的包局长，一个五十八、一个五十九岁，都是快要退休的人了。”

赵长风点头微笑。这个是自然的，对于这些快退休的干部，在仕途上已经没有任何前进的可能了，还不如背一个处分，到退休后捞到一些实惠再说。

倒是那些年轻气盛、风华正茂的干部，即使回报再丰厚，一般也不敢轻易尝试，因为一次处分很可能会影响他们的升迁之路，相比之下，那些物质和非物质的回报就有点得不偿失了。

赵长风在沉思着，刘俊康已经过来替赵长风把杯里的旧茶倒掉，沏上新茶，端了过来："我先到外面去了。估计一会儿还会有人过来。"

赵长风知道刘俊康的意思，邙北市行局长中除了林业局的方局长和国土资源局的包局长，还有不少就要跨到退休的杠杠上了，他们一定也不会放过这个申请处分的机会。刘俊康的意思就是到外面把这些人挡回去。

"去吧。"赵长风点了点头，刘俊康就出去了。

赵长风此时有点恼怒，也有些头疼。头疼的是，这么多人抢着过来要处分，究竟要给谁？怪不得那些副市长们对这个任务避之不及，原来不仅是因为要督查金矿的污染源头，还包括这处分给谁不给谁也是个问题。这处分背后涉及巨大的利益，稍有不慎，可能就会得罪某些老干部。这些老干部可能不会帮你什么忙，但是绝对能坏你一些事。

蔡国洪这样一搞，这些过来申请处分的下属领导简直就是来向赵长风示威。你不是要查大龙溪的污染吗？你不是要追究大龙溪污染的责任人吗？给你送来一大群，让你都不知道该处理谁，这下你总算满意了吧？看来这次要想追究行政主管部门在大龙溪污染问题上的不作为恐怕是不会有多大效果了，除非赵长风能把邙北市这个不成文的"规矩"给废除掉。赵长风能够做的只有拿那些造成污染的金矿企业开刀了。

这时，隔壁的小办公室里，已经可以听见刘俊康焦急的声音："商局长，我已经告诉你了，赵市长不在!"

一个声音嘟嘟囔囔的，显然是不相信刘俊康的话。这时又加入了另外一个声音，看来过来找赵长风的不止一个人。

赵长风的眼神凌厉起来，想站起来出去，反想了一想，坐了下来。目前的情况看来固然是蔡国洪占尽了上风，可是形势未必不是逐步向有利于他的方向发展。不管谁来承担责任，这大龙溪的污染必然会得到治理；而除了大龙溪的污染之外，赵长风还有另外一手棋，那就是周庄镇公安分局的小金库问题。高胜强率领审计工作组进驻到周庄镇公安分局，必然会对柴刚川造成巨大的压力。

第八章　伤其十指不如断其一指，打草惊蛇也要声东击西

柴刚川肆无忌惮，深深牵扯到地方金矿的交易当中，实在是个害群之马，必须清理。而在战术上，赵长风则非常小心，他声东击西，率领大龙溪污染综合治理领导小组到后河乡去检查，暗地里却让高胜强带着审计组迅速查封了金一鸣所在的分局财务科。金一鸣是柴刚川最忠实的狗腿子，伤其十指不如断其一指。

赵长风没有想到竟然会在这种方式下和江文静见面。

江文静穿得非常简单，一件淡黄色小外套外加一条休闲牛仔裤，脚上一双旅游鞋，加上一头短发，看似普通却又时尚大方，给人一种清新的感觉。

赵长风走进来时，看到江文静一头短发，不由得心中一怔。在赵长风的记忆中，江文静一直是一头乌黑飘逸的长发，而且赵长风也知道，江文静对她头发很爱惜，没有想到竟然舍得把长发剪了，弄了一个假小子的发型。

“文静，你好，好久不见。”赵长风伸出了手。

江文静伸出白嫩的小手和赵长风一握，说：“赵市长，感谢你百忙之中抽出空闲来接受我的采访。”

赵长风的笑容就有点苦涩，坐到了江文静的对面。

“文静，今天想吃点什么？我请客。”

江文静摆了摆手道：“赵市长，今天你是我的采访对象，按照我们新闻界的规矩，我要请你吃饭。”

“文静，新闻界什么时候有这么好的规矩了？”赵长风笑着说，“在我印象中，新闻记者可是无冕之王，到处吃请还不说，而且还有红包拿呢！”

“是吗？”江文静的嘴角挂着一抹淡淡的讥笑，“不知道赵市长这次打算给我多大的红包呢？”

“我？”赵长风耸耸肩膀，“没有红包。这次过来跟踪采访的媒体，我一毛钱红包都不发。”

“果然是赵老抠。”江文静哂笑一下，眼睛紧紧地盯着赵长风，“赵市长，你这么一说我就明白了。你果然不失你狡猾的本色。”

“呵呵，没有想到一向文文静静的大记者也变得如此咄咄逼人了。”赵长风心想幸亏他有先见之明，没有让刘俊康跟他一块儿过来，不然看到他这个狼狈相，刘俊康不知道在暗地里怎么笑他呢，“先不说这些，你大老远从中州过来，一定饿了吧？我先点东西，我们边吃边聊。”说着赵长风就去拿菜单。

江文静一下子把菜单夺了过来，说道：“赵市长，你还是省省你的钱吧，我说了，我请客。”说着江文静一招手，把一旁的服务员叫了过来，“把这份菜单收起来，我们一份菜单就够用了。”

服务员是一个清纯的小姑娘，年龄不大，看着赵长风吃瘪的样子就想笑，可是又不敢笑出来，只好使劲儿憋着在心里偷偷乐。

赵长风在一旁看着，不由得咳嗽了一声，小服务员连忙绷起了脸，做出一副严肃的样子：“请问先生和女士要点什么？”

江文静翻了一下菜单，说道：“来一份凉拌菠菜、一份酸辣土豆丝、一份炒白菜、一份山蕨菜。嗯，就这四个菜吧。”

小服务员为难地说：“女士，我们这里的包厢最低消费两百八，你点这四个菜……”

江文静嫣然一笑，说道：“给我上一瓶五十二度的五粮液。”

赵长风在旁边静静地看着，等小服务员出去了，他才说：“文静，怎么全是素菜？你不是诚心刮我肚里的油水吗？”

“对！”江文静淡淡地说，“我就是诚心刮刮你肚子里的油水。赵大市长天天大鱼大肉地吃着，偶然吃一顿全素宴，饿不死！”

赵长风被噎了一下，只好转移话题，问道：“文静，怎么舍得把头发剪了？我上次见你的时候，你还一头长发呢！”这句话一出口，赵长风就后悔了，他上次见江文静的时候，是在他和方佳怡的婚礼上。

江文静淡淡一笑道：“有什么稀奇？不是自己的东西，能留一辈子？有些东西，该舍弃就要舍弃。”

气氛有点尴尬，赵长风正不知道怎么说，包厢外响起了敲门声。

“进来吧。”赵长风应了一声，他心想，刘俊康真是善解人意，总是在他最尴尬的时候出来帮他解围。

“宣传部副部长王大潮的电话。”刘俊康拿着手机。

王大潮在宣传部干了十几年，是个老宣传，专门负责接待到邙北市采访的记者。

“什么事？”赵长风没有接电话。

“他说来了好多记者，要采访大龙溪的污染情况，请示你该怎么办。”刘俊康按着手机的静音键，并不怕王大潮那边会听见。

赵长风伸出了手，刘俊康连忙把手机递到赵长风手上。

“王部长，我是赵长风。”

“赵市长，记者都到宣传部来了，您看……”王大潮小心地请示道。

“一共来了多少家媒体？”赵长风问道。

“我刚才做了一个粗略的统计，一共有十三家媒体。”

“怎么会来这么多？”赵长风故意皱眉道，“不是只让你们宣传部通知四家媒体吗？”

王大潮连忙说：“赵市长，我们是只通知了《中原日报》、《中州晚报》、《天阳日报》、天阳电视台，可是不知道为什么会来这么多媒体记者。”

嘴里说着不知道，王大潮心里可明白，记者们的消息多灵通啊？你这边还没有刮风，他那边就知道要下雨了。他们无孔不入，不放过任何一个机会。当然，不排除一些记者是出于对新闻的敏感，过来抢新闻的。但是大部分记者过来却是另有目的。尤其是地方上出了责任事故之类的新闻，这些记者过来之后，不但能白吃白喝白玩，事后还能根据各自媒体的影响力领一份或大或小的红包。地方政府一般都是通过这样的手段来拉拢媒体，和记者联系感情，尽量避免负面新闻在媒体上曝光。

“嗯，知道了。”赵长风淡淡地说，“来了就来了吧。告诉他们明天综合治理小组出发的时间，他们愿意跟队去采访，就跟着去吧。”说着赵长风就要挂断电话。

“赵市长，”王大潮连忙说，“我，我还有事要向您汇报。”

“还有什么事？”赵长风明知故问。

“赵市长，来了这么多记者，按照惯例，要请他们吃饭，而且还要准备一点纪念品给他们。”王大潮赔着小心说，“可是，赵市长，您也知道，宣传部是一个穷衙门，经费有限。您看能不能给财政局向局长打个招呼，拨一笔专款下来？”

“有这样的规矩？”赵长风冷冷地说，“王部长，我们可不能助长记者们的歪风邪气。”说这话时，赵长风故意看了对面江文静一眼，江文静狠狠地瞪着他，本想举起拳头威胁他一下，可是碍着他的秘书刘俊康在场，只好忍下去了。

“这样吧，王部长，我们邙北市发有邀请函的四家媒体，您带着他们到县政府食堂吃一顿工作餐。至于其他媒体，一概不予接待。”

“赵市长，可是……”王大潮还想说话。

“我这里还有点事情要处理，有什么话回头说吧。”赵长风挂断了电话，把手机递给刘俊康，“俊康，待会儿如果还是宣传部的电话，你就说我在忙。”

“知道了。”刘俊康会心地一笑，拿着手机出去了。

“赵市长，没想到我们媒体记者在你心目中竟然如此不堪。”江文静冷冷地说，“幸亏我有先见之明，请了你吃饭。如果是你请客，我吃之后，你还不定在背后怎么说我呢？”

赵长风连忙赔着笑说：“文静，你多心了。咱们之间是什么关系啊？”

江文静冷着脸说：“什么关系？是采访与被采访的关系。赵市长，今天我是来采访你的，不是来叙旧的。除了与大龙溪污染有关的事，别的话题一律免谈。”

这时小服务员捧着一瓶五粮液，身后还有几个服务员端着四个素菜跟了进来。想必是刘俊康私下里有交代，让酒楼老板快点上这个包厢的菜。

赵长风苦笑了一声，说道：“好，先吃饭，吃完饭我接受江大记者的采访。”

江文静醉了，醉得非常厉害。一瓶五粮液，江文静就那么和赵长风五五开地喝完，无论赵长风怎么劝她，她都不肯罢休，当赵长风去夺她的杯子时，她几乎要跟赵长风翻脸。没有办法，赵长风就只好由着她去了。

在赵长风印象中，江文静的酒量可以称得上惊人，酒量一般的男人都不是她的对手。可是今天，江文静喝了五两白酒，却醉得一塌糊涂。

江文静醉了赵长风不怕，可是赵长风却没想到，江文静醉了之后会失声痛哭。这可把赵长风吓了一跳，这种情形一旦让别人看到，他该如何解释？邙北市常务副市长赵长风在某酒楼包厢里和一美女喝酒，那美女却在号啕大哭，这要是传出去，赵长风浑身是嘴也解释不清楚啊。

赵长风连忙过去轻轻拍着江文静的后背，劝解着江文静。江文静正哭得泪眼蒙眬，见赵长风过来，心中更是委屈，不由得抱住赵长风昏天黑地地哭了起来。赵长风知道江文静心里痛楚，也就任江文静搂着他、在他怀里痛哭。哭吧，哭吧，哭过这一场，也许江文静就能放下他这个心结，去翻开生命中新的一页。

也不知道哭了多久，江文静终于停了下来。赵长风低头一看，江文静满脸泪痕，已经在他怀里睡着了。赵长风心疼地叹了一口气，他抽出纸巾，把江文静脸上的泪痕擦掉，然后轻轻把江文静放在沙发上，站起身正要往外走，却听江文静叫道："长风，不要走！"

赵长风连忙站住，扭头看去，发现江文静侧身躺在沙发上喃喃自语："长风，不要，不要离开我……"

赵长风知道，江文静这是在说梦话，这才放下心来。他给刘俊康打了个电话，刘俊康立刻就上来了。

赵长风沉吟了一下，说道："俊康，江记者喝醉了。你找个人把她送回宾馆吧。"

刘俊康想了一想，说道："要不我让雅帆过来？"他知道这个江记者和老板关系肯定不一般，找谁过来都不合适，还是让自己的未婚妻过来比较妥当一点。

赵长风满意地点了点头，说："那就劳烦小李了。"

刘俊康连忙笑道："您对我和雅帆这么照顾，这点小事算什么。"

工夫不大，李雅帆就赶了过来，她身高一米七左右，非常苗条，是典型的模特身材。赵长风还是第一次见李雅帆，看到她如此漂亮，也为刘俊康高兴，不由得暗自冲刘俊康伸了一下大拇指。刘俊康知道在夸他女朋友漂亮，心里也很高兴。

"小李，今天就麻烦你了。"赵长风亲切地说。

刘俊康又叫了两个服务员，陪着李雅帆一起，扶着江文静下去，叫了一辆出租车，送江文静到邙北宾馆去了。

赵长风心中叹了一口气，却说："俊康，有什么消息?"

刘俊康说："宣传部王部长又打了两个电话找你，我说你在忙。"

赵长风点了点头，迈步下楼。一辆黑色轿车滑了过来，正是赵长风的专用普桑轿车。刘俊康抢步上前打开车门，用手护着上面，赵长风就坐了进去。

赵长风住在湖月山庄七号。这栋小楼在赵长风来之前一直空了三年。在此之前，湖月山中七号前后住过五位正副县级干部，可是这五个正副县级干部没有一个有好下场的。其中一个人被判了刑，两个人被撤职，一个人降级使用，最好的一个混了个平调，却是从邙北市副市长的位置上到天阳市党校当了个第五副校长。

这个现象刚开始没有人注意，后来不知道哪一位干部在闲扯中提出来了，于是就在邙北市风传开来，没有一个领导愿意住进湖月山庄七号了，直到赵长风过来。

在安排住房的时候，刘光辉也为赵长风讲过这个典故，问赵长风要不要住进去？实在不行的话，先在邙北市招待所安排一个大套间，等回头湖月山庄有其他小楼空出来了，赵长风再搬进去不迟。

进了湖月山庄七号，司机老邢把车停在小院里，刘俊康却跟着赵长风进了小楼，到卫生间为赵长风烫了两条热毛巾，递了过来。

赵长风接过一条热毛巾擦了一下手，把毛巾还给刘俊康，又接过另外一条热毛巾擦了一把脸，感到舒服多了。赵长风虽然不会醉酒，但是刚才被江文静那么一哭，情绪很不好。

刘俊康又为赵长风泡了一杯信阳毛尖捧了过来，然后指了指门外，本来刘俊康应该留在这里陪着赵长风等李雅帆的消息，但是刘俊康知道，这个时候老板需要一个人清净一下，就知趣地退了出去。

赵长风确实有点心绪不宁，虽然他看起来非常平静。他实在没有想到，江文静会代表《中州晚报》来邙北市采访大龙溪的污染问题。江文静在中州晚报社一直负责跑经济口，怎么会忽然开始关注环境污染问题了？即使关心环境污染问题，邙北市也不属于江文静的线啊。不管心里承不承认，赵长风知道，其实江文静是借着来邙北市采访的机会来看望他的。他至今还记得，当初他在婚礼上为方佳怡戴上结婚戒指的时候，江文静眼里那绝望的眼神。

本来赵长风以为，他和江文静之间的那点往事，会随着他和方佳怡的结婚而渐渐淡去。虽然江文静当时可能会痛不欲生，但时间是一个强大的治疗机器，它能医治心灵上的创伤，还会抹去心灵中的记忆。

可是看起来，他错了，江文静根本没有忘记，否则江文静就不会找这么一个借口，来邙北市看他。什么采访大龙溪两岸的污染，那完全是谎话！要不然，江文静也不会抢着喝酒，也不会如此失态，在他面前失声痛哭。在赵长风的记忆中，江文静是很要强的女孩子。

想到这里，赵长风的心不由自主地痛了起来，那些本来要遗忘的往事，在这一刻是如此清晰，如此强烈地揪痛他的心，可是，可惜，他不能……

赵长风摇了摇头，强迫自己从这种低沉的情绪中清醒过来，转移到宣传部王大潮身上来。王大潮又给他打了两次电话，不问可知，一定还是纠缠于接待经费的问题。宣传部是一个穷衙门，没有市长和常务副市长的签字，他们那一点可怜的经费仅够宣传部里人员的开支，连请记者吃一顿饭都请不起，更别说塞红包、送纪念品了。

赵长风也知道，王大潮是搞了十几年宣传工作的老宣传了，他之所以找他批经费，也是为了邙北市考虑。在这个节骨眼上，这些各路媒体的记者都是大爷，不伺候好这些大爷，他们回去乱写一通，邙北市可就吃不消了。

可是王大潮不了解赵长风的心思，赵长风的本意就是不打算侍候好这些大爷们，这些大爷们想怎么写就怎么写，对大龙溪的污染情况揭露得越狠，曝光得越多，赵长风就越高兴。在赵长风看来，没有媒体的压力，没有外界的压力，想在邙北市打破市委书记蔡国洪铁板一块的政治势力，恐怕非常困难，所以赵长风就必须借势而为，四两拨千斤。

对于这些媒体蜂拥而至，赵长风早有预料。他虽然只要求宣传部邀请中原日报社、中州晚报社、天阳日报社和天阳电视台四家媒体，但是没有不透风的墙，其他媒体知道后，一定会蜂拥而至。而这样的效果，正是赵长风想要达到的。

这些媒体记者过来，无非是想混吃、混喝、混招待、混红包。赵长风偏偏不给他们，如此一来，这些媒体记者大失所望之下，肯定会恼羞成怒，在媒体上大肆揭露邙北市大龙溪的污染状况如何如何严重，这就正中了赵长风的下怀……

而且这种事，任何人都抓不到赵长风的把柄，赵长风可以理直气壮地说是为了维护新闻采访的正常秩序，不向新闻采访中的不正之风低头，一个堂堂的市政府，怎么能任各路记者过来打着各种旗号、借着采访报道之名变相吃拿卡要、甚至招摇撞骗呢？这种冠冕堂皇的大帽子一出，纵使是市委书记蔡国洪，恐怕也没有办法责难赵长风吧？他们最多以为赵长风年轻气盛，不懂得新闻行业的潜规则，可是他们又哪里会想到，这实际上是赵长风不花一分钱，却借着那群无良记者的笔和口，来达到赵长风的政治目的呢？

赵长风正想着，刘俊康就推门进来了："刚才雅帆来电话，已经把江记者送回了宾馆，这时候江记者已经洗澡，换了衣服，睡觉了。"

江文静已经醉成那个样子，如何能自己换衣服洗澡呢？赵长风知道，一定是李雅帆帮着弄的。这小姑娘，也很善解人意啊。赵长风站起来拍了拍刘俊康的肩膀，说："俊康，你找了一个好姑娘啊！"

刘俊康幸福地笑着。

赵长风摆了摆手，说："好了，没什么事了，你和老邢回去吧。"

"老板，那我走了，有什么事，您再叫我。"

第二天，刘俊康和老邢过来接赵长风来到市政府，大龙溪环境污染综合治理领导小组成员以及从下属各局抽调的人员都到齐了，在会议室等候。宣传部王部长则陪着一群记者在聊天，不停地向记者说着好话。但是记者个个都冷着脸，似乎根本不买王部长的账。

《天阳日报》和天阳电视台的记者脸色倒是好看很多，毕竟他们经常过来邙北市采访，平时邙北市宣传部招待得不错。再说他们两家媒体都由天阳市宣传部管着呢，和邙北市算是一家人，天阳市宣传部当然不会让自己下辖的媒体去自爆家丑了。

至于邙北市电视台和《邙北信息》的记者，直接就在邙北市宣传部的管辖范围之内，这就不用王部长做什么工作了。

赵长风刚进入会议室，天阳市电视台和邙北市电视台的摄影记者就开动了摄像机，进行现场录制。

赵长风坐到主席台上，发表了动员讲话，讲话不长，却坚定有力，又强调了一下这次检查大龙溪两岸企业的纪律，然后宣布出发。

于是领导小组的成员和下属人员都各自乘车，浩浩荡荡地向后河乡开去。天阳市电视台有自己的采访车，紧紧地跟在综合治理领导小组的车队后面。

邙北市电视台的采访车则跑前跑后，从各种角度进行拍摄，以便把赵市长为首的邙北市大龙溪污染综合治理领导小组的光辉形象全部用影像资料记录下来。

宣传部王部长准备了一辆车，负责接待宣传部发函邀请的三家媒体，中原日报社的记者薛英杰、中州晚报社的记者江文静和天阳日报社的记者连天山就被邀请上了专车，还有邙北市自办的内刊《邙北信息》的记者也坐了上去，跟随领导小组的车队出发。

其余七八家媒体都是些乱七八糟的小报记者，他们供职的媒体本来就实力有限，又是来邙北市这样的小地方采访，自然不会有采访专车。本来按照王大潮的意思，也从邙北市汽车站调了一辆中巴车，载着这几个记者一起跟队采访。没有想到刚才他放下身段和这些记者套近乎，却受尽了冷脸。王大潮大小也是个县级市的宣传部副部长，受上级领导的气忍了，受市里其他实权部门平级同僚的白眼，也忍了，却如何又受得了这些小报记者的气？再怎么说，也轮不到这些家伙来给他气受啊。

再加上王大潮对常务副市长赵长风一肚子意见，你当常务副市长的，笔杆子紧巴巴的，一个子儿都不批，却让我在这里受这些鸟记者的冤枉气。这些记者愿意怎么报道就怎么报道吧，反正你赵长风是大龙溪环境污染综合治理领导小组的组长，媒体曝光出来有我宣传部的责任，未必就没有你常务副市长的责任。至于蔡书记、刘市长愿意骂就骂吧，反正我手里一分钱都没有，总不能我垫钱来招待这些记者吧？

总之，王大潮是越想越来气，最后干脆让邙北市客运公司的中巴车回去，这些小报记者，哪怕是把天弄翻了，也有他赵长风顶着！

这七八个记者本来就一肚子气，他们都知道，邙北市是黄金大市，财政非常富裕。所以这次得到了消息后，才眼巴巴地大老远过来打秋风。本来想吃一顿喝一顿，再玩几天，最后每个人收个千儿八百的红包，这不就相当于他们大半个月的收入了吗？可是谁知道，到了邙北市之后，非但没有料想中的红包，竟然连吃住费用都要自理。他们本来就憋着一肚子邪火，所以刚才邙北市宣传部副部长王大潮过来递好话，才冷言冷语地敲打王大潮，为的就是让王大潮明白，他们这些人很生气，后果很严重。王大潮如果懂事，赶快给每个人塞一个大红包，送一两样黄金饰品，也就算了。可是王大潮非但没有塞红包、送黄金纪念品，最后竟然扬长而去，连一辆采访公务车都没有给他们派！真是“是可忍，孰不可忍”！

于是几个记者就商量着该如何办。有一两个囊中羞涩的记者就说，要不就在邙北市采访一些市民，邙北市就这么大一点地方，肯定有人知道大龙溪的污染情况，然后他们根据这些市民说的情况，适当地加以夸大，发回去狠狠揭露一下邙北市政府漠视人民群众的生存权利，放任环境污染的这种麻木不仁的做法。

其余五六个记者就不同意，他们说不亲临现场，如何能够写出震撼人心、使人读后身临其境的报道？他们既然到了邙北市，就一定要到大龙溪污染现场看看，这样才能写出有深度、有震撼力、有杀伤力的报道，这样才能给邙北市政府那些漠视人民群众生命安全的官老爷们提个醒，才能让中原省有关领导、中原省全省人民了解到大龙溪污染的真实情况。他们还说，如果他们几个不去，中原日报社、中州晚报社还有天阳电视台、天阳日报社的几个记者一定会被邙北市政府收买，在电视上、在报纸上大唱赞歌。如果真的有这样的情况发生，那岂不是天下所有有良知记者的耻辱吗？

商量来商量去，最后这七八个记者决定大家凑份子，租一辆面包车，一定要到大龙溪污染的现场去获得第一手的资料。那一两个囊中羞涩的记者虽然有点不情愿，但是看大家都热情高涨，他们也不好反驳，再加上对这两天受到的待遇非常不满，他们咬了咬牙，也同意了，就当是花钱买一个公道吧！将来报纸上邙北市的负面新闻满天飞，就有你们邙北市政府好看了。

于是几个记者就在路边找了一辆面包车，经过一番讨价还价，以三百五十元一天的价格包了下来。这辆只能坐六个人的面包车挤进去了八个记者，向着小秦岭山脉开去。

综合治理领导小组的车队到后河乡的时候，后河乡党委书记马会来和乡长霍乙路在路边迎接，赵长风让车队停下，简单地和马会来、霍乙路交谈了一下，就让车队继续出发。马会来和霍乙路乘车跟在后面。大龙溪主要在后河乡境内，治理大龙溪两岸的污染，就等于治理后河乡的污染，他们作为后河乡主要领导，是必须陪同前往的。

按照赵长风的要求，综合治理领导小组的车队第一个目的地就是凤凰山金矿。车队浩浩荡荡来到凤凰山金矿，原来热火朝天的凤凰山金矿现在安安静静的，在金矿的大门口，金矿矿长李大用领着几个管理人员迎接综合治理领导小组的到来。

前几天大龙溪的污染被《中原日报》曝光的时候，罗大牙还是觉得无所谓。这年月，环境污染事件被曝光的多了，也没有见最后怎么处理。无非就是吃吃喝喝，再交一点罚款，一切就搞定了。直到后来罗大牙得到消息，副省长武卫平和天阳市市委书记、市长和主管环保的副市长都做了批示，他才有点害怕了，莫非这次是动真格的吗？

罗大牙心里没有底，就打电话给马会来，马会来接到电话后又劈头盖脸地对罗大牙一顿臭骂："有什么好怕的？不就是来检查吗？他们过来检查你停产，他们走了你继续生产，谁能把你怎么样？不要忘记了，这后河乡是我马会来的地盘，只要我马会来一天不倒，你的金矿就可以继续生产下去！"

虽然被马会来骂得狗血喷头，罗大牙心里却是美滋滋地有了底气。马会来既然这么说，就说明没啥问题。生产，继续生产！罗大牙让李大用继续生产，该排废水排废水，该倒废渣倒废渣。

到了昨天下午，马会来打电话给罗大牙，让他立即停止生产，因为市里已经决定，大龙溪综合治理领导小组明天早上会到大龙溪来检查："罗大牙，你要给我打起精神。凤凰山金矿是后河乡第一大矿，又和梨树口村的村民有严重矛盾。这次赵市长带队检查，第一个目的地就是你们金矿。你千万留点神，不要捅什么娄子！"

"是，是，是，马书记您放心，我知道该怎么做，绝对不会给您老人家添麻烦的！"

罗大牙挂了电话，立刻让矿上停产，然后让李大用精心准备一番，等着迎接邙北市大龙溪综合治理领导小组的到来。

赵长风下了车，马会来立刻抢了过来，为赵长风介绍说："这是凤凰山金矿的矿长李大用。"

赵长风目光落在李大用黑瘦的脸上，说道："上次见过。"

李大用连忙点头哈腰道："赵市长，您记性真好。"

赵长风目光扫过李大用，落在他身后的金矿上："怎么听不到机器的声音?"

"赵市长，我们矿上正在进行技术整改，所以暂时停产了。"李大用心理素质很好，说起谎来一点草稿都不用打。

赵长风没有再理会李大用，转身问跟在身后的环保局李局长："技术人员都准备好了吗?"

李局长脸上绽放出一个比李大用更谄媚的笑容："赵市长，都准备好了。"

赵长风心中一阵厌恶，这样只会拍马屁的环保局长有什么用处?他点了点头，说道："我们先到氰化池去看看。"

于是李局长挥了挥手，环保局的工作人员立即拿出几只大纸箱，里面装的是高档口罩，给在场领导每人发一个，随着车队的记者们也各自领了一个。

口罩都戴好之后，李局长递了一个眼神给马会来，马会来就说道："李矿长，前面领路吧。"

连忙说道："赵市长、马书记，这边请。"

在李大用的带领下，一行人来到凤凰山金矿后面一个巨大的水泥池旁，水池里的水呈黄绿色，虽然隔着口罩，还是能闻到一股怪味。赵长风知道，就大概就是金矿生产用的氰化池了。

氰化池提金法是一种比较落后的提炼金子的办法，一般是修建一个水泥池，把粉碎成粉末的金矿石放到水泥池里，然后把氰化钠溶液倒入池子，经过化学反应，从水泥池下边流出的溶液中就含有丰富的金子，然后用水银等金属元素把金子置换出来，经过反复提炼后，水泥池的废渣就被倒掉。这是一种污染很大的提金法。

"李局长。"赵长风咳嗽了一声。

李局长立刻吩咐道："王科长，立即取样，分析废水里氰化物的含量!"

邙林宾馆是邙北市林业局兴办的第三产业，是邙北市最好的三家宾馆之一，和邙北宾馆、黄金宾馆成三足鼎立之势。

在人们的印象中，林业局是个清水衙门，是个穷单位，但是在邙北市，这种观念就要改一改了。熟悉邙北市情况的人都知道，在邙北市，黄金局、国土资源局和林业局都是富得流油的好单位。

邙北市地处熊耳山脉之中，辖区内山地面积占了百分之八十。在没有发现黄金之前，林果业一直是邙北市的经济主要支柱，所以邙北市林业局在传统上来说，就是一个比较富裕的行局。

十几年前在邙北市发现金矿之后，金矿的建设又需要占用林地，这就需要林业局审批，这又给林业局多了一条赚钱的门路。

八年前，林业局局长退休，时年四十岁的副局长柴刚川出任林业局局长。柴刚川担任林业局局长后，并不甘心趴在林业局的功劳簿上吃老本，他要为林业局开辟新的收入来源。他经过深思熟虑，决定利用好邙北市地处熊耳山的优势，于是柴刚川就请省里环保专家和林业专家到熊耳山深处去考察，既考察熊耳山的自然资源和林业资源，顺便也考察了邙北市的黄金资源。专家们经过论证，省级邙北自然保护区就成立了。

初战告捷，柴刚川并不就此罢手，他又再接再厉，又经过一年多的努力，邙北自然保护区顺利升格为国家级自然保护区。

对圈外人来说，这自然保护区当然是为了保护动植物、自然环境而成立的。但是熟悉林业部门潜规则的人知道，这自然保护区除了保护动植物、自然环境之外，还有很重要的其他功能。比如，无论省级自然保护区还是国家级自然保护区，每年省里有关部门和国家有关部门都会划拨大笔经费用于自然保护区的运行和建设，而这大笔的经费究竟有多少用到了自然保护区的开发和建设，或者说究竟有没有用到自然保护区的开发和建设上，就很难说了。

邙北自然保护区升格为国家级自然保护区之后，柴刚川手里就更宽裕了，邙林宾馆就是在这个时候他一手主持建立的。按照柴刚川的话来说，林业局需要邙林宾馆这样一个窗口来展示林业局的形象，来展开对外交流，接待上级有关部门。总不能每次上级有关部门来检查，都住在黄金局的黄金宾馆，或者市委办的邙北宾馆吧？有些事，在林业局自己的宾馆里不是更方便些？

由于经费充足，邙林宾馆很快就兴建起来，并且成为邙北市三大高级宾馆之一，而出任邙林宾馆总经理的，自然是柴刚川的亲信。因为柴刚川兴建邙林宾馆的目的就是需要在邙北市有一个自己的活动基地，邙北宾馆和黄金宾馆毕竟是别人的地盘，柴刚川在里面做什么都不方便。

就在大前年，为了响应政企分家的原则，黄金局和林业局不约而同地把黄金宾馆和邙林宾馆卖给了个人，出面收购邙林宾馆的，就是当时的邙林宾馆总经理李旺经，邙林宾馆私有化之后，柴刚川来邙林宾馆活动就更加肆无忌惮了。

当蔡国洪调来邙北市担任市委书记时，别人还在观望之中，柴刚川就果断出手，在工作做到位之后，出人意料地担任了邙北市公安局长，当时在邙北市就引起了一片惊诧之声。但是惊诧归惊诧，柴刚川的屁股已经牢牢地在公安局局长的位置上坐稳了。随后的事情就顺理成章了，柴刚川又成了政法委书记、乃至邙北市市委常委。

柴刚川高升之后，邙林宾馆总经理李旺经侍候柴刚川就更到位了，这里几乎成了柴刚川的别馆，而柴刚川霸占的湖月山庄十五号楼几乎没有进去住过。

五零八房间是一个面积超过一百五十平方的豪华套间。虽然和省城中州市的高档宾馆的总统套房有些差距，但是在邙北市，甚至在整个天阳市来说，邙林宾馆五零八房间已经是顶级套间，极尽豪华了。

这个套间是当初兴建邙林宾馆时，柴刚川特意交代为他修建的，甚至连房间号都是他事先预定好的。五零八，我定发。果然，邙林宾馆修建好之后，柴刚川一入住五零八，官运就节节高升，最后成了权重一方的邙北市市委常委、政法委书记、公安局局长。

在五零八房间隔壁的五零六房间，柴刚川的秘书牛培林已经醒来，正戴着耳机在看电视。五零八房间既然是柴刚川的专用套房，这五零六房间就不会安排给其他人入住，自然而然地成了牛培林的套房。

忽然，放在床头柜上的手机嗡嗡地震动起来，牛培林拿起来一看，是周庄镇公安分局局长金一鸣的电话。

牛培林按下接听键，压低声音问道："老金，什么事？"

"我有急事要找局长。"金一鸣的声音听起来有点发虚。

牛培林继续压低声音说："局长昨天喝高了，正在睡觉……"

柴刚川有个坏脾气，平时睡觉的时候，无论谁把他叫醒都无所谓，但是如果他喝醉了在睡觉，即使天大的事情，谁把他叫醒，他都会破口大骂，甚至动手打人。

金一鸣是柴刚川的心腹嫡系，一听牛培林这样说，自然就明白了。他迟疑了一下，说：“牛秘书，那我赶过去算了，等局长醒了，我当面向他汇报。”

挂了电话，金一鸣把几个心腹叫过来，要他们严密注意审计工作组的动向，有什么事情及时和他联系。交代过后，金一鸣才悄悄地下了楼，开着那辆从周庄镇第二金矿借过来的红旗轿车，向邙北市赶去。

十年前，金一鸣还是林业局档案室主任，他本来是林业局办公室主任。当时天阳市林业局的汪科长调到邙北市林业局任局长，金一鸣为了拍这个汪局长的马屁，费尽心思打听出来汪局长在省会中州市刚买了一套新房子。当时流行铺地毯，于是金一鸣就花了大价钱买了一套高档的土耳其地毯，并且按照汪局长新房子的格局切割好，然后送到汪局长家里。

当时是汪局长的爱人收下的地毯，看到地毯是切割好的，还有些不高兴。金一鸣就说道，这些地毯是按照她新房子的格局切割的，拿过去直接铺上就是，省得重新切割那么麻烦。

汪局长的爱人听了之后将信将疑，就把地毯运到中州的新房子里一铺，果然和金一鸣说的一样，这地毯和她的新房子严丝合缝、分毫不差。当时汪局长的爱人心里就高兴，觉得金一鸣太善解人意了，连这种小细节都能考虑到。

等汪局长从南方考察回来，爱人就不住口地向他夸赞办公室主任金一鸣，说这个金一鸣太会办事，太体贴入微了。汪局长就奇怪，问爱人是怎么回事，爱人就把金一鸣送地毯并且切割好的事情详详细细地讲述了一遍。不曾想，汪局长听后面色大变，说这个人不能用，留在身边太危险。这个人在邙北市，就知道他在中州市买了房子，这还不说，还把房子里的格局打听得一清二楚。这些东西他都能弄清楚，还有什么东西他弄不清楚的？要是留在身边，岂不是一个定时炸弹吗？太危险，太危险了！

没几天，汪局长就找了一个借口，把金一鸣从办公室主任的位置上调到档案室当主任了。这可把金一鸣郁闷坏了，拍马屁拍到马蹄上，真不是一般的倒霉。

于是金一鸣就转而和当时任副局长的柴刚川套近乎，拍柴刚川的马屁。金一鸣看人眼光很准，觉得汪局长如果退休之后，几个副局长中，柴刚川是最有希望接任局长宝座的。

俗话说王八看绿豆，对了眼了。汪局长虽然看不上金一鸣，可是柴刚川不知道怎么就很欣赏金一鸣。后来林业局多种经营科科长的位子出现空缺，柴刚川就向汪局长提议，让金一鸣去担任林业局多种经营科的科长。

汪局长当然不同意，他说："这个金一鸣在大学里是读政治经济学的，宏观搞不了，微观也搞不了，等于什么都没有学。再说这个人也不是一个踏实的人，整天就知道钻来钻去，脑袋一天比一天尖，见识一天比一天短，眼光一天比一天暗，在档案室管管档案已经很不错了。到多种经营科去，不合适！"

后来汪局长退休，柴刚川接任林业局局长，在欢送的酒宴上，汪局长还特意拉着柴刚川的手对他说："金一鸣这小子，你要小心点，不可重用。"

柴刚川此时已经不把汪局长放在眼里了，他摇着脑袋说："鸡鸣狗盗之徒，各有各的用途啊！"

汪局长当时气得浑身发抖，说道："柴局长，你是林业局局长，不是街面上的黑皮啊！"

柴刚川不屑一顾地说："要办事就要用办事的人。用那些道貌岸然、满嘴道理讲不完的人，都是一些花瓶，中看不中用，到时候拉不下脸来办事，架还很大。我要用能办实事的干部，不要理论研究所所长！"

没几天，柴刚川就在局党委会上拍了板，把林业局公安科科长调到档案室任主任，把金一鸣从档案室主任的位置上调到林业局公安科任科长。

金一鸣到林业局公安科科长的位置上之后，果然是唯柴刚川之命是从，鞍前马后地为柴刚川办了很多他想办而不方便办的事。柴刚川也觉得金一鸣越用越顺手，后来柴刚川到了邙北市公安局的位置上之后，就把金一鸣的关系弄到了公安局，没过多久，金一鸣就成了周庄镇公安分局的局长。

周庄镇是邙北市的重镇，黄金产能占邙北市黄金总产能的百分之六十，远远超过排名第二的后河乡所占百分之二十的水平。若论起经济繁荣状况，周庄镇甚至超过了邙北市市政府所在地的城关镇，所以在别的乡镇都是派出所的情况下，周庄镇却设立了公安分局，下面设了三个派出所。

柴刚川把金一鸣放到周庄镇当公安分局局长，当然有他的用意。而金一鸣也没有辜负柴刚川的厚望，在周庄镇上下其手，利用抓赌、抓嫖等手段敲诈勒索，大发其财，其中大头当然要送到上面孝敬给柴刚川了。为了向柴刚川证明自己的忠诚，金一鸣还特意设了一本账目，上面详细记录每一笔资金以及分配情况，以证明他没有在中间私吞好处。这些账目平时金一鸣就放在公安分局财务科内，每半年送到市里让柴刚川审阅一次，然后就立刻销毁。

由于柴刚川在邙北市一手遮天，审计局和纪委从来都不敢到公安局查什么账目，所以金一鸣也就大胆惯了，根本没有做什么防备工作。只是把那些没有经过柴刚川审阅的小金库账本放在财务科的档案柜里。这主要也是为了方便，因为小金库里的资金不能是柴刚川和金一鸣两个人独吞啊，这是一条利益链，很多人都要从中分得一杯羹，所以小金库里的资金平时就由分局财务科出纳小刘掌握，到分配的时候，按照不成文的惯例，经过出纳的手再发放出去。而作为经手人，出纳小刘必须掌握着账目，好向金一鸣交代清楚。

可是金一鸣万没想到竟然会风云突变，今天早上刚一上班，审计局局长高胜强就亲自率领着审计工作组进驻了周庄公安分局，一上来就不听金一鸣的任何解释，直接把分局财务科的所有档案柜都封了。金一鸣搬出柴刚川来吓唬高胜强，谁知道高胜强根本不吃拿一套，直接拿出常务副市长赵长风的批示堵住了金一鸣的嘴，说金一鸣有意见，可以直接向赵市长反映，也可以请柴局长向赵市长反映，他们审计局只是执行市领导的批示，还请金一鸣局长配合。

金一鸣借故躲到办公室悄悄给牛培林打电话，谁知道柴刚川昨天晚上喝醉了，现在还没有醒，没有办法，金一鸣只好亲自开车到邙林宾馆去找柴刚川了。

金一鸣把车停在邙林宾馆的后院，然后从后门进来，上了五楼，敲了敲五零六的房门。牛培林在里面听见有人敲门，就知道是金一鸣。这个土包子，每次过来都敲门，从来不晓得按一下门铃。

打开房门，把金一鸣让了进来，牛培林说："老金，发生什么事了？你这么风风火火地要赶过来？"

金一鸣叹了一口气，说道："审计局的高胜强带领工作小组把分局的财务科给封了。"

"什么？"牛培林也吓了一跳，"高胜强吃了熊心豹子胆了？竟然敢去封分局的财务科？"

金一鸣说："高胜强当然没有这个胆子，但是他手里有赵长风的批示。"

听到赵长风三个字，牛培林完全明白了，他咬了一下嘴唇，低声说："老金，这是姓赵的来报复局长啊！”

金一鸣挠着头说：“牛秘书，我何尝不明白啊？当初赵长风来了批示之后，我就跟局长说，让他就把陈钢、张国强、李卫东那三个小子再弄回来公安局上班就算了。赵长风再怎么着也是市委常委、常务副市长，掌管着人财两项大权，局长多交一个朋友，不比多树一个敌人好吗？”

“唉，谁说不是呢！”牛培林摇了摇头，“咱们领导心目中只有蔡书记和钱书记，除此之外谁都不放在眼里，谁又能想到，姓赵的下手这么快这么狠呢？”

金一鸣双眼放着寒光：“对，这个姓赵的绝对不是一个善茬，看看他挑的时间就明白了。今天他率领着大龙溪污染综合治理领导小组到后河乡去检查，所有人的注意力都集中在后河乡大龙溪两岸的金矿上的时候，他竟然不声不响地让高胜强率领审计工作组到我们分局来……”

正在说话间，就听到房门“咚咚”地响起来。

“哟，领导醒了！”牛培林连忙站了起来，这五零六房，除了柴刚川之外，还没有人敢这样乱敲呢。

牛培林和金一鸣连忙起身去把房门拉开，一股酒气传来，柴刚川脚步飘着就进来了。

牛培林连忙去扶着柴刚川，柴刚川却把他推开：“以为我真喝多了？就财政局苏长江那几个王八蛋能把我灌醉？”

牛培林被推开去，却没有摔倒，顺势扑向暖水瓶，倒了一杯茶，捧给柴刚川。

“哟嗬，老金也来了啊！”柴刚川这才看到金一鸣，他伸手从睡衣口袋里摸出两盒烟扔在床上，嘴里嚷道，“这是我从苏长江手里讹的两盒大熊猫，正好你们俩一人一盒。”

金一鸣捧着烟左看右看，好像欢喜得不得了，可是他此时的心思全部在公安分局财务科档案柜被查封的事上，大熊猫香烟虽然金贵，这个时候又怎么能引起他的兴趣呢？

柴刚川踢了拖鞋，盘着腿坐在床上，一只手就在脚趾头缝里来回抠着，另一只手却端了茶杯，吹着水面上的茶叶，好容易在茶叶中挤出一口水，他张嘴喝了一口，就生气地把茶杯蹾在桌子上，指着牛培林嚷道：“培林，马上给我打电话叫李旺经过来。”

牛培林正在装模作样地欣赏手中的大熊猫香烟，听了吩咐，立刻打电话给李旺经：“李总，赶快过来一趟。五零六。”

三分钟不到，李旺经就气喘吁吁地跑了进来。柴刚川盘坐在床上，一手抠着脚丫子，一手指着李旺经呵斥道：“你的好茶叶都到哪里去了？弄这些劣质茶叶来糊弄！”

李旺经苦着脸回答：“不好意思，不好意思，是我的疏忽。”他打开茶叶桶看了一看，里面是上好的西湖龙井，没有任何毛病。可是李旺经没敢辩解，赶紧把服务员叫进来：“跟你说过多少次了？五零八和五零六房间的水两个小时一换。下次你们再敢疏忽！”

口里骂着，李旺经心中却责怪柴刚川的怪癖。爱喝茶水，却偏偏不用饮水机，说饮水机的水反复烧，有什么致癌物质。非要拿矿泉水烧开装到暖瓶里来泡茶。邙林宾馆五零八房号称邙北市最高档的套房，但是这只暖水瓶往里一放，套房的档次立刻降下来。

服务员提着水进来，李旺经亲自为柴刚川泡上茶叶，捧着杯子端到柴刚川面前，柴刚川嗅了一下茶叶的香气，看着碧绿色的茶叶在淡绿色的水上下沉浮，这才满意地点了点头，挥手道：“行了，你出去吧！”

李旺经出去后，柴刚川哈哈大笑，对金一鸣说道：“老金，看到了没有，老李多听话。”

金一鸣就知道柴刚川刚才的做派是做给他看，柴刚川总是这样，经常借着敲打一个手下的机会去警示另外一个手下，仿佛不这样做，就不足以证明他在手下人面前的威慑力。

又喝了两口茶，柴刚川才问道：“老金，说吧，什么事？”

金一鸣从柴刚川一进房间就憋到现在，就等柴刚川问这句话呢，此时听柴刚川开了口，连忙说道：“审计局的高胜强把我们分局财务科的柜子全封了。”

“什么！”柴刚川勃然大怒：“这个赵长风，也欺人太甚了！我给他几分面子，他竟然动到我的地盘上来了。”

金一鸣本来想劝柴刚川去赵长风那里说个软话，把这一层过结揭过去。毕竟是柴刚川首先驳了赵长风的面子，赵长风这边才动手的，但是看柴刚川目前的态度，丝毫没有缓和的余地。也是，柴刚川是邙北市的地头蛇，飞扬跋扈惯了，自然不愿意买赵长风这个过江强龙的账。

见金一鸣低头不语，柴刚川就明白，肯定有把柄在财务科档案柜里了。

“老金，现在是个什么状况？你老实说！”柴刚川威严地说，他拿了一根烟塞到嘴里，牛培林抢前两步过来摸出打火机为柴刚川点烟。

“那个小账本，也在财务科放着。”金一鸣畏畏缩缩地说。

“混账！”柴刚川大怒，“你没有长脑子吗？那种东西能放在财务科吗？你这不是诚心让人一窝端吗？”

金一鸣垂着头，眼睛都不敢望着柴刚川，心惊胆战地解释道：“平日里小金库里的钱都由出纳小刘保管，这些东西放在财务科，也是为了方便。”

“方便你个头！”柴刚川大骂道，“这些东西被审计局高胜强拿到手之后，弄不好我们都要进去吃公家饭，说不定你的家里还要给你出五毛钱枪子费呢！”

牛培林在一旁看着金一鸣可怜，柴刚川又一味地发怒，觉得也不是办法，就过来借着给柴刚川续水的机会说：“喝点水消消气。”

柴刚川气哼哼地端起茶杯喝了一口，心中怒火稍平，他放下茶杯说：“高胜强只是封了柜子吗？”

金一鸣说道：“对，本来他们要把账目全部抱走，我说没有您的批示，我无权决定，就把他们拖在那里了。最后高胜强他们决定先把柜子封起来，等赵市长回来和你沟通过后，再把全部账目抱走。”

柴刚川重重地抽了一口烟，冷笑道：“赵长风这手声东击西搞得漂亮，只可惜他这样做也给我们留下了缓冲时间。”

金一鸣这才抬起头看着柴刚川，问道：“您的意思是？”

柴刚川吐出一股粗大的烟柱，烟柱在空气中化开，把他的脸包围起来，让人看不真切。他的声音隔着烟雾传来，听起来有些阴森森的感觉：“赵长风率领大龙溪污染综合治理小组到后河乡去，怎么着也得一天时间，晚上才能返回邙北市，到时候高胜强才有机会向他汇报，他听取高胜强的汇报后，就算立即和我联系，我答应他的要求，审计工作组也得明天才能到你们周庄公安分局抱走账目，这么算起来，留给我们一晚上的时间……”

“您的意思是，釜底抽薪？”金一鸣一下子听明白了。

“对！这时候必须釜底抽薪！”柴刚川恶狠狠地说，“没有了证据，纵使高胜强手段再高明，又能怎么奈何得了我们？”

“这件事就交给我办吧。您放心，我一定会办得漂漂亮亮的！”金一鸣脑子里鬼主意很多，却没有拍板的勇气，此时听柴刚川拍了板，他放心大胆地去执行就是。即使出了什么问题，柴刚川也会替他兜着，而且是必须替他兜着，时至今日，他和柴刚川已经成为一条线上的蚂蚱，他出了事，柴刚川跑不了；柴刚川倒台了，他第一个就会被牵扯进去。

“好！”柴刚川下了床，迈步走到金一鸣的跟前，拍着他的肩膀说，“我就等着你的好消息了。老金，你家二小子快要转业了吧？”

“是，再有两个月就转业回来了。”金一鸣心中一喜。

“嗯，好好干！等二小子回来了，让他跟我去天阳市王局长家里坐一坐！”柴刚川亲切地说。

“真的太感谢您了，您可解决我的大问题了！”金一鸣拉着柴刚川的手感激涕零地说。

柴刚川哈哈大笑道：“老金，放心，我不会亏待任何一个好好替我干工作的人。”

“我回去了，您就等着我的好消息吧！”金一鸣今天虽然被骂得狗血喷头，可是心情却无比舒畅，如果二小子能进天阳市公安局，那老金家祖坟上可是冒了青烟了……

金一鸣走了之后，柴刚川坐在床上哈哈大笑，猛然收声咬牙切齿地说：“赵长风，你跟我斗，还嫩了一点。”

牛培林望着柴刚川，心中却有点惴惴不安，在他印象中，柴刚川虽然脾气暴躁，可是从来没有如此神经质，难道说赵长风的到来，已经给柴刚川造成了威胁吗？

环保局监测科王科长指挥工作人员取样，李大用连忙上前阻拦，眼睛看着李局长说：“李局长，直接取氰化池里的水样不合适吧？”

李局长冷着脸说：“李大用，用不着你来教训我合适不合适。我是环保局局长，知道该怎么做。”

李大用赔着小心说：“李局长，氰化池里的废水废渣我们不直接向外排放。都要经过下面的反应池处理，才向外排放，你们环保局要采样，应该采下面反应池的样品才是。”

李局长还是冷着脸说：“不化验氰化池里的水样，又如何知道你们反应池的效果?”

李大用这才在心中长长地出了一口气，原来李局长是在帮他，他却误会了李局长的好意。于是他就讪讪地退下。

李局长又说：“李大用，把你们矿的技术人员叫过来，为赵市长讲解一下你们处理废渣废水的技术原理和流程!”

李大用就招手把生产副矿长巴天明叫了过来：“巴矿长，你来为赵市长等市领导解释一下吧。”

巴天明似乎有点不太情愿，他来到赵长风面前，低着头不知道怎么说话。赵长风看环保局的监测人员正在忙着取样化验，正好趁这个机会听听凤凰山金矿有什么说辞，就说道：“巴矿长，咱们上次见过。就是发生矿难的那一次。”

巴天明脸色一变，偷眼看了一下旁边的李大用，李大用脸上不动声色，垂在身侧的拳头却小幅度地挥舞了一下。巴天明看到这个手势，心中叹了一口气，连忙强打精神说：“赵市长，对，当时我见过您。幸亏您在现场指挥，才让那场矿难化险为夷。”

李大用听巴天明说话还算靠谱，这才放下心来。

赵长风笑道：“不要往我脸上贴金了，只能说是幸运，才没有出什么大事。”顿了一下，赵长风想起金矿生产安全归副市长何泉声分管，他在这里议论不太合适，就说，“好了，巴矿长，今天我们这些人来当一回学生，你来给我们讲解一遍，氰化池里的废水废渣是怎么处理的。”

巴天明定了定心神，对赵长风说：“赵市长，请过来看这边。”

赵长风和领导小组成员以及记者就跟了过去。

巴天明指着氰化池不远处的一个大水泥池，说道：“赵市长，那个就是反应池，氰化池里的废水废渣被转移到那个反应池里，然后加入碱性氯化物，利用氯的强氧化性来氧化氰化物，分解成低毒或者无毒物。这个办法叫做氯氧化法，在反应过程中，为了防止氯化氢和氯气飘逸到空气中，反应常在碱性条件下进行，所以也叫碱性氯化法。”

说到这里，巴天明指着反应池中的水说：“赵市长，请看这反应池中的水，颜色已经正常，按照指标来说，已经符合环保局规定的废水废渣排放标准，一会儿的检测结果会证明这一点的。”

赵长风正要发问，旁边一个记者忽然说道：“巴矿长，我是中原日报社的记者薛英杰，按照巴矿长的解释，反应池确实可以控制氰化物污染，但是据我所知，这个反应池很少投入使用，对吗？”

赵长风听到薛英杰三个字，立即来了兴趣，这不正是阳江超托人找的那个很有正义感的记者吗？

薛英杰看起来三十出头，一头浓密乌黑的头发，有点波浪卷，和棱角分明的脸搭配起来，有一种艺术家的气质。他跳出来质问巴天明的时候，并没有看包括赵长风在内的任何人，似乎这些邙北市的大小领导都不存在一般。从侧面看去，只见薛英杰的眼睛眯缝着，闪着锐利的光芒。

巴天明愣了一下，不知道该如何回答。李大用在一旁接口道：“原来你就是中原日报社的薛大记者啊，久闻大名。只是薛大记者说话要讲一点证据，请问你有什么证据来证明我们凤凰山金矿的反应池很少投入使用？如果没有证据就胡说八道，即使你是记者，我也可以告你诽谤。”

薛英杰冷冷一笑，说道：“这位是李矿长吧？久闻大名。你问我要证据是吗？我这里有梨树口村一百多个村民的证词，证明你们反应池基本上不投入运营，可以吗？”

李大用也冷笑道：“梨树口村的村民啊？他们好逸恶劳，不愿意从事农业生产，把土地卖给金矿之后看金矿经营得红红火火，后悔当初开价低了，天天来金矿上闹事，要求再给他们补偿，在这种情况下，薛大记者认为梨树口村村民的证言有多大可信度呢？”

薛英杰成竹在胸，眯着眼睛说道：“李矿长，就算村民的证言不可靠吧。但是监测数据不会骗人吧？既然你说反应池投入使用了，那么我们查看一下反应池的排水沟，看看排水沟里残留废水的指标，行吗？”

后河乡书记马会来插话道：“薛记者、李矿长，你们都少说两句，当着这么多领导的面，难道非要吵架不成？”

赵长风微微一笑，并不说话，他知道，薛英杰说得对，假如去检查反应池的排水沟，很可能就查出凤凰山金矿污染的真相。但是赵长风并不急于这样做，现在只是调查取证阶段，他手中的牌还不够，还需要借势，那些小报的记者受了冷落，肯定会大肆宣扬大龙溪的污染问题。这个时候，作为中原省报业翘楚的《中原日报》该如何表态是最重要的，赵长风觉得还得把薛英杰逼一下，让他回去继续在《中原日报》上放炮，必须继续施压才行。否则没有上级的尚方宝剑，他这里的综合治理领导小组也只是雷声大雨点小，最终还是要被蔡国洪给拿下的。

马会来看赵长风的神情，还以为赵长风对薛英杰态度有所不满，心中才暗自放心。当领导谁没有个脾气啊，领导正在说话，你一个记者抢出来随便发言，甚至抢了领导的风头，领导会喜欢吗？

这时候，刘俊康夹着的手包里发出响声，刘俊康拿出手机一看，是高胜强发来的信息：周庄镇公安分局财务室档案柜已经顺利查封。

刘俊康一笑，把手机放进手包里，来到赵长风身边，低声在赵长风耳边说："成了。"

赵长风脸上不动声色，心里却很是喜悦。环境污染的查处固然重要，但是周庄镇公安分局那边的审计却更重要，只要高胜强能拿到有力的证据，在公安局打开一个缺口，把柴刚川拿下，那么蔡国洪和钱兆均的势力就会受到严重削弱，要是那一两个中立派常委再倒戈过来，那么在常委会中再进行对决，谁胜谁负还真是一个未知数呢！

这边环保局监测科的检测数据已经出来，氰化池中的废水经过反应池处理之后，已经完全符合工业废水排放的标准。

赵长风点了点头，又在巴天明的带领下，查看了一下凤凰山金矿的污水排放管道，这时候就到中午了，李大用殷勤地说矿上已经准备了薄酒便饭，招待综合治理领导小组一行，赵长风摆了摆手，对马会来说："马书记，就到乡政府吧，由你来安排。"

马会来自然满口答应。

第九章　先斩后奏费尽心机，百密一疏露出马脚

在这个节骨眼上，蔡国洪居然强行通过了招商引资的优惠政策。这既是为了防止邙北市的势力格局发生变化，也是为了让那些金矿大老板安心。这是典型的先斩后奏，一旦调查组真的查出问题，他可以推说这是市委的集体决议。这手腕不可谓不高明，只可惜百密一疏，还是露出了马脚，被赵长风看出了破绽。

综合治理领导小组上了车，驶出了凤凰山金矿，在出凤凰山金矿门口的时候，看到金矿大门外停了一辆面包车，面包车下站着七八个人，望着综合治理领导小组的车队，眼里闪着怨毒的目光。

午饭安排得非常丰盛，这是马会来的意思，既体现了对市里领导的重视，又可以拖延时间，延缓综合治理领导小组到金矿检查的步伐。总之，领导们在午宴上多消耗一分钟，在金矿上检查就少用一分钟，这种交易对马会来说当然是划算的。

吃过午饭后，已经是下午两点半了，赵长风带领着综合治理领导小组匆匆地检查了两个小金矿，就到下午五点了，由于金矿都在山里，山高路险，检查小组如果不打算在后河乡住宿的话，按照计划，就必须启程返回了。于是赵长风一声令下，一群人就浩浩荡荡地上了车，开始返程，到了晚上七点多，回到了邙北市。

刚到市里，王建军就过来告诉赵长风，接到市委办主任林同兆的通知，蔡国洪书记明天上午八点要在市委召开常委会。赵长风愣了一下，道："什么议题？"

王建军就说："还是上次讨论那个招商引资优惠政策的修改稿。"

赵长风一想，可不是嘛，上次会议定的两周后再进行讨论，两周时间早已经过去了。本来赵长风以为大龙溪污染被《中原日报》曝光，副省长武卫平和天阳市市委书记魏新强、市长张培伦以及副市长宋黎明都做出了批示，蔡国洪一定要让市政府调查处理大龙溪污染的事情，没有想到蔡国洪却丝毫没有松口的意思，竟然一意孤行地要继续在市委常委会上对《邙北市招商引资优惠政策修改稿》进行表决。赵长风知道，现在如果要进行表决，刘光辉和付罡庭两个人的势力加起来照样顶不住蔡国洪。他这边虽然也借了外势，但是毕竟压力刚刚下来，还没有打开缺口。看来蔡国洪也是在和他们抢时间，争取在上面的压力没有彻底压下来之前，先把这个招商引资的优惠政策强行通过再说。

想到这里，赵长风就有点意兴阑珊。于是赵长风就把李局长叫了过来，让他和王建军明天继续率领着综合治理领导小组到大龙溪两岸检查金矿，争取利用两到三天时间把大龙溪两岸的企业都摸排一遍。李局长是综合治理领导小组副组长，王建军是综合治理领导小组办公室主任，两个人相互配合，基本上也能完成赵长风布置下来的任务。

然后大家就在邙北宾馆吃饭，吃过饭后，中原日报社的记者薛英杰和中州晚报社的记者江文静同时提出要对赵长风进行采访。赵长风想了一下，就说一个一个来吧。中原日报社是中原省最大的媒体，那么薛大记者就首先采访吧。

江文静用美丽的大眼睛望了赵长风一眼，说道："好，赵市长先接受薛记者的采访吧。不过赵市长在接受完薛记者的采访之后，一定要接受我的采访哦，我在房间恭候赵市长的大驾光临。"说着袅袅娜娜地上楼去了。

赵长风看了看周围，对薛英杰笑道："薛大记者，我看这里不怎么适合采访，要不就到你房间去吧。"

赵长风这样做其实是为了避嫌，他既然可以到中原日报社记者薛英杰的房间接受他的采访，当然也可以到中州晚报社记者江文静的房间接受江文静的采访了。

跟随薛英杰来到三一三房间，赵长风坐在沙发上，薛英杰坐在床上，拿出录音机，又掏出笔记本，做好了采访的架势。

刘俊康先为赵长风泡了一杯茶，顺手又给薛英杰泡了一杯，然后退到一旁。

“赵市长，请问我可以开始了吗?”

“可以!”赵长风莞尔一笑，端起了茶杯。

薛英杰于是就开始了连珠炮似的发问，问题一个比一个尖锐，即使赵长风已经做好了准备，即使赵长风是赞同对大龙溪污染进行彻底治理，但是听了薛英杰这些问题，还是感觉到有些招架不住。更何况现在赵长风并不能对薛英杰亮明态度，他不能告诉薛英杰，我的观点和你的观点一样，是我当初请你过来对大龙溪的污染进行报道的。这件事除非赵长风打算离开官场，否则赵长风一辈子都不能说，这毕竟涉及官场的潜规则，与正义感无关，只涉及小团体的利益。赵长风这样做，在某种意义上来说，等于是对邙北市整个领导团体的背叛。

心中有着种种顾忌，赵长风只好施展起太极功夫，东拉西扯，就是不涉及问题的核心。赵长风的打算是，他这种回答薛英杰能理解最好，如果不能理解，也无所谓，反正赵长风正想借助薛英杰的笔杆子继续对蔡国洪等人施加压力。

这样谈了大概有三十分钟，薛英杰忽然合起了笔记本，眯着眼盯着赵长风说：“赵市长，你这样的态度，谈话无法进行下去。”

赵长风耸耸肩膀，笑了起来：“薛记者，有很多事，你以为你明白了，其实你并没有明白。正如我刚才的那些话，你认为你听懂了我的意思，其实你听懂的那些意思并不是我想要表达的意思。我和你一样，都希望还大龙溪两岸人民一块蓝天、一方净土，让他们可以在那块世世代代都属于他们的土地上继续幸福地生活下去。也许你认为我这一番话是在打官腔，可是我向你保证，这些话都是出自我的本意。只是人在官场，身不由己啊!”

顿了一顿，赵长风说：“我最后这一番话，你听听就行，请你不要记录下来，更不要用文字的形式发表。”

薛英杰的眼睛就眯缝得更厉害了。

“薛记者，很高兴你能到邙北市来采访，也很高兴你能关注邙北市大龙溪的污染状况。”赵长风微笑着站了起来，主动伸出手来，“我该去接受另外一个记者的采访了，希望她不会像你这般咄咄逼人。”

薛英杰站了起来，用力握住赵长风的手，嘴唇往上微微一翘，露出一抹微笑，他具有艺术家气质的脸庞上竟然显示出一些少年人脸上才能看到的调皮和纯真："赵市长，不管怎么说，至少我相信你是一个有良知的官员。"

"谢谢你对我的评价。"赵长风笑了一笑，转身离开了薛英杰的房间。只留下薛英杰在后面呆呆地看着赵长风的背影，脑子里闪过一个又一个谜团。

"她住在几号房间？"出了薛英杰房间，赵长风问道。

"六楼，六二二房间。"刘俊康自然知道赵长风问的是谁，马上回答道。

赵长风迈步上楼，来到六二二房间，也许从三楼爬上来太累，他的呼吸有些急促，于是他努力想调匀呼吸，可是他的努力却没有见什么效果，非但呼吸没有调匀，连心跳都有一些加速。

要是往常，刘俊康必定跟随在赵长风身边，抢先替赵长风按下门铃。可是今天，刘俊康不知道怎么就没有跟上来，赵长风想抬起手按门铃，却又觉得手腕很沉重，怎么也抬不起来。赵长风甚至转身想走，可是，处在今天的地位，他不能走，他必须接受江文静的采访……

赵长风的手终于艰难地抬了起来，按在门铃上，响了两声之后，房门打开，江文静动人的脸庞就出现在赵长风面前："赵市长，请进。"江文静的语气冷冰冰的。

赵长风下意识摸了一下西装里有些单薄的羊绒衫，都已经深秋了，邙北宾馆的中央空调为什么还不开？

"赵市长，请坐。"江文静冷冰冰地说。

赵长风还真有点不习惯发生在江文静身上的这种转变，那个温柔恬静的知性女记者不见了，代之的是一个冰美人。

赵长风想化解这种气氛，脸上绽开一个笑容，开玩笑道："怎么，不给我来一杯茶吗？"

江文静冰冷的目光中陡然射出两道怒火："市长大人，要不要我用大龙溪的溪水为你泡一杯茶呢？"

赵长风从来没有想到过，在江文静这里能够享受到冰火两重天的待遇，听江文静的话，赵长风就知道，江文静把大龙溪的污染也算到他的头上来了。

赵长风苦笑了一下，不知道该怎么回答。江文静眼中的怒火熄灭，代之以鄙夷的眼神："笑？亏你还你笑得出来！你费尽心思爬到市长的位置上，难道就是为了祸害老百姓的吗?”

赵长风定定了神，心中暗自舒了一口气。江文静把话题扯到大龙溪的污染上面，这对赵长风来说是一种解脱，最起码赵长风暂时不用考虑如何去面对过往那一段感情。

“文静，你误会我了。”赵长风微笑着说，“我们认识六七年了，你还不了解我是什么样的人吗?”

江文静眼睛盯着赵长风看了一阵，说：“我曾以为我了解，但是我发现，我错了。”

赵长风干张了两下口，却不知道该说什么。

“或者说，我了解那个叫做长风的大学生，”也许是想起了以前，江文静冰冷的目光变得有些柔和，“而不是了解另外一个叫赵长风的政府官员。”

赵长风摸了摸鼻子，说道：“文静，我可以向你保证，无论我将来走到哪个职位，我本性中善良的一面绝对不会改变。也许碍于某些因素，我的善良暂时会被隐藏，甚至会被压抑，但是只要有一个合适的机会，总会喷薄而出的……”

江文静目光中就有些嘲弄：“市长大人，这么说来，你本质上还是一个热血青年了?”

赵长风笑了一下，用手在心窝处比划了一下：“拿刀从这里划开，我这里的血甚至可以煮熟鸡蛋。”

听到赵长风戏谑的话语，江文静的心弦不由自主地颤动了一下，对，这才是她熟悉的长风，那样洒脱中总带着一点不羁，热情中总有点幽默，有一点夸张，在逗笑她的同时，又不经意地俘获了她的芳心……

不行，这只是假象，不能被他的假象所迷惑。江文静的嘴角挂着一抹哂笑，说道：“赵市长，据我所知，大龙溪的水不但能煮熟鸡蛋，还能融化金子呢!”

赵长风的心情就沉重起来，点头说道：“是啊。大龙溪曾经是一条美丽的小溪，现在却成了一条杀人的恶龙。”

“赵市长，原来你对这个情况很清楚啊，我还以为你一点都不了解呢!”江文静故作惊讶，“你既然知道，为什么今天薛英杰在凤凰山金矿提出检查排污沟的时候，你没有表态?”

赵长风摸着鼻子，沉吟着。

“赵市长，怎么不回答呢？你的热血不是能煮熟鸡蛋吗？怎么连我这么一个小问题都不敢回答呢？”江文静咄咄逼人。

赵长风下定了决心，要把他真实的想法告诉江文静。不管怎么样，他都需要在新闻界找一个同盟军。《中原日报》的薛英杰虽然充满了正义感，但是赵长风还是不敢轻易相信他。换而言之，赵长风只能利用薛英杰来达到自己的目的，却不能告诉薛英杰他真实的目的而期盼薛英杰和他一同来完成。但是对江文静却不同，赵长风知道，无论江文静对他的言辞如何激烈，如何咄咄逼人，但不管到了什么时候，江文静都不会出卖他。

“文静，我下面的话你可以听，但是不要记录，好吗？”赵长风诚恳地说。

江文静咬了一下嘴唇，点头道：“好，我答应你，我倒要看看，赵大市长要说出一番什么样的大道理。”

赵长风笑了一下，柔声提出一个要求：“文静，可以帮我倒杯水吗？”他的声音好像有一种魔力，不由自主地瓦解了江文静的心理防线，她站起来到写字台上拿起托盘中的茶杯，才忽然想起，刚才她还理直气壮地请赵长风去用大龙溪的水喝茶，怎么现在就会莫名其妙地起身为赵长风倒茶呢？可是此刻她已经拿起了茶杯，再转身回去不是显得更加刻意做作吗？

江文静对自己就有点生气。她拿起一包袋装茶恶狠狠地撕开包装扔进茶杯里，故意弄出叮叮咣咣的声音，然后到饮水机前为赵长风接了满满一杯水，转身来到赵长风面前，重重地蹾在桌面上：“赵大市长，喝茶！”

赵长风知道他胜了一阵，就微笑着端起茶杯，轻吹了一下水面，小啜了一口。劣质茶叶的苦涩味道在赵长风的口腔中弥漫开来，他却觉得无比舒畅。

“文静，对于大龙溪的污染，我第一次看到的时候和你是同样的感觉，触目惊心！”赵长风放下了茶杯，诚恳地开始表白。

“现在呢？现在是不是司空见惯了呢？”江文静美丽的嘴角挂着一抹哂笑，让赵长风看得有点魂不守舍。

“我可知道一些官员，上任伊始，对很多现象都感到触目惊心。可是随着时日长久，慢慢地这些触目惊心的现象就不那么触目惊心了，甚至可以慢慢接受，到最后变成司空见惯，似乎没有这些现象反倒有点不正常了，对不对，赵大市长？”

赵长风摇了摇头，说道："文静，我不否认，时下有很多你刚才所说的这样的官员，甚至在我们邙北市就有不少。但是绝对不包括我！就拿大龙溪来说，我每看一次，就感到触目惊心一次，甚至一次比一次触目惊心，它是流淌在邙北市的大地上一条毒龙，又是盘曲在我心中的一条毒蛇，时时都在啮咬着我的心。比起你们记者来，我更想早日把它治理好！"

"可是，赵市长……"

江文静开口刚想说话，赵长风伸手把她拦住了："文静，请你等一等，让我把所有的话说完，你再发问好不好？"

江文静看着赵长风一脸郑重其事的表情，不由自主地点了点头。

"可是治理好一条污染如此严重的河流，不是一朝一夕的事，这是一个庞大的系统工程，需要方方面面进行努力，当然，首先是政府方面要表明态度，要做出表率。"赵长风说，"可惜的是，并不是所有的邙北市政府官员都这么想。在邙北市，黄金采掘业占政府财政收入的百分之八十以上，所有政府官员都在为黄金采掘业大开绿灯。不能说他们没有意识到这种疯狂的行为的后果，但是按照目前政绩考核体系，一个地方政府的政绩主要与地方的国民生产总值和财政收入来挂钩，而且地方首长都是干一两任，甚至一两年就调离了，请问在这么短的时间里，让他们如何去考虑一个城市、一个地方的长远规划？只有眼前的政绩是最实实在在的。"

赵长风一边说着，一边整理着自己的思绪。这些东西在他脑海里思考了很久，一直想找个人倾诉一下，可是却找不到一个合适的倾诉对象，今天江文静来采访他，就让江文静当一次他的倾诉对象吧。

赵长风继续说："我是想治理大龙溪，但是我一个人的声音在领导班子中太弱。如果我是领导班子的班长，哪怕是副班长，都好说，可我只是一个常务副市长，在眼下的政治格局中人微言轻，我的意见起不了决定性的作用。"

"可是我还是想有所作为，尤其是当我看到大龙溪两岸，包括一个叫梨树口村的村民被祸害成那种模样之后，我更是义愤填膺，我很想改变我有心无力的局面，于是我就想到借助了外力来促使邙北市主要领导改变思想观念，来采取切实有效的措施来治理大龙溪的污染。"说到这里，赵长风无奈地笑了一下，"文静，说起来你可能不相信，薛英杰到大龙溪来采访，还是我这边托人传的话，为的就是想让省城媒体对大龙溪的污染进行曝光，让省里领导对天阳市、对邙北市施加压力。”

“什么？竟然是你？”江文静惊讶地说，“我听薛英杰说过，是一个神秘人物给他提供了大龙溪污染的线索，但是却没想到，这个神秘人物竟然是邙北市常务副市长。”

赵长风苦笑两下，摸了摸鼻子：“是不是感到非常不可思议？提供新闻线索的人竟然是堂堂的邙北常务副市长。可这就是事情的真相，一个常务副市长想治理境内的污染，还需要这样偷偷摸摸地搞小动作。”

“长风！”江文静心里充满了感动，这才是她熟悉的长风，这才是她要找的长风，这才是那个一直在她梦里出现的长风，那样充满正义感、洒脱不羁的长风！

“长风，你觉得这样做有效果吗？”

“呵呵，怎么没有效果？这不，副省长批了条子，天阳市书记、市长、副市长三个人也做了批示，这就是效果。”赵长风耸了耸肩。

“既然如此，那今天检查的时候，为什么不让环保局到凤凰山金矿的排污沟里取样呢？”江文静就有些迷惑不解，“有了副省长、天阳市委书记等领导的批条，你还顾忌什么？”江文静态度温和下来，又成为赵长风熟悉的那个温柔知性的美女记者。

“顾忌，我怎么能没有顾忌啊？”赵长风耸肩说，“文静，你一直跑经济线的，不了解官场，换句话说，就是没有政治眼光。”

“赵长风，不要以为你当了个芝麻大的市长，还是个副的，就开始瞧不起我们女人！”知性美女立刻变成了张牙舞爪的母老虎，“你以为我还是当初刚参加工作锋芒毕露的小记者啊？这些年来我看到的、听到的东西并不比你少，领悟到的东西可能比你还多呢！”

“老祖宗有一句话，叫做水到渠成。”赵长风不敢分辩，把话扯回正题，“办事讲究水到渠成。现在虽然上游开闸放水了，但是水势不大，甚至流不到邙北市就干涸了，所以我这里必须再憋一憋，把动静闹得大一点，这样上游的水闸就不能半开半掩，它必须全线敞开，大水来势汹汹，谁要阻挡谁就倒霉，到时候我借着汹汹水势，就顺理成章地把一切问题都解决了。不然，现在我去解决，也只是解决表面上的问题。等这一阵风一过，大家一淡忘，领导一淡忘，大龙溪的污染还会故态复萌，到时候，难道要我再一次采取曲线救国的办法吗？即使采取曲线救国的办法，还管用吗？”

江文静嘴里虽然不服气，可是听赵长风说到这里，不由得不佩服赵长风想得周全。的确，如果只是做做表面文章，赵长风完全可以下令检查排水沟，对排污超标的企业进行罚款，下令让他们进行整改，可是这一阵风过去之后呢？会是什么样的情况？不用说江文静都能想象得到。

赵长风见江文静没有说话，知道她在心中默认了他的观点，就继续说：“我现在制造这么一种态势，就是希望媒体记者能够继续发挥新闻的监督作用，让上边的压力来得更大一点，到时候一劳永逸地解决大龙溪污染问题。虽然我知道希望不是很大，但是我还是要往这方面去努力，至于最后的成败如何，甚至别人如何看我，都不在我的考虑之列。只要我尽力了，心安了就行。”

“长风！”江文静又叫了一声，“你不怕这样做影响你的前途吗？”

赵长风苦笑了两声，老老实实地说：“害怕影响，所以才偷偷摸摸，所以才会被人误会，甚至连你都误会我。”

“哼！”江文静风情万种地白了赵长风一眼，看得赵长风心中一荡，“谁让你昨天见我的时候不老老实实地向我交代呢？你如果把你真正的想法老实告诉我，我会误会你吗？”

赵长风苦笑道：“文静，昨天我还没有来得及向你说，你就醉成了那样。”

一听赵长风说起昨天晚上的事，江文静立刻想起了什么，她来到床头，拿出一张纸条，问赵长风：“赵长风，你老实交代，这个叫李雅帆的女孩子和你是什么关系？”

“李雅帆，你怎么知道她？”赵长风惊讶地说，“你昨天不是醉得什么都不知道了吗？”

“哼，害怕了吧？”江文静说，“赵长风，你不要以为我醉了就什么都不知道了。你看看这个是什么？人家可是留下条子向我示威来了。”

赵长风接过条子一看，只见上面用娟秀的字体写着：“江小姐，你喝醉了，赵市长让我把你送回来，我帮你洗了澡，换了衣服，祝你休息愉快。李雅帆字。”

赵长风就明白了，因为江文静当时醉得太厉害，李雅帆帮江文静洗澡换了衣服，但是又怕江文静醒来之后误会是他干的，所以就留下这个字条做一个说明，让江文静放心。可是江文静看到这个字条，却不由自主地想偏了，以为李雅帆和他是什么关系，他让李雅帆来照顾她，李雅帆趁机留下这个字条，是向江文静示威，告诉江文静要离赵长风远一点。

“呵呵，小李是我的秘书刘俊康的未婚妻，当时我看你醉得那么厉害，我也不方便照顾你，所以就让刘俊康把他未婚妻叫过来，把你送回宾馆。”赵长风笑着解释这中间的过程。

“噢，原来如此！”江文静点了点头，盯着赵长风说，“赵长风，你不要以为你当了常务副市长，就可以胡作非为，你如果敢花花心肠，对不起佳怡，我第一个就不会放过你！”

赵长风心中苦笑，即使是老妈任巧芬，也没这么干涉过他。可是不知道怎么的，赵长风听到江文静口中说出如此霸道的话，心里感到很滋润——当一个美女在凶巴巴地管着你的时候，至少说明你在这个美女心目中有着非常重要的地位。

正想着，赵长风手包里的手机震动起来，是刘俊康发的信息：“高局长已经回到邙北，他要见你。”

赵长风就抱歉地说道：“文静，我这边有点事，就不打扰你休息了。关于大龙溪的污染，还请你在《中州晚报》上多配合一下。”

赵长风把手机塞到手包里，站了起来，伸出手来：“怎么，江大记者，不握个手？”

江文静脸上泛起红云，迟疑了一下，还是伸出手和赵长风握在了一下。赵长风心神一荡，江文静的小手凉凉滑滑的，手心发湿，显然出了不少汗，女人只有在自己心爱的男人面前，才会紧张得手心出汗。

赵长风正在胡思乱想，江文静那边已经松开手，态度变得冷冰冰的：“赵市长，恕不远送！”

“好，江记者早点休息。”赵长风摆了摆手，迈步出去，心里暗乐。

赵长风出了邙北宾馆，黑色的普桑正好滑到宾馆正门台阶下，老邢总是这么尽职尽责，而且时间拿捏得非常好。

上了车，赵长风不说话，闭着眼睛靠在车座上，回忆刚才和江文静之间的一切，他心情非常愉快，毕竟一个心结解开了，和江文静之间的关系又可以回到以前了。

刘俊康低声跟老邢交代着目的地。老邢开着车，沿着邙山路走着，到了邙山路拐弯处，老邢就减慢了车速，靠在了路边。车尚未停稳，一个身影就从路边的阴影处闪出：“赵市长。”

刘俊康降下车窗玻璃，对高胜强说：“上车吧。”高胜强不敢怠慢，拉开车门，坐在了赵长风旁边。

赵长风感觉有人坐在了身边，就睁开眼睛说：“胜强同志，辛苦了。”

高胜强连忙说：“赵市长，不辛苦，跟着您办事，浑身都是用不完的劲儿。”

赵长风呵呵一笑，道：“好，回家再说。”就又闭眼假寐。

车开进湖月山庄七号小院里停下，刘俊康抢先下了车把门打开。赵长风下了车，刘俊康和高胜强就跟了进去，司机老邢则尽责地守在车里。

“坐！”赵长风说话言简意赅。

“谢谢赵市长。”高胜强连忙坐下。

刘俊康熟门熟路地泡了两杯茶水，端了上来。

“谢谢刘秘书！”高胜强抢着从刘俊康手中接过茶水，放在自己面前，然后他半坐在沙发上，直着身子对赵长风说：“赵市长，今天任务完成得基本顺利。财务室所有的柜子我都让人贴上了封条。”

赵长风点头微笑道：“老学长干了十几年审计，对这些驾轻就熟，我很放心。”

高胜强脸上就乐成了一朵花，继续说道：“因为您还没有和柴刚川沟通，暂时没有办法把这些柜子里的账目移走，虽然上了封条，我还不是很放心，怕周庄镇公安分局的人夜里去搞什么鬼。所以晚上下班后，财务室一道实木门，一道防盗门和一道铁栅门上我都另外加了一把大锁。”

赵长风点了点头，觉得高胜强考虑得非常周到。

高胜强继续说：“即使这样，我还是不放心。因为他们是搞刑侦的，怕他们手中有万能钥匙，我让人拿着锁过去锁门的时候，已经偷偷往锁眼里塞了铅丝进去。锁眼里已经被堵死了，保证公安局刑侦队也开不开我另外加的三把锁，除非他们动用工具给硬撬开，但是他们这样做，就等于告诉我们，他们在搞鬼了！”

“嗯，办法果然不错。”赵长风点了点头，看来高胜强老谋深算，锁眼被堵死之后，除非是暴力开锁，否则根本不可能进去。

“嘿嘿，赵市长，也许我是小心过度了。加上锁之后，我还不放心，还在三道门上加了三道封条。”高胜强笑了两声，“周庄镇公安分局的金一鸣当时就想跟我急，我告诉他急什么急？明天早上审计工作组的人一定比他们公安分局的民警们还早赶到周庄镇分局，到时候审计局工作组的人会替他们打开财务科三道门的封条，打开三把大锁。不会影响他们正常办公的。”

“不错!”赵长风微笑道，“审计局有老学长替我坐镇，我就放心了。”

高胜强听到赵长风夸赞，心里很是高兴，连忙说道：“能和赵市长毕业于同一所学校，是我高胜强的荣幸，赵市长既然把这么重要的任务交给我办，我绝对要全力以赴，不能为赵市长抹黑，不能给母校抹黑。”

赵长风听了高胜强的表态，很满意，说道：“老学长，你放心，人民不会忘记站在反腐第一线的有功之臣，市政府不会忘记你这样的好同志，好好干，干出成绩来，我也好在光辉同志面前为你说话。”

高胜强越发高兴，连声说道：“赵市长放心，无论什么时候，我永远都是你的人!”

“明天开完常委会，我跟柴刚川打个招呼，到时候你把账本给我连窝端了!”赵长风端起了茶杯。

高胜强识趣地站了起来：“我不会让赵市长失望的！天不早了，我就不打扰您休息了。”

赵长风笑了笑，站起来拍了拍高胜强的肩膀：“老学长，好，我就恭候佳音了!”

跑了一天，赵长风感觉浑身都很疲乏，他到卫生间放了热水，把身子泡进浴缸，那种暖暖的感觉包围上来，赵长风不由得舒服地呻吟了一声。

就在这个时候，放在外面的手机不合时宜地响了起来。真会挑时候，连泡个澡都不让人安生。赵长风骂了一声，拖着身子从水里出来，披上浴袍来到客厅的茶几上，拿起手机一看，心中的不快立刻一扫而空，原来是江文静的信息，让他立即回电话。

赵长风看了一下时间，已经是凌晨一点了，这个时候江文静找他，会是什么事呢？

平静了一下心情，赵长风拿起手机，拨通了江文静的电话，语调平静地说道：“文静，还没有休息呢?”

江文静轻笑了一声：“嗯，我来的时候，佳怡交代我了，要我帮她查岗。”

赵长风像被一盆冷水浇了下来，语气彻底正常起来：“文静，你就少埋汰我了。佳怡对我放心着呢，从不查岗。说吧，到底是什么事?”

“嘻嘻，看把你吓的？心虚了吧?”江文静又笑了一声，这才正色说，“长风，我刚才接到了一个消息，省环保局组织了暗访督察组，这两三天内可能就要到邙北市来了。”

“什么?”赵长风打了个激灵，“文静，这个消息可靠吗？你从什么渠道得来的?”

“废话，不可靠能告诉你吗?”江文静大大咧咧地说，“渠道嘛，告诉你也不要紧。我报社的一个同事的老公就是省环保局的，这次暗访督察组的成员里就有他。好了，消息告诉你了，你该怎么做，不用我这个没有政治眼光的女人多嘴了，晚安!”江文静挂断了电话。

赵长风苦笑了，看来绝对不能得罪女人啊。

赵长风回到卫生间，身体再次滑进宽大的豪华浴缸里，闭着眼睛考虑着这件事对他以及对邙北市的影响。他一下子就联想到明天的常委会了。蔡国洪在这个节骨眼上要强行通过那个招商引资的优惠政策，就是怕省里调查组来了之后对采金企业采取严厉的措施，两个中立派常委副书记白国庆和纪委书记秦晓明可能会随着风向倒向付罡庭和刘光辉这一边，而且那些金矿矿主也可能会人心浮动，这个时候蔡国洪准备强行推行招商引资的优惠政策，既是防止邙北市的政治势力格局发生什么变化，也是为了安定那些金矿大老板的人心。

赵长风笑了起来，蔡国洪的算盘不可谓不精，可是任何事情都有利有弊，他这样做虽然可以在邙北市占尽上风，但是却在背后却留下一个巨大的破绽，而这个破绽既然送到赵长风的眼前，赵长风不可能不利用。

想通其中的关节之后，赵长风从浴缸里出来，擦干身子，给刘俊康打了个电话。二十分钟后，刘俊康就赶到了湖月山庄七号。

“俊康，你待会儿打电话给韩加森，告诉他……”赵长风低声地交代着。

刘俊康听着，心中诧异，不明白领导吩咐下这么奇怪的事究竟是什么目的。但是他知道，领导如果想让他知道，就会给他讲明白，如果不给他讲透其中的关节，就说明领导认为这件事情他不应该知道或者没有必要知道。

“我明白了，我会跟韩局长说清楚的，有什么情况我再向你汇报。”刘俊康恭敬地说。

“好!”赵长风摸了一下鼻子，便不再说话。

刘俊康知趣地出去办事了。

赵长风望着刘俊康的背影笑了笑。他这个主意必须让刘俊康交代韩加森去办，赵长风也正好借着这个机会再考验一下刘俊康的忠诚度。刘俊康办事能力方面已经没有什么问题了，如果经过这次考验，忠诚没有什么问题，那么这个人才，赵长风是用定了。

七点五十分，市委小会议室已经坐满了人，十三名常委到了十一个，剩下的两名没有到的常委是市委书记蔡国洪和市长刘光辉。一般来说，根据开会时到达会场的顺序就能看出领导干部职务的高低，原则上是职务越高的领导到达会场的时间越晚。

会议室里烟雾腾腾，哈欠声此起彼伏。赵长风低头看着手中的小本，心里想笑。虽然会议室里没有一个人说话，但是赵长风知道，肯定每个人心里都在骂蔡国洪，包括蔡国洪的嫡系柴刚川、林同兆等人。一般来说，领导干部作息时间和常人有所区别，他们日理万机，经常到凌晨时分还在工作，所以早上起来都会比较晚，照顾到领导干部的作息时间，一般大小会议都安排在下午，当然遇到紧急突发情况召开的会议不在此列，即使出于某种需要把会议安排在上午，也会放在九点之后，哪有像蔡国洪这样，早上八点钟就要召开市委常委会的?

时钟指向七点五十五，市委办主任林同兆看时间差不多了，就到书记办公室请蔡国洪过来，在时钟刚刚指向八点的时候，蔡国洪身后跟着秘书，在林同兆的陪同下，端着茶杯进了会议室，他一眼看到刘光辉的位子竟然空着，不由得脸黑了一下。

林同兆没有想到刘光辉还没有到，又看到蔡国洪的不快，正打算给政府办主任李长根打电话，就看见刘光辉迈步走了进来。这种情况还是第一次在邙北市常委会上出现，常委们都知道，这是刘光辉用实际行动对蔡国洪强行召开这次市委常委会表示抗议。

蔡国洪摸了两下下巴，黑着脸说：“开始吧，同兆同志，请记住，以后常委会开会，通知的时候要说明一下，任何情况任何人都不得迟到和缺席，这是制度，不管是谁都不能违反。”

会议室里的火药味顿时浓了起来。

刘光辉淡淡地笑了笑，拉开椅子，发出吱扭的响声，然后坐下来端起茶杯大口喝茶，声音很响。

蔡国洪故意不看刘光辉，沉着脸说：“今天把各位常委召集过来，目的只有一个，依旧是讨论《邙北市招商引资优惠政策修改稿》这个议题。这其实也是半个月前已经定下来的，经过半个月的考察调研，每个常委对于这份文件心里应该有数了，下面请大家谈一下自己的看法。”

会议室静悄悄的，今天的会议一开始，就形成了一种对立，这个时候发表看法，就是在表明自己的倾向。

刘光辉心里清楚，今天常委会既然召开了，那么大势已去，蔡国洪是绝对要强行在会议上表决通过的，而且刘光辉知道，两个中立派常委，副书记白国庆和纪委书记秦晓明已经倒向蔡国洪了，否则蔡国洪没有绝对把握之前是不会第二次召开常委会讨论这个议题的，一旦在常委会上没有讨论通过，就会成为笑柄，对蔡国洪在邙北市干部队伍中的权威造成严重的打击，蔡国洪不会不明白这个道理。

在此之前，刘光辉也曾去探过白国庆和秦晓明两个人的口风，可是这两个人都非常圆滑，滴水不漏，既没有说要支持招商引资的优惠政策，也没有表示出明确反对。其实刘光辉当时就明白了，不肯表态其实也是一种表态。白国庆和秦晓明很明显要在这个问题上倒向蔡国洪。果然，没几天，蔡国洪就通知要召开常委会，这就进一步印证了刘光辉当时的推测。

刘光辉明白大势已去后，也没有再去和赵长风讨论这件事，因为白国庆和秦晓明立场明朗化之后，刘光辉和付罡庭再做什么都没有用了，他们这边加起来一共五个常委，在常委会中处于劣势，即使都投反对票，也是没有希望的。

但是刘光辉还是要表明一下自己的态度，表明一下他对蔡国洪的不满，这次开会，他故意迟到两分钟，就是无声地表示对蔡国洪权威的挑战。现在，蔡国洪宣布了议题，刘光辉就决定旗帜鲜明地亮明自己的态度。

“我反对这份招商引资优惠政策。”刘光辉说，“经过这半个月的认真调研，我觉得这个政策不但不符合国家和省里的相关政策，也不符合我们邙北市的具体情况。”

市长发表过意见，按照次序，就该党群书记付罡庭了，他上次是反对这份招商投资的优惠政策的。

付罡庭打开笔记本扫了两眼，其实并没有看什么内容，然后他简短之极地说：“我弃权。”

所有人的目光都集中在付罡庭身上，这里面有惊奇、惊喜，当然也包括疑虑。

除了蔡国洪之外，其他蔡国洪一系的人马，对付罡庭的发言都感到惊喜，虽然付罡庭没有明确支持他们提出的这个优惠政策，但是在这个时候，弃权其实就是对蔡国洪的支持。

惊奇的是刘光辉和赵长风，他们都没有想到，这个时候付罡庭竟然向蔡国洪服了软，投了弃权票。不过他们虽然惊奇，也能够理解，毕竟在大局已定的情况下，在和蔡国洪直接对抗是不明智的。毕竟领导班子不团结，传出去对谁都没有好处。

疑虑的则是市委书记蔡国洪本人，因为蔡国洪深深知道，他和付罡庭之间的矛盾积累已非一天两天了，他们之间的矛盾甚至要大于蔡国洪与刘光辉之间的矛盾，但是刘光辉旗帜鲜明地跳出来反对之后，付罡庭竟然选择了弃权，这就让蔡国洪感觉有点看不透。蔡国洪一直觉得付罡庭是一个非常有智慧的对手，在这种大是大非的场合中，付罡庭往往有出人意料的表现，这并不是一般官场中人能做到的。

下面几个副书记发言，除了主管农业的副书记包太龙投了弃权票之外，其他人都投了赞同票。

副书记之后，就是该到常务副市长赵长风了，所有人都低头看着手中的文件或者笔记本，拿着笔装模作样地写着什么，赵长风知道，其实他们的注意力都集中在他的身上，看他将会发表什么意见。

“我的意见和光辉市长一样。”赵长风咳嗽了一声，迎向蔡国洪望向他的目光，“我反对这个招商引资的优惠政策！”

会场上一下静了下来，每个人都低着头看着手里的文件。

刘光辉拿出一支软中华塞进嘴里，摸出打火机“啪”的一声点燃，悠闲自得地抽了起来。

蔡国洪看了赵长风两眼，把手伸向一旁，钱兆均知道蔡国洪是向他要烟，就拿出一支金芒果递到蔡国洪手里，然后双手拿着打火机探过身去为蔡国洪点燃。

赵长风微笑地看着蔡国洪，等着他开口询问反对的理由。

蔡国洪抽了两口烟，右手大拇指从下巴滑过，然后左手伸出去在烟灰缸里轻轻掸了掸烟灰，这才慢条斯理地开口道：“长风同志有不同意见，很好，常委会不是一言堂，党内还是要提倡民主的。”他扭过头看了一眼市委办主任林同兆，轻轻地说：“同兆同志，今天的会议发言要如实记录在案。”

林同兆忙点头微笑着回应。

蔡国洪把烟在烟灰缸里摁灭，说道：“下一个该路大为同志发言了吧?”蔡国洪老奸巨猾，怕赵长风再在会议上提出什么坚持不坚持党的领导的大帽子，所以干脆就不问赵长风反对理由，直接到下一位。

赵长风对蔡国洪的用心洞若观火，只是他此时有了其他打算，也懒得在这个问题上和蔡国洪纠缠。

“我，我弃权。”路大为有点准备不足，本来以为蔡国洪要让赵长风阐述反对理由呢，没有想到蔡国洪会省去这个步骤，直接点他发言。

接下来几个常委都对《邛北市招商引资优惠政策修改稿》投了赞同票，优惠政策在常委会上通过已成定局。

蔡国洪端起茶杯，润了润嗓子，这才开始做总结性的发言：“大家都做了非常精彩的发言，旗帜鲜明地亮明了自己的观点，这很好!”

一边说着，蔡国洪用意味深长的目光扫了会场一眼：“从大家的发言中来看，大家这半个月来都做了精心的准备，深入基层、深入社会做了不少调查，这说明大家对这个招商引资优惠政策高度重视。”

蔡国洪又喝了一口茶，继续说：“改革开放到现在已经几十年了，可是一些同志还是抱着陈旧的思想观念不放，不能适应改革开放新形势下新任务的要求。这说明，新旧思想理论之间的交锋还很激烈，思想解放任务还十分艰巨。现在改革开放几乎每走一步，都会有新旧观念的激烈斗争，往往积极向上新观念占上风，改革开放就有新的气象；落后的旧观念占上分，改革开放就会在歧路徘徊。”

“同志们，我们要警惕啊，陈旧落后的观念已经成为我们邙北市改革开放中前进的沉重包袱，我们必须适应改革开放新形势下的要求，不断创新思想、创新观念，这将成为推动我们邙北市改革开放不断深化的精神力量。”

“今天常委会会议上，大多数同志对《邙北市招商引资优惠政策修改稿》投了赞成票，非常好，说明改革开放的新思想新理念在我们邙北市还是占据主流的。这个招商引资新的优惠政策的通过，将会为我们邙北市带来新一轮招商引资热潮，这将对继续保持我们邙北市在天阳市经济建设中排头兵的地位起到非常重要的作用，我相信，在这个文件出台之后，在未来几年内，我们邙北市的发展将会迈上一个新台阶。”

赵长风听着蔡国洪道貌岸然地大放厥词，心中冷笑，脸上却是一副无动于衷的表情。刘光辉依旧悠闲自得地喷云吐雾，对蔡国洪的暗中敲打充耳不闻。

大局已定，蔡国洪发表一篇慷慨激昂的总结性讲话后，又指示了几点，宣布散会。各个常委都松了一口气，准备起身回去。刘光辉却来到负责记录的市委办主任林同兆的身边，忽然把常委会会议记录抓到了手里。

“市长……”林同兆有些尴尬，站起来笑道。

刘光辉的目光在常委会会议记录上扫了几眼，点头笑了一笑，又把会议记录扔给林同兆，扬长而去。

蔡国洪端着茶杯，黑着脸不说话。其他常委心中就有点忐忑不安。刘光辉这是在敲打他们啊，现在蔡国洪势大，还好说，要是将来刘光辉占了上风，还不得一个一个找他们秋后算账？虽然看起来刘光辉在与蔡国洪的交锋中完全处于下风，可是官场上情势瞬息万变，不到最后一刻，谁能保证自己能笑到最后呢？而且刘光辉身后还有一个那么强势的后台，只要后台不倒，刘光辉随时保留着一夜之间就可以翻盘的能力。这就好比是一个拥有核武器的国家，即使常规力量被消灭得一干二净，只要手里还保留着一件核武器，就永远能令对手心惊胆战。

赵长风不理会那些面面相觑的常委，快步走出会议室，追上前面的刘光辉。

“市长。”赵长风在后面叫道。

刘光辉听到赵长风的声音，就放慢了脚步，扭头微笑道："长风啊。"

赵长风跟了上来："市长，今天的常委会……"

刘光辉摆了摆手，示意赵长风不要再说下去，却意味深长地指着天空中的一片黑云，说了一句话："山雨欲来啊。"

赵长风立刻就明白了，刘光辉肯定留有后手。他本来还奇怪，怎么刘光辉今天在常委会上表现得那么冲动，难道真的被蔡国洪逼到墙角了，无路可走一时冲动地发泄吗？现在看起来，完全不是，刘光辉那样的表现，很可能是故意麻痹蔡国洪的。只是刘光辉能有什么后手呢？赵长风一时还想不明白。

刘光辉又笑道："长风，最近很不错，干了几件人民群众拍手叫好的事。好好干，前途无量啊。"说着还拍了拍赵长风的肩膀。

赵长风本来是担心刘光辉心情郁闷，但是看他现在的表现，就知道自己的担心完全是多余的，他正好又瞥见柴刚川走了出来，就对刘光辉说道："市长永远是充满斗志，让我们做下属的敬佩啊。您先忙吧，我这边找柴局长谈点事。"

"嗯！"刘光辉又笑了笑，轻步走了出去。

赵长风放缓脚步，等柴刚川走到身边时，这才转过身，笑着说："柴局长，正要找你说点事。"

柴刚川也笑脸相迎："赵市长，有什么吩咐？"

赵长风沉吟了一下，说道："柴局长，我接到一封举报信，举报周庄镇公安分局有一些违规情况，就批转给审计局处理。昨天因为忙于到大龙溪检查污染问题，就没有来得及和你通气。"

柴刚川心想就知道你是为这件事来的，嘴里却说道："竟然有这样的事啊？赵市长，对于违规违纪，我的态度一向是明朗的，要加大力度严肃查处。对于举报信提到的问题，我同意赵市长的处理意见，要认真地查，既不能放任，也不能冤枉。"

柴刚川意味深长地看着赵长风，把冤枉两个字咬得特别重。

赵长风觉得柴刚川的态度颇值得玩味，给他的感觉好像是有恃无恐一样，难道说韩加森提供的信息不准确，送过来的举报信有问题？要不柴刚川怎么能是这样的态度呢？又或者是，柴刚川他们有所准备，知道审计工作组抓不着证据？

赵长风心里想着，脸上却笑道：“柴局长这种态度很好，很支持市政府的工作。这样吧，柴局长你跟周庄镇分局相关同志打个电话，审计局工作组那边等着提取档案资料呢。”

“好，请赵市长放心，我一会儿就给周庄镇分局打电话，让他们配合审计工作组的工作。”柴刚川一口应承下来。

回到办公室，赵长风心中还在玩味柴刚川的话，不知道哪里出了毛病。

刘俊康走了进来，“高局长早上来电话，说早上他亲自和审计工作组的同志到了周庄镇公安分局，财务科三道大门上的封条完好无损，三把大锁也是找人硬撬开的。财务科里被封的文件柜档案柜封条都完好无损。”

赵长风听到这里，就感觉安心了一点，只要财务科被封的文件柜档案柜没有异常就好，赵长风就不信一个公安分局的财务科屁股能擦得那么干净，一点把柄都没有。

“嗯！”赵长风点了点头，拿起桌上的茶杯。

刘俊康继续汇报道：“王建军主任率领综合治理小组继续到大龙溪检查，九点多的时候我接到他的电话，说已经到了目的地，开始检查了。”

“嗯。”赵长风笑笑，等着刘俊康继续说下去。

“昨天晚上，我跟韩局长联系了，他连夜就安排好了人。今天早上，他安排的人已经带着那几个小报记者走小路上大龙溪了。”

“嗯，我知道了。”赵长风点了点头，“俊康，你现在给高局长打个电话，就说柴刚川那边我已经打过招呼了，那些账簿和凭证他们可以带回审计局进行审计了。”

“好，我这就去打。”刘俊康应了一声，和高胜强联系去了。

一个小时后，刘俊康拿着电话进来了：“高局长的电话。”

赵长风伸手接过手机：“胜强同志，我是赵长风。”

“赵市长，一切顺利。我们已经把柜子里所有的凭证账簿一扫而空，所有带字的东西都收缴起来了。”电话里传来高胜强兴奋的声音。

“嗯，老学长，干得不错！”赵长风顿时一身轻松，“你们抓紧时间审计，以最快的速度找出里面的猫腻。等好消息传来，我亲自为你们审计工作组庆功。”

“请赵市长放心，我们一定快速及时漂亮地完成您布置下来的任务！”高胜强在电话中响亮地回答道。

放下电话，赵长风气定神闲地喝着茶，品咂着信阳毛尖特有的香味。他思维就又回到省环保局派下来的督察小组身上，不知道督察小组什么时候能到，又或许他们现在已经悄悄到了邛北市？

就在这时，办公桌上的电话响了起来，与此同时，刘俊康出现在门口："王主任的电话，我给您转过来了。"

赵长风点了点头，表示知道，伸手拿起了电话："建军同志，我是赵长风。"

"赵市长，我们被堵到金矿外边了！"电话中传来王建军焦急而愤怒的声音。

"急什么？天塌不下来。"赵长风语气中有着一种超乎寻常的镇静力量，立刻让王建军急躁的心情平静下来。

"究竟是什么情况？"赵长风问道。

"赵市长，是这样的。刚才我们要到凤凰山金矿的尾矿库去检查，凤凰山金矿的矿长李大用让护矿队拦住了检查组，说是市委已经通过了文件，每月一到二十五日是企业安静日，禁止政府部门到企业检查。"

"这不是胡闹嘛！常委会这边是通过了决议，但是在没有形成书面文件、下发到各行局之前是不生效的。这些金矿主的耳朵可真够长的。"赵长风骂了一句，"建军同志，让成磊同志接电话。"

段成磊是公安局副局长，也是这次大龙溪综合治理领导小组的成员。王建军把手机递给他："段局长，赵市长的电话。"

段成磊苦笑两声，知道少不了挨一顿批评，他拿起电话赔着小心说："赵市长，我是段成磊。"

"段成磊，你还是不是邛北市的公安局副局长？"赵长风劈头就来了一句。

段成磊拿着电话不敢吭声。

"段成磊，抽调你这个公安局副局长加入大龙溪综合治理领导小组是干什么的，难道你还不明白吗？"赵长风在电话里奚落道。

"赵市长，您消消火，我明白，我全明白。抽调我们公安局的人过来，就是为了维护综合治理领导小组的权威，维护综合治理领导小组的正常工作秩序。"段成磊赔着笑说。

“好，既然段局长明白自己肩负的任务，那就不用我多说什么了。”赵长风严肃地说，“现在有人阻碍大龙溪综合治理领导小组的调查工作，你说该怎么办?”

段成磊说：“赵市长放心，我会立即采取措施，保证综合治理领导小组工作顺利展开，必要时不排除采取强制措施!”

“成磊同志，口号喊得再响，也是没有用的。要看实际行动。”赵长风严肃地说，“我以大龙溪综合领导治理小组组长的名义命令你立刻开始行动!”

“是！我立即开始行动，请赵市长放心，我保证完成任务。”

挂了电话，段成磊把手机还给王建军，立即把手下几个民警召集过来，向阻拦在凤凰山金矿门外的护矿队走去。段成磊来参加综合治理领导小组的时候，柴刚川就跟他交代过，让他到了综合治理领导小组之后，不要轻举妄动。今天赵市长又不在，是环保局李局长和市政府办王主任带队，所以段成磊就带着手下几个民警缩在后面。但是现在不行了，常务副市长赵长风既然亲自下了指示，他必须执行。他只是一个副局长，不像柴刚川那么有底气。

第十章　鹿死谁手未可知，峰回路转现生机

赵长风万万没有想到，自己绕过柴刚川查封了金一鸣分局的账，好不容易拿到手的证据却忽然不翼而飞。显而易见，柴刚川绝非等闲之辈，他出手之快非一般人所料。正当赵长风一筹莫展时，韩加森却安排一记后手，给赵长风一个大大的惊喜。

李大用率领着几十个护矿队员在横眉冷目地与综合治理领导小组对峙。昨天晚上罗大牙就和他交代过，今天邙北市要召开常委会，副市长赵长风要参加常委会，所以不会亲自率队。另外常委会上要通过一个关于每月一日到二十五日是企业安静日的文件，这个文件下发之后，即使是大龙溪污染综合治理领导小组，也不能在一日到二十五日这二十五天来企业检查。罗大牙吩咐李大用，今天既然赵长风不过来，金矿就要投入正常生产。至于综合治理领导小组其他人过来，一律挡驾，就用今天常委会上刚通过的决议做挡箭牌。企业不能总因为这些检查组就停产，这么大一座金矿，停产一天要损失多少收入啊！

见段成磊率领几个民警过来了，李大用就迎了上去："段局长，不好意思，不是兄弟不给您面子，而是按照市里新通过的一份文件，现在是企业安静日期间，任何部门都不能进入企业检查，影响企业的正常生产秩序。"

段成磊一声冷笑道："李大用，你少跟我在这里胡扯！还市里通过一份文件？市里通过的文件在没有成文下发之前，是不生效的！你赶快让护矿队给我闪开，不要妨碍综合治理领导小组的正常检查。否则，我现在就把你铐回去。"

李大用鼻孔朝天哼了一声，说道："段局长，上次你们局里陈钢、张国强几个小子也铐过我，现在他们已经不在你们局上班了吧？"

段成磊勃然大怒，骂道："李大用，你算哪根葱？你不过就是罗大牙的一个狗腿子，竟然敢威胁我？好，我今天就试一下，看我铐了你，是不是也会落个跟陈钢、张国强一样的下场。"

段成磊说着一挥手，对身后的民警骂道："你们几个还愣着干什么？还不上去把这王八蛋给我铐起来？出了问题我担着！"

几个民警也年轻气盛，早就看不惯李大用的嚣张，此时听段成磊发话，上去抓住李大用的胳膊就要铐。

罗大牙就躲在金矿大门后面的车里，偷偷地看着这一切。当他看到李大用嚣张的模样，不由得心中暗骂。你逞什么秃能？就不会看看今天是什么人什么环境？那天在黄金宾馆之所以嚣张，敢和三个民警动手，不是为了掩护后河乡党委书记马会来吗？出了什么事情，有马会来替我们挡，我们不用操心。可是现在呢？现在出了什么事情，谁替我们出头？再说当日面对的是公安局治安大队的三个小民警，今天面对的却是堂堂的公安局副局长。柴刚川势力再大，能任意把一个公安局副局长免职吗？真他妈的是废物一个！

罗大牙一边在心里臭骂李大用，一边从车里跳了下来，跑到李大用面前狠狠地抽了他一个巴掌，嘴里骂道："真是没大没小，竟然敢这样跟段局长说话？"

罗大牙这一巴掌下手可真狠，李大用黝黑的脸上出现五道印，嘴角就有血流出。

罗大勇又笑呵呵地来到段成磊面前："段局长，段局长，您这是干什么？李大用就是一个浑人，一个王八蛋，你犯得着跟一个王八蛋生气吗？来，抽烟。"

罗大牙掏出金芒果，递到段成磊面前。

段成磊冷冷地把烟推开，说道："罗老板的烟我怎么敢抽？我怕落个和陈钢、张国强一样的下场呢！"

罗大牙赔着笑脸说："段局长，那鳖孙王八蛋的话能听吗？您是邙北市公安局的大局长，动一下小拇指头，这王八蛋就要在牢里吃几年牢饭呢！段局长，他不知深浅，我替他向您赔罪了，来，消消气，抽一根。"

段成磊知道罗大牙活动能量很大，他挽回了面子，也就伸手接过了罗大牙的香烟。

段成磊吐了一口烟，指着身后不远处综合治理领导小组的人说："罗老板，综合治理领导小组还等着进矿上检查呢!"

罗大牙连忙赔着笑说："应该的！是李大用不懂事，领导小组到矿上检查，我们请都请不来呢，怎么能阻拦呢?"

说着罗大牙一挥手，对护矿队说："你们他妈的还不给我让开?"

护矿队见公安人员上来，心里本来就有点忐忑不安，但是领了老板的薪水，不能不给老板干活吧？就都强打精神站在路口，这时候见老板发了话，立刻呼啦啦地散开，让出进矿的道路。

段成磊赚足了面子，又完成了任务，这才对手下的民警做了一个手势。民警们就把李大用松开。

"段局长，谢谢你啊。今天晚上到黄金宾馆喝茶，算我替李大用向你赔罪。"罗大牙低声说。

段成磊淡淡地说："不必!"然后他转身来到王建军身边，说道："王主任，都搞定了。"

"段局长真是八面威风啊!"王建军笑了一下，"走，我们进矿去。"

一行人就上了车，往金矿里面开去。随队的记者只有天阳电视台、《天阳日报》和《邙北消息》三家记者。中原日报社的薛英杰和中州晚报社的记者江文静却没有随队采访。

赵长风放下电话，微微摇了摇头，没有想到凤凰山金矿竟然这么嚣张，早知道他们这么嚣张，何必多费一道手续，让韩加森找人领那七八家小媒体的记者去刺激他们呢?

刚想到韩加森，韩加森就来了。

"赵市长，我向你请罪来了。"韩加森一进门就惶急地说。

赵长风愣了一下，脸上却不动声色地问道："加森同志，出了什么事?"

韩加森说："我刚刚接到周庄镇公安分局内线的报告，说昨天晚上，周庄公安分局财务科里的财务档案一部分已经被掉包了。"

"被掉包，怎么可能?"赵长风心里又愣了一下，却笑着说："加森同志，别急，坐下来慢慢说。”然后又冲隔壁喊，“俊康，来给韩局长泡杯茶。”

刘俊康就跑了进来，笑着对韩加森说：“韩局长好！”然后就拿出茶杯，为韩加森泡茶。

韩加森本来心急火燎，看到赵长风如此镇定，情绪也就慢慢平息下来。他心中暗自惭愧，一个老公安，心境还没有眼前这个二十多岁的年轻副市长来得平稳。

韩加森也是干了十几年的老刑警，心理素质非常过硬，只是这几年受柴刚川压迫太狠，心中过于执著要对付柴刚川，所以一时才失了分寸。

“说吧，究竟是怎么回事？”赵长风慢条斯理地说。

据高胜强汇报，周庄镇公安分局财务科窗户上都是大号的螺纹钢焊接的防盗窗，要想打开这个防盗窗必须采用大型设备，而且高胜强早上到了财务科之后也特意去观察了防盗窗，发现完好无损，上面满是铁锈和灰尘，没有任何动过的痕迹。而外面的三道铁门完好，财务科柜子上的封条也完好无损，在这样的情况下，周庄镇公安分局的人竟然能神不知鬼不觉地把财务档案给掉包，这简直就是好莱坞大片中的情节嘛！赵长风心中纳闷，脸上却做出一副波澜不惊的样子。

韩加森叹了一口气，说道：“赵市长，是我的疏忽，我当时也没有考虑到周庄镇公安分局办公楼的结构问题。”

原来，周庄镇公安分局的办公楼是六十年代建造的老式两层楼，上面是采用木梁结构红瓦房顶。二楼的办公室之间虽然有墙隔着，但是上面却是连通的，只是用天花板在木梁下面封了一个顶。

金一鸣接到柴刚川的命令后，就一直在考虑如何处理财务室里的那些证据。他首先想到放火烧，这栋老式办公楼是砖木结构，燃烧起来非常容易。财务科隔壁就是治安科，可以借着到周庄镇汽车站收缴汽油香蕉水之类的名义，把这些东西暂时放在治安科，然后顺理成章地起火，把财务室里的东西烧个一干二净。

可是这个念头只在金一鸣脑海里闪了一闪，就立刻被否决了。公安局不是其他部门，是消防治安的主管单位，如果这样的单位都失火了，那可是一件大麻烦事，甚至连金一鸣屁股下的位子都坐不稳呢！如果上级公安机关要严查此案，这故意纵火的真相更是无法隐瞒，到时候这火甚至要烧到柴刚川身上，不妥不妥！

排除了放火消灭证据的念头之后，剩下的就只有想办法把这些证据偷出来了。可是怎么样才能偷出来呢？走正门肯定不可以，外面有封条，还有审计局的三把大锁。走窗户吧，那大号的螺纹钢焊制的防盗窗又是一个难题。究竟该怎么办呢？金一鸣想来想去，忽然想到了公安分局的办公楼是老式砖木结构，二楼天花板上是相通的，而财务科又恰好在二楼。

想到这一点之后，金一鸣哈哈大笑，没有想到当初的疏忽，却成了他们救命的妙招。于是金一鸣就把出纳小刘叫过来，详细问了她把小金库的资料放在哪个柜子里。小刘就说，她把小金库的资料都放在最里面的老式木柜里。

金一鸣更是高兴，这真是老天有眼啊。于是他就和小刘商量，让小刘从二楼他的办公室爬上天花板，沿着天花板走过六个房间，到财务室之后，移开天花板，从天花板上下来，想办法把木柜里的资料转移出来。

偏偏出纳小刘是个又矮又胖的女人，别说爬上天花板，即使站在凳子上都会头晕眼花，说什么都不敢上去。而金一鸣也是一个大胖子，又不是专业干刑警出身，对于爬上三米多高的天花板，还要沿着房梁走六个房间那么远，也是心惊胆战。可是这种事情金一鸣又不能让公安分局里其他人去做，即使是亲信，金一鸣都不放心。因为这样金一鸣等于拱手将把柄送到别人手中，以后这个人可以时时刻刻拿着这个把柄来要挟他。

想来想去，最后金一鸣想起一个经常在他手下犯事的小偷乔四儿，乔四儿身体瘦小灵活，胆子大，攀爬能力极强。五六层的高楼，他沿着排水管道就能爬上去。金一鸣抓过乔四儿很多回，每次都能从乔四儿手中敲出不少好处。现在，这个乔四儿正好可以用上，让他到财务科把那些凭证偷出来是再合适不过的了。

要是其他人，金一鸣还害怕别人将来利用这个把柄来敲诈他，但是对于乔四儿，金一鸣根本不用担心。乔四儿是个小偷，怕他还来不及，又怎么有胆子去揭发他？再说，这些账本转移出来后，金一鸣马上就会销毁，即使日后乔四儿说起来，没有证据，谁会相信一个小偷空口白牙说的话呢？

主意打定之后，金一鸣就把乔四儿叫了过来，把他带到办公室一顿恐吓，然后就告诉乔四儿，让他去财务室帮着把那些账本转移出来。

乔四儿当时就明白了，他如果敢说一个不字，金一鸣绝对不会放过他，单单他这些年偷鸡摸狗的事，累加起来绝对够到牢里吃几年公家饭了。于是乔四儿别无选择，只有答应下来。

金一鸣就让出纳小刘拿了一些会计书籍，又拿了一把手锯、一瓶强力胶水，交给乔四儿。然后乔四儿换了衣服，拿着这些东西从金一鸣办公室上到天花板上，踩着墙沿和房梁穿越了六个房间，来到财务科上面，移开天花板，下到财务科里。

到了财务科之后，乔四儿用手机和出纳小刘联系，按照小刘的指点，找到了那个放着小金库账目资料的木柜子。

乔四儿看了一看，发现木柜子前面贴着封条，显然不能从前面动手，于是就来到木柜子后面，用手锯把木柜子从后面锯开，把里面的资料全部拿出来，把那些会计书籍放了进去，隔上两张报纸，然后用胶水把木柜子后面重新粘好。这样明天打开木柜子的时候，就看到里面是会计书籍，由于书籍下面和后面铺着报纸，所以审计工作组的人不会想到木柜子后面已经被动过手脚，只要看到前面封条完好无损，就放下心来。

把这些东西拿出来之后，乔四儿拿着蒙了红布的手电筒翻看了一下，越看越是心惊，他就动了一下心思，从中挑选了一本资料，来到窗户边，推开一条缝，把手伸出去，悄悄地把这本资料顺着墙面滑了下去。

只听“啪”的一声，这本资料掉落在地上。乔四儿的心不由得一紧，生怕在另一头房间里的金一鸣发现。他屏住呼吸等了一会儿，见没有什么动静，这才放下心来，小心翼翼地把窗户关严。

随后乔四儿又拿着扫把，把木柜子后面的锯末扫拢成一堆，找了张报纸把锯末装起来包好。这一切都做好后，乔四儿才提着装有小金库凭证的袋子爬上了天花板，沿着天花板回到金一鸣办公室，跳了下来。

金一鸣看着乔四儿提着袋子下来，心中高兴，可是嘴里还埋怨道：“怎么这么久才过来?”

乔四儿叫苦道：“实木柜子，木板太厚，锯起来很吃力，而且换出东西之后，还要用胶水把后面的木板复原，当然费事了。”

说着乔四儿还从怀里掏出一个报纸包的锯末让金一鸣看：“金局长，我连地板上的锯末都给你收拢了过来。”

金一鸣微笑着点头：“嗯，不错，办事很细心。”

然后金一鸣让出纳小刘看是不是袋子里这些东西。这个时候乔四儿心里就非常紧张，生怕出纳小刘发现少了一本。

出纳小刘早被吓得心神不宁，哪里有心情仔细看。她拿出两本翻了一下，正是小金库的账本和资料，就点了点头，说没有错。

金一鸣扭头问乔四儿："乔四儿，你知道这些是什么东西吗?"

乔四儿看见金一鸣眼中的寒光，就摸着头笑道："我从小就学习不好，看见带字的东西就头晕，哪里知道这是些什么东西啊。唉，如果我没有这毛病，说不定也能考上个警校什么的，在金局长手下混个警察干干，又何必每天这样偷来摸去呢?"

金一鸣看着乔四儿，忽然说道："乔四儿，你把双手举起来。"

乔四儿吓了一跳，结结巴巴地问："金局长，干，干什么?"

金一鸣沉着脸说："你哪里来那么多废话？让你举起来你就举起来!"

乔四儿心中狂跳，后背就有些冒汗。他心想，莫非金一鸣知道了他的鬼把戏，要对他下毒手吗？一时间乔四儿手软脚软，晕晕乎乎地就把手举了起来。

金一鸣冷笑两声，上前把乔四儿浑身上下都摸了一遍，肯定乔四儿身上没有藏什么东西，这才放下心来。

"走，我们一起走。"金一鸣让小刘提着袋子，和乔四儿一起悄悄地下楼。金一鸣从周庄镇第二金矿借过来的红旗轿车就停在旁边，金一鸣示意小刘和乔四儿上了车，然后他到前面，发动着车，开了出去。金一鸣必须把乔四儿送出去，如果让乔四儿单独走出去，分局大门的门岗肯定会拦下来盘问的。

一直开出去有两公里远，金一鸣才把车靠在路边停下，扭头对乔四儿说："行了，乔四儿，你可以走了。记住，今天晚上的事情出去之后不要乱说，只要有一个字传到我耳朵里……"

"金局长，今天晚上发生什么事了吗？我怎么不知道？我一直在姘头家困觉呢!"乔四儿摸着脑袋，纳闷地说。

"哈哈!"金一鸣笑了起来，拍了拍乔四儿的肩膀，"乔四儿，你说得不错，今天晚上是什么事都没有发生。"他顿了一顿，又说道，"乔四儿，这些天没事，别老在周庄呆着，可以去天阳市看看嘛!"

乔四儿心中咒骂，口里却说："金局长，我明天正好要到天阳市找一个朋友要一要，一时半会儿怕是不回周庄镇了，金局长要有什么事，可要到天阳去找我了。”

金一鸣见乔四儿乖巧，就点了点头，说道：“下去吧。”

乔四儿就打开车门，下了车，扭身刚想冲金一鸣摆摆手，金一鸣的红旗轿车已经蹿了出去。

“操!”乔四儿恶狠狠地骂了一句，“什么玩意儿啊？看哪一天老子有了机会，不把你玩死!”

他不敢直接返回公安分局，而是往前走了一段，看金一鸣的车没有返回来，就悄悄地走到路边的阴影里，返回了公安局，在办公楼墙外捡起那本资料，装进怀里，然后身影一闪，就消失在黑暗里。

金一鸣先把小刘送回家，然后把车开到邙北市郊一栋小别墅内。这栋小别墅是周庄镇大旗建筑公司去年送给金一鸣的。

金一鸣把袋子从车上提下来，进了客厅往左拐，推开卫生间的门，走了进去。进去之后金一鸣首先借着客厅的光亮把卫生间的窗帘小心地拉好，虽然他知道并没有人在窗外偷看。然后才打开卫生间的灯，吊灯一下子亮了起来，把装修豪华的卫生间衬托得愈发富丽堂皇。金一鸣又转身把卫生间的门关上，这才把袋子放在盥洗台上，从里面拿出一本账簿翻看了起来。

九月二日，周庄浪莎洗浴中心，嫖客黄某，罚金五千元。

九月二日，周庄车站街开心发廊，嫖客陶某，罚金三千元。

九月三日，周庄黄金二矿得胜茶社，赌资八千元，参赌人员张某、李某罚金五千，刘某罚金三千，房某罚金一千五。

……

上面一笔一笔记录着周庄镇公安分局小金库的收入。金一鸣看着，笑容就渐渐灿烂起来，就是这一笔一笔不起眼的收入，把他们这些靠工资吃饭的人养得肥肥的。

蓦地，客厅中传来“铛铛铛”的响声，把金一鸣吓了一跳，随即他醒悟过来，是那座大型镀金座钟在报时呢！现在已经是凌晨三点了。

金一鸣此时也清醒过来，再看手中的账本，已经不是一张张钞票而是检察院签发的一张张逮捕令、是法院签发的一张张传票、是一条条逐渐勒紧他脖子的绳索。

“不行，要马上销毁！”金一鸣自语道。他立即打开了卫生间的换气扇，然后从盥洗台下拿出一个搪瓷面盆，开始把手中的账本一页一页撕碎，放进搪瓷盆中，然后摸出打火机点燃搪瓷盆中的碎纸，一股火光就燃烧起来，在火光中那一行行数字在不断扭曲着，直至化为灰烬。

金一鸣把袋子里的凭证和账本都拿了出来，一边撕着一边往火堆里扔。卫生间的味道有点呛人，不过换气扇排风的效果很好。

十多分钟后，十几本账本和凭证全部烧完，金一鸣还不放心，找了根木棍不断地在搪瓷盆中翻捣着，让一些残存的碎片彻底燃成灰烬。最后金一鸣确定搪瓷盆中再也没有可以燃烧的东西之后，他就往搪瓷盆中倒了些水，把灰烬充分混合后，倒入马桶，然后按下按钮，马桶发出欢快的声响，一股水流急冲而下，把马桶里的灰烬全部冲到下水道。随后金一鸣又找出去污粉，使劲地擦洗着搪瓷面盆，把里面烟熏火燎的痕迹全部清除干净。

做完这一切之后，金一鸣满意地点了点头，这才用洗手液把手洗干净，关了卫生间的灯和换气扇，开着红旗轿车离开小别墅。

现在一切证据都消弭干净了，即使福尔摩斯来到周庄镇，也抓不到任何把柄了。金一鸣得意洋洋地想着。

第二天一早，金一鸣早早就来到公安分局，等高胜强让审计工作组的人员把财务科门打开之后，金一鸣还装模作样地当着高胜强的面请示了柴刚川，这才同意让审计工作组的人把财务科所有的账本凭证全部带走。

果然，像金一鸣事先估计的那样，审计工作组的人员只注意了柜子前面的封条是否完好无损，并没有想到柜子后面有什么问题。由于很多柜子里都铺着报纸做里衬，所以墙角那只动过手脚的木柜并没有被审计工作组的人员看出破绽。

等审计工作组的人走了之后，金一鸣把财务科的鲁科长叫过来，说财务科内那些木头档案柜太破旧，影响周庄公安分局的形象，趁着现在里面档案被清空的机会，给财务科购买一批铁皮档案柜，把财务科破旧的木头柜子统一处理了。

对于金一鸣的交代，财务科鲁科长自然心领神会，他立刻说道：“金局，太好了，我早就想提议换那些破旧的木柜子了，确实很影响分局的形象。我马上办，马上办！”

鲁科长出了金一鸣的办公室后就立即打电话，让办公用品店把铁皮档案柜送来，然后又叫了几个年轻民警过来帮忙把财务科的木头档案柜搬出去，这其中有一个民警叫王伟忠。

财务科，全称是装备财务科，负责分局机关和直属单位的财务、基建、国有资产管理、后勤保障等工作，王伟忠在财务科内分管后勤保障。

在公检法系统内，非常讲究子承父业，所以就有很多公安世家、法官世家。王伟忠就是出身于公安世家，他父亲是曾经是邙北市公安局刑侦大队的副大队长，和韩加森关系很密切。

柴刚川调到公安局任局长后，开始排挤韩加森，王伟忠的父亲看不惯，就被柴刚川划到韩加森的人当中去，给他坐冷板凳一直到去年退休。

王伟忠本来在周庄镇公安分局刑侦队工作，因为父亲的原因，也被连累了，最后被金一鸣安排到装备财务科，管理后勤保障。

王伟忠本来是一个非常出色的年轻刑警，一下子被调到闲得要长毛的岗位上，浑身是劲也使不出来，不由得心灰意冷。所以他也不求上进，正好科里有一台电脑，他每天都在电脑上玩游戏。

昨天下午，有个朋友给王伟忠拿了一个《西游记》单机游戏光盘，王伟忠装上之后立即玩入了迷。下班之后，王伟忠匆匆回家吃了饭，又偷偷溜回办公室，把窗帘拉上，躲在办公室玩起了游戏。

到十一点的时候，王伟忠忽然听到走廊上有脚步声，他吓了一跳，连忙把电脑声音关了，屏幕调到最暗，来到窗户边把窗帘拉开一条缝，偷偷向外张望。他看到局长金一鸣和出纳小刘带着一个瘦小的男人往局长办公室走去，王伟忠觉得这个瘦小的男人非常面熟，再仔细一想，这不是周庄镇大名鼎鼎的惯偷乔四儿吗？王伟忠以前干刑侦，当然认识乔四儿，他还亲手抓过乔四儿两回，可是不知道什么原因，金一鸣都把乔四儿给放了。

这么晚了，金一鸣带着出纳小刘和小偷乔四儿来局里干什么呢？真是奇怪啊。忽然王伟忠脑海里闪过一个念头，莫非是因为上午审计工作组把财务室的档案柜都封了的缘故吗？王伟忠越想越有道理，他就把电脑关了，平心静气地坐在椅子上，静静地听着外面的动静。

不多久，王伟忠听到一阵窸窸窣窣的声音从头顶上的天花板传来。难道是老鼠？王伟忠想了一想，觉得不对，老鼠弄不出这么大的动静。那么会是什么呢？王伟忠坐在椅子上听着那窸窸窣窣的声音渐渐往财务室方向去了。这时候王伟忠忽然想到，难道说天花板上面竟然是通的吗？他想了一下，觉得很有可能，这种老式建筑，有八九成的可能上面是相通的。由于王伟忠到周庄镇公安分局才几年，所以并不了解分局这栋老式办公楼没有装修前的情况。

又过了一个多小时，窸窸窣窣的声音再度响起，从财务室那边传来，然后越过他的头顶，向局长办公室那边去了。

这个时候，王伟忠已经对自己的推断有九成把握。他悄悄地来到窗户下，把窗帘拉开一个小缝，往外看着。果然，不久就看到金一鸣带着出纳小刘和惯偷乔四儿走了过来，小刘手里还提着一个黑乎乎的袋子。

王伟忠屏住呼吸，生怕金一鸣发现他。好在金一鸣并没有发现，他带着小刘和乔四儿沿着楼梯走了下去，不多一会儿，王伟忠就听见下面汽车发动机的声音，然后听着汽车渐渐地远去了。

王伟忠等了很久，这才搬来一把椅子，放在办公桌上，然后他站在椅子上，举着双手把头顶上的天花板移开一块，探头往里看，果然，里面是互相连通的。王伟忠就明白了，金一鸣肯定是让乔四儿到财务室偷什么东西去了，而且很可能是与上午审计工作组的进驻有关。

想明白这一点，王伟忠就不敢在办公室再待下去了，他出了办公室，下了楼，快步往外走去，在出分局大门的时候，门卫还殷勤地和他打招呼：“加完班了啊？”

“嗯，忙完了。”王伟忠暗暗叫苦，这个门卫还真是尽职尽责。

王伟忠怕金一鸣去而复返，所以也沿着街边黑暗处走着，把自己的身影隐藏起来。忽然他瞥见街对面有个人影一闪——那不是乔四儿吗？他又过来干吗？

王伟忠就连忙隐蔽好自己，小心翼翼地在马路对面跟着乔四儿。他看到乔四儿来到办公楼墙外，弯腰在地上摸索了一阵子，然后捡起一本东西装进怀里，随后身影一闪，向另外一个方向快步走去。

王伟忠跟了两步，忽然停了下来，他跟上去又能干什么？抓住乔四儿？问乔四儿在干什么？如果乔四儿说是金一鸣的安排，他又该怎么办呢？想到这里，王伟忠就泄了气，转身回去了。

回到家里之后，王伟忠躺在床上翻来覆去地睡不着，想着要不要把这件事告诉父亲，但是后来一想到父亲的臭脾气，就把这个念头压了下来，还是不要告诉父亲吧，他知道后还不知道会惹出多么大的风波。当初他没退休的时候，就被柴刚川收拾得那么惨，现在退休了，就让老人家过两天安稳日子吧。

第二天快中午的时候，财务科鲁科长过来喊王伟忠和其他几个装备财务科的男民警，去帮财务室抬木柜子。在抬墙角那个木柜子的时候，王伟忠蓦然发现，这个木柜子后面有些异样，显然被动过了手脚，那个四方形的胶水痕迹很明显。这个时候，再想起昨天晚上的事，王伟忠就知道，乔四儿一定是把这个柜子里的东西弄走了，这胶水印就是昨天乔四儿做手脚留下的痕迹。今天鲁科长这么急急忙忙地换文件柜，就是为了消灭证据。

这时候王伟忠的情绪又被点燃起来，他想到，这件事虽然不能告诉父亲，但是可以告诉韩叔叔啊。韩叔叔还是副局长，又干了十几年刑侦工作，经验十分丰富，遇到这种事，肯定知道该怎么处理。

看着木头柜子被收废品的人拉走，王伟忠瞅了个机会，溜了出去，偷偷给韩加森打了个电话，韩加森知道后大吃一惊，连忙过来向赵长风请罪。

赵长风笑了起来，拉开抽屉，拿出一包软中华，扔到韩加森面前："来，加森同志，拿着。"

韩加森过来向赵长风汇报，本来是等着赵长风雷霆万钧的批评的。这件事的确是他失职。审计局高胜强和下面的工作人员当然不会了解周庄镇公安分局办公楼的结构，所以他们采取的措施也算是相当全面了。可是韩加森不同，他是干了十几年的老刑警，还担任了几年邙北市公安局主管刑侦的副局长，刑侦经验非常丰富，在高胜强他们采取措施的时候，韩加森就应该提前考虑到周庄镇公安分局办公楼的结构有问题，会给金一鸣他们留下可乘之机，可是韩加森偏偏就没有想到这一点，以至于出了这么大一个岔子，眼睁睁看着煮熟的鸭子飞了。

赵长风下了这么大的决心，让审计局局长高胜强亲自带队到周庄镇公安分局去，而且还有点违反程序，不经过柴刚川就搞突然袭击，为的就是想不给金一鸣等人准备时间，一举抓获金一鸣等人违法乱纪的证据。现在可好，证据在眼皮底下飞走了，这不仅仅是对赵长风这边士气的打击，更是对赵长风威信的打击。还有很多公安局的同志，听说赵市长开始着手调查柴刚川嫡系金一鸣的问题，都精神大振，把目光紧紧盯在审计工作组上，希望审计工作组能抓获大鱼，纵然不能追究到柴刚川身上，至少也要把金一鸣扳倒，可是现在这样的情况，会让公安局中那些有正义感的干警们感到失望，挫伤他们继续配合赵长风工作的积极性。

这些事情韩加森明白，他知道赵长风一定更清楚，所以韩加森得到王伟忠的消息后，第一时间赶到赵长风的办公室，等候着赵长风的狂风暴雨，可是没想到，赵市长却笑呵呵地扔给他一包好烟，这让韩加森怎么能承受得起？

“赵市长，我，我不能要。”韩加森手忙脚乱地把面前的软中华推到赵长风面前。

赵长风笑了，说道：“加森同志，客气什么？拿着吧。你知道的，我不抽烟，这东西在我这里浪费了。”

韩加森还要推脱，赵长风就不高兴了，板着脸说：“加森同志，莫非你要抽帝豪国风或者金芒果吗？我这里可没有！”

这话可有点重。帝豪国风和金芒果是市委书记蔡国洪喜欢抽的烟，韩加森一下子听出了赵长风的弦外之音。

“赵市长，那我就收下了。”韩加森连忙说，“我根本不喜欢帝豪国风和金芒果，还是中华烟味道纯正。”

赵长风点头笑了起来：“这就对了！以后别人给我好烟，我都留着，什么时候加森同志没有烟抽，来我这里拿就是。”

“赵市长，我……”韩加森激动得哽咽起来，“您对我这么好，可是您让我办的第一件事，我就办砸了。”

赵长风摸了一下鼻子，说道：“加森同志，这件事你当然有一定责任，但是又不能全怪你，胜强同志、包括我都有责任，我们都没有想到会出现这样的情况。”

顿了一下，赵长风又说：“加森同志，现在不是自责的时候，现在最要紧的是，我们有没有办法去挽救这件事，把这个败局扭转过来。毕竟他们的手脚也不是做得那么干净，那个小王不就看到了吗？”

韩加森其实心里早已经想好了办法，只是他过来要先做检讨，然后才能向赵市长提出办法。现在看赵市长根本没有追究他的意思，就开口说：“赵市长，办法我想好了一个，但是要向您请示一下，看看这样做妥不妥当。”

“呵呵，我知道加森同志一定有办法的，干了十几年刑侦工作了，这点小问题能难倒加森同志吗？”赵长风指了指着茶杯，“来，喝口水再说。”

韩加森端起茶杯喝了一小口，双手抱着茶杯说：“赵市长，我是这样想的。既然乔四儿有份参与这件事，那么他就是这件案子的关键，所以我们必须要抓住乔四儿，才好处理这件事。”

赵长风摸着鼻子，静静地听着韩加森讲他的办法。

“但是，在邙北市，公安局的所有力量都掌握在柴刚川手里，虽然有不少同志暗中支持我，但是这种支持不能放在明处，所以抓捕乔四儿的工作一定不能让我们邙北市警方插手，否则，即使抓获乔四儿，柴刚川随便找个理由，就能把乔四儿提过去，让我们的工作全部白做。”

“嗯，不错。”赵长风点了点头，“不动用我们邙北公安局的力量，那加森同志还有什么办法？”

韩加森笑了笑，低声说：“说起来我还得感谢柴刚川，他让我负责管理老干部科，看着是一个闲得发霉的闲差，但是他却不知道，老干部科的实力很大，绝对不容小觑。”

“公安系统有很多子承父业的情况，所以这些老干部们虽然退休了，但是他们的子侄在公安系统工作的并不少，有些还在很重要的岗位上。所以他们如果发威，就是一股很强大的力量。”韩加森说道，“柴刚川来到公安局之后，在福利待遇方面亏欠了老干部们很多，再加上柴刚川在其他方面的问题，所以老干部们对他的意见非常大。而相比之下，我和老干部之间的关系却非常融洽，这个虽然是闲职，我在局里坐着冷板凳，但是只要有机会，我都会想办法为老干部们争福利争待遇。”

说到这里，韩加森看见赵长风在笑，就连忙解释道：“赵市长，我这样做可不是收买人心。而是因为我既然管着老干部科，就要对老干部们负责，这是职责使然。”

赵长风心中偷笑，却严肃地点了点头，表示理解。

韩加森脸色微红，觉得自己的解释有点多余，这不是此地无银三百两吗？他连忙把话题扯了回来。

“天阳市皇城公安分局刑侦大队大队长叫沈小强，他的父亲就是邙北市公安局的老公安沈峰路。沈峰路是我的老上级，一手把我带起来的，他疾恶如仇，现在虽然退休了，这个脾气却丝毫没有改变……”韩加森说。

话说到这里，下边根本不用再说了。

赵长风点了点头，说道：“嗯，老同志是我们邙北市的重要财富，为邙北市的建设立下了汗马功劳，现在他们虽然退了下来，但是我们可不能忘记这些老同志啊。加森同志，一定要抽空多去看看这些同志。”

韩加森说道：“是，赵市长，我马上就去。”

赵长风端起了茶杯：“我相信加森同志的能力。”

韩加森站了起来：“请赵市长放心，这次我绝对不会让您失望的。”

韩加森走后，赵长风抽出空来，拿出今天的《中原日报》和《中州晚报》翻阅起来，刚翻了几页，刘俊康就走了进来：“刚才段局长来电话，说那边事情都搞定了。”

赵长风点了点头，看了一下手表，说：“俊康，你早上说，中原日报社的薛英杰和中州晚报社的江文静没有跟随综合治理领导小组到大龙溪去?”

“对，王大潮副部长说的。”刘俊康偷看了一眼赵长风，不知道他为什么忽然问这么一个问题。

赵长风摸了一下鼻子，说：“你给他们两个人打个电话，就说我中午请他们吃饭。”

赵长风又打开了手边的两份报纸，心里琢磨，为什么薛英杰和江文静都没有发稿子呢？昨天他们两人分别对他进行了专访，不管他们心中得出什么样的结论，至少要出一份专访稿吧？怎么会没有呢？江文静的心思赵长风还能理解，但是薛英杰呢？薛英杰为什么也没有发稿子？今天中午吃饭的时候，摸一摸底吧。

武卫平最近心情一直不爽，就为了邙北市这个小地方的烂事。

武卫平是去年换届的时候才到中原省的，负责分管城乡建设、交通、环保和生产安全等方面的工作，由于是从北京过来的空降干部，所以他在省里说话很有分量，办事雷厉风行，很有魄力，所以一些省直机关和地方大员提起武卫平都有点惧怕，据说一些省领导对他也避让三分。可是前几天，武卫平却挨了省长张文利的训斥，不为别的，就为邙北市大龙溪的污染。

说老实话，武卫平看了《中原日报》上刊登的邛北市大龙溪污染的报道，心中也是一肚子邪火。如果一个地方为了发展经济，把环境糟蹋成这个样子，那么这个地方经济发展再好又有什么用？都成了一座不适合人们居住的死城，那些经济指标难道是做给死人看的吗？

所以当张文利省长声色俱厉地批评武卫平时，武卫平没有说话，只是在张文利批评完之后，武卫平提出一个要求，请求省里派出联合督察组下去暗访。他说邛北市大龙溪环境既然污染成这个样子，那么就不单单是环保部门的事，这其中肯定涉及很多部门，因此必须派联合调查组下去暗访督察。

张文利听到武卫平的要求后立刻明白，这是武卫平对刚才那一通话的反击，想把他也拉进这件事当中去。如果环保厅派了调查组下去，还没有整治好大龙溪，是武卫平的责任，现在如果是联合调查组下去，而大龙溪没有整治好，就不能说是武卫平一个人的责任了。

张文利心中冷笑，如果说治理黄河淮河什么的，我还真不敢派联合调查组下去。大龙溪是什么？是小小的邛北市境内一条小河沟，如果再治理不好，我这个中原省省长也别做了。既然你要拉我下去，我也就遂你所愿。

张文利立即同意派联合调查组下去暗访，但是要求武卫平牵头组织，这环保毕竟是武卫平分内的事。

于是在武卫平的牵头下，经过几天准备，联合调查组悄无声息地成立了。刚才武卫平就在召集了联合调查组所有人员开了秘密会议。在会议上，武卫平强调这次联合调查下去调查要采用秘密暗访的方式，任何人不得通过任何途径把这件事泄漏出去，否则只要传到他耳朵里，这个泄露出去的人就等着回家带孩子。

做过动员讲话后，联合调查组的先头部队就悄悄出发，往邛北市去了。

韩加森拐到邛山路菜市场，花十五块钱买了半斤鸡爪、一斤卤肉，又买了两块钱鸡汤豆腐卷、两块钱五香花生米，这些都是沈峰路最喜欢吃的。韩加森让老板用大袋子把四个菜一股脑儿地装了，他出了菜市场，向沿河巷走去。在路过糖烟酒商店的时候，韩加森又拐了进去，花了八块钱买了两瓶三家村酒，也让售货员用袋子装起来，一并提着。

刚到沿河巷口，韩加森就看到了沈峰路。沿河巷口有一块向阳的空地，空地上垒着一块水泥台子，满头白发的沈峰路正和一个肥头大耳的老者在下棋，两人身后各自站了几个老头。

韩加森走到旁边看了一下，沈峰路正处于劣势，在苦苦挣扎，于是就叫道："老所长。"

沈峰路正在愁眉苦脸，抬头一看到韩加森立刻笑了起来："加森，来了啊。"然后就站起身来，对肥头大耳的老者说："老乌头，我今天来客人了，就放你一马，这一盘就不赢你了！"

"老沈头，你怎么说话的？明明是你要输了，什么叫就不赢我了？"肥老头暴跳如雷，"不行，不能走，把这一盘棋下完了再走！"说着伸手就要去拉沈峰路。

韩加森伸手拦住了："老乌头，不好意思啊。今天我跟沈所长说点事。你如果觉得不过瘾，改天我过来和你下几盘，如何？"

沈峰路以前带韩加森来下过棋，韩加森的棋力，让老乌头一个马都绰绰有余。

"嘿嘿，韩局长啊，咋敢耽误你们谈正事呢！"老乌头一看是韩加森，立刻蔫了下来。

沈峰路得意洋洋地哼了一声，领着韩加森往家里走去。到了家里，沈峰路的老伴儿正在厨房忙活，韩加森就喊了一声："嫂子，别忙了。我今天带了菜，和老所长喝几杯。"

沈峰路的老伴儿见是韩加森来了，就笑着说："加森，怎么每次来都带菜呢？下次提前打个招呼，我给你们备几个菜。"

"不敢麻烦嫂子。"韩加森一边说着，一边到厨房拿了四个盘子，把四个菜盛了出来。

沈峰路拿过来两个大玻璃杯，韩加森抢了过来，打开一瓶三家村酒，先倒满一杯放到沈峰路面前，又给自己面前的杯子倒满。

"老所长，我敬你一杯。"韩加森双手为沈峰路端起了杯子。

"加森，不要来这虚礼好不好？"口中这样说着，沈峰路却笑着从韩加森手中接过了杯子。

韩加森这才端起了自己的杯子，双手低低地跟沈峰路的杯子碰了一下，然后仰脖一口干掉。

沈峰路也一饮而尽，然后把杯子放下来，盯着韩加森说："加森，有什么事，直说吧。"

韩加森有些不好意思，嘿嘿一笑道："老所长，每次都瞒不过你。"

沈峰路得意洋洋地哼了一声，说道："你是我一手带出来的，说起来是我手把手教出来的徒弟，如果让你瞒住了，那还了得？说吧，啥事？"

韩加森拿着酒瓶为沈峰路把酒杯倒满，这才说道："老所长，我想请小强帮个忙。"

沈峰路笑了起来，说道："加森啊，你这是和我客气了。要找小强帮什么忙，你直接去找他好了，他还敢给你撂到那儿不成？"

韩加森面色就有些沉重，说道："老所长，这可不是一般的忙，所以我必须得先和你商量。"

沈峰路的眼睛就眯缝了起来，他沉吟了半天，说："和柴刚川有关？"

韩加森先点头，后摇头，说道："还不好说，但是和金一鸣绝对有关。"

"就是柴刚川的狗腿子，周庄镇公安分局局长金一鸣？"沈峰路说。

"对，就是他。"韩加森从怀里掏出软中华，撕开，抽出一根递到沈峰路面前，"老所长，抽烟。"

沈峰路眼睛就亮了起来，笑着说："加森，几天不见，鸟枪换炮了。"

韩加森连忙说："这个也是领导分给我的。"

沈峰路问道："刘光辉？"

韩加森摇了摇头，说："是赵市长。"

"赵长风？"沈峰路把香烟塞进嘴里，韩加森连忙拿起打火机为沈峰路点烟。沈峰路美美地抽了一口，这才继续说道："这件事情也是他交代下来的？"

韩加森点了点头。

沈峰路就不说话，一个劲地抽烟，才抽了几口，一支中华烟就被他抽完了。韩加森连忙又递上一根。

沈峰路又抽了两口，这才说道："加森，你先说说具体情况吧。"

韩加森知道，沈峰路这是在盘算，看看究竟能不能扳倒柴刚川，如果不能扳倒，那么即使他是沈峰路一手带出来的徒弟，沈峰路也不会帮他去做这件事的。

"老所长，是这么回事……"韩加森就把昨天上午审计局进驻周庄镇公安分局之后发生的事一股脑儿地讲了一遍。

“现在，赵市长决心非常大。只要能在乔四儿那拿到证据，那么金一鸣是绝对要倒下的。金一鸣倒下了，柴刚川还能跑吗？”韩加森说道。

沈峰路眼睛闭上了，显然脑子里正在思考权衡。过了许久，沈峰路才睁开了眼睛：“加森，你是我一手带出的徒弟，我不帮你，还有谁帮你？只是乔四儿是邙北市人，他如果没有在天阳市犯案，小强也不好来邙北抓人啊。”

韩加森道：“老所长，这个乔四儿是个惯偷，不但在邙北市偷，还经常去天阳市偷呢。我的意思是也不着急，只要乔四儿到了天阳市，让小强再动手抓他也不晚。以乔四儿的德行，到了天阳的花花世界，不可能不偷的。到时候小强可以抓他个现行。”

沈峰路缓缓说道：“也好，邙北市公安系统不能再让柴刚川这样折腾下去了。”

“是啊，老所长。”韩加森端起了杯子，“老所长，我再敬你一杯。”

沈峰路跟韩加森碰了一下，一口干掉，笑着说：“加森，我一直都很看好你。只是你上边没有人，才受了这么多委屈。现在赵市长来了，这个机会你可要抓住啊。”

韩加森笑道：“这就靠老所长多帮忙了。”

从沈峰路家出来之后，韩加森回到家里，立刻给外甥陈钢打了个电话。

“周庄镇有个叫乔四儿的人，你听说过吗？”

“乔四儿？我知道，还见过他两面呢。”陈钢说，“这个人是个惯偷，不过好像跟金一鸣有点关系吧。”陈钢是治安大队的民警，对邙北市挂上号的人物还是很熟悉的。

“你和国强、卫东找找乔四儿在什么地方，找到后不要行动，悄悄跟着他。反正你们有三个人，正好轮班倒换。等什么时候乔四儿到天阳市去的时候，你们就跟到天阳市，然后配合天阳皇城分局刑侦大队的同志，争取在乔四儿行窃时当场抓获。”

下午四点多的时候，综合治理领导小组从大龙溪返回，环保局李局长和政府办副主任王建军一起来向赵长风作汇报。

听完之后，赵长风靠在椅子上，手里把玩着红蓝铅笔，并不说话。李局长从赵长风脸上看不出是喜是怒，心中就越发忐忑不安。倒是王建军和赵长风比较熟了，大着胆子问了一句：“赵市长，您看下边的工作安排？”

赵长风沉吟一下，说：“上午市委通过了一个文件，虽然还没有生效，为了表示我们对市委文件的尊重，我的意见是综合治理领导小组还是提前按照文件的精神走吧。”

王建军拿着笔飞快地在笔记本上记着，见赵长风停顿了一下，他就抬起头等着赵长风继续指示。

“按照市委文件精神，每月一日到二十五日为企业安静日，”赵长风说，“今天是十九日，也就是说这几天综合治理领导小组就不要去市里那些重点企业检查了，把重点放在中小企业和大龙溪本身，对于重点企业的检查和监管就放在二十五日之后吧，另外李局长和建军同志你们两个人要在领导小组内牵起头来，先起草一份调查报告，拿出一个初步结论交给我。”

“赵市长，我们明白了，我们一定遵照您的指示去做。”李局长和王建军当即表态，“请问您还有什么指示？”

赵长风本来还想交代什么，转念一想，就摆了摆手，笑着说：“暂时就这些了，今天你们忙了一天，辛苦了，明天是周六，你们早点回去休息吧。”

赵长风轻易不表扬人，李局长和王建军忽然得到赵长风的表扬，不由得骨头都轻了二两，满面春风地走出了赵长风的办公室。

李局长回到环保局局长办公室之后，立即拨通了一个电话：“喂，王秘书吗？我是环保局老李，请问林主任有空吗？我想向林主任汇报点事。”

“李局长啊？你等一下。”接电话的是市委办主任林同兆的秘书王希望，他推开林同兆的办公室房门，说道：“主任，环保局李局长的电话，接不接？”

“转进来吧。”林同兆点了点头，拿起了电话。

“主任，我是老李啊，我要向你报告个好消息。”李局长激动地说。

“老李啊，”林同兆拉长声音说，“什么好消息？”

李局长说：“赵市长刚才下了指示，让大龙溪污染综合治理领导小组提前执行市委今天上午通过的文件。”

“哦，这样啊。我知道了，老李同志，你的精神非常可嘉，要继续和市委保持一致。”林同兆不咸不淡地说了两句，就把电话挂断。

林同兆挂断电话，立刻起身一路小跑来到蔡国洪的办公室：“书记！”

“同兆啊，来，抽根烟。”蔡国洪正在吞云吐雾，见林同兆进来，就打开桌上的烟盒，抽出一根扔给林同兆，可是方向却偏了，林同兆侧身一个箭步，双手一合，把那根烟接住：“谢谢书记，谢谢书记。”

“坐吧!”蔡国洪用夹着香烟的手指了指面前的座位。

林同兆移开椅子坐下，摸出打火机把口中的帝豪国风点着，美滋滋地抽了一口，感叹道：“书记，还是您的烟好抽。”

蔡国洪笑了笑，打开抽屉，摸出两包帝豪国风，扔到林同兆面前：“同兆，拿着。”

林同兆也不客气，嘿嘿笑着把烟装进口袋，这才对蔡国洪说：“书记，刚才环保局的老李来电话，说赵长风那边已经下了指示，让大龙溪污染综合治理领导小组提前执行市委今天上午通过的文件。”

蔡国洪微微一笑，端起茶杯喝了一口水，并不说话，仿佛这一切都在他预料之中。

“书记，我本来见赵长风在会议上投了反对票，以为他会在文件没有下发之前抢着到重点企业突击检查呢，谁知道他却主动服了软。”林同兆一边说着，一边看着蔡国洪脸上的反应。

“同兆，你的修养比起赵长风还是有差距啊。这就叫做形势比人强。大势如此，不是他一个人能抗衡的。”

“书记，谢谢您的指点，我也知道我这毛病，可是一时半会儿就是改不了呢!”林同兆挠了挠头，“明天是周六，书记，您说刘光辉和赵长风会不会到天阳市或者省城去告状?”

“告状?告什么状?”蔡国洪脸色就有点不好看，用手叩了叩桌子，“同兆，你的眼界就不能放宽一点?这文件是常委会集体通过的，是光明正大的事，有什么好告的?他们如果真的去向上级组织反映，那只能说明他们和你是一个档次的。”

林同兆弄了个大红脸，不敢说话。

蔡国洪知道他刚才的话说有点重了，就顿了一下，放缓口气说：“同兆，一会儿你通知一下市里的几个重点采金企业，让他们这两天提高警惕，小心着点。省环保厅成立了一个暗访调查组，这两天可能要下来。”

“书记，我这就去办。”林同兆有了个台阶，连忙退了出来。

第十一章　偷梁换柱自鸣得意，胆大包天无法无天

虽然金一鸣把小金库的账本偷偷转走，但高胜强的后手则将他逼得手忙脚乱，露出了破绽。正当赵长风乘胜追击的时候，一支与本地权贵瓜葛很深的凤凰山护矿队，居然胆大包天地把省委派下来暗访大龙溪污染的调查组给扣押起来。这下子可捅破天了！

看了看时间，该下班了，赵长风简单收拾了一下桌子上的东西，准备下班，明天是周六，他已经让司机老邢做好准备，送他回中州。他已经一个多月没有回中州了，方佳怡满腹牢骚。

就在这时，电话响了起来，赵长风拿起电话，里面传来刘光辉的声音："长风，明天是周末了，有什么安排？"

这个时候刘光辉忽然问起这个问题，必然有原因，赵长风一时摸不清刘光辉的意思，就笑着说："市长，我还没有考虑好干什么呢。"

刘光辉说："要不，咱们俩做个伴，一起回中州？"

刘光辉家也在中州，平日里和赵长风都是各走各的，今天怎么会忽然邀请赵长风一起回中州呢？赵长风想了一想，就明白了，刘光辉这个意思其实是不想让他回中州。因为今天上午常委会刚通过了决议，赵长风和刘光辉两个人都投了反对票，下午下班后两个人结伴一起回省城，其他领导知道了会怎么想？当然，这个时候虽然非常敏感，但是如果两个人不一起回去，倒也没有太大问题，领导周末回家休息是多正常的事啊。可是刘光辉这么一约他，正常的事也变成不正常了。

那么刘光辉为什么不希望他回去呢？赵长风想了一想，忽然念头转到上

午常委会结束时，刘光辉说的“山雨欲来”，刘光辉的意思是暗示邙北市要发生一些事，可是会发生什么事呢？莫非，刘光辉也知道省环保局要派暗访调查组下来，所以要回去避一避风头，又因为赵长风是大龙溪综合治理领导小组的组长，所以希望赵长风留在邙北市坐镇，处理一些突发情况吗？

想到这里，赵长风就说：“市长，真不好意思，这周小方的学校安排有活动，她要出去。她不在家，我回去就没有意思喽。下次吧，下次咱们再结伴一起回去。”

刘光辉见赵长风听懂他的意思了，就笑着说：“长风，这可不行，不能小方一不回家，你就放了羊啊。这次我就给你个面子，下次你再这样，小心我到小方那里告状。”说笑着就挂断了电话。

赵长风微笑着摇了摇头，以他和刘光辉之间的关系，听一句话还要猜上半天，那么和其他领导之间说话，那层意思不知道要揣摩多久呢！

一边想着，赵长风一边拨通了方佳怡的电话：“佳怡，我……”

“赵长风，你是不是又不能回来了？”方佳怡不等赵长风说完，就直接打断道。

“嘿嘿，知夫莫若妻，”赵长风觍着脸说，“还是佳怡了解我啊！”

方佳怡冷笑几声，说道：“赵老抠，回头你瞅个机会，赶快把那破市长给我辞了。还是回到省城安安生生地干个副处长吧，这样至少我知道你天天在干什么。”

挂断了电话，赵长风嘿嘿笑了两声。他知道方佳怡有意见，这是好事，说明方佳怡在想他，其实他也一样，心中何尝不是在想着方佳怡呢？

正在想着，刘俊康就走了进来：“老邢已经准备好了。”

赵长风摆了摆手，说：“今天不回省城了。”

刘俊康就站在那里等指示，既然不回省城了，必然有别的安排。

赵长风摸了摸鼻子，说：“这样吧，你通知一下胜强同志和加森同志，我们晚上到天阳市吃个便饭吧。”赵长风的打算是，既然不回中州了，那么就趁这个机会了解一下高胜强和韩加森工作的进展。

“好，我马上去办。”刘俊康应了一声，马上去打电话通知。

想到江文静还在邙北宾馆写深度调查报道，赵长风摸出手机，要约江文静一起去，后来转念一想，又把手机放下了。这个时候，还是少招惹点是非为好。

十一月二十日，省政府办公厅综合六处副处长张洪鑫和省环保局监测总站副站长陶向强带着联合调查组悄悄地在天阳市军人接待站住下。军人接待站干净卫生安全，而且和地方上没有什么瓜葛，张洪鑫不怕他们一行人暴露。不然，他们七八个人都是中州市的身份证，又一起入住，难免会落到有心人的眼里。

张洪鑫知道，虽然武卫平省长一直在强调保密、强调纪律，但是成立联合调查组的消息不可能不传出去。说不定邙北市下了通知，要宾馆招待所时刻注意着从省城来的大队客人呢。因此张洪鑫就没打算住在邙北市，而且把联合调查组的大本营安扎在天阳市。即使这样，张洪鑫也不敢掉以轻心，万一天阳市这边也下了通知呢？最后张洪鑫决定选择军人接待站入住，因为军人接待站属于军队系统，一般对地方上的事情不那么敏感。

当然，张洪鑫知道，只要联合调查组到了天阳，无论他们住在哪里，最终都会被邙北市的有关部门发现的。张洪鑫也不期望能一直不被发现，他只是希望联合调查组的行程能暴露得晚一点，他们只要争取到两三天的时间，就能掌握到大量的证据，到时候即使邙北市有关部门发现他们，也已经晚了。

这并不是张洪鑫第一次参加联合调查组的暗访行动，但这却是张洪鑫第一次这么重视这种行动。原因无他，就是因为武卫平大发雷霆。办公厅综合六处，是副省长武卫平的对口单位，专门为武卫平服务的，自从武卫平从北京空降到中原省一年多来，张洪鑫见过武卫平发过不少次脾气，但是从来没有一次这么声色俱厉的。事后张洪鑫隐约听说，武卫平被张文利臭骂了一通。作为空降干部，武卫平什么时候受过这个气，所以大发雷霆也不奇怪。

武卫平做事一向很较真，这一次更较真。以往组织的暗访行动，其实和明察差不了多少，往往这边暗访调查组还没有启程，那边被调查的对象已经得到消息准备迎接了。即使遇到一些比较严肃的暗访调查，张洪鑫还是会根据和被调查对象之间的亲疏关系决定是否透露一点消息，但是这次，张洪鑫万万不敢耍这个心眼，武卫平此时正一肚子邪火，张洪鑫可不想成为他的发泄对象。

这次联合调查组，张洪鑫是组长，省环保局环境监测总站副站长陶向强是副组长。安顿好之后，张洪鑫和陶向强商量了一下，决定调查组八个人分为两个小组，一组由组长张洪鑫率领，到邙北市几个乡镇进行侧面调查，收集群众的意见；另一组三个人则由副组长陶向强率领，到大龙溪上游去对采金企业的排污情况进行调查取证。这么做的目的一是为了增加调查工作效率，另外也是为了减小目标，毕竟三四个人比七八个人目标要小得多。

安排好之后，他们立即开始行动。张洪鑫来的时候特意开了两辆平原市牌照的车，此时也全部停在军人接待站的大院里不用，而是到外边分别租了两辆天阳市本地的面包车，然后错开时间出发。

“给我打起精神来!”李龙斌对着手下的护矿队员吆喝道，“都给我好好瞅一瞅，防止那些记者来添乱。”

李龙斌是凤凰山金矿的护矿队队长，手下管着百十号人，在凤凰山金矿，李龙斌只听两个人的命令，一个是矿主罗大牙，另外一个就是他的堂叔、矿长李大用。其他人，包括生产副矿长巴天明，李龙斌都不放在眼里。在凤凰山金矿，工人们都说李大用、李龙斌叔侄两个是罗大牙养的两条狗。

昨天下午，大龙溪污染综合治理领导小组在凤凰山金矿一无所获，灰溜溜地离去，罗大牙和李大用非常开心，晚上就请后河乡马会来书记吃饭。临走之前，罗大牙交代李龙斌一定要看管好金矿，不要放任何人进来：“据可靠消息，在二十五日之前，都不会有检查组来我们矿上检查。虽然检查组不会来，也不能掉以轻心，你一定要小心那些无孔不入的记者，不要让他们拍到什么东西。必要的时候，可以适当给这些记者一点厉害看看。”

李龙斌立刻双眼放光，说：“老板，只要这些记者犯到我的手里，我绝对不会客气!”

“龙斌，要有分寸，千万不要闹出人命，给他们一点教训就好了。”罗大牙知道李龙斌嗜血成性，特意交代了两句。

罗大牙和李大用走后，李龙斌又从附近的小金矿上得到消息，昨天下午就有好几个记者冒充检查组的成员，到他们矿上去拍照了。等后来见到综合治理治理领导小组之后，他们才知道上当了。李龙斌听到这个消息后暗笑那些小金矿的护矿队又傻又无能，要是昨天那几个记者敢到凤凰山金矿冒充检查组的人，哼哼……

今天上午，罗大牙和李大用还没有回来，李龙斌就带着护矿队严密巡视着矿山周围，防止那些记者过来捣乱，总之，老板和堂叔没有回来，矿上就是他当家了，万一让那些记者拍了什么出去，老板和堂叔还不拆了他的骨头啊？

李龙斌带着护矿队沿着矿山的边缘走着，尤其是金矿的排污沟到大龙溪这一个地段，是李龙斌重点巡视的，记者们肯定会对这样的地方很感兴趣。

正往前走着，忽然一个队员大声喊着："队长，你看前面！"

李龙斌抬头一看，有三四个人正蹲在金矿的排污沟边，其中有一个人拿着照相机，还有一个人手里拿着一根绳子，绳子上还吊了个瓶子。

终于来了！李龙斌浑身热血沸腾，这些不开眼的记者终于来到凤凰山金矿的地盘了。

"弟兄们，给我冲！"李龙斌一挥手，百十来号人就冲了过去。

陶向强正蹲在排污沟旁取水样，旁边的小王拿着照相机对排污现场进行拍照取证，忽然他们听见一阵脚步声，抬头一看，上百号人冲了过来。

"组长，怎么办？"小王有点慌张了，他还没有见过这样的大场面。

"没事，大家把证件准备好。"陶向强站了起来，然后对调查组里唯一的女队员小红说道："小红，我们三个人在这里拖住他们，你找个安全的地方躲起来。万一他们这些人要动手，你立刻打电话报警。"

小红点了点头，她是省田径队退役运动员，跑起来男人都不是对手，陶组长让她先跑，估计也是看重了她这个特长。

孙小红一边跑一边往后看，她看到那群人凶神恶煞般地把陶组长三个人包围起来，还有七八个人气势汹汹地拿着木棍向她追来，边追边喊："站住，不要跑！"

孙小红心中就有一种不祥的预感，她不敢停留，拿出当初在全运会比赛的劲头，全力向不远处的公路上跑去。

调查组租来的面包车就停在公路边，司机正蹲在一边抽烟，抬头看见孙小红跑了过来，连忙站了起来。

"上车，上车，把车发动起来！"孙小红边跑边喊。

司机就知道出事了，连忙拉开车门跳上去，这边刚把火打着，那边孙小红已经跑了过来，跳到副驾驶座上。

“快走，到派出所去。”孙小红一边气喘吁吁地说着，一边扭头往后看。

“哪个派出所？”司机也看到后面追过来的人，一下子也蒙了。

“当然是距离这里最近的派出所！”孙小红吼道。

“知道了！”司机一踩油门，车一抖，就蹿了出去。

孙小红看着后面的追兵越来越远，这才舒了一口气，立刻掏出手机打给张洪鑫：“张组长，不好了，陶组长领着我们正在提取水样，凤凰山金矿上跑出来一帮提着木棍的人，把张组长他们三个人抓起来了！”

张洪鑫这边正在邙北市对市民进行暗访，接到孙小红的电话大吃一惊：“小红，怎么回事？陶组长他们现在怎么样？”

孙小红都快哭了出来：“张组长，我也不知道。当时陶组长护着我，让我先跑。我看到那一群人把陶组长他们围了起来，还有七八个人提着木棍追过来抓我，幸亏我跑得快……”

“小红，你现在怎么样？安全吗？”孙小红是调查组里唯一的女队员，张洪鑫最担心的还是她的安全。

“张组长，我现在在面包车里，把他们甩开了。”

“报警了吗？”

“张组长，我正让面包车往最近的派出所开。”孙小红说，“可是我不知道怎么报警，你不是交代，不让暴露我们的身份？”

“都什么时候了，还想着不暴露身份？”张洪鑫说，“小红，你立刻打110报警，把真实情况报上去。我这边立即与邙北市有关部门联系。你手机要开着，有什么情况及时和我联系！”

“是！”听了张洪鑫的安排，孙小红的情绪才逐渐稳定下来。她立刻拨打邙北市110指挥中心。

“110，我现在向你报警，我们有几个人被凤凰山金矿里的人抓了，现在处境十分危险！”

“请问你们是什么人，去凤凰山金矿干什么？”110接警员问道。

“我们是省里派下来的联合调查组，来调查大龙溪的污染情况，当时正在凤凰山金矿提取排污沟水样。”孙小红说道。

“凤凰山金矿？那里是后河乡派出所辖区，请向后河乡派出所报警。”110警员一听又是什么联合调查组，心中就暗笑，昨天就有几个小报记者在大龙溪的几个小型金矿附近偷拍排污沟排污，被金矿护矿队追得乱跑，当时他们报警也说是什么省里调查组的，后来后河乡派出所民警赶过去一调查，他们的确是省里调查组的，不过都是几个小报社派出来的所谓“调查组”。

“我不知道后河乡派出所的电话。”孙小红沙哑着嗓子着急道。

“后河乡派出所的电话是……”接警员心不在焉地说，“我也会把你们的情况转给后河乡派出所，让他们出警的。”

孙小红挂断电话，立即拨了后河乡派出所的电话，电话是通了，可是就是没有人接。

怎么回事？怎么会没有人接电话？孙小红想起陶向强三个人，心急如焚。她又连续拨打了三次，电话终于有人接了。

“喂，后河乡派出所。”电话里传来一个懒洋洋的声音。

“我要报警，我们有三个人被凤凰山金矿的人抓起来了！”孙小红说道。

“知道了，我刚才也接到市110中心的通报。”电话里的警员打了个呵欠，“我们武所长出去了，等他回来，我就向他报告。”

“警察同志，我们的人被那些人抓住了，情况很危险啊！”孙小红又急得要哭了。

“危险？知道危险你们还要去金矿？”警员很不以为然，“放心吧，既然你跑出来了，你们的人就没啥大事。”说着就把电话挂断了。

旁边的面包车司机看着孙小红要掉泪的样子，于心不忍，在一旁劝慰道：“不要着急，前面就是后河乡派出所，你到派出所当面和他们说，情况可能会好一点。”

张洪鑫火急火燎地赶到邙北市政府，让面包车停在一边，他就要往里走，门卫拦住了他：“干什么的？证件！”

张洪鑫掏出执法证往门卫面前一亮：“我是省政府联合调查组的组长。请问今天是哪一位领导值班？”

门卫一听张洪鑫的语气，就知道这绝对是省城里下来的领导，哪里还敢查验执法证啊，连忙说道：“今天是何市长值班。”

张洪鑫往里走，门卫连忙给政府办打了个电话：“省里来了个调查组，现在上楼找何市长去了。”

接电话的是政府办副主任欧阳全，他来不及询问门卫是什么情况，就立即来到何泉声的办公室："何市长，省里联合调查组到了！"

"什么调查组？在哪里？"何泉声浑身一激灵。蔡国洪虽然得到联合调查组要下来的消息，心里却并不是很重视，只是让林同兆通知了几个重点采金企业，政府这方面，蔡国洪并没有安排林同兆通知。所以何泉声并不知道有联合调查组要来的情况。

"我也是刚接到门卫的通知，详细情况还没有问。估计他们应该到了吧。"欧阳全在政府办里专门对口为何泉声服务，也是俗称的大秘，在何泉声面前很是恭敬。

正在这时，办公室门就被推开了，一个三十七八岁的中年男子面如寒霜地走了进来："请问哪一位是何市长？"

何泉声心中有鬼，连忙站了起来，说道："我就是何泉声，请问您是？"

那个人说："我是张洪鑫，省政府办公厅综合六处副处长，受张省长和武省长的委托，率领联合调查组来邙北市调查大龙溪污染的情况。"

何泉声一听到武省长三个字，吓了一跳，因为武卫平不光是分管环境保护，也分管生产安全，现在调查组过来，他以为是凤凰山金矿的矿难事发了，正在强自镇定，接下来又听到是调查大龙溪污染的事，心中才松了一口气。

"张处长，欢迎光临邙北市视察工作。您也真是的，怎么不打个招呼，我们好为调查组接风洗尘啊！"何泉声去了心事，连忙热情地伸出手来。论级别，何泉声和张洪鑫都是副处级，可张洪鑫是专门为省长服务的，将来前途无量，地位无形中就比何泉声高了一级。

张洪鑫轻轻地与何泉声握了一下手，正要说话，他的手机就响了起来，拿出来一看，是孙小红的号码。

"小红，情况怎么样了？"

"张组长，110指挥中心说让后河乡派出所出警，我也在后河乡派出所这里，可是他们这里只有一个民警，怎么说都不肯出警，说是要等所长回来！"电话里传来孙小红的哭声。

"什么？简直是胡闹！小红，你别着急，我已经在邙北市政府了，你在派出所等着。"张洪鑫挂断了电话，这种情况下，他也无心和何泉声寒暄，就直截了当地说："何市长，先向你通报一个情况。我们调查组副组长率领几个人在凤凰山金矿排污沟取样，被凤凰山金矿的人抓去了。一个女同志逃到后河乡派出所报警，可是派出所不肯出警，你看这事怎么处理？”

“啊？竟然发生了这种事？”何泉声又吓了一跳，省政府派下来的调查组被抓，这可不是什么好玩的事，这个罗大牙，真是成事不足，败事有余。“张处长，您先坐一下，我这就找领导汇报。”

说着何泉声给欧阳全使了一个眼色，让欧阳全在这里先稳住张洪鑫，他则出到外面打电话，有些话当着张洪鑫的面不好说。

何泉声首先拨通了刘光辉的电话：“刘市长，我向你汇报个情况……”

刘光辉正要去找赵强汇报近期邙北市发生的事，向赵强讨教几个主意，却在这个时候接到何泉声的电话，他没想到邙北市竟然出了这么大的事。

“泉声同志，你向蔡书记汇报了吗？”刘光辉调匀了呼吸，这才慢条斯理地问道。

听到刘光辉四平八稳的声音，何泉声就有点惭愧，到底是跟省长做过秘书的人，气魄就是与一般人不同，相比之下，他的个人修养还不够，反应过于惊慌失措了，显得和副市长的身份有点不相称。

“还没有，我听到情况后，第一时间就向你汇报了。”何泉声的心神也渐渐稳了下来。

“好！你立刻跟市委办的值班领导联系一下，让他们向蔡书记汇报。”刘光辉说，“政府这边，我认为可以先采取以下措施。第一，你立即与110指挥中心联系，让他们通知后河乡派出所立即出警；第二，你打电话给后河乡的马会来，让他和罗大牙联系，让凤凰山金矿立即放人；第三，你亲自组织队伍，陪着张处长赶往凤凰山金矿进行处理。”

“市长，我马上遵照你的指示办。只是这件事这么大，就我一个人，怕应付不过来。”何泉声叫着苦。

“泉声，你是值班领导，现在不是推卸责任的时候！”刘光辉冷冷地说，“你这边先处理着，我给长风同志打个电话，看他在哪里，让他尽快赶回去。我也马上回去。”说着就挂断了电话。

何泉声的心思被刘光辉说破，倒也不觉得尴尬，他先打电话给市委办，把情况通报了，让他们跟蔡国洪汇报，然后又打电话给马会来，可是马会来手机关机，办公室电话没有人接，家里电话倒是打通了，接电话的是马会来的爱人，她说马会来昨天晚上就出去了，到哪里去了她也不知道："也许是死在小姘肚皮上了吧！何市长，你是领导，你可要好好管一下他啊，他天天这样不着家，这日子还能过吗?"

"不能过就离婚!"何泉声哪里有空听一个老娘们唠叨，冷着脸挂断了电话。

赵长风昨天晚上和高胜强、韩加森在天阳市吃饭，韩加森本来还想把天阳市皇城区公安分局刑侦大队长沈小强拉过来和赵长风见个面，赵长风想了一想，说这次就不见了，有机会再说吧。在乔四儿没被抓获之前，赵长风还是不想和沈小强见面，以免行踪被别人看到，有什么风言风语传出来。

吃晚饭之后，高胜强和韩加森提议一起去唱歌，赵长风存心笼络两个人，就笑着答应了。于是他们就到了皇朝 KTV。皇朝 KTV 属于皇城区公安分局管辖的地方，韩加森以前从沈小强那里弄过来一张贵宾卡，这个时候倒也用上了。

大堂经理见了韩加森的贵宾卡，知道是有来头的客人，不敢怠慢，亲自把几个人送到四楼的包厢——皇朝 KTV 就五层，四楼已经是相当高档的包厢了。

韩加森征询了一下赵长风的意见，就让大堂经理送两瓶五粮液进来。酒上来后，大堂经理亲自打开，敬了赵长风一杯，又说了几句恭维话，这才出去。韩加森很是满意，算起来大堂经理还是真给够他面子了。看来中档 KTV 有中档 KTV 的好处，如果到了高档会所，虽然档次上去了，但是没有贵宾卡，享受的待遇可比这里差多了。

接下来就是唱歌喝酒，赵长风今天存心向高胜强和韩加森两个人示好，也不端市长的架子，放得很开，频频和高胜强、韩加森碰杯，他酒量本来就是个无底洞，他一放开，高胜强、韩加森当然不是对手，后来韩加森不顾刘俊康的抗议，把刘俊康也拉进来一起对抗赵长风。这一场酒竟然喝到凌晨四点多。再看高胜强、韩加森，都已经是烂醉如泥。刘俊康惦记着自己的身份，勉强保持着清醒。赵长风虽然没有醉酒，但是折腾了这么久，也有点疲倦，就出了 KTV，在附近找了一个三星级宾馆住下。

赵长风冲了一个热水澡，本想睡觉，头脑却清醒了起来，他躺在床上，不由自主地考虑起这两天发生的事情。

高胜强那边虽然被金一鸣耍了个把戏，把小金库的账本都转移走了，但并不是一点收获都没有，最起码把金一鸣逼得手忙脚乱，露出了破绽。如果不是审计工作组这么一进驻，金一鸣又如何会动用乔四儿这样的人到分局财务科去偷账本呢？

韩加森这边收获更大，天阳市皇城分局刑侦大队沈小强这边已经答应帮忙，只要抓住乔四儿，那么金一鸣的问题就会暴露出来。顺着金一鸣这根藤，还怕摸不到柴刚川的瓜吗？据说乔四儿已经离开了邙北市，转移到了天阳市，现在陈钢、张国强和李卫东三个下岗民警已经带着乔四儿的照片到了天阳市，准备协助沈小强抓捕乔四儿。乔四儿肯定不知道，天阳市已经张开一张大网，等着他自投罗网呢！

然后赵长风又想到了省里派下来的环保调查组，也不知道什么时候到邙北，看蔡国洪怎么应付吧！企业安静日，看对省里的环保调查组安静不安静！

一直到天亮，赵长风才迷迷糊糊睡着。

忽然，赵长风被手机吵醒，他睡眼惺忪地接起手机："什么？联合调查组被护矿队抓起来了？"赵长风立刻睡意全无，一股冷汗沿着脊背流了下来。

天阳市牡丹路八号，蔡宅。

蔡达明捧着一个精美的天青色陶瓷酒坛小心翼翼地放在桌上："七叔，前一阵子中州动物园给我爸送了几块老虎骨头，我爸用十年的五粮液泡了两坛酒，知道你在邙北市工作累，特意让我给你带来一坛补补身子。"

蔡国洪家里一共兄弟七个，蔡国富是老大，蔡国洪是老幺，所以从年龄上来说，蔡国洪并没有比蔡达明大几岁。

蔡国洪半惊喜半埋怨地说："达明，你爸也真是的，这酒他自己留着就是了，给我带来干吗？"说着蔡国洪打开酒坛，一股酒香扑鼻而来，再往里看，一根长长的骨头和几块短小骨头浸泡在酒坛里。

"啊，竟然是老虎的胫骨？大哥真不得了！"蔡国洪见识多广，一眼认出了那一根长长的骨头是老虎胫骨，另外几块短小的骨头是老虎前脚掌上的骨头。因为老虎全身的力气都集中在四肢上，所以虎骨以胫骨药效最好，其中前腿胫骨更是精华中的精华。

“七叔，还是前腿胫骨呢！虎骨虽然珍贵，但是对动物园来说就不算什么了。”蔡达明一脸得意地说，“本来我想通过外贸公司给您弄点孟加拉国虎骨，可是我爸说了，还是东北虎骨好。”

“当然了，大哥说得对，热带的东西都长得虚。”蔡国洪点头说，“东北天寒地冻，动植物都长得扎实。”

蔡达明嘿嘿一笑，又打开手包，从里面拿出丝绸软布包裹，放到蔡国洪面前：“七叔，虎骨酒是我爸送你的礼物。这个呢，是我送给你的礼物，七叔猜猜看，这是什么东西？”

蔡国洪摇头道：“达明，你小子满脑袋鬼点子，我哪能猜出你送给我的是什么礼物啊。”说着伸手就要打开。

蔡达明一手抢了过去：“七叔，猜不出来就想打开看，哪里有那么便宜的事？”

“达明，你小子呀！”蔡国洪笑道，“你小子从来没有送给我什么正经玩意，我怎么能猜到？”

蔡达明嘿嘿一笑，打开了丝绸包裹，里面一根黄褐色肉筋一样的东西，顶部尖尖的如同竹笋一般，带着倒刺。

“虎鞭？”蔡国洪大笑，“达明，我就说吧，你这小子带不来什么正经玩意儿。从什么地方搞到的？”

“七叔，这来历你就别问了，反正不是沾我爸的光。”蔡达明把虎鞭包好，推到蔡国洪跟前，“真正固本培元还得靠这些天然的玩意儿。”

“达明，你啥时候变得如此相信老祖宗的玩意儿了？”蔡国洪哂笑着问道，他和蔡达明年龄差不了几岁，虽然是叔侄，但是经常开玩笑。

“还不是跟着七叔你学会了吗？”蔡达明倒是一本正经起来，“我本来以为搞外贸能赚钱，后来跟着七叔，才知道搞金矿比搞外贸赚钱多了。看来还是老祖宗的东西管用啊。”

蔡国洪笑而不语，知道蔡达明接下来要说正题了。他这个侄子绝对不会平白无故地送他礼物的。

“七叔，对了，你能不能帮我给国土资源局的焦局长打声招呼，我想办一张探矿证。”蔡达明掏出一支帝豪国风，递给蔡国洪。

蔡国洪伸手接过来，就着蔡达明的打火机点上，抽了两口，这才说道：

“什么区域的?”

蔡达明一笑，说道：“大辛庄的。”

“大辛庄?”蔡国洪眉毛一皱，“那是邙北市第一金矿的区域，难办啊。”

“七叔，我们又不在第一金矿的矿区探矿，我们是在他们矿区外边啊。”蔡达明说，“再说了，我要的只是一个探矿证，也不是采矿证。”

“你小子少在这里跟我耍滑头。”蔡国洪点着蔡达明说，“我还不知道你?有了探矿证，你就敢直接采矿，连采矿证都省得办了。”

蔡达明指天叫屈道：“七叔，你放心，这次和以前不一样。”

“什么不一样?”蔡国洪说，“现在风声正紧，让我考虑一下。”

蔡达明正要再说什么，蔡国洪的手机响了起来，蔡国洪冲蔡达明做了个手势，接通了手机。

“蔡书记，我是同兆啊，不好了，出大事了!”林同兆急切地说。

“同兆，急什么?你这个样子还像是邙北市市委常委、市委办主任吗?”蔡国洪板着脸呵斥道，“什么事，慢慢说。”

林同兆挨了蔡国洪一阵臭骂，虚虚的心里反而有底了，他定下心神，对蔡国洪汇报道，“蔡书记，省政府派了联合调查组到邙北市暗访，凤凰山金矿的护矿队抓了联合调查组三个队员，其中还包括省环保局环境监测总站副站长陶向强。”

“长风，你在哪里?”刘光辉问道。

“市长，我现在在天阳市。”赵长风说。

“你马上赶回邙北市，协助市委处理这件事。”刘光辉说，“最主要是要安抚好调查组的情绪。我正在往邙北市赶，估计两个多小时就到了。”

赵长风沉吟了一下，说：“市长，国土资源和工业生产都是何市长分管的工作，我现在过去，合适吗?”

“长风，你放心，该是谁的责任，谁都跑不了。你现在过去是帮我坐镇。”刘光辉也知道，这个时候让赵长风过去是有点不合适，但是何泉声做事向来没有担当，市政府这边让何泉声出面，刘光辉确实放不下心来。

“好，市长，我明白了，我马上就去!”赵长风见话已说透，就放下心来，立即打电话给刘俊康和司机老邢，马上动身返回邙北市。

刘光辉这里刚结束跟赵长风的通话，蔡国洪的电话就打进来了。

“刘市长，你怎么搞的?”电话里传来蔡国洪的声音，“市委不是再三强调，要抓好对金矿的管理吗？怎么凤凰山金矿发生了这么大的恶性事件?”

刘光辉冷冷一笑，蔡国洪这倒打一耙的把戏也太拙劣了吧？他平静地说道：“蔡书记，市委不是刚通过决议，要维护企业的正常生产秩序，把每月一到二十五日定为企业安静日吗？我虽然有不同意见，但是也要坚决维护市委的权威、执行市委的决议了。”

“刘市长，你这话是什么意思？照你这么说来，这件事都是市委的责任喽?”蔡国洪没想到刘光辉上来就给他一个软钉子。

“蔡书记，现在事情还没有得到妥善处理，讨论是谁的责任还为时过早。”刘光辉的声音依然平静，“现在要紧的是先把这件事处理好。至于究竟是哪一个部门的责任或者哪一个部门该承担多大责任，我想省里还会派调查组下来的，到时候他们会得出一个公正的结论的!”

蔡国洪那边久久没有声音传来，想来是被刘光辉的话噎得不轻。

“蔡书记，我正在返回邙北的路上。有什么事，我们见面再说。”刘光辉嘴角露出一抹讥笑，挂断了电话。

“武前进，都啥时候了，你还有空去参加婚礼?”柴刚川在电话里暴跳如雷，“我告诉你，立刻带人赶往凤凰山金矿，如果省政府调查组的人出了什么事，我就撸了你的所长!”

武前进满头大汗：“是，柴局长，我明白。我马上去!”

柴刚川放下电话，立即赶到市政府，市委办主任林同兆、副市长何泉声、市政府办副主任欧阳全都在，在他们对面，是满脸寒霜的省政府办公厅综合六处的副处长张洪鑫。

林同兆和何泉声见柴刚川过来，都上前打招呼，林同兆为柴刚川引见：“这位就是省政府办公厅的张处长。”

柴刚川连忙伸出手来说：“张处长好。”

张洪鑫无视柴刚川伸到面前的手，抬起手腕看了看手表，冷着脸说：“柴局长，现在距离我们报案已经三十分钟了，你是我见到的第一个公安人员!”

柴刚川尴尬道：“张处长，这里面可能有些误会……”

林同兆在一旁解围道："柴局长，救人第一，当务之急是我们立即出发到凤凰山金矿去，其他事情等事件解决了再说。"

柴刚川感激地望了林同兆一眼，说道："后河乡派出所已经出动警力往凤凰山金矿去了。市局警力也已经全部到位，随时可以出发。"

林同兆望着张洪鑫问道："张处长，那我们出发？"

张洪鑫嘴里蹦出一个字："好！"

林同兆就说："柴局长、何市长，我们马上出发！"

何泉声犹豫了一下，说："林主任，是不是等等蔡书记和赵市长？"

林同兆挥手说道："救人要紧，不等了。等我们从山上下来，再向蔡书记和赵市长汇报吧。"

看着林同兆严肃的表情，何泉声张了张嘴，没敢再说话。

林同兆就请张洪鑫下楼，叫上调查组其他三位成员，一同坐上了警车，在柴刚川的指挥下，五辆警车鸣着警笛，风驰电掣般往凤凰山金矿赶去。

林同兆终于联系到马会来了。

"马大书记，你在什么地方？"林同兆冷冷地说。

"林主任，我，我在天阳啊。"马会来打个哈欠，揉揉有些发沉的太阳穴，"林主任这个时候打电话找我，要照顾我什么好事啊？"

"马会来，少给我嬉皮笑脸！"林同兆怒声道，"你手机为什么关机？市委不是下过通知，要求乡镇干部节假日期间手机也必须二十四小时开机吗？"

马会来酒一下子醒了，连声说道："林主任，我，我……"

"你是不是和罗大牙在一起？"林同兆冷声问道。

"没，是。"马会来本想撒谎，可是又改口承认了。

"到底有还是没有？"林同兆的声音愈发严厉。

"林主任，我和他在一起。"马会来越发心虚，低声问道，"林主任，凤凰山金矿上发生矿难了？"

"矿难倒是没有发生，但是后果比矿难更严重！"林同兆说，"凤凰山金矿的护矿队把省政府调查组的人给抓走了。马会来，你让罗大牙立即给护矿队打电话，让他们马上把省政府调查组的人给放了。"

"是，是，我马上找他！"马会来放下电话，心急火燎地穿着一条内裤就跑了出去，敲响了隔壁的房门："罗大牙，快给我开门。"

“马书记，罗老板正在睡觉，什么事啊？”一个年轻的女人打开了房门。

马会来一把将女人推开，冲进房间，看见罗大牙还躺在床上呼呼大睡，气就不打一处来，上去照着罗大牙的瘦脸狠狠地抽去。

“罗大牙，你矿上的护矿队把省政府调查组的人抓起来了，你马上打电话让他们放人。”

“省政府调查组？”罗大牙本来在揉着被马会来抽得青紫色的脸，听到这话，一时间也呆了，“省政府调查组什么时候下来了？我，我这就打电话。”

罗大牙手忙脚乱地打开手机，给护矿队队长李龙斌打电话，一开口就先骂上了：“李龙斌，我问你，今天护矿队是不是抓了几个人？”

李龙斌神经比较大条，丝毫听不出来罗大牙话里的怒气，笑着说：“对呀，老板你也知道了？这几个人太好玩了。明明是小报记者，却不知道从哪里弄个省政府联合调查组的执法证来吓唬我。妈的，如果不是昨天听别的金矿的人说，我还真被吓唬到了呢！”

“你把他们怎么样了？他们现在人呢？”罗大牙一听果然是这样，不由得浑身发冷。

“老板，你放心，我做事有分寸。知道他们是记者，就手下留情了。我把他们的照相机砸了，把他们的衣服全部扒光，把他们扔到大马路上了，哈哈！看他们以后还敢不敢到我们矿上瞎采访！”李龙斌狂笑道。

“你，你这王八蛋做的好事。待会儿我再找你算账。”罗大牙挂了电话，对马会来说，“马书记，是有这么一回事。不过护矿队也没有伤着他们，只是把他们的衣服扒光，扔到马路上去了！”

“什么？”马会来浑身冰凉，“罗大牙，你养的是护矿队还是土匪？去的是什么人？是省政府的联合调查组，你们竟然敢把他们的衣服扒光扔到马路上。我看你的金矿也开到头了。”

“马书记，不能啊，不能啊！”罗大牙一下子就慌了，“你告诉我该怎么办？你也知道，我全部身家都投入这个金矿上了，一旦关门了，我什么都没有了啊！”

罗大牙想了一想，说：“马书记，要不我让李龙斌跑路？到时候我就说是护矿队擅自干的，公安局只要抓不到人，不就没有办法了吗？”

马会来冷冷地看着罗大牙：“跑路？你以为是其他事，可以一跑了之？这是省政府的联合调查组。他们如果抓不到人，就会对你金矿下手，到时候后果会更严重!”

罗大牙哭丧着脸说：“马书记，那你说怎么办?”

马会来咬了咬牙，说：“你给李龙斌打电话，让他们找几个护矿队队员出来，到时候把这件事情认下来，就说是他们自作主张，和任何人都没有关系!”

罗大牙点头道：“好，事到如今，也只有这样了。我只要拿出一笔丰厚的补贴，保管他们会抢着认下这件事。”

马会来又说：“你告诉他们，嘴巴严一点，除了这件事之外，其他事一概不知，否则……”马会来做了一个恶狠狠的手势。

“马书记，我明白!”罗大牙立即打电话给李龙斌。

后河乡乡长霍乙路和派出所所长武前进带着三名干警和孙小红一起往凤凰山金矿赶去，快到金矿的时候，发现路边蹲着三个赤身裸体的男人，在寒风中瑟瑟发抖。孙小红一下子看出来，正是副组长陶向强等人。

“停车!”霍乙路喊了一声，车就停了下来。他和武前进跳下车来，来到陶向强身旁：“您是陶组长吧？让你们受委屈了，真对不起，真对不起啊!”

霍乙路边说边脱下外衣，为陶向强披在身上。武前进见状也连忙脱下衣服，为调查组另外一个同志披上，然后扭头对身后傻呆呆站着的民警说：“还不脱衣服?”

乡下民警反应慢，挨骂之后才想起来脱衣服为最后一位调查组成员披上。

霍乙路这边又要解皮带，武前进连忙说道：“霍乡长，让他们脱。”

三个民警只好脱掉裤子，交到武前进手中，好在现在是深秋，他们都穿了薄毛裤，虽然滑稽，倒不至于出丑。

霍乙路拿着裤子蹲下来对陶向强说：“陶组长，先穿上吧。等到了乡政府，我再给你们找合适的衣服。”

陶向强眼里既有屈辱，更有怒火，只是现在被冻得浑身青紫、瑟瑟发抖，什么话都说不出来，就哆嗦着接过裤子穿了上去，其他两名调查组的成员也穿上裤子。霍乙路扶着他们上了车。

孙小红冷着脸看着武前进：“如果不是你们派出所不出警，会是这样的情况吗？你们就等着处理吧！”

武前进脸色一下子黯淡下来。霍乙路连忙说：“走，我们先回乡政府，让陶组长暖和一下。”

刘光辉来到蔡国洪办公室，推门进来，里面烟雾腾腾。蔡国洪坐在真皮转椅上，不停地抽着烟。赵长风则坐在远处的沙发上，手抚弄着茶杯，不发一言。见刘光辉进来，赵长风就站了起来：“市长。”

刘光辉看了赵长风一眼，表示情况他全部掌握了，不要着急。赵长风见状就又坐了下来。

“蔡书记，”刘光辉有些歉意地说，“我来晚了。”

蔡国洪迎了上来，把刘光辉让到沙发上：“光辉同志，回来就好啊。你在中州市，这是突发情况，三个小时不到就赶回来了，应该说很及时。情况都了解了吧？”

刘光辉见蔡国洪态度不像先前在电话里那么强硬，就知道他服了软，说道：“情况了解了一些，但是不全面，还是请蔡书记详细介绍一下吧。”

“调查组三位同志都已经安全脱险，也没有受什么伤，只是精神状态不是太好。”蔡国洪说，“目前林同兆同志正陪着调查组返回邙北市。”

“真是胆大妄为啊！”刘光辉摇头说道。

“来，抽烟！”蔡国洪掏出一盒帝豪国风，给刘光辉和赵长风一人扔了一根，自己也点上一根，这才说道，“是啊，这个娄子捅得太大了！光辉同志，你一直在省里工作，了解省里的情况，对于这件事，有什么建议？”

刘光辉沉吟了一下，说：“蔡书记，您是班长，还是您来拿主意吧。”

蔡国洪心中冷笑，这个时候还想推卸责任？真是个没担当的家伙。不过你这样做也好，没有你碍手碍脚，正好方便我施展手脚。

“长风同志，你看呢？”蔡国洪一脸不悦地看了刘光辉一眼，扭头问赵长风。

赵长风正在把玩那根香烟，听蔡国洪问他，就摸了一下鼻子说：“我服从两位领导的意见。”

蔡国洪的脸色更难看了，他猛抽了两口烟，说：“那这样吧，何市长和柴局长还留在凤凰山金矿，我看先让他们调查一下，写一份详细材料上来，到时候我们再召开临时常委会商讨这件事该如何处理吧。”

刘光辉扶了扶眼镜，说：“这不失为一个稳妥的办法。”

蔡国洪站了起来：“光辉同志，你准备一下，等会儿和我一起去看望一下省里调查组的同志。”

刘光辉也站了起来，说：“好，蔡书记，我等候你的通知。”

赵长风知道暂时没有他什么事了，也起身告辞。

出了蔡国洪办公室，刘光辉随口问道：“长风，这件事你怎么看？”

赵长风琢磨不透刘光辉的意思，就说：“我坚决和市政府保持一致。”

刘光辉点头道：“那就好，那就好。”然后又说：“没想到事情闹得这么大。”

赵长风这下子明白刘光辉的意思了，于是就笑着说：“市长，放心吧，有人比你更着急呢!”

刘光辉笑了笑，说：“也是。长风，你看看，这好好的周末都被搅和了。好了，你先回去吧，有什么情况我再和你联系。”

赵长风心领神会，说：“市长，我随时等候您的指示。”

刘光辉和赵长风刚走出去，卢天放就从侧门走了进来：“刚才马会来打来电话，说他已经安排好了，在凤凰山金矿护矿队中找了几个口风紧的人出来顶罪。”

蔡国洪的脸一下子就拉了下来：“顶罪？顶什么罪？这不是胡闹吗？马会来也就是个村支书的水平!”

卢天放不敢吭声，等蔡国洪发过脾气之后，才小声问道：“您的意思是……”

蔡国洪用手摸着下巴，却不说话，过了很久，他才抬起头说：“天放，你打电话给马会来，就说……”

卢天放听得满脸佩服，连连点头：“我明白了，我这就去办。”

看着卢天放匆匆而去的背影，蔡国洪叼起一支帝豪国风，悠然自得地点上，嘴角露出一抹微笑。

赵长风坐上车，司机老邢打着火，等候赵长风的指示。

“湖月山庄。”赵长风说了一句，然后靠在后座上看似闭目养神，实际上脑海里却在激烈地思考，如何应对眼前的局面。

到了湖月山庄之后，刘俊康本来想跟赵长风进去，赵长风摆了摆手，说：“俊康，你去找一下韩局长，今天不是去了很多干警吗？让他打听一下，今天究竟是一个什么情况。”

“我这就去。弄清楚了情况，立即回来向你报告。”刘俊康扭身又坐上车，让司机老邢送他出去了。

赵长风一进客厅，就掏出电话本，翻找出后河乡乡长霍乙路的电话，拨了过去：“乙路同志，我是赵长风。”

“赵市长，您好！”霍乙路心中一阵激动，“请问有什么指示？”

赵长风问道：“今天是个什么情况？”

霍乙路知道赵长风问的是调查组的事，就详细地把他知道的情况说了一遍，最后加了一句，“林主任说蔡书记交代过，这件事不让乱说呢！”

赵长风笑了笑，随口问道：“乙路同志，你干了几年乡长了？”

霍乙路连忙答道：“有一年多了。”

“嗯，成绩不错，好好干。”赵长风意味深长地挂断了电话。

霍乙路心中又一阵激动，由于没有靠山，他在后河乡一直受马会来的排挤，但是现在，情况不同了。首先凤凰山金矿出了这么大的事，马会来和凤凰山金矿一直不清不楚，一定会被牵扯进去；第二呢，从赵市长方才的那句话来看，对他很有好感。赵市长手握财政人事大权，将来帮他在常委会上说一句话，只要马会来下去，他很有可能成为后河乡的一把手呢！

罗大牙紧紧跟在市委办秘书科副科长庄建波身后，心里那个心疼啊！那个该死的李龙斌，脱谁的衣服不好，偏偏脱到省政府调查组的身上了。这一脱，几十万元没了，几十万啊，可是不花这个钱，代价更大，非但金矿要关门大吉，而且还可能要进去吃公家饭。毕竟凤凰山金矿只有探矿证，没有开采证，如果邙北市政府要较真，他罗大牙恐怕真的要进去了。一想到柴刚川那双眼睛，罗大牙就不寒而栗。罢了，罢了，就当是破财消灾吧！只要金矿还在，这些钱早晚能赚回来。

庄建波敲开张洪鑫的房门：“张处长，我是邙北市市委办的小庄，这位是凤凰山金矿的矿主罗大牙，他代表凤凰山金矿向调查组道歉来了。”

张洪鑫冷冷地说：“我们不需要道歉，请回去吧。”

罗大牙怎么能够就这样回去呢？他赔着笑脸来到张洪鑫面前："张处长，能让我进去说两句话吗？两句，就两句，绝对不耽误您太长时间。"

张洪鑫看着罗大牙丑陋的嘴脸，心中就一阵厌恶，正要拒绝，庄建波在一旁说："张处长，拜托您就给他个机会吧，要不我回去没办法向我们主任交代。"

张洪鑫这时候又想起了中午蔡国洪对他说的话："张处长，我只有一个小小的请求，请您给我一天时间，就一天，等我把事情调查清楚了，您再向武省长报告，行吗？您放心，我一定会给您一个满意的交代。"

张洪鑫虽然虽然在省政府办公厅工作，影响力巨大，但毕竟只是副处级别，而蔡国洪却是正处级。现在蔡国洪级别比他高，却做出这样低的姿态向他恳求，张洪鑫没有办法不答应。

"好吧！蔡书记既然开口了，我怎么着也得给几分面子。"张洪鑫说，"但是咱们可说好了，就一天时间。到明天这个时候，我必须向武省长报告！"

现在，邙北市的调查结果还没有出来，却派一个市委办的副科长领着凤凰山金矿的矿主过来道歉，这是什么意思？好，既然是来道歉，我就让他进来说两句话，否则他们会笑话我堂堂省政府办公厅的处长没有气量。

想到这里，张洪鑫说："那好，你们进来吧。有什么话请抓紧时间说，我时间很紧。"

"一定一定。"罗大牙谄笑着进来，手悄悄地伸进口袋，按下录音机的录音键。

庄建波刚要进去，忽然摸了一下口袋，说："张处长、罗老板，你们先谈着，我去买一包烟来。"不待张洪鑫说话，他就匆匆忙忙地向楼下跑去。

罗大牙跟着张洪鑫进来，随手关上了房门。

张洪鑫坐在沙发上，冷冷地看着罗大牙："说吧，我听。就两句话。"

罗大牙一笑，说道："张处长，我手下的人不懂事，闯了大祸，希望您高抬贵手，放我们一马。"说着罗大牙摸出一张银行卡，推到张洪鑫面前。

张洪鑫板着脸说："你这是什么意思？快点给我收起来，否则我打电话通知你们邙北市市委的人过来。"

罗大牙笑道："张处长，我是来道歉的，既然道歉，就不能空口白话，要拿出一点诚意，对不对？这张银行卡里有二十万，虽然不能弥补我手下人给调查组的同志精神上带来的伤害，但是多少算是一点补偿吧！”

张洪鑫冷笑道：“二十万？好大的手笔啊。罗老板二十万就想买通省政府调查组八个干部吗？”

罗大牙心里一乐，林主任说得不错，果然是有戏啊。

“不，张处长，您误会了。”罗大牙摇头道，“这张卡是送给张处长个人的。至于调查组其他成员，我接下来会一一道歉的。但是前提是取得张处长的首肯。”罗大牙把“一一”两个字咬得非常重。

张洪鑫呆了一下，虽然他收入很高，但是二十万对他来说也不是个小数目。如果这二十万让八个人分，张洪鑫还真没看在眼里，但是如果说给他一个人拿，那还是颇能打动他的心的。

“既然罗老板诚意拳拳，我就勉为其难了！”张洪鑫不动声色地把银行卡收了起来，“只是我不敢保证，他们三个人会接受你的道歉。”

“张处长，我的歉意十分真诚。”罗大牙成竹在胸，“您是带队领导，只要您在一旁说上两句话，再加上我真诚的歉意，我想他们会接受的。”

张洪鑫叹了一口气，说：“好吧，我尽力而为。只是罗老板，我希望你先让我了解一下你对调查组其他同志的歉意有多少。”

“那是当然，”罗大牙说，“对张处长来说，我的道歉是公开透明的。”接着罗大牙向张洪鑫说了几个数字。

张洪鑫听后点了点头，省环保局监测总站副站长陶向强十五万，另外两名被脱了衣服的调查组成员每人七万，孙小红受了惊吓，给五万。还有三名跟着张洪鑫在邙北市做调查的成员每个人三万。这些价码都还不低，而且让张洪鑫满意的是，即使是陶向强受了脱衣之辱，才得到了十五万的歉意，而他却得到了二十万的歉意，说明凤凰山金矿还是比较尊重领导的。

第十二章　捂盖子蔡国洪手忙脚乱，撤手锏赵长风黄雀在后

扣押省委调查组，这还了得？邙北市领导被弄得焦头烂额，市委书记蔡国洪好不容易摆平了调查组长张洪鑫，本以为这件事就这样悄悄压了下去，不料赵长风黄雀在后，暗地里使出杀手锏，将调查组被扣押的消息和照片登在了《中原日报》上，一时间蔡国洪阵脚大乱。

第二天，赵长风来到办公室，刘俊康过来为他泡上信阳毛尖，然后站在一旁，等候赵长风的吩咐。

赵长风拿起今天的报纸，浏览着报纸头版的新闻标题，随口说道："俊康，整天坐在办公室可不行啊，要深入到群众当中去，才能了解群众的想法。"

刘俊康立刻明白赵长风的意思了，就笑着说："我正要到外边走一走呢。"

赵长风全部心思都放在报纸上，对于刘俊康的话只是"嗯"了一声。刘俊康笑了笑，就退了出去，轻轻地为赵长风把门掩上。

快十点的时候，政府办副主任王建军走了进来："赵市长，凤凰山金矿的事件调查结果出来了。"

"什么情况?"赵长风端起茶杯，漫不经心地问道。这件事他既不是主管领导，也不是分管领导，置身事外就是这么个态度。

"林主任说，他调查过了，昨天不过是凤凰山金矿和省政府联合调查组之间发生了一点误会。"王建军说到这里停了下来，看了赵长风一眼。

赵长风嘴里含了一片信阳毛尖，慢条斯理地咀嚼着，并没有往下追问的意思。

王建军在赵长风那里得不到一点情绪上的反应，只好继续说下去："当时凤凰山金矿的护矿队把省政府联合调查组当成小报的记者了，发生了一点语言摩擦，后来解释清楚了，也就没事了。马会来和武前进过去的时候，省政府调查组的同志已经离开金矿了。"

赵长风心中吃惊，却不动声色地说："嗯，误会弄清楚就好了。"

王建军却上前一步，趴在桌上神态诡秘地对赵长风说："赵市长，昨天晚上凤凰山金矿的矿主罗大牙找省政府联合调查组道歉去了。"

赵长风笑了笑，说："道歉，很好啊！闯了祸就应该道歉嘛。这才是我们邙北人正确的态度。"

王建军用手轻轻敲了一下桌子，小声说道："赵市长，听说罗大牙花了不少钱呢！"

"没有根据的话不要乱说！"赵长风打断了王建军的话。王建军也就不说了，看着赵长风笑了笑，起身说办公室还有事，就先走了。

赵长风端起茶杯，看着王建军的背影，目光深邃起来。他虽然打断了王建军的话，并代表他不相信王建军的话，相反，他相信得很，否则没有理由解释其中的变化。因为赵长风清清楚楚地知道，昨天发生的事情绝对不是一点误会那么简单，霍乙路亲眼看到调查组三个同志的衣服被脱光，在寒风中蹲在马路边瑟瑟发抖。在这种情况下，林同兆之所以敢得出只是一场误会的结论，也就是说，省政府调查组的人已经被摆平了。至于是怎么摆平的，当然与昨天晚上罗大牙去找了省政府联合调查组一趟有关。正如王建军听说的那样，罗大牙绝对不会是空着手去的，否则省政府联合调查组受了这么大的屈辱，岂能用误会两个字就敷衍过去?

赵长风还相信，昨天罗大牙的行动绝对不是出自罗大牙的本意。以罗大牙的水平，还没能想到用钱把省政府联合调查组摆平的高度。即使罗大牙能够想到，也不会这么快就付诸行动。即使想这么快付诸行动，也需要有人在中间牵线。这一切都说明，在罗大牙这个行动背后，有一个深藏不露的高参，而这个高参，很可能就是蔡国洪。因为只有蔡国洪，才能让林同兆俯首听命，按照他的意思写这个调查报告。在邙北市市委和市政府里，能指挥得动林同兆的，也就蔡国洪一个人。

想到这里，赵长风不由得叹了一口气，看来姜果然是老的辣，蔡国洪一出手果然就不一样，在这么短时间内就把事情给摆平了。

可是赵长风绝不甘心这件事就这么被摆平了，在他的精心设计下，才有了这么一个机会，如果就这样被蔡国洪摆平了的话，下次想再等到这样的机会可就难上加难了！该怎么办呢？赵长风摸着鼻子在心中盘算着，一时间也没有头绪。因为他所做的一切事情，都必须在官场的潜规则之中去行事，而不是凭着一腔热血去愣冲愣撞。

门一响，刘俊康推门进来了。

“市长，听说凤凰山金矿和省政府联合调查组冲突的事情调查结论出来了？”刘俊康问道。

“是啊。”赵长风低头整理着手中的文件，也不看刘俊康。

刘俊康笑了一笑，低声说：“我听说罗大牙花了大价钱。”说着刘俊康瞄了一眼赵长风，见他没有动静，知道是无声的鼓励，就又说道，“我还听说，林主任已经下令，让所有参与这件事的人都统一了口径。”

“俊康，不要听风就是雨啊。”赵长风把文件整理好放在案头，“这件事以后不要乱说了。”

刘俊康脸一红，说：“我就跟您一个人说了，其他人我绝对不会说的。”

“知道。”赵长风说了一句，又随口问道，“俊康，上次你说邙南县有家什么饭馆味道不错啊？”

刘俊康答道：“喜洋洋山野菜馆，是我同学开的。”

“嗯，今天中午我们过去尝尝鲜吧。”赵长风说。

“好，我这就打电话给我同学，让他多准备点特色菜。”刘俊康高兴地说。领导到他同学开的饭馆去，这是给他面子。

“随便弄点什么就行，也不要特意准备。”赵长风好像忽然想起来一样，又交代了一句，“对了，俊康，一会儿给高局长和韩局长打个电话，让他们也过去吧。”

“好，我马上就打！”刘俊康这时候才明白，领导是找韩加森有事，为了避人耳目，特意选了邙南县。

蔡国洪斜靠在沙发上，林同兆和柴刚川都坐在他对面。

“蔡书记，关键时刻还得靠您啊。只有您在，才能镇得住这个场面。您看刘光辉那个样子，事情都没搞清楚呢，都先把自己择了个干净。”柴刚川满脸佩服地望着蔡国洪。

“呵呵，发生了什么事？”蔡国洪摸着下巴说，“什么事都没有发生，说什么镇得住镇不住的？”

林同兆瞥了柴刚川一眼，心想连蔡书记想什么都没弄明白，就敢拍马屁啊？他笑着说：“蔡书记说得对，邙北市本来就是天下太平。”

柴刚川这才醒悟过来，连连点头道：“对，对，是什么都没有发生。天下太平。”

蔡国洪摸出一包帝豪国风，掏出一根塞在嘴里，柴刚川和林同兆同时拿出打火机伸了过去。蔡国洪看了看眼前两个火苗正旺的打火机，笑着说：“来，来，一起点上。”

柴刚川和林同兆正有些尴尬，听蔡国洪这样说，连忙把两只手凑在一起，两股淡蓝色的火苗就混合在一起，蔡国洪头微微一侧，把烟点着，然后把手中的烟盒往红木茶几上一推，就滑到林同兆和柴刚川两人之间：“来，自己拿。”

柴刚川和林同兆各自拿了一根点着。

蔡国洪喷出两条烟雾，说：“同兆同志，你一会儿和张处长、陶处长联系一下，中午我宴请省政府联合调查组。地点嘛，就定在邙北宾馆吧。”

“好，我马上通知。”林同兆点了点头，又请示道，“蔡书记，我们这边，需要通知哪几位领导？”

蔡国洪说：“今天是周日，很多领导都不在邙北，这只是一场便宴。这样吧，你和刚川同志是一定要参加的，市政府那边通知一下光辉同志，还有泉声同志，昨天他也到现场去了，至于其他人，暂时就不需要了。等明天再举行一个正式欢迎宴会，欢迎省政府调查组的到来。”

“好，我这就按您的意思办。”林同兆起身出去。

“刚川啊，”蔡国洪神态严肃起来，“联合调查组在邙北市期间，你们公安系统可要打起精神，千万不要再出什么纰漏了啊！”

柴刚川立刻说：“蔡书记，您放心，绝对不会再出什么纰漏了！”

“那就好，那就好！”蔡国洪摸了摸下巴，又喷出一条烟柱，把整个脸隐藏在烟雾之中，柴刚川一时间竟然看不清蔡国洪的面孔。

林同兆回到办公室，打通了市长办公室的电话，刘光辉果然还在办公室："市长，我是林同兆。蔡书记今天想在邙北宾馆举行一个临时宴会，欢迎省政府调查组的同志，您看您能否出席？"

"好的，我准时出席。"刘光辉应了一声，挂断了电话。然后对一旁的古蔺说："你继续说，还有什么传言？"

古蔺迟疑了一下，说道："没什么了。"

刘光辉似笑非笑地看着古蔺，说："古蔺，你想在我面前撒谎，还差得远呢！肯定还有情况没有向我汇报。快说，还有什么情况？"

古蔺犹豫地说："他们也是乱说，我怕您听到生气。"

刘光辉扶了扶着眼镜，说："我生什么气？你说吧。"

古蔺说："我听有人说，这次凤凰山金矿的事件中，市领导们都收了罗大牙的好处，所以这件事才被按下去的！"

"屁话！"刘光辉的脸色一下子难看起来，"市领导都收了罗大牙好处？这谣言是谁传出来的？别人我不敢保证，至少我是绝对不会收罗大牙好处的！古蔺，你去给我查一查，这谣言究竟是从哪里来的！"

"是，是……"古蔺非常后悔自己嘴把不住门，他知道刘光辉最忌讳别人说他收什么好处。事实上，在邙北市这两年，刘光辉为人处世处处小心，对于钱财方面尤其敏感。像罗大牙那种人，想给刘光辉送好处也找不到门路。

"算了，"刘光辉马上又改变了主意，"既然有这样的传言出来，必定是无风不起浪。只要我问心无愧就好了。其他的，就随他们去吧。"

古蔺了解刘光辉的心思，领导只想平平安安把邙北市这一段任期干完，好顺利升迁到省里去，所以在很多方面一贯是求稳。拿眼下凤凰山金矿的事件来说，刘光辉如果能顺势好好利用一番，肯定会对市委书记蔡国洪的势力是个不小的打击，但是刘光辉似乎下不了这个决心。唉，跟着这样的领导，有的时候还真是憋气呢！

刘光辉何尝不知道古蔺是怎么看他的？可是他心里也有他的算盘，本来这个省政府联合调查组下来，他是清楚的。他希望联合调查组到大龙溪去之后能调查出一些东西，然后顺藤摸瓜牵扯出蔡国洪的势力。可是现在时机还不成熟，他还不能轻举妄动。

喜洋洋山野菜馆的菜果然是有几分特色，赵长风很是满意，他更满意的是，韩加森和高胜强都各有收获。

高胜强这边，虽然周庄镇公安分局局长金一鸣让乔四儿把小金库的账本都弄走了，但是在周庄镇公安分局财务科的账本中还是有不少违规的东西，这些资料虽然动不了柴刚川，但是却可以动一下金一鸣。能把金一鸣弄下去，至少在公安局里去掉柴刚川一个得力的爪牙。

韩加森这边，收获也挺大。陈钢、张国强和李卫东三个人已经在天阳市盯住了乔四儿，只是乔四儿以前在天阳市受过公安人员的打击，所以非常谨慎，暂时还没有下手行窃的迹象。这说明乔四儿手里还有些余钱，等他的钱花完的时候，他肯定会下手行窃的，到时候沈小强就可以动手抓人了。

赵长风让高胜强这边继续审计，把证据弄扎实，争取办成铁案，到时候一拿出证据，让金一鸣根本无法翻案，敲掉了金一鸣，就等于在公安局里打开了一个突破口，其他看着柴刚川眼色行事的人都要考虑一下，继续跟着柴刚川是否有前途了。

赵长风除了让韩加森交代陈钢几个人在天阳市继续盯紧乔四儿外，还让他在邙北市安排一些人盯着省政府联合调查组的人，看看他们都去干了些什么，争取弄到调查组收了罗大牙好处的证据。总之，不能让调查组在邙北市虚晃一枪就回去，赵长风下定决心要趁这个机会在邙北市撼动一下柴刚川的势力。

这个时候，赵长风最后悔的，就是没有在得到省政府联合调查组在凤凰山金矿出事的消息之后，第一时间把这件事捅给薛英杰和江文静，否则，《中原日报》和《中州晚报》两家省内最大的平面媒体记者到场，联合调查组的人即使有天大的胆子，也不敢接受罗大牙的收买。现在再把这个消息捅给江文静和薛英杰已经晚了，没有证据，没有第一手的现场资料，而市委办主任林同兆又下了封口令，光凭着一些传言，薛英杰和江文静是没有办法写出稿子的。

不过赵长风相信，还是会有机会的，只要耐心等待，总能抓到纰漏。一个人可以在某些时间内欺骗所有的人，也可以在所有的时间内欺骗某些人，但是不可能在所有的时间内欺骗所有的人。假的永远是假的，真相总会浮现出来的。

中午吃过饭，赵长风和高胜强就在邙南县找了个地方钓鱼，也算是一种放松。本来赵长风也邀请韩加森一起去，可是韩加森却非要赶回去。赵长风知道，韩加森急着回去动用他的势力布置，好完成赵长风交代给他的盯紧省政府联合调查组的任务。

这次由于是在邙南县，不是高胜强的主场，所以鱼塘不是领导的鱼塘，鱼也不是讲政治的鱼，两个人钓了三个小时，仍收获寥寥，以至于赵长风怀疑这鱼塘里究竟有没有放养鱼。

“算了，不钓了！”赵长风笑着收起了鱼竿，“下次即使钓客场，也要找一个按钓重计费的鱼塘，不能找这种按时间计费的鱼塘。这里的鱼估计都成了精了，根本不会咬钩。”

“那是，那是。”高胜强心中暗笑，明明是你不会钓鱼，说什么鱼都成了精？因为赵长风钓技不佳，所以高胜强这边也赔着小心，每次鱼要上钩的时候，他都晃动鱼竿把鱼吓跑，以免他钓上鱼太多，让赵市长脸上无光——鱼虽然不讲政治，他不能不讲政治。

赵长风也就是说一说，倒不在乎钓上钓不上鱼，他钓鱼是为了放松绷紧了一天一夜的神经，另外也是做一种姿态，让高胜强感觉他还是能够跟下属同乐的，不能学刘光辉那套，高高在上做一个孤家寡人。

出了鱼塘，赵长风刚坐上车，手包里的电话就响了起来。刘俊康打开手包，接通了电话，扭头对赵长风说：“韩局长的。”

赵长风伸手接过电话，里面传来韩加森兴奋的声音：“赵市长，我拿到证据了。”

“怎么回事？慢慢说。”赵长风脸上波澜不惊。

“赵市长，我手里有几张很有意思的照片，您过来看看就知道了。”韩加森依然沉浸在兴奋之中。

“好，等着我。”赵长风说，“我到邙北市后通知你。”然后他把手机交给刘俊康，又对老邢说：“开快一点。”

“知道了！”老邢应了一声，一踩油门一换挡，车速明显加快。

高胜强的车紧紧地跟在后面。半个多小时后，就进入了邙北市地界。高胜强又打来电话，让刘俊康请示赵长风，晚上还有什么安排。赵长风想了一下，说让高局长早点回去休息，明天上班后打起精神审计周庄镇公安分局的账目，争取把金一鸣的老底给挖出来。

高胜强得到指示之后，就知道赵长风可能还有事，于是就让司机放慢速度，和赵长风的普桑拉开距离，一会儿工夫，赵长风的普桑就消失在他们的视线之外了。

赵长风让刘俊康打电话给韩加森，问他在哪里。韩加森就说他在一个老公安开的小棋牌馆里，棋牌馆里现在没有其他人，正是说话的好地方。

赵长风对韩加森安排的地方还算满意，就让司机老邢直接开过去。

这个棋牌馆的主人以前是邙北市公安局法制科科长，已经退休几年了，由于退休后待遇跟不上，就在自己家里开了一个小棋牌馆，仗着自己的关系打一些擦边球，靠收一些场地费来补贴家用。好在他这里来往的都是一些熟人，也不会出什么大乱子。今天韩加森过来，老科长特意打电话给那些熟人，让他们改天再过来玩。

老邢把车一直开进院子里，赵长风下了车，韩加森已经在院子里等候，老科长并没有出来，这让赵长风感到很满意。

“赵市长，楼上僻静，我们上楼吧。”韩加森笑着说，看了刘俊康一眼。赵长风就明白了，对刘俊康说：“俊康，你和老邢在车里等着吧，有什么事及时跟我联系。”

刘俊康笑了笑，回到了车里。

赵长风跟着韩加森来到楼上，上面一共有四间棋牌室，不过都空无一人。韩加森把赵长风带进最大的那间，请赵长风坐下，然后又要为赵长风倒水。赵长风摆摆手说：“加森同志，别忙了，还是先说正事要紧，说吧，弄到什么有意思的照片了。”

韩加森就从怀里掏出一个白色纸袋，从里面倒出三张照片来，递到赵长风手里：“赵市长，您先看看。”

赵长风拿起一张照片，只见三个只穿着三角裤头的男人抱着头蹲在地上，四周站着十来个凶神恶煞、手持木棒的大汉。他不由得心里一惊，抬眼看着韩加森，韩加森点了点头。

赵长风又拿起另外一张照片，这张照片更清晰一些，三个赤身裸体的男人面容清晰可见，脸上满是屈辱和惊慌失措。再看第三张，基本上一样。

“加森同志，怎么弄来的？”赵长风问道。

韩加森轻笑了一下，说道："也真是运气。赵市长，您还记得李卫东不？"看到赵长风一脸茫然的表情，韩加森连忙补充道："就是那个和我外甥陈钢一起被蔡国洪开除的治安大队的民警。"

"哦，记起来了，是有这么一个人。"赵长风点了点头。

韩加森说："李卫东的爱人开了一家照相馆。今天下午，有个省城口音的人拿着两卷胶卷过来冲印，她冲印出来后，发现了其中有三张赤身裸体的照片，周围还有人拿着大木棍，以为是黑社会绑架案，因为李卫东在天阳，所以她就打电话给我，我过来一看，就知道是昨天凤凰山金矿护矿队扒光了调查组工作人员的照片。所以我就连忙打电话给您了。"

赵长风摸了一下鼻子，问道："冲洗照片的是什么人？他怎么会有调查组被扒光衣服的照片？难道说当时他在现场？"

韩加森说："是啊，刚开始我也想不明白，又让李卫东的爱人把其他照片拿给我看，我发现照片上竟然还有蔡书记、刘市长、何市长、林主任等人，当然还有照片上这三个赤身裸体的男人，不过这个时候他们都衣冠楚楚的。"

说到这里，韩加森忍不住笑了，然后继续说道："看照片上的背景，他们应该是在邙北宾馆宴会厅举行酒宴。可能就是今天中午蔡书记在邙北宾馆宴请省政府调查组时拍的。我这才知道，这三个人的确就是省政府派过来的联合调查组成员。"

韩加森伸出手指着其中一个抱着头蹲在地上的人说："我让李卫东的爱人仔细回忆，她终于想起来了，当时送胶卷过来冲洗的就是这个人。"

"他当时蹲在地上，又怎么能够照相呢？"赵长风挠着鼻子说，"难道说，是护矿队拿着相机给他们照相的吗？可如果是护矿队给他们照的，调查组的人为什么还要拿过来冲洗呢？他们不知道这几张照片的威力吗？"

韩加森摸着头说道："赵市长，我也想不太明白。不过我和你的猜测大致相同，可能就是护矿队当时给他们照的。"

赵长风攥了一下拳头，说："现在不用追究这中间究竟是怎么回事了。只要这照片到了我们手里，我们就好好利用一下。"

"对！"韩加森说，"有了这些照片，蔡国洪就没有办法掩盖真相。"

"加森同志，你待会儿回去把这些照片多冲洗上几套，底版也保存好。然后找人把这些照片悄悄地塞到中原日报社记者薛英杰和中州晚报社记者江文静的房间里。注意，千万不要留下什么证据。”赵长风交代道。

“赵市长，我明白该怎么做。您放心，不会留下任何痕迹的。”韩加森说。

赵长风沉吟一下，又说：“你还要立即安排李卫东和他的爱人出去度假，最好是一家人都出去，再写一个照相馆歇业的通知。让他们躲出去，等这件事风波平息后再回邙北。至于费用，他们先垫一下，等这场风波过去后，我会给他们补偿的。”

“赵市长，您这招真高啊！”韩加森佩服地说，“到时候调查组就算知道问题出在什么地方，找不到人，也没招啊！”

赵长风笑了，说：“加森同志，马屁不能乱拍啊！明明是李卫东家人自己的决定，和我有什么关系？”

韩加森心领神会道：“赵市长，对，是李卫东家人自己的决定！”

那么这几张照片究竟是怎么来的呢？赵长风和韩加森猜测得倒是没有错，的确是护矿队队员拍下来的。护矿队赶过来把陶向强三个人包围起来时，调查组成员周万军胸前挂着取证用的相机。当时一个护矿队队员就抢夺了过来。李龙斌见到相机之后，更加相信面前这三个人根本不是什么省政府联合调查组的，肯定是什么小报的记者，于是就想出一个恶毒的主意，让护矿队队员把调查组三个人的衣服全部扒光，只留下三角裤头。

当时拿着相机的护矿队队员看着好玩，就随手拿着相机拍了三张照片。由于当时场面很乱，陶向强、周万军等三个调查组成员抱着头心中充满了屈辱，加上护矿队队员不会用闪光灯，所以陶向强等人根本没有注意到有人给他们拍了照片。后来林同兆和柴刚川赶到了，从护矿队手里把他们抢夺联合调查组成员的财物全部拿了回来，其中就包括这部照相机。

当天晚上，在林同兆的安排下，市委办秘书科副科长庄建波带着罗大牙赶到调查组下榻的宾馆去做工作，罗大牙出手大方，把调查组所有的成员都买通了，甚至连陶向强、周万军三个人也觉得罗大牙的道歉很对得起他们的“一脱”，所以这件事大家都心照不宣地揭了过去。

第二天，邙北市市委书记蔡国洪举行临时宴会，宴请省政府联合调查组，既是压惊赔罪，也是接风洗尘。宴会上的气氛非常融洽。周万军爱好摄影，举着相机拍了很多宾主联欢的场面。

由于调查组要在邙北市待很久，所以周万军等不及回中州市冲洗照片，中午宴会结束后，周万军就拿着两个胶卷到李卫东爱人的照相馆里进行冲洗。在一连串巧合下，最后这三张照片就到了赵长风手里。

到了晚上，韩加森安排人悄悄来到邙北宾馆，把照片从门缝下塞进了薛英杰和江文静的房间。

江文静看到这组照片之后，大吃一惊，她也听说了省政府联合调查组在凤凰山金矿出了事的传闻，奈何没有证据。现在看到门缝下面塞进来的照片后，江文静一下子就明白了这些照片的新闻价值。可是江文静知道，这些照片她也只能看看而已，即使拿回去，中州晚报社也不敢报道。因为中州晚报社归中州市委宣传部管，而谁都知道，中州市市委书记蔡国富和邙北市市委书记蔡国洪是亲兄弟。

想到这里，江文静就给薛英杰挂了电话："薛老师，你今天收到什么新闻线索没有?"

薛英杰愣了一下，说："没有啊。文静，你收到什么新闻线索了吗?"

江文静知道，既然有人给她房间塞照片，就没有理由不给薛英杰房间塞照片，她说："薛老师，你到房间门口看一看，看地板上有没有什么东西。"

"好，我去看看!"薛英杰放下电话，来到房门口，地板上果然躺着一个白色的信封，他打开信封一看，狂喜不已，多么宝贵的新闻线索啊，没想到会从天而降!

薛英杰快步来到床头，拿起电话来："文静，这组照片你怎么搞到的?"

江文静笑了起来："薛老师，这组照片可不是我搞到的。我看到房间地板上有这么一个信封，就想到别人既然给我送了，没有理由不给大名鼎鼎的薛大记者送啊，于是就打电话提醒你一下。"

"文静，我明白你的意思。"薛英杰笑道，"这组照片你们《中州晚报》发是有点难度。放心了，交给我吧，中原日报社还没有这么多顾忌!"

"呵呵，那我就等着拜读薛老师的大作了!"江文静笑了，挂断了电话。她忽然想起了赵长风，会不会是赵长风派人送过来的?江文静想了一下，很有可能，以赵长风的诡诈，什么事做不出来?哼哼!

"狗胆包天!"武卫平一掌重重拍在桌子上，茶杯盖被震了起来，在桌面上弹了几下，滚落到地上，摔了个粉碎。

秘书徐雷功连忙拿着扫把和簸箕过来收拾。

武卫平脸色黑紫，他看着面前的《中原日报》上配发的新闻照片，那三个赤裸着身子蹲在地上的男人就像是三把钢刀，剜得他心窝子直疼。照片上三个人的面孔虽然已经经过技术处理，被遮盖住了，但是武卫平却分明看到他的面孔被替换到这三个男人脸上，就那么赤裸裸地在省政府大院里成为所有人的笑料。

想到这里，武卫平浑身一阵阵地发抖，他给别人留面子，可是别人并不给他留面子。

前天联合调查组刚从省城出发，中州市市委书记蔡国富就到武卫平办公室来了，虽然蔡国富哼哼哈哈扯了两句有关天气的话就离开了，武卫平心里却很清楚蔡国富是为什么来的。

对于蔡国富过来为蔡国洪打招呼的行为，武卫平心里是反感的，但是他却不能不给蔡国富几分面子。他虽然是北京过来的强龙，但是蔡国富却是中州市的地头蛇，呼风唤雨的本领比他武卫平还大。所以武卫平心里就做好了打算，等调查组调查结果出来后，在处罚力度上降低一些，也算是对蔡国富这个省委常委有所交代了。

可是，武卫平没有想到，他刚考虑好怎么给蔡国富交代，蔡国洪那边就已经给他交代了。堂堂的省政府联合调查组，竟然被金矿上的人扒光了衣服扔到马路上，这成何体统？邙北市究竟还是不是在党的领导下了？

更让武卫平恼怒的是联合调查组的态度。按照武卫平给他们定下的规矩，到下面发生了什么大事，必须在六个小时内向他汇报，可是这件事发生三天了，带队的省政府办公厅综合六处的副处长张洪鑫竟然没有向他汇报，要不是武卫平看到《中原日报》的消息，恐怕到现在还被蒙在鼓里呢！

武卫平狠狠地抽了一口烟，敲着桌子对徐雷功说："打电话给张洪鑫！"

徐雷功刚把地上的碎瓷片收拾好，听了武卫平的话，连忙拨通了张洪鑫的电话："张处长，领导找你。"

张洪鑫昨天晚上刚率领调查组接受过罗大牙的宴请，又在KTV喝酒唱歌闹到凌晨四点多，此时刚刚醒来，正坐在床上发愣，也没有听出徐雷功话语中的暗示，对着电话就说："我是张洪鑫。"

"张大组长，我怎么敢当您的领导呢？"武卫平劈头骂道，"我真是瞎了眼，怎么会让你率领调查组下去？你们有能耐了，长本事了！你瞧瞧，你们都在下面干了些什么？我是让你们下去调查的，不是让你们下去丢人现眼的！”

张洪鑫一下子被骂醒了，他浑身冷汗淋漓，心中猜想武卫平可能知道邙北市发生的事了，但是却不知道武卫平究竟知道了多少，又知道到什么地步，所以就含糊地说：“您可能误会了吧？事情并不是您想象的那样。”

“哈，我误会了？”武卫平差点被气疯了，“我想象的又是哪样？张洪鑫，你还是不是一名党员？你还有没有良心？你的良心被狗吃了吗？即使被狗吃了，也不能吃得如此干净啊，还要多少留下一点，有点人味吧？”

张洪鑫脸色苍白，心脏急剧跳动，几乎被武卫平骂得窒息过去，但他还是什么都不能说，因为他不知道武卫平究竟了解多少，他说得越多，惹的麻烦越大，所以就只能装着糊涂听着武卫平骂街，等他弄清楚情况了再做处理。

“武省长，我还是不明白您究竟为了什么这么生气。”张洪鑫咬牙硬挺着说。

“不明白？哈，你不明白！”武卫平冷笑道，“好，张洪鑫，你不明白就不明白吧。事到如今你还跟我装糊涂！我也没有工夫跟你废话，你就在邙北市给我等着吧！”

武卫平挂断了电话，怒冲冲地起身出去。徐雷功连忙跟在后面问道：“您这是去哪里？”

武卫平站住，用眼睛逼视着徐雷功：“雷功，你告诉我，这件事你事先知不知道？张洪鑫跟你通过气没有？”

徐雷功连忙摇头道：“我真的不知道。张处长下去后还没有跟我联系过。”

武卫平的脸色这才有点好转，指着徐雷功说：“雷功，要是让我发现这件事和你也有牵连，你就等着回家带孩子吧。”

“你可以任意调查，如果发现张处长事先跟我通过气，我没有怨言。”徐雷功一本正经地说。

武卫平眼中有了笑意，这个时候徐雷功还能跟他开玩笑，说明徐雷功心中没鬼，看来这都是张洪鑫自己搞出来的事。

“雷功，我现在懒得跟张洪鑫说话，你和他联系一下，让他把情况如实交代清楚。”武卫平说道，“等我回来，你向我汇报。”

“好，这事就交给我了。”

武卫平点了一下头，转身出去。徐雷功连忙回到自己办公桌前，拿起《中原日报》匆匆看了两眼，不由得倒吸一口冷气。今天也是他大意了，没有提前看《中原日报》，要是他早一些看到这个消息，就会偷偷跟张洪鑫通一下气。

徐雷功坐下来拿起电话，拨通了张洪鑫的号码：“张处长，我，徐雷功。”

“徐秘书，究竟是怎么回事啊？”张洪鑫在那边拿着毛巾擦着头上的汗。

徐雷功叹了一口气，他知道张洪鑫心里其实很清楚是怎么回事，但是却不能点破，他沉吟了一下，对张洪鑫说：“张处长，你没有看今天早上的《中原日报》吗？”

张洪鑫说：“还没有，昨天调查工作进行得很晚，我刚起来，领导的电话就过来了，劈头盖脸地骂我一顿，我到现在还糊涂着呢！”顿了一顿，张洪鑫又问道，“徐秘书，今天《中原日报》刊登了什么消息，让领导发那么大的火？”

徐雷功道：“上面有一张三个男人赤身裸体蹲在地上的照片。”

张洪鑫的脑袋“嗡”的一声，如果武卫平听到什么风言风语，甚至在报纸上看到记者写的什么新闻，他都可以说是捕风捉影，但是现在报纸上既然刊登出照片了，就一下子把他的嘴给彻底堵死了，他怎么解释也没有用。只是张洪鑫实在是想不明白，这中原日报社的记者也太神通广大了吧？怎么会弄到这些照片呢？难道说当时有中原日报社的记者在场吗？不可能啊，以凤凰山金矿护矿队凶神恶煞般的作风，中原日报社记者如果在场，还不当场也被扒光衣服啊？

“张处长，你最好把在邙北市的情况详详细细地跟我说一遍，等一下领导回来，我替你多做解释。”徐雷功劝道。

张洪鑫也是在省政府办公厅厮混了多年的官场老油子，他转念间已经拿定了主意。现在这种情况，唯有倒打一耙，才能把自己择干净，否则他的仕途之路基本上是到此为止了。

“徐秘书，哎，你看这事弄的。”张洪鑫呼天抢地地叫起屈来，“我和陶组长率领调查组到了邙北市之后，开始分头暗访。没有想到邙北市金矿竟然如此嚣张，陶组长他们竟然发生了那样的事情。这还不算，当时调查组成员孙小红打电话报警，邙北市 110 指挥中心推三阻四的，孙小红到了后河乡派出所之后，派出所也拒不出警。这里的每一个情况都让人感到非常诡异。”

张洪鑫一边说着一边整理着思绪，想把谎言说得更圆满一点：“我接到孙小红的电话后，立刻来到邙北市市政府，找到值班的领导，在我不断施压下，邙北市市政府领导才开始重视起来，率领着公安民警一起到山上解救调查组成员。我到了山上后，就看到那屈辱的一幕，真是触目惊心啊！”

徐雷功就问道：“张处长，为什么事发当时，你没有及时向领导汇报？”

张洪鑫说：“徐秘书，当时我没有办法汇报啊。我总得等邙北市这边拿出处理意见之后，才能向武省长汇报吧？不然武省长问我，邙北市市委市政府是一个什么样的态度，我怎么说？”

“可是事后呢？事后为什么也没有汇报？”徐雷功继续问道。

“徐秘书，我到山上把陶组长三个人解救回来之后，见到了邙北市市委书记蔡国洪，他当时的态度非常诚恳，让我无论如何等他一天，他会给出一个圆满的处理意见的。”张洪鑫说。

“张处长，可是现在已经过去三天了，难道邙北市市委还没有拿出处理意见吗？”徐雷功问道。

“徐秘书，你不知道，这里头蹊跷着呢！当天晚上，邙北市市委办秘书科一个副科长就领着凤凰山金矿的矿主来找我了。”张洪鑫沙哑着嗓子说，“而且，这个矿主一出手，就给了我一张二十万的银行卡！”

“什么？二十万？”徐雷功失声叫道。

“对，二十万！”张洪鑫说，“这还不算，这个叫罗大牙的矿主还提出价码，要收买调查组的成员，预算高达六七十万！”

徐雷功本来想问张洪鑫是怎么处理的，可是话到嘴边，却成了一句感叹：“手笔不小啊！”

“是啊，手笔果然不小，我就知道这里面肯定有猫腻，”张洪鑫算盘已经打好，就流畅地说了下去，“而且还是邙北市市委办的官员领着罗大牙过来的，这说明什么？”

说到这里，张洪鑫有意停顿了一下，想让徐雷功接他的话茬，可是等了几秒钟，徐雷功并没有出声，张洪鑫只好自顾自地把话题继续下去：“一个金矿的矿主，竟然能让政府官员为他服务，说明这里面的水不是一般的深啊！”

“这时候我想到大龙溪的污染那么严重，已经到了触目惊心的地步，肯定是相当数量的企业长期排污的过程，绝非短时内突发性污染造成的。这么长期污染的一个过程就在邙北市官员眼皮底下发生，为什么邙北市官员会视而不见呢？如果当地那些采金企业在邙北市政府里没有保护伞，这种情况可能长期存在吗？”张洪鑫慷慨激昂地说，“领导既然派我率领调查组下来，我当然要把其中的猫腻查个水落石出。所以我就来个将计就计，假意收下罗大牙的钱，借此来查清楚事情的真相！”

徐雷功拿着电话似笑非笑地听着，等张洪鑫讲完，他叹气说了一句：“张处长，这么大的事情，为什么不提前向领导汇报？”一句话打到张洪鑫的软肋上。

张洪鑫也是官场老手，他摇头叹气，用沉重的语气说：“是啊，这件事我考虑得不周全，当时只想着快点查明真相，好替领导争气，又加上当时罗大牙就在我房间里，机会稍纵即逝，我必须当机立断，所以当场就擅自做了决定，没有向领导请示……”

徐雷功冷笑着想，当时没有机会向领导请示，事后就不知道向领导汇报吗？都已经三天了，也没见他放个屁。当然这话徐雷功只能在心里想一想，嘴上是绝对不会说出来的。他打了个哈哈，说道：“张处长，情况我都了解了，等一下领导回来，我会替你向领导汇报的。当然和领导之间的沟通工作，还需要张处长亲自去做了。”

张洪鑫连忙说：“徐秘书，自家兄弟，我就不跟你客气了。等这件事结了，咱们兄弟好好聚一聚。”

放下电话，张洪鑫立刻把调查组的人召集到他的房间，套间的客厅虽然大，但是一下子坐了八个人，还是显得有点拥挤。

“现在，情况紧急，我们必须统一口径！”张洪鑫的面容非常严肃，“所以今天我们所说的内容，大家一定要记好，记牢，千万不要忘记，还有就是这些话你们自己记住就可以了，千万不要泄露出去，不然……”

说到这里，张洪鑫目光阴森地扫了调查组七名成员一眼。包括副组长陶向强在内，都感到有点发冷，皮肤上都起了一层鸡皮疙瘩。

赵强摩挲着茶杯，看着《中原日报》上的新闻照片，心想，刘光辉该打电话过来了。果然，他心念刚动，抽屉里的手机就响了起来，他拿出手机一看，果然是刘光辉的电话，心里就笑了笑，看来光辉这小子果然是和他心有灵犀呢。

“我是光辉，今天的《中原日报》您看到了吗?”刘光辉手里拿着电话，另一只手摩挲着茶杯，盯着桌《中原日报》上三个赤裸了大半个身体的男人的照片。

“刚看到。”赵强目光离开新闻照片，往后一靠，倚在真皮转椅宽大的靠背上。

刘光辉微微一笑，领导说话还是那样的风格，总是只陈述客观事实，从不表露自己的看法，非要等他把所有人的看法都弄清楚之后，才讲出自己的看法。

“您不是一直批评我有些软吗？我觉得这次是个机会。”刘光辉说。

赵强明白了刘光辉的意思，但是却不急于表态，他往嘴里塞了一根烟，点燃之后抽了两口，看着空中袅袅的烟雾，却不说话。

刘光辉知道领导肯定是在权衡，他毕恭毕敬地拿着手机，连大气也不敢出，生怕呼吸声音重了，会影响领导的思绪。

停了一会儿，手机里传来赵强的声音：“光辉，把火往别人身上引的时候要考虑一下是否会烧到自己身上。”

“领导，我这里缺乏可燃物，火根本烧不到我这里来！”刘光辉知道赵强在顾虑什么。

“这就好！”赵强又说，“光辉，没事可以去看看长风，你们俩互动不多，这可不好。”

刘光辉笑了，说：“我知道了，我待会儿就过去看他。”

“这就对了嘛！光辉，不是我说你，你的积极主动性比起长风差远了。总是让人推一下才会动一下，你现在是一市之长，不要总抱着过去给我当秘书时的思维。”赵强伸手在烟灰缸里掸了一下烟灰，又说，“有了想法就要积极去争取，不要总抱着等、靠、要的思想。”

赵强不等刘光辉回答，就挂断了电话，他看了看窗外，都快十二月了，阳光却依旧明媚，如同春天一样，赵强笑了，自语道：“天气不错，看来该活动活动筋骨了！”

刘光辉从赵强那里得到了他想要的东西，不由得精神大振，他拿起电话，拨通了赵长风办公室电话。

蔡国洪看着桌上的《中原日报》，脸色难看之极，甚至比武卫平的脸色还要难看。他拍了一下桌子，高声喊道："天放！"

卢天放连忙从隔壁小办公室跑了过来，看着蔡国洪难看的脸色，赔着小心说："什么事情？"

蔡国洪敲了敲桌子，说道："你给我通知林同兆和柴刚川，让他们立即过来！"

卢天放心里奇怪，领导这是怎么了？为什么发这么大的脾气？自己和司机去家里把他接过来的时候，他还满面春风的，怎么才进办公室不到十分钟，就变成这副模样？能够给领导当秘书的人都是心思活泛的人，卢天放口中答应着，偷眼扫了一眼蔡国洪的桌面，发现上面摊开着一份《中原日报》，就明白蔡国洪大发雷霆一定是与上面的报道有关。

退回小办公室，卢天放先给柴刚川打了电话："柴局长，你过来一趟。"

柴刚川刚来到办公室，屁股还没坐热呢，这么早蔡国洪让他过去，是怎么回事呢？柴刚川打了个哈哈问："卢秘书，知道是什么事吗？"

卢天放压低声音说："估计情况不妙。领导大发雷霆，很可能与今天的《中原日报》有关。你来的时候，最好在车上看一下报纸，心里也有个准备。"

卢天放又打电话给林同兆："林主任，领导找你。"

林同兆在电话里叹了一口气，幽幽地说："卢秘书，我知道了，马上到。"

卢天放听林同兆的声音，猜想林同兆很可能已经看过今天的《中原日报》了，但还是交代道："林主任，领导心情很不好，你注意一点。"

"我知道，我知道。"林同兆说，"《中原日报》的薛英杰真不是什么好鸟！"

放下电话，卢天放拿起桌上的《中原日报》扫了两眼，不由得吓了一跳，这《中原日报》真是的，怎么把这么大的事情捅出来了？难怪领导要发这么大的脾气。他心里想着，脚下可不敢怠慢，小跑着过去跟蔡国洪汇报："蔡书记，林主任和柴局长马上就到。"

“长风，是我。”刘光辉对着电话轻声说道。

“市长，早啊。”赵长风打个哈哈，“有何吩咐?”

“看了今天的报纸吗?”刘光辉扶了扶眼镜。

“我刚看到，真没想到，真没想到啊!”赵长风感叹道，“我也听说了一些风言风语，本来不信，可是今天一看报纸，才知道竟然是真的。凤凰山金矿这帮人真是胆大妄为!”然后又压低声音说，“市长，这件事做得漂亮啊!”

刘光辉本来想试探一下赵长风，看看照片被捅上报纸，会不会是赵长风的杰作，没想到赵长风却以为是他做的，这让他有点哭笑不得，但是他又不能辩解，因为赵长风说话很有水平，只是说“这件事做得漂亮”，却没有说“你这件事做得漂亮”。他如果辩解，就有点不打自招的意思了。

“嗯，做得是挺漂亮的，不知道是谁不吭不哈地悄悄来这么一手。”刘光辉顺着赵长风的话说下去，轻飘飘地把赵长风话里的某些意思给化解了，“对了，我有点事，你什么时候有空过来一趟?”

赵长风心里哼了一声，说这就对了！这才像是个市长的模样，我就不信你刘光辉面对这么大好的机会而不有所行动，那你也在赵强身边白干了七年秘书。他口中却说：“市长，我这里有一份文件正需要你签署，我这就过去。”

放下电话，赵长风翻找出一份教育局送来的申请拨款维修龙山乡小学校舍的报告，拿在手里笑吟吟地出了办公室。

来到市长办公室，房门虚掩着，赵长风推门进去，刘光辉正端着茶杯喝茶，他见赵长风进来，笑着迎了出来：“长风，来，这边坐。”拉着赵长风的手并排坐在了沙发上。

古蔺听到动静，过来为赵长风泡好了茶水，然后退了出去。

刘光辉拿着烟让了赵长风一下，赵长风摆了摆手，刘光辉就自己点上一支，这才随口问道：“长风，有什么看法?”

这句话虽然没头没脑，但是赵长风当然明白刘光辉是在问什么，就笑了，说道：“市长，大好良机啊!”

刘光辉点了点头，也感叹道：“机会是不错，邙北市不能再这样下去了!”说完他期许地看着赵长风。

赵长风知道刘光辉已经下定了决心，现在是让他表明态度，就说：“市长是邙北市干部群众的带头人，我听您的指挥。”

刘光辉的眼睛就亮了起来，伸手拍了拍赵长风的肩膀，说道：“长风一贯是立场鲜明，难怪刚才领导打电话的时候还连声夸你呢。”

赵长风沉吟了一下，说：“省里估计很快就会派人下来吧？我们要提前做好工作啊，付书记那边是不是也有一些好的想法？市长应该和他沟通一下。”

刘光辉伸手在烟灰缸里掸落烟灰，缓缓地说：“这个不急，我想罡庭同志应该会和我联系的。”

“市长，对，罡庭同志也不会放过这个大好机会的，”赵长风摸了一下鼻子，“我是有点操之过急了。”

刘光辉笑了笑，忽然拿起了报纸，问道：“你说会不会是罡庭同志干的呢？他位高权重，在邙北市根基很深，很有一帮人为他鞍前马后地奔走呢！”

赵长风沉吟着说：“不好说，反正能弄到这张照片，在邙北市要具备很大能量，不见得就是付书记。”

刘光辉若有所思地点了点头：“论起能量，除了付罡庭就是钱兆均，但是钱兆均没有理由这样做啊？”

“不好说，”赵长风还是那句老话，“没有理由的事多着呢！反正不管是谁做的，这对您来说都是一个大好机会啊！”

赵长风又煽了一下火，这才把手中的文件递给刘光辉：“市长，这是龙山乡小学校舍紧急维修的报告，请您过目。”

“有你替我把关就行了！”刘光辉拿过来看也不看，掏出笔龙飞凤舞地签上自己的名字，把文件递还给赵长风，“那先这样吧，有什么情况我们再通气。”

赵长风笑着站了起来：“市长，我坚决支持您的工作。”

刘光辉站起来拍着赵长风的肩膀，口中感叹着：“好哇！好哇！”

第十三章　丢卒保车大义灭亲，高手过招合纵连横

调查组被扣押事件让分管副省长武卫平雷霆震怒，一把火烧得蔡国洪焦头烂额，不料他丢卒保车，十分高调地把黑锅扣在林同兆和柴刚川的身上，同时又向赵长风抛出橄榄枝，希望稳住局面。这一手大义灭亲、合纵连横的手腕不禁让赵长风对他刮目相看。

赵长风回到办公室，坐在转椅上陷入了沉思：刘光辉果然是要决定动手了，付罡庭那边肯定也不甘寂寞，如果钱兆均在大龙溪那边是干净的话，说不定也会落井下石，这样一来，省里再派调查组下来的时候，可就热闹了。

现在的问题是，这次行动即使不能彻底扳倒蔡国洪，也必会对蔡国洪造成重创。

想到这里，赵长风把刘俊康喊了进来："俊康，梨树口村最近有什么动静?"

刘俊康说："情况还好。深水井马上就要打成了，消防车依旧每两天往村里送一次水。王三发倒是来过几次说要见您，都被我挡了回去。"

赵长风摸了摸鼻子，有些担忧地说："那就好，这个时候稳定压倒一切，梨树口村的村民千万不要给市委添什么乱子了，尤其是这两三天内，省里很可能会派调查组下来啊!"

刘俊康笑了，点头道："您放心，这件事交给我了!"

赵长风伸手敲了两下桌子，拿起电话拨给了韩加森："加森同志，我是赵长风。"

"赵市长，目标在天阳市已经待了一个多星期了，钱估计花得差不多了，

据陈钢说，目标昨天就有要下手的迹象。目前陈钢他们正在换着班盯着目标，也许今天目标就会下手呢！”

“嗯，要尽快搞到第一手材料。时间不等人啊！”赵长风交代了两句，挂断了电话。他在转椅上转了几转，摸出一个电话本，正要翻找一个电话，忽然办公室的门被推开，蔡国洪出现在门口，威严的脸上布满了笑容：“长风同志，在呢！”

赵长风不动声色地把电话本塞进抽屉，站起身迎了出来：“蔡书记，有什么指示，给我一个电话就好了，你怎么亲自过来了？”

蔡国洪笑着说：“也没什么事，刚从光辉同志的办公室出来，顺道拐到你这里看看。”

赵长风笑了笑，能让蔡国洪顺道一下还真不容易，他来了三个月了，蔡国洪还是第一次顺道过来呢。

把蔡国洪让到沙发上，赵长风去泡茶，蔡国洪虚意阻拦道：“长风同志，我坐一下就走，不用了。”

赵长风笑着说：“喝杯茶有什么麻烦？只是我这里是饮水机烧的水，怕蔡书记不习惯呢！”

把茶杯放在蔡国洪面前，赵长风坐在蔡国洪侧面的长沙发上，等蔡国洪开口。

蔡国洪摸出了烟，扔给赵长风一根，自己点上一根，抽了两口，才说道：“长风同志，你都知道了吧？”

赵长风沉吟了一下，试探着问道：“蔡书记，你是说什么事？”

蔡国洪说：“还能是什么事？当然是《中原日报》今天登的新闻啊。真没有想到，胆大妄为，胆大妄为啊！”

赵长风其实很想问蔡国洪，是说凤凰山金矿护矿队胆大妄为，还是说中原日报社记者薛英杰胆大妄为，可是身为邙北市常务副市长的赵长风只能不着边际地顺着蔡国洪的话感叹道：“是啊，是有点胆大妄为了。”

“没有想到，没有想到！”蔡国洪连连摇头感叹道，“同兆同志和刚川同志竟然会在这么大的事情上对市委撒谎，造成了如此被动的局面！”

赵长风心中悚然一惊，他也没有想到，蔡国洪竟然这么短时间内就做出了反应，听蔡国洪这话的意思，是要把这个黑锅让市委办主任林同兆和公安局局长柴刚川背了。虽然是对手，赵长风心中也不能不佩服蔡国洪主意之老辣，决定之果断。

让赵长风感到吃惊的，不仅是蔡国洪的老辣果断。蔡国洪这个时候既然能够如此高调地把黑锅扣在林同兆和柴刚川的身上，说明蔡国洪和林同兆、柴刚川等人已经达成了默契，否则蔡国洪如此扣黑锅，林同兆和柴刚川岂能不恼羞成怒，继而反咬蔡国洪一口？能够在这么短时间内做通林同兆和柴刚川的工作，说明蔡国洪驾驭下属的能力不是一般的强悍，同时也说明蔡国洪和林同兆、柴刚川等人之间的利益同盟关系是何等牢固。

看来把目标盯在蔡国洪身上是有点过高了。赵长风转念之间就决定调整目标，先拿柴刚川和林同兆开刀。以林同兆、柴刚川两人和蔡国洪之间牢固的结盟关系，如果不先攻克柴刚川和林同兆，所有针对蔡国洪的手段仅能伤其皮毛。只要能拿下柴刚川和林同兆两人，哪怕只拿下其中一人，对蔡国洪阵营的影响就是巨大的。且不说柴刚川和林同兆两个人会不会咬出蔡国洪，单单是蔡国洪阵营中损失了两员大将，就会对邙北市政治格局产生决定性的影响，市委常委会中如果出现两个新面孔，会产生什么样的效果呢？当然，这一切的前提是，赵长风必须利用眼前这个机会借着刘光辉、付罡庭甚至是蔡国洪的手把林同兆和柴刚川两名市委常委拿掉。

蔡国洪见赵长风摸着鼻子久久不语，也拿不准眼前这个年轻的常务副市长究竟在想什么。赵长风的任命下达之后，蔡国洪曾经听侄子蔡达明说过，赵长风是一个非常狡猾难缠的对手，让他小心为妙。当时他还哈哈大笑，认为蔡达明说话太夸张了，一个二十五六岁的毛头小子，无论是思想还是行为都还处于不成熟的阶段，说句难听话，他们那些自以为机智聪明的行为在政坛老手的眼里简直如同过家家一般可笑，哪里能当得上“狡猾难缠”这四个字的评价？可是现在看来，当初他是低估了这个年轻人，能够在二十五六岁的年纪出任常务副市长，绝非是只有后台那么简单。

赵长风叹了一口气，说道：“林主任和柴局长也太糊涂了吧？还有何市长呢？当时为什么也不阻止他们？”

“是啊，是啊，连泉声同志也是个糊涂虫！”蔡国洪颇有点恨铁不成钢的意思，“当然，这件事的主要责任还是同兆同志和刚川同志来负，当时泉声同志也迫于无奈，才同意了同兆同志和刚川同志的做法。”

赵长风心中一动，看来何泉声这方面的工作蔡国洪没有做通，也是，没有享受嫡系的好处，却要背负嫡系的责任，何泉声不傻，绝对不会这样做的。

蔡国洪又说："不过话说回来，同兆同志和刚川同志这样做虽然不对，但是出发点却是好的，是为了维护邙北市安定繁荣的大好局面。只是他们却没有想到这样做的后果，真是好心办了坏事啊！"他一副痛心疾首的样子。

"蔡书记，喝茶！"赵长风劝道，"您也消消火气，错误他们已经犯下了，现在要考虑如何补救。"

蔡国洪端起茶杯喝了一口，望着赵长风说："长风同志，你有什么好的建议吗？"

赵长风摸了摸鼻子，说说："我来邙北市不久，对情况还不是很熟悉，这件事又不是我的分管工作，我就更有点拿不准了。蔡书记，您是班长，您拿主意就行了。"

"长风同志太谦虚了。"蔡国洪就把杯子放下，"你在省里工作那么长时间，对省里的情况很熟悉，有很多见地不是我们这些在下边的人能够有的。"

赵长风笑着不说话。

蔡国洪手摸着下巴，高深莫测地看了赵长风一阵子，才又说道："长风同志，你刚才的表态很好，在这样的关头，最重要的是要和市委保持一致，千万不要和同兆同志、刚川同志一样，未经批准就擅自行动，最后给市委的工作造成如此被动的局面啊！"

赵长风知道蔡国洪这是让他表态，就说："蔡书记放心，市委做出什么决议，我坚决执行！"

"好，那就好啊！"蔡国洪按着沙发扶手站了起来，伸出大手："长风同志，啥时候有空，到我家里去坐坐。听说你爱吃辣的，你嫂子烧得一手好川菜呢！"

"一定一定。"赵长风握住蔡国洪的手，半真半假地接过蔡国洪递来的橄榄枝，笑着说，"有机会一定到蔡书记府上拜访，尝一尝嫂子的手艺。"

蔡国洪的大手紧紧握住赵长风的手摇了两摇，说道："长风同志年轻有为，光辉同志早晚是要到上边去的，到时候咱们俩搭伙计，肯定又是一番新天地啊！"

赵长风知道蔡国洪是在暗示他，将来刘光辉走了，这个市长的位置就是他的了。但是赵长风并不相信蔡国洪这种暗示，也不需要这种暗示，如果他刚到邙北市的时候，蔡国洪能说出这样的话来，赵长风说不定会感动一下，但是现在赵长风知道，邙北市的市长早晚是他的囊中之物，只有亲手摘下的桃子，味道才是最好的啊！

“蔡书记，我年轻气盛，很多规矩都不是很懂，以后在工作中还需要您多多指点批评！”赵长风不露痕迹地拍了蔡国洪两下马屁。

蔡国洪以为赵长风吃下了他的钓饵，就洪亮地笑了两声，说：“长风同志这样说就是见外了，好了，改日我让你嫂子准备准备，到时候我邀请你，你可千万不要说没空啊！”

赵长风恭敬地笑道：“只要蔡书记相约，我是随叫随到。”

蔡国洪脚步轻快地离开了赵长风的办公室，心想，还是大哥厉害，毕竟是身处高位，看什么问题都是高屋建瓴，一言中的。没错，要搞定这场风波，除了把林同兆和柴刚川推出来当替罪羊之外，还需要放下姿态、放软身段，去和政治对手搞协商、作妥协，只有这样，才能顺利地从泥潭中解脱出来。从这次谈话来看，刘光辉虽然态度还不明朗，但是赵长风的倾向性已经很明显了，毕竟能够从副市长的位子上前进一步，坐到市长的位子上，这是莫大的诱惑啊。虽然赵长风背后有很强的背景，但是作为邙北市市委书记，邙北市班子的班长，蔡国洪对市长人事任命还是有建议权的。况且他现在也不过是许下一个空头支票，到时候能不能兑现，是以后的事情了，反正只要刘光辉不走，就不用担心这张支票的兑现问题。

赵长风站在办公室门口目送蔡国洪离去，这才转身回到办公室。这时候，办公桌上的电话响了起来，赵长风拿起电话，里面传来刘光辉的声音：“长风，蔡书记到你那里去了？”

赵长风倒是没想到刘光辉会问得这么直接，这说明在刘光辉心中，他和其他人还是有所区别的。

“刚走，他说他从您办公室过来的。”赵长风说。

“嗯，他来过我办公室。”刘光辉说，“你怎么看？”

这种前后看似没有关联的话赵长风早已经习惯了，当然明白刘光辉是问对蔡国洪把责任推到林同兆和柴刚川两个人身上怎么看了，他沉吟了一下说：“也好，顺水推舟。与其伤其十指，不如断其一指！”

“我也是这样考虑的。”刘光辉说，：“饭总要一口一口地吃，既然别人把大礼送到我们面前，我们没有理由不收啊！只是这两个人……”刘光辉有意停顿了下来，等候赵长风的回答。

赵长风想了一想，说道：“公安系统肩负着维护邙北市长治久安、保障五十多万邙北市市民安居乐业、维护邙北市经济发展的任务，地位尤其重要啊。”

刘光辉哈哈一笑，说：“长风，你的建议很好啊，于我心有戚戚焉。”然后又说，“长风，我在邙北市也干不了多久了，希望能留下一个干净的摊子给你啊。”

赵长风连忙道：“多谢市长，我不会辜负市长的好意的。”

刘光辉笑道：“长风，就别和我客气了！对了，下午你不是要和财政局苏长江到省财政厅汇报工作吗？记得到领导那里替我问一声好。”

赵长风这才想起，日程安排上，今天下午他要和市财政局局长苏长江到省财政厅汇报邙北市的财政工作，并争取下年度各项预算。今天早上他的心思都放在《中原日报》这张照片上了，倒是把这件正事忘了。

“市长，我一定把您的话带到。”赵长风知道刘光辉是点醒他一定要到赵强那里去一趟，否则以刘光辉和赵强的关系，何须他来问好？

和刘光辉通过话不久，刘俊康就回来了，他向赵长风汇报道：“交代的事我都办妥了。”

赵长风点了点头，没有说话。作为领导，他只要把要办的事交代下去就行了，至于该怎么办，要怎么办才能达到效果，那就是下边的人要考虑的问题了。赵长风作为领导，看的是最后的结果是否让他满意，至于中间的过程，他当然不会亲自过问。刘俊康作为秘书，如果连这一点小事都办不好，那么就可以直接回家了。

赵长风虽然没有说话，但是刘俊康看得出来，领导还是比较满意的。他就放下心来，往前走了两步，提醒赵长风道：“下午要到财政厅去，你看……”

“嗯，你给苏局长打个电话，问他准备得怎么样了。”

刘俊康就给苏长江打了电话，然后对赵长风说：“苏局长已经准备好了。”

“准备好了就行。”赵长风摸了一下鼻子说，“你把财政局送来的材料给我找过来。”

“我都给你预备好了，您稍等。”说着刘俊康返回小办公室，把财政局送来的汇报材料送到赵长风面前。

“好，放在这里吧。”赵长风点了点头。刘俊康又等了一会儿，见赵长风没有什么吩咐，就悄悄地退下，去做他的准备工作了。

赵长风拿起文件刚要看，忽然又想起了江文静，就拨通了江文静的手机：“文静，今天下午我要到中州办点事，你要不要回去？正好可以一道。”

江文静没想到赵长风会主动打电话相邀，她眼珠转了转，说：“我正要回报社一趟，正好可以借市长大人的光了。”

赵长风笑道：“那中午一起吃饭吧，吃过饭下午正好动身。你现在收拾一下吧。”

放下电话，赵长风拿起财政局的汇报材料，飞快地看了一遍，把数据牢牢地记在脑海里。

饭局就安排在邙北宾馆，赵长风也不避讳其他人，这让江文静非常奇怪，问道你上次还遮遮掩掩的，请我吃个饭跟做贼似的，怎么这次却如此大方？

赵长风笑道，现在当领导的，谁身边没有几位美女朋友？赵长风有意把美女和朋友两个词之间隔得很开。江文静狠狠地剜了他一眼。

赵长风毫不理会，继续道，这次邙北市大龙溪污染，来了这么多媒体记者，就中州晚报社一家没有发表对邙北市的负面新闻，我请你吃饭，可以说是代表市里对你支持邙北市的工作表示感谢。对了，忘了告诉你，这顿饭是可以报销的。

江文静被赵长风给气乐了，说赵老抠你还真是不改老抠本色，连一顿饭都要蹭公家的。

赵长风要的就是这种气氛，这让他感觉仿佛回到了大学时光。

这种气氛显然也勾起了江文静的温馨记忆，她的心情看起来不错，甚至要了一瓶红酒。

邙北宾馆的中央空调马力强劲，制热效果很好。赵长风本来西装革履的，十几分钟后，不得不把西装脱掉，交给服务生挂了起来。

江文静穿着外套，也感觉有些燥热，本来矜持着不肯脱下来，可是她比赵长风多坚持了十多分钟后，终于忍不住也把外套脱掉。

江文静正要把外套递给服务员，赵长风却不露声色地接了过来，笑着说道：“我帮你挂起来吧。”

往挂衣架走去的时候，赵长风鼻端嗅着江文静外套上传来的一股淡淡的幽香，不由得心神一荡。把外套在衣架上挂好后，赵长风回到桌边，江文静有点羞涩地偷望着他，看见他的视线飘来，江文静连忙把目光移开，如同一头惊慌失措的小鹿，脸上的一抹红云煞是动人。

赵长风定了定神，脸上也有些发烧，连忙举起酒杯说：“文静，来，我们干一杯。”

江文静正暗恨自己不争气，听了赵长风的邀请，倒觉得这是个化解尴尬的好办法，于是也举起酒杯说：“干杯。”可是不知道怎么的，她的目光一碰到赵长风的目光，就惊慌失措地移了开去，赵长风的目光好像是两口深邃的幽潭，仿佛能把她整个人都吞噬掉，让她在里面迷失，找不到方向。

赵长风举起杯子凑近嘴唇，忽然嗅到一股熟悉的幽香，他略一愣神，随即明白，这幽香来自他的手上，刚才替江文静挂衣服的时候沾上的。赵长风不由得坏坏地一笑，仰头把杯中酒一饮而尽。

江文静看到赵长风坏坏的笑容，就质问道：“赵老抠，你在坏笑什么？”

赵长风叫屈道：“我只是笑了一下而已，怎么是坏笑。”

“哼，我知道，你一定是在想什么坏主意。”江文静不知道今天怎么的，就是想和赵长风拌嘴，仿佛这样才能摆脱赵长风目光里深不见底的诱惑。她忽然后悔，也许这次抢着到邙北市来报道新闻，不是一个正确的选择。

赵长风耸耸肩膀，望着江文静说：“文静，古人都说，论事不论心，论心皆可诛。我即使想什么坏主意，只是想一想而已，只要不付诸行动，我就还是一个好人啊。”

“呸，歪理邪说。”江文静红着脸啐了一口，“即使没有做出来，也不是好人。”

赵长风嘿嘿一笑道：“文静，你这种说法让我想起一个笑话。”

江文静明知道赵长风不会说什么好话，但还是忍不住问道：“赵老抠，什么笑话？”

赵长风说：“有一天，一个老实的帅哥和一个美女同事一起出差去办事，目的地是一个著名的旅游城市，又赶上旅游旺季，所有的宾馆都爆满。两个人找遍整个城市，累得筋疲力尽，最后才在一个小招待所找到一个单人套间，而且是唯一的单人套间。没有办法，老实帅哥就和美女同事住进了这个单人套间。”

江文静的脸就红了起来，说道：“别讲了，肯定非常下流。”

“不行，都讲到这里了，怎么能停下来呢？”赵长风坚持要讲下去，“而且我还可以提前告诉你，这个故事的内容一点都不下流。”

“那还好，你讲吧。”江文静拍了拍胸口，表示放心。

赵长风看到江文静白皙的小手轻轻拍在高耸的胸部上，眼睛又直了。

江文静本来做好了听赵长风讲下去的准备，可是却没有听到赵长风继续说，再看赵长风的目光紧紧盯在自己的胸部，不由得大羞，嗔怪道：“赵老抠，你在看什么呢？”

赵长风这才醒悟过来，他端起红酒喝了一口，掩饰了自己的尴尬，咳嗽了一声，继续讲下去：“虽然只有一张单人床，但是老板还算好心，抱了两条被子过来。老实帅哥和美女同事就那样大眼瞪小眼地坐在那里，无聊地看着电视，到最后终于困得受不了了，两个人决定关灯睡觉。临睡觉前，美女同事对老实帅哥说：‘今天晚上你不能碰我，如果你碰了我，你就是禽兽！’老实帅哥就指天发誓，晚上绝对不会碰美女同事，美女同事这才放心关灯睡觉。”

江文静也被这个故事吸引了，问道：“结果呢？”

赵长风举起酒杯说：“来，文静，再干一杯，我告诉你结果。”

江文静哼了一声，和赵长风碰了一下杯子，举杯喝完，说：“讲吧。”

“结果第二天早上起来，美女同事恼羞成怒地扇了老实帅哥两巴掌！”赵长风说。

“哼，我就知道是这样，还老实帅哥呢！”江文静瞪了赵长风一眼，“天下的男人啊，没有一个好！”

“文静，我还没讲完呢，你不要那么急下结论好不好？”赵长风笑嘻嘻地看着服务生为他和江文静倒酒。等小服务员倒完酒退到一边，赵长风继续说道：“那老实帅哥非常委屈地捂着脸说‘我昨天晚上什么都没干，你为什么要打我？’”

“什么？老实帅哥什么都没有干？”江文静倒是大吃一惊，“那他的美女同事为什么要打他啊？”

赵长风笑了，说道：“那美女同事怒声说‘对，你是什么都没有干。所以我要打你这个禽兽不如的家伙！’”

江文静愣了一两秒钟，忽然醒悟过来，不由得“扑哧”一声笑了，指着赵长风说：“你太促狭了，哪里有这样的美女啊，一定是你瞎编的。”

赵长风看着江文静风情万种地笑着，心中也是感叹，她越来越有味道了。

江文静笑了半天，猛然止住了笑容，抬起脚来狠狠地在桌子底下踹了赵长风两脚。赵长风连声叫屈道："文静，为啥踢我啊？"

江文静恶狠狠地说："赵老抠，我现在才想起来，你说这个笑话是在编排我，因为我说了你一句，即使没有做出来，也不是好人！"

赵长风心里偷偷直乐，脸上却装出一万个委屈。

正笑着，赵长风的手机就响了起来，是刘俊康的电话："苏局长听说你在邙北宾馆吃饭，要过来见你。"

赵长风的眉头皱了皱，这个财政局局长苏长江是市委书记蔡国洪的人，所以赵长风不怎么待见他，但这次他是和苏长江一起到省财政厅去汇报工作，不见他似乎也不合适。

"你带他进来吧。"赵长风最后说道。

江文静见赵长风有点不高兴，就问是怎么回事。

"没什么，邙北市的财政局局长，今天下午和我一起到省城去。"赵长风淡淡地说。

门外响起了敲门声，赵长风对服务员示意一下，服务员过去把门拉开，刘俊康领着一个中年男子进了包厢。

"赵市长好。"苏长江一进门就热情地伸出手来，赵长风坐在座位上动都没动，侧身用左手随手和苏长江握了一下，问道："苏局长要不要坐下来吃点？"口中这么说，可是那架势却一点都没有让苏长江坐下来的意思。

财政局长掌握地方经济大权，权重一方，任何人都要高看一眼，苏长江却没想到在赵长风这里受这个窝囊气，可是想到蔡国洪的交代，苏长江不能不强忍着心中的不快说："赵市长，我那边还有饭局，只是听说您在这里，就过来看一下。"说着苏长江的目光落在江文静脸上，不由得眼睛一亮。他早就听说有一个中州晚报社的美女记者到邙北市来了，听说和赵长风市长的关系还不错。当时苏长江还不在意，没想到，这个中州晚报社的记者真的是不折不扣的美女。

江文静看到苏长江色迷迷的目光，不悦地哼了一声。苏长江这才清醒过来，连忙让服务员拿起酒杯，倒了一杯红酒，先举到赵长风面前说："赵市长，我敬你一杯。"

赵长风端起杯底和苏长江碰了一下，举在嘴边做了做样子，连嘴唇都没有湿。苏长江一口气干完，又让服务员倒了一杯，他举着杯子冲江文静说："江记者，久闻大名，今天难得有缘，我敬你一杯。"说着单臂举着酒杯越过大半个桌子，伸到江文静面前。

江文静淡淡地说："对不起，我从不和陌生人喝酒！"

苏长江的脸就成了猪肝色，干笑了一声，想发脾气，却又不敢。于是讪讪地说："那好，祝你和赵市长吃得开心！"他举了举杯子，一饮而尽。

赵长风端起茶杯喝了一口，说："苏局长，那先这样吧。下午出发的时候，我会让俊康通知你的。"

苏长江本来以为他到赵长风的房间来，至少能坐下来说两句话，碰上两三杯酒，没想到赵长风这么容易就把他打发了，他心中不由得恼怒异常，心说赵长风，别说你是我的主管副市长，到时候老子不给你面子就不给你面子，看你能把老子怎么样！

见苏长江悻悻而去，赵长风轻皱的眉毛这才松开。

江文静有点意兴阑珊。

赵长风笑道："文静，官场之中这样的人大有人在，要是为了这些人生气，我早就被气死了。今天我们也吃得差不多了，回去收拾一下，准备出发吧。"

江文静白了赵长风一眼，说道："好，这次我就放过你，下次你再讲什么故事来编排我，小心我对你不客气！"一时间，她的风情又让赵长风的呼吸有些急促起来。

下午两点半，车从邙北市出发，沿着中天高速公路，向中州市开去。除了赵长风这一辆车外，财政局来了两辆车，一辆是苏长江的座驾黑色拉达，一辆是松花江小面包车，里面装满了苹果等邙北市土特产，到省城财政厅去汇报工作，岂能不带点下面的土特产去？其实赵长风知道，这松花江面包车里装的土特产只不过是个幌子，真正的土特产在苏长江的手包里，这手包不大，分量可不轻。

赵长风和江文静并排坐在普桑的后座上，由于有司机和秘书在场，两个人反而没有什么话说。赵长风嗅着江文静身上传来的若有若无的淡淡香气，不由得心旷神怡，本来有点寂寞枯燥的旅途，因为有美女相伴，立刻变得生动有趣了。

车开了一会儿，赵长风有点犯困，就闭着眼睛靠在后座上小憩，不知不觉竟然在淡淡的幽香中睡着了。也不知道过了多久，赵长风觉得鼻子痒痒的，就醒了过来。他发现鼻端香气很浓，肩膀也沉甸甸的。原来江文静不知道什么时候竟然依偎着他的肩膀睡着了，刚才感觉到痒，就是江文静的头发扫到他的鼻子了。

江文静似乎被睡梦中惊醒了，她轻轻哼了一声，动了一下身子，双手紧紧抱住赵长风的胳膊，依偎在赵长风的臂弯里继续睡觉。

刚才江文静那个姿势赵长风还能忍受得了，可是现在这个姿势，让赵长风实在有点把持不住，他的胳膊就被江文静紧紧地抱在怀里，江文静弹力十足的胸部此刻就紧紧压在赵长风的胳膊上，虽然隔着几层衣服，但是赵长风依然能够清晰地感觉到江文静胸部的柔软与火热。

赵长风心里很矛盾，想抽出胳膊，可是又舍不得这千载难逢的机会，一时内心就在艰难地挣扎着。他低头看了看江文静因为酒意上涌而变得红扑扑的俏脸，再听她细密悠长的呼吸声，忽然给自己找了个冠冕堂皇的理由，文静这几天东奔西跑采访新闻，一定累坏了，今天难得有个休息的机会，自己怎么能够忍心把她惊醒呢?

于是赵长风也就心安理得地靠在后座上闭眼假寐，嗅着江文静身上传来的淡淡体香，感受着江文静胸部诱人的柔软与弹力，听着她香甜的呼吸声。

司机老邢把车速减慢了下来，耳边传来刘俊康轻轻的声音："中州市到了，我们先去哪里?"

赵长风不得不张开眼睛，轻轻揉了两下太阳穴，依依不舍地把手从江文静的怀抱里抽了出来，沉吟了一下。按着事前拟定的计划，明天赵长风才会和苏长江一起到财政厅汇报工作，但是今天晚上他们就必须把土特产送出去，这样明天在汇报工作时，财政厅主管副厅长和农业、社保以及预算处等大小官员们才会对他们笑脸相待。

"打电话给苏局长，让他先到天阳办事处住下。我们把江记者送回家之后再去和他会合。"赵长风说。

天阳市距离中州市虽然只有三小时的路，但是也设立了一个办事处，这其实是一个非常普遍的现象。还有一些地市，哪怕只是和省会中州隔一条黄河，也会在中州市设立一个办事处。除了可以堂而皇之地增加一些编制、安排一些官员外，最主要的目的就是下面地市领导到了省城之后，总会有一些不方便冠冕堂皇地办的事情，有了自己的办事处，这个情况就迎刃而解了。

刘俊康就打电话跟苏长江说了一声。苏长江嘴里说着“没有问题，赵市长只管去忙”，心中却哼了一声。

车来到碧沙岗公园附近，赵长风就让车停了下来。前面就是中州晚报社的家属院，赵长风不能让车开到那里去。那些人看到江文静从一个男人的车上下来，还不知道要编造出什么风言风语呢！本来做记者的女人就是非多，美女记者是非就更多了，赵长风绝对不想为江文静的生活再添任何是非。

“文静，文静。”赵长风轻轻叫了两声，江文静没有丝毫反应。赵长风实在不忍心叫醒她，不过司机老邢和秘书刘俊康还在等着他呢。

赵长风轻轻拍了一下江文静的脸蛋，江文静打了一个激灵，一下清醒过来，口中叫道：“什么？到地方了？”

赵长风看着江文静的脸蛋上压出来的红一道白一道的痕迹，不由得感到好笑，他向来看到的是江文静的淑女形象，从来没有见过她这般狼狈。

“嗯，文静，到地方了。”赵长风笑着说，“这里是碧沙岗公园，前面就是你们报社家属院了。你是自己走两步回去，还是我把你送到家门口？”

江文静摇了摇头，清醒了过来，说：“还是我自己走回去吧。”说着掏出化妆镜，照了一下，看到自己的狼狈相，就有点不好意思，她拿出小梳子梳理了一下头发。

江文静又说：“你什么时候回去？”

赵长风说道：“明天下午。”

江文静道：“那好，明天下午来接上我。邙北市的专稿我还没有完成呢！”

赵长风挥手和江文静告别后，刘俊康就问赵长风：“我们现在……”

赵长风说：“先送我到省军区大院吧，晚上我再到天阳办事处去。”

老邢以前送过赵长风一次，便熟门熟路地把赵长风送到省军区大院，停在了方振华的小院门口。

赵长风下了车，推门进去，院子里，勤务兵正在拿着大剪子修剪冬青，赵长风问道：“老爷子在家吗？”

勤务兵一看是赵长风，连忙说道：“赵市长，首长在楼上书房。”

赵长风就蹑手蹑脚来到书房，敲了敲门。书房里传来一个威严的声音：“谁?”

赵长风说：“爸，是我，长风。”

“进来吧!”

赵长风推门进去，方振华拿着一支大号的毛笔，聚精会神地在书桌上写一个条幅。赵长风走了过去，只见上面写着：“独立寒秋，湘江北去，橘子洲头。看万山红遍，层林尽染……”笔势连绵，一个个大字龙飞凤舞，看起来苍劲有力，倒也配得上这首《沁园春·长沙》的意境。

方振华并不停顿，他笔走龙蛇，继续写着：“……指点江山，激扬文字，粪土当年万户侯。曾记否，到中流击水，浪遏飞舟?”笔势到了最后一个舟字戛然而止，如同一个巨大的休止符搁在笔架。

“长风，我的字写得怎么样?”方振华把毛笔上，笑眯眯地问。

“爸，你的字写得很有大家的风范，只是我看不出，你这写的是什么体啊?”赵长风摸着鼻子问道。

方振华笑道：“什么体都不是！我自己琢磨出来的。省书法协会的会长也说我的字写得好，说如果我从小练字，到现在也是一代名家了。”

方振华端起桌上的茶杯喝了一口，说：“你小子又遇到什么为难的事了?”

“爸，您还是坐下听我汇报吧。”赵长风扶着方振华坐在沙发上，他规规矩矩地坐在方振华对面。

方振华看着赵长风的模样就笑了起来，说道：“小子，这次麻烦挺大？难道说打了省政府调查组的人与你有关?”

“爸，你这是想哪里去了?”赵长风连忙为自己辩解，“你又不是不了解我，我哪里有那个胆子啊?”

“没有那个胆子?”方振华笑道，“那就好，我还真担心你在下边把天给捅个窟窿呢!”说笑了两句，方振华的面容就严肃起来，“长风，你们邙北市那个大龙溪究竟是怎么回事？怎么污染到那个程度？究竟还让不让老百姓活了?”

赵长风轻轻叹了一口气，说道：“爸，我就是为这件事来向你汇报的。”

“你说。”方振华掏出一根烟塞到嘴里，“有一些年头没有到下边去了，我倒是要看看，现在下边究竟变成什么样子了。”

赵长风连忙为方振华点上烟，然后又退回来规规矩矩地坐在沙发上继续汇报：“我到邙北市才三个月，有很多内幕我还都不了解。但是这个大龙溪的事情，我多少还是了解一些的，据我所知，邙北市有很多领导或多或少都和邙北市的采金企业有些瓜葛。”

“你呢？你没有吧？”方振华的目光就刺了过来。

看方振华还是有些狐疑，赵长风继续说：“爸，不瞒您说，大龙溪的污染就是我找人联系了记者到下面曝的光，还有这次省政府调查组下去挨了打，本来邙北市市委书记蔡国洪已经捂下去了，是我找人给捅出来了。”

“好！干得好！”方振华重重地拍了一下沙发扶手，“我方振华没有看错你，小子，这样做才对，这样做才是我方振华的女婿！”

看到方振华激动成这样，赵长风心中也很是感叹，岳父到底是军人出身，虽然退下来了，疾恶如仇的军人本色丝毫未改。

“长风，”方振华顿了一顿，又语重心长地说，“说实话，前几天我看到《中原日报》上曝光出来的新闻时，心里还是有些担心，担心你会牵扯进去。因为邙北市发生了这么大的事，也没有见你跟我提过一句，现在看来，我这些担心完全多余了，虽然很多事情你有些胡闹，但是在大是大非面前，还是很好地保持了一个党员的觉悟。”

赵长风接口说道：“爸，您放心，这点做人的底线我还是有的，无论什么时候，我都不会和那些人同流合污去坑害老百姓的。”

方振华欣慰地点了点头，面容却又严肃起来：“不过，长风，你这件事虽然做的对，我还是要批评你！下次这么重要的事，无论如何都要提前跟我打个招呼。我虽然老了，脑筋糊涂了，但是在一旁为你出出主意，当当参谋，还是能胜任的。”

赵长风连忙说道：“爸，当时我也想找你商量来着，但是又怕您骂我，这一点小事都处理不好，还当什么副市长，滚回中州开当铺算了。”

方振华哈哈大笑道：“你小子啊，就是鬼心眼多！”

赵长风难得地脸红了，这才继续说：“爸，这次我真的是找您当参谋来了。”

“好！你把事情详详细细跟我说一遍，让我好好为这事把把脉！”方振华天生耿直，向来不会谦虚，这次女婿求上门来了，更是不会谦虚了。

赵长风就把事情原原本本地给方振华详细说了一遍，最后说：“爸，如果单纯是面对蔡国洪在邙北市的势力，我还不担心，但是蔡国洪上面有人啊，我害怕最后功亏一篑。”

方振华冷笑道：“蔡国洪上边有人，你上边就没有人了？刘光辉上边就没有人了？蔡国洪如果真的像你推测的那样陷进去很深，上边的人也护不了他。蔡国富能量再大，在中原省还没有到一手遮天的地步吧？”

赵长风聚精会神地听着。

“长风，你要做这件事，关键是要保证自己干干净净的，没有牵扯进这些乌七八糟的事当中去，这是根本！至于要采取什么策略什么战术，都是细枝末节的问题，影响不了大局。”

“您放心，如果我牵扯进去，我怎么敢这样做呢？”赵长风再次表白。

“好，只要你没牵扯进去，只管放开手脚去做，出了什么问题，我给你兜着，即使我兜不了，还有北京你姨夫呢！”方振华掷地有声地说。

赵长风心中一喜，岳父终于第一次在他面前提起了姨夫。这个姨夫位高权重，方振华从省军区司令位子上退下来之后，还能在中原省有这么大的影响力，相当一部分原因是因为方佳怡在北京的这个姨夫。

“爸，您喝茶！”赵长风乖巧地端起茶杯送到方振华面前，看着方振华接过茶杯，赵长风才继续说，“爸，我这次回来就是向您汇报一下，听听您的意见。您这么一说，我底气就足了。我想这件事暂时还不用麻烦您出头露面，北京的姨夫那里，更是用不着了。一件邙北市的小事闹到北京，还不让姨夫笑话？”

方振华品着茶，静静地听赵长风讲下去。

“刘光辉被蔡国洪压了那么久，好容易等到这次机会，岂能不发力？有他在前面冲锋陷阵，我这边基本上没有什么压力，只要跟在后面捡捡便宜就好了。”赵长风笑道，“我想刘光辉跟了赵叔叔这么久，赵叔叔不会眼睁睁看着刘光辉被蔡国洪欺负吧？”

“呵呵，你小子啊，就不能光明正大地与对手干上一架？”方振华伸手点着赵长风说。

“爸，”赵长风说，“不是不能，是不用啊。只要能达到目的，采用什么手段并不重要吧？”

“小心赵强知道真相后找你算账！”方振华吓唬赵长风道。

“爸，我还有点工作上的事要办，就不陪您吃饭了。”赵长风笑着起身告辞。

第十四章　蔡国洪苦撑危局四面救火，赵长风按兵不动冷眼旁观

省委对邛北市的乱局洞若观火，武卫平副省长亲自坐镇邛北调查，要尽快掌握情况，收集证据，做个了断。蔡国洪等人胆战心惊，加紧布局，捂住盖子，深恐再出纰漏。唯有赵长风按兵不动、冷眼旁观，等待最后时刻，与他们彻底摊牌。

来到天阳市办事处，苏长江已经安顿下来了，听说赵长风过来了，连忙到大厅门口迎接，陪着赵长风来到房间："赵市长，这是给您安排的房间，您看满意吗?"

赵长风摆摆手说："不用为我安排了吧？晚上我要回家。"

坐下来后，苏长江递给赵长风一张单子，说道："赵市长，这是今天晚上我们要拜访的领导名单，您过目一下。"

赵长风看了一下，见上面列了每位领导的名字，名字后面还注明了礼品及数量，他点了点头，"苏局长，晚上我还有点事，这事你办就可以了。"

苏长江心中暗喜，虽然说蔡国洪交代他要盯紧赵长风，可是苏长江也有自己的算盘，领导带着他去拜访财政厅里的人，人情都是领导的，他自己过去，那么人情都是自己的，可以趁机和上面的人建立联系。以前苏长江和刘光辉还有前任常务副市长来财政厅汇报工作时，都是跟在后面当跟屁虫，现在终于可以单独行动了，一时间苏长江对赵长风的看法大为改观，觉得赵长风还是挺体贴下属的。

"赵市长，这样不好吧?"苏长江嘴里还是要谦虚几句，"以前都是刘市长和洛市长带着我过去，这次我单独过去，怕办不好呢!"

赵长风哈哈笑道："苏局长，那你这次就争口气，办得漂漂亮亮的。好了，先这样吧，我爱人要下班了，我该去接她了。"

苏长江连忙殷勤地把赵长风一直送到办事处门口，那只大胖手挥舞得很热情。

赵长风在后视镜内看到苏长江的滑稽相，心中感到好笑，像苏长江这样的人倒是好对付，虽然是蔡国洪的心腹，但是贪图小便宜，将来给他点好处，不怕他不倒戈。

看了看时间，赵长风给方佳怡打了电话，方佳怡知道赵长风回到中州市了，不由得又惊又喜。赵长风心里很是得意，他之所以不提前告诉方佳怡，就是想制造出这么一个意外惊喜的效果。

到了中州师范大学，就看到方佳怡扎个马尾辫，蹦蹦跳跳地走了出来，赵长风看着就想笑，方佳怡就像是一个永远长不大的孩子，都是结了婚的人了，看起来甚至像是高中生呢！也许自己当初选择她，就是因为她身上比江文静和林欣萍多了一股孩子气？

赵长风笑着下车，迎了过去。方佳怡看到赵长风，不由得欢呼一声，像小鸟一样飞了过来，扑到赵长风怀里。

方佳怡从赵长风怀里抬起头说："对了，长风，文静不是也在邙北市采访吗？"

赵长风点了点头，笑道："对，她这次也蹭我的车回来了，这不，在路上还枕着我的胳膊睡了一觉。"

方佳怡伸手拧了拧赵长风的鼻子，说道："算你老实，跟我说了实话。告诉你，我在你身上闻到文静的香水味了呢！"

赵长风暗舒了一口气，幸好他说了实话，也幸好方佳怡是小孩子心性，没有想那么多。赵长风对自己的行为感到有些惭愧，佳怡这么好，他怎么还能对江文静产生胡思乱想的念头呢？

方佳怡摇晃着赵长风的胳膊说："长风，咱们去超市买菜吧，告诉你，这段时间我苦练烹调技术，学了几道拿手菜，今天晚上就让你尝尝我的手艺吧。"

赵长风笑道："佳怡，下次吧？今天晚上你陪我去赵叔叔家吃饭吧。"

"哼！真是官迷心窍，一回来去就看赵叔叔，连点私人时间都不给我。"

方佳怡有点闷闷不乐。

赵长风对着方佳怡的耳朵低声说："乖，见了赵叔叔之后，回来后就是咱们的私人时间，我要和你秉烛夜谈到天明呢！"

"呸，狗嘴里吐不出象牙来！"方佳怡的脸蛋红了起来，"谁要和你秉烛夜谈啊？没兴趣！"

嘻嘻哈哈之间，赵长风拥着方佳怡上了车，让司机开到纬四路大院，司机老邢和刘俊康抬着两箱红富士苹果送到屋里，这种土特产值不了多少钱，纯粹代表心意，虽然送了赵强和刘晓燕不一定稀罕，但是赵长风如果没有送，就会有麻烦。

方佳怡陪着刘晓燕下厨房做饭，两个女人在一块叽叽喳喳的，那些话题赵长风听了都忍俊不禁。后来觉得偷听两个女人说话实在是有点不光明正大，于是就打开电视看新闻。

吃过饭之后，两个女人继续聊天，赵长风拿着遥控器百无聊赖地来回换着频道，等候赵强。

到了晚上十点半，赵强一身酒气地回来，刘晓燕连忙准备好热毛巾，让赵强擦脸，那份体贴看得赵长风都感动。

赵长风向方佳怡使了一个眼色，示意方佳怡学一学刘晓燕，看刘阿姨是怎么心疼赵叔叔的，方佳怡眼睛一瞪，示威似地向赵长风举起了白嫩的拳头。

赵强略微休息了一下，感觉好多了，就邀赵长风到楼上书房谈话。赵长风知道今天赵强肯定又陪什么大领导了，否则以赵强的身份，不会喝成这样。

到了书房之后，赵强请赵长风坐下，笑着问道："长风，到下边去三个月了，感觉怎么样啊？"

赵长风摇头道："叔叔，下边情况太复杂，真不如在机关里事情单纯。"

"长风，当初可是你自己吵着闹着要到下边去的，怎么刚到下边两三个月，就想打退堂鼓吗？"赵强含笑看着赵长风。

"叔叔，如果不是怕辜负您的期望，我还真是想打退堂鼓呢！"赵长风说，"但是一想到我那样做，就会辜负叔叔的一片苦心，就打消了这个念头。无论下边情况多复杂，都要闯出一片天地给叔叔看！"

"对嘛！这才是我印象中的那个敢作敢为的赵长风！"赵强赞许道，顿了一顿，又说道，"最近邙北市发生了不少事情，光辉也打电话向我汇报了一下，长风，对于这些事，你是怎么看的?”

“叔叔，我的看法是……”赵长风抬起头看着赵强，“蔡国洪欺人太甚!”

“哦?”赵强望着赵长风，示意他继续说下去。

“刘市长好歹是从叔叔身边出来的，可是愣被蔡国洪架空了。”赵长风说，“上次开常委会，那么离谱的优惠政策，因为蔡国洪的坚持，就强行通过了，如果不是我跟着刘市长投了反对票，刘市长真成了孤家寡人了!”

“哎，这个光辉啊，性子是有点柔!”赵强郁闷地往嘴里塞了一根烟，赵长风从兜里摸出打火机，为赵强点上。赵强抽了两口烟，说道：“这事也怪我，把光辉放在我身边时间太长了，有的时候是缺少点魄力!”

赵长风连忙说：“叔叔，刘市长不是缺少魄力，只是缺少机会。眼下这个机会，他就把握住了。”

赵强点头道：“还好，他把握住了，不然真的会让我失望的。”

赵长风听到赵强这话，心里又是一阵感动，赵强，什么推心置腹的话都跟他说，要是别的领导，这些话宁可烂在肚子里也不会向外人透露的。

“没有斗争，哪来的成长？有些东西，靠退让是争取不来的。”赵强继续说道，“虽然说光辉在下面当市长只是一个过渡，可是如果连市长都干不好，其他职务又怎么能干好呢?”

“长风，倒是你到了邙北市比较强势，听说你前一段就让审计局去封了下面一个公安分局的账簿?”赵强说到这里，脸上才重新露出了笑容。

赵长风有些不好意思地说：“我这样做没有闯祸吧？这个公安分局的局长是邙北市公安局局长的心腹，而邙北市公安局局长眼里除了市委书记蔡国洪之外，向来不把其他人放在眼里，连刘市长的账都不买，我看不过去，就出手敲山震虎。”

赵强目光一闪，说道：“震得好，要不别人还以为，我赵强派下去的人都是软蛋呢!”

赵长风听到“软蛋”两个字，心中一震，他到现在才发觉赵强是一个多么好面子的人。看来刘光辉在邙北市采取不作为的策略，已经让赵强很不高兴了。赵长风又往深处一想，也许赵强早就对刘光辉的表现不满意了，要不怎么解释把他也派到邙北市去？难道把他派到邙北市仅仅是去接刘光辉的位子那么简单吗？也许，赵强把他派到邙北市去，就是要挽回刘光辉在邙北市失去的面子。

想到这里，赵长风不由得暗自叹了一口气，领导的心思还真是难琢磨，很多时候，你觉得已经琢磨透了，可是过一段时间重新回过头思忖这件事，就会忽然发觉，领导这层意思下面还有另一层意思。那么这另一层意思是不是就是领导真正的意图呢？难说得很啊，也许再过一段时间，你会在领导另一层意思下面再发现一点新的意思……

心里盘算着，赵长风口里却没有闲着，他笑着说："有了您这句话，我腰杆子也硬多了！"

赵强笑了笑，扯到另外一个话题上："长风，见了方司令了吗？他身体还好吧？最近事情多，一直没顾得上去拜访他。"

赵长风知道赵强这是在问方振华的态度，就笑道："我下午回去了一趟。叔叔不用担心，我爸精神很好呢！他还叮嘱我要听叔叔的吩咐，有什么事要多向叔叔请教。"

"方司令永远是龙马精神！"赵强从赵长风的话里得到了他想要得到的信息，"好了，长风，天也不早了，你一路辛苦，早点回去休息吧。"

赵长风连忙站了起来，说道："叔叔，那您也早点休息。"

"是啊，我是要早点休息！"赵强揉了揉太阳穴，随口说道，"明天我还要送武省长下去呢！"

送武省长下去？武卫平这个时候会到什么地方去？当然是邙北市了。赵长风心领神会道："有什么情况，我再向您请教。"

"嗯，你回去后，多配合光辉工作啊！"赵强又交代了一句。赵长风知道，赵强这句话并不是批评他以前不配合光辉工作，只是希望他和刘光辉多沟通，把邙北市的政局扭转过来。

"我一定会听从刘市长的指挥的。"赵长风说，"上边这些事，就拜托您了。"

"放心，放心！"赵强拍了拍赵长风的肩膀，把赵长风送到楼下。

赵长风和方佳怡告辞出来，司机老邢已经把车开了过来，刘俊康下来打开车门，护着赵长风和方佳怡坐上了车。到了省直机关家属院赵长风家的楼下，刘俊康又抢先下车，把赵长风和方佳怡接了出来。

赵长风说："俊康，你和老邢回去休息吧。明天记得早点来接我。"然后又看了看手表，自语道："明天武省长要到邙北市去，千万不要出什么乱子啊！"

刘俊康心领神会，对赵长风恭敬地说："我明白了，明天我会及时过来接您的。"

赵长风笑了笑，拉着方佳怡的手转身上楼。刘俊康站在楼下，见楼上赵长风房间的灯光亮起，又等了十多分钟，这才转身上车，让司机老邢开车回天阳市办事处。在路上，刘俊康好像想起了什么似的，拿出电话拨了一个号码："老同学，客人明天会到，我在中州市，一时回不去，你替我好好招待一下吧。"然后微笑着挂断了电话。

第二天早上，刘俊康和司机老邢开车过来接赵长风，不知道为什么，一向充满活力的赵市长今天竟然显得有些疲惫。

来到财政厅，苏长江和秘书已经在等候了，见赵长风过来，就陪着他进了财政厅，由于事先已经联系好了，财政厅张副厅长和农业处处长、社保处处长、预算处处长各自率领着处室的干部听取赵长风和苏长江汇报工作。其实所谓汇报工作不过是个幌子，主要还是来向财政厅要钱，争取明年的预算资金而已。由于昨天苏长江的工作做得非常到位，今天汇报工作也进行得非常顺利。

汇报完工作，时间还早，赵长风就张罗着安排饭局，邀请财政厅的领导们吃饭。其实财政厅的领导整天吃吃喝喝，对饭局毫无兴趣，就笑着说："赵市长，饭局就免了。倒是你们邙北市的土特产味道不错，有时间再送一点过来。"

赵长风笑道："没问题，没问题，回头我就让人再送来点。"说着扭头对苏长江交代，"苏局长，这事就交给你办了。"

苏长江心里乐开了花，拿公家的钱来套私人的感情，这种事当然是越多越好，又何况可以趁着送礼的机会给自己也准备一点土特产呢？

出了财政厅之后，苏长江就问赵长风有什么安排，赵长风明白苏长江的意思，就说你们难得来省城一次，就在省城多待一天，给家属买点东西，我就是省城人，对省城早就看烦了，就先回邙北市了。

苏长江又是一阵欢喜，双手握住赵长风的手连声感谢，说跟着赵市长出来办事就是痛快。

赵长风看了看手表，现在是十点半，按照路程计算，武卫平要十二点才能赶到天阳市。按照惯例，天阳市领导肯定要招待一下武卫平，然后再派副市长或者副书记陪同武卫平到邙北市去，时间还来得及，绰绰有余。

想到这里，赵长风就闭上眼睛靠在后座上闭目养神，昨天晚上他太累了，一想起方佳怡的娇艳模样，他的嘴角就露出一丝笑容。

就在这时，手机忽然响了起来，赵长风掏出来一看，是江文静的。

“赵老抠，你啥时候回去?”

赵长风暗叫好险，幸亏江文静这个时候打来电话，否则他几乎忘了要去接江文静一起回邙北市呢!

“文静，我刚从财政厅出来，正要打电话给你呢！现在就要回去，你走不走?”

“好，那你过来接我吧，我的稿子还没有写完呢!”江文静说。

赵长风挂了电话，对司机老邢说：“碧沙岗公园。”然后沉着脸对刘俊康说，“你这个秘书可没尽到责任啊!”

到了碧沙岗公园，江文静素面朝天，穿着一件浅白色的风衣和牛仔裤，笑盈盈地等候在公园门口。司机老邢把车稳稳地停在江文静身边，刘俊康抢着下去替江文静打开了车门，江文静侧身坐了进来。

“报社的事都办妥了?”赵长风笑着招呼了一句，然后拨通了方佳怡的电话，“佳怡，我已经接上了文静，我们一起回邙北市了，你要不要和文静说两句?”

江文静在旁边听着，神色有些黯淡。

下午两点，回到了邙北市，把江文静送到邙北宾馆之后，赵长风就让老邢把车开到市委大院。赵长风已经和刘光辉联系过了，知道武卫平副省长下午四点左右将会率领省政府调查组离开天阳到邙北市，按照惯例，邙北市几大班子的成员都要去市界迎接这个在省内排名第五的实权人物。赵长风如果留在中州市，这套规矩就可以免去了，但是既然回来，当然要跟随班子一起去迎接武省长。

市委大院已经停满了车，司机老邢找好车位停了下来，赵长风迈步下车，发现除了市委书记蔡国洪外，其他班子成员都已经到了，都站在院子里聊天呢。在外人看来，这不过是领导干部们聚拢在一起闲聊，但是在圈内人看来，一眼就可以看出势力的划分。

比如市委办主任林同兆、公安局局长柴刚川和宣传部部长任文生三个人就凑在一起，在他们身边，还围着副市长何泉声和政协副主席唐田铭；党群副书记付罡庭和主管农业的副书记包太龙、组织部长路大为等人围在一起；而刘光辉也不再是孤家寡人，城建书记白国庆和纪委书记秦晓明就站在他旁边，还有两个政府的副市长。这让赵长风觉得有点好笑，看来当墙头草也不容易啊，需要敏锐的政治嗅觉。人大常委会主任田晓山和政协主席张毅身边也围着一些人，这都代表各自势力的小圈子。

最让赵长风吃惊的是，主管政法的副书记钱兆均竟然没有和林同兆、柴刚川等人在一起，他和人武部部长郝大明以及无党派副市长张志林等人在一起。这说明什么？说明钱兆均要和蔡国洪公开决裂了吗？赵长风觉得这倒是一个机会。

赵长风快步走到刘光辉身边，笑着说："市长，我回来了。"

刘光辉看到赵长风，嘴角就露出一抹微笑，说："长风，这么着急赶回来干吗？该办的事都办了？"

赵长风笑着说："市长，都办了！"

刘光辉就握着赵长风的手，两个人相视一笑，刘光辉说："辛苦了！"

就在这时，大家听到一声咳嗽，扭头看去，只见蔡国洪缓步走出市委办公楼，虽然蔡国洪看起来红光满面，但是赵长风敏锐地觉察到，蔡国洪的鬓角处出现了几根白发。看来蔡国洪卷进这件事还不是一般的深啊，否则以蔡国洪还不到四十岁的年纪，怎么会有白发呢？

要是在往常，蔡国洪一出现，只要轻轻咳嗽一声，所有人都会如众星捧月一样围过去，可是今天，蔡国洪咳嗽了两声，只有市委办主任林同兆、政法委书记兼公安局局长柴刚川以及宣传部部长任文生那几个人迎了过去，其他人都各聊各的，根本没有注意到或者说根本不理会市委书记蔡国洪的出现。刘光辉更是满面春风，和身边人说笑着，仿佛已经是邙北市一把手了。

蔡国洪冷冷一笑，心想，你们真的以为我要倒了吗？走着瞧吧。

林同兆把蔡国洪送上车，柴刚川也在后面跟着，等蔡国洪坐进车内的时候，柴刚川终于忍不住问了一句："书记，没问题吧？"

林同兆也在一旁期待地看着蔡国洪。

蔡国洪冷冷地扫了柴刚川一眼，说道："有我在，会有什么问题？"

柴刚川和林同兆顿时欢天喜地起来。

蔡国洪的小车发动起来，率先离开市委大院，后面小车按照官员排名顺序依次鱼贯而出。柴刚川本来有些惴惴不安，听了蔡国洪的话，心里底气又足了起来，他坐到开道的警车里。

车队一直开到通往天阳市的市界旁停下，在邙北市和天阳市的交界处立着一个巨大的牌子，横跨公路，上面写着："邙北市欢迎您！"

车队靠着路边停下，等候武卫平率领的省政府调查组的到来。大约等了四十多分钟，忽然听到远处传来警笛的鸣叫声，一行人都伸着脖子往前看，只见前方警灯闪烁，一排车队飞驰而来。

车队到了两市交接的牌子前停下，武卫平一身藏蓝色西装，脚上穿着锃亮的皮鞋，迈步下车。一个方脸胖子笑着从后面的车上下来，过来紧紧握住武卫平的手，他正是天阳市市长张培伦，按照规矩，市长是要把武卫平省长送到市界的。

蔡国洪整理了一下浅灰色夹克，脸上挂着恭谦的笑容，下意识地向前迎去，刘光辉等人迈着小步跟着往前。

蔡国洪先和张培伦小声打了招呼，然后伸出双手对武卫平说："武省长，欢迎莅临邙北市指导工作。"

张培伦在一旁介绍道："武省长，这位是邙北市市委书记蔡国洪。"

武卫平板着脸，抬起手来轻轻和蔡国洪的双手一碰就滑了开来，口中说道："国洪书记好。"

刘光辉笑着跟在后面握手："武省长，欢迎欢迎！"张培伦在一旁做着介绍。

武卫平伸出手来和刘光辉握了一下，笑着说："光辉同志在省里工作了四年吧？很难得啊！"

刘光辉的笑容顿时灿烂无比，说道："当时没有能够见到武省长，不过今天能有机会弥补一下遗憾，可以亲耳听到武省长的教诲！"

蔡国洪的脸色就有些难看。

然后邙北市的领导干部和省政府调查组的成员依次握手见面，算是互相认识了。赵长风排在几个副书记后面，跟武卫平见过之后，再和后面的调查组成员一一握手。快走到尽头时，赵长风忽然发现调查组成员中有一个熟悉的面孔，正是省公安厅国保总队的副支队长罗庆峰。

说起这个罗庆峰，其实和赵长风并不是很熟，只见过几次面。但是赵长风和罗庆峰的哥哥，省公安厅刑侦总队队长罗庆山是省委党校青年干部培训班的同学。因为这个关系，赵长风到罗庆山家里去了几次，见到过罗庆峰。赵长风没想到罗庆峰这次竟然也跟着省政府调查组下来了，这么说来，很多事就更容易办了。

罗庆峰也看到了赵长风，不由得一愣，赵长风抢先上去握手，眼睛一阵猛眨，说道："罗中队长吧？第一次见面，请多多关照。"

罗庆峰干公安工作的，什么场面没见过？听赵长风这样说，知道必然有缘故，就故作迷糊地问道："您是？"

赵长风笑道："忘记自我介绍了，我是邙北市的常务副市长赵长风。"

"赵市长，您好，我们调查组下来，还请您多多配合我们的工作。"罗庆峰说。

寒暄完毕，武卫平就变了脸色，对蔡国洪和刘光辉训斥道："这次我带队过来是调查环保联合调查组被打的事，不是来休闲散心的，你们弄出这么大的动静，究竟是什么意思？"

一时间在场的邙北市几大班子领导都变了脸色，大家都不约而同地望着蔡国洪，看他怎么解释。刘光辉静静地站在一旁，脸上挂着淡淡的微笑，好像这件事与他无关一样。他根本不用操心，按照官场的规矩，应该由邙北市一把手蔡国洪出面回答这个问题。

蔡国洪强笑着说："武省长，我们这样做可不是为了讲排场、搞形式，主要还是为了维护省政府的威信，您毕竟是中原省的副省长啊！"

旁边的人都暗自叹服，蔡国洪不愧是官场老手，这话说出来无可挑剔，即使是武卫平想找毛病，也无从找起。

武卫平冷着脸说："国洪书记，来这么多车队就可以维护省政府的威信了？当初省政府派下来的环保联合调查组挨打的时候，你们邙北市的领导怎么没有想到维护省政府的威信？再说，搞这种形式主义和官僚主义就是维护省政府的威信了？那么省政府三令五申要治理污染企业，你们邙北市为什么就不执行呢？”

听着武卫平声色俱厉的话，蔡国洪的脸上挂着尴尬的笑容，心中也有些打鼓，究竟大哥有没有跟武省长打招呼啊？转念又一想，也许武省长这是做个姿态呢！上面领导的心思岂能挂在脸上让下边人一眼就看出？那样的领导也不是大领导了。批评就批评吧，当面来一顿暴风骤雨并不可怕，可怕的是表面和颜悦色，心中却在酝酿着一场暴风雨。

“把开道的警车给我撤了，我党一贯有密切联系群众的优良作风，领导干部尤其要以身作则！”武卫平冷冷地挥了挥手，扭头走向自己的小车。

蔡国洪有点为难地看着天阳市市长张培伦，小声说：“市长，您看？”

张培伦狠狠瞪了蔡国洪一眼，说：“该怎么做还要我教你啊？”说着小步追到了武卫平身后，一直把武卫平送到车门口。

武卫平转身握住张培伦的手，说：“培伦同志，你回去吧。下面有国华同志陪着我就行。”

武卫平口中的“国华同志”，指的是钱国华，天阳市的副市长，这次代表天阳市陪同武卫平到邙北市来查处省环保联合调查组被打的案子。

“武省长，”张培伦紧紧握住武卫平的手说，“天阳市市委市政府全力支持您的工作。”然后他扭头对身边的钱国华说道：“国华同志，照顾武省长的重任就交给你了，如果武省长在下边有什么不满意，我拿你是问。”

张培伦在天阳市是一个比较强势的市长，连市委书记魏新强都要避他的锋芒，他以这种语气交代钱国华，虽然稍显霸道，但是钱国华早已习以为常，他连忙说道：“市长请放心，我一定完成市里交给我的任务，配合武省长做好工作。”

武卫平笑了笑，坐上了车，靠在后座上，轻声说道：“走吧。”司机踩着油门，轻拨方向盘，车就向邙北市方向开去。

见武卫平上了车，柴刚川就过来问蔡国洪道：“蔡书记，我们的警车该怎么办？”

蔡国洪板着脸说：“关了警灯警笛，跟在后面吧！”说着扭身走向自己的车。柴刚川愣了一下，脸色阴郁地坐上了警车。

邙北市其他领导也活动着有些发酸的脖颈，心态各异地坐进了自己的车，有惴惴不安的、有幸灾乐祸的、有淡然处之的。

一长溜车队静悄悄地往邙北市方向开去，和邙北市几套班子过来迎接时声势浩大的场面大相径庭。

武卫平把头靠在后座上，闭目沉思，心情非常复杂。当初他力促省长张文利派环保联合调查组下来的时候，绝对没有想到会是这么一个结果。邙北市虽小，但是一草一木都能牵扯到省里，和省里有着千丝万缕的联系。环保联合调查组被打了之后，中州市委书记蔡国富和常务副省长赵强都通过不同的方式表达了对这个事件的关心。这件事还没有开始调查，就有两大省委常委卷了进来，随着事件调查的进一步深入，会不会有更多的人被卷进来呢？武卫平不敢想象。

武卫平知道，这件事拖得越久，扯着的人就会越多，情况就会越复杂。所以他决定快刀斩乱麻，尽快把这件事调查清楚，拿出处理意见，在更多的人没有牵扯进来之前把这件事了结了。

当初环保联合调查组没有派下来之前，蔡国富就来打过招呼。对于这个省委常委、中州市委书记，武卫平不能不给一点面子。当时他的想法就是，张洪鑫率领联合调查组下来调查清楚情况之后，在邙北市拿几个替罪羊开刀就行，尽量不牵扯邙北市高层领导，这样做既是对外界舆论有了一个交代，也算是给了蔡国富一个人情。

但是武卫平没想到，邙北市竟然这么大胆，扒光了联合调查组的衣服不说，而且事后竟然还花大价钱去买通调查组的成员。这不能不让武卫平暴跳如雷。

对武卫平来说，联合调查组是他提议派下来的，就代表他武卫平，邙北市金矿主扒光了联合调查组的衣服，跟扒光了他的衣服没有什么区别，这是其一。更让武卫平生气的是，邙北市某些领导竟然会跟金矿主串通起来，花钱去买通调查组成员。别的调查组成员武卫平还不在意，他在意的是调查组组长张洪鑫。

张洪鑫是什么人？是省政府办公厅综合六处的副处长。省政府办公厅下面有好多个综合处，除了综合二处是为所有的省长服务外，另外的那些综合处都是一个处对应一个省长，专门为某一个省长服务的。省政府办公厅综合六处就是专门为武卫平服务的，是武卫平身边的人，现在，武卫平身边的人都被别人用钱收买了，武卫平这个当副省长的却被蒙在鼓里，能不让他暴跳如雷吗？

至于秘书徐雷功转述的张洪鑫那一套为了挖出幕后真相的说辞，武卫平根本不信。这种谎言，连三岁的小孩都骗不了，更何况是武卫平这样有几十年官场经验的老将？可是武卫平明知道是谎言，他还不得不装出相信，他不能下手处理张洪鑫，因为张洪鑫毕竟是他身边的人，如果一个领导不能保护身边的人，那么谁会死心塌地地跟着这个领导做事呢？

虽然张洪鑫的做法欠妥，但是这钱他毕竟还没有装到自己腰包里，就算装进了自己腰包里，只要能在组织没有开始调查之前主动退回去，也说明他做出了一个正确选择，回到了正确的道路上。当然，这件事过后，张洪鑫必然会被武卫平抛弃，调整到某个不重要的闲职上去，武卫平是不会把对自己不忠诚的人留在身边的。但这都是处理完这个事件的后话了，在眼下，武卫平还不得不护着张洪鑫，让张洪鑫顺利渡过这场风波。

邙北市这边，武卫平相信，别人且不说，市委书记蔡国洪或多或少都被牵扯进这件事中来了，否则蔡国富不会亲自出马来找他。但是对蔡国洪究竟处理不处理，或者处理到什么程度，武卫平暂时还没有考虑清楚。他必须等情况调查清楚之后再做决定。如果蔡国洪仅仅是为了政绩问题站在金矿企业的一边，武卫平当然会放他一马，但是如果蔡国洪为了其他利益牵扯进这件事当中，该如何处置蔡国洪，还真是一件很伤脑筋的事。

赵长风坐在车里，自言自语道："武省长真是一个亲近民众的好领导啊，不要警车开道，确实便于联系群众。"

刘俊康听到后会心地一笑，拿出另外一只手机，对电话中说："对，我们在回去的路上，再有二十分钟就到了，市委招待所湖月山庄。"

打完电话之后，刘俊康抽出手机卡，用手折断，然后抽出一张纸巾把碎片包了起来塞进衣兜里。

赵长风靠在后座上闭目假寐，当然什么都没有看到。

柴刚川坐在警车里，心中惴惴不安。当初蔡国洪把他和林同兆叫过去，让他们俩做好准备，到事情的最后关头，就出来承担责任。柴刚川就有些慌了，他本来以为，蔡国洪手眼通天，能把这件事彻底压下去的。

可是柴刚川知道，假如他不出来承担责任，一旦省政府工作组查到他身上，他一样要完蛋。他现在出来承担责任，还可以保住蔡国洪，只要蔡国洪还在，就能替他想办法。如果蔡国洪也陷进去了，那么他可是彻底玩完了。

柴刚川稍微感到心安的是，蔡国洪向他保证了，这只是最后关头的打算，不到最后关头，也不用走这一步。而且蔡国洪还保证，即使柴刚川被牵扯进去，只要他能咬紧牙关，把事情都承担下来，蔡国洪会给他想办法的。“刚川，你不要担心，我没有办法，还有我大哥呢。武卫平只是一个副省长，敢和省委常委斗吗？你尽管放心好了。”

就在柴刚川胡思乱想之际，他的手机响了起来，他接通手机，只听里面传来一个急促的声音：“局长，不好了，梨树口村村民围着湖月山庄，说是要向武省长反映情况！”

打电话的是邙北市公安局治安大队教导员贺金旺，柴刚川让他带着治安大队的民警和联防队员在湖月山庄外面警戒，迎候省政府工作组的到来。

柴刚川一惊，立刻从后座上坐直了身体：“梨树口村村民？他们怎么会过来？”

贺金旺哭丧着脸说：“我也不知道，他们忽然就过来了。”

“你怎么办事的？”柴刚川呵斥道，“难道事先一点消息都没有得到吗？他们一共来了多少人？”

贺金旺望了望外面，说：“有三四百人吧，他们应该是分散进城，然后才聚拢过来的。”

柴刚川额头上的汗就冒了出来，如果这场面被武卫平副省长看到，那还了得？

“这些村民，简直是无法无天！金旺，这种行动，没有带头人是搞不起来的。你去给我调查一下，看看谁是带头人，立刻给我抓起来。”柴刚川严厉地说，“至于其他村民，你让他们现在立刻回去，公安机关可以不追究他们的责任，否则，也和领头的一样，按扰乱社会治安论处！”

“是！柴局长，我马上办！”贺金旺得到了柴刚川的指示，有了底气，他立刻带着几个民警和几十个联防队员走了出去。

柴刚川挂了电话，立刻打电话向蔡国洪汇报：“蔡书记，梨树口村村民围住了湖月山庄，说要见武省长。”

蔡国洪也吃了一惊，问道：“梨树口村村民怎么会过来？”

柴刚川说："具体情况还不清楚，不过肯定是有人通风报信，否则梨树口村的村民怎么可能知道省里工作组要过来呢?"

蔡国洪眼中厉光一闪，却没有说话。

柴刚川听着电话里蔡国洪有些粗重的呼吸声，小心地说："蔡书记，我这边已经让治安大队的教导员贺金旺过去抓几个领头闹事的村民，这些村民都是乌合之众，只要抓几个领头人，再吓唬一下，他们就会散了。"

蔡国洪说："刚川同志，很好！身为公安局长，就要维护好邙北市的社会治安，你一定要大胆地负起这个责任来!"

柴刚川见蔡国洪对他采取的措施没有异议，就放下心来。他又说道："蔡书记，现在时间紧迫，您能不能想办法拖延一下武省长的车队？等我们那边处理好了，再让车队到湖月山庄去?"

蔡国洪沉吟了一下，说道："我试试看，估计希望不大。刚川同志，关键还是在你这边，要提高公安人员的主观能动性!"

"好，我明白了!"柴刚川立刻又拨通了贺金旺的电话："金旺，武省长的车队还有二十分钟就要到湖月山庄了，你那边要抓紧时间清场!"

"是，柴局长，坚决执行您的指示!"贺金旺大声说道。

蔡国洪这边想了想，拿出保密电话本，找到天阳市副市长钱国华的电话，拨了过去："喂，我是蔡国洪，想跟钱市长说几句话。"蔡国洪轻声轻气地说。

钱国华的秘书拿着电话，扭身对钱国华说："蔡国洪的电话。"

钱国华点了点头，秘书就把手机递给了钱国华。钱国华接过手机，问道："国洪同志，什么事?"

蔡国洪轻声说道："钱市长，待会儿是先请武省长到市委做讲话，还是先让武省长到湖月山庄休息?"

钱国华沉吟了一下，说："现在时间也不早了，还是先让武省长到湖月山庄休息吧，武省长今天奔波了一天，也有些疲乏了。到邙北市市委的讲话，安排在明天吧。"

蔡国洪没有办法把话说得更透，他叹了一口气，挂断了电话。本想给柴刚川打个电话再交代一下，想了一想，又停了下来。这件事，他没有交代，就是交代了，说多了反而不好。

第十五章 严密布局终于揭开黑幕，疏而不漏黑帮难逃法网

赵长风借助梨树口村村民之力，严密布局，多方调查，终于揭开了邙北金矿产业黑幕。面对铁证如山，矿主罗大牙等人像泄了气的皮球，知道已经穷途末路，难逃法网。武卫平拿到了证据，果断下达了逮捕令。打掉了一手遮天的黑帮矿主，老百姓人人拍手称快。

湖月山庄外面，王三发、王柱子、王天才几个人领着梨树口村村民在和数十个治安联防队员僵持着。王三发知道，这次坚决不能再退缩了。赵市长来了之后，虽然也为他们办了几件实实在在的事，但是对大龙溪两岸采金企业的污染还是束手无策。王三发也知道，这件事不能怪赵市长，赵市长是真心为他们着想，是想治理这些污染企业的，但是赵市长在邙北市还是人微言轻，很多事并不是想干就能干的。

这次王三发收到消息，知道省里主管环保的武省长要率领省政府工作组下来，知道这是难得的机会，这件事只有捅到省长面前，才有可能解决。那些金矿矿主的势力再大，总大不过省长吧？要是连省长都解决不了这些问题，那就是该着梨树口村村民命苦了。

为了让武省长了解梨树口村的真实情况，王三发和王柱子、王天才等几个村里有威望的人商量了一下，就是要让武省长看看，大龙溪两岸的采金企业把梨树口村村民戕害成了什么样子。如果武省长看到这些情况还能无动于衷，那只能说明他根本不配当党的干部！

就在这个时候，王三发看着公安局治安大队教导员贺金旺领着几十个警察走了出来，王三发虽然在城里做过几年生意，有点见识，可是他并不明白

联防队员和正式警察的区别，反正在他眼里，只要穿警服的都是警察，就低声对王柱子和王天才说："不要慌，不要怕这些警察，我们也不犯法，就是要求见一下省里的领导，反映一下大龙溪的污染情况，这些要求不过分。"

王柱子和王天才看到那么多警察过来，本来有点慌乱，见王三发镇定自若，心里也就有了底气。

贺金旺站到梨树口村数百村民面前，面容威严地扫了一眼，怒声道："谁是领头的？"因为时间紧急，二十分钟后武省长的车队就要到了，贺金旺根本没时间说废话。

王三发正想说话，身旁几个年轻人就喊道："我们都是领头的，怎么样？"

贺金旺冷笑道："胆子不小啊！你们知道吗？你们的行为已经触犯了治安管理处罚条例，来人，把他们几个给我抓起来。"

几个联防队员就冲了上去。

王三发连忙站出来挡住了联防队员的去路，对贺金旺说："我们只是要见一下省里的领导，反映一下大龙溪的污染情况。我们不会闹事的，您放心！"

贺金旺厉声说："你们聚集在这里已经是闹事了！现在我网开一面，只抓几个带头的。其他村民现在回去，我还可以不追究责任，否则，你们全部都承担法律责任！"

说到这里，贺金旺的手机响了起来，他一看是柴刚川的电话，就挥手对身后的治安联防队员说："先把他们几个给我抓起来。"然后就躲到一边听电话了："柴局长，是是是，我这边已经开始动手了！抓了几个领头人，不怕其他人不散！"

见教导员下令了，几个治安联防队员急于表现，就扑上去要抓刚才说话的几个年轻人。梨树口村村民当然不会眼睁睁地看着人被抓走，就簇拥上来保护几个年轻人。王三发一看情况不妙，连忙站出来拦住激动的村民，说道："乡亲们，我们要冷静，我们是来反映情况的，千万不要冲动。"

村民的骚动就平息了一些。

王三发又扭头对治安联防队员说："你们别抓人行不行？我们真的只是来反映情况，不是来闹事的。"

为首的一个治安联防队员脾气暴躁，怎么会听一个乡下村民的唠叨？他一把推开王三发，口中呵斥道："闪开，不要妨碍我们执行公务，否则连你一块抓!”

王三发被推了一个踉跄，又扑了过去，拉住为首的治安联防队员哀求道：“警察同志，我们真的不是来闹事的，求你们不要抓人好不好?”

这个治安联防队员看王三发不断纠缠，不由得大怒，一脚踹在王三发的小腹上。

王三发一下摔倒在地，额头磕在水泥砖棱上，鲜血就顺着额头流了下来。

“三发!”“三发哥!”“三发叔!”

梨树口村村民一阵乱叫，都涌上来搀扶王三发。一部分梨树口村的青年就忍不住了，他们本来就对政府袒护金矿企业主、放任大龙溪被污染有意见，此时又见联防队员动手打人，不由得怒吼着就要冲上来和联防队员动手。

王三发刚被村民扶起来，看到这情况，顾不得擦拭流了一脸的鲜血，踉跄着挡在梨树口村这一群青年人的前面。

“站住，”王三发喊道，“都给我退回去。这事由我来处理!”

王三发还记得那个神秘电话里的交代，说梨树口村村民过来是要求政府解决问题的，不是来闹事的，让王三发一定要约束好梨树口村的村民，千万不要越过界限，否则后果会非常严重。

王三发在梨树口村威望极高，他一阻拦，那些年轻人的脚步就停了下来。

刚才打人的是邙北市治安联防队副队长张卫民，他本来看见一下子冲上来几十个年轻人，心里还有些害怕，这时候见王三发一句吆喝，那些年轻人都停下了脚步，胆子一下子壮了起来：这群土包子原来是纸老虎，只会张牙舞爪地吓唬人，一到动真格的时候就没胆子了。

“反了你们? 还想跟政府作对?”张卫民振振有词，仿佛他就代表了政府，“惹恼了政府，把你们一个一个都抓起来。”

他摘下腰上的手铐，指着刚才几个年轻人说：“过来，你们不是说是领头人吗? 就先给我进去吃几天公家饭吧!”

王三发转过身来，对张卫民说：“我是领头的，这件事与他们无关，你们要抓就抓我!”

“还要横是不是? 以为老子不敢抓你?”张卫民骂骂咧咧地过来抓住王三发的手，扣上了手铐，然后对身后的联防队员说：“给我带走!”

“不行，你们不能带走他!”梨树口村三个领头人中年龄最大的王柱子站出来，拉住张卫民的胳膊恳求道，“求求你们放了三发吧，我们只是想见一下领导，说一下我们村的情况……”

这时候贺金旺举着电话冲这边大喊一声：“动作给我快一点，车队马上就到了！”

张卫民一急，用力一甩手：“快点给我松开！”

王柱子六十多岁的人了，怎么经得住张卫民这用力一甩？他一下子摔到了地上，只听“嘎嘣”一声，王柱子随即抱着腿呻吟起来。老年人本来就骨质疏松，加上梨树口村的浅层地下水早就受了污染，王柱子喝了几年这样的水，骨头又松又脆，这一跤结结实实地摔在水泥地上，腿就被摔断了。

一个年轻人再也忍不住了，扑上来照着张卫民的脸就是一拳，张卫民没有想到梨树口村村民竟然真敢动手，他恼羞成怒，冲身后的联防队员喊道：“都是死人啊？没有看到有人殴打我吗？”

联防队员平时飞扬跋扈惯了，什么时候吃过这样的亏啊？这时候见队长挨了打，不由得举起手中的警棍，向梨树口村的青年人冲了过去。

梨树口村虽然来了很多人，但是大多数都是来壮个胆，此时见这么多联防队员举着警棍扑了过来，不由得心惊胆战，扭头就跑。只有二三十个青壮年不肯退去，可是他们赤手空拳，面对着联防队员手中的警棍，加上人数上又处于劣势，如何是对手？几个回合，他们就被打倒在地了。

贺金旺本来借着接电话的机会，带着几个治安大队的民警躲在一旁，清场的事就交给治安联防队来处理，但是他没想到，治安联防队最后竟然动了手，局面一片混乱。

贺金旺急坏了，他跑了过来，抓住正挥舞警棍打的起劲得张卫民喊道：“张卫民，谁让你动手的？省领导马上就来了！”

就在这时候，省政府工作组的车队已经到了。武卫平正在闭目养神，忽然听到秘书徐雷功一声惊呼，他就睁开了眼，问道：“雷功，怎么了？”

徐雷功错愕地盯着前面，对武卫平说：“前面好像出了点事，我们先拐回去吧。”

武卫平按下按钮，降下车窗玻璃，往外看去，只见几十个身穿警服的人拿着警棍追得十几个人抱头鼠窜，地上还有七八个人躺在那里呻吟。

“下去看看是怎么回事！”武卫平说了一句，没等徐雷功过来替他开门，就推开车门走了出去。

徐雷功连忙从前门下来，来到武卫平的身边，说道：“危险，还是别去了。”

这时候天阳市副市长钱国华也从后面车上下来，赶了过来，他看到眼前的一幕不由得目瞪口呆，喃喃自语道：“这，这是怎么回事？”

武卫平冷着脸不说话，推开徐雷功，快步走到一个正在挥舞警棍追打一个十七八岁少年的治安联防队员面前，大喝一声：“住手！”

“你是谁？”治安联防队员正打得兴起，猛然被人喝了一声，心里很不爽，他张口就骂了一句，随即就后悔了，因为眼前这个一身藏蓝色西装的中年人气度非凡，身后还站了两个人，右边的人他不认识，可是左边这个人，他曾经在电视上见过，认得他是天阳市副市长钱国华。

“你，我，”治安联防队员就把手中的警棍放下了，摸着后脑勺说，“钱市长……”

这时贺金旺也已经看到车队过来了，他心中惨叫：“完了完了，这下全完了！”他又看到天阳市副市长钱国华恭谦地跟在一个气度非凡的中年官员后面，就知道这一定是省里下来的武省长，一时间不由得手软脚软，迈着小步跑了过来，心虚地说：“钱市长，我们，我们……”

“你们这是在干什么？”钱国华厉声说，“快向武省长汇报，说说这是怎么回事！”

贺金旺胆怯地望了武卫平一眼，说道：“武省长，我是邙北市治安大队的教导员贺金旺，奉了蔡书记和我们柴局长的命令，在湖月山庄执行警戒任务。可是有一些乡下来的村民冲击湖月山庄，劝他们回去，他们不听，就发生了点冲突。”

这个时候，车队后面的人都下车了，蔡国洪、刘光辉、付罡庭等邙北市领导，还有公安局局长柴刚川都已经赶了过来。蔡国洪看到眼前的烂摊子不由得心中暗暗叫苦，他狠狠地瞪了柴刚川一眼，柴刚川连忙把目光垂下，不敢看蔡国洪。

蔡国洪听贺金旺说到这里，不等武卫平发话，就厉声喝道：“贺金旺，你还愣着干什么？还不把这些人都带走？”

“是，蔡书记，我这就去！”贺金旺应了一声，就要转身去执行蔡国洪的命令。就在这个时候，王三发趁拉着他的两个治安联防队员不注意，戴着手铐冲到武卫平的面前，“扑通”一声跪倒，喊道：“大领导，求求您，救救我们梨树口全村两千多人的性命吧！”

蔡国洪怒声道：“贺金旺！”

贺金旺哪里会不明白蔡国洪的意思？他一挥手，几个联防队员扑上来，拖着王三发就要走。王三发惨叫道：“大领导，救救我们全村人吧！”

武卫平看着王三发额头上流血不止，却兀自哀声向他恳求，知道这其中必然有冤情，就喝了一声：“慢着！”

蔡国洪和柴刚川浑身一僵，知道事情不好了。刘光辉、付罡庭以及站在他身后的赵长风不由得心中一喜，知道蔡国洪和柴刚川就算是本事再大，这次也逃不了了！

治安联防队员听到武卫平威严的声音，连忙停下了脚步。王三发被几个人半拖半抱着，却艰难地扭过头来，充满期待地望着武卫平。

“把他请进屋里，我现在要接待他。”武卫平一字一句地说。

几个联防队员还在发愣，刘光辉就在一边喝道：“还不把人放开？”

联防队员看到市长发话了，连忙松开了王三发。

蔡国洪脸色极其难看。

王三发被放开后，谁都不看，眼里只看着武卫平，他往前走了两步，“扑通”跪倒在武卫平面前。武卫平连忙说：“老乡，你这是干什么？我不是说了，让你跟我进屋去，有什么情况尽管向我反映吗？快起来。”他上前把王三发搀扶起来，看到王三发额头上的伤口还往外渗血，就扭头看了徐雷功一眼，说道：“纸巾！”

徐雷功连忙打开手包，掏出一包纸巾递给武卫平。武卫平抽出纸巾，小心地为王三发擦拭着额头上的血迹。王三发啥时候享受过这样的待遇啊？一时间不由得热泪盈眶，一双大手捂着脸呜呜地哭了起来。

赵长风站在后面看着，心中很是感叹，武卫平这一招高明，一下子把爱民如子的省府高官的形象树立起来了。

蔡国洪此时也反应过来了，他跟在武卫平后面，对林同兆交代道：“还不通知急救医生过来？帮老乡们处理一下伤口。”

林同兆应了一声，连忙下去布置了。

武卫平轻轻拍着王三发的肩膀，说道："老乡，男儿有泪不轻弹啊！你有什么困难，只管说，政府都会想办法帮你解决的。"说着又抽了一张纸巾塞到王三发手里。

王三发接过纸巾，擦了擦眼泪，激动的心情稍微平复了一些，这才想起他今天过来的主要目的，就对武卫平说："谢谢大领导。大领导，我想请您出面救救我们全村人，我们全村上下两千多口人真的活不下去了！"说着又哽咽起来。

"老乡，莫急，等一下到屋内慢慢说！"武卫平显得极有耐心，环保联合调查组已经在邙北市把脸丢光了，他这次过来就是要挽回环保联合调查组的形象，在邙北市重新树立起省政府工作组的光辉形象。

王三发泪眼蒙眬地望着武卫平道："大领导，我想先请您看一下我们村的几个村民。"

武卫平点了点头说："好。"

王三发就转身向外边喊道："乡亲们，把他们几个抬过来让大领导看看。"刚才梨树口村的村民见治安联防队员开始抓人，就抬着几个病人向外跑去，此时见情况又安定下来了，想起王三发等几个人还在里面，就又大着胆子回来了。看王三发没事，于是几十个村民就抬着十几个病人往里走去。

治安联防队们也不知道该不该阻拦，就拿眼睛看着柴刚川，柴刚川则看向蔡国洪。蔡国洪就对武卫平说："武省长，情况这么乱，就别见村民了吧？"

武卫平绷着脸说："乱什么乱？邙北市还是不是在党的领导下？党向来都是依靠人民群众的，什么时候害怕过人民群众？我看没有问题！"

蔡国洪碰了个钉子，却不敢说话，脸上强挤着笑容退了下来。柴刚川也就不敢说话，治安联防队员们只好任由梨树口村的村民抬着担架往里走。至于那些公安干警，早就对柴刚川的行为不满，这个时候自然不会出来阻拦村民。

十几具担架一字排开摆在武卫平面前，武卫平虽然心里有所准备，但是看到这场景还是不由得感到有些触目惊心。担架上的村民个个都目光呆滞、脸色蜡黄、骨瘦如柴，现在即使已经进入了初冬，依旧能闻到他们身上向外散发的难闻气味。

武卫平面色沉重地沿着担架一个一个看过去，王三发在旁边向武卫平做说明："大领导，这些都是我们村的村民，年龄最小的才二十多岁，最大的也不到五十岁，都是村里的青壮劳力，是家里的顶梁柱，可是忽然就这么病了，不但不能继续干活养家，还要拖累家里人照顾。"

"怎么会这样？"武卫平有些不忍心继续看下去了。

王三发说道："医生说了，这些都是什么'汞'污染造成的，破坏了脊柱神经。"他叹了一口气，"除了这些，村里还有精神错乱的，也是与什么'汞'污染有关。我们怕惊扰到省里的领导，就没把他们带过来。"

武卫平实在是看不下去了，他觉得每多看一眼，脸上就像多挨了几个耳光。作为中原省主管环保的最高官员，他治下出现这种情况，对他简直是一种莫大的讽刺。虽然说这些污染情况不是一朝一夕造成的，很多都是在他到中原省之前就存在的情况，但是他到中原省一年多来，这些情况并没有丝毫改善，作为一个有良知的官员，这不能不让他内心充满愧疚。

"乡亲们，情况我都知道了！"武卫平沉重地说，"你们都回去吧。我这次过来就是治理大龙溪污染的，你们放心，这次省政府是铁了心要治理大龙溪污染，大龙溪污染一天治理不好，我就一天不离开邙北市！"

"大领导！"王三发"扑通"一声又给武卫平跪下了，他身后的梨树口村村民也都跟着跪倒在地，"您这次如果真的能把大龙溪污染给治理好，我们梨树口村全村老少爷们要替您在我们村里的祠堂立功德碑！"

"老乡，你怎么又这样了？"武卫平弯腰把王三发拉起来，又对王三发身后那些梨树口村村民说道："乡亲们，你们快起来吧。我武和平当不起你们这么一跪啊！你们放心回去吧，等将来大龙溪治理好了，我再去村里看望你们，和你们拉拉家常好吗？"

梨树口村的村民热泪盈眶。除了赵市长之外，他们啥时候见过这么好的官啊？那些官员还没有芝麻大，就对他们横眉冷对，这已经是很给他们面子了，有些官员他们甚至连见一面都不容易。眼前这位省里下来的大领导，一点架子都没有，说起话来句句贴心，甚至比赵市长还要好，怎么能不让他们感动呢？

"大领导，我们谢谢你了！"村民们齐声说道，有几个村民甚至磕了几个头才肯起身。

王三发从怀里掏出一份材料，捧到武卫平面前："大领导，这是我们村里写的材料，后面有我们村两千多个村民的签名。我们保证材料里的每件事都是真实的，大领导可以派人下去调查，如果这材料里写了一句假话，就让我们梨树口村村民世世代代都喝那烂臭的大龙溪水！”这个毒誓发得可真够重的。

武卫平接过王三发的材料，说道：“好，这份材料我会仔细看的。”然后又问王三发，“你还有什么情况要反映？”

王三发摇了摇头，说道：“情况都在材料里了。”

武卫平拉住了王三发的手说：“老乡，那要不先这样？等我看过材料，有什么情况再把你请过来，好不好？你现在先带着村民回去吧，天不早了。”

“好，大领导，那我们就先回去了。”王三发带着村民依依不舍地离开了。

“武省长，”梨树口村的村民离去后，蔡国洪上前想要做一些解释，“其实大龙溪……”

武卫平不客气地打断了他的话，晃着王三发递给他的材料说：“有什么情况，等我看完材料再说。”说着他坐进了车里，进了湖月山庄。

湖月山庄一号别墅，是专门为省市领导到邙北市视察准备的，武卫平就被安排在这里。

武卫平进了别墅后，只让省监察厅第五监察室主任谢雄峰为首的省政府联合工作组里的几个主要成员跟了进去，包括天阳市副市长钱国华在内的其他人都被挡在了外边。第五监察室主要负责天阳市、山阳市、平原市等几个地市的纪检监察工作，谢雄峰这次跟着省政府联合工作组下来，负责具体经办邙北市的案子。

钱国华和蔡国洪、刘光辉就在外面走廊里等着。钱国华心里很不是滋味，邙北市闯了祸，却让他这个天阳市副市长过来陪绑！他心中憋着气，对上来搭讪的蔡国洪就没有好脸色。

蔡国洪是邙北市市委书记，一向不怎么看得起天阳市那些闲职的副市长，这次过来向钱国华搭讪，无非是因为钱国华和武卫平一起下来了，可以比较方便地从武卫平身边套一些话，却没想到在钱国华这里碰了一个软钉子，他不由得心情大恶，黑着脸站到了一边。

刘光辉站在一旁，心中不急不躁，反正这件事闹到最后，他顶多背一个处分，不会有什么大问题。在邙北市这两年，他手脚基本上是干净的，所以才会如此气定神闲，以看笑话的姿态看着蔡国洪手忙脚乱。

其他一些副书记副市长，包括付罡庭、钱兆均和赵长风等人，都在院子里等候，连来走廊的资格都没有。

大约半个多小时后，谢雄峰神色严肃地率领工作组几个成员出来，淡淡地和钱国华、蔡国洪、刘光辉等天阳市、邙北市领导打了个招呼，就上车率领省政府联合工作组往邙北市武警黄金部队招待所去了。武警黄金部队招待所是省政府联合工作组提前联系好的驻地，也是正式办公地点。

谢雄峰等人离开之后，秘书徐雷功出来，对钱国华说："钱市长，请进来一下。"钱国华在走廊里等了半天，此时听到叫他，终于舒了一口气，笑着跟徐雷功进去了。

过了十几分钟后，钱国华神态轻松地走了出来，对蔡国洪、刘光辉等人说道："武省长累了，准备休息了。你们也都回去吧，有什么事情，明天再过来汇报。"

蔡国洪愣了，没想到武卫平这么不近人情。刘光辉则笑着对钱国华说道："钱市长，那我送您回房间吧。"

钱国华住的地方安排在距离湖月山庄一墙之隔的市委招待所，按照对口原则，刘光辉代表邙北市政府送钱国华副市长是理所当然的。

"好啊，光辉市长。"钱国华笑呵呵地说，"好久没见你了，正好借这个机会聊聊。"

蔡国洪知道钱国华这样说是故意向他示威，他黑着脸没有说话。他的命运掌握在武卫平手里，钱国华不过是下来配合一下，连边鼓都敲不上，拿着那么大的架子有个屁用？

刘光辉陪着钱国华下楼，钱国华看到邙北市几大班子领导还站在院子里，笑着挥了挥手，并不说话。刘光辉就说道："武省长累了，大家都回去吧。"说着请钱国华上车，他也坐了上去，和钱国华一道到前面市委招待所去了。

院子里这些邙北市的领导都是官场老手，见此情形，哪能还不明白发生了什么事？付罡庭、钱兆均、赵长风等市委市政府的领导互相寒暄着，各自离去。

市委办主任林同兆、公安局局长柴刚川和宣传部部长任文生见蔡国洪还没有出来，就留在院子里继续等候。

蔡国洪又在走廊里等了半个小时，正在考虑是走还是留的时候，秘书徐雷功出来了，他没有想到蔡国洪还在等候，不由得愣了一下。蔡国洪连忙赔着笑脸说："徐秘书，我想请示一下，武省长的晚饭怎么安排？"

徐雷功冷着脸说："这你就不用操心了，武省长现在累了，已经休息了。"说着就进了屋，不再出来。

蔡国洪又等了一会儿，见实在没有机会，只好讪讪地回身走下楼去。他一到院子里，就做出一副满面春风的模样，林同兆和柴刚川迎了上来，问道："蔡书记，怎么样了？"

蔡国洪笑呵呵地说："武省长和我说了一会儿话，刚刚休息。现在天色还早，我们找个地方去喝几杯吧。"

林同兆和柴刚川见了蔡国洪如此模样，顿时感觉有了主心骨，他们连声笑道："行，书记您安排吧！"

蔡国洪沉吟了一下，说："同兆，到天然居去吧。你和刚川、文生先走，我随后就到。"

林同兆应了一声，就和柴刚川、任文生先去了。

蔡国洪上了车，让司机开回湖月山庄二号别墅，进了屋里，立即拨通了大哥蔡国富的电话："大哥，我是国洪啊。我看情况有些不大对啊，武省长态度非常不好！"

"你慌张什么？"蔡国富在电话中呵斥道，"你告诉我，在这件事里你究竟有没有捞过什么好处？"

蔡国洪心里打鼓，嘴上却说："大哥，您放心，我根本没有捞什么好处。我就是看黄金产业是邙北市的支柱产业，想扶持一把，干出一点成绩来，其他方面我可以说是清清白白的。"

蔡国富就说："那你就不要慌张，最多是一个工作失误问题！武卫平那边我已经打过招呼了，他懂得怎么做的。"

武卫平泡了一个中药浴，感到身上的疲惫都消了，浑身清爽。他穿着宽大的浴袍，靠在柔软的真皮沙发里，看着王三发交上来的材料，面容又逐渐被沉郁的神色所笼罩。

就在这个时候，电话铃声忽然响起，徐雷功拿着电话走了进来：“罗庆峰的电话。”

武卫平接过电话，拿到耳边，停了两秒钟，这才开口说：“庆峰同志吗？我是武卫平。”

罗庆峰说：“武省长，全体干警现已经到达邙北市凤凰山金矿，请指示。”

原来武卫平趁这个机会已经让公安厅国保大队副中队长罗庆峰带着公安厅的干警先赶赴凤凰山金矿抓捕矿主罗大牙、矿长李大用以及凤凰山金矿护矿队队员。根据张洪鑫等人的材料，罗大牙、李大用等人已经触犯了法律，所以武卫平决定先下手把这些人控制住，相信在这些人嘴巴里总能撬出真相来。

“好，立刻展开抓捕行动！”武卫平眼睛里闪着寒光。

凤凰山金矿外，罗庆峰已经和分道悄悄赶来的一百多名公安厅抽调的干警会合在一起，他挥手说：“行动！”

一百多名荷枪实弹的公安干警就分散开来，向凤凰山金矿冲去。

半个多小时后，公安干警押着十几个人过来向罗庆峰汇报：“报告中队长，凤凰山金矿矿主罗大牙、矿长李大用和护矿队队长李龙斌都已经不见踪影，现在只抓到生产副矿长巴天明和十几个护矿队的成员！”

湖月山庄七号别墅里，赵长风坐在客厅宽大的沙发上，一手端着茶杯，一手拿着报纸，可是他的心思却全然不在报纸上，他在等公安局副局长韩加森的电话。

忽然，放着茶几上的手机急促地响了起来，赵长风扔下报纸拿起电话，果然是韩加森打来的，他没有立即按下接听键，而是让电话继续响了几声，这才慢条斯理地按下了接听键，电话里立刻传来一个急促的声音：“赵市长，我是韩加森。”

“呵呵，加森同志好。”赵长风笑着说。

“赵市长，向您报告一个好消息，陈钢等人已经协助天阳市皇城公安分局抓获了乔四儿！”韩加森兴奋地说。

“嗯，不错，陈钢三位同志很不错。”赵长风表扬了两句，然后说，“加森同志，抓获了乔四儿，只能说我们取得了第一步的成功，接下来的问题就是如何撬开乔四儿的嘴，从乔四儿手里拿到那本至关重要的资料。这一点就需要你和皇城分局刑侦大队大队长沈小强好好联系一下了。”

韩加森说：“赵市长，我现在正和沈峰路老所长赶往天阳市，有老所长出面，沈小强不敢不下功夫。”

“好，加森同志，这件事就交给你和沈老所长了。等你们拿到东西之后，我会亲自摆一桌庆功宴，为你们庆功的。”

挂了电话之后，赵长风抑制不住内心的兴奋，现在邙北市是全面开花，各方面都传来好消息，蔡国洪铁板一块的势力在这些纷至沓来的好消息中正逐步土崩瓦解。

正兴奋着，赵长风的手机又响了起来，他拿起来一看，是罗庆峰的电话，就连忙接了起来：“庆峰，你好。”

“赵市长，”罗庆峰躲在一边悄悄地跟赵长风打着电话，“情况不理想啊，凤凰山金矿的矿主罗大牙、矿长李大用和护矿队队长李龙斌都不见了踪影。只剩下生产矿长巴天明，可是据我们调查，巴天明只是一个主管生产的副矿长，对其他事并不清楚。”

“他们行动倒是很快啊！”赵长风也没有想到罗大牙和李大用都溜走了，“庆峰，护矿队都跑了吗？”

“抓了十几个队员，他们对矿上的情况都不怎么清楚。”罗庆峰摇头道。

“武省长是什么意见？”赵长风问道。

“武省长让我调查一下，把护矿队中 参与了当初羞辱环保联合调查组事件的人员带回去，其他人只有暂时先放了。”

赵长风沉吟道：“庆峰，谢谢你的消息。我这边如果有什么有价值的线索就提供给你。”

罗庆峰就笑了起来：“赵市长客气什么？下次回中州，酒钱你掏了就行。”

“好，没问题！”赵长风大笑，“把庆山大队长也叫上，到时候咱们喝个痛快。”

放下电话，赵长风冷冷一笑，自语道：“跑了？跑了和尚能跑了庙吗？罗大牙啊罗大牙，这么大一座金矿，你要真舍得不要，那才真叫人佩服呢！”

赵长风坐在沙发上想了一会儿，忽然一笑，拿起了电话：“俊康，你在哪里？”

“领导我在家呢。你有事?”刘俊康轻声问道。

“呵呵，也没有什么事。”赵长风随口说，“对了，你上次好像对我说过，国土资源局的包副局长想请你吃饭?”

刘俊康点头道：“是啊，他叫我好几次了，我一直没有去。”

赵长风就严肃起来，说道：“俊康，你这样的态度就不对了。不能因为在我身边当秘书，就翘尾巴，不和同志们交往，这让别人怎么看？要学会和同志们打成一片，千万不要孤芳自赏，把自己孤立起来。”

“我明白，我明白。这件事是我做得不对。”刘俊康平白无故挨了一顿训斥，却一点意见都不敢有，只有连声向承认错误。

“呵呵，明白就好。犯了错误不要紧，及时改正就是好同志啊。”赵长风态度忽然又缓和下来，“对了，俊康，有时间了解一下凤凰山金矿的资料，省政府工作组下来调查，万一武省长问起来的，我们不是也有个准备吗?”

“好的，这件事交给我了，你放心吧。”刘俊康会心地笑了起来，到现在他才真正明白赵长风的意思。

“嗯，有什么情况，及时向我汇报。”赵长风挂断了电话。

晚上九点，刘俊康来到湖月山庄七号。

“凤凰山金矿的资料我都弄清楚了。”刘俊康恭敬地站在赵长风面前说。

“嗯，说说看。”赵长风不动声色地说。

“据包局长说，按照审批给凤凰山金矿的开采证，凤凰山金矿只有一号矿洞可以开采，二号矿洞和三号矿洞都只办理了探矿证，没有开采证。”刘俊康知道赵长风想了解什么，就直接把最关键的部分说了出来。

赵长风心里很是赞许，这个情况太重要了。可是脸上依旧是一副淡淡的表情，问道：“这是谁经手办理的?”

刘俊康说：“包局长说是后河乡党委书记马会来亲自找国土资源局焦伦平局长办的，好像还有何泉声副市长的批示。”

赵长风沉吟起来，对于后河乡党委书记马会来会牵扯进去，他并不奇怪，但是主管工业生产的何泉声副市长也和这件事有关系，赵长风还真是没想到。看来凤凰山金矿的水真的很深，真的彻查下去，邙北市究竟有多少人会被牵扯进去呢？赵长风也有点担心起来。

过了许久，赵长风又开口问道：“你给了包局长什么条件？”

刘俊康笑了笑，说道：“我答应他，在你方便的时候，可以和他吃一顿饭。”

赵长风还真没想到，刘俊康只是以这个条件就从包局长口里得到如此重要的信息，看来这段时间内，刘俊康的办事能力进步不小。

“俊康，你都把我卖了，还说没有答应什么条件？”赵长风板着脸说，“下次不能这样了。好了，我这里没有什么事了，你回去吧。”

刘俊康挨了批评，心里却没有任何怨言。他知道，领导其实对他善解人意、会来事、会办事是非常满意的，可是嘴上却不得不批评，不能不批评，因为领导一贯是这样，对身边人批评其实就是一种爱护。一个领导水平怎么样，就看他会不会批评人，批评是领导的艺术，是最能表现领导境界的。

“我回去了，有什么事你给我打电话。”刘俊康恭谦地退了出去，心里却是喜气洋洋，他知道他这件事办得非常漂亮。

赵长风透过窗户望着刘俊康远去的背影，掏出了机密电话本，翻出刘光辉的私人电话号码，心里犹豫，要不要现在就打过去呢？

想了一下，赵长风决定还是要主动一点，把电话打了过去。

“呵呵，长风啊，”刘光辉在电话里笑着说，“我算着你的电话也该打过来了。”

赵长风心里一跳，怎么，刘光辉知道他去找了包局长？

“我刚从钱市长那里出来，了解到不少情况，”不是面对面，刘光辉没有察觉到赵长风的异样，继续说道，“我在凯旋宫泡温泉，你要不要过来？”

“市长真是好雅兴啊。”赵长风笑着说，“我马上过去。”

收了电话，赵长风不由得佩服起刘光辉的胆气来，凯旋宫是个鱼龙混杂的地方，老实说不是一个谈话的好地方，可是刘光辉偏偏选在那个地方，可见这个时候他已经不担心走漏风声，摆明了要和蔡国洪决裂。

凯旋宫是邙北市最好的桑拿会所，以占地宽广、设施高档、服务一流而著称，即使在整个天阳市，也能排进前三名。

司机老邢对凯旋宫倒是很熟，在迷宫似的通道里七弯八拐，最后找到了刘光辉说的那栋别墅。

别墅大院的门口站着一个身穿很接近警察制服的保安，他上前拦住了车，仔细看了看车牌，这才一挥手，把他们放了进去。

这个细节让赵长风心里稍微有点不舒服，好歹他也是邙北市的常务副市长，可是到了这里，连保安也不给面子，究竟这凯旋宫是不是开在邙北市的地界上的?

车进了院子，刚下了车，就看见刘光辉的秘书古蔺满脸笑容地从别墅里走了出来，热情地伸出双手握住赵长风的手说："赵市长，辛苦了。"然后又跟刘俊康打了个招呼，这才轻声对赵长风说："领导在里面等你呢。"

古蔺在前面引路，赵长风带着刘俊康进了别墅。赵长风发现别墅内布置得富丽堂皇，雕梁画栋，流露出奢华的气派。这让赵长风再一次见识了邙北市民间的经济实力，一个县级市有如此高档的会所，在中原省怕也不多见。

古蔺把赵长风和刘俊康让进了会客室，唤来美丽的女服务员端上茶水果盘，对刘俊康说："刘秘书你在这里歇一下吧。"

刘俊康就笑着说："行，你们忙吧。"

古蔺这边又做了一个请的手势，说道："赵市长，请跟我来。"

赵长风跟古蔺上楼，进了楼上的休息室，看见刘光辉穿着浴袍，斜靠在休息室的沙发上，正在思索着什么。

刘光辉听到脚步声，就知道古蔺带着赵长风过来了，他站起身来，伸出手道："长风，辛苦了。"

赵长风连忙握住刘光辉的手说："我辛苦什么？就怕打扰市长您的休息。"

刘光辉哈哈大笑，对赵长风说："长风现在说话越来越客气了。"然后松开手，指着身旁的沙发说，"坐吧。"

"市长，您先坐。"赵长风谦让道。

刘光辉又笑道："长风，越说你客气，你越是客气啊!"说着亲热地拉着赵长风的手一起坐下。

刘光辉顺手拿起茶几上的软中华，让了赵长风一下，赵长风笑着摆了摆手，刘光辉也不勉强，抽出一根塞进嘴里，古蔺摸出打火机，为刘光辉点着了烟。

刘光辉抽了几口，这才开口说："长风，今天梨树口村村民来得蹊跷啊。"

古蔺正好泡了一杯信阳毛尖给赵长风端来，赵长风伸手接过茶杯，笑着说："市长，管他蹊跷不蹊跷呢？只要能让有些人手忙脚乱就好了。"

刘光辉笑了笑，吐了一口烟，说："你说这事会是谁干的呢？"

赵长风轻轻吹开水面上的一片茶叶，喝了一小口热茶，苦笑着说："市长，您在邙北市都两年多了，比我了解邙北市的情况，如果您都猜不出是谁干的，我就更不知道了。"

这话赵长风说得倒是理直气壮，即使以后刘光辉真的知道是刘俊康干的也没有关系，反正整个过程中，他都没有明确说出一个字让刘俊康去做这件事，而且刘俊康也是刘光辉帮他安排的秘书，怪不到他头上。不过赵长风猜想，以刘俊康做事的缜密，不会留下什么把柄吧？

刘光辉轻轻地掸了一下烟灰，沉吟着说："八成是付罡庭干的，这下可有热闹看了。"

赵长风没有继续这个话题，他心中暗笑，放下茶杯，问道："市长，现在上边是什么态度？"赵长风所说的上边就是指的天阳市。

刘光辉轻轻一笑道："蔡国洪平日里只烧魏新强书记这炷香，这个关头，除了魏书记外，也不会有人为他说话的。"顿了一顿，刘光辉又说道，"不过天阳市的态度起不了多大作用，主要是看武省长的态度。"

赵长风沉吟了一下，说："事情发展到这个地步，武省长还能有什么样的态度？显而易见。"

刘光辉把烟头在烟灰缸中摁灭，望着赵长风说："长风，该你说了。这个时候打电话给我，肯定有什么事吧？"

"市长，我就知道瞒不过你。"赵长风说，"我听说工作组派人到凤凰山金矿抓人，却扑了个空？"

刘光辉惊讶地望了赵长风一眼，问道："这个消息你怎么会知道？"

赵长风有点不好意思地笑了，说："工作组中公安厅国保总队派下来的副支队长罗庆峰我认识，他哥哥罗庆山是公安厅刑侦总队的队长，是我在省委党校青干班的同学。"

赵长风这是有意给刘光辉透露一点实底，也顺便展示一下自己的实力，否则一味瞒着对方也不好。

刘光辉满意地点了点头，俗话说蛇有蛇路、鼠有鼠窝，即使是结盟关系，每个人都还是要保留一下自己的隐私。像这种获得秘密消息的渠道，一般是不会轻易说出来的，但他只是问了一句，赵长风就说了出来，说明赵长风还是信任他的。

“难怪呢!”刘光辉说，“我也是刚收到这个消息不久。罗大牙倒是溜得挺快的。”然后他的眉头微微皱了起来，“罗大牙这一跑，很多事情没有对证，事情就不太好办了。”他抬头看到赵长风在微笑，就问道，“长风，笑什么?有什么好想法，说出来嘛!”

赵长风笑道：“跑了和尚跑不了庙，有凤凰山金矿在这里，罗大牙能跑到哪里?”

刘光辉摇头道：“话虽然如此，武省长又不可能率领工作组长期在邙北，只要避过这个风头，事后再找人活动活动，这场风波就过去了。罗大牙这个算盘打得精啊，背后一定有高人给他出主意。”

赵长风轻轻敲了沙发扶手两下，低声对刘光辉说：“市长，我这里有个情况，或许可以把罗大牙逼出来。”

刘光辉精神大振，问道：“什么情况，快说说看!”

赵长风就把从包局长那里得来的消息告诉了刘光辉，然后说：“市长，罗大牙想拖，我们不让他拖。只要把这个消息告诉武省长，武省长指挥工作组的人到凤凰山金矿去把罗大牙的二号矿洞和三号矿洞炸了，不怕罗大牙不出来。”

刘光辉的眼睛一下子眯缝起来，寻思了许久，点头道：“这个办法可行!既然凤凰山金矿二号矿洞和三号矿洞是违法开采，就应该采取措施封掉。”

赵长风望着刘光辉说：“市长，这件事必须你去向武省长反映。我不分管国土资源局，也不分管环境保护，去见武省长太不合适了。”

刘光辉扶了扶着金丝眼镜，笑着说：“长风你多虑了！武省长其实很好说话。事不宜迟，我这就去找武省长反映情况。估计罗大牙就躲在邙北市附近，只要工作组放出风声，不怕他不出来。古蔺，你准备一下，我们待会儿就出发。”

赵长风连忙站了起来：“市长，那我就先回去了。有什么情况，我再和你联系。”

第十六章　顺藤摸瓜打蛇随竿上，意外收获行贿黑名单

打掉了黑矿主罗大牙等人的恶势力，只是敲掉了柴刚川等人的爪牙，还不足以让蔡国洪伤筋动骨，然而，令赵长风万万想不到的是，小偷乔四儿手里，却藏着一份金一鸣向他人行贿往来的账本名单。

事情果然如赵长风所预料的那样发展，武卫平得到了刘光辉提供的线索，第二天早上立即派人到邙北市国土资源局核实。这个时候，国土资源局谁敢打马虎眼？工作组立刻证实了凤凰山金矿二号、三号矿洞无证开采的事实。在工作组组长谢雄峰的指挥下，工作组立即派执法队赶赴凤凰山金矿，准备对二号、三号矿洞进行查封，同时对外发布消息，两天后执法队将对二号矿洞、三号矿洞展开爆破作业。

听到这个消息，赵长风的心放下一大半，无论如何，罗大牙是非现身不可了。不然，他只有眼睁睁看着那两口为他带来巨大利润的矿洞在爆破声中成为废墟。

可是天阳市方面传来的消息却让赵长风感到意外，小偷乔四儿虽然被抓了，但是嘴巴却很严实，无论如何都不吐露有关邙北市周庄镇公安分局财务室被盗的情况。赵长风听了之后就告诉韩加森，让沈所长多做做沈小强的工作，让沈小强再下点功夫，周庄镇公安分局民警王伟忠亲眼看到了乔四儿在周庄镇公安分局出现，绝对不是巧合。

蔡国洪坐在转椅上，手指用力地摸着下巴，拇指的指肚就有些疼痛，早上刮得干干净净的下巴上又悄悄冒出来一层胡子茬：难道说人倒霉了，连胡子都长得特别快吗？

蔡国洪的太阳穴突突突地跳着，脑袋一紧一松地疼着，可是他却并不想去揉，这个时候疼痛能够让他保持清醒，让他在这四面楚歌的境地中，找出一条出路。

蔡国洪实在是没想到，凤凰山金矿竟然属于违规开采。他更没想到，武卫平能够在这么短的时间内就获悉这个消息，让工作组派人封了凤凰山金矿的矿洞，还放出要炸矿洞的消息。这个消息放出之后，罗大牙肯定会出现的，作为商人，罗大牙不可能眼睁睁看着自己的摇钱树被炸毁。不行，绝对不能让罗大牙出现！

蔡国洪刚想到这里，柴刚川就一脸忧色地推门进来了："蔡书记，省政府工作组已经对凤凰山金矿下了封矿通知，您看我们该怎么办？"

"刚川同志，这有什么可大惊小怪的？"蔡国洪满面笑容，"来，坐下说话。"他站起来把柴刚川让到沙发上。

"刚川同志，我实在没有想到，凤凰山金矿竟然是无证开采啊！"蔡国洪摇头道，"省政府工作组这么搞也挺好，最起码可以帮我们揭开盖子，看一看究竟谁在这里面捞了好处！"

柴刚川的脸色非常难看，在凤凰山金矿的问题上，他是捞了不少好处的，除了他之外，也有不少干部捞了好处，但是市委书记蔡国洪有没有捞好处，他还真的不知道。现在看蔡国洪说话的态度，莫非他在凤凰山金矿上没有捞好处吗？要是这样，蔡国洪自然是不怕罗大牙出现。

"现在的关键的问题就是，一定要找到罗大牙，只有罗大牙出现了，才能帮省政府工作组揭开这个盖子啊！"蔡国洪摸出一根烟，塞到嘴里，慢条斯理地说。

柴刚川的眼睛立刻亮了起来，他连忙摸出打火机替蔡国洪点燃香烟，双眼期待地望着蔡国洪，等蔡国洪继续说下去。

"刚川同志啊，你是邙北市公安局局长，可一定要负起这个责任来，早日帮助工作组找到罗大牙，把这个盖子揭开啊！"蔡国洪语重心长地说。

"蔡书记，我明白了！"柴刚川讨好地笑道，"还是书记您高瞻远瞩啊！"

"呵呵，明白了？"蔡国洪笑了一下，面容立刻严肃起来，"明白了还不立刻行动起来？"

"是，蔡书记！我立刻行动！"柴刚川立刻站起来，双脚并拢，给蔡国洪敬了个礼，遗憾的是，虽然柴刚川担任了几年公安局长，礼还是敬得有些不伦不类。

蔡国洪刚回到办公室，林同兆就跟了进来：“蔡书记，省政府工作组把秘书科副科长庄建波叫过去谈话了。”

蔡国洪心里一震，嘴里却淡淡地说：“例行公事罢了。”

林同兆跟在蔡国洪身后嗫嚅道：“蔡书记，我，我有点担心……”

蔡国洪猛然转过身来，眼中射出两道厉光：“同兆同志，你担心什么？小庄为人怎么样，你比我清楚吧？”

林同兆垂下头不敢看蔡国洪，口中低声说道：“人家都说谢雄峰办案手段很厉害。虽然小庄人还不错，但我还是怕他撑不住！”

蔡国洪厉声说：“同兆同志，小庄能不能撑得住不好说，我看你第一个就撑不住了！这个时候一定要镇定，保持冷静，千万不要自乱阵脚。”

“是，是，蔡书记，我明白！”林同兆连连点头。

“同兆同志，与其在这里担心，不如你现在先做好准备工作！”蔡国洪语气放缓道，“即使庄建波撑不住，也与你没有多大关系！不管查出有什么问题，都是庄建波个人的行为。你作为市委办主任，只需要负该负的责任！不要跟个没尾巴鹰似的，没事就往自己身上揽责任！”

“蔡书记，我知道了！”林同兆挨了一顿臭骂，心神反而大定，“这件事其实抓不住我什么把柄，即使庄建波认了，也没有太大关系。我现在担心的还是罗大牙……”

蔡国洪坐在转椅上，微微一笑，说道：“同兆同志，罗大牙的确是个问题啊！刚川同志正率领公安机关的干警在帮助省政府工作组寻找罗大牙，希望能尽快找到罗大牙，送交到省政府工作组去。”

林同兆还是第一次听到这个消息，他心中暗喜，还是蔡书记安排得周到啊，连这些细节都考虑到了。他脸上的阴霾一扫而空，赔着笑说：“还是蔡书记考虑得周到，是我多虑了。”

蔡国洪挥了挥手说道：“同兆同志，省政府工作组进驻邙北市，很多事都需要我们地方上的同志协助。你要多往黄金部队招待所跑一跑，看一看工作组有什么事没有，明白吗？”

林同兆明白蔡国洪这是让他去盯牢省政府工作组，立即说道：“蔡书记，我知道了。我这就过去，有什么事我及时向您汇报。”

到了晚上，赵长风这边还没有得到罗大牙出现的消息。他感觉有些奇怪，按照他的推断，罗大牙应该就躲在邙北市附近，不会走远，现在要炸矿洞的消息放出来了，怎么罗大牙还不现身呢？难道这里面有什么蹊跷不成？

天阳市那边也没有什么消息，乔四儿昨天晚上被抓，到现在已经超过二十四个小时了。以现在公安机关的作风，没有理由二十四个小时还撬不开乔四儿的嘴啊！难道说乔四儿是个骨头很硬、对金一鸣很讲义气的家伙吗？不可能啊，如果真的是这样，那么王伟忠看到的那一幕又该如何解释？乔四儿为什么要在金一鸣离开后悄悄地返回周庄公安分局，拿走一本东西呢？

那么剩下的唯一解释就是，天阳市皇城区公安分局刑侦大队大队长沈小强并没有倾尽全力去办这个案子，看来需要邙北市做出一点行动来了，不能光是口头上的表示啊！

想到这里，赵长风拨通了高胜强的电话，亲切地招呼道：“老学长，是我啊！”

“赵市长，您好！”高胜强以为赵长风是催问审计的事，就说道，“周庄镇公安分局的账目，我这里已经查得差不多了，明天，最晚后天就有结果了。”

“老学长，这个事不急。”赵长风笑着说，“听说审计局前不久建的家属楼竣工了？”

闻歌而知雅意，高胜强在官场上混了这么久，哪能听不出赵长风的弦外之音？他连忙说道：“赵市长，我手里还有一个机动指标，楼层还不错，四楼朝南。”

“嗯，算我临时借用吧。等回头有机会了，我再想办法补给你们审计局一套房子。”赵长风说道，“你现在把房门钥匙给我送来吧。”

“赵市长，您太客气了。审计局的房子还不就是您的房子？说什么补不补的？”高胜强连忙说道，“房门钥匙在后勤科科长那里，我马上去拿。”

二十多分钟后，高胜强喘着气出现在赵长风面前，其效率之高让赵长风也大吃一惊。他把一套钥匙送到赵长风面前：“赵市长，这是房门钥匙。三单元四楼东户。”

赵长风亲切地握了握高胜强的手，说：“关键时刻，还是要靠老学长啊！”

高胜强心里暖洋洋的，激动地说："赵市长，能为您服务，是我的荣幸。"

"老学长不错啊！真不错！"赵长风伸手从高胜强手中接过钥匙，"我现在还有点事。"

"赵市长，您忙，不打扰您了！"高胜强连忙告辞，"回头我再过来向您汇报工作。"

高胜强出去后，赵长风立即打电话给韩加森："加森同志，情况怎么样？什么？乔四儿还没有开口？你见到乔四儿了没有？没有？嗯，我知道了。我现在就到天阳市，你和沈老所长先不要回来，在天阳市等我。"

挂了电话，赵长风微微摇头，果然是不出所料，沈小强没有让韩加森见乔四儿。到底是基层同志，目光是有点短浅啊！不过话又说回来，赵长风对这种情况还是理解的，基层同志遇到太多说了不算、算了不说的领导了。沈小强这样做也许是万不得已。

赵长风给司机老邢打了个电话，十多分钟后，老邢就赶了过来，接上赵长风往天阳市赶去。十点半的时候，赵长风赶到了皇城酒店，韩加森和沈峰路在酒店门口等他。沈峰路见了赵长风就有点不好意思，连声说着对不起，还说沈小强正在连夜审讯乔四儿，没有办法过来接赵市长。

赵长风笑了笑，说没有关系，工作第一。沈大队长的工作态度实在是令人敬佩。

到了房间，韩加森忙着为赵长风泡茶，沈峰路一个劲地道歉，说没想到乔四儿一个小偷，嘴巴会那么严实。

"沈老所长，不谈这个事了。"赵长风笑道，"我相信沈队长早晚会让乔四儿开口的。"赵长风端起茶杯，轻轻吹着上面的浮茶，随口说道，"沈老所长，上次听加森同志说，你们家小六子要结婚，但是还没有房子？"

"是啊！"沈峰路叹气道，"本来我的房子很宽敞，可以让他们在家里结婚。可是小六子和他对象死活不同意，说和父母生活在一起太憋屈。唉，现在的年轻人啊，都不知道是怎么想的！"

赵长风笑了笑，打开手包，拿出一套钥匙放到沈峰路面前："沈老所长，审计局刚刚盖好了一栋家属楼，我让高局长给你们家小六子匀出了一套房子。"

"赵，赵市长，这，这怎么好意思呢？"沈峰路瞪大了眼睛，有点不敢相信眼前这一幕。韩加森说得不错，赵市长果然是一个说得到就做得到的市长，他们这边还没有做出什么成绩，赵市长已经把房子交到他们手里了。

“老所长，有什么不好意思的？”赵长风抓起钥匙塞到沈峰路手里，“您在邙北市当了十几年的所长，为邙北市的繁荣安定做出了巨大贡献。现在您退休了，不在工作岗位上了，孩子却连个正式工作都没有，要结婚了连套房子都没有，这怎么能行？党和人民是不会忘记那些为社会主义建设事业做出巨大贡献的有功之臣的。沈老所长，这钥匙您就拿回去吧，先让六子结婚。至于六子的工作，可能要暂时缓一缓，等过一段时间，我腾出手来，立刻为小六子解决，如何？”

“赵市长，太感谢您了！”沈峰路激动地抓住赵长风手不停地摇着，“乔四儿的事您放心，我这就找小强去，让他今天晚上无论如何都要弄出个结果。”说着起身就要走。

“老所长，没必要这么急啊。”赵长风阻拦道，“只要这一两天内能查出结果就行。”

“不，我现在就过去！”沈峰路倔强地说，“如果小强不行，我就亲自上去。我就不信，乔四儿这小子能抗得过我这个干了几十年革命的老公安。”

韩加森也在一旁说：“赵市长，您就让老所长去吧。如果这个事今天不弄出个结果来，老所长过意不去啊！”

赵长风见韩加森配合很到位，就叹气道：“那就辛苦老所长了。”

“赵市长，我有什么辛苦的？倒是劳烦市长您从邙北市跑来，我这老家伙心里过意不去啊！”沈峰路有些惭愧地摇摇头，匆匆地离去了。

沈峰路走后，韩加森有些不好意思，他红着脸要跟赵长风解释，赵长风摆了摆手，说：“加森同志，不用解释了。沈老所长有顾虑也是正常的。这只能说我们的工作没有做到位，不能怪沈老所长。”

韩加森惭愧地说：“其实这都是沈小强的主意，沈老所长没有这么多花花肠子。”

赵长风笑了笑，打开手包，摸出一包软中华扔给韩加森，说：“加森同志，那就辛苦你在这里等消息了。我有点困了，先开个房间睡一觉。”

“赵市长，那您在这里休息，我另外去开个房间吧。”韩加森说道，“估计到天亮的时候，就应该有消息了。”

赵长风暗自点头，韩加森的估计和他的估计都差不多。沈小强无论如何都要做一做样子的，如果沈峰路一过去，就问出了消息，沈小强自己脸上都挂不住。所以最有可能就是天擦亮的时候，那边才传来消息，然后就可以押着乔四儿去提取证物。

韩加森出去之后，赵长风倒在床上便睡，连个热水澡都懒得冲。他的确是太累了，需要好好休息一下。

凌晨五点多，赵长风被电话铃声吵醒，拿起电话一听，是韩加森的声音："赵市长，老所长刚打来电话，说乔四儿已经招了。周庄镇公安分局财务室的确是金一鸣指挥他去盗窃的，他当时是偷偷藏了一本账本，放在一个隐蔽的地方。沈小强正打算押着乔四儿去取账本，老所长让我问您，要不要一起去?"

赵长风听到这个好消息精神振奋，睡意全无，他沉吟了一下，说："加森同志，这件事你出面比较好，我就不去了。你拿到账本后，立即通知我!"

韩加森尴尬地笑道："赵市长，这件事咱俩谁都不能出面。老所长是高兴糊涂了。如果我们出面，沈小强就难做人了。"

听韩加森这么一说，赵长风仔细一想，这才明白，他刚才说的话是有点草率了，不过还好，对象是韩加森，不是别人。再说，赵长风以前在省里的时候，分管的工作比较单一，现在到常务副市长的位置上，要分管二十多个大项的事务，这二十多个大项下面还有数十个小项，林林总总加在一起有近千项，这里面的条条框框、各种规矩让赵长风在短短的三个月内记清楚显然是不可能的，此时又没有秘书在一旁提醒，他自然就犯了一个比较外行的错误。

乔四儿招供的事涉及周庄镇公安分局局长金一鸣，而沈小强只是皇城公安分局刑侦队队长，这件事他必须向上汇报才行。现在沈小强这样做，只是通过私人关系让赵长风提前知道这里面的内幕，让赵长风早做决策。如果赵长风真的要让韩加森过去参与，只会让沈小强难堪。

"呵呵，加森同志，我也高兴糊涂了。谢谢你的提醒。"赵长风倒是大大方方地承认了自己的失误，"那就让沈队长他们过去吧。拿到证据之后，请沈队长抓紧时间向上汇报，并和你保持联系。"

韩加森说出来之后，就有些后悔，生怕赵长风不高兴，谁知道赵长风倒是很坦荡，一时间心中感叹不已，很自己庆幸跟对了人，跟着这样的领导做事，心里不会有什么负担。

“赵市长，我这就打电话给老所长。这些话他会跟沈小强说的。”韩加森的语气愈发显得恭敬。

一个多小时后，沈小强顺利地押着乔四儿取到了账本，并把这个消息告诉了韩加森和赵长风。赵长风这下更是吃了定心丸。有这样的铁证在手，金一鸣是绝对没有办法抵赖了。现在就要看天阳市警方的态度了，赵长风相信，天阳市警方领导面对这样的铁证，绝对不会不作为的，他们至少要做一个姿态，下去调查一番。否则这件事情被揭发出来，绝对会影响他们的前途的。赵长风要做的就是在暗中关注这件事的进展，在关键的时候推波助澜就是了。看看时间，已经是早上七点了，该上班了，赵长风就先回了邙北市。

再说沈小强这边，早上一上班，他立即把这件案子报告给了皇城分局主管刑侦的分局副局长。分局长果然是吃了一惊，他心中虽然暗恼沈小强多事，抓小偷怎么抓出这么件大事来。可是事情既然已经出来了，他也不敢隐瞒，就带着沈小强向皇城分局一把手汇报。

皇城分局局长听后也是暗自摇头，心里埋怨部下捅了个马蜂窝。但是既然捅了，他也必须接过来，他和邙北市周庄镇公安分局局长金一鸣无亲无故，犯不着为了他搭上前程。

于是皇城分局局长亲自率领着主管刑侦的副局长和沈小强向天阳市公安局局长骆守成汇报。

骆守成听后眉头紧皱，这件事真的是太离谱了。一个分局的局长竟然串通小偷去偷分局的财务室，这个案情非同小可。因为事关重大，骆守成当即指示督查科科长席志明率队到邙北市周庄镇公安分局进行调查，因为沈小强是案件具体经办人，也跟随席志明一同前往周庄镇公安分局。

沈小强找了个机会，偷偷打电话把这个消息告诉了赵长风。

赵长风听后很高兴，看来天阳市公安局局长骆守成也是个明白人，知道这件事影响重大，马虎不得。现在这件事蔡国洪不知道、刘光辉也不知道，两个人都有强大的后台，谁先知道，谁先下手，谁就抢占了先机。

赵长风就在心中琢磨，该如何不显山不露水地让刘光辉知道这件事呢？他琢磨了半天，心里就有了注意，于是就打电话告诉沈小强，邙北市周庄镇有一家白记麻辣鱼非常有名，让沈小强中午一定要想办法把席志明拉到白记麻辣鱼去吃饭，并定下八八八的包间。这事对沈小强来说不算什么难事，他立刻答应下来，说一到周庄镇就立即定下这个包间。

安排好这一切后，赵长风就端着茶杯，到刘光辉办公室去串门。刘光辉见赵长风过来，非常热情，拉着赵长风的手并排坐在了沙发上。

赵长风说道，“市长，我听说周庄镇有一家白记麻辣鱼非常有名气，不如中午我们到那里去吃，如何?”

“嗯，白记麻辣鱼味道还可以！既然你没有去过，我们中午就去那里吃吧。”刘光辉欣然应允。

赵长风故意说：“市长，我们要不要提前订个包间？我怕过去没有位置了。”

“哈哈，长风，你呀，诚心寒碜我是不?”刘光辉再次大笑，扔了一根中华烟给赵长风，“在邙北市，我别的不敢说，吃饭要个包间还是有的吧？不用订，我们直接杀过去，到时候就选白记麻辣鱼最好的包间，无论谁占着，也得给我腾出来!”

赵长风摸出打火机替刘光辉点上火，笑道：“市长，咱们可先说好了啊。既然过去，咱们就要喝个痛快，喝醉了下午就不来上班了，你敢不敢?”赵长风故意这么说，免得以后刘光辉想起这个场景生疑。

“呵呵，长风，听说你酒量很好啊。不过我可不见得就怕你。咱们兄弟，今天中午看谁把谁喝趴了！”刘光辉还真有点意气飞扬的味道。刘光辉已经是彻底放开，准备在邙北市和蔡国洪大干一场。

赵长风哈哈大笑，端着茶杯起身告辞。

席志明带着沈小强等人到了周庄镇公安分局，金一鸣心里大吃一惊，可是脸上却强作镇定，金一鸣这个时候还不知道天阳市局手里已经有了账本这个铁证，所以就矢口否认，说这些全都是乔四儿在污蔑，是因为他抓过乔四儿几次，乔四儿想办法故意陷害他，对他进行打击报复。

席志明还是一个很有正义感的人，要不也不能坐到天阳市公安局督察科科长的位置上，此时听见金一鸣还强行狡辩，心中倍加憎恶，到了中午的时候，金一鸣提出要请市局下来的同志吃饭，席志明冷冷地拒绝了，说督察科怎么可能与调查对象一起吃饭？沈小强就趁机说白记麻辣鱼味道不错，他带路领着市局督察科的人过去吃饭。席志明知道沈小强是邙北市人，也听说过白记麻辣鱼的名号，就答应了下来，于是督察科几个同志一起到白记麻辣鱼八八八包间去吃饭。

对于市局督察科的态度，金一鸣也不强求，他正好趁这个机会去向柴刚川汇报，看看柴刚川有什么对策。

十一点半，刘光辉提前下班，邀请赵长风和他同乘一辆车，到周庄镇去吃白记麻辣鱼。刘光辉的心目中，白记麻辣鱼的八八八包间非他莫属。

邙北市距离周庄镇十几公里，车开得飞快，不到二十分钟就到了。刘光辉气宇轩昂地下了车，进了白记麻辣鱼馆。

老板老白听说市长驾到，连忙出来迎接。

“市长，您好久没有光顾小店了！”老白的脸笑成了一朵灿烂的菊花，老远就伸出手来。

古蔺抢在前面轻轻一挡，把老白的手挡了开去：“老白，八八八包间！”

“古秘书，对不起，八八八包间已经有人了！”老白为难地赔着笑脸说。

古蔺的脸当时就沉了下来，这个老白太不懂事，市长大人亲自驾到，即使八八八包间有客人，也得悄悄地去把客人撵走啊，怎么能当着市长的面说出来呢？

“老白，什么客人这么大来头？嗯？”古蔺嘴角上挂着一抹哂笑。

“古秘书，是天阳市公安局下来的人，据说是督察科的科长。”老白赔着小心说，“周庄镇公安分局金局长特意打电话过来交代，让我们照顾着点。”

古蔺还想说话，刘光辉微微把手一抬，阻止了古蔺：“那就九九九包间吧。”

“好咧！市长，您这边请。”老白当然不会放过送到眼前的下台的机会，他的腰几乎弯成了九十度，殷勤地在前面为刘光辉三个人引路。

白记麻辣鱼馆是一栋三层楼的独立建筑，其中一楼是大厅，大众消费；二楼开了十几个包间，档次要高一些；豪华包间在三楼，同样的面积，只开了四个包间，分别是六六六、七七七、八八八和九九九包间，这其中又属八八八包间最为尊贵。

刘光辉乍一听到天阳市公安局督察科科长到了周庄镇，心里就是一动。

刘光辉在赵强身边服务了七年，又在天阳市当了两年多的市长，他明白，天阳市公安局督察科科长绝对不会平白无故到周庄镇来的，一定是周庄镇公安分局出了什么问题。

三楼地方很大，四个包间位于东西南北四个角落，中间是一个宽阔的大厅，摆放着名贵的花木，既提高了品位，也把四个包间巧妙地隔离开来，避免了四个包间的客人相互影响。

到了包间，点好酒水菜肴之后，刘光辉看了古蔺一眼，古蔺立刻心领神会，让包间里漂亮的服务小姐退了出去。

“长风，你怎么看?”刘光辉递给赵长风一根香烟，慢条斯理地问。

赵长风知道刘光辉是问天阳市公安局局长督察科的事，他倒是蛮佩服刘光辉的涵养，一直忍到这个时候才开口问起这个话题。

“还真不好说。”赵长风笑着指了指正给刘光辉点烟的古蔺，“让古秘书过去看看，不就什么都清楚了吗?”

刘光辉也正有这样的打算，他等古蔺过去帮赵长风点着烟之后，才轻轻说道：“古蔺。”

古蔺马上说：“市长，我这就过去。”他打开手包，摸出一盒软中华装在身上，这才出去。

大约过了十分钟左右，外边响起一阵脚步声，古蔺把两个警察让了进来，前面的黑脸警察约三十五六岁，手里端着个酒杯，正是席志明。在席志明身后，还跟着一个年轻警察，手里提着一瓶五粮液。

席志明一进门，就高声说道：“刘市长，今天不知道您也在这里，失礼失礼，我向您赔罪来了。”

刘光辉等席志明快到桌前了，这才站了起来，笑道：“老席，你偷偷摸摸来到邙北市，也不跟我打一声招呼，莫非是怕我这个当主人的管不起一顿饭吗?”口气半是责备半是亲热，拿捏得恰到好处。

赵长风也跟着刘光辉站了起来，他听了刘光辉的话，心里也是佩服。刘光辉如果不是在大事上有些软弱，在待人接物方面确实是一把好手，自己能够在他身上学到不少东西呢。

席志明哈哈大笑道：“刘市长这是批评我了，好，我先自罚一杯，就当是向刘市长赔罪!”说着端着酒杯向刘光辉敬了敬，仰脖一饮而尽，然后把杯底亮给刘光辉。

刘光辉微微一笑，并不打算就这样放过席志明："老席，来我们邙北市了，就要依我们邙北市的规矩。我们邙北市罚酒向来是罚三杯的。"

席志明苦着脸说："刘市长，意思到了就行了吧？我有公务在身，下午还要工作呢！"

刘光辉笑道："如果我对别人说，天阳市公安局有名的席海量喝了三杯酒就不能工作了，别人一定会说我在造谣呢！老席，冲你这话，就要加罚三杯。"

席志明立刻拱手告饶道："我的市长大人，我认了，认了还不行？我再喝两杯，凑够你们邙北市的规矩，后面的三杯，市长大人就饶了我吧。"

刘光辉笑着说："老席，咱们不能光有态度，没有行动啊。"

席志明立刻把酒杯伸出来，冲身后的小警察说："倒酒。"然后对刘光辉说道："刘市长，只要您同意了，我马上展开行动。谁不知道我老席做事一向是雷厉风行的？"

说话间酒杯已经被倒满，席志明仰头一饮而尽，然后又伸出酒杯，让小警察倒满之后，又一口干了。席志明这才把杯底亮给刘光辉，说："刘市长，这下您满意了吧？"

刘光辉呵呵一笑，这才伸出手来，说道："席科长，欢迎欢迎。"

席志明把酒杯递给身后的小警察，双手握住刘光辉的手，说道："刘市长，两个月不见，您的词锋越来越犀利了呢！"

刘光辉伸手为席志明介绍道："老席，这是我们邙北市常务副市长，赵长风同志。"

席志明进来的时候就看到有个年轻人和刘光辉并排而坐，年龄比刘光辉的秘书古蔺还要年轻，而且气度非凡，心里还在揣摩，这是哪一家大人物的公子哥呢？却没想到，这个年轻人竟然是传说中天阳市有史以来最年轻的副县级干部赵长风。

"赵市长，久闻大名啊！"席志明连忙伸出了手。

赵长风伸手和席志明轻轻一握，说道："席科长客气啊！"

那边服务员已经过来加了两套餐具，席志明紧挨着刘光辉坐下，小警察则拘谨地坐在席志明旁边，好像是一个来接受审讯的犯人。

按照规矩走了几个酒，气氛又浓烈了一些，刘光辉看了古蔺一眼，古蔺连忙起身又让服务员退出了包间，刘光辉这才有意无意地问席志明："老席，这次你到周庄镇来，是要办什么案子?"

席志明略一沉吟，说道："反正这案子以后还要向你们邙北市政府通报，我现在就提前告诉刘市长吧。"随即他就低声把案子的经过向刘光辉讲述了一遍。

刘光辉微笑着听席志明讲述着，周庄公安分局局长金一鸣这么大胆，竟然会串通小偷来偷分局的财务室，匪夷所思啊!

"刘市长，我这样做可是没有经过市局领导的允许，算是违规了。您可千万不要让我为难啊。"席志明末了笑着说。

"老席，放心吧，我有分寸。"说着刘光辉端起了酒杯，"来，老席，咱们过一个。"

席志明又坐了一会儿，说那边还有局里的一帮兄弟，就起身告辞。刘光辉笑着站起来说："好吧。这次就不耽误席科长公务了。下次席科长再来邙北市，咱们再好好坐坐。"

席志明又向赵长风打了个招呼，赵长风笑着回应一下，席志明这才离去。

"长风，没有想到，真没有想到啊!"刘光辉的目光从席志明的背影上收回来，惊喜地说，"这个时候出了这么一个案子，柴刚川恐怕是有难了!"

赵长风笑着说："是啊！真是没想到呢！金一鸣一个小小的公安分局局长，竟然这么大胆!"

刘光辉摇了摇头，感叹着："长风，说起来，这件案子还真是多亏了你呢!"

"市长，这话从何说起?"赵长风若无其事地端着茶杯。

"你如果不让高胜强去审计周庄镇公安分局的账目，周庄镇公安分局局长金一鸣也不会忙中出错，想出让小偷去偷公安分局财务科的烂招。"刘光辉笑着说，"所以，这件事你是头功!"

赵长风暗笑自己做贼心虚，以为刘光辉看出什么来了呢，原来刘光辉只是想到了这些。他笑着说，"当时接到了一封举报信，就想着让高局长过去查一查，我还真没想到，后面竟然会牵扯出这么多问题啊。说起来这还是市长您的运气好啊，我这里误打误撞，都能捉到柴刚川的痛脚呢!"

刘光辉微微一笑，说：“不是我的运气好，也不是柴刚川的运气差。常在河边走，哪能不湿鞋？”

“市长，你这话说得太好了！”赵长风举起酒杯说，“坏事做多了，总能遇见鬼的！来，我敬你一杯！”

刘光辉得到这么一个好消息，也是心情大爽：“好，干了！”刘光辉端起酒杯和赵长风碰了一下，一饮而尽，兴奋之情溢于言表。

放下酒杯，赵长风拿起筷子夹菜，随口问道：“市长，下一步你打算怎么办？”

“长风，你有什么好建议吗？”刘光辉笑着反问道。

赵长风放下筷子，伸手往上指了指，说道：“市长，赵省长那里……”说到这里，赵长风就停了下来，只是拿眼看着刘光辉。

刘光辉的眼睛亮了起来，说道：“嗯，长风，我也是这样想的。这件事光靠天阳市怕是不保险，要靠上边往下压啊！”

古蔺在一旁凑趣道：“您和赵市长这叫英雄所见略同啊！”

刘光辉哈哈大笑，举起酒杯说：“古蔺，这句话说得好，英雄所见略同！来，咱们仨碰一个！”

赵长风和古蔺连忙举起杯子，三只酒杯碰在一起，刘光辉的酒杯最高，赵长风的酒杯稍微低一些，古蔺的酒杯位置比赵长风还要低半个酒杯，杯沿到了赵长风酒杯下部，几乎到了刘光辉酒杯的杯底。

放下酒杯，刘光辉说：“长风，今天到此为止吧。我现在就到省城一趟。”

赵长风心想，看来还是蔡国洪把刘光辉逼急了，刘光辉行动之间也有了紧迫感，丝毫不敢松懈了。他对刘光辉的意思心领神会，说道：“市长，是要亲自去一趟。有些话，在电话里是说不明白的！”

第十七章　一颗颗重磅炸弹炸开，一波波滔天巨浪袭来

随着大龙溪污染被曝光、省环保联合调查组被扣押、梨树口村村民上访，与治安联防队员发生冲突，忽然之间，省公安厅专案组带走了周庄镇公安分局局长金一鸣……这一个个消息就像一颗颗重磅炸弹，接二连三地掀起一波波巨浪，所有人忽然明白，蔡国洪再也不能在邙北市一手遮天了。

推开房门，刘光辉屏住呼吸，恭恭敬敬地站在中原省政府二号实权人物的办公桌前。虽然他在赵强身边服务了七年，但是每次见到赵强，心中都禁不住有一些忐忑，这个习惯到现在都没有改掉。

“领导……”刘光辉轻声叫道。

“坐吧！”赵强把手里的红蓝铅笔和文件一起放在一边，“小黄，倒茶。”

小黄先过来为赵强换了一杯新茶，然后又为刘光辉泡了一杯茶，这才退到远处，双腿并拢坐在沙发上，身体朝着这个方向。

“你说吧，什么情况？”赵强拿起一根香烟，威严地问道。

刘光辉连忙摸出打火机，替赵强点着烟，这才小心翼翼地把从席志明那里获得的情报详详细细地向赵强汇报了一遍。

赵强听完之后，并没有勃然大怒、拍案而起，他靠在转椅上静静地看着刘光辉问：“光辉，你有什么打算？”

刘光辉小声说道，“最近蔡国洪咄咄逼人，一直在背后搞小动作……”

赵强摆了摆手，示意刘光辉打住：“就说你的想法！”

刘光辉知道领导不喜欢拐弯抹角、啰啰嗦嗦，就硬着头皮说：“蔡国洪省里有人，我害怕这件事不了了之。”

“所以，你就打算让我出面?”赵强的眼睛鹰隼一样盯着刘光辉。

“柴刚川是公安局局长，您又分管着公安厅……”刘光辉咬了一下牙，把自己的目的说了出来，“这件事，您出面是最合适的!”

赵强不说话，靠在转椅上，手指轻轻敲着扶手，想来是在权衡什么。大约过了一两分钟，赵强直起身子，对刘光辉说：“这件事你不用操心了。”

刘光辉心中一喜，知道领导答应下来了，他连忙说道：“多谢领导，多谢!”

赵强叹了一口气，轻轻地说：“光辉，你让我很失望，知道吗?”

赵强的这一句话并不严厉，听在刘光辉耳朵里却如同五雷轰顶一般，如果赵强是声色俱厉地责备他，他反而感觉要好过一点，那说明领导还在关心、爱护他，对他还充满了希望，可是现在，领导这样轻飘飘地说出话来，摆明了是对他失望透顶了。

刘光辉慌忙站起来，垂头对赵强说：“是我让您失望了!”

赵强摇了摇头，感慨地说：“光辉，你成了现在这个样子，说起来我也有责任，我应该早一点把你放出去，是我把你留在身边太久了，以至于你错过了锻炼的机会，没有培养出独当一面的能力啊!”

刘光辉连忙说：“是我不成器。”

赵强叹气道：“光辉，论起聪明来，你不亚于长风，就是做事风格有些偏软，总是想一些省力取巧的办法，这样的性格，在与对手狭路相逢时容易吃亏啊!”

“我知道，我错了，我以后绝对会改的。您就再给我一次机会吧!”刘光辉听出赵强语气中有松动维护之意，连忙顺着杆子往上爬。毕竟他在赵强身边待了七年，两个人从年龄上来说是兄弟，从感情上来说就是父子。

赵强的面容又严峻起来：“光辉，你下次不要再让我失望了!”

柴刚川垂首立在蔡国洪面前，大气也不敢出。他好歹也是邙北市市委常委、政法委书记，可是他在蔡国洪面前总是灰头土脸的，被蔡国洪训得跟龟孙子似的。

蔡国洪靠在转椅上，冷眼看着柴刚川，他现在连跟柴刚川发火的心情都没有了。蔡国洪此时心中非常后悔，他当初怎么瞎了眼，看上柴刚川送上的那“一丁点儿”好处，就把柴刚川从林业局局长调到公安局局长的位子上了?

公安局长这个位置是如此重要，本来是他的得力助手，是替他清理政治对手的有力武器，可是现在倒好，柴刚川这个公安局长却成了政治对手进攻他的武器，他现在要使出浑身解数来替柴刚川填补漏洞。可是现在自己后悔已经晚了，柴刚川已经和他在同一条战船上，柴刚川如果倒下，也会把他拖进水里的。无论如何，他都要替柴刚川把这个窟窿补起来。

想通了这一点后，蔡国洪立刻换上了一副笑脸，他拿出一盒帝豪国风，本来想抽出一根给柴刚川，想了一想，却把一整包烟扔到柴刚川面前，亲切地说："刚川同志，来，抽烟。"

柴刚川看到蔡国洪的笑脸，顿时受宠若惊，他打开烟盒，掏出一支，正想把烟盒还给蔡国洪，蔡国洪却摆了摆手道："拿回去抽吧，帝豪国风难买。"

"谢谢蔡书记!"柴刚川连忙把烟塞进兜里，惭愧地说："蔡书记，我没有当好这个公安局长，一直为您添麻烦!"

蔡国洪心里恨得牙都痒痒，脸上却笑呵呵地说了："算了，刚川同志，这事也不能怪你，都是那个金一鸣搞出来的。你千万要记住，这种人绝对不能把他放在这么重要的领导岗位上去!"

"蔡书记，我知道了!"柴刚川低眉顺眼地说："那就是一个成事不足败事有余的东西!"

沉吟了一下，蔡国洪说："刚川同志，你现在让金一鸣赶快回去，交代他，无论天阳市局督察科席志明问什么事，都要推脱说不知道，或者说想不起来了。千万不要给明确的答复，先拖延着时间。我待会儿就到天阳市局一趟，找一下局长骆守成。看看能不能把这个案子领回来，我们自查自纠。"

柴刚川立刻喜笑颜开："蔡书记，您亲自出马，骆守成无论如何都要给您这个面子的。这个案子如果变成我们邙北市自查自纠，接下来就好办多了。"

"你不要太乐观了，要做好两手准备!"蔡国洪严肃地说，"我到天阳市局能把这个案子拿回来自查自纠最好，如果拿不回来，刚川同志，你这边可要让金一鸣做好准备!"

柴刚川想了一下，却不敢十分肯定蔡国洪的意思，于是就问道："蔡书记，您的意思是让金一鸣……"

蔡国洪没有正面回答，却自语道："金一鸣现在还可以自由活动，督察科的席志明还没有限制他的人身自由啊。"

“蔡书记，我明白了。”柴刚川站起身来，“我现在就过去对金一鸣交代。”

蔡国洪也站起身来：“我也要到天阳市去了。”

“骆局长，你好，没有打扰你吧？”蔡国洪推开天阳市公安局局长骆守成的房门，笑着招呼道。

“国洪书记，什么风把你吹来了？欢迎欢迎！”骆守成起身迎了过来，把蔡国洪让到双人沙发上，吩咐秘书倒茶，骆守成坐在一侧的单人沙发上。

“呵呵，西北风嘛！很大，而且很猛烈啊！”蔡国洪笑着说，言语之间似有所指。

骆守成装着糊涂，打着哈哈说：“才刚入冬，西北风就开始刮了？”

蔡国洪又和骆守成扯了两句，见骆守成始终不问他的来意，终于忍不住说了出来：“骆局长，说起来真是惭愧，我今天才刚刚听说，邙北市公安局周庄镇分局竟然出了那样的事。我这次来就是想和骆局长商量一下，看天阳市局能不能把这个案子移交给我们邙北市来侦办？骆局长，你也知道，自查自纠的案子和被你们市局查出的案子，对邙北市市委的影响是不一样的。”

“这个事啊？”骆守成沉吟了许久，这才说道：“国洪书记，这个案子的处理程序是天阳市公安局局党委会讨论过的，我现在也不好答复你行或者不行。等我这两天召开一次局党委会，让局党委委员们再讨论一下，然后给你个答复，你看行吗？”

蔡国洪心里冷笑，如果等你们天阳市公安局再召开局党委会研究，恐怕结果早就出来了，那时候还讨论个屁！

心里这样想着，蔡国洪嘴上却说起了另外一件事：“骆局长，听说你内弟在中州市科技局当会计？”

骆守成愣了一下，没有想到蔡国洪的侦察工作做得这么好，连他小舅子在中州市科技局工作的消息都知道了，看来蔡国洪是一块干刑侦的好材料。

“呵呵，他是在科技局工作，大学毕业分过去三年了。”骆守成说。

“科技局可是个清水衙门啊！省城消费水平又高。”蔡国洪摇头说道，“骆局长，怎么不想想办法给他换个单位呢？”

“谈何容易啊！”骆局长摆了摆手，“如果在天阳市，我还有点办法。可是在中州市，我就鞭长莫及了。”骆守成就是在公安战线上还有点关系，偏偏他的小舅子腿有点残疾，进入公安系统根本无望，就是进入中州市科技局当会计，骆守成还是费了很大力气的。

“骆局长，是你不愿意管而已，这算什么大事啊?”蔡国洪说着摸出了手机，拨了一个电话号码，“王局长，我是蔡国洪。嗯，你好你好！我有个朋友的内弟在科技局当会计，想换一个工作环境。你看看能不能在你们局里解决一下？嗯，没问题。好，那就这样说定了啊。”

挂了电话，蔡国洪笑呵呵地看着骆守成道，“骆局长，你问一下你内弟，看看喜不喜欢到中州市财政局工作？这个单位待遇倒是一般，关键是和你内弟的专业对口，不是吗?”蔡国洪的大哥蔡国富是中州市市委书记，中州市财政局王局长是蔡国富的心腹，蔡国洪现在要往财政局里安排一个人，当然没有什么难度。

骆局长的眼睛就亮了起来，财政局可是待遇非常优厚的单位，他的内弟如果到了财政局，别的不说，收入水平至少会比在科技局高出一截。小舅子腿有残疾，在科技局又是个清水衙门，就靠死工资吃饭，所以在省城一直找不到对象，为了这件事，他爱人没少埋怨他。现在，蔡国洪能把小舅子调到财政局，爱人知道的话，该高兴成什么样子？干革命工作，首先要家庭和睦团结，然后工作上才能有一番作为!

“国洪书记，那真是太好了!”骆守成笑着说，“你帮我解决了这么大的问题，今天晚上就别走了，我请你一条龙!”

蔡国洪摇了摇头，苦笑着说：“感谢骆局长的好意，只是我实在没有心情在天阳市吃饭呢。邙北市辖下出了周庄镇公安分局这样的事，我还不知道怎么向上级领导交代呢!”

“国洪书记，这个好办!”骆守成说，“这件事现在仅局限于天阳市公安局内部，你既然提出来想自查自纠，那么我就把这个案子移交给你们。这样你就好向魏新强书记和张培伦市长交代了吧?”

“骆局长，让我怎么感谢你好呢?”蔡国洪站起来紧紧握住骆守成的手，“感谢天阳市公安局对邙北市市委的大力支持!”

下午，天阳市公安局督察科科长席志明调查过外围的情况，正要对邙北市周庄镇公安分局局长金一鸣开始询问时，忽然接到天阳市公安局局长骆守成的电话，让他立刻率领调查组的人返回天阳市，邙北市周庄镇公安分局的这个案子将会由邙北市纪委接手继续侦察。明天上午，邙北市纪委的人就要到天阳市公安局来接收关于这个案子的全部材料。

席志明心里这个窝火啊！眼看就要出成果了，这个案子怎么会忽然被邙北市纪委接收了呢？早知道这样，还不如一开始就移交给邙北市市委呢，也省得他们天阳市公安局督察科人下到邙北市来。可是席志明再窝火又能怎么样？只有执行命令了，他当即下令调查组的人全部收工，返回天阳市。

沈小强听了席志明的话大吃一惊。真没想到，蔡国洪的活动能力竟然这么强，连一向很少买别人账的骆守成局长的工作也被他做通了。当下沈小强就向席志明请假，说他就不跟着督察科的人回天阳市了，他家就是邙北市的，既然到了邙北市，今天下午就回家一趟，陪一陪父母。

调查组既然已经解散，那么沈小强这个天阳市皇城区公安分局的刑侦大队大队长就不再归天阳市公安局督察科科长席志明领导。席志明知道，沈小强向他请假，也是给他面子，所以他就欣然应允，让沈小强留在邙北市，他则直接率领督察科的人返回天阳市。

沈小强等席志明等人离开后，立即打电话给赵长风。赵长风听后虽然吃惊，但是却不紧张。他相信刘光辉到省城去找赵强必然会有收获。不管怎么说，蔡国洪已经对刘光辉下手了，赵强如果不做出一点强硬的反击，别人岂不是笑话他保护不了身边的人？现在既然赵长风把这么好的一个机会送到赵强面前，赵强没有理由不加以利用的。

果然，到了下午五点的时候，刘光辉打电话回来，说赵强已经和公安厅通过气了，公安厅厅长焦建设非常重视，已经紧急成立了专案组，明天一大早，专案组就会直接下到邙北市来侦办这个案子。

赵长风听了后大为放心。他们提前算了一招，这一招足以让蔡国洪的努力化为泡影。

早上八点半，柴刚川正坐在办公室听经侦大队大队长汇报近期经侦大队丰硕的办案成果，忽然办公室门被推开，一个面容威严的中年警察在几个警察的簇拥下走了进来。柴刚川看着这个中年警察觉得有点面熟，似乎在什么地方见过他的照片。

“谁是邙北市公安局的柴刚川局长?”前面一个警察大声问道。

柴刚川连忙站了起来:“我就是柴刚川。”他向经侦大队大队长悄悄地挥了挥手,示意他出去,嘴里却没有停顿:“请问你们是?”

那个警察拿出证件在柴刚川面前象征性地晃了一下,也不管柴刚川有没有看清楚:“我们是省公安厅专案组的。”他指着面容威严的中年警察为柴刚川介绍道:“这位是公安厅纪委副书记华青松,是我们专案组的组长。”

柴刚川这才醒悟过来,怪不得看着这个中年警察这么面熟,原来在警方内部刊物上见过他的照片。

“华书记,您好!”柴刚川立刻向华青松敬了一个礼。可惜他的礼敬得不伦不类,让他的邙北市公安局局长的形象大打折扣。

华青松还了一个礼,动作干脆利落,标准得无可挑剔:“刚川同志好。”然后华青松向柴刚川介绍了一下身边这些警察,这些警察有公安厅纪委的同志,也有公安厅督察处的同志。柴刚川越听越心惊,怎么不是纪委的,就是督察处的?邙北市公安局又出什么事了?他强装着笑脸和华青松身后这些警察一一握手。

介绍完毕之后,华青松就向柴刚川正式通告了省公安厅专案小组到邙北市公安局的来意:“柴局长,我这次奉公安厅焦厅长的指示,率领专案组下来,就是为了调查邙北市公安局周庄镇公安分局局长金一鸣勾结小偷监守自盗的案子!”

柴刚川的心脏急剧收缩了两下,血液就迅速涌向大脑,他脑袋里嗡嗡作响,几乎听不到纪委书记华青松后来说了什么。

周庄镇公安分局?怎么金一鸣的案子省公安厅都知道了呢?昨天刚刚听说蔡国洪书记到天阳市公安局做通了工作,天阳市公安局局长骆守成同意把周庄镇公安分局的案子移交到邙北市纪委自查自纠。当时柴刚川听了之后浑身都轻松起来,压在心里的大石头被移走了,夜里还专门带着金一鸣去放松了一下,庆祝他们顺利地渡过了这个难关,直到今天早上,昨天的兴奋劲都没有过去,怎么忽然风向就变了,省公安厅就派专案小组下来了呢?

“好,华书记,你们先坐一下,我这就让人通知局里其他领导过来,配合专案组的工作。”柴刚川强自镇定地说。

华青松点了点头，说："请柴局长抓紧时间，我们还要尽快赶到周庄镇公安分局办案！"

"马上就好，马上就好！"柴刚川赔着笑容，到了隔壁秘书牛培林的小办公室。

"培林，"柴刚川故意大声说道，"省公安厅专案组来侦办周庄镇公安分局金一鸣局长勾结小偷监守自盗的案子。你立即通知局里领导过来集合，听取专案组领导的指示。"说着柴刚川对牛培林使劲眨了几下眼睛，生怕牛培林看不到，"我的交代你听明白了？"

"是！柴局长，我全部听明白了，我马上去！"牛培林立刻说。

"嗯，明白了就好！"柴刚川把明白两个字咬得重重的，"要抓紧时间，晚了就怕来不及了！"

"是！柴局长，我这就去办！"牛培林心领神会地匆匆跑了出去。到了外面，牛培林先没有通知邙北市公安局其他局长，而是先找了一个隐蔽安全的地方给金一鸣挂电话。

"老金，我是牛培林。"牛培林压低声音说道。

"牛秘书，您好啊！"金一鸣昨天晚上狂欢过度，今天懒洋洋的，连说话都提不起精神来，"这么早打电话过来，有什么吩咐啊？"

牛培林压低声音说："老金，大事不好了。省公安厅派专案组下来调查你的案子了。省公安厅纪委副书记华青松带队。"

金一鸣立刻就惊醒了过来，他紧张地问："牛，牛秘书，那我该怎么办？柴局长是什么意思？"

牛培林小声说："怎么办？柴局长昨天不是告诉过你，要两手准备吗？刚才他给了我暗示，让我通知你立刻按照第二手准备，马上逃走，有多远跑多远！"

牛培林挂了电话，这才去通知了段成磊、韩加森等几位公安局副局长过来开会。通知完毕后，牛培林来到柴刚川办公室："柴局长，我已经通知完毕！几位局长马上过来！"

柴刚川看着牛培林道："所有人都通知到了吗？"

"所有人都通知到了。"牛培林心领神会地和柴刚川打着哑谜，"我告诉他们时间很紧急，要他们一定要抓紧。"

“好，那就好！”柴刚川放下心来，他转过身来到华青松面前，轻声请示道，“华书记，局里其他领导马上就到，您看我们是到会议室，还是就在这里讲？”

华青松摆了摆手，说：“时间紧急，就在这里简单讲讲就好了，讲完立即出发！”

金一鸣挂了电话，立刻起身到小套间拿了一只中号的密码箱出来，他来到文件柜前，打开最下面一格，里面放了几叠钞票和几张银行卡。金一鸣把银行卡塞进自己的钱包，把钞票抓起来扔到密码箱里，他连柜门都没有关，合上密码箱，匆忙起身就往外走，刚走了几步，他又停了下来，回身来到办公桌前，打开办公桌中间的抽屉，一把五四式手枪摆里面。金一鸣把手枪拿在手里掂了掂，装进裤兜里，这才转身向外走去。

“金局长，您出差啊？”金一鸣刚走出办公室，就看到分局治安大队大队长拿着一份卷宗正走到门口。

“对！”金一鸣冷冷地说，脚步却没有停下。

治安大队大队长拿着卷宗在后面追着：“金局长，您能不能先帮我签个字啊？这个案子急着要处理呢！”

“急什么急？”金一鸣头也没有回，“等我回来吧！”

一路上不断有警察和金一鸣打招呼，这是见到分局一把手的必要礼节。往日金一鸣非常享受这种礼节，可是今天金一鸣却有点不堪其扰，可是他还必须微笑着点头回应。这个关键时刻，他千万不能表现出一点异常。

到了楼下，那辆从周庄镇第二金矿借来的红旗轿车就静静地停在最显眼的位置，这辆车其实就是金一鸣的私人轿车，平日里除了公务，他很少乘坐局里配给他的专用警车，警察虽然看起来威风凛凛，但是因为太显眼太招摇，很多地方反而不适合去。这一次，金一鸣当然还是选择红旗轿车。

金一鸣打开车门，把密码箱放在副驾驶的位置，然后转身眼神复杂地看了一眼周庄镇公安分局大院，五年来，他在这个大院说一不二，是威风凛凛的土皇帝，现在要离开了，金一鸣还真是难以割舍。这次离开，恐怕一辈子也回不来了。

时间紧急，金一鸣也不敢再多想，他钻进车里，关上车门，把钥匙插进点火孔，正要扭动，这时车门忽然被拉开，一只大手伸了进来，按住了金一鸣正要扭动钥匙的手："金局长，可以和你谈一谈吗?"

金一鸣抬头一看，一个身穿灰色西装的三十多岁的陌生男子正冲他微笑，他怒声道："你是什么人?没看这是什么地方吗?我现在要出去办事，懒得收拾你!"

灰西装灿烂地笑道："金局长，火气不要那么大嘛！还是请您下车谈一谈吧!"

金一鸣心里一颤，感觉有些不妙，强作镇定问道："你是什么人?我为什么要和你谈?"

"金局长，我是省公安厅督察处处长张强军。"灰西装淡淡地说。

"张，张处长，您好!"金一鸣脸上挤出一丝微笑，右手就从车钥匙上离开，做出一副要下车的样子，却悄悄摸向裤兜。就在这个时候，副驾驶的车门猛然被拉开，一个警察扑了进来，按住了他已经摸到手枪的手："金一鸣，你给我老实点！在我们面前耍花枪，你还嫩了点!"

这年冬天，对邙北市来说，注定是一个不安静的冬天。继大龙溪污染被曝光、省环保联合调查组被扒光衣服、梨树口村村民上访和治安联防队员发生冲突之后，周庄镇公安分局局长金一鸣也被省公安厅专案组抓了起来。这一个个消息就像是重磅炸弹一样，在邙北市这个并不大的潭水里接二连三地掀起一波波巨浪，几乎所有邙北市政界人士都受到巨浪波及。于是，邙北市政坛的生态就发生了微妙的变化，政坛上各大势力都在悄无声息地进行着活动，邙北市再也不是市委书记蔡国洪一言堂的天下了。

听到金一鸣被抓的消息之后，主管政法的副书记钱兆均闭门不出，考虑了一天。晚上，他打了几个电话。

第二天一早，钱兆均就来到了刘光辉的办公室。

"市长，正忙着呢?"钱兆均打着哈哈就进去了。

刘光辉抬眼一看，见是钱兆均，心中有些诧异，脸上却神色不变，起身迎了过来："兆均同志，稀客啊！今天怎么有空到我办公室来了?"

"市长，你这是批评我啊！看来我以后得多过来向光辉市长汇报工作呢!"钱兆均笑着说。

刘光辉心里微微一动，钱兆均这话很有玄机啊，背后有隐隐承认他为邙北市老大的意思。看来金一鸣被省公安厅立案侦查，对邙北市的政坛影响确实巨大啊。

“兆均同志，有这个心就好了！”刘光辉拉着钱兆均的手说，“市委市政府是要加强互动啊，加强互动，才能更好地为邙北市社会发展、经济建设服务嘛！”

“当然，当然，党政本来就是一家！”钱兆均用力握住刘光辉的手，向刘光辉传递着某种信息。

“来，兆均同志，请坐！”刘光辉把钱兆均让在沙发上，亲热地和钱兆均坐在一起，叫道：“古蔺，过来给兆均书记泡茶！”

古蔺应了一声，从隔壁小跑过来，为钱兆均泡一杯龙井，端了过来。刘光辉挥挥手，古蔺就退了下去。

钱兆均端起茶杯在鼻子下嗅了嗅，摇头赞叹道：“市长，你的茶叶就是好啊。同样是龙井，为什么我办公室的龙井泡出来就没有这个味道？”

刘光辉笑道：“这龙井是从赵省长那里拿过来的，一共两听。兆均同志既然喜欢，待会儿带一听回去好了。”钱兆均是主管政法的副书记，大权在握，要是能投向自己这边，那么邙北市又是一番新天地。相比之下，一听顶级龙井算得了什么？

“多谢市长！”钱兆均欣然接受，他摸出一盒软中华，抽出一根递给刘光辉。刘光辉接过香烟，随口说道：“兆均书记，怎么换牌子了？”

“呵呵，”钱兆均往自己嘴里塞了一根香烟，说道，“吸了那么长时间金芒果，总感觉味道不那么纯正。还是中华好啊，味道醇厚，悠远深长！”

刘光辉心里一乐，钱兆均这也是一种表态，谁都知道，市委书记蔡国洪只喜欢帝豪国风和金芒果，就像他刘光辉只喜欢软中华一样。有人戏言，在邙北市，从干部抽的烟上就能看出这个干部是谁的人。

刘光辉一边想着，一边摸打出火机，为自己点着烟之后，又伸到钱兆均面前，亲热地说：“兆均……”

钱兆均连忙让开：“市长，我自己来！”他从刘光辉手中接过打火机，点燃了香烟。

刘光辉微微一笑，也不说话，喷着烟雾，把自己的脸隐藏在烟雾里。钱兆均这个时候绝对不是平白无故过来的，也绝对不是仅仅过来向自己表明一个态度那么简单。钱兆均肯定有什么事要说。刘光辉现在主动权在握，反而不急不躁，静静地等着钱兆均开口。

果然，钱兆均抽了几口香烟之后，就忍不住了。他侧了侧身，让自己身体的大部分都朝着刘光辉，这才开口道："市长，我这次过来，是想向你反映一个情况。"

"兆均同志，什么情况啊？"刘光辉淡淡地问道。

钱兆均压低声音说："公安局里有人向我反映，凤凰山金矿的矿主罗大牙、矿长李大用和护矿队队长李龙斌是被人软禁起来了。"钱兆均是主管政法的副书记，在公安局里有几个内线并不奇怪。人人都想追求进步，既然公安局局长柴刚川抱住了市委书记蔡国洪的大腿，那么其余的副局长政委之类的人自然要退而求其次，各自找各自的主子。

"哦？"刘光辉一下子来了兴趣，他坐直了身体，"谁有这么大的胆子？竟然敢软禁省政府工作组要找的人？"

钱兆均见到刘光辉的神情，心里乐了，我还真以为你刘光辉不食人间烟火呢！他没有回答，反而端起了茶杯悠闲地喝了起来，这时候反而轮到他卖关子了。

刘光辉见状笑了一笑，又靠在了沙发上。

钱兆均喝了两口水，放下了茶杯，忽然沉痛地说："光辉书记，公安系统出了金一鸣这样的丑闻，我这个主管政法的副书记有责任啊，是我的工作没有做好！"

刘光辉心里又是一动，他虽然是邙北市市委副书记，但是习惯人们称呼他为市长，钱兆均这个时候忽然改口称他为书记，莫非是听到了什么风声不成？

"呵呵，兆均书记，你也不要太自责！"刘光辉笑着说，"百人有百性，领导又不可能管到每一个人，下面官员不争气，要出问题，能有什么办法？按照党纪国法治他就好！"

钱兆均缓缓说道："现在看来，公安系统问题很大。我有责任，柴刚川更是难辞其咎啊！光辉书记，我觉得柴刚川不适合继续在公安局局长的岗位上了。他必须为最近的两次事件负责！"钱兆均指的两次事件一件是金一鸣的丑闻，另一件就是治安联防队对梨树口村上访村民动手的事件。

刘光辉对柴刚川当然没有什么好感，他点头道："我赞同兆均书记的意见。”

“谢谢光辉书记的支持！”钱兆均恳切地望着刘光辉，“光辉书记，那么您觉得谁出任公安局局长比较合适？”

刘光辉这个时候才明白，钱兆均是过来和他讨价还价来了。公安局局长这么重要的岗位，刘光辉一直想控制在自己手里，如果控制在其他人手里，他在邙北市办事束手束脚的，很放不开。现在钱兆均胃口这么大，一开口就要拿走公安局局长的位子，这不由得让刘光辉思量起来。

沉吟了一会儿，刘光辉心里就有了答案。这个公安局局长的位子不能让出去，金一鸣现在已经落在了公安厅专案组手里，把柴刚川咬出来是迟早的事。钱兆均现在拿过来一个凤凰山金矿矿主的情报，就想把公安局局长的位子换走，这个便宜也太大了吧？即使是蔡国洪倒台，钱兆均支持他刘光辉出任邙北市市委书记，这个公安局局长的位置也不能让钱兆均拿着。

“兆均书记，”刘光辉笑呵呵地说，“邙北市公安局局长通常都由政法委书记兼任，这个可是市管干部，提名权又在市委蔡书记手里，最终结果如何，还是要看天阳市委的态度。况且现在柴局长还在公安局局长的位子上，现在讨论这个还为时过早。”

钱兆均碰了个软钉子，心里倒是很诧异，一向与世无争的刘光辉怎么忽然硬了起来呢？看来这个公安局局长的位子还真的不好拿下。钱兆均这个时候已经知道，柴刚川这一次是在劫难逃了，即使有蔡国洪护着他，这个公安局局长的位子恐怕也保不住了。

正因为看到这一点，钱兆均才想和刘光辉联合起来，把公安局局长的位子拿到自己手里。毕竟他是主管政法的副书记，有个听话的公安局局长，很多事情就好办了。蔡国洪虽然有提名权，但是提名不是还需要在常委会上讨论才能上报吗？只要他和刘光辉联合起来，付罡庭肯定不会支持蔡国洪，到时候这个公安局局长还是要落到他的手里。更何况柴刚川如果真出了事，蔡国洪自己的屁股都擦不干净，又有什么心思去争夺公安局局长的位子呢？

可是钱兆均却没有想到，刘光辉这边的态度竟然会忽然这么硬朗，这让他站出来摘桃子的愿望就落了空。一时间钱兆均想不出该怎么说话，气氛就有些沉闷起来。

钱兆均往嘴里塞了一根烟，一边点烟，一边思忖起来：现在邙北市的局势越来越朝着不利于蔡国洪的方向发展。这次斗争之中，刘光辉明显要占据上风。如果情况进一步发展，蔡国洪彻底失利，那么邙北市的政坛就面临着重新洗牌的可能。在别人眼里，他钱兆均就是蔡国洪的嫡系，既然蔡国洪失势了，他虽然因为自己小心，没有被牵扯进去，但是在邙北市官员眼里也会被看成一个异类，这个时候他如果不和马上要得势的刘光辉结盟，结果就是被彻底孤立。

想了又想，钱兆均还是放弃了他漫天要价的想法，放下了身段。

“光辉书记，”钱兆均笑着说，“我可是真心过来向您求教的。您有时间物色个人选吧，蔡书记虽然有提名权，但是市委常委会毕竟不是一言堂嘛！这公安局局长的位子关系到邙北市的社会安定团结啊！”

刘光辉淡淡一笑，官场果然如此，只要自己硬，对方就会软。赵强批评得很对，以前他是有点软了，太过于迁就蔡国洪，才造成邙北市政坛上，蔡国洪势力一家独大的场面。好在现在吸取教训还不算晚。

“兆均书记，再说吧。”刘光辉的手指在沙发扶手上打着拍子，“刚川同志现在还是公安局局长呢！”

钱兆均神秘地笑了一下，压低声音说：“市长，我刚才正要向你汇报呢！你可知道，是谁把凤凰山金矿的矿主罗大牙、矿长李大用等人软禁起来了吗？”

刘光辉心里已经有了答案，但是此刻故意装着糊涂，反问道：“谁呀？”

钱兆均一字一句地说：“就是柴、刚、川！”

果然是他！刘光辉的眼睛就亮了起来。凤凰山金矿是一条绞索，周庄镇公安分局局长金一鸣也是一条绞索，这两条绞索交织在一起，柴刚川恐怕是不能全身而退了！

“柴刚川？怎么会是他？”刘光辉要把糊涂装到底，他问道，“兆均书记，你是从哪里得到的消息？可靠吗？”

钱兆均低声说：“公安局副局长段成磊提供的消息。前天省政府工作组发布公告，要对凤凰山金矿矿洞试行爆破，估计柴刚川是怕罗大牙等人现身，就找人把他们软禁起来了。”

刘光辉问道：“罗大牙等人被软禁在什么地方？柴刚川动用的是什么人？”

钱兆均说：“罗大牙被软禁在深山里林业局一个废弃的林场里。柴刚川找的是邙南县的一个黑老大去办的。刚好这个黑老大有个手下犯到公安局副局长段成磊手里，所以就……”

刘光辉点了点头，立刻起身道：“兆均书记，罗大牙他们现在的处境非常危险，事不宜迟，我们这就去向武省长汇报！”

钱兆均也连忙站了起来，说道：“市长，我听你的安排！”

刘光辉当即和钱兆均一起赶到了湖月山庄一号别墅，见到了武卫平省长，把情况说了一遍。

武省长听后，当即给省政府工作组组长谢雄峰下了指示。谢雄峰接到武省长的指示后，立即命令工作组成员、省公安厅国保总队副支队长罗庆峰带着干警集合。段成磊接到钱兆均的电话，立即来到了省政府工作组。在他的带领下，罗庆峰率领公安厅干警直扑深山里那个废弃的林场，在里面抓到了被软禁起来的凤凰山金矿矿主罗大牙、矿主李大用、护矿队队长李龙斌三个人。

案情急转而下。

情况发展到这一步，真是让邙北市很多官员大跌眼镜，谁也没有想到，一向与市委书记蔡国洪一唱一和的副书记钱兆均这个时候既然会忽然站了出来，狠狠地向蔡国洪的心腹柴刚川捅了一刀。而一向和蔡国洪不对付的党群副书记付罡庭反而是按兵不动。

不过对有些官员来说，认为钱兆均向柴刚川出手也是很正常的。照理来说，钱兆均分管政法，柴刚川这个政法委书记、公安局局长就得以钱兆均的意见为准，看钱兆均的眼色行事。可是柴刚川却仿佛忘记了钱兆均一样，眼里只放着市委书记蔡国洪。在蔡国洪势力大的时候，钱兆均当然只有隐忍不发，一旦蔡国洪的势力受到了削弱，有了可乘之机，钱兆均当然不会放过。所谓轻易不出手，出手必然一击必中！钱兆均这种隐忍的功夫，确实非一般官员能比得上。

听到罗大牙等人被抓的消息，赵长风非常高兴，看来柴刚川垮台是指日可待了。

本来赵长风把柴刚川的垮台寄托在周庄镇公安分局局长金一鸣被抓的身上。可是从公安厅专案组内传来的消息，金一鸣虽然被抓了，却嘴巴很严，骨头很硬，无论专案组采取什么办法，他就是不开口，来了个徐庶进曹营，一言不发。公安厅专案组都是搞刑侦工作的专家，但是遇到金一鸣这种又臭又硬的茅坑里的石头，一时间竟也找不到更好的办法。

赵长风听到这个消息之后也是干着急，金一鸣虽然是半路出家的警察，但是也在周庄镇公安分局局长的位置上干了五六年，反侦察、反审讯的能力特别强，他这是在为柴刚川、蔡国洪争取时间，好让蔡国洪、柴刚川可以有更多的时间从容采取下一步的对策。

赵长风也知道，金一鸣开口是迟早的事情，但是眼下事情错综复杂，当然是金一鸣早一天开口，情况就早一天明朗，否则这样拖延下去，谁知道会起什么样的变故？

正在赵长风暗自着急的时候，钱兆均却忽然抛弃了蔡国洪，主动提供了罗大牙的等人被软禁起来的消息。省政府工作组迅速行动，抓获了罗大牙、李大用等人。赵长风对于这个消息还是特别兴奋。因为罗大牙、李大用甚至李龙斌等人可不比周庄镇公安分局局长金一鸣，他们没有经历过什么大阵仗，更别说什么反侦察反审讯经验了。只要工作组里的干警一吓唬，罗大牙他们还不是竹筒倒豆子，把所有情况都一一倒出来吗？

可是罗大牙被抓获两天了，也没有什么消息，更没有见省政府工作组有什么动静。赵长风就奇怪了，难道罗大牙、李大用、李龙斌个个都是硬骨头吗？

不行，不能再这样干等下去。赵长风决定采取行动。于是他就悄悄拨通了罗庆峰的电话："庆峰哥，是我啊！你来邙北市这么长时间了，我还没有招待你呢！怎么样，今天晚上有空吗？我请哥哥到天阳市潇洒一回，也算是尽了地主之谊。"罗庆峰虽然级别比赵长风低，但是年龄却比赵长风大，赵长风在党校上青干班时，和罗庆峰哥俩喝酒就是称呼他们俩为哥哥。

"赵——老弟，你太客气了。"罗庆峰本来想说"赵市长"，可是顾忌到身边的人，就改口称为"老弟"了，"行，听你的，你安排吧。到时候给我电话。"

下午下班后，赵长风把刘俊康和司机老邢支开，自己亲自开车出来，把车开到向阳路口，果然罗庆峰按照电话里的约定在广告牌后面等他，见赵长风的车过来，罗庆峰快步走出来，上了车，赵长风开着车向天阳市驶去。

邙北市距离天阳市很近，走高速半个小时就到了。天阳市是一个老牌的旅游城市，市区饭店林林总总。赵长风事先已经考虑过，就把车开到唐城路苏州菜馆。这家菜馆味道非常有特色，却没有那么多达官贵人出没，赵长风和罗庆峰过来吃饭正好合适。

在二楼要了一个雅致的小包间，赵长风点了几个苏州特色菜，要了一瓶五粮液，绝口不提凤凰山金矿的事，而是斟上酒，对罗庆峰一口一个庆峰哥地叫着。

罗庆峰是国保总队的副支队长，只是一个副科级干部，而赵长风却是邙北市市委常委、常务副市长，是手握实权的副处级干部、地方大员，赵长风这样叫他，他当然感觉有些无法消受。

“赵市长，千万别，你还是叫我庆峰好了！”罗庆峰一个劲儿地推脱。

“庆峰哥，你怎么这么见外啊？咱们是私交，又不论官场，什么市长不市长的，今天我就是小老弟，就是来陪庆峰哥喝酒的！”赵长风豪爽地举着酒杯，对罗庆峰说，“庆峰哥，我敬你一个！”

罗庆峰连忙双手捧着酒杯低低地和赵长风碰了一下酒杯，一口干完。他虽然不再说什么，心中却对赵长风这样顾念兄弟情分非常感动。就这样你来我往，哥哥来市长去的，不到一个小时，一瓶五粮液已经见底。此时酒至半酣，欲罢不能，赵长风一挥手，让服务员又拿过来一瓶。

“赵市长，我来，我——来。”包间里并没有服务员在一旁侍候倒酒，罗庆峰就抢着拿过酒瓶，为赵长风倒酒。

又碰了两杯后，罗庆峰终于决定要开口向赵长风讲案情了。他也是人精，自然明白赵长风把他邀请过来是什么意思。可是他实在没有想到，赵长风竟然能忍这么久，只和他讲感情，不和他谈案情。但是赵长风讲感情是给他面子，自己如果再不讲案情，就是他不懂规矩、不懂感情了。

“赵市长，我给你带过来一样东西。”罗庆峰伸手从口袋里摸出一个报纸包裹的四四方方的东西，神秘地对赵长风说。

赵长风看罗庆峰手中的东西，和扑克牌形状一样，却比扑克牌小一点，薄一点。实在猜不出是什么东西。

“庆峰哥，是什么呢?”赵长风好奇地接了过来。

“你打开看看就知道了。”罗兴峰笑眯眯地说。

赵长风打开一看，是一盘磁带，纳闷起来：“庆峰哥，这是……”

罗庆峰压低声音说：“这是罗大牙向环保联合调查组组长张洪鑫行贿时的录音。”

“什么?”赵长风吃了一惊，“庆峰哥，那你怎么给我拿出来了？”

罗庆峰夹了一口菜，满不在乎地说："这又不是原件。这是我翻录的。原件早就掉河里去了。"

"什么？怎么会掉河里呢？"赵长风更是纳闷。

罗庆峰此时酒意上头，加上和赵长风关系又不错，于是就低声把经过讲了一遍。原来武卫平把他叫过去，就是让他把这盘磁带想办法处理掉。当然武卫平也没有明说，只是话里话外地暗示。武卫平是副省长，又是工作组的最高领导，罗庆峰当然不敢拒绝。可是他觉得这盘磁带非常重要，尤其是他知道赵长风迫切需要把凤凰山金矿的真相揭露出来，于是他就翻录了一盘，然后把磁带原版交回到工作组。第二天，罗庆峰开着车和一个同事运送工作组的一些物品返回中州，其中一个小纸箱就装着这磁带，这些东西都堆放在车的后座上，小纸箱又放在最高处。在过黄河桥的时候，罗庆峰为了避让一辆车，自己的车就撞到了黄河桥的栏杆上，车窗玻璃被撞碎，上面的纸箱就滚落了下去，掉进了滔滔的黄河水中。

"赵市长，不瞒你说，当时纸箱其实是掉在桥面上，我下来查看车受损的情况时，一脚从栏杆缝里踢了下去。这样也算是完成了武省长交给我的任务！"罗庆峰现在想起这个场景，还是有些哭笑不得。

赵长风看着手中的录音带若有所思，过了半天，才说："庆峰哥，这录音带你听过吗？"

罗庆峰点了点头，说："当然听过，不然怎么知道是罗大牙行贿时的录音呢？"说着他打开手包，从里面掏出一个小型随身听，"赵市长，你现在可以听一听。"

赵长风把磁带放进随身听里，戴上耳机，按下放音键，里面就传出罗大牙的声音："张处长，我就说两句，只说两句话……"

赵长风听完之后，神色凝重，他把录音带用报纸包好，装在身上，把随身听还给了罗庆峰。罗庆峰摆了摆手，低声说："赵市长，随身听你拿着吧。这是我为了录音，专门买的。"

"呵呵，一顿酒换个高级随身听，划算！"赵长风也不客气，把随身听装进了手包，又问罗庆峰，"庆峰哥，除了这些，罗大牙还招了什么？"

虽然包间里没有人，罗庆峰还是下意识地看了看左右，这才压低声说道："罗大牙招供说，他向邙北市几个头面人物送过礼物，所以才得到了邙北市的特别照顾。”

赵长风精神一振，低声问道：“哪几个头面人物，庆峰哥还记得吗？”

罗庆峰笑了一下，说：“这么重要的信息我当然要记得了。”他仔细回忆了一下，这才说，“有你们邙北市公安局局长柴刚川、副市长何泉声、国土资源局局长焦伦平、后河乡党委书记马会来等人。其中公安局局长柴刚川收钱最狠，听罗大牙说，有二十多万。”

赵长风眼睛微微一眯，心想，柴刚川还真狠，仅仅凤凰山金矿一家就收了二十多万。邙北市有大大小小的金矿数百座，柴刚川如果每家都收钱，那将会是多么庞大的数额啊？除了柴刚川外，何泉声、焦伦平、马会来等人也涉及凤凰山金矿的案子，赵长风一点都不觉得意外，就赵长风所获得的信息来看，这些人确实是有问题的，现在罗大牙的口供不过是佐证了赵长风所获得的信息。

“庆峰哥，武省长是什么样的态度？”赵长风为罗庆峰斟了一杯酒，接着问道。

罗庆峰摇头道：“武省长的态度非常奇怪，我们都看不懂。刚开始武省长拿到罗大牙的供词，雷霆震怒，说小小一个邙北市简直成了腐败的窝点。一个凤凰山金矿就查出这么多人受贿。看得出来，武省长是下决心要处理这个问题。可是随后武省长接了个电话，态度就和先前大不一样，再也没有提起这件事，我们工作组的人都不知道这案子接下来该怎么办了！”

赵长风微微点头，他现在差不多明白武和平的意思了。首先，武和平肯定是想保下环保联合调查组这八个人，尤其是综合六处副处长张洪鑫。所以才会暗示罗庆峰把联合调查组收钱的关键证据录音带给处理掉。其次，对于邙北市这些收受了罗大牙好处的官员，武卫平本意是要严肃处理的，但是忽然受到了某些压力，只好暂时把这件事放下了。

武卫平想保住联合调查组的八个人，想保住张洪鑫，赵长风可以理解。环保联合调查组是武卫平亲自点将派下来的，张洪鑫又是他身边的人，如果出了什么问题，武卫平面子上是不太好看，他要保住联合调查组八个人无可厚非；可是邙北市这些收受贿赂的官员比如柴刚川、何泉声等人，武卫平为什么不处理了呢？究竟会是谁有这么大的能量，逼迫武卫平投鼠忌器，缩手缩脚呢？赵长风推想，除了蔡国洪的哥哥，中州市市委书记蔡国富外，还真没有其他人有这个能量。

那么，该怎么办呢？好不容易才布置下这么大的局，把柴刚川套了进去，不能就这样让柴刚川就跑了啊？如果是这样，赵长风前面做了那么多工作又有什么意义呢？可是，赵长风究竟怎么样才能和蔡国富的压力抗衡呢？难道要动用赵强？或者要动用老岳父方振华的势力？赵长风心里一时也没有答案。

算了，想不通暂时就不想，眼下先陪罗庆峰把酒喝好。也幸亏省政府工作组里有罗庆峰这个内线，要不然，赵长风就那么瞎子摸象，等他摸清楚大象的形状了，蔡国洪那边早就把所有的工作都做好了。

“庆峰哥，多谢你了！来，我敬你一杯。”赵长风含笑说道，真挚地举起了酒杯。

“赵市长，就是不冲你和我哥哥的关系，就冲咱们俩的关系，我也得帮你这个忙啊。”罗庆峰连忙端起了酒杯，“你就别和我客气了。以后有用得着我的地方，只管开口便是!”

又喝了几杯，赵长风见罗庆峰的酒喝得也差不多到量了，如果再喝，恐怕就要酩酊大醉了。于是他就主动提出休战，约罗庆峰到 KTV 唱歌。

罗庆峰也确实不能再喝了，他见识过赵长风的酒量，论起喝酒，他和哥哥罗庆山在公安厅来说都是一顶一的好汉，可是当初在中州的时候，赵长风一个人就轻易能把他们哥俩放翻，所以这个时候见赵长风主动收兵，他自然是求之不得。但是对于赵长风邀请去 KTV 唱歌，罗庆峰却敬谢不敏。省政府工作组是有纪律的，出去喝酒还可以，但是晚上十二点之前必须回到工作组驻地，现在已经是九点多了，再去 KTV 唱歌，回到邙北市恐怕都得凌晨两三点了吧？

“赵市长，改日吧。这段时间毕竟任务在身，不方便啊!”罗庆峰说，“等工作组的任务结束后，我再跟着赵市长好好见识一下天阳市的风土人情!”

赵长风见罗庆峰如此说，也不强求，遂起身结账，开车载着罗庆峰返回邙北市。

把罗庆峰送回到黄金部队招待所附近，赵长风和罗庆峰挥手告别，开车回到了湖月山庄。在路过湖月山庄一号别墅的时候，他往里看了一下，赫然发现蔡国洪的车停在院子里，赵长风这下心里更有数了。

第十八章 人在做天在看，一不小心就完蛋

人在做天在看，蔡国洪自以为费尽心机，合纵连横，压根儿没想到罗大牙向他行贿时居然整了一盘录音带，更令他打破脑袋也想不到的是，这盘行贿录音带居然落到了赵长风手里，所有的一切都好像是早有安排，随着柴刚川和涉案官员陆续被双规，蔡国洪终于慌了手脚。

回到湖月山庄七号，赵长风坐在客厅宽大的沙发上，泡上一杯浓茶，考虑着究竟该如何办。这个情况要不要通知刘光辉一声？赵长风想来想去，觉得还是不要通知刘光辉为好，因为这涉及工作组的内线罗庆峰。万一这事闹大了，把罗庆峰牵扯进来，那赵长风岂不是害了罗庆峰一辈子？那么，究竟该怎么办呢？赵长风几次想起身去给赵强或者方振华打电话，最后都忍住了。这一件事，蔡国洪通过蔡国富向武卫平施压，他通过赵强或者方振华向武卫平施压，这最后不成了赵强或者方振华与蔡国富的角力了吗？如果每件事都要通过赵强和方振华来处理，那么赵强和方振华会对他有什么想法呢？他什么时候才能真正成长为可以独当一面的人呢？当然，如果最后实在想不出办法，赵长风还是不得不把赵强或者方振华搬出来。可是现在，赵长风觉得还没有走到最后一步，他还可以再多想一想，看能不能找出什么有效的办法。

赵长风脑海里有无数个念头闪来闪去，他的头隐隐作痛，他不得不一边用手揉着太阳穴，一边绞尽脑汁地考虑着各种方案。就在赵长风已经绝望、几乎要站起来去给赵强打电话的时候，一个念头忽然从脑海里闪过。赵长风眼前一亮，一条光明大道呈现在眼前。

对，就这样办！赵长风想到，既然武卫平要护着张洪鑫，那么他就要从

张洪鑫身上下功夫、想办法。虽然说武卫平让罗庆峰把录音带扔到黄河里了，但是没有了录音带，并不代表这件事就能被搞定。毕竟张洪鑫和调查组的人接受了罗大牙的银行卡这既定的事实已经存在，虽然说可以按照张洪鑫的说法，强辩为张洪鑫和调查组的人是为了挖出这件事幕后真相而将计就计，但是这个说法毕竟是有点牵强附会，并不足以服众。再说，还有罗大牙这个活证人在此，罗大牙既然录下音来，就是打算用这东西来牵制张洪鑫的，现在张洪鑫等调查组的成员没事，罗大牙当然不会善罢甘休，肯定会在里面乱咬。即使罗大牙不乱咬，赵长风手里还掌握着一盘复制的录音带呢！

"好！就这么办了！只要对症下药，一切问题都会迎刃而解！"赵长风兴奋地捶了一下大腿，站了起来，他蓦然发现，他的大脑异常清醒，刚才昏昏沉沉的感觉一扫而空，浑身也轻松起来了。于是他就吹着口哨，进了卫生间，放了一大浴盆的水，舒舒服服地泡了进去。

明天，只要等到明天，蔡国洪精心布置的攻势就会土崩瓦解！

邙北市市委宾馆四楼四一九房间，环保联合调查组组长张洪鑫就住在这里。此时，环保联合调查组其他几个成员都聚集在张洪鑫的房间内，听张洪鑫讲话。

"大家思想一定要统一好，"张洪鑫说，"这次我们为了查清楚大龙溪污染背后的真相，采用了一些非常的手段，这些手段别人有可能会理解，也有可能会不理解。但是不管别人理解不理解，我们首先要相信自己，相信我们工作组每个成员都是一身正气，都是为了还邙北市大龙溪两岸人民一个青山绿水做出了巨大的牺牲。我们是身正不怕影子斜，对于那些流言蜚语，我们要一笑置之，既不要多做解释，更不要与之辩论。总之，见怪不怪，其怪自败！这不光是我的意思，也是武省长的意思。武省长知道这些天来，我们调查组的同志们受了不少委屈，他让我转告大家，只要坚持就会胜利。同志们，现在是十二月份，冬天已经来了，春天还会远吗?"

调查组七个成员给了组长张洪鑫以最热烈的掌声。在这个危机四伏、流言四起的时候，调查组成员内心的犹疑彷徨可想而知，他们惴惴不安地看着省政府工作组下来、看着公安厅专案组下来，在他们看来，这工作组、专案组的侦察对象不仅仅包括邙北市的大小官员，也包括了他们这个"无辜"地被卷入邙北市政治斗争漩涡的环保联合调查组，而此时此刻，调查组组长张洪鑫的表态无疑是给他们打了一支强心剂。

“好了，大家回去吧！”张洪鑫笑着说，“抓紧时间完成手上的工作，争取交给武省长一份漂亮的大龙溪环境污染调查报告。”

调查组的成员受了张洪鑫情绪的感染，都笑嘻嘻地起身往外走，从这一刻起，他们内心对自己的定位，完成了从被调查的嫌疑对象到政府工作人员之间的转变。

张洪鑫笑呵呵地把调查组成员送到门口，正准备关着房门，赫然发现门口站了一个瘦瘦高高、文气的年轻人。

“张处长，您好！”年轻人主动伸出手来，“我叫刘俊康，是邙北市常务副市长赵长风赵市长的秘书。”

张洪鑫迟疑了一下，还是伸出手来，和刘俊康的手握在了一起：“刘秘书，你好，请问你有什么事吗？”

刘俊康微笑着说：“张处长，我们赵市长想请您出去喝个茶，不知道您有没有时间？”

“刘秘书，实在不好意思，我这会儿正忙着呢！要不这样吧，你把赵市长的电话留下，等我什么时候有空，我约赵市长出来喝茶，如何？”张洪鑫淡淡地说，语气虽然客气，但是那副神情分明是告诉刘俊康，你就是留下电话也没有用，我是不会和你们赵市长出去喝茶的。

刘俊康微微一笑，说：“张处长，我们赵市长说了，他手里有一样您感兴趣的东西，所以才想请您过去看一看。”

张洪鑫心里一紧，脱口问道：“我感兴趣的东西？刘秘书，可以告诉我是什么东西吗？”

刘俊康摇了摇头，微笑道：“对不起，张处长，我也不知道是什么东西。要不我一定会告诉您的。您如果真的想知道是什么东西，何妨跟我过去看一看呢？”

张洪鑫沉吟了起来，说实话，他实在不想去见这个赵市长，可是如果不去见，心里又非常不安。赵市长手里究竟拿着什么东西呢？竟然说是他感兴趣的东西？张洪鑫相信，赵长风既然是邙北市的常务副市长，就绝对不会开什么无聊的玩笑。赵长风既然派秘书过来说这东西是他感兴趣的，想必是有几分把握。可是要是现在过去，张洪鑫又有点担心是无事生非，这个关键时刻，他实在不是想再惹出什么麻烦来了。

张洪鑫沉吟着，不知道究竟是去还是不去。

刘俊康见状，就淡淡地说："张处长，您也不要为难了。我回去告诉我们赵市长，说您对那东西没有兴趣，让他交出去好了!"

张洪鑫一听到"交出去"三个字，浑身一颤，连忙说道："刘秘书，赵市长在什么地方等我?"

刘俊康心里一乐，果然张洪鑫是会过去见他的。

"张处长，我们赵市长在市郊的一个茶楼，非常僻静。您对邙北市不熟悉，怕是找不到，我正好开着车过来了，可以接您一起过去。"刘俊康说。

"好吧!"张洪鑫心里叹了一口气，对刘俊康说，"刘秘书，请你稍等，我收拾一下，马上跟你一起出发。"

邙北市郊区，邀月茶楼。

时近中午，茶楼非常僻静，偌大的院子里只孤零零地停了一辆车。其实也不奇怪，邀月茶楼主要是周六周日热闹。要是平常，也就晚上有点客人过来，白天几乎没有什么客人。现在能有一辆小车，老板已经非常满意了，最起码今天中午的营业额不会是零了。

邀月茶楼二楼，一个装修雅致的包间，赵长风和张洪鑫相对而坐，张洪鑫的面前放了一个小巧的随身听，一条长长的耳机线连到张洪鑫的耳朵里。此时张洪鑫的脸色阴沉发乌。

"赵市长，这盘录音带是哪里来的?"张洪鑫缓缓地把耳机摘了下来，问道。他心里又惊又惧，不知道赵长风手里为什么会有罗大牙向他行贿时的录音。张洪鑫此时恨不能把随身听中的录音带拿出来绞碎，用打火机烧了。

赵长风呵呵一笑，答非所问道："罗大牙真是个聪明人啊!"赵长风这样说是为了保护罗庆峰。毕竟销毁录音带的任务是武卫平交给罗庆峰的，现在他手里又冒出了一盘录音带，张洪鑫很可能会怀疑到罗庆峰头上。所以赵长风现在要把张洪鑫的视线引开。

"罗大牙，果然是罗大牙!"张洪鑫咬牙切齿地想，罗大牙既然能偷偷地把行贿过程录音，自然不会只准备一盘录音带。说不定这盘录音带就是在罗大牙的亲人手里保管的，看到罗大牙被抓之后，就交给了赵长风，或者他们交给了其他人，其他人又为了讨好常务副市长，就交给了赵长风。

“赵市长，你说吧，你打算怎么处理这件事？又或者说，需要让我为你做点什么？”张洪鑫也不做什么徒劳无功的解释，大家都是聪明人，还不如开门见山，直截了当地谈条件。

“呵呵，和张处长谈话果然痛快！”赵长风笑着掏出了一份材料，递到张洪鑫面前，“我需要张处长为我在这个材料上签个名！”

张洪鑫迟疑着不敢接那份材料，他看着赵长风问道：“这是什么东西？”语气中又疑又惧。

赵长风微笑着说：“好东西，张处长看看就知道了！”他脸上的笑容真挚无比。

张洪鑫看赵长风不像是在耍他，这才大着胆子从赵长风手中接过材料。这一看之下，张洪鑫不由得又惊又喜，赵长风说得不错，这的确是一份好东西！

原来这是赵长风写的一份证明材料，在材料里，赵长风声明当初张洪鑫见到罗大牙上门过来送银行卡时，曾经打电话和赵长风联系过，张洪鑫告诉赵长风，他想将计就计，假意收下罗大牙的银行卡，借以取得罗大牙的信任，从而查出大龙溪污染的黑幕。赵长风听后觉得张洪鑫这个主意不错，就欣然同意。

那么张洪鑫见到罗大牙上门来做工作，为什么要打电话给赵长风，而不是打给邙北市其他领导干部呢？那是因为，赵长风是邙北市大龙溪综合治理领导小组组长，而张洪鑫则是环保联合调查组组长，两个人正是对口关系，当然有业务上的联系了。

张洪鑫看到这份材料之后大喜。以前无论他说什么将计就计，无论联合调查组成员说什么为了查明幕后黑手，这些都是孤证，除了当事人外，再也没有一个人可以为他们证明，更何况罗大牙还在里面死死咬住他们不放呢？现在赵长风以局外人的身份出面证明这件事，那么张洪鑫和调查组其他成员的说法可信度就非常高了。赵长风以邙北市常务副市长的身份出面作证，自然是分量十足。相比之下，罗大牙人微言轻，在省政府工作组中乱咬已经不起什么作用了。而且罗大牙就是这个事件的当事人，有了赵长风的证明材料之后，罗大牙的乱咬只会被人当成他在蓄意报复张洪鑫和联合调查组的成员，是赤裸裸的栽赃陷害。

可是，张洪鑫惊喜过后，一丝疑虑却从心头泛起。他是当事人，当然知道这件事是子虚乌有，赵长风这是出面帮他作伪证。可是好端端的，赵长风为什么会出面帮他们作伪证呢？而且赵长风手里还掌握着他们收受贿赂的致命证据。在手握证据的情况下，赵长风反而向他们示好，究竟是什么意思呢？

“赵市长，这个……”张洪鑫拿着证明材料迟疑地望着赵长风。

赵长风微笑道：“张处长，迟疑什么？你在这份材料上签上名字，我亲自去把这份材料交给武省长，洗刷张处长和调查组成员的冤屈。这两天我听到不少关于张处长和调查组的风言风语，这样可不好！张处长率领调查组成员辛辛苦苦从省城到邙北市来核查大龙溪的污染情况，这对邙北市人民来说是功在当代、利在千秋的大好事，那些人怎么能够忍心，向张处长和调查组身上泼脏水呢？”

张洪鑫微微摇了摇头，说：“赵市长，你就别往我脸上贴金了！你告诉我，为什么要帮我？有什么条件？”

赵长风笑了笑，说：“张处长，你认识刘茂才吗？”

张洪鑫瞪大了眼睛看着赵长风：“刘茂才？赵市长，你是说省直机关事务管理局资金管理中心主任刘茂才吗？”

赵长风端起茶杯抿了一口，笑道：“对，就是刘主任。”

张洪鑫点了点头，说道：“刘茂才的爱人是我爱人的亲姐姐，我们算是连襟。”

“呵呵，我也从资金管理中心出来的，刘主任是我的老领导了。”赵长风微笑着说。

张洪鑫的眼睛一下子就亮了起来：“赵市长，你是省直机关事务管理局出来的？”

赵长风点了点头。

“赵市长，你好啊！”张洪鑫的大手就伸了出来，他绷得紧紧的神经一下子放松了下来，“我前一段曾经听茂才哥说过，他手下有个二十五六岁的年轻人到下边去当市长了，当时我还惊讶来着。真没想到，茂才哥说的年轻人就是你啊！”

“张处长，幸会幸会！”赵长风笑着伸出手来，和张洪鑫进行了第二次握手，两只大手紧紧握在一起，张洪鑫的手激动地摇动着。赵长风心中暗笑，看来他今天早上打回省城的电话确实管用，只要能有一条线索和张洪鑫扯上关系，张洪鑫的戒心就会大为放松。更何况现在找到的刘茂才的关系如此亲近呢？

张洪鑫握着赵长风的手足足有一分多钟，这才依依不舍地松开了。他笑呵呵地摸出一盒中华烟，递给了赵长风一根。赵长风接了过来，张洪鑫又摸出打火机，要为赵长风点上，赵长风不让，张洪鑫却要坚持，两个人推让了一番，最后赵长风还是半推半就地让张洪鑫为他点上了烟。

张洪鑫又往自己嘴里塞了一根烟，点上了，这才往后一靠，舒舒服服地倚靠在椅背上，他抽了一口烟，叹气道：“唉，赵老弟，这件事真的是搞得我焦头烂额，狼狈不堪啊！”张洪鑫的级别也是副处级，又在省长身边服务，年龄又长，称呼赵长风为赵老弟当然是毫无问题。有了刘茂才的关系，这个时候张洪鑫当然要趁机和赵长风拉近关系，如果再称呼赵市长，那么就冷冰冰地不近人情了。

“张哥，你发什么愁呢？”赵长风笑着说，“来到老弟的地盘上了，老弟怎么样都要帮你摆平这件事啊！”

张洪鑫喜笑颜开地说道：“那我就多谢赵老弟了！”

“张哥，你客气啥啊！”赵长风笑了一下，脸色却忽然一变，长长地叹了一口气，欲言又止，似乎有难言之隐。

张洪鑫就问道：“赵老弟，你好像有什么难处，如果方便的话，给我说说，看看我能不能帮你出出主意。”

赵长风犹疑了一下，这才开口说：“唉，张哥，如果再给我一次机会，我绝对不会选择到下边来当什么市长县长的，还是在省城机关好啊！”

“为什么？赵老弟，我看你干得挺好的。”张洪鑫说。

“好什么好？下边的情况太复杂了！”赵长风说，“张哥，你带领联合调查组下来，不过才几天，就出了这么一档子事。而我在邙北市已经三个多月了。就拿这大龙溪污染来说，明明不是我分管的工作范围，偏偏要压给我。压给我之后，其他人却又给我制造阻力，这算是什么事啊！”

张洪鑫点了点头，说：“是啊，大龙溪的水太深了，你初来乍到，就派给你，确实不合适。”

赵长风说道：“算了，认命了，越是不合适，我越是要干出一番成绩，还大龙溪两岸百姓一片净土，还邙北市人民一方晴空。只有这样，才能无愧于邙北市对治理大龙溪污染抱有热切期望的四十多万市民，只有这样，才不会让下边这些干部小瞧我们省直机关下来的空降干部。”

“对！”张洪鑫竖起大拇指说，“赵老弟，我就欣赏你这种硬汉子。怪不得二十五六岁就下来当市长了。”

“什么硬汉子？不丢省直机关干部的人就好了！”赵长风摆手说道，他端起茶壶为张洪鑫续了水，“张哥，说起来，我还真的需要你的支持呢！”

“赵老弟，需要什么支持，你说出来就是！”张洪鑫拍着胸脯说。他也没有办法不拍胸脯，虽然赵长风这边和他套着近乎，可是张洪鑫心里清楚，他的把柄都捏在赵长风手里呢，可以说赵长风目前足以决定他的政治前途。

赵长风放下茶壶，望着张洪鑫道：“张哥，听说凤凰山金矿的案子涉及邙北市公安局局长柴刚川？”

张洪鑫浑身一震！

作为武卫平身边的人，张洪鑫当然知道柴刚川这三个字的利害关系。当初武省长刚拿到罗大牙交代的材料，当即勃然大怒，正准备对柴刚川采取措施的时候，蔡国富的电话就打了过来。接到蔡国富的电话后，武省长就开始举棋不定，虽然不见得武省长最后一定会照蔡国富的意见办，但是目前看来，蔡国富的电话已经深深地影响到了武省长的决策。毕竟，因为下面的一个案子，和一个省委常委翻脸，不是一个明智的选择。武卫平作为空降干部，虽然不见得就怕蔡国富的势力，但是在利益权衡之时，蔡国富的分量还是相当重的。

现在赵长风的意思明显是让张洪鑫去做武卫平的工作，对柴刚川采取措施，这对张洪鑫来说难度确实是有点大，可是张洪鑫却又不能不做。柴刚川身后站着蔡国富、蔡国洪兄弟，但是赵长风身后同样有省委常委、常务副省长赵强为他撑腰。更重要的是，赵长风现在捏着张洪鑫的把柄，如果他听从赵长风的意思，那么等于前进一步到了天堂；如果不能让赵长风满意，那么他后退一步就到了地狱。

张洪鑫心中权衡了很久，觉得先渡过眼前这一关最紧要。反正不是得罪赵长风就是得罪蔡国洪，从眼前的情况来看，得罪赵长风的后果要远远比得罪蔡国洪的后果严重得多。这个紧要关头，张洪鑫首先选择的就是保全自己。至于他的选择会给武卫平带来什么影响，张洪鑫当然要放在次要的位置考虑了。不过张洪鑫也想过，反正武卫平站在赵强和蔡国富的夹缝里，不是得罪蔡国富就是得罪赵强。假如顺了赵强的意思去得罪蔡国富，至少武卫平还可以博得一个铁面无私、为民请命的好名声！而能有一个好名声，也是武卫平非常在意的事情。

打定了主意，张洪鑫开口说道："赵老弟，这件事上我肯定会帮你的。因为选择和你站在一起，就是选择和全体邙北市市民站在一起。我们不但要还四十多万邙北市市民一个干净的自然环境，也要还四十多万邙北市市民一个干净的政治环境!"张洪鑫这话说得义正词严、掷地有声!

赵长风立刻紧紧握住张洪鑫手道："张哥，那我就先替四十多万邙北市市民多谢你了!"

"赵老弟，你放心，我一会儿回去后就立即去见武省长，为四十多万邙北市市民陈情!"张洪鑫俨然是正义的化身。

"张哥，还是我先去见武省长吧。我见过之后，你再去比较合适!"赵长风说，"我得先向武省长替你把误会解释清楚呢!"说着赵长风指着桌上的证明材料，"张哥，来，签上你的大名。"

张洪鑫拿起笔来，龙飞凤舞地签上自己的名字，然后把材料交给了赵长风："赵老弟，多谢了!"

赵长风微微一笑，把材料折好，装进了手包。

张洪鑫指着面前的随身听说："赵老弟，那这个……"

赵长风笑道："张哥就拿回去吧。我留着没啥用。"

张洪鑫迟疑了一下，他其实很想问赵长风手里还有没有录音带的备份，可是这话他问不出来。看赵长风连想也不想就让他把随身听和磁带带走，说明赵长风应该有所准备，要不然绝对不会这么痛快。想通了这一点，张洪鑫也乐得大方一次，他把随身听往赵长风面前一推，笑着说："这东西还是赵老弟保存吧。其他事，等我见过武省长之后再说吧。"

"也好!"赵长风也不推辞，把磁带拿出来放进口袋，把随身听装进了手包，"张哥，那我们现在就回去吧。我先过去见武省长，替张哥把误会解释清楚！”

武卫平低头看着手中的证明材料，看完之后，平静地望着赵长风：“长风同志，你这写的都是事实吗？”

赵长风郑重地点了点头，说：“武省长，全部都是事实。”

武卫平呵呵一笑，感慨道：“长风是个好同志啊！”武卫平本来心里也有点不踏实，毕竟张洪鑫和联合调查组的案子现在只有张洪鑫和调查组七个成员的一面之词，在缺乏旁证的情况下，这个结论下得就不扎实，随时会被其他别有用心的人拿来大做文章。但是现在赵长风提供了这一份材料之后，就成为了一个完美的证据链，这样武卫平保下张洪鑫和联合调查组七名成员才不会有什么后患。这个赵长风，年纪虽轻，但是很会做人嘛！一时间武卫平对赵长风的好感大增。

“长风同志，当初你们是怎么想到这个主意的？”武卫平笑眯眯地问。

赵长风凝神一想，就知道武卫平这句问话的意思。武卫平看似是问赵长风是如何和张洪鑫一起想到将计就计收下罗大牙的贿赂，好去调查幕后黑手，实际却是问赵长风，他为什么会想出要主动出来作伪证，为张洪鑫和他本人解围。也就是说，赵长风这样做的动机是什么？

赵长风恭恭敬敬地回答道：“武省长，当初您抵达湖月山庄时，梨树口村上访的村民和治安联防队员发生了冲突，治安联防队员到处追打村民。正是您一声大喝，制止了治安联防队员的暴行。而您接下来的行为更是证明了，您是一个爱民如子的官员。武省长，我这可不是在拍您的马屁。现今这社会上，像武省长这样爱民如子的官员可是凤毛麟角，我几乎没有见到过。偶然遇到一两个，也都是做做样子。而只有武省长您是真心实意地怀着一颗悲天悯人之心，所以当时我心里就想，以后无论是做事还是做官，都要以武省长为楷模，做一个真正爱民如子的好官。我也希望武省长无论做什么事情都顺顺利利，能步步高升，因为只有武省长升得越高，更多的老百姓才能得到您的关爱，享受到您带给他们的实惠！”

如果是别人，听到赵长风这番话可能就觉得有点假，可是武卫平却是一个爱惜羽毛的人，非常在意自己的名声，听到赵长风这番话，觉得句句都顺耳。而赵长风的言外之意武卫平也听出来了，那就是您武卫平省长是个好领导，所以我不希望您遇到麻烦。

“长风，你这个小鬼头还真是会说话呢！”武卫平哈哈大笑。

话说到这里，火候刚刚好，赵长风知道他该告辞了，他站起身来，规规矩矩地对武卫平说：“武省长，您忙吧。我就不打扰您了。这份证明材料我就交给您了，如果谁有什么疑问，可以让他们随时去找我核实！”

武卫平含笑点头。

赵长风转身出门，下到一楼客厅，看到张洪鑫正坐在沙发上等候，两个人交换了一个眼色，赵长风微笑着向外走去。

柴刚川听到罗大牙被抓的消息之后，远比听到金一鸣被省公安厅专案组带走的消息时更恐惧。金一鸣被省公安厅专案组带走，柴刚川内心也很恐惧，但是还抱有几分侥幸心理，把希望寄托在金一鸣骨头硬上。作为老上级，柴刚川对金一鸣这个人还是了解的，以金一鸣的聪明，当然会明白，如果不把他牵扯进去，那么他在外面还可以为金一鸣活动，把金一鸣捞出来。如果金一鸣把他牵扯进去，结果就是大家一块完蛋。谁也救不了谁。

可是罗大牙和金一鸣不同，罗大牙只不过是一个唯利是图的商人，无论他的骨头还是见识，乃至于反侦察能力，都远远比不过金一鸣。面对工作组刑侦人员的强大政治攻势和心理攻势，罗大牙肯定是抵挡不住的。

柴刚川左思右想，没有其他办法，只有去向蔡国洪求救。蔡国洪臭骂了他一顿之后，还是答应出手帮忙。毕竟他是蔡国洪的心腹干将，如果他出了什么问题，蔡国洪也不会有什么好日子过。

蔡国洪的活动能量果然很大，他几个电话打出去后，果然省政府工作组那边就偃旗息鼓了。这不，罗大牙都进去五天了，省政府工作组也没有什么动静。

柴刚川正靠在转椅上胡思乱想，桌上的电话忽然响了起来，是天阳市公安局办公室王主任的电话：“柴局长，我是老王啊。骆局长刚从省城回来，带回来省厅一个指示精神，要召开一个布置冬季严打行动的大会，要求各县市公安局局长参加，时间是下午两点半。”

柴刚川正想答应，不知道怎么却闪过一个念头，他沉吟着说：“王主任，一定要正职参加吗？今天我们市委还有个会议，我怕走不开啊。要不我让韩局长过去?”

“柴局长，你自己安排吧!”王主任的态度没有任何异样，平静地说，“骆局长的脾气你是知道的，反正我通知到了就行。”说着王主任就挂了电话。

柴刚川点燃一根香烟，靠在转椅上思量。他有一种不祥的预感，觉得这次到天阳市公安局绝对不是什么好事。可是如果他派韩加森、段成磊或者其他副局长去，肯定就会得罪骆守成。按照骆守成的习惯，只要是他召开的会议，是百分之百要求下属各局正职参加的，如果去的是副职，肯定会被骆守成骂得狗血喷头，接下来的日子就不好过了。

骆守成可不单单是天阳市公安局局长，他还是天阳市市委常委、政法委书记，是权势滔天的人物，这种人物柴刚川巴结还来不及，又怎么敢去得罪呢？公安局是半军事化单位，属于公安系统和地方双重领导。如果上级公安系统的主管领导看他不顺眼，即使地方上有领导支持他，这公安局局长的位子柴刚川也坐不长久。而且现在的形势又非常微妙，不同于往常。柴刚川正陷于各种流言蜚语之中，能不能得到上级领导机关的支持至关重要，如果他这个时候得罪了天阳市公安局局长骆守成，绝对不是一个明智的选择。再说，以往只要是骆守成亲自召开的会议，都是柴刚川参加，这个时候，柴刚川却忽然派一个副职去参加，这不正说明他心里有鬼吗?

想到这里，柴刚川甚至有点后悔他刚才在电话里多说的那一句话。王主任听了，还不知道怎么想呢。

可是就这么去吧，柴刚川又有点不放心，他非常相信自己的直觉。要不然以他这个林业局局长的外行，能统领邙北市公安局六年之久?

去还是不去？还真的不能轻易决定！柴刚川正想着要不要去请示一下蔡国洪书记，看看他有没有听到什么风声，拿起电话，正要打的时候，脑海里一下子闪过一个念头！对，这么简单的办法怎么自己没有想到呢？看来金一鸣和罗大牙先后被抓对自己的影响太大了，以至于他的精神都有点恍惚，不能集中注意力，否则这种小问题怎么能难为他半天呢?

柴刚川自嘲地笑了笑，拨通了电话号码，不是打给蔡国洪，而是打给天阳市公安局治安支队副支队长张大力。

“张队长，我是柴刚川啊。下午骆局长不是要召开一个冬季严打动员大会吗？你们支队是你参加吗？什么？是王队长?”柴刚川笑着说，“那好吧，等我开完会之后，咱们哥俩聚一聚啊！”

放下电话，柴刚川眼珠子转了转，又拨通了邙南县公安局高局长的电话：“高局长，是我，邙北市的柴刚川。你好你好，我有个事想和你商量一下呢。下午天阳市公安局不是召开冬季严打动员大会吗？你参加不？参加？那好，等见了面我再详谈吧，也不是什么大不了的事。那好那好，下午见。”

这下柴刚川才算彻底放心，他揉了揉太阳穴，靠在转椅上长长地出了一口气，看来他是有点草木皆兵了，这不过是一次正常的会议而已。

下午两点二十，柴刚川的小车开进了天阳市公安局大院，他下了车，步履轻快地来到二楼，先到局办公室向王主任报到。

“柴局长好！”“柴局长，来开会啊？”

一路上不断有熟人热情地和柴刚川打着招呼。

“嗯，好，好好。”柴刚川笑着点头回应，心情很是愉快。在天阳市下属几个县市的公安局中，也就是邙北市公安局局长到了天阳市公安局能享受这份殊荣。其他几个县由于经济落后，连带公安局也受影响，公安局局长手里没钱，跟叫花子一样，干什么事都缩手缩脚，自然侍候不好天阳市公安局这些老爷们。

“王主任，我来了！”柴刚川大大咧咧地推王主任办公室的房门，却发现办公室里除了王主任外，沙发上还坐了四个便装男子。他说了一句：“王主任，你先忙，我待会儿再过来。”

王主任笑着站起来：“柴局长，没关系。你来得正好，把文件领走吧。”

“那好吧。”听王主任这么说，柴刚川就进去了。他刚走到办公室中间，那四个便服男子忽然扑了过来，两个男子抓住柴刚川的胳膊，另外两个男子飞快地在他身上摸了起来。

“你们是谁？你们想干什么？”柴刚川拼命挣扎，他扭头望着王主任厉声喝道：“王有到，你这是什么意思？”

这时办公室门被推开，三个人走了进来，为首的两个人一个是天阳公安局局长骆守成，另一个是天阳市纪委书记蒋志龙。

“骆局长、蒋书记，这，这究竟是怎么回事？”柴刚川无辜地望着骆守成和蒋志龙。

骆守成冷冷地看着柴刚川没有说话，蒋志龙严肃地说：“柴刚川，根据天阳市市委的决定，现在对你采取双规措施，希望你能够好好反省，如实交代你的问题!”

柴刚川心里一叹，看来，他的第六感果然是正确的，可惜，世上没有后悔药……

与此同时，一场席卷邙北市的双规风暴正在展开。

两点三十分，邙北市市委办主任林同兆被带走。

两点五十分，邙北市副市长何泉声被带走。

三点十分，邙北市国土资源局局长焦伦平被带走。

四点二十五分，后河乡党委书记马会来被带走……

秘书洪进飞小心地站在宽大的办公桌旁，向蔡国富汇报工作。忽然，手机铃声响起，蔡国富打开抽屉，看了一下手机号码，是弟弟蔡国洪的。他冲洪进飞挥了挥手，洪进飞就蹑手蹑脚地退了出去。

蔡国富按下了接听键，里面传来蔡国洪焦急的声音：“大哥，不好了，柴刚川被双规了!”

赵强下手好快啊！蔡国富沉吟着不说话。

“大哥，你已经向天阳市委打过招呼了，他们还敢双规柴刚川，说明他们根本没有把你放在眼里!”蔡国洪阴阴地说了一句。他见蔡国富不说话，担心蔡国富撒手不管，就不动声色地用上了激将法。

蔡国富的脸色沉郁下来，他的手指敲打着桌面，依旧不说话。不错，他是向天阳市委打了招呼，也向武卫平打了招呼。可最后还出现这样的结果，确实是他没有想到的。这只能说明柴刚川犯下的事太大了，无论是武卫平率领的省政府联合工作组还是天阳市市委都不敢捂，也说明赵强也向武卫平和天阳市市委打了招呼。天阳市市委和武卫平权衡之后，屈从了赵强的压力。

蔡国洪咬了咬牙，继续说：“大哥，达明在周庄镇开的金矿，是柴刚川一手操办的!”

蔡国富的嘴角微微一紧，又是蔡达明，他养了两个儿子一个女儿，就蔡达明这个混蛋总是不停地在给他惹麻烦。

“除了柴刚川外，其他人要紧不?”蔡国富终于开口了。

“大哥，其他人问题不大。”蔡国洪听到蔡国富的声音，就有了主心骨，他低声说，“只是柴刚川知道得太多了……”

蔡国富又沉吟了一会儿，这才说道：“国洪，是天阳市纪委办的案吗？”

蔡国洪点头道：“是天阳市纪委。武卫平下的指示，省政府工作组组长监察厅第五监察室主任谢雄峰把材料都移交给了天阳市纪委。”

“天阳市纪委……”蔡国富自语了一句，然后说，“你再看看还有其他什么情况，待会儿咱们再仔细商量！”

挂了电话，蔡国富冷冷地哼了一声，低声骂道：“成事不足败事有余！”

柴刚川在专案组一周了，每天都是吃饭喝水睡觉，无论谁和他谈话，问他什么，他都说不知道、不记得。他知道，这个时候自己必须咬紧牙关，只有咬紧牙关，他对蔡国洪来说才有被救的价值。

可是随着时间一天天过去，柴刚川的心也一点点往下沉。七天了，已经七天了，蔡国洪如果要救他，应该早就采取行动了吧？柴刚川每天都观察着专案组工作人员的脸色，甚至是看守他的武警战士的神色，他希望能从这些人脸上获得一点暗示，哪怕是一点最轻微的暗示。可是没有，一点都没有！蔡国洪书记究竟是怎么了？难道他也被双规了吗？以他的活动能量，不会连个消息也传递不进来吧？

这天晚上，柴刚川呆呆地坐在床上，胡乱地想着心事。

远处一只公鸡发出一声嘹亮的鸣叫。柴刚川浑身一颤，天就要亮了，可是，他的生命也要到尽头了！

柴刚川的脸上忽然露出坚毅的神色，他站起身来，穿上拖鞋，起步往外走。

“柴刚川，你干什么？”专案组的人在外面喊道。

“我要上卫生间。”柴刚川说道。为了便于监视，他的房间是没有卫生间的，要想上厕所，必须到外面的公共卫生间去，总之，他一刻也不能离开专案组工作人员的视线。

外边的人就没有说话，看着柴刚川推门走了出来。

“两位早啊！”柴刚川看起来心情不错，笑呵呵地和两位工作人员打着招呼。在专案组，是不允许办案人员单独和双规对象接触的，一般是两个人以上，至少也得两个人。所以执行对柴刚川二十四小时监控任务的工作人员都是两个人一组，几个小组轮换着来。

两个工作人员冷着脸没有理睬柴刚川，经过一夜的监视，他们也有点困倦了。两个人一前一后地带着柴刚川，向公共卫生间走去。

柴刚川忽然停下了脚步，扭头看着东方天空的一抹曙色。

“柴刚川，你磨磨蹭蹭的干什么?”身后的工作人员不满地叫道。

柴刚川一笑，指着东方的天空说:“你们看，天亮了呢!”

工作人员下意识地随着柴刚川的手指扭头看去，嘴里还嘟囔着:“天亮了有什么好看的?”

就在这一瞬间，柴刚川一个箭步扑向了走廊上的栏杆，两个工作人员忽然清醒过来，他们大声喊道:“柴刚川，你干什么?快下来!”

说着两个人一起向柴刚川扑去，想把他拉下来。可是哪里来得及?柴刚川已经迅速越过一米二高的铁栏杆，纵身从四楼跳了下去。两个专案组工作人员的手指仅仅蹭着了柴刚川的衣角。

“完了，全完了!”两个专案组工作人员脸色发白，呆呆地往下望去，只见柴刚川的身躯急剧下坠，接着传来一声闷响，柴刚川的身体就结结实实地摔在水泥地上。

“不好了，不好了，柴刚川跳楼了!”

楼下，已经有几个人围在柴刚川旁边，他们看到两个工作人员大喊着冲下来，默默地冲两个人摇了摇头……

柴刚川跳楼自杀事件令中原省委非常震惊，立即派了省政法委副书记到天阳市来。见到天阳市市委书记魏新强和市长张培伦，政法委副书记第一句话就是“彻查此案”!

与此同时，中原省委迅速召开了常委会会议，会议一致通过决议，把天阳市主管政法的副书记时胜勇和纪委书记蒋志龙同时调走。天阳市纪委书记由省纪委空降一名经验丰富的同志出任，同时天阳市副市长栾俊杰接替时胜勇出任天阳市主管政法的副书记一职。

邙北市本来已经逐渐明朗的政局，随着柴刚川的跳楼自杀，又陷入扑朔迷离之中。